徐志摩经典

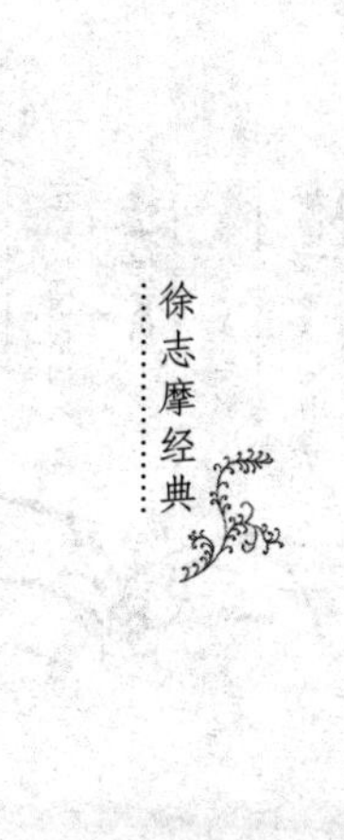

轻轻的他走了
正如他悄悄的来
挥一挥衣袖
不带走一片云彩
却留下满卷的书香
走进志摩的世界
倾听他最真实的声音

徐志摩

徐志摩❀著

图书在版编目（CIP）数据

徐志摩经典 / 徐志摩著 . —北京：北京联合出版公司，2015.3（2021.8 重印）
ISBN 978-7-5502-4746-8

Ⅰ . ①徐… Ⅱ . ①徐… Ⅲ . ①诗集－中国－现代②散文集－中国－现代③小说集－中国－现代 Ⅳ . ① I216.2

中国版本图书馆 CIP 数据核字（2015）第 031769 号

徐志摩经典

著　　者：徐志摩
责任编辑：张　萌
封面设计：子　时
责任校对：李雪香
美术编辑：宇　枫

出　　版：北京联合出版公司
地　　址：北京市西城区德外大街 83 号楼 9 层　100088
经　　销：新华书店
印　　刷：唐山楠萍印务有限公司
开　　本：720 毫米 ×1040 毫米　1/16　印张：26　字数：610 千字
版　　次：2015 年 7 月第 1 版　2021 年 8 月第 4 次印刷
书　　号：ISBN 978-7-5502-4746-8
定　　价：59.00 元

本书若有质量问题，请与本公司图书销售中心联系调换。
电话：（010）88866079

前 言

徐志摩，1897年出生于浙江省海宁县硖石镇，按族谱排列，取名徐章垿，字槱森，因其父属猴，名申如，得子亦是属猴，故又取小字幼申。志摩是在1918年去美国留学时他父亲给另取的名字。说是小时候，有一个名叫志恢的和尚，替他摩过头，并预言“此人将来必成大器”，其父望子成龙心切，即替他更此名。徐志摩是徐家的长孙独子，自小过着舒适优裕的生活。小时在家塾读书，11岁时入硖石开智学堂，从师张树森，从而打下了古文根底。1910年入杭州府中学，与郁达夫等同窗。1915年，考入上海浸信会学院。1916年赴天津，进入北洋大学预科。1917年，随学校合并进入北京大学法科，拜梁启超先生为师。1918年赴美留学，两年后为追随罗素而到了英国，在伦敦大学、康桥大学（即剑桥大学）深造，获得硕士学位。在康桥两年，他深受西方教育的熏陶及欧美浪漫主义和唯美派诗人的影响。1921年开始创作新诗。1922年回国后在报刊上发表大量诗文。1923年，参与发起成立新月社，集中了当时文坛上的很多精英。1924年与胡适、陈西滢等创办《现代评论》周刊，任北京大学教授。1925年赴欧洲，游历苏、德、意、法等国。1926年在北京主编《晨报》副刊《诗镌》，与闻一多、朱湘等人开展新诗格律化运动，影响到新诗艺术的发展。同年移居上海，任光华大学、大夏大学和南京中央大学教授。1927年参加创办新月书店，次年《新月》月刊创刊后任主编。1930年冬到北京大学与北京女子大学任教。1931年初，与陈梦家、方玮德创办《诗刊》季刊。同年11月19日，由南京乘飞机到北平，因遇雾在济南附近触山，机坠身亡。

徐志摩是中国现代文坛最具特色、最有才华的作家之一，他是开一代诗风的“新月派”的主将，被誉为“中国的雪莱”，对我国新诗的发展作出了不可磨灭的贡献。他谈话是诗，举动是诗，毕生行径都是诗，没有他的诗坛是寂寞的。他的诗风格欧化，在艺术形式上富于变化，但又不失整饬；语言清新，洗炼，以口语入诗，但又不失文雅；音乐性强，但又不囿于韵脚，而追求的是内在的节奏感和旋律美。他的大量诗作在情感的宣泄、意境的营造、节奏的追求和形式的探求诸方面，都为后世留下了珍贵的启迪，体现其特殊的美学价值。

徐志摩不仅写诗，同时也写散文，在其全部创作中，其成就和影响更为显著的，除诗歌外，恐怕就要数散文了。他一共出版过《落叶》、《自剖》、《巴黎的鳞爪》三个散文集和一个单篇散文《秋》，除《秋》写于1929年，三个集子中的大部分作品均完成于1925~1926年间。他的散文内容涉及广泛，有对人生理想的漫评，有触及时政的论说；有对往事的怀想和追忆，也有对艺术发表见解和评说；有一事一议的小品，也有说长道短的书评。他写散文也像写诗，诗与散文相映成辉。其散文实际上是一种诗化散文，他巧妙地将哲理诗情化，又将诗意蕴含在哲理之中，在散文的躯壳中紧裹着诗魂。

徐志摩在其将近十年的创作生涯中，除了主要写作诗歌和散文外，同时还写了一些小说。1923年2月，他在《努力周报》上发表了第一篇小说《一个不很重要的回想》，此后断断续续又写了一些，共计11篇，后以《轮盘》为题合集出版，这也是他唯一的小说集。他的小说作品虽数量不多，但也颇有新意，既有散文化特色，又有西方现代小说的意味。在作品中，他好用诗的句型、艳丽形象的比附、抒情的笔调，因而，多带有浪漫的抒情色彩，具有"独特的华丽"的格调。

徐志摩是一位传奇性的人物，想做诗便做一手好诗，并为新诗创立新格；想写散文便把散文写得淋漓尽致出类拔萃；想恋爱便爱得昏天黑地无所顾忌……他的一生没有惊天动地的丰功伟业，那短暂得如同一缕飘向天空的轻烟的一生，甚至没来得及领略中年的成熟便消失了。然而，他的一生唯情、唯爱、唯真，他洋洋洒洒、酣畅人间，带给了人们无数惊叹和拨撩。本书收录了徐志摩的所有经典力作，分为诗歌、散文和小说三部分，"诗歌篇"精选《志摩的诗》、《翡冷翠的一夜》、《猛虎集》、《云游》等集子中最唯美的作品，"散文篇"精选《落叶》、《巴黎的鳞爪》、《自剖》等集子中最具代表性的作品，"小说篇"收入其唯一的集子《轮盘》。在作品的选择上，既注意其思想艺术成就，也注意其体式、题材、内容、风格的多样性。每一部分的作品均按年序编排，疑难处还略加注释，既便于读者全部统览，也便于单篇品读，相信读者从这些作品中可以看到一个充满文采、充满激情、充满睿智的徐志摩。

目录

诗歌篇

散文篇

小说篇

诗歌篇

挽李幹人[①]

李长吉赴召玉楼，立功立德，
　有志未成，年少遽醒蝴蝶梦；
屈灵均魂报砥室，某水某邱，
　欲归不得，夜深怕听杜鹃啼。

（1914年杭州一中校刊《友声》第2期）

草上的露珠儿[②]

草上的露珠儿
　颗颗是透明的水晶球，
新归来的燕儿
　在旧巢里呢喃个不休；

诗人哟！可不是春至人间
　　　还不放开你
　　　创造的喷泉，
嗤嗤！吐不尽南山北山的璠瑜，
　　　洒不完东海西海的琼珠，
　　　融和琴瑟箫笙的音韵，
　　　饮餐星辰日月的光明！
诗人哟！可不是春在人间，
　　还不开放你
　　创造的喷泉！

这一声霹雳
　震破了漫天的云雾，
显焕的旭日
　又升临在黄金的宝座；

柔软的南风
　吹皱了大海慷慨的面容，
洁白的海鸥

①此为挽联，写于1914年4月。
②写于1921年11月23日。

上穿云下没波自在优游；

诗人哟！可不是趁航时候，
还不准备你
歌吟的渔舟！
看哟！那白浪里
金翅的海鲤
白嫩的长鲵，
虾须和蟛脐！
快哟！一头撒网一头放钩，
收！收！
你父母妻儿亲戚朋友
享定了希世的珍馐。
诗人哟！可不是趁航时候，
还不准备你
歌吟的渔舟！

诗人哟！
你是时代精神的先觉者哟！
你是思想艺术的集成者哟！
你是人天之际的创造者哟！
你资材是河海风云，
鸟兽花草神鬼蝇蚊，
一言以蔽之：天文地文人文；

你的洪炉是“印曼桀乃欣”，
永生的火焰“烟士披里纯”，
炼制着诗化美化灿烂的鸿钧；

你是高高在上的云雀天鹨，
纵横四海不问今古春秋，
散布着希世的音乐锦绣；

你是精神困穷的慈善翁，
你展览真善美的万丈虹，
你居住在真生命的最高峰。

（1969年台湾传记文学出版社《徐志摩全集》第1集）

笑解烦恼结[1]

（送幼仪）

一

这烦恼结，是谁家扭得水尖儿难透？
这千缕万缕烦恼结是谁家忍心机织？
这结里多少泪痕血迹，应化沉碧！
忠孝节义——咳，忠孝节义谢你维系
　　四千年史髅不绝，
却不过把人道灵魂磨成粉屑，
黄海不潮，昆仑叹息，
四万万生灵，心死神灭，中原鬼泣！
咳，忠孝节义！

二

东方晓，到底明复出，
如今这盘糊涂账，
如何清结？

三

莫焦急，万事在人为，只消耐心
　　共解烦恼结。
虽严密，是结，总有丝缕可觅，
莫怨手指儿酸、眼珠儿倦，
可不是抬头已见，快努力！

四

如何！毕竟解散，烦恼难结，烦恼苦结。
来，如今放开容颜喜笑，握手相劳；
此去清风白日，自由道风景好。
听身后一片声欢，争道解散了结儿，
　　消除了烦恼！

（1922年11月8日《新浙江报·新朋友》）

---

①写于1922年6月。

青年杂咏[1]

一

青年!
你为什么沉湎于悲哀?
你为什么耽乐于悲哀?
你不幸为今世的青年,
你的天是沉碧奈何天;
你筑起了一座水晶宫殿,
在“眸冷骨累”(melancholy)的河水边。
河流流不尽骨累眸冷,
还夹着些些残枝断梗,
一声声失群雁的悲鸣,
水晶宫朝朝暮暮反映——
映出悲哀,飘零,眸子吟,
无聊,宇宙,灰色的人生,
你独生在宫中,青年呀,
霉朽了你冠上的黄金!

二

青年!
你为什么迟徊于梦境?
你为什么迷恋于梦境?
你幸而为今世的青年,
你的心是自由梦魂心,
你抛弃你尘秽的头巾,
解脱你肮脏的外内衿,
露出赤条条的洁白身,
跃入缥缈的梦潮清冷,
浪势奔腾,侧眼波罅里,
看朝彩晚霞,满天的星,——
梦里的光景,模糊,绵延,
却又分明;梦魂,不愿醒,
为这大自在的无终始,

① 1922 年春写于英国。

任凭长鲸吞噬，亦甘心。

三

青年！
你为什么醉心于革命，
你为什么牺牲于革命？
黄河之水来自昆仑巅，
泛流华族支离之遗骸，
挟黄沙莽莽，沉郁音响，
苍凉，惨如鬼哭满中原！
华族之遗骸！浪花荡处
尚可认伦常礼教，祖先，
神主之断片，——君不见
两岸遗孽，枉戴着忠冠、
孝辫、抱缺守残，泪眼看
风云暗淡，“道丧”的人间！
运也！这狂澜，有谁能挽，
问谁能挽精神之狂澜？

（1923年3月18日《时事新报·学灯》）

春[①]

康河右岸皆学院，左岸牧场之背，榆荫密覆，大道纡回，一望葱翠，春尤浓郁，但闻虫鸟语，校舍寺塔掩映林巅，真胜处也。迩来草长日丽，时有情耦隐卧草中，密话风流。我常往复其间，辄成左作。

河水在夕阳里缓流，
暮霞胶抹树干树头；
蚱蜢飞，蚱蜢戏吻草光光，
我在春草里看看走走。

蚱蜢匐伏在铁花胸前，
铁花羞得不住的摇头，
草里忽伸出只藕嫩的手，
将孟浪的跳虫拦腰紧搂。

① 1922年写于英国。

金花菜，银花菜，星星澜澜，
点缀着天然温暖的青毡，
青毡上青年的情耦，
情意胶胶，情话啾啾。

我点头微笑，南向前走，
观赏这青透春透的园囿，
树尽交柯，草也骄偶，
到处是缱绻，是绸缪。

雀儿在人前猥盼亵语，
人在草处心欢面赧，
我羡他们的双双对对，
有谁羡我孤独的徘徊？

孤独的徘徊！
我心须何尝不热奋震颤，
答应这青春的呼唤，
燃点着希望灿灿，
春呀！你在我怀抱中也！

（1923年5月30日《时事新报·学灯》）

人种由来①

一

夏娃："你是亚当吗，上帝
　　创造我来伴你的。
　　你从今后再不怕
　　荒凉，再不愁孤寂。
　　让我摸摸你的脸，
　　口边蓬蓬像树藓，
　　你喉头有个桃核，
　　你肌肉好多强健；
　　但是你胸前不如
　　我又嫩又软又肥——

① 1922年写于英国。

我们原来两样的，
我又希奇又欢喜。”
亚当：“你的声音很好听，
你的手怪招痒的，
你初来人地生疏，
等我慢慢指导你，
昨晚我在睡梦里，
上帝从我变出你；
你的肉是我的肉，
你我原来是一体，
不过我男你是女”。
夏娃：“我叫你夫你叫我妻，
千年万年不分离！
我觉得心头狂跳，
方才一阵清风过，
吹来树上鲜果味，
我想去——”
亚当：“谨记上帝的吩咐；
伊滕园里鲜果富，
樱桃梅李都可采，
独禁‘知识树’七果，
你须牢记在心头，
若然犯禁死无处。
如今我去折桑麻，
你在此地喂鸡鹅。”

二

蛇：“夏娃！”
夏娃：“谁呀！”
蛇：“原来你不认识我，
我是伊滕的圣蛇，
通天达地晓人事，
宇宙秘密无不知，
亚当是个蠢东西，
——嘻嘻！”
夏娃：“什么叫做‘嘻嘻’呢？”
蛇：“等我好好教导你。
嘻嘻是个笑声气；

我笑亚当泰腐气，
一心皈依信上帝。
伊膝园里最珍奇，
莫如‘知识树’上果；
你若偷采吃一枝，
宇宙密库顿开锁；
你的双眼会开放，
见红见紫见星光；
还有种种消息好，
吃了药儿便知晓——
嘻嘻！”
夏娃：“嘻嘻，多谢你，蛇儿，
是去采果儿吃也！”

三

亚当：“夏娃，替我搔搔背，
我有好东西给你。”
夏娃：“你有什么好东西，
蛇儿笑你泰腐气。”
亚当：“蛇儿专出坏主意，
千万不可轻信伊。
我给你个桑乌都，
甜里带酸很有味。”
夏娃：“乌都算什么东西，
我的苹果才希奇；
今晚临睡吃下去，
明早张眼见天地！”

四

夏娃：“亚当！我见亮光了！
好一个美妙天地！
赶快睁开你眼皮，
你我准备见面礼！”
亚当：“你的疯话我不信，
哪有眼皮会开闭——
咳奇怪！果真两眼
有些发痒酸齑齑；
夏娃！夏娃！真希奇，

果然是光亮天地！”
夏娃：“不成！慢点儿过来。
你我原来是裸体！
不好了！快躲起来，
那边来的是上帝！”

（1923年6月21日《时事新报·学灯》）

“两尼姑”或“强修行”①

一

门前几行竹，
后园树荫毵，
墙苔斑驳日影迟，
清妙静淑白岩庵。

庵里何人居？
修道有女师：
大师正中年，
小师甫二十。

大师昔为大家妇，
夫死誓节作道姑，
小师祝发心悲切，
字郎不幸音尘绝。

彼此同怜运不济，
持斋奉佛山隈里；
花开花落春来去，
庵堂里尽日念阿弥。

佛堂庄洁供大士，
大士微笑手拈花，
春慷画静风日眠，
木鱼声里悟禅机。

① 1922年写于英国。

禅机悟未得，
凡心犹兀兀；
大师未忘人间世，
小师情孽正放花。

情孽放花不自知，
芳心苦闷说无词；
可怜一对笼中鸟，
尽日呢喃尽日悲。

长尼多方自譬解，
人间春色亦烟花；
筵席大小终须散，
出家岂有再还家。

二

繁星天，明月夜，
春花茂，秋草败，
燕双栖，子规啼，
蝶恋花，蜂收蕊——
自然风色最恼人，
出家人对此浑如醉。

门前竹影疏，
后圃树荫绵，
蒲团氤氲里，
有客来翩翩。

客来慕山色，
随喜偶问庵，
小师出应门，
腮颊起红痕。

红痕印颊亦印心，
小女自此懒讽经；
佛缘，
尘缘——
两不可相兼；

枯寂，
生命——
弱俗抑率真？

神气顿恍惚，
清泪湿枕衾，
幼尼亦不言，
长尼亦不问。

三

竹影当婆娑，
树影犹掩映。
如何白岩庵，
不见修行人？

佛堂佛座尽灰积，
拈花大士亦蒙尘，
子规空啼月，
蜘网布庵门。

疏林发凉风，
荒圃有余薪。
鸦闹斜阳里，
似笑强修行！

（1923 年 5 月 5 日《时事新报・学灯》）

悲 观[1]

一

青草地，
牛吃草，
摇头掉尾，
天上的青云白云
卷来卷去。

---

① 约 1922 年写于英国。

二

登山头，
望城里，
只见黑沉沉的屋顶
　鳞次栉比，
街道上尘烟里，
　生灵挤挤。

三

教堂前，
钟声里，
白衣的牧师
和黑裙黑披的老妇女，
聚复散，散复聚。

四

歌舞场，
繁华地，
白的红的，黑的绿的，
高冠长裙，笑语依稀。

五

庙堂中，
柴堆里，
几块破烂的木头，
当年受香烟礼拜的偶像，
面目未朽，未朽！

六

战场上，
濠沟里，
枪炮倒在败草间，
到处残破的房屋，
　肢体，血痕缕缕。

七

天灾国，

饥荒地，
草尽木稀，
小儿不啼，
黑灰色的空气。

八

心死国，
人荒境，
有影无形，
有声无气，
深谷里的子规，
　见月不啼。

九

噫！
噫！

十

幻象破，
上帝死，
半夜梦醒睡已尽，
但这黑昏昏，阴森森
　鬼棱棱……

十一

这心头
压着全世界的重量，咳！全宇宙
这精神的宇宙
这宇宙的宇宙，
都是空，空，空，……

十二

休！
休！

（1969 年台湾传记文学出版社《徐志摩全集》第 1 集）

沙士顿重游随笔[①]

一

许久不见了，满田的青草黄花！
你们在风前点头微笑，仿佛说彼此无恙。
今春雨少，你们的面容着实清癯；
我一年来也无非是烦恼踉跄；
见否我白发骈添，眉峰的愁痕未隐？
你们是需要雨露，人间只缺少同情。——
青年不受恋爱的滋润，比如春阳霖雨，照洒沙碛永远不得收成。
但你们还有众多的伴侣；
在“大母”慈爱的胸前，和晨风软语，听晨星骈唱，
每天农夫赶他牛车经过，谈论村前村后的新闻，
有时还有美发罗裙的女郎，来对你们声诉她遭逢的薄幸。
至于我的灵魂，只是常在他囚羁中忧伤岑寂；
他仿佛是“衣司业尔”彷徨的圣羊。

二

许久不见了，最仁善公允的阳光！
你们现正斜倚在这残破的墙上，
牵动了我不尽的回忆，无限的凄怆。
我从前每晚散步的欢怀，
总少不了你殷勤的照顾。
你吸起人间畅快和悦的心潮，
有似明月钩引湖海的夜汐；
就此荏苒临逝的回光，不但完成一天的功绩，
并且预告晴好的清晨，吩咐勤作的农人，安度良宵。
这满地零乱的栗花，都像在你仁荫里欢舞。
对面楼窗口无告的老翁，
也在饱啜你和煦的同情：
他皱缩昏花的老眼，似告诉人说：
都亏这养老棚朝西，容我每晚享用莫景的温存：

① 1922 年春写于英国。

这是天父给我不用求讨的慰藉。

三

许久不见了，和悦的旧邻居！
那位白须白发的先生，正在趁晚凉将水浇菜，
老夫人穿着蓝布的长裙，站在园篱边微笑。
一年过得容易，
那篱畔的苹花，已经落地成泥！
这些色香两绝的玫瑰的种畤在八十老人跟前，
好比艳眼的少艾，独倚在虬松古柏的中间，
他们笑着对我说结婚已经五十三年，
今年十月里预备金婚；
来到此村三十九年，老夫人从不曾半日离家，
每天五时起工作，眠食时刻，四十年如一日；
莫有儿女，彼此如形影相随，
但管门前花草后园蔬果，
从不问村中事情，更不晓世上有春秋，
老夫人拿出他新制的杨梅酱来请我尝味，
因为去年我们在时吃过，曾经赞好。

四

那灰色墙边的自来井前，上面盖着栗树的浓荫，
　残花还不时地堕落，
站着位十八的郎，
他发上络住一支藤黄色的梳子，衬托着一大股蓬松
　的褐色细麻，
转过头来见了我，微微一笑，
脂江的唇缝里，漏出了一声有意无意的“你好！”

五

那边半尺多厚干草，铺顶的低屋前，
依旧站着一年前整天在此的一位褴褛老翁，
他曲着背将身子承住在一根黑色杖上，
后脑仅存几茎白发，和着他有音节的咳嗽，上下颤动。
我走过他跟前，照例说了晚安，
他抬起头向我端详，
一时口角的皱纹，齐向下颔紧叠，
吐露些不易辨认的声响，接着几声干涸的咳嗽。

我瞥见他右眼红腐，像烂桃颜色（并不可怕），
一张绝扁的口，挂着一线口涎。
我心里想阿弥陀佛，这才是老贫病的三角同盟。

六

两条牛并肩在街心里走来，
卖弄他们最庄严的步法。
沉着迟重的蹄声，轻撼了晚村的静默。
一个赤腿的小孩，一手扳着门枢，
一手的指甲腌在口里，
瞪着眼看牛尾的撩拂。

七

一个穿制服的人，向我行礼，
原来是从前替我们送信的邮差，
他依旧穿黑呢红边的制衣，背着皮袋，手里握着一
　叠信。
只见他这家进，那家出，有几家人在门外等他，
他挨户过去，继续说他的晚安，只管对门牌投信，
他上午中午下午一共巡行三次，每次都是刻板的面目；
雨天风天，晴天雪天，春天冬天，
他总是循行他制定的责务；
他似乎不知道他是这全村多少喜怒悲欢的中介者；
他像是不可防御的运命自身。
有人张着笑口迎他，
有人听得他的足音，便惶恐震栗；
但他自来自去，总是不变的态度。
他好比双手满抓着各式情绪的种子，向心田里四撒；
这家的笑声，那边的幽泣；
全村顿时增加的脉搏心跳，歔欷叹息，
都是他盲目工程的结果，
他哪里知道人间最大的消息，
都曾在他褴旧的皮袋里住过，
在他干黄的手指里经过——
可爱可怖的邮差呀！

（1923年3月13日《时事新报·学灯》）

康桥西野暮色①

我常以为文字无论韵散的圈点并非绝对的必要。我们口里说笔上写得清利晓畅的时候，段落语气自然分明，何必多添枝叶去加点画。近来我们崇拜西洋了，非但现代做的文字都要循规蹈矩，应用“新圈钟”，就是无辜的圣经贤传红楼水浒，也教一班无事忙的先生，支离宰割，这里添了几只钩，那边画上几枝怕人的黑杠！！！真好文字其实没有圈点的必要，就怕那些“科学的”先生们倒有省事的必要。

你们不要骂我守旧，我至少比你们新些。现在大家喜欢讲新，潮流新的，色彩新的，文艺新的，所以我也只好随波逐流跟着维新。唯其为要新鲜，所以我胆敢主张一部分的诗文废弃圈点。这并不是我的创见，自今以后我们多少免不了仰西洋的鼻息。我想你们应该知道英国的小说家 George Choow，你们要看过他的名著《Krook Kerith》，就知道散文的新定义新趣味新音节。

还有一位爱尔兰人叫做 James Joyce，他在国际文学界的名气恐怕和蓝宁在国际政治界上差不多，一样受人崇拜，受人攻击。他五、六年前出了一部《The Portrait of an Artist as Young Men》，独创体裁，在散文里开了一个新纪元，恐怕这就是一部不朽的贡献。他又做了一部书叫《Ulysses》，英国美国谁都不肯不敢替他印，后来他自己在巴黎印行。这部书恐怕非但是今年，也许是这个时期里的一部独一著作。他书后最后一百页（全书共七百几十页）那真是纯粹的“Prose”，像牛酪一样润滑，像教堂里石坛一样光澄，非但大写字母没有，连，……？——；——！（ ）“ ”等可厌的符号一齐灭迹，也不分章句篇节，只有一大股清丽浩瀚的文章排奡而前，像一大匹白罗披泻，一大卷瀑布倒挂，丝毫不露痕迹，真大手笔！

至于新体诗的废句须大写，废句法点画，更属寻常，用不着引证。但这都是乘便的饶舌。下面一首乱词，并非故意不用句读，实在因为没有句读的必要，所以画好了蛇没有添足上去。

一个大红日挂在西天
紫云绯云褐云
簇簇斑斑田田
青草黄田白水
郁郁密密鬋鬋
红瓣黑蕊长梗
罂粟花三三两两
一大块透明的琥珀
千百折云凹云凸
南天北天暗暗默默
东天中天舒舒阖阖

① 1922 年写于英国。

宇宙在寂静中构合
太阳在头赫里告别
一阵临风
几声“可可”

一颗大胆的明星
仿佛骄矜的小艇
抵牾着云涛云潮
兀兀漂漂潇潇
侧眼看暮焰沉销
回头见伙伴来!

晚霞在林间田里
晚霞在原上溪底
晚霞在风头风尾
晚霞在村姑眉际
晚霞在燕喉鸦背
晚霞在鸡啼犬吠

晚霞在田陇陌上
陌上田垅行人种种
白发的老妇老翁
屈躬咳嗽龙钟
农夫工罢回家
肩锄手篮口衔菰巴
白衣裳的红腮女郎
攀折几茎白葩红英
笑盈盈翳入绿荫森森
跟着肥满蓬松的“北京”
罂粟在凉园里摇曳
白杨树上一阵鸦啼
夕照只剩了几痕紫气
满天镶嵌着星巨星细
田里路上寂无声响
榆荫里的村屋微泄灯芒
冉冉有风打树叶的抑扬
前面远远的树影塔光
罂粟老鸦宇宙婴孩

一齐沉沉奄奄眠熟了也

（1923年7月6日《时事新报·学灯》）

听槐格讷（Wagner）乐剧[①]

是神权还是魔力，
搓揉着雷霆霹雳，
暴风、广漠的怒号，
绝海里骇浪惊涛；

地心的火窖咆哮，
回荡，狮虎似狂嗥，
仿佛是海裂天崩，
星陨日烂的朕〈征〉兆；

忽然静了；只剩有
松林附近，乌云里
漏下的微嘘，拂狃
村前的酒帘青旗；

可怖的伟大凄静
万壑层岩的雪景，
偶尔有冻鸟横空，
摇曳零落的悲鸣；

悲鸣，胡笳的幽引，
雾结冰封的无垠，
隐隐有马蹄铁甲
篷帐悉索的荒音；

荒音，洪变的先声，
鼍鼓金钲暮荡怒，
霎时间万马奔腾，
酣斗里血流虎虎；

是泼牢米修佐司（Prometheus）

① 1922年5月25日写于英国。

的反叛，抗天拯人
的奋斗，高加山前
挚鹰刳胸的创呻；

是恋情，悲情，惨情，
是欢心，苦心，赤心；
是弥漫，普遍，神幻，
消金灭圣的性爱；

是艺术家的幽骚，
是天壤间的烦恼，
是人类千年万年
郁积未吐的无聊；

这沉郁酝酿的牢骚，
这狷獗圣洁的恋爱，
这悲天悯人的精神，
贯透了艺术的天才。

性灵，愤怒，慷慨，悲哀，
管弦运化，金革调合，
创制了无双的乐剧，
革音革心的槐格讷！

五月二十五日

（1923年3月10日《时事新报·学灯》）

情死（Liebstch）①

玫瑰，压倒群芳的红玫瑰，昨夜的雷雨，原来是你发出的信号，——
真娇贵的丽质！
你的颜色，是我视觉的醇醪；我想走近你，但我又不敢。
青年！几滴白露在你额上，在晨光中吐艳。
你颊上的笑容，定是天上带来的；可惜世界太庸俗，不能供

①写于1922年6月。

给他们常住的机会。

你的美是你的运命！

我走近来了；你迷醉的色香又征服了一个灵魂——我是你的俘虏！

你在那里微笑！我在这里发抖。

你已经登了生命的峰极。你向你足下望——一个无底的深潭！

你站在潭边，我站在你的背后，——我，你的俘虏。

我在这里微笑！你在那里发抖。

丽质是命运的命运。

我已经将你禽〈擒〉捉在手内——我爱你，玫瑰！

色、香、肉体、灵魂、美、迷力——尽在我掌握之中。

我在这里发抖，你——笑。

玫瑰！我顾不得你玉碎香销，我爱你！

花瓣、花萼、花蕊、花刺、你，我，——多么痛快啊！——尽胶结在一起；一片狼藉的猩红，两手模糊的鲜血。

玫瑰！我爱你！

（1923年2月4日《努力周报》）

月夜听琴[①]

是谁家的歌声，
和悲缓的琴音，
星茫下，松影间，
有我独步静听。

音波，颤震的音波，
穿破昏夜的凄清，
幽冥，草尖的鲜露，
动荡了我的灵府。

我听，我听，我听出了
琴情，歌者的深心。
枝头的宿鸟休惊，
我们已心心相印。

① 1922年写于英国。

休道她的芳心忍，
她为你也曾吞声，
休道她淡漠，冰心里
满蕴着热恋的火星。
记否她临别的神情，
满眼的温柔和酸辛，
你握着她颤动的手——
一把恋爱的神经！

记否你临别的心境，
冰流沦彻你全身，
满腔的抑郁，一海的泪，
可怜不自由的魂灵？

松林中的风声哟！
休扰我同情的倾诉；
人海中能有几次
恋潮淹没我的心滨？

那边光明的秋月，
已经脱卸了云衣，
仿佛喜声地笑道：
“恋爱是人类的生机！”

我多情的伴侣哟！
我羡你蜜甜的爱唇，
却不道黄昏和琴音
联就了你我的神交！

（1923年4月1日《时事新报·学灯》）

夜

一

夜，无所不包的夜，我颂美你！
夜，现在万象都像乳饱了的婴孩，在你大母温柔的
　怀抱中眠熟。
一天只是紧叠的乌云，像野外一座帐篷，静悄悄的，

静悄悄的；

河面只闪着些纤微，软弱的辉芒，桥边的长梗水草，黑沉沉的像几条烂醉的鲜鱼横浮在水上，任凭惫懒的柳条，在他们的肩尾边撩拂；

对岸的牧场，屏围着墨青色的榆荫，阴森森的，像一座镵空的古墓；那边树背光芒，又是什么呢？

我在这沉静的境界中徘徊，在凝神地倾听……听不出青林的夜乐，听不出康河的梦呓，听不出鸟翅的飞声；

我却在这静谧中，听出宇宙进行的声息，黑夜的脉搏与呼吸，听出无数的梦魂的匆忙踪迹；

也听出我自己的幻想，感受了神秘的冲动，在豁动他久敛的羽翮，准备飞出他沉闷的巢居，飞出这沉寂的环境，去寻访黑夜的奇观，去寻访更玄奥的秘密——

听呀，他已经沙沙的飞出云外去了！

二

一座大海的边沿，黑夜将慈母似的胸怀，紧贴住安息的万象；

波澜也只是睡意，只是懒懒向空疏的沙滩上洗淹，像一个小沙弥在瞌睡地撞他的夜钟，只是一片模糊的声响。

那边岩石的面前，直竖着一个伟大的黑影——是人吗？

一头的长发，散披在肩上，在微风中颤动；

他的两臂，瘦的，长的，向着无限的天空举着，——

他似在祷告，又似在悲泣——

是呀，悲泣——

海浪还只在慢沉沉的推送——

看呀，那不是他的一滴眼泪？

一颗明星似的眼泪，掉落在空疏的海砂上，落在倦懒的浪头上，落在睡海的心窝上，落在黑夜的脚边——一颗明星似的眼泪！

一颗神灵，有力的眼泪，仿佛是发酵的酒娘，作炸的引火，霹雳的电子；

他唤醒了海，唤醒了天，唤醒了黑夜，唤醒了浪涛——真伟大的革命——

霎时地扯开了满天的云幕，化散了迟重的雾气。
纯碧的天中，复现出一轮团圆的明月，
一阵威武的西风，猛扫着大海的琴弦，开始，神伟的音乐。
海见了月光的笑容，听了大风的呼啸，也像初醒的狮虎，摇摆咆哮起来——
霎时地浩大的声响，霎时地普遍的猖狂！
夜呀！你曾经见过几滴那明星似的眼泪？

三

到了二十世纪的不夜城。
夜呀，这是你的叛逆，这是恶俗文明的广告，无耻、淫猥、残暴、肮脏——
表面却是一致的辉耀，看，这边是跳舞会的尾声，
那边是夜宴的收梢，那厢高楼上一个肥狠的犹大，正在奸污他钱掳的新娘；
那边街道的转角上，有两个强人，擒住一个过客，一手用刀割断他的喉管，一手掏他的钱包；
那边酒店的门外，麇聚着一群醉鬼，蹒跚地在秽语，狂歌，音似钝刀刮锅底——
幻想更不忍观望，赶快的掉转翅膀，向清净境界飞去。
飞过了海，飞过了山，也飞回了一百多年的光阴——
他到了“湖滨诗侣”的故乡。
多明净的夜色！只淡淡的星辉在湖胸上舞旋，三四个草虫叫夜；
四围的山峰都把宽广的身影，寄宿在葛濑士迷亚柔软的湖心，沉酣的睡熟；
那边“乳鸽山庄”放射出几缕油灯的稀光，斜倭在庄前的荆篱上；
听呀，那不是，罪翁吟诗的清音——

The poets who on earth have made us heirs of truth and
pure delightby heavenly lays!
Oh! might my name be numberd among theirs,
Then glady would end my mortal days!
诗人解释大自然的精神，
美妙与诗歌的欢乐，苏解人间爱困！

无羡富贵，但求为此高尚的诗歌者之一人，
便撒手长瞑，我已不负吾生。
我便无憾地辞尘埃，返归无垠。

他音虽不亮，然韵节流畅，证见旷达的情怀，一个个的音符，都变成了活动的火星，从窗棂里点飞出来！飞入天空，仿佛一串鸢灯，凭彻青云，下照流波，余音洒洒的惊起了林里的栖禽，放歌称叹。

接着清脆的嗓音，又不是他妹妹桃绿水（Dorothy）的？

呀，原来新染烟癖的高柳列奇（Coleridge）也在他家作客，三人围坐在那间湫隘的客室里，壁炉前烤火炉里烧着他们早上在园里亲劈的栗柴，在必拍的作响，铁架上的水壶也已经滚沸，嗤嗤有声：

To sit without emotion,hope or aim in the loved presence of my cottage fire, And Listen to the flapping of the flame Or kettle whispering its faint undersong.

坐处在可爱的将息炉火之前，
无情绪的兴奋、无冀、无筹营，
听，但听火焰，飐摇的微喧，
听水壶的沸响，自然的乐音。

夜呀，像这样人间难得的纪念，你保存了多少……

四

他又离了诗侣的山庄，飞出了湖滨，重复逆溯着汹涌的时潮，到了几百年前海岱儿堡（Heidelberg）的一个跳舞盛会。

雄伟的赭色宫堡，一体沉浸在满目的银涛中，山下的尼波河（Nubes）在悄悄的进行。

堡内只是舞过闹酒的欢声，那位海量的侏儒今晚已喝到第六十三瓶啤酒，嚷着要吃那大厨里烧烤的全牛，引得满庭假发粉面的男客、长裙如云的女宾，哄堂的大笑。

在笑声里幻想又溜回了不知几十世纪的一个昏夜——

眼前只见烽烟四起，巴南苏斯的群山，点成一座照彻云天大火屏，远远听得呼声，古朴壮硕的呼声——

“阿加孟龙打破了屈次奄，夺回了海伦，现在凯旋回雅典了，希腊的人民呀，大家快来欢呼呀！——

——阿加孟龙，王中的王！”

这呼声又将我幻想的双翼，吹回更不知无量数的世纪，到了一个更古的黑夜，一座大山洞的跟前；

一群男女，老的、少的、腰围兽皮或树叶的原民，蹲踞在一堆柴火的跟前，在煨烤大块的兽肉。猛烈地腾窜的火花，照出他们强固的躯体，黝黑多毛的肌肤——

这是人类文明的摇荡时期。

夜呀，你是我们的老乳娘！

五

最后飞出了气围，飞出了时空的关塞。

当前是宇宙的大观！

几百万个太阳，大的小的，红的黄的，放花竹似的在无极中激震，旋转——

但人类的地球呢？

一海的星砂，却向哪里找去，

不好，他的归路迷了！

夜呀，你在哪里？

光明，你又在哪里？

六

“不要怕，前面有我。”一个声音说。

“你是谁呀？”

“不必问，跟着我来不会错的。我是宇宙的枢纽，我是光明的泉源，我是神圣的冲动，我是生命的生命，我是诗魂的向导；不要多心，跟我来不会错的。”

“我不认识你。”

“你已经认识我！在我的眼前，太阳、草木、星、月、介壳、鸟兽、各类的人、虫豸，都是同胞，他们都是从我取得生命，都受我的爱护，我是太阳的太阳，永生的火焰；

你只要听我指导，不必猜疑，我叫你上山，你不要
  怕险；我教你入水，你不要怕淹；我教你蹈火，
  你不要怕烧；我叫你跟我走，你不要问我是谁；
我不在这里，也不在那里，但只随便哪里都有我。
  若然万象都是空的幻的，我是终古不变的真理与
  实在；
你方才遨游黑夜的胜迹，你已经得见他许多珍藏的
  秘密，——你方才经过大海的边沿，不是看见一
  颗明星似的眼泪吗？——那就是我。
你要真静定，须向狂风暴雨的底里求去；
你要真和谐，须向混沌的底里求去；
你要真平安，须向大变乱，大革命的底里求去；
你要真幸福，须向真痛苦里尝去；
你要真实在，须向真空虚里悟去；
你要真生命，须向最危险的方向访去；
你要真天堂，须向地狱里守去；
这方向就是我。
这是我的话，我的教训，我的启方；
我现在已经领你回到你好奇的出发处，引起你游兴
  的夜里；
你看这不是湛露的绿草，这不是温驯的康河？愿你
  再不要多疑，听我的话，
  不会错的，——我永远在你的周围。”

一九二二年七月康桥

（1923年12月1日《晨报·文学旬刊》）

小 诗[1]

月，我含羞地说，
请你登记我冷热交感的情泪，
在你专登泪债的哀情录里；

月，我哽咽着说，
请你查一查我年表的滴滴清泪，
是放新账还是清旧欠呢？

（1923年4月30日《时事新报·学灯》）

①写于1922年7月21日。

私 语[1]

秋雨在一流清冷的秋水池，
一棵憔悴的秋柳里，
一条怯怜的秋枝上，
一片将黄未黄的秋叶上，
听他亲亲切切喁喁唼唼，
私语三秋的情思情事，情语情节，
临了轻轻将他拂落在秋水秋波的秋晕里，
　一涡半转，跟着秋流去。
这秋雨的私语，三秋的情思情事，情诗情节，
也掉落在秋水秋波的秋晕里，
　一涡半转，跟着秋流去。

七月二十一日

（1923 年 4 月 30 日《时事新报·学灯》）

你是谁呀？[2]

　　你是谁呀？
面熟得很，你我曾经会过的，
但在哪里呢，竟是无从记起；
是谁引你到我密室里来的？
你满面忧怆的精神，你何以
默不出声，我觉得有些怕惧；
你的肤色好比干蜡，两眼里
泄露无限的饥渴；呀！他们在
迸泪、鲜红、枯干、凶狠的眼泪，
胶在睚帘边，多可怕，多凄惨！
——我明白了：我知晓你的伤感，
憔悴的根源；可怜！我也记起，
依稀，你我的关系像在这里，
那里，云里雾里，哦，是的是的！
但是再休提起：你我的交谊，
从今起，另辟一番天地，是呀，

①写于 1922 年 7 月 21 日。

② 1922 年写于英国。

另辟一番天地；再不用问你
——我希冀——“你是谁呀”？

（1923年5月4日《时事新报·学灯》）

无 儿[①]

夜色
溟濛，
野鸽
在巢中，
窸窣，
翀毳，
蓬松。
这鸽儿的抖动，
恍似
小孩的嫩掌——
嫩又丰——
扪胸，
可爱的逗痒
茸茸；
“鸽儿呀！
休动休动，
我心忡忡，
我泪溶溶，
鸽儿呀，
休动休动，
无儿的我，
忍不住伤痛。”

（1923年5月4日《时事新报·学灯》）

梦游埃及[②]

龙舟画桨
　　地中海海乐悠扬；
浪涛的中心

① 1922年写于英国。
② 1922年写于英国。

　　有丑怪奋斗汹张；
一轮漆黑的明月，
滚入了青面的太阳——
　　青面白发的太阳；
太阳又奔赴涛心，将海怪
　　浇成奇伟的偶像；
大海化成了大漠；
开佛伦王的石像
　　危峙在天地中央；
张口把太阳吃了
　　遍体发骇人的光亮；
巨万的黄人黑人白人
　　蠕伏在浪涛汹涌的地面；
金刚般的勇士
　　大倘步走上了人堆；

人堆里啾啾的怪响
　　不知是悲切是欢畅；
勇士的金盔金甲
　　闪闪亮亮
　　烨烨生火；

顷刻大火燔燔，火焰里有个
伟丈夫端坐；
　　像菩萨，
　　像葛德，
　　像柏拉图，
坐镇在勇士们头颅砌成的
莲台宝座；

一阵骇人的金电，——
这人宝塔又变形为
　　大漠里清静静地
　　一座三角金字塔：
　　一个个金字，都是
　　　放焰的龙珠；
塔像一只高背的骆驼，
　　驮着个不长不短的

人魔——他睁着怪眼大喊道：——
　　“奴隶的人间，可曾看出
　　此中的消息呀？”
（1923年5月14日《时事新报·学灯》）

清风吹断春朝梦[①]

片片鹅绒眼前纷舞，
　疑是梅心蝶骨醉春风；
一阵阵残琴碎箫鼓，
　依稀山风催瀑弄青松；

梦底的幽情，素心，
缥缈的梦魂，梦境，——
都教晓鸟声里的清风，
轻轻吹拂——吹拂我枕衾，
枕上的温存——，将春梦解成
丝丝缕缕，零落的颜色声音！
这些深灰浅紫，梦魂的认识，
依然黏恋在梦上的边陲。
无如风吹尘起，漫潦梦屐，
纵心愿归去，也难不见涂踪便；

清风！你来自青林幽谷，
　　　款布自然的音乐，
　　　轻怀草意和花香，
　　　温慰诗人的幽独，
　　　攀帘问小姑无恙，
　　　知否你晨来呼唤，
　　　唤散一缘绻缱——
　　　梦里深浓的恩缘？
　　　任春朝富的温柔，
　　　问谁偿逍遥自由？
只看一般梦意阑珊，——
诗心，恋魂，理想的彩云，——
一似狼藉春阴的玫瑰，

①写于1922年8月3日。

一似鹃鸟黎明的幽叹，
韵断香散，仰望天高云远，
梦翅双飞，一逝不复还！

（1923年6月5日《时事新报·学灯》）

十日前作《春梦》，偶然拈得此题，今日始勉强成咏，诗意过揉且隐，词只掠影之功，音节不纯，尤所深憾；然梦固难显，灵奥亦何能遽达，独恨神游未远，又被同来阻隔耳！

八月三日

地中海中梦埃及魂入梦[1]

（埃及，古埃及！）
昨夜你古希的精灵，
洒一瓢黝黄的月彩，
点染我的梦境；

（埃及，古埃及！）
我梦魂在海上游行，
听波涛终古的幽骚，
终古不平之鸣；

（埃及，古埃及！）
我鼓梦棹上溯时潮，
逆湍险，访史乘的泉源，
遨游云间宫堡；

（埃及，古埃及！）
在尘埃之外逍遥，
解脱了时空的锁链，
自由地翔翱；

（埃及，古埃及！）
超轶了梦境的神秘，
超轶了神秘的梦境，
一切人生之迷；

① 1922年9月写于从英国归国途中。

（埃及，古埃及！）
颠破了这颠不破的梦壳，
方能到真创造的庄严地，
凝成人间千年万年，
凝不成的理想结晶体；

（埃及，古埃及！）
开佛伦王寂寞的偶像无恙！
开佛伦王寂寞的理想无恙！
开佛伦王寂寞的梦乡无恙！

（埃及，古埃及！）
尼罗河畔的月色，
三角洲前的涛声，
金字塔光的微颤，
人面狮身的幽影！
是我此日梦景之断片，
是谁何时断片的梦景？

（1923年9月4日《时事新报·学灯》）

威尼市[1]

我站在桥上，
这甜熟的黄昏，
远处来的箫声和琴音——点儿、线儿，
圆形、方形、长形，
尽是灿烂的黄金，
倾泻在波涟里，
澄蓝而凝匀。
歌声，游艇，
灯烛的辉莹，
梦寐似生，
——细缊——
幻景似消泯，
在流水的胸前——
鲜妍，绻缱——

① 1922年写于英国。

流，流，
流入沉沉的黄昏。

我灵魂的弦琴，
感受了无形的冲动，
怔忡，惺忪，
悄悄地吟弄，
一支红朵蜡的新曲，
出咽的香浓；
但这微妙的心琴哟，
有谁领略，
有谁能听！

（1923年4月28日《时事新报·学灯》）

康桥再会罢[①]

康桥，再会罢；
我心头盛满了别离的情绪，
你是我难得的知己，我当年
辞别家乡父母，登太平洋去，
（算来一秋二秋，已过了四度春秋，浪迹在
海外，美土欧洲）
扶桑风色，檀香山芭蕉况味，
平波大海，开拓我心胸神意，
如今都变了梦里的山河，
渺茫明灭，在我灵府的底里；
我母亲临别的泪痕，她弱手
向波轮远去送爱儿的巾色，
海风咸味，海鸟依恋的雅意，
尽是我记忆的珍藏，我每次
摩按，总不免心酸泪落，便想
理箧归家，重向母怀中匐伏，
回复我天伦挚爱的幸福；
我每想人生多少跋涉劳苦，
多少牺牲，都只是枉费无补，
我四载奔波，称名求学，毕竟

①写于1922年8月10日离英前夕。

在知识道上，采得几茎花草，
在真理山中，爬上几个峰腰，
钧天妙乐，曾否闻得，彩红色，
可仍记得？——但我如何能回答？
我但自喜楼高车快的文明，
不曾将我的心灵污抹，今日
我对此古风古色，桥影藻密，
依然能坦胸相见，惺惺惜别。

康桥，再会罢！
你我相知虽迟，然这一年中
我心灵革命的怒潮，尽冲泻
在你妩媚河身的两岸，此后
清风明月夜，当照见我情热
狂溢的旧痕，尚留草底桥边，
明年燕子归来，当记我幽叹
音节，歌吟声息，缦烂的云纹
霞彩，应反映我的思想情感，
此日撒向天空的恋意诗心，
赞颂穆静腾辉的晚景，清晨
富丽的温柔；听！那和缓的钟声
解释了新秋凉绪，旅人别意，
我精魂腾跃，满想化入音波，
震天彻地，弥盖我爱的康桥，
如慈母之于睡儿，缓抱软吻；
康桥！汝永为我精神依恋之乡！
此去身虽万里，梦魂必常绕
汝左右，任地中海疾风东指，
我亦必纡道西回，瞻望颜色；
归家后我母若问海外交好，
我必首数康桥；在温清冬夜
腊梅前，再细辨此日相与况味；
设如我星明有福，素愿竟酬，
则来春花香时节，当复西航，
重来此地，再捡起诗针诗线，
绣我理想生命的鲜花，实现
年来梦境缠绵的销魂踪迹，
散香柔韵节，增媚河上风流；

故我别意虽深，我愿望亦密，
昨宵明月照林，我已向倾吐
心胸的蕴积，今晨雨色凄清，
小鸟无欢，难道也为是怅别
情深，累藤长草茂，涕泪交零！

康桥！山中有黄金，天上有明星，
人生至宝是情爱交感，即使
山中金尽，天上星散，同情还
永远是宇宙间不尽的黄金，
不昧的明星；赖你和悦宁静
的环境，和圣洁欢乐的光阴，
我心我智，方始经爬梳洗涤，
灵苗随春草怒生，沐日月光辉，
听自然音乐，哺啜古今不朽
——强半汝亲栽育——的文艺精英：
恍登万丈高峰，猛回头惊见
真善美浩瀚的光华，覆翼在
人道蠕动的下界，朗然照出
生命的经纬脉络，血赤金黄，
尽是爱主恋神的辛勤手绩；
康桥！你岂非是我生命的泉源？
你惠我珍品，数不胜数；最难忘
骞士德顿桥下的星磷坝乐，
弹舞殷勤，我常夜半凭阑干，
倾听牧地黑野中倦牛夜嚼，
水草间鱼跃虫嗤，轻挑静寞；
难忘春阳晚照，泼翻一海纯金，
淹没了寺塔钟楼，长垣短堞，
千百家屋顶烟突，白水青田，
难忘茂林中老树纵横；巨干上
黛薄荼青，却教斜刺的朝霞，
抹上些微胭脂春意，忸怩神色；
难忘七月的黄昏，远树凝寂，
像墨泼的山形，衬出轻柔暝色，
密稠稠，七分鹅黄，三分桔绿，
那妙意只可去秋梦边缘捕捉；
难忘榆荫中深宵清啭的诗禽，

一腔情热，教玫瑰噙泪点首，
满天星环舞幽吟，款住远近
浪漫的梦魂，深深迷恋香境；
难忘村里姑娘的腮红颈白；
难忘屏绣康河的垂柳婆娑，
婀娜的克莱亚，硕美的校友居；
——但我如何能尽数，总之此地
人天妙合，虽微如寸芥残垣，
亦不乏纯美精神；流贯其间，
而此精神，正如宛次宛士所谓
“通我血液，浃我心脏”，有“镇驯
矫饬之功”；我此去虽归乡土，
而临行怫怫，转若离家赴远；
康桥！我故里闻此，能弗怨汝
僭爱，然我自有谠言代汝答付；
我今去了，记好明春新杨梅
上市时节，盼我含笑归来，
再见罢，我爱的康桥！

（1923年3月12日《时事新报·学灯》）

马 赛[1]

马赛，你神态何以如此惨淡？
空气中仿佛释透了铁色的矿质，
你拓臂环拥着的一湾海，也在迟重的阳光中，
沉闷地呼吸；
一涌青波，一峰白沫，一声呜咽；

地中海呀！
你满怀的牢骚，
恐只有蟠白的阿尔帕斯——永远
自万尺高处冷眼下瞰——深浅知悉。
马赛，你面容何以如此惨淡？
这岂是情热猖獗的欧南？
　看这一带山岭，筑成天然城堡，
　雄闳沉着，

①写于1922年8月从英国返回祖国途中。

一床床的大灰岩，
一丛丛的暗绿林，
一堆堆的方形石灰屋——
光土毛石的尊严，
朴素自然的尊严，
淡净颜色的尊严——
无愧是水让（ceganne）神感的故乡，
廊大艺术灵魂的手笔！

但普鲁罔司情歌缠绵真挚的精神，
在黑暗中布植文艺复兴种子的精神，
难道也深隐在这些岩片杂草的中间，
惨雾淡抹的中间？

马赛，你惨淡的神情，
倍增了我别离的幽感，别离欧土的怆心；
我爱欧化，然我不恋欧洲；
此地景物已非，不如归去；
家乡有长梗菜饭，米酒肥羔，
此地景物已非，不堪存想。
我游都会繁庶，时有踯躅墟墓之感，
在繁华声色场中，有梦亦多恐怖；
我似见莱茵河边，难民麇伏，
冷月照鸠面青肌，凉风吹褴褛衣结，
柴火几星，便鸡犬也噤无声音；

又似身在咖啡夜馆中，
烟雾里酒香袂影，笑语微闻，
场中有裸女作猥舞，
场背有黑面奴弄器出淫声；

百年来野心迷梦，已教大战血潮冲破；
如今凄惶遍地，兽性横行；
不如归去，此地难寻干净人道，
此地难得真挚人情，不如归去！

（1922年12月17日《努力周报》第33期）

地中海[1]

海呀！你宏大幽秘的音息，不是无因而来的！
　这风稳日丽，也不是无因而然的！
这些进行不歇的波浪，唤起了思想同情的反应——涨，
　落——隐，现——去，来……
无量数的浪花，各各不同，各有奇趣的花样，——
　一树上没有两张相同的叶片，
　天上没有两朵相同的云彩。
地中海呀！你是欧洲文明最老的见证！
魔大的帝国，曾经一再笼卷你的两岸；
霸业的命运，曾经再三在你酥胸上定夺；
无数的帝王、英雄、诗人、僧侣、寇盗、商贾，曾经在你怀抱中得意，失志，
　灭亡；
无数的财货、牲畜、人命、舰队、商船、渔艇，曾经沉入你无底的渊壑；
无数的朝彩晚霞，星光月色，血腥，血糜，曾经浸染涂糁你的面庞；
无数的风涛、雷电、炮声、潜艇，曾经扰乱你平安的居处；
屈洛安城焚的火光，阿脱洛庵家的惨剧，
沙伦女的歌声，迦太基奴女被掳过海的哭声，
维雪维亚炸裂的彩色，
尼罗河口，铁拉法尔加唱凯的歌音……
都曾经供你耳目刹那的欢娱。
历史来，历史去；
　埃及、波斯、希腊、马其顿、罗马、西班牙——
　至多也不过抵你一缕浪花的涨歇，一茎春花的开落！但是你呢——
　依旧冲洗着欧非亚的海岸，
　依旧保存着你青年的颜色，
　（时间不曾在你面上留痕迹。）
　依旧继续着你自在无挂的涨落，
　依旧呼啸着你厌世的骚愁，
　依旧翻新着你浪花的样式，——
这孤零零地神秘伟大的地中海呀！

（1922 年 12 月 24 日《努力周报》第 34 期）

①写于 1922 年 8 月从英国返回祖国途中。

秋月呀[①]

秋月呀！
谁禁得起银指尖儿
浪漫地搔爬呵！
不信但看那一海的轻涛，可不是禁不住它玉指的抚
　摩，在那里低徊饮泣呢！就是那
无聊的熏烟，
秋月的美满，
熏暖了飘心冷眼，
也清冷地穿上了轻缟的衣裳，
来参与这
美满的婚姻和丧礼。

（1922 年 11 月 6 日《新浙江报·新朋友》）

北方的冬天是冬天[②]

北方的冬天是冬天！
满眼黄沙漠漠的地与天；
赤膊的树枝，硬搅着北风先——
一队队敢死的健儿，傲立在战阵前！
不留半片残青，没有一丝黏恋，
只拼着精光的筋骨；凝敛着生命的精液，
耐，耐三冬的霜鞭与雪拳与风剑，
直耐到春阳征服了消杀与枯寂与凶惨，
直耐到春阳打开了生命的牢监，放出一瓣的树头鲜！
直耐到忍耐的奋斗功效见，健儿克敌回家酣笑颜！
北方的冬天是冬天！
满眼黄沙茫茫的地与天；
田里一只呆顿的黄牛，
西天边画出几线的悲鸣雁。

（1923 年 1 月 28 日《努力周报》第 39 期）

---

①写于 1922 年 10 月 6 日。
②写于 1923 年 1 月 22 日。

希望的埋葬[1]

希望，只如今……
如今只剩些遗骸——
可怜，我的心……
却教我如何埋掩？

希望，我抚摩着
你惨变的创伤；
在这冷默的冬夜——
谁与我商量埋葬？

埋你在秋林之中，
幽涧之边，你愿否？
朝餐泉乐的琤琮，
暮偎着松茵香柔。

我收拾一筐的红叶，
露凋秋伤的枫叶，
铺盖在你新坟之上——
长眠着美丽的希望！

我唱一支惨淡的歌，
与秋林的秋声相和；
滴滴凉露似的清泪，
洒遍了清冷的新墓！

我手抱你冷残的衣裳，
凄怀你生前的经过——
一个遭不幸的爱母，
回想一场抚养的辛苦！

我又舍不得将你埋葬，
希望，我的生命与光明——
像那个情疯了的公主，

①写于1923年1月24日。

紧搂住她爱人的冷尸。

梦境似的惝恍，
毕竟是谁存谁亡？
是谁在悲唱，希望！
你，我，是谁替谁埋葬？

“美是人间不死的光芒”，
不论是生命，或是希望！
便冷骸也发生命的神光，
何必问秋林红叶去埋葬？

（1923 年 1 月 28 日《努力周报》第 39 期）

一小幅的穷乐图①

巷口一大堆新倒的垃圾，
大概是红漆门里倒出来的垃圾，
其中不尽是灰，还有烧不烬的煤，
不尽是残骨，也许骨中有髓，
骨坳里还黏着一丝半缕的肉片，
还有半烂的布条，不破的报纸，
两三梗取灯儿，一半枝的残烟；

这垃圾堆好比是个金山，
山上满偻着寻求黄金者，
一队的褴褛，破烂的布裤蓝袄，
一个两个数不清高掬的臀腰，
有小女孩，有中年妇，有老婆婆，
一手挽着筐子，一手拿着树条，
深深的弯着腰，不咳嗽，不唠叨，
也不争闹，只是向灰堆里寻捞，
向前捞捞，向后捞捞，两边捞捞，
肩挨肩儿，头对头儿，拨拨挑挑，
老婆婆捡了一块布条，上好一块布条！
有人专捡煤渣，满地多的煤渣，
妈呀，一个女孩叫道，我捡了一块鲜肉骨头，

①写于 1923 年 2 月 6 日。

回头熬老豆腐吃，好不好？

一队的褴褛，好比个走马灯儿，
转了过来，又转了过去，又过来了，
有中年妇，有女孩小，有婆婆老，
还有夹在人堆里趁热闹的黄狗几条。

（1923年2月14日《晨报副镌》第41号）

哀曼殊斐儿①

我昨夜梦入幽谷，
　听子规在百合丛中泣血，
我昨夜梦登高峰，
　见一颗光明泪自天堕落。

古罗马的郊外有座墓园，
　静偃着百年前客殇的诗骸；
百年后海岱士黑辇的车轮，
　又喧响在芳丹卜罗的青林边。

说宇宙是无情的机械，
　为甚明灯似的理想闪耀在前？
说造化是真善美之表现，
　为甚五彩虹不常住天边？

我与你虽仅一度相见——
　但那二十分不死的时间！
谁能信你那仙姿灵态，
　竟已朝露似的永别人间？

非也！生命只是个实体的幻梦：
　美丽的灵魂，永承上帝的爱宠；
三十年小住，只似昙花之偶现，
　泪花里我想见你笑归仙宫。

你记否伦敦约言，曼殊斐儿！

①写于1923年3月11日。

今夏再见于琴妮湖之边；
琴妮湖永抱着白朗矶的雪影，
此日我怅望云天，泪下点点！

我当年初临生命的消息，
梦觉似的骤感恋爱之庄严；
生命的觉悟是爱之成年，
我今又因死而感生与恋之涯沿！

同情是掼不破的纯晶，
爱是实现生命之唯一途径：
死是座伟秘的洪炉，此中
凝炼万象所从来之神明。

我哀思焉能电花似的飞骋，
感动你在天日遥远的灵魂？
我洒泪向风中遥送，
问何时能戡破生死之门？

（1923年3月18日《努力周报》第44期）

小花篮[①]

——送卫礼贤先生

一年前此时，我正与博生、通伯同游槐马与耶纳，访葛德西喇之故居，买得一小花篮，随采野草实之，今草已全悴，把玩不觉兴感，因作左诗。

（卫礼贤先生，通我国学，传播甚力，其生平所最崇拜者，孔子而外，其邦人葛德是，今在北大讲葛德，正及其意大利十八月之留。）

我买一只小小的花篮，
杜陵人手编的兰花篮；

我采集一把青翠的小草，
从玫瑰园外的小河河边；

把那些小草装入了小篮；

①写于1923年3月16日。

小小的纪念，别有风趣可爱。

当年葛德自罗马归来，
载回朝旭似文化的光彩；

如今玫瑰园中清简的屋内，
贴近他创制诗歌的书案。
（Rosen—garden 在 Weimer 葛德制诗处）

留着个小小的纪念：非造像，
非画件，亦非是古代史迹：

一束罗马特产的鲜菜，
如今僵缩成一小撮的灰骸！

这一小撮僵缩的灰骸，
却最澄见他宏坦的诗怀！

我冥想历史进行之参差，
问何年这伟大的明星再来？

听否那黄海东海南海的潮声，
声声问华族的灵魂何时自由？

我自游槐马归来，不过一年，
那小篮里的鲜花，已成枯蜷；

我感怀于光阴造作之荣衰，
亦憬然于生生无已之循环；

便历尽了人间的悲欢变幻，
也只似微波在造化无边之海！

（1923年3月23日《晨报副镌》）

破 庙

慌张的急雨将我
赶入了黑丛丛的山坳，
迫近我头顶在腾拿，
恶狠狠的乌龙巨爪；
枣树兀兀地隐蔽着
一座静悄悄的破庙，
我满身的雨点雨块，
躲进了昏沉沉的破庙；

雷雨越发来得大了；
霍隆隆半天里霹雳，
豁喇喇林叶树根苗，
山谷山石，一齐怒号，
千万条的金剪金蛇，
飞入阴森森的破庙，
我浑身战抖，趁电光
估量这冷冰冰的破庙；

我禁不住大声喊叫；
电光火把似的照耀，
照出我身旁神龛里
一个青面狞笑的神道，
电光去了，霹雳又到，
不见了狞笑的神道，
硬雨石块似的倒泻——
我独身藏躲在破庙；

千年万年应该过了！
只觉得浑身的毛窍，
只听得骇人声怪叫，
只记得那凶恶的神道，
忘记了我现在的破庙；
好容易雨收了，雷休了，
血红的太阳，满天照耀，
照出一个我，一座破庙！

四行诗一首[①]

忧愁他整天拉着我的心，
像一个琴师操练他的琴；
悲哀像是海礁间的飞涛：
看他那汹涌，听他那呼号！

（1925年8月24日《晨报副镌》）

我是个无依无伴的小孩[②]

我是个无依无伴的小孩，
无意地来到生疏的人间：
我忘了我的生年与生地，
只记从来处的草青日丽；

青草里满泛我活泼的童心，
好鸟常伴我在艳阳中游戏；

我爱啜野花上的白露清鲜，
爱去流涧边照弄我的童颜；

我爱与初生的小鹿儿竞赛，
爱聚砂砾仿造梦里的亭园；

我梦里常游安琪儿的仙府，
白羽的安琪儿，教导我歌舞；

我只晓天公的喜悦与震怒，
从不感人生的痛苦与欢娱；

所以我是个自然的婴孩，
误人了人间峻险的城围：

①写于1925年8月1日。
②写于1923年5月6日。

我骇诧于市街车马之喧扰，
行路人尽戴着忧惨的面罩；

铅般的烟雾迷障我的心府，
在人丛中反感恐惧与寂寥；

啊！此地不见了清涧与青草，
更有谁伴我笑语，疗我饥惆；

我只觉刺痛的冷眼与冷笑，
我足上沾污了沟渠的泞潦；

我忍住两眼热泪，漫步无聊，
漫步着南街北巷，小径长桥；

我走近一家富丽的门前，
门上有金色题标，两字“慈悲”；

金字的慈悲，令我欢慰，
我便放胆跨进了门槛；

慈悲的门庭寂无声响，
堂上隐隐有阴惨的偶像；

偶像在伸臂，似庄似戏，
真骇我狂奔出慈悲之第；

我神魂惊悸慌张地前行，
转瞬间又面对“快乐之园”；

快乐园的门前，鼓角声喧，
红衣汉在守卫，神色威严；

游服竞鲜艳，如春蝶舞翩跹，
园林里阵阵香风，花枝隐现；

吹来乐音断片，招诱向前，
赤穷孩蹑近了快乐之园！

守门汉霹雳似的一声呼叱，
震出了我骇愧的两行急泪；

我掩面向僻隐处飞驰，
遭罹了快乐边沿的尖刺；

黄昏。荒街上尘埃舞旋，
凉风里有落叶在呜咽；

天地看似墨色螺形的长卷，
有孤身儿在踟蹰，似退似前；

我仿佛陷落在冰寒的阱锢，
我哭一声我要阳光的暖和！

我想望温柔手掌，偎我心窝，
我想望搂我入怀，纯爱的母；

我悲思正在喷泉似的溢涌，
一闪闪神奇的光，忽耀前路；
光似草际的游萤，乍显乍隐，
又似暑夜的飞星，窜流无定；

神异的精灵！生动了黑夜，
平易了途径，这闪闪的光明；

闪闪的光明！消解了恐惧，
启发了欢欣，这神异的精灵；

昏沉的道上，引导我前进，
一步步离远人间进向天庭；

天庭！在白云深处，白云深处，
有美安琪敛翅羽，安眠未醒；

我亦爱在白云里安眠不醒，
任清风搂抱，明星亲吻殷勤；

光明！我不爱人间，人间难觅
安乐与真情，慈悲与欢欣；

光明，我求祷你引致我上登
天庭，引挈我永住仙神之境；

我即不能上攀天庭，光明，
你也照导我出城围之困，

我是个自然的婴儿，光明知否，
但求回复自然的生活优游；

茂林中有餐不罄的鲜柑野栗，
青草里有享不尽的意趣香柔……

五月六日

（1923年5月13日《努力周报》第52期）

康河晚照即景

这心灵深处的欢畅，
这情绪境界的壮旷；
任天堂沉沦，地狱开放，
毁不了我内府宝藏！

（1923年5月10日《小说月报》第14卷第5号）

悲 思[1]

悲思在庭前——
　　不；但看
　新萝憨舞，
　紫藤吐艳，
　蜂恣蝶恋——
悲思不在庭前。
悲思在天上——
　　不；但看——
　青白长空，

①写于1923年5月13日。

气宇晴朗，
云雀回舞——
悲思不在天上。

悲思在我笔里——
不；但看
白净长毫，
正待抒写，
浩坦心怀——
悲思不在我的笔里。

悲思在我纸上——
不；但看
质净色清，
似在腼盻，
诗意春情——
悲思不在我的纸上。

悲思莫非在我……
心里——
心如古墟，
野草不株，
心如冻泉，
冰结活源，
心如冬虫，
久蛰久噤——
不，悲思不在我的心里！

五月十三日

（1923 年 5 月 20 日《努力周报》第 53 期）

雀儿，雀儿[①]

雀儿，雀儿，
你进我的门儿，
你又想出我的门儿。
礚呀，礚呀，

①写于 1923 年 6 月初。

玻璃老碰你的头儿！
……

屋子里阴凉，
院子里有太阳。
屋子里就有我——你不爱；
院子里有的是，
你的姐姐妹妹好朋友！

我张开一双手儿，
叫一声雀儿雀儿；
我愿意做你的妈，
你做我乖乖的儿。

每天吃茶的时候，
我喂你碎饼干儿。
回头我们俩睡一床，
一同到甜甜的梦里去，
唱一个新鲜的歌儿。
……

（1923年6月24日《努力周报》第58期）

一个祈祷[①]

请听我悲哽的声音，祈求于我爱的神：
人间哪一个的身上，不带些儿创与伤！
哪有高洁的灵魂，不经地狱，便登天堂：
我是肉薄过刀山，炮烙，闯度了奈何桥，
方有今日这颗赤裸裸的心，自由高傲！

这颗赤裸裸的心，请收了罢，我的爱神！
因为除了你更无人，给他温慰与生命，
否则，你就将他磨成齑粉，散入西天云，
但他精诚的颜色，却永远点染你春朝的
新思，秋夜的梦境；怜悯罢，我的爱神！

（1923年7月1日《晨报·文学旬刊》）

①写于1923年6月。

一家古怪的店铺[①]

有一家古怪的店铺，
隐藏在那荒山的坡下；
我们村里白发的公婆，
也不知他们何时起家。

相隔一条大河，船筏难渡；
有时青林里袅起髻螺，
在夏秋间明净的晨暮——
料是他家工作的烟雾。

有时在寂静的深夜，
狗吠隐约炉捶的声响，
我们忠厚的更夫常见
对河山脚下火光上飏。

是种田钩镰，是马蹄铁鞋，
是金银妙件，还是杀人凶械？
何以永恋此林山，荒野，
神秘的捶工呀，深隐难见？

这是家古怪的店铺，
隐藏在荒山的坡下；
我们村里白发的公婆，
也不知他们何时起家。

（1923年7月11日《晨报·文学旬刊》）

石虎胡同七号[②]

我们的小园庭，有时荡漾着无限温柔；
善笑的藤娘，袒酥怀任团团的柿掌绸缪，
百尺的槐翁，在微风中俯身将棠姑抱搂，
黄狗在篱边，守候睡熟的珀儿，它的小友，

①写于1923年7月7日。
②写于1923年7月。

小雀儿新制求婚的艳曲，在媚唱无休——
我们的小园庭，有时荡漾着无限温柔。

我们的小园庭，有时淡描着依稀的梦景；
雨过的苍茫与满庭荫绿，织成无声幽冥，
小蛙独坐在残兰的胸前，听隔院蚓鸣，
一片化不尽的雨云，倦展在老槐树顶，
掠檐前作圆形的舞旋，是蝙蝠，还是蜻蜓？——
我们的小园庭，有时淡描着依稀的梦景。

我们的小园庭，有时轻喟着一声奈何；
奈何在暴雨时，雨槌下捣烂鲜红无数，
奈何在新秋时，未凋的青叶惆怅地辞树，
奈何在深夜里，月儿乘云艇归去，西墙已度，
远巷薤露的乐音，一阵阵被冷风吹过——
我们的小园庭，有时轻喟着一声奈何。

我们的小园庭，有时沉浸在快乐之中；
雨后的黄昏，满院只美荫，清香与凉风，
大量的蹇翁，巨樽在手，蹇足直指天空，
一斤，两斤，杯底喝尽，满怀酒欢，满面酒红，
连珠的笑响中，浮沉着神仙似的酒翁——
我们的小园庭，有时沉浸在快乐之中。

（1923年8月6日《文学周报》第82期）

家中的岁月①

白杨树上一阵鸦啼，
白杨树上叶落纷披，
白杨树下有荒土一堆：
亦无有青草，亦无有墓碑；

亦无有蛱蝶双飞，
亦无有过客依违，
有时点缀荒野的暮霭，
土堆邻近有青磷闪闪。

①见于1923年9月初徐志摩写给胡适的信中。

埋葬了也不得安逸，
髑髅在坟底叹息；
舍手了也不得静谧，
髑髅在坟底饮泣。

破碎的愿望梗塞我的呼吸，
伤禽似的震悸着他的羽翼；
白骨放射着赤色的火焰——
却烧不尽生前的恋与怨。

白杨在西风里无语，摇曳，
孤魂在墓窟的凄凉里寻味：
“从不享，可怜，祭扫的温慰，
更有谁存念我生平的梗概”！

（1924年10月15日《晨报副镌》）

幻 想

一

天空里幻出一带的长虹，
一条七彩双首乔背的神龙；
一头的龙喙与龙须与龙髯，
淹没在埂奇河春泛之濑湍，
一头的龙爪，下踞在河北江南，
饮啜于长江大河，咽响如雷，
　这彩色神明的巨怪，
　满吸了东亚的大水，
昂首向坎坷的地面寻着，
吼一声，可怜，苦旱的人间！
遍野的饥农，在面天求怜，
求救渡的甘霖，满溢田田——
看呀，电闪里长鬣舞旋，
转惨酷为欢欣在俄顷之间！

二

天空里幻出长虹一带，

在碧玉的天空镶嵌，
一端挽住昆仑的山坳，
一端围绕在喜马拉雅之巉岩；
是谁何的匠心，制此巨采，
问伟男何在，问伟男何在？
披苍空普盖的青衫，
束此神异光明之带，
举步在浩宇里徘徊，
啊，踏翻，南北白头的高山，
霎时的雪花狂舞，雪花狂洒，
普化了东与西，洒遍了北与南，
丈夫！这纯澈无路的世界，
产生于一转之俄顷之间。

（1923年9月10日《小说月报》第14卷第9号）

月下雷峰影片①

我送你一个雷峰塔影，
　满天稠密的黑云与白云；
我送你一个雷峰塔顶，
　明月泻影在眠熟的波心。

深深的黑夜，依依的塔影，
　团团的月彩，纤纤的波鳞——
假如你我荡一支无遮的小艇，
　假如你我创一个完全的梦境！

（1925年8月中华书局《志摩的诗》）

雷峰塔②（杭白）

那首是白娘娘的古墓
（划船的手指着野草深处）；
客人，你知道西湖上的佳话，
白娘娘是个多情的妖魔。

①写于1923年9月26日。
②写于1923年9月。

她为了多情，反而受苦，
爱了个没出息的许仙，她的情夫；
他听信了一个和尚，一时的糊涂，
拿一个钵盂，把他妻子的原形罩住。

到如今已有千百年的光景，
可怜她被镇压在雷峰塔底，——
一座残败的古塔，凄凉地，
庄严地，独自在南屏的晚钟声里！

（1923年10月12日《晨报·文学旬刊》）

灰色的人生[①]

我想——我想开放我的宽阔的粗暴的嗓音，唱一支野蛮的大胆的骇人的新歌；
我想拉破我的袍服，我的整齐的袍服，露出我的胸膛，肚腹，肋骨与筋络；
我想放散我一头的长发，像一个游方僧似的散披着一头的乱发；
我也想跣我的脚，跣我的脚，在巉牙似的道上，快活地，无畏地走着。

我要调谐我的嗓音，傲慢的，粗暴的，唱一阕荒唐的，摧残的，弥漫的歌调；
我伸出我的巨大的手掌，向着天与地，海与山，无餍地求讨，寻捞；
我一把揪住了西北风，问它要落叶的颜色，
我一把揪住了东南风，问它要嫩芽的光泽；
我蹲身在大海的边旁，倾听它的伟大的酣睡的声浪;
我捉住了落日的彩霞，远山的露霭，秋月的明辉，散放在我的发上，胸前，袖里，脚底……

我只是狂喜地大踏步地向前——向前——口唱着暴烈的，粗伧的，不成章的歌调；
来，我邀你们到海边去，听风涛震撼大空的声调；
来,我邀你们到山中去,听一柄利斧斫伐老树的清音;

①写于1923年10月12日。

来，我邀你们到密室里去，听残废的，寂寞的灵魂的呻吟；
来，我邀你们到云霄外去，听古怪的大鸟孤独的悲鸣；
来，我邀你们到民间去，听衰老的，病痛的，贫苦的，残毁的，受压迫的，烦闷的，奴服的，懦怯的，丑陋的，罪恶的，自杀的，——和着深秋的风声与雨声——合唱的“灰色的人生”！

（1923年10月21日《努力周报》第75期）

常州天宁寺闻礼忏声①

有如在火一般可爱的阳光里，偃卧在长梗的，杂乱的丛草里，听初夏第一声的鹧鸪，从天边直响入云中，从云中又回响到天边；
有如在月夜的沙漠里，月光温柔的手指，轻轻的抚摩着一颗颗热伤了的砂砾，在鹅绒般软滑的热带的空气里，听一个骆驼的铃声，轻灵的，轻灵的，在远处响着，近了，近了，又远了……
有如在一个荒凉的山谷里，大胆的黄昏星，独自临照着阳光死去了的宇宙，野草与野树默默的祈祷着，听一个瞎子，手扶着一个幼童，铛的一响算命锣，在这黑沉沉的世界里回响着；
有如在大海里的一块礁石上，浪涛像猛虎般的狂扑着，天空紧紧的绷着黑云的厚幕，听大海向那威吓着的风暴，低声的，柔声的，忏悔它一切的罪恶；
有如在喜马拉雅的顶巅，听天外的风，追赶着天外的云的急步声，在无数雪亮的山壑间回响着；
有如在生命的舞台的幕背，听空虚的笑声，失望与痛苦的呼吁声，残杀与淫暴的狂欢声，厌世与自杀的高歌声，在生命的舞台上合奏着。

我听着了天宁寺的礼忏声！

这是哪里来的神明？人间再没有这样的境界！
这鼓一声，钟一声，磬一声，木鱼一声，佛号一声……

---

①写于1923年10月。

乐音在大殿里，迂缓的，曼长的回荡着，无数冲突的波流谐合了，无数相反的色彩净化了，无数现世的高低消灭了……

这一声佛号，一声钟，一声鼓，一声木鱼，一声磬，谐音盘礴在宇宙间——解开一小颗时间的埃尘，收束了无量数世纪的因果；

这是哪里来的大和谐——星海里的光彩，大千世界的音籁，真生命的洪流：止息了一切的动，一切的扰攘；

在天地的尽头，在金漆的殿椽间，在佛像的眉宇间，在我的衣袖里，在耳鬓边，在官感里，在心灵里，在梦里……

在梦里，这一瞥间的显示，青天，白水，绿草，慈母温软的胸怀，是故乡吗？是故乡吗？

光明的翅羽，在无极中飞舞！

大圆觉底里流出的欢喜，在伟大的，庄严的，寂灭的，无疆的，和谐的静定中实现了！

颂美呀，涅槃！赞美呀，涅槃！

（1923年11月11日《晨报·文学旬刊》）

沪杭车中[1]

匆匆匆！催催催！
一卷烟，一片山，几点云影，
一道水，一条桥，一支橹声，
一林松，一丛竹，红叶纷纷；

艳色的田野，艳色的秋景，
梦境似的分明，模糊，消隐——
催催催！是车轮还是光阴？

---

①写于1923年10月30日。

催老了秋容，催老了人生！
（1923年11月10日《小说月报》第14卷第11号）

先生！先生！

钢丝的车轮
在偏僻的小巷内飞奔——
“先生，我给先生请安您哪，先生。”

迎面一蹲身，
一个单布褂的女孩颤动着呼声——
雪白的车轮在冰冷的北风里飞奔。

紧紧的跟，紧紧的跟，
破烂的孩子追赶着铄亮的车轮——
“先生，可怜我一大吧，善心的先生！”

“可怜我的妈，
她又饿又冻又病，躺在道儿边直呻——
您修好，赏给我们一顿窝窝头，您哪，先生！”

“没有带子儿。”
坐车的先生说，车里戴大皮帽的先生——
飞奔，急转的双轮，紧追，小孩的呼声。

一路旋风似的土尘，
土尘里飞转着银晃晃的车轮——
“先生，可是您出门不能不带钱您哪，先生。”

“先生！……先生！”
紫涨的小孩，气喘着，断续的呼声——
飞奔，飞奔，橡皮的车轮不住的飞奔。

飞奔……先生……
飞奔……先生……
先生……先生……先生……
（1923年12月11日《晨报·文学旬刊》第20号）

叫化活该[①]

“行善的大姑，修好的爷，”
　西北风尖刀似的猛刺着他的脸，
“赏给我一点你们吃剩的油水吧！”
　一团模糊的黑影，捱紧在大门边。

“可怜我快饿死了，发财的爷，”
　大门内有欢笑，有红炉，有玉杯；
“可怜我快冻死了，有福的爷，”
　大门外西北风笑说，“叫化活该！”

我也是战栗的黑影一堆，
　蠕伏在人道的前街；
我也只要一些同情的温暖，
　遮掩我的剐残的余骸——

　但这沉沉的紧闭的大门：谁来理睬；
　街道上只冷风的嘲讽，“叫化活该”！

（1924 年 12 月 1 日《晨报六周年纪念增刊》）

花牛歌[②]

花牛在草地里坐，
压扁了一穗剪秋萝。

花牛在草地里眠，
白云霸占了半个天。

花牛在草地里走，
小尾巴甩得滴溜溜。

花牛在草地里做梦，
太阳偷渡了西山的青峰。

（1937 年 1 月《文学》第 8 卷第 1 号）

① 写于 1923 年冬。
②约写于 1923 年。

八月的太阳[①]

八月的太阳晒得黄黄的，
谁说这世界不是黄金？

小雀在树荫里打盹，
孩子们在草地里打滚。

八月的太阳晒得黄黄的，
谁说这世界不是黄金？

金黄的树林，金黄的草地，
小雀们合奏着欢畅的清音：

金黄的茅舍，金黄的麦屯，
金黄是老农们的笑声。

（1937 年 1 月《文学》第 8 卷第 1 号）

恋爱到底是什么一回事[②]

恋爱他到底是什么一回事？——
他来的时候我还不曾出世；
太阳为我照上了二十几个年头，
我只是个孩子，认不识半点愁；
忽然有一天——我又爱又恨那一天——
我心坎里痒齐齐的有些不连牵，
那是我这辈子第一次的上当，
有人说是受伤——你摸摸我的胸膛——
他来的时候我还不曾出世，
恋爱他到底是什么一回事？

这来我变了，一只没笼头的马，
跑遍了荒凉的人生的旷野；
又像那古时间献璞玉的楚人，

①约写于 1923 年。
②约写于 1923 年前后。

手指着心窝，说这里面有真有真，
你不信时一刀拉破我的心头肉，
看那血淋淋的一掬是玉不是玉；
血！那无情的宰割，我的灵魂！
是谁逼迫我发最后的疑问？
疑问！这回我自己幸喜我的梦醒，
上帝，我没有病，再不来对你呻吟！
我再不想成仙，蓬莱不是我的分；
我只要这地面，情愿安分的做人，——
从此再不问恋爱是什么一回事，
反正他来的时候我还不曾出世！

（1925年8月中华书局《志摩的诗》初版时无，再版时加入）

东山小曲①

一

早上——太阳在山坡上笑，
　　　　太阳在山坡上叫：——
　看羊的，你来吧，
　　这里有粉嫩的草，鲜甜的料，
　　好把你的老山羊，小山羊，喂个滚饱；
　小孩们你们也来吧，
　　这里有大树，有石洞，有蚱蜢，有小鸟，
　　快来捉一会盲藏，豁一阵虎跳。

二

中上——太阳在山腰里笑，
　　　　太阳在山坳里叫：——
　游山的你们来吧，
　　这里来望望天，望望田，消消遣，
　　忘记你的心事，丢掉你的烦恼；
　叫化子们你们也来吧，
　　这里来偎火热的太阳，胜如一件棉袄，
　　还有香客的布施，岂不是妙，岂不是好。

①写于1924年1月20日。

三

晚上——太阳已经躲好，
　　　　太阳已经去了——
　野鬼们你们来吧，
　　黑巍巍的星光，照着冷清清的庙，
　　树林里有只猫头鹰，半天里有只九头鸟；
　来吧，来吧，一齐来吧，
　　撞开你的顶头板，唱起你的追魂调，
　　那边来了个和尚，快去要他一个灵魂出窍！

（1924年2月10日《小说月报》第15卷第2号）

盖上几张油纸[①]

一片，一片，半空里
　掉下雪片；
有一个妇人，有一个妇人，
　独坐在阶沿。
虎虎的，虎虎的，风响
　在树林间；
有一个妇人，有一个妇人，
　独自在哽咽。

为什么伤心，妇人，
　这大冷的雪天？
为什么啼哭，莫非是
　失掉了钗钿？

不是的，先生，不是的，
　不是为钗钿；
也是的，也是的，我不见了
　我的心恋。

那边松林里，山脚下，先生，
　有一只小木篋，
装着我的宝贝，我的心，
　三岁儿的嫩骨！

①写于1924年1月26日。

昨夜我梦见我的儿
　叫一声"娘呀——
天冷了，天冷了，天冷了，
　儿的亲娘呀！"

今天果然下大雪，屋檐前
　望得见冰条，
我在冷冰冰的被窝里摸——
　摸我的宝宝。

方才我买来几张油纸，
　盖在儿的床上；
我唤不醒我熟睡的儿——
　我因此心伤。

一片，一片，半空里
　掉下雪片；
有一个妇人，有一个妇人，
　独坐在阶沿。
虎虎的，虎虎的，风响
　在树林间；
有一个妇人，有一个妇人，
　独自在哽咽。

（1924年11月25日《晨报·文学旬刊》第54号）

一条金色的光痕[①]（硖石土白）

这几天冷了，我们祠堂门前的那条小港里也浮着薄冰，今天下午想望久了的雪也开始下了，方才有几位友人在这喝酒，虽则眼前的山景还不曾著〈着〉色，也算是"赏雪"了，白炉里的白煤也烧旺了，屋子里暖融融的自然的有了一种雪天特有的风味。我在窗口望着半掩在烟雾里山林，只盼这"祥瑞的"雪花：

Lazily and incessantly floating down and down：
Silently sifting and veiling road，roaf and railing；
Hiding difference，making unevenness even，
Into angles and crevices softly drifting and sailing.

①写于1924年1月29日。

Making unevenness even!

可爱的白雪，你能填平地面上的不平，但人间的不平呢？我忽然想起我娘告诉我的一件实事，连带的引起了异常的感想。汤麦士哈代吹了一辈子厌世的悲调；但是一只冬雀的狂喜的放歌，在一个大冷天的最凄凉的境地里，竟使这位厌世的诗翁也有一次怀疑，他自己的厌世观，也有一次疑问这绝望的前途也许还闪耀着一点救度的光明。悲观是时代的时髦；怀疑是知识阶级的护照。我们宁可把人类看作一堆自私的肉欲，把人道贬入兽道，把宇宙看作一团的黑气，把天良与德性认做作伪与梦呓，把高尚的精神析成心理分析的动机……我也是不很敢相信牧师与塾师与"主张精神生活的哲学家"的劝世谈的一个，即使人生的日子里，不是整天的下雨，这样的愁云与惨雾，伦敦的冬天似的，至少告诫我们出门时还是带上雨具的妥当。但我却也相信这愁云与惨雾并不是永久没有散开的日子，温暖的阳光也不是永远辞别了人间；真的，也许就在大雨泻的时候，你要是有耐心站在广场上望时，西边的云罅里已经分明的透露着金色的光痕了！下面一首诗里的实事，有人看来也许便是一条金色的光痕——除了血色的一堆自私的肉欲，人们并不是没有更高尚的元素了！

来了一个妇人，一个乡里来的妇人，
穿着一件粗布棉袄，一条紫棉绸的裙，
一双发肿的脚，一头花白的头发，
慢慢地走上我们前厅的石阶；
手扶着一扇堂窗，她抬起她的头，
望着厅堂上的陈设，颤动着她的牙齿脱尽了的口。
她开口问了：

得罪那，问声点看，
我要来求见徐家格位太太，有点事体……
认真则，格位就是太太，真是老太婆哩，
眼睛赤花，连太太都勿认得哩！
是欧，太太，今朝特为打乡下来欧，
乌青青就出门；田里西北风度来野欧，是欧，
太太，为点事体要来求求太太呀！
太太，我拉埭上，东横头，有个老阿太，
姓李，亲丁末……老早死完哩，伊拉格大官官——
李三官，起先到街上来做长年欧，——早几年成了
　弱病，田末卖掉，病末始终勿曾好；
格位李家阿太老年格运气真勿好，全靠场头上东帮
　帮，西讨讨，吃一口白饭，
每年只有一件绝薄欧棉袄靠过冬欧，
上个月听得话李家阿太流火病发，
前夜子西北风起，我也冻得瑟瑟叫抖，

我心里想李家阿太勿晓得那介哩，
昨日子我一早走到伊屋里，真是罪过！
老阿太已经去哩，冷冰冰欧滚在稻草里，
也勿晓得几时脱气欧，也呒不人晓得！
我也呒不法子，只好去喊拢几个人来，
有人话是饿煞欧，有人话是冻煞欧，
我看一半是老病，西北风也作兴有点欧；——
为此我到街上来，善堂里格位老爷
本里一具棺材，我乘便来求求太太，
做做好事，我晓得太太是顶善心欧，
顶好有旧衣裳本格件把，我还想去
买一刀锭箔；我自己屋里也是滑白欧，
我只有五升米烧顿饭本两个帮忙欧吃，
伊拉抬了材，外加收作，饭总要吃一顿欧，
太太是勿是？……暖，是欧！嗳，是欧！
喔唷，太太认真好来，真体恤我拉穷人……
格套衣裳正好……喔唷，害太太还要
难为洋钿……喔唷，喔唷……我只得
朝太太磕一个响头，代故世欧谢谢！
喔唷，那末真真多谢，真欧，太太……

（1924年2月26日《晨报副镌》）

自然与人生

风，雨，山岳的震怒：
　猛进，猛进！
显你们的猖獗，暴烈，威武；
　霹雳是你们的酣嗷，
　雷震是你们的军鼓——
万丈的峰峦在涌汹的战阵里
　失色，动摇，颠播；
　猛进，猛进！
这黑沉沉的下界，是你们的俘虏！

壮观！仿佛跳出了人生的关塞，
凭着智慧的明辉，回看
这伟大的悲惨的趣剧，在时空
无际的舞台上，更番的演着：——

我驻足在岱岳顶巅，
在阳光朗照着的顶巅，俯看山腰里
蜂起的云潮敛着，叠着，渐缓的
淹没了眼下的青峦与幽壑：
霎时的开始了，骇人的工作。

风，雨，雷霆，山岳的震怒——
　猛进，猛进！
矫捷的，猛烈的：吼着，打击着，咆哮着；
烈情的火焰，在层云中狂窜：
恋爱，嫉妒，咒诅，嘲讽，报复，牺牲，烦闷，
　疯犬似的跳着，追着，嗥着，咬着，
毒蟒似的绞着，翻着，扫着，舐着——
　猛进，猛进！
狂风，暴雨，电闪，雷霆：
　烈情与人生！

静了，静了——
不见了晦盲的云罗与雾锢，
只有轻纱似的浮沤，在透明的晴空，
冉冉的飞升，冉冉的翳隐，
像是白羽的安琪，捷报天庭。

静了，静了——
眼前消失了战阵的幻景，
回复了幽谷与冈峦与森林，
青葱，凝静，芳馨，像一个浴罢的处女，
忸怩的无言，默默的自怜。

变幻的自然，变幻的人生，
瞬息的转变，暴烈与和平，
刿心的惨剧与怡神的宁静：——
谁是主，谁是宾，谁幻复谁真？
莫非是造化儿的诙谐与游戏，
恣意的反复着涕泪与欢喜，
厄难与幸运，娱乐他的冷酷的心，
与我在云外看雷阵，一般的无情？

（1924年2月5日《晨报·文学旬刊》）

夜半松风[1]

这是冬夜的山坡，
坡下一座冷落的僧庐，
庐内一个孤独的梦魂：
　在忏悔中祈祷，在绝望中沉沦；——

为什么这怒叫，这狂啸，
鼍鼓与金钲与虎与豹？
为什么这幽诉，这私慕？
烈情的惨剧与人生的坎坷——
　又一度潮水似的淹没了
这彷徨的梦魂与冷落的僧庐？
（1924年7月11日《晨报·文学旬刊》第41号）

去 罢[2]

去罢，人间，去罢！
　我独立在高山的峰上；
去罢，人间，去罢！
　我面对着无极的穹苍。

去罢，青年，去罢！
　与幽谷的香草同埋；
去罢，青年，去罢！
　悲哀付与暮天的群鸦。
去罢，梦乡，去罢！
　我把幻景的玉杯摔破；
去罢，梦乡，去罢！
　我笑受山风与海涛之贺。

去罢，种种，去罢！
　当前有插天的高峰；
去罢，一切，去罢！

①写于1924年2月22日。
②写于1924年5月20日。

当前有无穷的无穷！

（1924年《小说月报》第15卷第4号）

留别日本[1]

我惭愧我来自古文明的乡国，
　我惭愧我脉管中有古先民的遗血，
我惭愧扬子江的流波如今溷浊，
　我惭愧——我面对着富士山的清越！

古唐时的壮健常萦我的梦想：
　那时洛邑的月色，那时长安的阳光；
那时蜀道的啼猿，那时巫峡的涛响；
　更有那哀怨的琵琶，在深夜的浔阳！

但这千余年的痿痹，千余年的懵懂：
　更无从辨认——当初华族的优美、从容！
摧残这生命的艺术，是何处来的狂风？——
　缅念那遍中原的白骨，我不能无恫！

我是一枚飘泊的黄叶，在旋风里飘泊，
　回想所从来的巨干，如今枯秃，
我是一颗不幸的水滴，在泥潭里匍匐——
　但这干涸了的涧身，亦曾有水流活泼。

我欲化一阵春风，一阵吹嘘生命的春风，
　催促那寂寞的大木，惊破他深长的迷梦；
我要一把倔强的铁锹，铲除淤塞与臃肿，
　开放那伟大的潜流，又一度在宇宙间汹涌。

为此我羡慕这岛民依旧保持着往古的风尚，
　在朴素的乡间想见古社会的雅驯、清洁、壮旷；
我不敢不祈祷古家邦的重光，但同时我愿望——
　愿东方的朝霞永葆扶桑的优美，优美的扶桑！

（1925年8月中华书局《志摩的诗》）

①写于1924年5—6月随泰戈尔访日期间。

沙扬娜拉十八首①

一

我记得扶桑海上的朝阳，
　黄金似的散布在扶桑的海上；
我记得扶桑海上的群岛，
　翡翠似的浮沤在扶桑的海上——
　　沙扬娜拉！

二

趁航在轻涛间，悠悠的，
　我见有一星星古式的渔舟，
像一群无忧的海鸟，
　在黄昏的波光里息羽优游，
　　沙扬娜拉！

三

这是一座墓园；谁家的墓园
　占尽这山中的清风，松馨与流云？
我最不忘那美丽的墓碑与碑铭，
　墓中人生前亦有山风与松馨似的清明——
　　沙扬娜拉！（神户山中墓园）

四

听几折风前的流莺，
　看阔翅的鹰鹞穿度浮云，
我倚着一本古松瞑睥：
　问墓中人何似墓上人的清闲？——
　　沙扬娜拉！（神户山中墓园）

五

健康、欢欣、疯魔、我羡慕
　你们同声的欢呼“阿罗呀喈！”
我欣幸我参与这满城的花雨，

①写于1924年5—6月随泰戈尔访日期间。

连翩的蛱蝶飞舞，“阿罗呀喈！”
沙扬娜拉（大阪典祝）

六

增添我梦里的乐音——便如今——
一声声的木屐、清脆、新鲜、殷勤，
又况是满街艳丽的灯影，
灯影里欢声腾跃，“阿罗呀喈！”
沙扬娜拉！（大阪典祝）

七

仿佛三峡间的风流，
保津川有青嶂连绵的锦绣；
仿佛三峡间的险峨，
飞沫里趁急矢似的扁舟——
沙扬娜拉！（保津川急湍）

八

度一关湍险，驶一段清涟，
清涟里有青山的倩影；
撑定了长篙，小驻在波心，
波心里看闲适的鱼群——
沙扬娜拉！（同前）

九

静！且停那桨声胶爰，
听青林里嘹亮的欢欣，
是画眉，是知更？像是滴滴的香液，
滴入我的苦渴的心灵——
沙扬娜拉！（同前）

十

“乌塔”：莫讪笑游客的疯狂，
舟人，你们享尽山水的清幽，
喝一杯“沙鸡”，朋友，共醉风光，
“乌塔，乌塔！”山灵不嫌粗鲁的歌喉——
沙扬娜拉！（同前）

十一

我不辨——辨亦无须——这异样的歌词，
　像不逞的波澜在岩窟间吽嘶，
像衰老的武士诉说壮年时的身世，
　“乌塔乌塔！”我满怀滟滟的遐思——
　　　沙扬娜拉！（同前）

十二

那是杜鹃！她绣一条锦带，
　迤逦着那青山的青麓；
啊，那碧波里亦有她的芳躅，
　碧波里掩映着她桃蕊似的娇怯——
　　沙扬娜拉！（同前）

十三

但供给我沉酣的陶醉，
　不仅是杜鹃花的幽芳；
倍胜于娇柔的杜鹃，
　最难忘更娇柔的女郎！
　　沙扬拉娜！

十四

我爱慕她们体态的轻盈，
　妩媚是天生，妩媚是天生！
我爱慕她们颜色的调匀，
　蝴蝶似的光艳，蛱蝶似的轻盈——
　　沙扬娜拉！

十五

不辜负造化主的匠心，
　她们流眄中有无限的殷勤；
比如薰风与花香似的自由，
　我餐不尽她们的笑靥与柔情——
　　沙扬娜拉！

十六

我是一只幽谷里的夜蝶：

在草丛间成形，在黑暗里飞行，
我献致我翅羽上美丽的金粉，
我爱恋万万里外闪亮的明星——
沙扬娜拉！

十七

我是一只酣醉了的花蜂：
我饱啜了芬芳，我不讳我的猖狂。
如今，在归途上嘤嗡着我的小嗓，
想赞美那别样的花酿，我曾经恣尝——
沙扬娜拉！

十八

最是那一低头的温柔，
像一朵水莲花不胜凉风的娇羞，
道一声珍重，道一声珍重，
那一声珍重里有蜜甜的忧愁——
沙扬娜拉！

（1925年8月中华书局《志摩的诗》）

天国的消息①

可爱的秋景！无声的落叶，
轻盈的，轻盈的，掉落在这小径，
竹篱内，隐约的，有小儿女的笑声：

呖呖的清音，缭绕着村舍的静谧，
仿佛是幽谷里的小鸟，欢噪着清晨，
驱散了昏夜的晦塞，开始无限光明。

霎那的欢欣，昙花似的涌现，
开豁了我的情绪，忘却了春恋，
人生的惶惑与悲哀，惆怅与短促——
在这稚子的欢笑声里，想见了天国！

晚霞泛滥着金色的枫林，
凉风吹拂着我孤独的身形；
我灵海里啸响着伟大的波涛，

应和更伟大的脉搏，更伟大的灵潮！

（1925年8月中华书局《志摩的诗》）

一个噩梦

我梦见你——呵，你那憔悴的神情！——
　手捧着鲜花腼腆的做新人；
我恼恨——我恨你的良心，
　我又不忍，不忍你的疲损。

你为什么负心？我大声的诃问，——
　但那喜庆的闹乐侵蚀了我的恚愤；
你为什么背盟？我又大声的诃问——
　那碧绿的灯光照出你两腮的泪痕！

仓皇的，仓皇的，我四顾观礼的来宾——
　为什么这满堂的鬼影与逼骨的阴森？
我又转眼看那新郎——啊，上帝有灵光！——
　却原来，偎傍着我爱，是一架骷髅狰狞！

（1924年11月2日《晨报副镌》）

谁知道[①]

我在深夜里坐着车回家——
一个褴褛的老头他使着劲儿拉；
　　天上不见一个星，
　　街上没有一只灯：
　　那车灯的小火
　　冲着街心里的土——
　　左一个颠簸，右一个颠簸，
　　拉车的走着他的踉跄步；
　　……

“我说拉车的，这道儿哪儿能这么的黑？”
“可不是先生？这道儿真——真黑！”
他拉——拉过了一条街，穿过了一座门，

①约写于1924年秋。

转一个弯，转一个弯，一般的暗沉沉；——
　　天上不见一个星，
　　街上没有一个灯：
　　那车灯的小火
　　蒙着街心里的土——
　　左一个颠簸，右一个颠簸，
　　拉车的走着他的踉跄步；
　　……

“我说拉车的，这道儿哪儿能这么的静？”
“可不是先生？这道儿真——真静！”
他拉——紧贴着一垛墙，长城似的长，
过一处河沿，转入了黑遥遥的旷野；——
　　天上不露一颗星，
　　道上没有一只灯：
　　那车灯的小火
　　晃着道儿上的土——
　　左一个颠簸，右一个颠簸，
　　拉车的走着他的踉跄步；
　　……

“我说拉车的，怎么这儿道上一个人都不见？”
“倒是有，先生，就是您不大瞧得见！”
　　我骨髓里一阵子的冷——
　　那边青缭缭的是鬼还是人？
　　仿佛听着呜咽与笑声——
　　啊，原来这遍地都是坟！
　　天上不亮一颗星，
　　道上没有一只灯：
　　那车灯的小火
　　缭着道儿上的土——
　　左一个颠簸，右一个颠簸，
　　拉车的跨着他的踉跄步；
　　……

“我说——我说拉车的喂！这道儿哪……哪儿有这

①写于1924年11月初。

儿远？”
“可不是先生？这道儿真——真远！”
“可是……你拉我回家……你走错了道儿没有？”
“谁知道先生！谁知道走错了道儿没有！”
……

我在深夜里坐着车回家，
一堆不相识的褴褛他使着劲儿拉；
　　天上不明一颗星，
　　道上不见一只灯：
　　只那车灯的小火
　　袅着道儿上的土——
　　左一个颠簸，右一个颠簸。
　　拉车的跨着他的蹒跚步。

（1924年11月9日《晨报副镌》）

卡尔佛里①

喂，看热闹去，朋友！在哪儿？
卡尔佛里。今天是杀人的日子；
两个是贼，还有一个——不知到底
是谁？有人说他是一个魔鬼；
有人说他是天父的亲儿子，
米赛亚……看，那就是，他来了！
咦，为什么有人替他抗着
他的十字架？你看那两个贼，
满头的乱发，眼睛里烧着火，
十字架压着他们的肩背！
他跟着耶稣走着；唉，耶稣，
他们到底是谁？他们都说他有
权威，你看他那样子顶和善，
顶谦卑——听着，他说话了！他说：
“父呀，饶恕他们罢，他们自己
都不知道他们犯的是什么罪。”
我说你觉不觉得他那话怪，
听了叫人毛管里直淌冷汗？

①写于1924年11月8日。

那黄头毛的贼，你看，好像是
梦醒了，他脸上全变了气色，
眼里直流着白豆粗的眼泪，
准是变善了！谁要能赦了他，
保管他比祭司不差什么高矮！……
再看那妇女们！小羊似的一群，
也跟着耶稣的后背，头也不包，
发也不梳，直哭，直叫，直嚷，
倒像上十字架的是她们亲生
儿子；倒像明天太阳不透亮……
再看那群得意的犹太，法利赛，
法利赛，穿着长袍，戴着高帽，
一脸奸相；他们也跟在后背，
他们这才得意哪，瞧他们那笑！
我真受不了那假味儿，你呢？
听他们还嚷着哪："快点儿去，
上'人头山'去，钉死他，活钉死他！"……
唉，躲在墙边高个儿的那个？
不错，我认得，黑黑的脸，矮矮的，
就是他该死，他就是犹大斯！
不错，他的门徒。门徒算什么？
耶稣就让他卖，卖现钱，你知道！
他们也不止一半天的交情哪：
他跟着耶稣吃苦就有好几年，
谁知他贪小变了心，真是狗屎！
那还只前天，我听说，他们一起
吃晚饭，耶稣与他十二个门徒，
犹大斯就算一枚；耶稣早知道，
迟早他的命，他的血，得让他卖；
可不是他的血？吃晚饭时他说，
他把自己的肉喂他们的饿，
也把他自己的血止他们的渴，
意思要他们逢着患难时多少
帮着一点：他还亲手舀着水
替他们洗脚，犹大斯都有分，
还拿自己的腰布替他们擦干！
谁知那大个儿的黑脸他，没等
擦干嘴，就拿他主人去换钱：——

听说那晚耶稣与他的门徒
在橄榄山上歇着，冷不防来了，
犹大斯带着路，天不亮就干，
树林里密密的火把像火蛇，
蜒着来了，真恶毒，比蛇还毒；
他一上来就亲他主人的嘴，
那是他的信号，耶稣就倒了霉，
赶明儿你看，他的鲜血就在
十字架上冻着！我信他是好人；
就算他坏，也不该让犹大斯
那样肮脏的卖，那样肮脏的卖！……
我看着惨，看他生生的让人
钉上十字架去，当贼受罪，我不干！
你没听着怕人的预言？我听说
公道一完事，天地都得昏黑——
我真信，天地都得昏黑——回家罢！

十一月八日早一时半写完

（1924年11月17日《晨报副镌》）

问 谁[1]

问谁？呵，这光阴的播弄
　问谁去声诉，
在这冻沉沉的深夜，凄风
　吹拂她的新墓？

“看守，你须用心的看守，
　这活泼的流溪，
莫错过，在这清波里优游，
　青脐与红鳍！”

那无声的私语在我的耳边
　似曾幽幽的吹嘘，——
像秋雾里的远山，半化烟，
　在晓风前卷舒。

①约写于1924年秋。

因此我紧揽着我生命的绳网，
　像一个守夜的渔翁，
兢兢的，注视着那无尽流的时光——
　私冀有彩鳞掀涌。

但如今，如今只余这破烂的渔网——
　嘲讽我的希冀，
我喘息的怅望着不复返的时光；
　泪依依的憔悴！

又何况在这黑夜里徘徊，
　黑夜似的痛楚：
一个星芒下的黑影凄迷——
　留恋着一个新墓！

问谁……我不敢抢呼，怕惊扰
　这墓底的清淳；
我俯身，我伸手向她搂抱——
　啊，这半潮润的新坟！

这惨人的旷野无有边沿，
　远处有村火星星，
丛林中有鸱鸮在悍辩——
　此地有伤心，只影！

这黑夜，深沉的，环包着大地；
　笼罩着你与我——
你，静凄凄的安眠在墓底；
　我，在迷醉里摩挲！

正愿天光更不从东方
　按时的泛滥：
我便永远依偎着这墓旁——
　在沉寂里消幻——

但青曦已在那天边吐露，
　苏醒的林鸟，
已在远近间相应喧呼——

又是一度清晓。

不久，这严冬过去，东风
又来催促青条：
便妆缀这冷落的墓宫，
亦不无花草飘摇。

但为你，我爱，如今永远封禁
在这无情的地下——
我更不盼天光，更无有春信：
我的是无边的黑夜！

（1925年8月中华书局《志摩的诗》）

为要寻一个明星①

我骑着一匹拐腿的瞎马，
向着黑夜里加鞭；——
向着黑夜里加鞭，
我跨着一匹拐腿的瞎马。

我冲入这黑绵绵的昏夜，
为要寻一颗明星；——
为要寻一颗明星，
我冲入这黑茫茫的荒野。

累坏了，累坏了我胯下的牲口，
那明星还不出现；——
那明星还不出现，
累坏了，累坏了马鞍上的身手。

这回天上透出了水晶似的光明，
荒野里倒着一只牲口，
黑夜里躺着一具尸首。——
这回天上透出了水晶似的光明！

（1924年12月1日《晨报六周年纪念增刊》）

①写于1924年11月23日。

消 息[①]

雷雨暂时收敛了；
　双龙似的双虹，
　显现在雾霭中，
　夭矫、鲜艳、生动，——
好兆！明天准是好天了。

什么！又是一阵打雷了，——
　在云外、在天外，
　又是一片暗淡，
　不见了鲜虹彩，——
希望，不曾站稳，又毁了。

（1924年12月《孤军周报》第4期）

山中大雾看景[②]

这一瞬息的展雾——
　是山雾
　是台幕
这一转瞬的沉闷，
　是云蒸，
　是人生？

那分明是山、水、田、庐，
又分明是悲、欢、喜，怒，
啊，这眼前刹那间开朗，
我仿佛感悟了造化的无常！

（1924年12月5日《晨报·文学旬刊》）

---

①写于1924年12月。
②写于1924年8月。

朝雾里的小草花[①]

这岂是偶然，小玲珑的野花！
　你轻含着鲜露颗颗，
　怦动的像是慕光明的花蛾，
在黑暗里想念焰彩，晴霞；

我此时在这蔓草丛中过路，
　无端的内感，惘怅与惊讶，
　在这迷雾里，在这岩壁下，
思忖着，泪怦怦的，人生与鲜露？
（1924 年 12 月 5 日《晨报·文学旬刊》）

五老峰[②]

不可摇撼的神奇，
　　不容注视的威严，
这耸峙，这横蟠，
　　这不可攀援的峻险！
看！那巉岩缺处
　　透露着天，窈远的苍天，
在无限广博的怀抱间，
　　这磅礴的伟像显现！

是谁的意境，是谁的想象？
　　是谁的工程与搏造的手痕？
在这亘古的空灵中
　　陵慢着天风，天体与天氛！
有时朵朵明媚的彩云，
　　轻颤的，妆缀着老人们的苍鬓，
像一树虬干的古梅在月下
　　吐露了艳色鲜葩的清芬！

山麓前伐木的村童，

①写于 1924 年 8 月。
②约写于 1924 年 12 月。

在山涧的清流中洗濯，呼啸，
认识老人们的嗔颦，
迷雾海沫似的喷涌，铺罩，
淹没了谷内的青林，
隔绝了鄱阳的水色袅渺，
陡壁前闪亮着火电，听呀！
五老们在渺茫的雾海外狂笑！

朝霞照他们的前胸，
晚霞戏逗着他们赤秃的头颅；
黄昏时，听异鸟的欢呼，
在他们鸠盘的肩旁怯怯的透露

不昧的星光与月彩：
柔波里，缓泛着的小艇与轻舸；
听呀！在海会静穆的钟声里，
有朝山人在落叶林中过路！

更无有人事的虚荣，
更无有尘世的仓促与噩梦，
灵魂！记取这从容与伟大，
在五老峰前饱啜自由的山风！
这不是山峰，这是古圣人的祈祷，
凝聚成这“冻乐”似的建筑神工，
给人间一个不朽的凭证，——
一个“倔犟的疑问”在无极的蓝空！

（1925年8月中华书局《志摩的诗》）

雪花的快乐[①]

假如我是一朵雪花，
翩翩的在半空里潇洒，
我一定认清我的方向——
飞飏，飞飏，飞飏，——
这地面上有我的方向。

---

①写于1924年12月30日。

不去那冷寞的幽谷，
不去那凄清的山麓，
　也不上荒街去惆怅——
　飞飏，飞飏，飞飏，——
你看，我有我的方向！

在半空里娟娟的飞舞，
认明了那清幽的住处，
　等着她来花园里探望——
　飞飏，飞飏，飞飏，——
啊，她身上有朱砂梅的清香！

那时我凭借我的身轻，
盈盈的，沾住了她的衣襟，
　贴近她柔波似的心胸——
　消溶，消溶，消溶——
溶入了她柔波似的心胸！

（1925 年 1 月 17 日《现代评论》第 1 卷第 6 期）

古怪的世界[①]

　从松江的石湖塘
　上车来老妇一双，
颤巍巍的承住弓形的老人身，
多谢（我猜是）普陀山的盘龙藤：

　青布棉袄，黑布棉套，
　头毛半秃，齿牙半耗：
肩挨肩的坐落在阳光暖暖的窗前，
畏葸的，呢喃的，像一对寒天的老燕；

　震震的干枯的手背，
　震震的皱缩的下颏：
这二老！是妯娌，是姑嫂，是姊妹？——
紧挨着，老眼中有伤悲的眼泪！

①写于 1923 年冬。

怜悯！贫苦不是卑贱，
老衰中有无限庄严；——
老年人有什么悲哀，为什么凄伤？
为什么在这快乐的新年，抛却家乡？

同车里杂沓的人声，
轨道上疾转着车轮；
我独自的，独自的沉思这世界古怪——
是谁吹弄着那不调谐的人道的音籁？
（1924 年 12 月 1 日《晨报六周年纪念增刊》）

荒凉的城子[①]

我眼前暗沉沉的地面，
我眼前暗森森的诸天。
她，——我心爱的，哪里去了，——那女子，
她的眼明星似的闪耀？
我眼前一片凄凉的街市。
我眼前一片凄凉的城子。
灾难后的城子，只剩有
剐残的人尸。

黎明时我忧忡忡的起身，
打开我的窗棂，
进来的却不是光明，进来的
是鲜明的爱情。
树枝上的鸟雀已经苏醒起，
我倾听他们的歌音；
他们各自呼唤着他们的恋情；
就只我是孤身。

这是生命与快乐的时辰，
我在我心里说话。
各个的生物有他的欢欣，
在阳光中过他的生活，
他们在各个同伴的眼内寻着。

①约写于 1925 年前后。

光明，那怜惜的光明，
这是相互怜惜的时候，这是
相互爱恋的光阴。

说话呀！荒凉的城子！说话呀！
凄凉中的寂静！
她，我挚爱的，哪里去了，
她，认识我的魂灵？
那热情的眼如今在哪里？
曾经对着我的眼含情的凝睇？
那亲吻我的香唇如今在哪里？
在那里，那酥胸曾经我的
胸怀偎依？

说话呀，你我灵魂的灵魂：
我心里的情怀已经默起，
告诉我，在那毁灭与恐怖的日子
你遁迹在哪里？
看呀，我的手臂依旧抱着你，
抱着你是抱着天体，
看呀，我的心愿依旧靠傍着你，
我的心愿充塞着大地。

我不禁在忧伤中悲诉，
我离开了窗前，我转过身去，
我向着楼梯，走出门去
走上空虚的街去，
在忧伤中放声的哀恸，
可怜再没有人责我的过戾，
谁嘲讽我的软弱，更有
谁怜悯我的眼泪？

（1983年香港商务印书馆《徐志摩全集》第1集）

她在那里[1]

她不在这里，
　　她在那里：

她在白云的光明里：
　　在澹远的新月里；

她在怯露的谷莲里：
　　在莲心的露华里；

她在膜拜的童心里：
　　在天真的烂漫里；

她不在这里，
　　她在自然的至粹里！

（1983 年香港商务印书馆《徐志摩全集》第 1 集）

不再是我的乖乖[2]

一

前天我是一个小孩，
这海滩最是我的爱；
早起的太阳赛如火炉，
趁暖和我来做我的工夫：
捡满一衣兜的贝壳，
在这海砂上起造宫阙；
哦，这浪头来得凶恶，
冲了我得意的建筑——
我喊一声海，海！
你是我小孩儿的乖乖！

①写于 1925 年前后。
②写于 1925 年 1 月。

二

昨天我是一个“情种”，
到这海滩上来发疯；
西天的晚霞慢慢的死，
血红变成姜黄，又变紫，
一颗星在半空里窥伺，
我匐伏在砂堆里画字，
一个字，一个字，又一个字，
谁说不是我心爱的游戏？
我喊一声海，海！
不许你有一点儿的更改！

三

今天！咳，为什么要有今天？
不比从前，没了我的疯癫，
再没有小孩时的新鲜，
这回再不来这大海的边沿！
头顶不见天光的方便，
海上只暗沉沉的一片，
暗潮侵蚀了砂字的痕迹，
却不冲淡我悲惨的颜色——
我喊一声海，海！
你从此不再是我的乖乖！

（1925 年 1 月 11 日《京报副刊》）

残 诗[①]

怨谁？怨谁？这不是青天里打雷？
关着，锁上；赶明儿瓷花砖上堆灰！
别瞧这白石台阶儿光滑，赶明儿，唉，
石缝里长草，石板上青青的全是莓！
那廊下的青玉缸里养着鱼，真凤尾，
可还有谁给换水，谁给捞草，谁给喂？
要不了三五天准翻着白肚鼓着眼，
不浮着死，也就让冰分儿压一个扁！
顶可怜是那几个红嘴绿毛的鹦哥，

①写于 1925 年 1 月。

让娘娘教得顶乖，会跟着洞箫唱歌，
真娇养惯，喂食一迟，就叫人名儿骂，
现在，您叫去！就剩空院子给您答话！……
（1925年1月15日《晨报·文学旬刊》第59号）

这是一个懦怯的世界[①]

这是一个懦怯的世界，
　容不得恋爱，容不得恋爱！
披散你的满头发，
赤露你的一双脚；
　跟着我来，我的恋爱，
抛弃这个世界
殉我们的恋爱！

我拉着你的手，
爱，你跟着我走；
　听凭荆棘把我们的脚心刺透，
　听凭冰雹劈破我们的头，
你跟着我走，
我拉着你的手，
　逃出了牢笼，恢复我们的自由！

　跟着我来，
　我的恋爱！
人间已经掉落在我们的后背，——
看呀，这不是白茫茫的大海？
白茫茫的大海，
白茫茫的大海，
　无边的自由，我与你与恋爱！

顺着我的指头看，
那天边一小星的蓝——
　那是一座岛，岛上有青草，
　鲜花，美丽的走兽与飞鸟；
快上这轻快的小艇，

①写于1925年2月。

去到那理想的天庭——
恋爱，欢欣，自由——辞别了人间，永远！
（1925年8月中华书局《志摩的诗》）

一块晦色的路碑[1]

脚步轻些，过路人！
休惊动那最可爱的灵魂，
如今安眠在这地下，
有绛色的野草花掩护她的余烬。

你且站定，在这无名的土阜边，
任晚风吹弄你的衣襟；
倘如这片刻的静定感动了你的悲悯，
让你的泪珠圆圆的滴下——
为这长眠着的美丽的灵魂！

过路人，假若你也曾
在这人间不平的道上颠顿，
计你此时的感愤凝成最锋利的悲悯，
在你的激震着的心叶上，
刺出一滴，两滴的鲜血——
为这遭冤屈的最纯洁的灵魂！
（1925年3月7日《晨报副镌》）

西伯利亚[2]

西伯利亚：——我早年时想象
你不是受上天恩情的地域：
荒凉、严肃，不可比况的冷酷。
在冻雾里，在无边的雪地里，
有局促的生灵们，半像鬼、枯瘦、
黑面目、佝偻、默无声的工作。
在他们，这地面是寒冰的地狱，
天空不留一丝霞采的希冀，

①写于1925年3月1日。
②写于1925年3月。

更不问人事的恩情，人情的旖旎；
这是为怨郁的人间淤藏怨郁，
茫茫的白雪里渲染人道的鲜血，
西伯利亚，你象征的是恐怖、荒虚。

但今天，我面对这异样的风光——
不是荒原，这春夏间的西伯利亚，
更不见严冬时的坚冰、枯枝、寒鸦；
在这乌拉尔东来的草田，茂旺、葱秀，
牛马的乐园，几千里无际的绿洲，
更有那重叠的森林；赤松与白杨，
灌属的小丛林，手挽手的滋长；
那赤皮松，像巨万赭衣的战士，
森森的、悄悄的，等待冲锋的号示，
那白杨，婀娜的多姿，最是那树皮，
白如霜，依稀林中仙女们的轻衣；
就这天——这天也不是寻常的开朗：
看，蓝空中往来的是轻快的仙航，——
那不是云彩，那是天神们的微笑，
琼花似的幻化在这圆穹的周遭……

一九二五年过西伯利亚倚车窗眺景随笔

（1926年4月15日《晨报副镌·诗镌》）

西伯利亚道中忆西湖秋雪庵芦色作歌[①]

我捡起一枝肥圆的芦梗，
　　在这秋月下的芦田；
我试一试芦笛的新声，
　　在月下的秋雪庵前。

这秋月是纷飞的碎玉，
　　芦田是神仙的别殿；
我弄一弄芦管的幽乐——
　　我映影在秋雪庵前。

我先吹我心中的欢喜——

①写于1925年3月中旬过西伯利亚时。

　　清风吹露芦雪的酥胸；
我再弄我欢喜的心机——
　　芦田中见万点的飞萤。

我记起了我生平的惆怅，
　　中怀不禁一阵的凄迷，
笛韵中也听出了新来凄凉——
　　近水间有断续的蛙啼。

这时候芦雪在明月下翻舞，
　　我暗地思量人生的奥妙，
我正想谱一折人生的新歌，
　　啊，那芦笛（碎了）再不成音调！

这秋月是缤纷的碎玉，
　　芦田是仙家的别殿；
我弄一弄芦管的幽乐，——
　　我映影在秋雪庵前。

我捡起一枝肥圆的芦梗，
　　在这秋月下的芦田；
我试一试芦笛的新声，
　　在月下的秋雪庵前。

（1925年9月7日《晨报副镌》）

在车中[①]

这回爬上乌拉尔的高冈，哈哈，
紫色的黄昏罩，三千里路的松林；
这边是亚细亚，那边是欧罗巴——
巨蟒似的青烟蜒，蜒上了乌拉山顶。

回望你那从来处的东——啊东方！
那一顶没有颜色的睡帽——西伯利亚，
深林住一个焦黄的老儿头——啊老黄，
你睡够了啊，为什么老是这欠哈？

①约写于1925年春。

再看那欧罗巴；堪怜的破罗马
拿破仑的铁蹄；威廉皇的炮弹花；
莱茵河边的青□；一个折烂了的玩偶□家！
阿尔帕斯的白雪，啊，莫斯科的红霞！
（1983年香港商务印书馆《徐志摩全集》第1集）

难 得[①]

难得，夜这般的清静，
　难得，炉火这般的温，
更是难得，无言的相对，
　一双寂寞的灵魂！

也不必筹营，也不必详论，
　更没有虚骄，猜忌与嫌憎，
只静静的坐对着一炉火，
　只静静的默数远巷的更。

喝一口白水，朋友，
　滋润你的干裂的口唇；
你添上几块煤，朋友，
　一炉的红焰感念你的殷勤。

在冰冷的冬夜，朋友，
　人们方始珍重难得的炉薪；
在这冰冷的世界，
　方始凝结了少数同情的心！
（1925年8月中华书局《志摩的诗》）

翡冷翠的一夜[②]

你真的走了，明天？那我，那我，……
你也不用管，迟早有那一天；
你愿意记着我，就记着我，
要不然趁早忘了这世界上

①约写于1925年8月前。
②写于1925年6月11日。

有我，省得想起时空着恼，
只当是一个梦，一个幻想；
只当是前天我们见的残红，
怯怜怜的在风前抖擞，一瓣，
两瓣，落地，叫人踩，变泥……
唉，叫人踩，变泥——变了泥倒干净，
这半死不活的才叫是受罪，
看着寒伧，累赘，叫人白眼——
天呀！你何苦来，你何苦来……
我可忘不了你，那一天你来，
就比如黑暗的前途见了光彩，
你是我的先生，我爱，我的恩人，
你教给我什么是生命，什么是爱，
你惊醒我的昏迷，偿还我的天真，
没有你我哪知道天是高，草是青？
你摸摸我的心，它这下跳得多快；
再摸我的脸，烧得多焦，亏这夜黑
看不见；爱，我气都喘不过来了，
别亲我了；我受不住这烈火似的活，
这阵子我的灵魂就像是火砖上的
熟铁，在爱的锤子下，砸，砸，火花
四散的飞洒……我晕了，抱着我，
爱，就让我在这儿清静的园内，
闭着眼，死在你的胸前，多美！
头顶白杨树上的风声，沙沙的，
算是我的丧歌，这一阵清风，
橄揽林里吹来的，带着石榴花香，
就带了我的灵魂走，还有那萤火，
多情的殷勤的萤火，有他们照路，
我到了那三环洞的桥上再停步，
听你在这儿抱着我半暖的身体，
悲声的叫我、亲我、摇我，咂我，……
我就微笑的再跟着清风走，
随他领着我，天堂、地狱，哪儿都成，
反正丢了这可厌的人生，实现这死
在爱里，这爱中心的死，不强如
五百次的投生？……自私，我知道，
可我也管不着……你伴着我死？

什么，不成双就不是完全的“爱死”，
要飞升也得两对翅膀儿打伙，
进了天堂还不一样的得照顾，
我少不了你，你也不能没有我；
要是地狱，我单身去你更不放心，
你说地狱不定比这世界文明
（虽则我不信，）像我这娇嫩的花朵，
难保不再遭风暴，不叫雨打，
那时候我喊你，你也听不分明，——
那不是求解脱反投进了泥坑，
倒叫冷眼的鬼串通了冷心的人，
笑我的命运，笑你懦怯的粗心？
这话也有理，那叫我怎么办呢？
活着难，太难，就死也不得自由，
我又不愿你为我牺牲你的前程……
唉！你说还是活着等，等那一天！
有那一天吗？——你在，就是我的信心；
可是天亮你就得走，你真的忍心
丢了我走？我又不能留你，这是命；
但这花，没阳光晒，没甘露浸，
不死也不免瓣尖儿焦萎，多可怜！
你不能忘我，爱，除了在你的心里，
我再没有命，是，我听你的话，我等，
等铁树儿开花我也得耐心等；
爱，你永远是我头顶的一颗明星：
要是不幸死了，我就变一个萤火，
在这园里，挨着草根，暗沉沉的飞，
黄昏飞到半夜，半夜飞到天明，
只愿天空不生云，我望得见天，
天上那颗不变的大星，那是你，
但愿你为我多放光明，隔着夜，
隔着天，通着恋爱的灵犀一点……

六月十一日，一九二五年翡冷翠山中

（1926年1月2日《现代评论》第3卷第56期）

苏 苏[①]

苏苏是一个痴心的女子：
　　像一朵野蔷薇，她的丰姿；
　　像一朵野蔷薇，她的丰姿——
来一阵暴风雨，摧残了她的身世。

这荒草地里有她的墓碑：
　　淹没在蔓草里，她的伤悲；
　　淹没在蔓草里，她的伤悲——
啊，这荒土里化生了血染的蔷薇！

那蔷薇是痴心女的灵魂，
　　在清早上受清露的滋润，
　　到黄昏时有晚风来温存，
更有那长夜的慰安，看星斗纵横。

你说这应分是她的平安？
　　但运命又叫无情的手来攀，
　　攀，攀尽了青条上的灿烂，——
可怜呵，苏苏她又遭一度的摧残！

（1925年12月1日《晨报七周年纪念增刊》）

在哀克刹脱教堂前（Excter）[②]

这是我自己的身影，今晚间
　倒映在异乡教宇的前庭，
一座冷峭峭森严的大殿，
　一个峭阴阴孤耸的身影。

我对着寺前的雕像发问：
　　“是谁负责这离奇的人生？”
老朽的雕像瞅着我发愣，
　仿佛怪嫌这离奇的疑问。

①写于1925年5月5日。
②写于1925年7月。

我又转问那冷郁郁的大星，
　它正升起在这教堂的后背，
但它答我以嘲讽似的迷瞬，
　在星光下相对，我与我的迷谜！

这时间我身旁的那棵老树，
　他荫蔽着战迹碑下的无辜，
幽幽的叹一声长气，像是
　凄凉的空院里凄凉的秋雨。

他至少有百余年的经验，
　人间的变幻他什么都见过；
生命的顽皮他也曾计数：
　春夏间汹汹，冬季里婆婆。

他认识这镇上最老的前辈，
　看他们受洗，长黄毛的婴孩；
看他们配偶，也在这教门内，——
　最后看他们的名字上墓碑！

这半悲惨的趣剧他早经看厌，
　他自身臃肿的残余更不沾恋；
因此他与我同心，发一阵叹息——
　啊！我身影边平添了斑斑的落叶！

（1926 年 5 月 27 日《晨报副镌·诗镌》第 9 号）

她是睡着了[①]

　她是睡着了——
星光下一朵斜欹的白莲；
　她入梦境了——
香炉里袅起一缕碧螺烟。
　她是眠熟了——
涧泉幽抑了喧响的琴弦；
　她在梦乡了——
粉蝶儿，翠蝶儿，翻飞的欢恋。

①约写于 1925 年初夏。

　　停匀的呼吸：
清芬，渗透了她的周遭的清氛；
　　有福的清氛，
怀抱着，抚摩着，她纤纤的身形！

　　奢侈的光阴！
静，沙沙的尽是闪亮的黄金，
　　平铺着无垠，
波鳞间轻漾着光艳的小艇。

　　醉心的光景：
给我披一件彩衣，啜一坛芳醴，
　　折一枝藤花，
舞，在葡萄丛中颠倒，昏迷。

　　看呀，美丽！
三春的颜色移上了她的香肌，
　　是玫瑰，是月季，
是朝阳里的水仙，鲜妍，芳菲！

　　梦底的幽秘，
挑逗着她的心——纯洁的灵魂，
　　像一只蜂儿，
在花心恣意的唐突——温存。

　　童真的梦境！
静默，休教惊断了梦神的殷勤；
　　抽一丝金络，
抽一丝银络，抽一丝晚霞的紫曛；

　　玉腕与金梭，
织缣似的精审，更番的穿度——
　　化生了彩霞，
神阙，安琪儿的歌，安琪儿的舞。

　　可爱的梨涡，
解释了处女的梦境的欢喜，
　　像一颗露珠，

颤动的，在荷盘中闪耀着晨曦！

（1925年8月中华书局《志摩的诗》）

为 谁[1]

这几天秋风来得格外的尖厉：
　　我怕看我们的庭院，
　　树叶伤鸟似的猛旋，
　　中着了无形的利箭——
没了，全没了：生命、颜色、美丽！

就剩下西墙上的几道爬山虎：
　　它那豹斑似的秋色，
　　忍熬着风拳的打击，
　　低低的喘一声鸟邑——
“我为你耐着！”它仿佛对我声诉。

它为我耐着，那艳色的秋萝，
　　但秋风不容情的追，
　　追，（摧残是它的恩惠！）
　　追尽了生命的余辉——
这回墙上不见了勇敢的秋萝！

今夜那青光的三星在天上，
　　倾听着秋后的空院，
　　悄悄的，更不闻呜咽：
　　落叶在泥土里安眠——
只我在这深夜，啊，为谁凄惘？

（1925年8月中华书局《志摩的诗》）

一星弱火[2]

我独坐在半山的石上，
　看前峰的白云蒸腾，
一只不知名的小雀，

①写于1925年8月之前。

②写于1925年8月之前。

嘲讽着我迷惘的神魂。

白云一饼饼的飞升，
化入了辽远的无垠；
但在我逼仄的心头，啊，
却凝敛着惨雾与愁云！

皎洁的晨光已经透露，
洗净了青屿似的前峰；
像墓墟间的磷光惨淡，
一星的微焰在我的胸中。

但这惨淡的弱火一星，
照射着残骸与余烬，
虽则是往迹的嘲讽，
却绵绵的长随时间进行！

（1925年8月中华书局《志摩的诗》）

无 题

原是你的本分，朝山人的胫踝，
这荆刺的伤痛！回看你的来路，
看那草丛乱石间斑斑的血迹，
在暮霭里记认你从来的踪迹！
且缓抚摩你的肢体，你的止境
还远在那白云环拱处的山岭！

无声的暮烟，远从那山麓与林边，
渐渐的潮没了这旷野，这荒天，
你渺小的孑影面对这冥盲的前程，
像在怒涛间的轻航失去了南针；
更有那黑夜的恐怖，悚骨的狼嗥，
狐鸣、鹰啸、蔓草间有蝮蛇缠绕！

退后？——昏夜一般的吞蚀血染的来踪，
倒地？——这懦怯的累赘问谁去收容？
前冲？啊，前冲！冲破这黑暗的冥凶，
冲破一切的恐怖、迟疑、畏葸、苦痛，

血淋漓的践踏过三角棱的劲刺，
从莽中伏兽的利爪，蜿蜒的虫豸！

前冲；灵魂的勇是你成功的秘密！
这回你看，在这决心舍命的瞬息，
迷雾已经让路，让给不变的天光，
一弯青玉似的明月在云隙里探望，
依稀窗纱间美人启齿的瓠犀，——
那是灵感的赞许，最恩宠的赠与！

更有那高峰，你那最想望的高峰，
亦已涌现在当前，莲苞似的玲珑，
在蓝天里，在月华中，秾艳，崇高，
朝山人，这异像便是你跋涉的酬劳！

（1925 年 8 月中华书局《志摩的诗》）

乡村里的音籁[①]

小舟在垂柳荫间缓泛，
　一阵阵初秋的凉风，
　吹生了水面的漪绒，
吹来两岸乡村里的音籁。

我独自凭着船窗闲憩，
　静看着一河的波幻，
　静听着远近的音籁，
又一度与童年的情景默契！

这是清脆的稚儿的呼唤，
　田场上工作纷纭，
　竹篱边犬吠鸡鸣，
但这无端的悲感与凄惋！

白云在蓝天里飞行，
　我欲把恼人的年岁，
　我欲把恼人的情爱，

①写于 1925 年 8 月之前。

托付与无涯的空灵——消泯!

回复我纯朴的,美丽的童心:
　像山谷里的冷泉一勺,
　像晓风里的白头乳鹊,
像池畔的草花,自然的鲜明。

（1925年8月中华书局《志摩的诗》）

青年曲[①]

泣与笑,恋与愿与恩怨,
难得的青年,倏忽的青年,
前面有座铁打的城垣,青年,
你进了城垣,永别了春光,
永别了青年,恋与愿与恩怨!

妙乐与酒与玫瑰,不久住人间,
青年,彩虹不常在天边,
梦里的颜色,不能永葆鲜研,
你须珍重,青年,你有限的脉搏,
休教幻景似的消散了你的青年!

（1925年8月中华书局《志摩的诗》）

我有一个恋爱[②]

我有一个恋爱,
我爱天上的明星,
我爱它们的晶莹:——
　人间没有这异样的神明!

在冷峭的暮冬的黄昏,
在寂寞的灰色的清晨,
在海上,在风雨后的山顶:——
　永远有一颗,万颗的明星!

①写于1925年8月之前。
②写于1925年8月之前。

山涧边小草花的知心，
高楼上小孩童的欢欣，
旅行人的灯亮与南针：——
　万万里外闪烁的精灵！

我有一个破碎的魂灵，
像一堆破碎的水晶，
散布在荒野的枯草里：——
　饱啜你一瞬瞬的殷勤。

人生的冰激与柔情，
我也曾尝味，我也曾容忍；
有时阶砌下蟋蟀的秋吟：——
　引起我心伤，逼迫我泪零。

我袒露我的坦白的胸襟，
　献爱与一天的明星；
任凭人生是幻是真，
地球存在或是消泯：——
　大空中永远有不昧的明星！

（1925年8月中华书局《志摩的诗》）

多谢天！我的心又一度的跳荡①

多谢天！我的心又一度的跳荡，
这天蓝与海青与明洁的阳光，
驱净了梅雨时期无欢的踪迹，
也散放了我心头的网罗与纽结，
像一朵曼陀罗花英英的露爽，
在空灵与自由中忘却了迷惘：——
迷惘，迷惘！也不知来自何处，
囚禁着我心灵的自然的流露，
可怖的梦魇，黑夜无边的惨酷，
苏醒的盼切，只增剧灵魂的麻木！
曾经有多少的白昼，黄昏，清晨，
嘲讽我这蚕茧似不生产的生存？

①写于1925年8月之前。

也不知有几遭的明月，星群，晴霞，
山岭的高亢与流水的光华……
辜负！辜负自然界叫唤的殷勤，
惊不醒这沉醉的昏迷与顽冥！

如今，多谢这无名的博大的光辉，
在艳色的青波与绿岛间萦洄，
更有那渔船与帆影，亭亭的黏附
在天边，唤起辽远的梦景与梦趣：
我不由的惊悚，我不由的感愧；
（有时微笑的妩媚是启悟的棒槌！）
是何来倏忽的神明，为我解脱
忧愁，新竹似的豁裂了外箨，
透露内裹的青篁，又为我洗净
障眼的盲翳，重见宇宙间的欢欣。

这或许是我生命重新的机兆；
大自然的精神！容纳我的祈祷，
容许我的不踌躇的注视，容许
我的热情的献致，容许我保持
这显示的神奇，这现在与此地，
这不可比拟的一切间隔的毁灭！
我更不问我的希望，我的惆怅，
未来与过去只是渺茫的幻想，
更不向人间访问幸福的进门，
只求每时分给我不死的印痕，——
变一颗埃尘，一颗无形的埃尘，
追随着造化的车轮，进行，进行……

（1925年8月中华书局《志摩的诗》）

落叶小唱[①]

一阵声响转上了阶沿，
（我正挨近着梦乡边；）
这回准是她的脚步了，我想——
　　在这深夜！

①写于1925年8月之前。

一声剥啄在我的窗上，
（我正靠紧着睡乡旁；）
这准是她来闹着玩——你看，
　　我偏不张皇！

一个声息贴近我的床，
我说（一半是睡梦，一半是迷惘）：——
“你总不能明白我，你又何苦
　　多叫我心伤！”

一声喟息落在我的枕边，
（我已在梦乡里留恋；）
“我负了你！”你说——你的热泪
　　烫着我的脸！
这声响恼着我的梦魂
（落叶在庭前舞，一阵，又一阵；）
梦完了，呵，回复清醒；恼人的——
　　却只是秋声！

（1925 年 8 月中华书局《志摩的诗》）

给母亲[①]

母亲，那还只是前天
我完全是你的，你唯一的儿；
你那时是我思想与关切的中心：
太阳在天上，你在我的心里；
每回你病了，妈妈，如其医生们说病重，
我就忍不住背着你哭，
心想这世界的末日快来了；
那时我再没有更快活的时刻，除了
和你一床睡着，我亲爱的妈妈，
枕着你的臂膀，贴近你的胸膛，
跟着你和平的呼吸放心的睡熟，
正像是一个初离奶的小孩。

但在那二十几年间虽则那样真挚的忠心的爱，

①写于 1925 年 8 月 1 日。

我自己却并不知道；“爱”那个不顺口的字，
那时不在我的口边，
就这先天的一点孝心完全浸没了我的天性与生命。
这来的变化多大呀！
这不是说，真的，我不再爱你，
妈！或是爱你不比早年，那不是实情；
只是我新近懂得了爱，
再不像原先那天真的童子的爱，
这来是成人的爱了：
我，妈的孩子，已经醒起，并且觉悟了
这古怪的生命要求；

生命，它那进口的大门是
一座不灭的烈焰！爱——
谁要领略这里面的奥妙，
谁要觉着这里面的搏动，
（在我们中间能有几个到死不留遗憾的！）
就得投身进这焰腾腾的门内去——

但是，妈，亲爱的，让我今天明白的招认
对父母的爱，孝，不是爱的全部；
那是不够的，迟早有一天，
这“爱人”化的儿子会得不自主的
移转他那思想与关切的中心，
从他骨肉的来源，
到那唯一的灵魂，
他如今发现这是上帝的旨意
应得与他自己的融合成一体——

自今以后——
不必担心，亲爱的母亲，不必愁
你唯一的孩儿会得在情感上远着你们——
啊不，你正应得欢喜，妈妈呀！
因为他，你的儿，从今起能爱，
是的，能用双倍的力量来爱你，
他的忠心只是比先前益发的集中了；
因为他，你的孩儿，已经寻着了快乐，
身体与灵魂，

并且初次觉着这世界还是值得一住的，
他从没有这样想过，
人生也不是过分的刻薄——
他这来真的得着了他应有的名分，
因此他在感激与欢喜中竟想
赞美人生与宇宙了！

妈呀“我们俩”赤心的，联心的爱你，
真真的爱你，
像一对同胞的稚鸽在睡醒时
爱白天的清光。

（1925年8月31日《晨报副镌》）

起造一座墙[1]

你我千万不可亵渎那一个字，
别忘了在上帝跟前起的誓。
我不仅要你最柔软的柔情，
蕉衣似的永远裹着我的心；
我要你的爱有纯钢似的强，
在这流动的生里起造一座墙；
任凭秋风吹尽满园的黄叶，
任凭白蚁蛀烂千年的画壁；
就使有一天霹雳震翻了宇宙，——
也震不翻你我“爱墙”内的自由！

（1925年9月5日《现代评论》第2卷第39期）

海 韵

一

“女郎，单身的女郎，
　你为什么留恋
　这黄昏的海边？——
女郎，回家吧，女郎！”
“啊不；回家我不回，

①写于1925年8月。

我爱这晚风吹。”——
在沙滩上，在暮霭里，
有一个散发的女郎——
徘徊，徘徊。

二

“女郎，散发的女郎，
你为什么彷徨
在这冷清的海上？
女郎，回家吧，女郎！”
“啊不；你听我唱歌，
大海，我唱，你来和。”——
在星光下，在凉风里，
轻荡着少女的清音——
高吟，低哦。

三

“女郎，胆大的女郎！
那天边扯起了黑幕，
这顷刻间有恶风波，——
女郎，回家吧，女郎！”
“啊不；你看我凌空舞，
学一个海鸥没海波。”——
在夜色里，在沙滩上，
急旋着一个苗条的身影，——
婆娑，婆娑。

四

“听呀，那大海的震怒，
女郎，回家吧，女郎！
看呀，那猛兽似的海波，
女郎，回家吧，女郎！”
“啊不；海波他不来吞我，
我爱这大海的颠簸！”——
在潮声里，在波光里，
啊，一个慌张的少女在海沫里，
蹉跎，蹉跎。

五

“女郎，在哪里，女郎？
　在哪里，你嘹亮的歌声？
在哪里，你窈窕的身影？
　在哪里，啊，勇敢的女郎？”
黑夜吞没了星辉，
　这海边再没有光芒；
海潮吞没了沙滩，
沙滩上再不见女郎，——
　　　　　　再不见女郎！

（1925年8月17日《晨报·文学旬刊》）

呻吟语[①]

我亦愿意赞美这神奇的宇宙，
我亦愿意忘却了人间有忧愁，
　　像一只没挂累的梅花雀，
　　清朝上歌曲，黄昏时跳跃；——
假如她清风似的常在我的左右！

我亦想望我的诗句清水似的流，
我亦想望我的心池鱼似的悠悠；
　　但如今膏火是我的心，
　　再休问我闲暇的诗情？——
上帝！你一天不还她生命与自由！

（1925年9月3日《晨报副镌》）

我来扬子江边买一把莲蓬[②]

我来扬子江边买一把莲蓬；
　手剥一层层莲衣，
　看江鸥在眼前飞，
　忍含着一眼悲泪——
我想着你，我想着你，啊小龙！

①写于1925年8月。
②写于1925年9月9日。

我尝一尝莲瓤，回味曾经的温存：——
那阶前不卷的重帘，
掩护着同心的欢恋，
我又听着你的盟言，
“永远是你的，我的身体，我的灵魂。”

我尝一尝莲心，我的心比莲心苦；
我长夜里怔忡，
挣不开的恶梦，
谁知我的苦痛？
你害了我，爱，这日子叫我如何过？

但我不能责你负，我不忍猜你变，
我心肠只是一片柔：
你是我的！我依旧将你紧紧的抱搂——
除非是天翻——但谁能想象那一天？

（1925年10月29日《晨报副镌》）

客 中[①]

今晚天上有半轮的下弦月；
我想携着她的手，
往明月多处走——
一样是清光，我说，圆满或残缺。

园里有一树开剩的玉兰花；
她有的是爱花癖，
我爱看她的怜惜——
一样是芬芳，她说，满花与残花。

浓荫里有一只过时的夜莺；
她受了秋凉，
不如从前浏亮——
快死了，她说，但我不悔我的痴情！

但这莺，这一树花，这半轮月——

①写于1925年9月。

我独自沉吟，
　　对着我的身影——
她在那里，啊，为什么伤悲，凋谢，残缺？
（1925年12月10日《晨报副镌》）

再不见雷峰[1]

再不见雷峰，雷峰坍成了一座大荒冢，
　　顶上有不少交抱的青葱；
　　顶上有不少交抱的青葱，
再不见雷峰，雷峰坍成了一座大荒冢。

为什么感慨，对着这光阴应分的摧残？
　　世上多的是不应分的变态；
　　世上多的是不应分的变态，
发什么感慨，对着这光阴应分的摧残？

为什么感慨，这塔是镇压，这坟是掩埋——
　　镇压还不如掩埋来得痛快！
　　镇压还不如掩埋来得痛快，
发什么感慨，这塔是镇压，这坟是掩埋！

再没有雷峰，雷峰从此掩埋在人的记忆中，
　　像曾经的幻梦，曾经的爱宠；
　　像曾经的幻梦，曾经的爱宠，
再没有雷峰，雷峰从此掩埋在人的记忆中。
九月，西湖。
（1925年10月5日《晨报副镌》）

再不迟疑

我不辞痛苦，因为我要认识你，上帝；
我甘心，甘心在火焰里存身，
到最后那时辰见我的真，
见我的真，我定了主意，上帝，再不迟疑！
我再不想成仙，蓬莱不是我的分；

①写于1925年9月17日。

我只要这地面，情愿安分的做人。

（1925年10月5日《晨报副镌》）

运命的逻辑

一

前天她在水晶宫似照亮的大厅里跳舞——
　　多么亮她的袜！
　　多么滑她的发！
她那牙齿上的笑痕叫全堂的男子们疯魔。

二

　　昨来她短了资本，
　　变卖了她的灵魂；
那戴喇叭帽的魔鬼在她的耳边传授了秘诀，
她起了皱纹的脸又搽上不少男子们的心血。

三

今天在城隍庙前阶沿上坐着的这个老丑，
她胸前挂着一串，不是珍珠，是男子们的骷髅；
　　神道见了她摇头，
　　魔鬼见了她哆嗦！

（1925年10月8日《晨报副镌》）

这年头活着不易[1]

昨天我冒着大雨到烟霞岭下访桂；
　　南高峰在烟霞中不见，
　　在一家松茅铺的屋檐前
　　我停步，问一个村姑今年
翁家山的桂花有没有去年开的媚。

那村姑先对着我身上细细的端详：
　　活像只羽毛浸瘪了的鸟，
　　我心想，她定觉得蹊跷，

①写于1925年9月17日。

在这大雨天单身走远道，
倒来没来头的问桂花今年香不香。

“客人，你运气不好，来得太迟又太早：
这里就是有名的满家弄，
往年这时候到处香得凶，
这几天连绵的雨，外加风，
弄得这稀糟，今年的早桂就算完了。”

果然这桂子林也不能给我点子欢喜：
枝上只见焦萎的细蕊，
看着凄惨，唉，无妄的灾！
为什么这到处是憔悴？
这年头活着不易！这年头活着不易！

西湖，九月。

（1925 年 10 月 12 日《晨报副镌》）

丁当——清新[①]

檐前的秋雨在说什么？
它说摔了她，忧郁什么？
我手拿起案上的镜框，
在地平上摔了一个丁当。

檐前的秋雨又在说什么？
“还有你心里那个留着做什么？”
蓦地里又听见一声清新——
这回摔破的是我自己的心！

（1925 年 12 月 1 日《晨报七周年纪念增刊》）

决 断[②]

我的爱：
再不可迟疑；
误不得

①写于 1925 年秋。
②写于 1925 年 11 月。

这唯一的时机，

天平秤——
在你自己心里，
哪头重——
法码都不用比！

你我的——
哪还用着我提？
下了种，
就得完功到底。

生，爱，死——
三连环的迷谜；
拉动一个，
两个就跟着挤。

老实说，
我不希罕这活，
这皮囊，——
哪处不是拘束。

要恋爱，
要自由，要解脱——
这小刀子，
许是你我的天国！

可是不死
就得跑，远远的跑；
谁耐烦
在这猪圈里捞骚？

险——
不用说，总得冒，
不拼命，
哪件事拿得着？

看那星，

多勇猛的光明！
看这夜，
多庄严，多澄清！

走吧，甜，
前途不是暗昧；
多谢天，
从此跳出了轮回！

（1925年11月25日《晨报副镌》）

海边的梦

我独自在海边徘徊，
遥望着天边的霞彩，
我想起了我的爱，
不知她这时候何在？
我在这儿等待——
她为什么不来？
我独自在海边发痴——
沙滩里平添了无数的相思字。

假使她在这儿伴着我，
在这寂寥的海边散步？
海鸥声里，
听私语喁喁，
浅沙滩里，
印交错的脚踪，
我唱一曲海边的恋歌，
爱，你幽幽的低着嗓儿和！

这海边还不是你我的家，
你看那边鲜血似的晚霞；
我们要寻死，
我们交抱着往波心里跳，
绝灭了这皮囊，
好叫你我的恋魂悠久的逍遥。
这时候的新来的双星挂上天堂，
放射着不磨灭的爱的光芒。

夕阳已在沉沉的淡化，
这黄昏的美，
有谁能描画？
莽莽的天涯，
哪里是我的家，
哪里是我的家？
爱人呀，我这般的想着你，
你那里可也有丝毫的牵挂？

再不想望高远的天国[①]

我心头平添了一块肉，
这辈子算有了归宿！
　看白云在天际飞，
　听雀儿在枝上啼。
　忍不住感恩的热泪，
我喊一声天，我从此知足！
再不想望高远的天国！

三月十二深夜大沽口外[②]

今夜困守在大沽口外：
　　绝海里的俘虏，
　　对着忧愁申诉；
桅上的孤灯在风前摇摆：
　　天昏昏有层云裹，
　　那掣电是探海火！

你说不自由是这变乱的时光？
　　但变乱还有时罢休，
　　谁敢说人生有自由？
今天的希望变作明天的怅惘；
　　星光在天外冷眼瞅，
　　人生是浪花里的浮沤！

①写于1926年2月23日。
②写于1926年3月12日。

我此时在凄冷的甲板上徘徊，
　　听海涛迟迟的吐沫，
　　心空如不波的湖水；
只一丝云影在这湖心里晃动——
　　不曾渗透的一个迷梦，
　　不忍渗透的一个迷梦！

（1926年3月22日《晨报副镌》）

白须的海老儿[①]

那船平空在海中心抛锚，
也不顾我心头野火似的烧！
那白须的海老倒像有同情，
他声声问的是为甚不进行？

我伸手向黑暗的空间抱，
谁说这缥缈不是她的腰？
我又飞吻给银河边的星，
那是我爱最灵动的明睛。

但这来白须的海老又生恼，
（他忌妒少年情，别看他年老！
他说你情急我偏给你不行，
你怎生跳度这碧波的无垠？）

果然那老顽皮有他的蹊跷，
这心头火差一点变海水里泡！
但此时我忙着亲我爱的香唇，
谁耐烦再和白须的海老儿争？

（1926年3月27日《晨报副镌》）

梅雪争春（纪念三一八）

南方新年里有一天下大雪，
我到灵峰去探春梅的消息；
残落的梅萼瓣瓣在雪里腌，

①写于1926年3月12日。

我笑说这颜色还欠三分艳！

运命说：你赶花朝节前回京，
我替你备下真鲜艳的春景：
白的还是那冷翩翩的飞雪，
但梅花是十三龄童的热血！

（1926 年 4 月 1 日《晨报副镌·诗镌》第 1 号）

罪与罚（一）

在这冰冷的深夜，在这冰冷的庙前，
匍匐着，星光里照出，一个冰冷的人形：
是病吗？不听见有呻吟。
死了吗？她肢体在颤震。
啊，假如你的手能向深奥处摸索，
她那冰冷的身体里还有个更冷的心！
她不是遇难的孤身，
她不是被摈弃的妇人；
不是尼僧，尼僧也不来深夜里修行；
她没有犯法，她的不是寻常的罪名：
她是一个美妇人，
她是一个恶妇人，——
她今天忽然发觉了她无形中的罪孽，
因此在这深夜里到上帝跟前来招认。

（1926 年 4 月 21 日《晨报副镌·诗镌》第 4 号）

罪与罚（二）

“你——你问我为什么对你脸红？
这是天良，朋友，天良的火烧，
好，交给你了，记下我的口供，
满铺着谎的床上哪睡得着？

“你先不用问她们那都是谁，
回头你——（你有水不？我喝一口。
单这一提，我的天良就直追，
逼得我一口气直顶着咽喉。）
“冤孽！天给我这样儿：毒的香，

造孽的根，假温柔的野兽！
什么意识，什么天理，什么思想，
那敌得住那肉鲜鲜的引诱！

“先是她家那嫂子，风流，当然：
偏嫁了个丈夫不是个男人；
这干烤着的木柴早够危险，
再来一星星的火花——不就成！

“那一星的火花正轮着我——该！
才一面，够干脆的，魔鬼的得意；
一瞟眼，一条线，半个黑夜：
十七岁的童贞，一个活寡的急！

“堕落是一个进了出不得的坑，
可不是个陷坑，越陷越没有底，
咒他的！一桩桩更鲜艳的沉沦，
挂彩似的扮得我全没了主意！

“现吃亏的当然是女人，也可怜，
一步的孽报追着一步的孽因，
她又不能往阉子身上推，活罪，——
一包药粉换着了一身的毒鳞！

“这还是引子，下文才真是孽债：
她家里另有一双并蒂的白莲，
透水的鲜，上帝禁阻闲蜂来采，
但运命偏不容这白玉的贞坚。

“那西湖上一宿的猖狂，又是我，
你知道，捣毁了那并蒂的莲苞——
单只一度！但这一度！谁能饶恕
天，这蹂躏！这色情狂的恶屠刀！

“那大的叫铃的偏对浪子情痴，
她对我矢贞，你说这事情多瘪！
我本没有自由，又不能伴她死，
眼看她疯，丢丑，喔！雷砸我的脸！

“这事情说来你也该早明白，
我见着你眼内一阵阵的冒火：
本来！今儿我是你的囚犯，听凭
你发落，你裁判，杀了我，绞了我；

“我半点儿不生怨意，我再不能
不自首，天良逼得我没缝儿躲；
年轻人谁免得了有时候朦混，
但是天，我的分儿不有点太酷？

“谁料到这造孽的网兜着了你，
你，我的长兄，我的唯一的好友！
你爱箕，箕也爱你；箕是无罪的：
有罪是我，天罚那离奇的引诱！

“她的忠顺你知道，这六七年里，
她哪一事不为你牺牲，你不说
女人再没有箕的自苦；她为你
甘心自苦，为要洗净那一点错。

“这错又不是她的，你不能怪她；
话说完了，我放下了我的重负，
我唯一的祈求是保全你的家：
她是无罪的，我再说，我的朋友！”

（1927年9月上海新月书店《翡冷翠的一夜》）

再休怪我的脸沉①

不要着恼，乖乖，不要怪嫌
　　我的脸绷得直长，
　　我的脸绷得是长，
可不是对你，对恋爱生厌。

不要凭空往大坑里盲跳：
　　胡猜是一个大坑，

①写于1926年4月22日。

　　这里面坑得死人；
你听我讲，乖，用不着烦恼。

你，我的恋爱，早就不是你：
　　你我早变成一身，
　　呼吸，命运，灵魂——
再没有力量把你我分离。

你我比是桃花接上竹叶，
　　露水合着嘴唇吃，
　　经脉胶成同命丝，
单等春风到开一个满艳。

谁能怀疑他自创的恋爱？
　　天空有星光耿耿，
　　冰雪压不倒青春，
任凭海有时枯，石有时烂！

不是的，乖，不是对爱生厌！
　　你胡猜我也不怪，
　　我的样儿是太难，
反正我得对你深深道歉。

不错，我恼，恼的是我自己：
　（山怨土堆不够高；
　　河对水私下唠叨。）
恨我自己为甚这不争气。

我的心（我信）比似个浅洼：
　　跳动着几条泥鳅，
　　积不住三尺清流，
盼不到天光，映不着彩霞；

又比是个力乏的朝山客；
　　他望见白云缭绕，
　　拥护着山远山高，
但他只能在倦疲中沉默。
也不是不认识上天威力；

他何尝甘愿绝望，
空对着光阴怅惘——
你到深夜里来听他悲泣！

就说爱，我虽则有了你，爱，
不愁在生命道上，
感受孤立的恐慌，
但天知道我还想往上攀！

恋爱，我要更光明的实现：
草堆里一个萤火，
企慕着天顶星罗：
我要你我的爱高比得天！

我要那洗度灵魂的圣泉，
洗掉这皮囊腌臜，
解放内裹的囚犯，
化一缕轻烟，化一朵青莲。

这，你看，才叫是烦恼自找；
从清晨直到黄昏，
从天昏又到天明，
活动着我自剖的一把钢刀！

不是自杀，你得认个分明。
劈去生活的余渣，
为要生命的精华；
给我勇气，啊，唯一的亲亲！

给我勇气，我要的是力量，
快来救我这围城，
再休怪我的脸沉，
快来，乖乖，抱住我的思想！

四月二十二日

（1926年4月29日《晨报副镌·诗镌》第5号）

新催妆曲

一

新娘，你为什么紧锁你的眉尖，
　　（听掌声如春雨吼，
　　鼓乐暴雨似的流！）
在缤纷的花雨中步慵慵的向前：
　　（向前，向前，到礼台边，
　　见新郎面！）
莫非这嘉礼惊醒了你的忧愁：
　　一针针的忧愁，
　　你的芳心刺透，
　　逼迫你热泪流，——
新娘，为什么你紧锁你的眉尖？

二

新娘，这礼堂不是杀人的屠场，
　　（听掌声如震天雷，
　　闹乐暴雨似的催！）
那台上站着的不是吃人的魔王：
　　他是新郎，
　　他是新郎，
　　你的新郎；
新娘，美满的幸福等在你的前面，
　　你快向前，
　　到礼台边，
　　见新郎面——
新娘，这礼堂不是杀人的屠场！

三

新娘，有谁猜得你的心头怨？——
　　（听掌声如劈山雷，
　　鼓乐暴雨似的催，
催花巍巍的新人快步的向前，
　　向前，向前，到礼台边，

见新郎面。）
莫非你到今朝，这定运的一天，
又想起那时候，
他热烈的抱搂，
那颤栗，那绸缪——
新娘，有谁猜得你的心头怨？

四

新娘，把钩消的墓门压在你的心上：
（这礼堂是你的坟场，
你的生命从此埋葬！）
让伤心的热血添浓你颊上的红光；
（你快向前，到礼台边，
见新郎面！）
忘却了，永远忘却了人间有一个他：
让时间的灰烬，
掩埋了他的心，
他的爱，他的影，——
新娘，谁不艳羡你的幸福，你的荣华！
（1926年5月13日《晨报副镌·诗镌》第7号）

半夜深巷琵琶

又被它从睡梦中惊醒，深夜里的琵琶！
是谁的悲思，
是谁的手指，
像一阵凄风，像一阵惨雨，像一阵落花，
在这夜深深时，
在这睡昏昏时，
挑动着紧促的弦索，乱弹着宫商角徵，
和着这深夜，荒街，
柳梢头有残月挂，
啊，半轮的残月，像是破碎的希望，他
头戴一顶开花帽，
身上带着铁链条，
在光阴的道上疯了似的跳，疯了似的笑，
完了，他说，吹糊你的灯，
她在坟墓的那一边等，

等你去亲吻，等你去亲吻，等你去亲吻！
（1926年5月20日《晨报副镌·诗镌》第8号）

偶 然[1]

我是天空里的一片云，
偶尔投影在你的波心——
　　你不必讶异，
　　更无须欢喜——
在转瞬间消灭了踪影。

你我相逢在黑夜的海上，
你有你的，我有我的，方向；
　　你记得也好，
　　最好你忘掉，
在这交会时互放的光亮！
（1926年5月27日《晨报副镌·诗镌》第9号）

大 帅（战歌之一）

（见日报，前敌战士，随死随掩，间有未死者，即被活埋。）

"大帅有命令以后打死了的尸体
再不用往回挪（叫人看了挫气），
　就在前边儿挖一个大坑，
　拿瘪了的弟兄们往里掷，
　　掷满了给平上土，
　　给它一个大糊涂，
　　也不用给做记认，
　　管他是姓贾姓曾！
也好，省得他们家里人见了伤心：
　娘抱着个烂了的头，
　弟弟提溜着一支手，
新娶的媳妇到手个脓包的腰身！"

"我说这坑死人也不是没有味儿，
有那西晒的太阳做我们的伴儿，

[1]写于1926年5月中旬。

瞧我这一抄，抄住了老丙，
他大前天还跟我吃烙饼，
叫了壶大白干，
咱们俩随便谈，
你知道他那神气，
一只眼老是这挤：
谁想他来不到三天就做了炮灰，
老丙他打仗倒是勇，
你瞧他身上的窟窿！——
去你的，老丙，咱们来就是当死胚！

“天快黑了，怎么好，还有这一大堆？
听炮声，这半天又该是我们的毁！
麻利点儿，我说你瞧，三哥，
那黑刺刺的可不又是一个！
嘿，三哥，有没有死的，
还开着眼流着泪哩！
我说三哥这怎么来，
总不能拿人活着埋！”——
“吁，老五，别言语，听大帅的话没有错：
见个儿就给铲，
见个儿就给埋，
躲开，瞧我的，欧，去你的，谁跟你啰嗦！”
（1926年6月3日《晨报副镌·诗镌》第10号）

人变兽[①]（战歌之二）

朋友，这年头真不容易过，
你出城去看光景就有数：——
柳林中有乌鸦们在争吵，
分不匀死人身上的脂膏；

城门洞里一阵阵的旋风起，
跳舞着没脑袋的英雄，
那田畦里碧葱葱的豆苗，
你信不信全是用鲜血浇！

①写于1926年5月。

还有那井边挑水的姑娘，
你问她为甚走道像带伤——
抹下西山黄昏的一天紫，
也涂不没这人变兽的耻！

（1926年6月3日《晨报副镌·诗镌》第10号）

“拿回吧，劳驾，先生”

啊，果然有今天，就不算如愿，
她这“我求你”也就够可怜！
“我求你，”她信上说，“我的朋友，
给我一个快电，单说你平安，
多少也叫我心宽。”叫她心宽！
扯来她忘不了的还是我——我，
虽则她的傲气从不肯认服；
害得我多苦，这几年叫痛苦
带住了我，像磨面似的尽磨！
还不快发电去，傻子，说太显——
或许不便，但也不妨占一点
颜色，叫她明白我不曾改变，
咳何止，这炉火更旺似从前！

我已经靠在发电处的窗前，
震震的手写来震震的情电，
递给收电的那位先生，问这
该多少钱，但他看了看电文，
又看我一眼，迟疑的说：“先生，
您没重打吧？方才半点钟前，
有一位年轻的先生也来发电，
那地址，那人名，全跟这一样，
还有那电文，我记得对，我想，
也是这……先生，您明白，反正
意思相似，就这签名不一样！”
“呒！是吗？噢，可不是，我真是昏！
发了又重发；拿回吧！劳驾，先生。”

（1926年6月3日《晨报副镌·诗镌》第10号）

两地相思

一　他——

今晚的月亮像她的眉毛，
　这弯弯的够多俏！
今晚的天空像她的爱情，
　这蓝蓝的够多深！
那样多是你的，我听她说，
　你再也不用疑惑；
给你这一团火，她的香唇，
　还有她更热的腰身！
谁说做人不该多吃点苦？——
　吃到了底才有数。
这来可苦了她，盼死了我，
　半年不是容易过！
她这时候，我想，正靠着窗，
　手托着俊俏脸庞，
在想，一滴泪正挂在腮边，
　像露珠沾上草尖：
在半忧愁半欢喜的预计，
　计算着我的归期：
啊，一颗纯洁的爱我的心，
　那样的专！那样的真！
还不催快你胯下的牲口，
　趁月光清水似流，
趁月光清水似流，赶回家
　去亲你唯一的她！

二　她——

今晚的月色又使我想起，
　我半年前的昏迷，
那晚我不该喝那三杯酒，
　添了我一世的愁；
我不该把自由随手给扔，——
　活该我今儿的闷！

他待我倒真是一片至诚，
　像竹园里的新笋，
不怕风吹，不怕雨打，一样
　他还是往上滋长；
他为我吃尽了苦，就为我
　他今天还在奔波；——
我又没有勇气对他明讲
　我改变了的心肠！
今晚月儿弓样，到月圆时
　我，我如何能躲避！
我怕，我爱，这来我真是难，
　恨不能往地底钻；
可是你，爱，永远有我的心，
　听凭我是浮是沉；
他来时要抱，我就让他抱，
（这葫芦不破的好，）
但每回我让他亲——我的唇，
　爱，亲的是你的吻！

（1926 年 6 月 10 日《晨报副镌·诗镌》第 11 号）

天神似的英雄[①]

这石是一堆粗丑的顽石，
这百合是一丛明媚的秀色；
但当月光将花影描上石隙，
这粗丑的顽石也化生了媚迹。

我是一团臃肿的凡庸，
她的是人间无比的仙容；
但当恋爱将她偎入我的怀中，
就我也变成了天神似的英雄！

（1927 年 9 月上海新月书店《翡冷翠的一夜》）

①写于 1927 年左右。

醒！醒！[①]

和蔼的春光，
充满了鸳鸯的池塘；
快辞别寂寞的梦乡，
来和我摸一会鱼儿，折一枝海棠。

（1983年香港商务印书馆《徐志摩全集》第1集）

变与不变[②]

树上的叶子说："这来又变样儿了，
你看，有的是抽心烂，有的是卷边焦！"
"可不是，"答话的是我自己的心：
它也在冷酷的西风里褪色，凋零。

这时候连翩的明星爬上了树尖；
"看这儿，"它们仿佛说，"有没有改变？"
"看这儿，"无形中又发动了一个声音，
"还不是一样鲜明？"——插话的是我的魂灵！

（1927年9月上海新月书店《翡冷翠的一夜》）

残 春[③]

昨天我瓶子里斜插着的桃花，
是朵朵媚笑在美人的腮边挂；
今儿它们全低了头，全变了相：——
红的白的尸体倒悬在青条上。

窗外的风雨报告残春的运命，
丧钟似的音响在黑夜里叮咛：
"你那生命的瓶子里的鲜花也
变了样；艳丽的尸体，谁给收殓？"

（1928年5月10日《新月》第1卷第3号）

---

①写于1927年前后。
②写于1927年春季。
③写于1927年4月20日。

干着急[1]

朋友，这干着急有什么用，
喝酒玩吧，这槐树下凉快；
看槐花直掉在你的杯中——
别嫌它：这也是一种的爱。

胡知了到天黑还在直叫
（她为我的心跳还不一样？）
那紫金山头有夕阳返照
（我心头，不是夕阳，是惆怅！）

这天黑得草木全变了形
（天黑可盖不了我的心焦；）
又是一天，天上点满了银
（又是一天，真是，这怎么好！）

秀山公园八月二十七日

（1927 年 9 月 10 日《现代评论》第 6 卷第 144 期）

俘虏颂[2]

我说朋友，你见了没有，那俘虏：
　拼了命也不知为谁，
　提着杀人的凶器，
　带着杀人的恶计，
　趁天没有亮，堵着嘴，
望长江的浓雾里悄悄的飞渡；

趁太阳还在崇明岛外打盹，
　满江心只是一片阴，
　破着褴褛的江水，
　不提防冤死的鬼，
　爬在时间背上讨命，
挨着这一船船替死来的接吻；

①写于 1927 年 8 月 27 日。
②写于 1927 年 9 月 4 日。

他们摸着了岸就比到了天堂：
　顾不得险，顾不得潮，
　一耸身就落了地
（梦里的青蛙惊起，）
　踹烂了六朝的青草，
燕子矶的嶙峋都变成了康庄！

干什么来了，这“大无畏”的精神？
　算是好男子不怕死？——
　为一个人的荒唐，
　为几块钱的奖赏，
　闯进了魔鬼的圈子，
供献了身体，在乌龙山下变粪？

看他们今儿个做俘虏的光荣！
　身上脸上全挂着彩，
　眉眼糊成了玫瑰，
　口鼻裂成了山水，
　脑袋顶着朵大牡丹，
在夫子庙前，在秦淮河边寻梦！

九月四日

（1927年9月17日《现代评论》第6卷第145期）

此诗原投《现代评论》，刊出后编辑先生来信，说他擅主割去了末了一段，因为有了那一段诗意即成了“反革命”，剪了那一段则是“绝妙的一首革命诗”，因而为报也为作者，他决意割去了那条不革命的尾巴！我原稿就只那一份，割去那一段我也记不起，重做也不愿意，要删又有朋友不让，所以就让它照这“残样”站着吧。

志摩

秋虫

秋虫，你为什么来？
人间早不是旧时候的清闲；
这青草，这白露，也是呆：
再也没有用，这些诗材！
黄金才是人们的新宠，
她占了白天，又霸住梦！
爱情：像白天里的星星，

她早就回避，早没了影。
天黑它们也不得回来，
半空里永远有乌云盖。
还有廉耻也告了长假，
他躺在沙漠地里住家；
花尽着开可结不成果，
思想被主义奸污得苦！
你别说这日子过得闷，
晦气脸的还在后面跟！
这一半也是灵魂的懒，
他爱躲在园子里种菜，
“不管，”他说：“听他往下丑——
变猪，变蛆，变蛤蟆，变狗……
过天太阳羞得遮了脸，
月亮残阙了再不肯圆，
到那天人道真灭了种，
我再来打——打革命的钟！”

一九二七年秋

（1928年3月10日《新月》第1卷第1号）

最后的那一天

在春风不再回来的那一年，
在枯枝不再青条的那一天，
　那时间天空再没有光照，
　只黑蒙蒙的妖氛弥漫着：
太阳，月亮，星光死去了的空间；

在一切标准推翻的那一天，
在一切价值重估的那时间，
　暴露在最后审判的威灵中，
　一切的虚伪与虚荣与虚空，
赤裸裸的灵魂们匍匐在主的跟前；——

我爱，那时间你我再不必张皇，
更不须声诉，辨冤，再不必隐藏，——
　你我的心，像一朵雪白的并蒂莲，
　在爱的青梗上秀挺，欢欣，鲜妍，——

在主的跟前，爱是唯一的荣光。

（1927 年 9 月上海新月书店《翡冷翠的一夜》）

我不知道风是在哪一个方向吹[1]

我不知道风
是在哪一个方向吹——
我是在梦中，
在梦的轻波里依洄。

我不知道风
是在哪一个方向吹——
我是在梦中，
她的温存，我的迷醉。

我不知道风
是在哪一个方向吹——
我是在梦中，
甜美是梦里的光辉。

我不知道风
是在哪一个方向吹——
我是在梦中，
她的负心，我的伤悲。

我不知道风
是在哪一个方向吹——
我是在梦中，
在梦的悲哀里心碎！

我不知道风
是在哪一个方向吹——
我是在梦中，
黯淡是梦里的光辉。

（1928 年 3 月 10 日《新月》第 1 卷第 1 号）

①写于 1928 年年初。

哈 代[1]

哈代，厌世的，不爱活的，
　这回再不用怨言，
一个黑影蒙住他的眼？
　去了，他再不露脸。

八十八年不是容易过，
　老头活该他的受，
扛着一肩思想的重负，
　早晚都不得放手。

为什么放着甜的不尝，
　暖和的座儿不坐，
偏挑那阴凄的调儿唱，
　辣味儿辣得口破。

他是天生那老骨头僵，
　一对眼拖着看人，
他看着了谁谁就遭殃，
　你不用跟他讲情！

他就爱把世界剖着瞧，
　是玫瑰也给拆坏；
他没有那画眉的纤巧，
　他有夜鸮的古怪！

古怪，他争的就只一点——
　一点灵魂的自由，
也不是成心跟谁翻脸，
　认真就得认个透。

他可不是没有他的爱——
　他爱真诚，爱慈悲：
人生就说是一场梦幻，

①写于 1928 年年初。

也不能没有安慰。

这日子你怪得他惆怅，
怪得他话里有刺：
他说乐观是“死尸脸上
抹着粉，搽着胭脂！”

这不是完全放弃希冀，
宇宙还得往下延，
但如果前途还有生机，
思想先不能随便。

为维护这思想的尊严，
诗人他不敢怠惰，
高擎着理想，睁大着眼，
抉剔人生的错误。

现在他去了，再不说话，
（你听这四野的静，）
你爱忘了他就忘了他
（天吊明哲的凋零！）

旧历元旦

（1928年3月10日《新月》第1卷第1号）

生 活

阴沉，黑暗，毒蛇似的蜿蜒，
生活逼成了一条甬道：
一度陷入，你只可向前，
手扪索着冷壁的黏潮，

在妖魔的脏腑内挣扎，
头顶不见一线的天光，
这魂魄，在恐怖的压迫下，
除了消灭更有什么愿望？

五月二十九日

（1929年5月10日《新月》第2卷第3号）

西 窗

一

这西窗
这不知趣的西窗放进
四月天时下午三点钟的阳光
一条条直的斜的羼躺在我的床上；

放进一团捣乱的风片
搂住了难免处女羞的花窗帘，
呵她痒，腰弯里，脖子上，
羞得她直飏在半空里，刮破了脸；

放进下面走道上洗被单
衬衣大小毛巾的胰子味，
厨房里饭焦鱼腥蒜苗是腐乳的沁芳南
还有弄堂里的人声比狗叫更显得松脆。

二

当然不知趣也不止是这西窗，
但这西窗是够顽皮的，
它何尝不知道这是人们打中觉的好时光！
拿一件衣服，不，拿这条绣外国花的毛毯，
　堵死了它，给闷死了它：
耶稣死了我们也好睡觉！

直着身子，不好，弯着来，
学一只卖弄风骚的大龙虾，
在清浅的水滩上引诱水波的荡意！
对呀，叫迷离的梦意像浪丝似的
爬上你的胡须，你的衣袖，你的呼吸……

你对着你脚上又新破了一个大窟窿的袜子发愣或是
　忙着送玲巧的手指到神秘的胳肢窝搔痒——可不
　是搔痒的时候
你的思想不见会得长上那拿把不住的大翅膀：

谢谢天，这是烟士披里纯来到的刹那间
因为有窟窿的破袜是绝对的理性，
胳肢窝里虱类的痒是不可怀疑的实在。

三

香炉里的烟，远山上的雾，人的贪嗔和心机；
经络里的风湿，话里的刺，笑脸上的毒，
谁说这宇宙这人生不够富丽的？

你看那市场上的盘算，比那矗着大烟筒
走大洋海的船的肚子里的机轮更来得复杂，
血管里疙瘩着几两几钱，几钱几两，
脑子里也不知哪来这许多尖嘴的耗子爷？
还有那些比柱石更重实的大人们，他们也有他们的盘算；
他们手指间夹着的雪茄虽则也冒着一卷卷成云彩的烟，
但更曲折，更奥妙，更像长虫的翻戏，
是他们心里的算计，怎样到意大利喀辣辣矿山里去
　搬运一个大石座来站他一个足够与灵龟比赛的年岁，
何况还有波斯兵的长枪，匈奴的暗箭……

再有从上帝的创造里单独创造出来曾向农商部呈请
　创造专利的文学先生们，这是个奇迹的奇迹，
正如狐狸精对着月光吞吐她的命珠，
他们也是在月光勾引潮汐时学得他们的职业秘密。
青年的血，尤其是滚沸过的心血，是可口的：——
他们借用普罗列塔里亚的瓢匙在彼此请呀请的舀着喝。
他们将来铜像的地位一定望得见朱温张献忠的。

绣着大红花的俄罗斯毛毯方才拿来蒙住西窗的也不
　知怎的滑溜了下来，不容做梦人继续他的冒险，
但这些滑腻的梦意钻软了我的心
像春雨的细脚踹软了道上的春泥。
西窗还是不挡着的好，虽则弄堂里的人声有时比狗
　叫更显得松脆。
这是谁说的："拿手擦擦你的嘴，
这人间世在洪荒中不住的转，
像老妇人在空地里捡可以当柴烧的材料？"

（1928年6月10日《新月》第1卷第4号）

怨得[1]

怨得这相逢；
谁作的主？——风！

也就一半句话，
露水润了枯芽。

黑暗——放一箭光；
飞蛾：他受了伤。

偶然，真是的。
惆怅？喔何必！

伦敦旅次　九月

（1929年1月10日《新月》第1卷第11号）

深夜[2]

深夜里，街角上，
梦一般的灯芒。

烟雾迷裹着树！
怪得人错走了路？

“你害苦了我——冤家！”
她哭，他——不答话。

晓风轻摇着树尖：
掉了，早秋的红艳。

伦敦旅次　九月

（1929年1月10日《新月》第1卷第11号）

①写于1928年9月。
②写于1928年9月。

在不知名的道旁[1]（印度）

什么无名的苦痛，悲悼的新鲜，
什么压迫，什么冤屈，什么烧烫
你体肤的伤，妇人，使你蒙着脸
在这昏夜，在这不知名的道旁，
任凭过往人停步，讶异的看你，
你只是不作声，黑绵绵的坐地?

还有蹲在你身旁悚动的一堆，
一双小黑眼闪荡着异样的光，
像暗云天偶露的星晞，她是谁?
疑惧在她脸上，可怜的小羔羊，
她怎知道人生的严重，夜的黑，
她怎能明白运命的无情，惨刻?

聚了，又散了，过往人们的讶异。
刹那的同情也许；但他们不能
为你停留，妇人，你与你的儿女；
伴着你的孤单，只昏夜的阴沉，
与黑暗里的萤光，飞来你身旁，
来照亮那小黑眼闪荡的星芒!

（1929年2月1日《金屋月刊》第1卷第2期）

枉 然[2]

你枉然用手锁着我的手，
女人，用口噙住我的口，
枉然用鲜血注入我的心，
火烫的泪珠见证你的真；

迟了！你再不能叫死的复活，
从灰土里唤起原来的神奇：
纵然上帝怜念你的过错，

①写于1928年10月31日。
②写于1928年11月1日。

他也不能拿爱再交给你！
（1928年12月10日《新月》第1卷第10号）

他眼里有你[①]

我攀登了万仞的高冈，
荆棘扎烂了我的衣裳，
我向飘渺的云天外望——
　上帝，我望不见你！

我向坚厚的地壳里掏，
捣毁了蛇龙们的老巢，
在无底的深潭里我叫——
　上帝，我听不到你！

我在道旁见一个小孩：
活泼、秀丽、褴褛的衣衫；
他叫声妈，眼里亮着爱——
　上帝，他眼里有你！
（1928年12月10日《新月》第1卷第10号）

再别康桥[②]

轻轻的我走了，
　正如我轻轻的来；
我轻轻的招手，
　作别西天的云彩。

那河畔的金柳，
　是夕阳中的新娘；
波光里的艳影，
　在我的心头荡漾。

软泥上的青荇，
　油油的在水底招摇；

①写于1928年11月2日。
②写于1928年11月6日。

在康河的柔波里，
　我甘心做一条水草！

那榆荫下的一潭，
　不是清泉，是天上虹，
揉碎在浮藻间，
　沉淀着彩虹似的梦。

寻梦？撑一支长篙，
　向青草更青处漫溯，
满载一船星辉，
　在星辉斑斓里放歌。

但我不能放歌，
　悄悄是别离的笙箫；
夏虫也为我沉默，
　沉默是今晚的康桥！

悄悄的我走了，
　正如我悄悄的来；
我挥一挥衣袖，
　不带走一片云彩。

十一月六日　中国海上

（1928年12月10日《新月》第1卷第10号）

春的投生[①]

昨晚上，
再前一晚也是的，
在雷雨的猖狂中
春
　投生入残冬的尸体。

不觉得脚下的松软，
耳鬓间的温驯吗？
树枝上浮着青，

①写于1929年2月28日。

潭里的水漾成无限的缠绵；
再有你我肢体上
胸膛间的异样的跳动；

桃花早已开上你的脸，
我在更敏锐的消受
你的媚，吞咽
你的连珠的笑；
你不觉得我的手臂
更迫切的要求你的腰身，
我的呼吸投射到你的身上
如同万千的飞萤投向光焰？

这些，还有别的许多说不尽的，
和着鸟雀们的热情的回荡，
都在手携手的赞美着
春的投生。

二月二十八日

（1929年12月10日《新月》第2卷第2号）

杜鹃[①]

杜鹃，多情的鸟，他终宵唱：
在夏荫深处，仰望着流云，
飞蛾似围绕亮月的明灯，
星光疏散如海滨的渔火，
甜美的夜在露湛里休憩，
他唱，他唱一声“割麦插禾”——
农夫们在天放晓时惊起。

多情的鹃鸟，他终宵声诉，
是怨，是慕，他心头满是爱，
满是苦，化成缠绵的新歌，
柔情在静夜的怀中颤动；
他唱，口滴着鲜血，斑斑的，
染红露盈盈的草尖，晨光

①写于1929年4月。

轻摇着园林的迷梦；他叫，
他叫，他叫一声："我爱哥哥！"
（1929年5月10日《新月》第2卷第3号）

活 该[1]

活该你早不来！
热情已变死灰。

提什么已往？——
骷髅的磷光！

将来？——各走各的道，
长庚管不着"黄昏晓"。

爱是痴，恨也是傻；
谁点得清恒河的沙？

不论你梦有多么圆，
周围是黑暗没有边。

比是消散了的诗意，
趁早掩埋你的旧忆。

这苦脸也不用装，
到头儿总是个忘！

得！我就再亲你一口：
热热的！去，再不许停留。
（1929年11月10日《新月》第2卷第9号）

一九三〇年春[2]

霹雳的一声笑，
从云空直透到地，

①写于1929年7月31日。
②写于1930年春。

刮它的脸扎它的心，
说："醒罢，老睡着干么？"
……
……

三日　沪宁车上

（1932年7月上海新月书店《云游》）

阔的海

阔的海空的天我不需要，
我也不想放一只巨大的纸鹞
上天去捉弄四面八方的风；
　　我只要一分钟
　　我只要一点光
　　我只要一条缝，——
　像一个小孩爬伏
　在一间暗屋的窗前
　望着西天边不死的一条
缝，一点
光，一分
钟。

（1931年8月上海新月书店《猛虎集》）

黄　鹂

一掠颜色飞上了树，
"看，一只黄鹂！"有人说。
翘着尾尖，它不作声，
艳异照亮了浓密——
像是春光，火焰，像是热情。

等候它唱，我们静着望，
怕惊了它。但它一展翅，
冲破浓密，化一朵彩云；
它飞了，不见了，没了——
像是春光，火焰，像是热情。

（1930年2月10日《新月》第2卷第12号）

季候

一

他俩初起的日子，
像春风吹着春花。
花对风说："我要，"
风不回话：他给！

二

但春花早变了泥，
春风也不知去向。
她怨，说天时太冷；
"不久就冻冰。"他说。

（1930年2月10日《新月》第2卷第12号）

车眺

一

我不能不赞美
这向晚的五月天；
怀抱着云和树
那些玲珑的水田。

二

白云穿掠着晴空，
像仙岛上的白燕！
晚霞正照着它们，
白羽镶上了金边。

三

背着轻快的晚凉，
牛，放了工，呆着做梦；
孩童们在一边蹲，
想上牛背，美，逞英雄！

四

在绵密的树荫下，
有流水，有白石的桥，
桥洞下早来了黑夜，
流水里有星在闪耀。

五

绿是豆畦，阴是桑树林，
幽郁是溪水傍的草丛，
静是这黄昏时的田景，
但你听，草虫们的飞动！

六

月亮在昏黄里上妆，
太阳心慌的向天边跑；
他怕见她，他怕她见，——
怕她见笑一脸的红糟！

（1930 年 3 月 10 日《新月》第 3 卷第 1 号）

残破

一

深深的在深夜里坐着：
当窗有一团不圆的光亮，
　风挟着灰土，在大街上
　　小巷里奔跑：
我要在枯秃的笔尖上袅出
一种残破的残破的音调，
为要抒写我的残破的思潮。

二

深深的在深夜里坐着：
生尖角的夜凉在窗缝里
　妒忌屋内残余的暖气，
　　也不饶恕我的肢体：
但我要用我半干的墨水描成

一些残破的残破的花样，
因为残破，残破是我的思想。

三

深深的在深夜里坐着，
左右是一些丑怪的鬼影：
  焦枯的落魄的树木
    在冰沉沉的河沿叫喊，
    比着绝望的姿势，
正如我要在残破的意识里
重兴起一个残破的天地。

四

深深的在深夜里坐着，
闭上眼回望到过去的云烟：
啊，她还是一枝冷艳的白莲，
  斜靠着晓风，万种的玲珑；
但我不是阳光，也不是露水，
我有的只是些残破的呼吸，
  如同封锁在壁椽间的群鼠，
追逐着，追求着黑暗与虚无！

（1930年4月《现代学生》第1卷第6期）

为的是

女人：
我对你祈祷，
我对你礼拜，
我对你乞讨，——
    为的是……

女人：
我为你发痴，
我为你颓废，
我为你做诗，——
    为的是……

女人：
我拿你咒骂，
我拿你凌迟，
我拿你践踏，——
　　为的是……
（1930年6月上海《金屋月刊》第9、10期合刊）

鲤 跳[1]

那天你走近一道小溪，
我说："我抱你过去，"你说："不；"
"那我总得搀你，"你又说："不。"
"你先过去，"你说，"这水多丽！"

"我愿意做一尾鱼，一支草，
在风光里长，在风光里睡，
收拾起烦恼，再不用流泪：
现在看！我这锦鲤似的跳！"

一闪光艳，你已纵过了水；
脚点地时那轻，一身的笑，
像柳丝，腰哪在俏丽的摇；
水波里满是鲤鳞的霞绮！

七月九日

（1931年1月10日《新月》第3卷第10号）

卑 微

卑微，卑微，卑微；
风在吹
无抵抗的残苇：

枯槁它的形容，
心已空，
音调如何吹弄？

①写于1930年7月9日。

它在向风祈祷：
“忍心好，
将我一拳推倒；

也是一宗解化——
“本无家，
任飘泊到天涯！”

（1930年10月10日《新月》第3卷第8号）

秋 月[①]

一样是月色，
今晚上的，因为我们都在抬头看——
看它，一轮腴满的妩媚，
从乌黑得如同暴徒一般的
云堆里升起——
看得格外的亮，分外的圆。
它展开在道路上，
它飘闪在水面上，
它沉浸在
水草盘结得如同忧愁般的水底；
它睥睨在古城的雉堞上，
万千的城砖在它的清亮中呼吸，
它抚摸着
错落在城厢外内的墓墟，
在宿鸟的断续的呼声里，
想见新旧的鬼，
也和我们似的相依偎的站着，
眼珠放着光，
咀嚼着彻骨的阴凉：
银色的缠绵的诗情
如同水面的星磷，
在露盈盈的空中飞舞。
听那四野的吟声——
永恒的卑微的谐和，
悲哀揉和着欢畅，

①写于1930年10月中旬。

怨仇与恩爱，
晦冥交抱着火电，
在这敻绝的秋夜与秋野的
苍茫中，
“解化”的伟大
在一切纤微的深处
展开了
婴儿的微笑！

十月中

（1930 年 11 月《现代学生》第 1 卷第 2 期）

渺 小

我仰望群山的苍老，
　他们不说一句话。
阳光描出我的渺小，
　小草在我的脚下。

我一人停步在路隅，
　倾听空谷的松籁；
青天里有白云盘踞——
　转眼间忽又不在。

（1931 年 1 月 10 日《新月》第 3 卷第 10 号）

山 中

庭院是一片静，
　听市谣围抱；
织成一片松影——
　看当头月好！

不知今夜山中
　是何等光景；
想也有月，有松，
　有更深的静。

我想攀附月色，
　化一阵清风，

吹醒群松春醉，
　去山中浮动；

吹下一针新碧，
　掉在你窗前；
轻柔如同叹息——
不惊你安眠！

四月一日

（1931 年 4 月 20 日《诗刊》第 2 期）

两个月亮

我望见有两个月亮：
一般的样，不同的相。

一个这时正在天上，
披敞着雀毛的衣裳；
她不吝惜她的恩情，
满地全是她的金银。
她不忘故宫的琉璃，
三海间有她的清丽。
她跳出云头，跳上树，
又躲进新绿的藤萝。
她那样玲珑，那样美，
水底的鱼儿也得醉！
但她有一点子不好，
她老爱向瘦小里耗；
有时满天只见星点，
没了那迷人的圆脸，
虽则到时候照样回来，
但这份相思有些难挨！

还有那个你看不见，
虽则不提有多么艳！
她也有她醉涡的笑，
还有转动时的灵妙；
说慷慨她也从不让人，
可惜你望不到我的园林！

可贵是她无边的法力，
常把我灵波向高里提：
我最爱那银涛的汹涌，
浪花里有音乐的银钟；
就那些马尾似的白沫，
也比得珠宝经过雕琢。
　一轮完美的明月，
　又况是永不残缺！
只要我闭上这一双眼，
她就婷婷的升上了天！

四月二日月圆深夜

（1931 年 4 月 20 日《诗刊》第 2 期）

车 上

这一车上有各等的年岁，各色的人：
有出须的，有奶孩，有青年，有商，有兵；
也各有各的姿态：傍着的，躺着的，
张眼的，闭眼的，向窗外黑暗望着的。

车轮在铁轨上辗出重复的繁响，
天上没有星点，一路不见一些灯亮；
只有车灯的幽辉照出旅客们的脸，
他们老的少的，一致声诉旅程的疲倦。

这时候忽然从最幽暗的一角发出
歌声；像是山泉，像是晓鸟，蜜甜，清越，
又像是荒漠里点起了通天的明燎，
它那正直的金焰投射到遥远的山坳。

她是一个小孩，欢欣摇开了她的歌喉；
在这冥盲的旅程上，在这昏黄时候，
像是奔发的山泉，像是狂欢的晓鸟，
她唱，直唱得一车上满是音乐的幽妙。

旅客们一个又一个的表示着惊异，
渐渐每一个脸上来了有光辉的惊喜：
买卖的，军差的，老辈，少年，都是一样，

那吃奶的婴儿，也把他的小眼开张。

她唱，直唱得旅途上到处点上光亮，
层云里翻出玲珑的月和斗大的星，
花朵，灯彩似的，在枝头竞赛着新样，
那细弱的草根也在摇曳轻快的青萤！

（1931 年 4 月 20 日《诗刊》第 2 期）

小诗一首

我羡慕
　　他的勇敢，
一点亮
　　透出黑暗！

他只有
　　那一闪的焰，
但不问
　　宇宙的深浅。

多微弱
　　他那点光，
寂寞的，在
　　黑夜里彷徨！

（1931 年 4 月 15 日《北大学生周刊》第 1 卷第 10 期）

在病中

我是在病中，这恹恹的倦卧，
看窗外云天，听木叶在风中……
是鸟语吗？院中有阳光暖和，
一地的衰草，墙上爬着藤萝，
有三五斑猩的，苍的，在颤动。
一半天也成泥……
　　　　　　　城外，啊西山！
太辜负了，今年，翠微的秋容！
那山中的明月，有弯，也有环；
黄昏时谁在听白杨的哀怨？

谁在寒风里赏归鸟的群喧？
有谁上山去漫步，静悄悄的，
在落叶林中捡三两瓣菩提？
有谁去佛殿上披拂着尘封，
在夜色里辨认金碧的神容？

这病中心情：一瞬瞬的回忆，
如同天空，在碧水潭中过路，
透映在水纹间斑驳的云翳；
又如阴影闪过虚白的墙隅，
瞥见时似有，转眼又复消散；
又如缕缕炊烟，才袅袅，又断……
又如暮天里不成字的寒雁，
飞远、更远；化入远山、化作烟！
又如在暑夜看飞星，一道光
碧银银的抹过，更不许端详。
又如兰蕊的清芬偶尔飘过，
谁能留住这没影踪的婀娜？
又如远寺的钟声，随风吹送，
在春宵，轻摇你半残的春梦！

二十（一九三一）年五月续成七年前残稿

（1931 年 10 月 5 日《诗刊》第 3 期）

泰　山

山！
你的阔大的巉岩，
像是绝海的惊涛，
忽地飞来，
　凌空
　不动，
在沉默的承受
日月与云霞拥戴的光豪；

更有万千星斗
　错落
在你的胸怀，
　诉说

隐奥，
蕴藏在
岩石的核心与崔嵬的天外！
（1931 年 7 月《新月》第 3 卷第 9 号）

雁儿们

雁儿们在云空里飞，
看她们的翅膀，
看她们的翅膀，
有时候纡回，
有时候匆忙。

雁儿们在云空里飞，
晚霞在她们身上，
晚霞在她们身上，
有时候银辉，
有时候金芒。

雁儿们在云空里飞，
听她们的歌唱！
听她们的歌唱！
有时候伤悲，
有时候欢畅。

雁儿们在云空里飞，
为什么翱翔？
为什么翱翔？
她们少不少旅伴？
她们有没有家乡？

雁儿们在云空里彷徨，
天地就快昏黑！
天地就快昏黑！
前途再没有天光，
孩子们往哪儿飞？

天地在昏黑里安睡，

　　昏黑迷住了山林，
　　昏黑催眠了海水；
这时候有谁在倾听
昏黑里泛起的伤悲。

（1931 年 9 月 20 日《北斗》创刊号）

火车擒住轨

火车擒住轨，在黑夜里奔：
过山，过水，过陈死人的坟；

过桥，听钢骨牛喘似的叫，
过荒野，过门户破烂的庙；

过池塘，群蛙在黑水里打鼓，
过噤口的村庄，不见一粒火；

过冰清的小站，上下没有客，
月台袒露着肚子，像是罪恶。

这时车的呻吟惊醒了天上
三两个星，躲在云缝里张望：

那是干什么的，他们在疑问，
大凉夜不歇着，直闹又是哼；

长虫似的一条，呼吸是火焰，
一死儿往暗里闯，不顾危险，

就凭那精窄的两道，算是轨，
驮着这份重，梦一般的累坠。

累坠！那些奇异的善良的人，
放平了心安睡，把他们不论；

俊的村的命全盘交给了它，
不论爬的是高山还是低洼，

不问深林里有怪鸟在诅咒，
天象的辉煌全对着毁灭走；

只图眼前过得，裂大嘴打呼，
明儿车一到，抢了皮包走路！

这态度也不错，愁没有个底；
你我在天空，那天也不休息，

睁大了眼，什么事都看分明，
但自己又何尝能支使运命？

说什么光明，智慧永恒的美，
彼此同是在一条线上受罪；

就差你我的寿数比他们强，
这玩艺反正是一片糊涂账。

（1931 年 10 月 5 日《诗刊》第 3 期）

给——

我记不得维也纳，
　除了你，阿丽思；
我想不起佛兰克府，
　除了你，桃乐斯；
尼司，佛洛伦司，巴黎，
　也都没有意味，
要不是你们的艳丽，——
　玫思，麦蒂特，腊妹，
　　翩翩的，盈盈的，
　　孜孜的，婷婷的，
照亮着我记忆的幽黑，
　　像冬夜的明星，
　　像暑夜的游萤，——
　怎教我不倾颓！
　怎教我不迷醉！

（1931 年 8 月上海新月书店《猛虎集》）

献 词

那天你翩翩的在空际云游，
自在，轻盈，你本不想停留
在天的哪方或地的哪角，
你的愉快是无拦阻的逍遥。

你更不经意在卑微的地面
有一流涧水，虽则你的明艳
在过路时点染了他的空灵，
使他惊醒，将你的倩影抱紧。

他抱紧的只是绵密的忧愁，
因为美不能在风光中静止；
他要，你已飞渡万重的山头，
去更阔大的湖海投射影子！

他在为你消瘦，那一流涧水，
在无能的盼望，盼望你飞回！

（1931 年 8 月上海新月书店《猛虎集》）

你 去

你去，我也走，我们在此分手；
你上那一条大路，你放心走，
你看那街灯一直亮到天边，
你只消跟从这光明的直线！
你先走，我站在此地望着你，
放轻些脚步，别教灰土扬起，
我要认清你的远去的身影，
直到距离使我认你不分明。
再不然我就叫响你的名字，
不断的提醒你有我在这里，
为消解荒街与深晚的荒凉，
目送你归去……
　　　　　　不，我自有主张，
你不必为我忧虑；你走大路，

我进这条小巷，你看那棵树，
高抵着天，我走到那边转弯，
再过去是一片荒野的凌乱：
有深潭，有浅洼，半亮着止水，
在夜芒中像是纷披的眼泪；
有石块，有钩刺胫踝的蔓草，
在期待过路人疏神时绊倒！
但你不必焦心，我有的是胆，
凶险的途程不能使我心寒。
等你走远了，我就大步向前，
这荒野有的是夜露的清鲜；
也不愁愁云深裹，但须风动，
云海里便波涌星斗的流汞；
更何况永远照彻我的心底，
有那颗不夜的明珠，我爱你！

（1931 年 10 月 5 日《诗刊》第 3 期）

难 忘

这日子——从天亮到昏黄，
虽则有时花般的阳光，
从郊外的麦田，
半空中的飞燕，
照亮到我劳倦的眼前，
给我刹那间的舒爽，
我还是不能忘——
不忘旧时的积累，
也不分是恼是愁是悔，
在心头，在思潮的起伏间，
像是迷雾，像是诅咒的凶险：
它们包围，它们缠绕，
它们狞露着牙，它们咬，
它们烈火般的煎熬，
它们伸拓着巨灵的掌，
把所有的忻快拦挡……

（1932 年 7 月 30 日《诗刊》第 4 期）

散文篇

论小说与社会之关系[①]

无神仙鬼怪，不足以成小说；无喜怒哀乐，不足以成小说；无奸盗邪淫，不足以成小说；无贫贱富贵，不足以成小说；无忠孝节义，不足以成小说：博哉小说之范围也。执三尺童子而语以大学之道，在明明德，则不疾首蹙额昏然欲睡者几希；若与之谈桃园结义，梁山寻盟，则不眉飞色舞精神焕发者又几希：伟哉小说之能力也。小说之范围其博如彼，小说之能力其伟如此，宜乎嗜之者众矣。嗜之愈众，关系于社会愈大，而遂影响于数千年之历史。有不忍卒读者，皆小说有以致之也。夫小说人人之深既不可思议矣，故读《西游记》至唐僧受厄，则悚然惊，迨后遇救，则复泰然喜。牛鬼蛇神，一若真有其事也者，遂养成数千年来迷信之社会。人人拟之汉武秦皇，咸欲求长生不死丹矣。至读《水浒传》诸集，观其豪饮大嚼，结义寻盟，则莫不欣然羡之。致使满目棘荆，盗贼充斥。黄巢朱温之徒，方将乘间窃发，为帝为寇矣。至如“红楼”、“西厢”，诲人淫乱，为社会之蟊贼。《三国演义》虽表彰忠义，然推戴君主过甚，为专制之积弊。然则吾国数千年专制黑暗之历史，盗贼淫乱之社会，虽皆谓小说有以致之可也。乃者欧化东渐，人心西顾，新学者流，知旧时之小说贻害于社会也，提倡改良。于是著译并起。一般之新小说，遂流行于社会。其中最占势力者，莫侦探小说爱情小说若。其文字之劣下无论矣。孰意其诲淫诲盗，更有甚于昔者乎。向之所谓诲盗者，犹不失入先之勇，出后之仁，分均之义。且其为之也显，而防之也易。今也皆以阴谋诡计出之，蛇蝎其心，豺狼其行。其为之也隐，而防之也难。侦之之法愈密，而奸人之计愈巧，卒至侦探之方穷。而彼之计且日益新异，离奇变幻，鬼神莫测。社会之蒙其害，岂有既乎。欧洲各国于外交上不讲公理，惟诈是尚。毕斯麦[②]、拿破仑三世之狡诈黠猾，惟利是图，西史流传。方为吾中国社会忧，更奚堪此觚谲涛张之小说，家弦户诵，决其流而扬其波也。即若最著名之侦探小说类，多据一二侦探家之事实而铺张扬厉之。故离奇其事，以显侦探之巧。庸讵知诲盗即基于此。福尔摩斯多那文之辈，世有几人哉。至于爱情小说，则弊更甚。向之所谓诲淫者，虽一时不胜其情欲，桑间濮上，穴隙逾墙，出于苟且，然此不过行之暧昧，终未敢明目张胆，以逾礼义之大防。如今之所谓言情小说、艳情小说者，假自由名义，遂淫乱目的，窃文明虚声，忘廉耻大义。行之者坦然，笔之者岸然。摹写爱情，略无顾忌。昔也犹有礼义廉耻为之范，今则侈口于文明自由。谁得而侵我，贻害社会，岂“红楼”、“西厢”等所可同日而语哉。法兰西淫风之甚，人口减少，安知不影响于此乎。吾故曰新小说之侦探爱情二种，其流弊之烈，更加甚于旧小说。然而译述诸家，且惟利是务，不顾是书之流毒于社会。是以侦探爱情小说日充斥，则社会奸轨日多，淫乱日甚。然则如之何而后可？曰新小说固改良社会之药石也，视其种类性质何如耳。

---

①载1913年7月杭州一中校刊《友声》第一期，署名徐章垿；1988年1月陕西人民出版社《徐志摩研究资料》存目。

②今译为俾斯麦。

侦探爱情而外，若科学、社会、警世、探险、航海、滑稽等诸小说，概有裨益于社会。请备言之。科学小说，发明新奇，足长科学知识。社会小说，则切举社会之陋习积弊，陈其利害，或破除迷信，解释真理，强人民之自治性质，兴社会之改革观念，厥功最伟。警世小说，历述人心之险恶，世事之崎岖，触目刿心，足长涉世经验。探险、航海小说，或乘长风破万里浪，或辟草莱登最高峰，或探两极，或觅新地，志气坚忍，百折不回，足以养成人民之壮志毅力。至若滑稽小说，虽属小品文字而藉诙谐以讽世，昔日之方朔髡奴，亦足以怡情适性，解愁破闷。凡诸所述，皆有益小说也。其裨益社会殊非浅鲜。有志改良社会者，宜竭力提倡之，勿使诲淫诲盗之小说，占优胜之位置，以为吾中国社会前途祸也。

镭锭与地球之历史[①]

吾人知镭锭存在于地球内，由其不绝崩坏，可得发生热力。然当开尔屏卿计出地球年龄之际，尚未知地球中有镭锭者存。故地球因镭锭而得迟延冷却之期，亦未经计算。迄今既明藉此可生大热，以缓地球冷却，则地球年龄之长，必不止仅前人所知之数而已。然往时仅知自地球初态以至于今，逐渐冷却，无时或间，与是说互为矛盾。是非殊难遽决。顷有 Joly[②]教授著 Radio-activity and Geology[③]，其间论此问题，颇饶兴味。中有解说二条，专以判释是疑。其一曰："地球含镭锭最多之部，仅在地壳外表。设深入地中之部所含镭锭之量，亦似地壳所含，则其发生之热，足使地球温度岁有所增。而实际不然。盖多量之镭锭，仅存于地壳外部，内部则含之至微，竟有绝无之处。是以仅由存于地球表部之镭锭所发生之热，必不足增高全球之温度，只可谓之得迟延地球之冷期耳。"其二曰："设地球内部亦多含镭锭，如其表部，则所生之热，因被地壳所蔽，不得外泄，次第蓄积，若邂时机，骤由内部迸出，其热强大足以熔融地壳。如是则地球必至复白热熔融体之故态矣。"

但细审是二说，亦觉未必尽然。盖存于地壳之镭锭，所生热力，足温地球全部或大部，固也。如谓不能增加热度，然地球温度愈入内部愈高，此尽人知之。且低温体之热，不能移于高温，亦人所素知。是故在地壳所生之低温热，必不能传于具有高温之地心。既不能传入地心，自必仍存于地壳。然则地壳温度，安得而不升乎？

又氏之第二解说，乃出自意度，非理之正轨。盖地中所含镭锭，其量之多，固远不如地壳。且普通放射性质（如镭锭铀等），若经固有之周期，必减其放射能力之半。考镭锭周期，为一千七百六十年，铀（Uranium）之周期，为六十亿年。设地球上之铀与镭锭，非自地外供给，则六十亿年前铀之放射能力，必二倍于今。即过去之千万年中，所有铀量，亦必较今为多，已可断言。在往时之放射能力，仅能缓地球之冷，

①载 1914 年 5 月杭州一中校刊《友声》第二期，署名徐章垿；1988 年 1 月陕西人民出版社《徐志摩研究资料》存目。

②Joly：可能即约翰·乔利（John Joly，1857—1933），爱尔兰地质学家和物理学家。他发明了提取镭的方法，并提倡用镭来治疗癌症。

③Radio-activity and Geology：《放射性与地质学》。

而不能使之不冷。则尔后之力，将愈趋愈弱，大热诚无由而发。夫当地壳冷却之初，所含镭锭量，为不能保地球之不凝结。而谓今日之量，反足熔融地壳，是往时之镭锭量反不如今日之多。则又不解之尤者也。

抑今者更有难解之事焉。即当五千六百万年以前月由地球迸出，其时呈熔融状态，而自转极速。洎乎晚近，则地球经一公转之时间，月仅自转一次耳。而月球自转之所以迟者，乃因地球与月互相吸引，以致月面发生潮汐故也。既生潮汐，则知月球呈熔融状态时大热，必次第散失，质渐凝固。迄今经时五千六百万年，其温度低降愈甚，而冷亦远过地球。此其自转之所以较迟于地球。然月与地球始本一体，既经分离，而冷却之度，乃相差如是。所以然者，非以其所含镭锭之量不同而何？但镭锭既能缓地球急冷，何以不克防月球骤寒？是理益入渺茫，而解释莫由矣。

综观上述，则自镭锭发现以来，于地球历史之研究上，不特不能渐臻阐明，乃致窈奥无绪，更且难乎探索矣。

志摩随笔①

（一）汤山温泉

孔使君邀予游小汤山，浴于温泉，风于残荷枫叶之间；登土山望西山脉势之宛延，行吟相答于荒村眉月之下，拄杖感喟于行宫残瓦：此盖行在禁地，小民固不得适意为肆观，今纵目频，淖濯如是矣！未可易也。濒行顾孔君而笑曰："独恨未挈松胶鹿脯，与君共醉于汤山怪石之颠。"

（二）天津水祸

天不厌祸，津直之民既苦于兵，复没于水，市廛半浸，舫筏遍行，逸者露处，留者窘庐，犬桥于檐，鸡号于脊；舟以行野，一洼靡涯；佳田茂黍鞠为巨浸，老柳古槐，青梢麾拂，天未愍凶，呼号无恤。嗟夫！一村之陷，百里可拯；一府之饥，周转可济；方今祸遍神州，谁与为援哉？朱门弃余肉，道上载饿骨，云泥有判，苦乐不均，虽有大力，莫之能救。

（三）廖传文

娟姐为予言，廖传文者，真世间痴情种子也。自幼嗜《红楼梦》，辄自许为宝玉；适有一表妹寄居其家，善病工愁，又俨然一潇湘后身也。二人相依若命，昕夕不离。未几女殁，廖哭之恸；遂痴狂若癫。父母强为之纳室，终不豫。婚数月，乘间逸去，祝发洞庭，结茅屋焉。尝过北京什刹海，世所传黛玉焚稿地，趋而痛哭之，三日夜，泪尽血出，家人环劝不听也。方其父抚杭时，每日辄挈其表妹扁舟游湖，一小婢为奉笺墨，兴至即

①约1917年作，陈从周辑，原稿（五）至（十）无标题，为陈从周所拟；载1947年11月15日《申报》，题为《志摩随笔》；又载1948年6月1日《永安》月刊第一〇九期；1988年1月陕西人民出版社《徐志摩研究资料》存目。采自《申报》。

扣舷联句，不啻神仙中人也。

（四）吴 语

吴侬侬软语，倾藉一时，盖柔转如环，令人意消也。然男子作之不方且俗，即女子其喉音粗者，则其语不纯。坊间类操吴语，其实真苏产亦少。娟姐语予，尝去苏州，有张七小姐者，此真妙绝尘寰矣，使腔宛好如玉盘珠走，而其发音尤天赋清越，迥异寻常；固毋须其软语生风，即謦欬微闻，已足令神魂飞越；且不特语妙已也。其秋波，其皓腕，其檀口，其樱唇，并周旋流转，若合节奏，宜嗔宜喜，此之谓矣。所谓国色者，允宜擅此，俗夫但识检貌，抑未喻也。

（五）野 猪

野猪最猛而难猎，田人伺其群而剽取其最后者，其性犯火而突，故不操火而取坚竹锐端，傅油以为兵。一猎夫尝抵一猪，猪穿腹而奔，其脏腑曳出，累累挂荆丛间，蹑之数里，猪张卧一涧中，复冲其腹，暴腾人颠；异日其徒见猪僵，而人竹并碎。（纪事尚简而不失意，此稿之初，字盖兼倍，三削而得此，自以为无可增减矣。然安知不后之视此，又多见其繁文赘字也。）

（六）辟鼠器

蒋复璁言，隆福寺有售辟鼠器者，二小匣中杂砖石，一以悬，一以瘗，则鼠绝于室，无不验者。尝有外人欲厚佣之不可，请鬻其技万金亦不可，毁其器而穷其故不得也。志摩曰：盖自魏晋之际，而符箓之术颇出，今闾里相传魇胜之法，多不可理验。方士取水画环于壁，咒焉，而举室之蚊尽集；然晚辄放去，杀之则其后不灵。是与辟鼠器盖相类，然彼秘方术不肯传，何欤？

（七）摄影奇事

一女子摄影于同生，异日往取，辞以不慎，重摄而又以毁辞。如是者三，女恚。相师曰：“不敢欺，影实无恙，而事有足怖者。”因出片示女，则其身后俨然一男子像也。俞重威为予言如此，男子盖其［故］夫也。

（八）京 语

南人客北地者，往往苦于言语；初学京语，其荒谬有足捧腹者，陈介石先生是已。先生以南人所称之面布面水，北人概曰脸布脸水也，遂据说文通假之例，以为面食之面，当读亦如若脸。一日，入饭舍，昂然谓佣保曰：“要鸡丝炒脸。”佣保辞不省，先生顿足曰：“焉有北京人而不解鸡丝炒脸者！”一时传为笑谈。

（九）命 相

命相虽不经，亦足发是，以为君子不弃焉，至于几微妙令，不爽累黍，亦有足骇者矣。某有乡人善相，有许君其妻屡产而不育男；且复产，许君往相焉。曰：“即令君夫人腹之左偏有黑痣二日者，左足不豫，其产雄也。”其他言之验若亲闻见。亟归而验之，果如相者言，异日生子焉。

（十）牙牌数

牙牌数有时殊神隽，余姑丈蒋谨旃先生尝乡试。占之吉，有句云：“更欣依傍处，时与贵人俱。”发榜日，独行上东山，及颠而见费景韩先生，冉冉自塔下。互诘来意，相与嘔噱，移时下山沽酒，复登；才上石除，费驰，蒋亦驰，费先登，喘息于山亭；酌焉。因相与论试事，费曰“昨梦马创足”，蒋因贺必中，今日驰，君先登，捷足之兆应矣！忆牙牌诗言，贵人得毋费欤？犹冀可得副车。及发，费售而蒋竟黜。

又蒋百里先生，庚戌正月将出任军官学校校长，占之得最后数，诗曰：“一二三四五六七，八九相逢数乃毕，老阳未变不能生，占者逢之静者吉。”及后蒋因事自戕，其时盖阳历九月，而阴历八月也，亦可谓巧合矣。

附：陈从周按语

“志摩早期随笔”十则，诗人徐志摩遗稿也。徐氏以新诗名世，世乃不知其早年尚邃于旧学。今兹所辑，系得于其哲嗣如孙内表阮处，为丁丑劫烬之余；属先董理刊出；其他尚有说文离骚等札记，及致其师新会梁先生函数通，容后续刊。虽然零锦碎玉，非世所珍；然雪泥鸿爪，亦足留当时过眼行云也。呜呼！诗人化鹤西去，倘重来华表，将不识人间何世矣！录竟为之怆痛不已。

丁亥八月陈从周记

致南洋中学同学书

民国七年八月十四日，志摩启行赴美，诸先生既祖饯之，复临送之，其惠于摩者至，抑其期于摩者深矣。窃闻之，谋不出几席者，忧隐于眉睫，足不逾闾里者，知拘于蓬蒿。诸先生于志摩之行也，岂不曰国难方兴，忧心如捣，室如县磬，野无青草，嗟尔青年，维国之宝，慎尔所习，以骕我脑。诚哉，是摩之所以引惕而自励也。传曰：父母在，不远游。今弃祖国五万里，违父母之养，入异俗之域，舍安乐而耽劳苦，固未尝不痛心欲泣，而卒不得已者，将以忍小剧而克大绪也。耻德业之不立，遑恤斯须之辛苦；悼邦国之殄瘁，敢恋晨昏之小节：刘子舞剑，良有以也；祖生击楫，岂徒然哉。惟以华夏文物之邦，不能使有志之士，左右逢源，至十跋涉间关，乞他人之糟粕，作无憀之妄想，其亦可悲而可恸矣。垂髫之年，辄抵掌慷慨，以破浪乘风为人生至乐，今自出海以来，身之所历，目之所触，皆足悲哭呜咽，不自知涕之何从也，而何有于乐？我国自戊戌政变，渡海求学者，岁积月增。比其反也，与闻国政者有之，置身实业者有之，投闲置散者有之。其上焉者，非无宏才也，或蔽于利。其中焉者，非无绩学也，或绌于用。其下焉者，非鲋涸无援，即枉寻直尺。悲夫！是国之宝也，而颠倒错乱若是。岂无志士，曷不急起直追，取法意大利之三杰，而犹徘徊因循，岂待穷日暮而后奋博浪之椎，效韩安之狙？须知世杰秀夫不得回珠崖之飓，哥修士哥不获续波兰之祀。所谓青年爱国者何如？尝试论之：

夫读书至于感怀国难，决然远迈，方其浮海而东也，岂不慨然以天下为己任？及其足履目击，动魄刿心，未尝不握拳呼天，油然发其爱国之忱，其竟学而归，又未尝不思善用其所学，以利导我国家。虽然我徒见其初而已，得志而后，能毋徇私营利，犯天下之大不韪者鲜矣，又安望以性命，任天下之重哉！夫西人贾竖之属，皆知爱其国，而吾所恃以为国宝者，咻咻乎不举其国而售之不止。即有一二英俊不诎之士，号呼奔走，而大厦将倾，固非一木所能支。且社会道德日益滔滔，庸庸者流引鸩自绝，而莫之止，虽欲不死得乎？窃以是窥其隐矣。游学生之不竞，何以故？以其内无所确持，外无所信约。人非生而知之，固将困而学之也。内无所持，故怯、故蔽、故易诱；外无所约，故贪、故谲、故披猖。怯则畏难而耽安，蔽则蒙利而蔑义，易诱则天真日汩，耆欲日深。腐于内则溃其皮，丧其本，斯败其行。贪以求，谲以忮，放行无忌，万恶骈生。得志则祸天下，委伏则乱乡党，如水就下，不得其道则泛滥横溢，势也不可得而御也。如之何则可？曰：疏其源，导其流，而水为民利矣。我故曰："必内有所确持，外有所信约者，此疏导之法也。"庄生曰："内外楗。"朱子曰："内外交养。"皆是术也。确持奈何？言致其诚，习其勤，言诚自不欺，言勤自风兴。庄敬笃励，意趣神明，志足以自固，识足以自察，恒足以自立。若是乎，金石可穿，鬼神可格，物虽欲厉之，容可信乎！信约奈何，人之生也，必有严师[至]友督饬之，而后能规化于善。圣人忧民生之无度也，为之礼乐以范之，伦常以约之。方今沧海横流之际，固非一二人之力可以排寡而砥柱，必也集同志，严誓约，明气节，革弊俗。积之深，而后发之大，众志成城，而后可有为于天下。若是乎，虽欲为不善，而势有所不能。而况益之以内养之功，光明灿烂，蔚为世表，贤者尽其才，而不肖者止于无咎。拨乱反正，雪耻振威，其在斯乎？其在斯乎？或曰：子言之易欤！行子之道者有之而未成也，奈何？然则必其持之未确也，约之未信也，偏于内则俭，骛于外则紊。世有英彦，必证吾言。况今日之世，内忧外患，志士责兴，所谓时势造英雄也。时乎！时乎！国运以苟延也今日，作波韩之续也今日，而今日之事，吾属青年，实负其责。勿以地大物博，妄自夸诞，往者不可追，来者犹可谏。夫朝野之醉生梦死，固足自亡绝，而况他人之鱼肉我耶？志摩满怀凄怆，不觉其言之冗而气之激，瞻彼弁髦，惄如捣兮，有不得不一吐其愚以商榷于我诸先进之前也。摩少鄙，不知世界之大，感社会之恶流，几何不丧其所操，而入醉生梦死之途？此其自为悲怜不暇，故益自奋勉，将悃悃愊愊，致其忠诚，以践今日之言。幸而有成，亦所以答诸先生期望之心于万一也！八月三十一日徐志摩在太平洋舟中记。

志摩杂记（一）①

十月十五日起，同居四人一体遵守协定章程，大目如六时起身，七时朝会（激耻发心），晚唱国歌，十时半归寝，日间勤学而外，运动散步阅报。

雄心已蓬勃，懒骨尚支离；日者晚间人寝将十一时，早六时起身，畏冷，口腻，必

①约 1918 年 10 月作，陈从周辑；载 1948 年 1 月 21 日、4 月 28 日《申报》，题目分别为《志摩杂记（一）》、《志摩杂记》，文首有陈从周按语；1988 年 1 月陕西人民出版社《徐志摩研究资料》存目。采自《申报》。

盥洗后始神气清爽，每餐后辄迟凝欲睡，在图书馆中过于温暖，尤令懒气外泄，睡魔内侵；惟晚上读书最为适意，亦二十年来习惯之果。生平病一懒字。母亲无日不以为言，几乎把一生懒了过去，从今打起精神，以杀懒虫，减懒气第一桩要事。

因懒而散漫，美其称曰落拓，余父母皆勤而能励，儿子何以懒散若是，岂查桐荪先生之遗教邪！志摩自是血性大，奈何幼时及成人，遂不闻丝毫激刺语；长受恶社会之熏陶，养成一种恶观念，恶习气，散漫无纪至于如此。从今起事事从秩序着手，头头是道，再要乱七八糟，难了难了。

可怜志摩失其性灵者二十余年矣！天不忍志摩以庸暗终其身也，幸得腾翩北游，濯羽青云，俯视下界，乃知所自从来者，其黑暗丑陋鄙塞龌龊，安足如是！反顾我身则犹是黑暗丑陋鄙塞龌龊之团体中之分子耳。其所有之持实未尝或缺，平日同在鲍鱼肆中，故习于臭，今忽到芝兰世界，始自惭形秽（以人性本善也）。于是始竭力磨其黑暗，剥其丑陋，辟其鄙塞，洗其龌龊，朝夕兢兢焉，而犹惧不逮。知矣，而行未从也；立矣，而未能前也。即使于此能行矣前矣，而难保他日之投身昔所从来之社会，虽有磨剥辟洗之心，而物欲腐于外，根性（恶根性）突于内，其不丧无常者几希焉！望磨剥辟洗之功也乎？摩以是战栗咒想，戴发弁股勿能自已也。

日者思想之英锐透辟，殆有生以来未尝有也。无论在昔混浊之社会中未尝思念及此，即自出海以来，至于距今十余日前，其颟顸壅塞，曾未尝一见天日之光也。请言今日之所思。

读梁先生之意大利三杰传，而志摩血气之勇始见。三杰之行状固极壮快之致，而先生之文笔亦夭矫若神龙之盘空，力可拔山，气可盖世，淋漓沉痛，固不独志摩为之低昂慷慨，举凡天下有血性人，无不腾骧激发有不能自已者矣！昔以为英雄者，资自天也，不可得而冀也；今以为英雄之所以异于人者，以其能持一往之气，奔迅直前而无所阻阂也。孔子曰："我欲仁斯仁至矣！"至于自贬其志气拘于庸凡，斯其自求为庸凡。而不可得也非常哉。向使志摩能持读三杰之意气，而奔迅直前也：则玛志尼志摩也，加里保的志摩也，加富尔志摩也。惟其势有所外压而气有所中衰，则九仞之功或亏一篑。夫千古咸仰事变，怀彼三杰之意气者，不知其千万也！彼其不成者，气有所衰而意有所夺也。

志摩意气方新，桓桓如出栅之虎，以为天下事不足治也。虽然此浮气也，请循其本，志摩以为千古英雄圣贤之能治其业也，必有所藉。所藉者何？才乎，学乎，运乎？皆其旁支而非正干也。正干者何？至诚而已矣。天之能化，地之能造，无他，亦至诚而已矣。夫至诚然后几于神之所运金石穿焉；故神然后能成，志摩不敏，请致其诚。诚者本也。本立而道生，本之不立，则其学其识皆如陆子所谓藉寇兵赍盗粮者也。故愿于此沧海横流之日而揭橥致良知之说，以为万物先。世有君子，其予谅乎？

"不忮不求，何用不臧"，忮，害也，嫉也。文正云："善莫大于恕，德莫凶于妒"；妒者妾妇行琐琐奚比数。天分高者未尝肯折节，性气傲者未尝肯下人，若其欠修养之功，其极必至满怀荆棘，乖戾蹇诟，要之非大人之概也。君子以国家为先，以育才为业，拔下驷于中庸，甄琨瑶于瓦石；其贤于我者，则从而习之；其才于我者，则亲而敬之；一以成人，一以自成，此乐天知命之道也。忮忌小人之事也，伐性伤德何以得人？是故不自爱则已，如其有天下之心，则不忮其先已。

《论语》曰："君子不重则不威，学则不固。"非矫为矜庄之意也，故曰主忠信。非自外也，学者苟识天下之大，而后自视缺然，知缺而后能敬，敬生畏，畏天命，畏大人，畏贤人之言。畏者虑其行而自至也，天下事汇之繁颐曾勿能尽其一二。由是观之，梓匠舆人吾勿如也，内有所谨，则外有所重，而后知求均已适用之学也。

葛尔敦曰：蛮夷之性无远虑而贪婪，此其德之所以与禽兽邻也。试冥目而求诸我，其德不邻于蛮夷也几希？可不惧哉！可不惧哉！

二十九日读任公先生《新民说》，及《德育鉴》，合十稽首，喜惧愧感，一时交集。不记宝玉读宝钗之《螃蟹咏》而曰："我的也该烧了！"今我读先生文亦曰："弟子的也该烧了！"（未免轻亵！）

知道即是良知，知过即是致知，直截痛快，服膺！服膺！

附：陈从周按语

志摩杂记数则，是诗人徐志摩游学新大陆与英伦时的作品，都是信手写来，随记随辍的文章；有些类似日记，有些类似杂感，写得非常凌乱，颇费爬梳。进珊主编嘱为辑录，现在特地将它排比起来，姑名之曰"志摩杂记"。这些零锦碎玉中，依稀可以想象到徐氏当年的气概风度，引起读者无限的回忆。

三十七年一月十五日陈从周记

志摩杂记（二）①

是晚余天休诵其所著文于好而博士之居，凌来语：曷往一听，题为《中国之社会革命》。七时与道宏浸之同往。列席者可十五人，皆通人硕士，好而博士华颠虬髯，翩然而出，一室肃然，余氏乃始诵其文。先溯革命之史，继揭中国之隐忧，及今日西南之扞格，维新与守旧之激战，终谓治中国宜以经济为先。其论议不无可取，但摭材过窘，多不切要。既已，好而征询凌氏之意，凌鸱笑而起，丑诋余氏为不识不知，以一隅之见概括全国，并不直其所主张。余氏褊浅人也，兴而哗辩，竟涉私人之意气，无可解决。好而诸他人之意而折衷之，道宏犹力指余氏取材之不允当，并斥余氏为自暴其短，无非欲为之辞，以炫高明。当时余未剖析权量其间。而余复哓哓不已，好而卒止之始已。

论曰：吾以是觇其微矣！余不学无术，器量褊浅，一遭抨击而悻悻不能已，至于凌，其亦险滑可畏人哉！尖刻刺讽，务倾人以为快，其寻常笑语殷勤，实则利剑之藏于腹也。吾以是而兴悲，今夫能舍意气，竭其力以事邦家者，又有几人哉！小有才，便侈然自泰，有贤于我者，则排挤之，以显己长，且复矫饰状貌以愚人，然人终不被愚，徒见其心劳日拙耳。

朱熹云："且慢我只一个浑身，如何兼得许多。"福尔摩斯云："人之于学，譬犹治宝，择其最精而通用者，而次之以序，则庶几矣！不然，以有涯随无涯，盲搜妄讨，庞杂凌乱，

---

①约 1918 年 10 月作，陈从周辑；载 1948 年 6 月 1 日《永安》月刊第一〇九期，题为《志摩早期杂记二》，文首有陈从周按语；1988 年 1 月陕西人民出版社《徐志摩研究资料》存目。

不可以作巫医。”二语可相对照。

鲁尝云：“世有专学而无家。”家百里曰：“其言无所不能者，其实一无所能也。”凡性气高傲人，往往旁骛不肯专一，此所谓聪明误也。志固不可不大，而亦不可过大，必笃必颛，乃实乃张，读书所以致用，若摇惑眩乱，如入深雾，不知西东矣！

忠言逆耳，圣贤亦知其然，而于心气高傲人尤甚。人之谤己者，辄掊击之，怒绝之，是钳忠谏之口，而塞自新之涂〈途〉也。余昔亦未尝知己之有过，有责我者，乃反覆〈复〉强辩，必直己曲人而后已，因是诤言绝矣。后乃力自戒勉，始知谀我者，贼我也，毁我者，成我也。

附：陈从周按语

志摩早期杂记（二），为诗人徐志摩留学新大陆与英伦时之作，其哲嗣积锴贤阮属为董理者。一部分已分刊于三十六年十一月十五日，三十七年一月廿一日，三月三日，四月二十八日《申报·春秋》，及《文学》周刊二版。兹者逸梅先生属移录以实《永安》，遂记数语，俾读者得以参证也。

三十七年四月十二日陈从周记于随月楼

安斯坦相对主义①

——物理界大革命

1 Einstein—Relativity：The Special and the General Theory，Methuen & Co.，London，1920.②

2 Eddington.A.S.—Space，Time，and Gravitation：AnOutline of the General Relativity Theory，Cambridge UniversityPress，1920.③

3 Harrow—From Newton to Einstein.④

4 Freundlick—The Foundations of Einstein Theory of Relativity，Cambridge Univ.Press，1920.⑤

5 Hugh Elliot—The Principle of Relativity.Edinburgh Review，Oct. 1920，pp. 316—331.⑥

6 Wilden Carr—The Principle of Relativity—Its Philosophic and Historic Aspects. Macmillan，London，1920.⑦

---

①约 1920 年作；载 1921 年 4 月 15 日《改造》杂志第三卷第八期；初收 1980 年台湾时报文化出版事业有限公司《徐志摩诗文补遗》。采自《改造》杂志。

②爱因斯坦：《狭义与广义相对论》，麦修恩出版社，伦敦，1920 年。爱因斯坦，徐译安斯坦。

③艾丁顿：《空间、时间与万有引力：广义相对论概要》，剑桥大学出版社，1920 年。

④哈罗：《从牛顿到爱因斯坦》。

⑤弗龙得里克：《爱国斯坦相对论的基础》，剑桥大学出版社，1920 年。

⑥休·艾略特：《相对的原则》。《爱丁堡评论》，1920 年 10 月，第 316—331 页。

⑦瓦尔登·卡尔：《相对的原则——它的哲学与历史方面》，伦敦，1920 年。

吾秋天过巴黎的时候君劢送我一本安斯坦自著的《相对主义浅说》，告诉我要是有辰光，不妨研究一下。我离开巴黎就在路上看了一遍，字是一个个都认得的，比喻也觉得很浅显的，不过看过之后，似乎同没有看差不多。我可也并不着急，因为一则我自己科学的根柢本来极浅，二则安斯坦之说素，元〈原〉不是容易了解之东西。到了英国，我又把那本书覆〈复〉看一下，结果还是“山东人吃麦冬，一懂不懂”，于是我想要懂总得请人指导。谁知问了许多人，大家都很客气，一样的说不懂。吾同住有位学工程的，算学物理都很精明，我就同他谈起，我问他你看安斯坦的学理怎么样，他回答说他不管。我说这事体关系很大，你们学科学的不能不管。他气烘烘的说，你要听他可糟了，时间也不绝对了，空间也不绝对了，地心吸力也变样儿了，那还成世界吗？我碰了一个钉子，倒发了一个狠，说难道就此罢了不成，他的学理无非解释宇宙间的现象，奈端[1]的深浅阔狭，我多少理会一点，难道见了安斯坦就此束手。我也不再请教人了，自己去瞎翻。另外看了几本书，几篇杂志文字。结果可不能说完全失败，虽然因为缺乏高深数学知识的缘故，不能了解他“所以然”的道理，不过我至少知道了那是什么一会事。今年秋天科学会在南京开年会的时候，听说任鸿隽先生讲上一篇安氏的“相对说”，同时饶毓泰在吾国年会也讲一样的题目，任、饶两位当然是完全明白，不过听他们的人，有没有听懂，可又是一件事。这一回罗素到南京科学会里又讲安斯坦。我看见那篇译文，老实说除非有过研究的人，否则一席之谈决不会有多大效力。

安斯坦在物理界的革命，已经当代科学家认可。譬如英国科学界领袖汤姆生（J. J. Thompson）[2]就尊他为奈端第二。无论如何他发动了这样一件大事业，应该引起全世界注意，不但是爱科学的人当然研究，就是只求常识的人，既然明白奈端的身份，就不可不知道安斯坦的价值。五百年前谁也不知道地是个球并且在那里转的。现在读书人要不知地动，就让人家笑话。现在讲安斯坦相对说的，总还觉得他不十分真确，普通人更不来管什么“绝对”与“相对”。可不知道科学的发明，本来是铢积寸累，等到一成立，就好比将宇宙的奇谜，猜破了一点儿，这一点儿究竟的价值不管，就论他帮助物质文明方面，已经是“人力用天”的一个证据。所以安斯坦的相对说，在目前多少还是稀罕，过上几千年，也许竟为奈端先生更进一解，那时人家要不知道他学说的大概，就要觉得难为情，正未可知。总之近几百年科学的成绩真是人类最可引为得意，最名贵的家传遗产，要不枉为二十世纪的人，总得利用这个时期，来领略这点儿泄漏的天机。

所以我费了许多工夫，只看懂了一点儿，固然我自己是笨，不过恐怕世界上笨人，总不止一个我。而且我笨虽笨，总还有一点“三个不相信”的傻气，不懂定规要看他懂来，再加之身在外国，有书报看。国内的人就是很想学，也许买不到书报，只好随他去——如此情形恐怕很普通。再则新文化运动以来，大家起劲抢买抢看抢讲抢写抢翻译的东西，不是社会主义的新旧各式，就是女子剪发“啊呀的吗”种种的问题——总不外求新“文”，

---

①牛顿：徐译奈端。

②J. J. Thompson：生平不详。

不见得求新“化”。蓝宁[1]自然比福禄益德（Freud）[2]来得有趣。马克思自然比安斯坦来得有味，阶级战争论自然比新心理学来得神气，“苏维埃”政府自然比“相对学说”来得俏皮。不过那些表面似乎乏味的东西，倒像陈酒橄榄一样，越吃滋味越厚。那些长枪大戟的主义虽然容易舞弄，过了不多时，可觉得渐渐的气味起来了。所以我不管范围不范围，想试讲讲那面目可憎的“相对学说”，来引起非自然科学家的注意。我未讲之先，请让我道一声歉。

第一，我虽然冒昧写这一篇，并不承认我对于此道有多大理会，也许竟是隔靴搔痒，完全不对。

第二，我总连我吃奶的力气都使出来，将我自以为懂几点，用最平浅最直率的话来写。诸位看了，无论乐意不乐意，总请原谅。我唯一的目的只要因这一篇烂话，引起大家的兴趣，随后买书来自己研究，我就满意得很。众位要知宇宙间的玄妙，并非读自然科学的人的专利，凡是诚心求真确知识的人，都应该养育一种不怕难、好奇的精神，方才可以头头是道。我烂话未说，烂引子倒已经不短，赶快讲正经罢。

诸位想记得前清时代官场的告示，说革命党是要杀头的。其实不单是政治革命，在旧政府盛威之下不免受罪，就是科学革命，在旧观念牢锁之下，初起的时候，也不免受同样的苦楚。吾们中国人是大量，天是圆也罢天是方也罢，洋人可不然。大家知道当初歌白尼发现“地动说”的时候，那一班声声上帝耶稣的教士，一个个都着了忙，说那不是发了昏了吗？只有上帝造的地是宇宙的中心，太阳是上帝造来照我们的，那里有地动的道理，可怜歌白尼就同徐锡麟、秋瑾一样的让“上帝子孙”杀死了。但是人虽可灭，他指破的真理可不能灭。从此就开开自然科学的大门，引起后来无限的光荣。等到加列利华出来，又是一个不学好的革命党。他好事不做做坏事，辛辛苦苦的造起一个长管子，叫做什么“千里镜”。他从这“千里镜”里东张西望，爽性连天象的变迁，实际的情形，全写了出来。什么太阳系呀，行星呀恒星呀，将从前老式的占星学完全推翻，凭着科学的方法，起造了近来天文学的基础。又那里知道一班神父们，又大发其威，逼得加老先生对天发誓，否认自己的发明，并且承认原来是太阳盘地，他从前说地盘太阳，无非开玩笑罢了。直到奈端又是一个“过激党”。他看见苹果落地，就触了机，说为什么一定是苹果落地，不是地落苹果呢。他东想想西想想，想出许多自然法令出来。说是地心有吸力的，啰哩啰哆的一大堆算学方式，微分呀积分呀，将宇宙间种种现象，都用他那几个公式去解释。以后也没有人难得到他，并且他的发明，成了近代物质文明的柱子，试问那〈哪〉一件工程，不应用奈端的物理。到如今好几百年再也没有人发生疑问，大家相信地心吸力好像上帝子孙相信有天父一样。地心吸力是看不见摸不着，不过有这回事；天父也是看不见嗅不出的东西，不过有这回事。后来又出了一个无赖，名字叫做达尔文。他研究的结果对世上人说，你们以为你们老祖宗是叨上帝的光生下来的，其实不然，人类的祖宗不知道在几千万年之前，他那尊容虽然不得而知，不过我们可以知道人类同猴子原来是一支上来的伯叔兄弟。他这么一说不要紧，那一班“上帝子孙”又大起恐慌，

①蓝宁：今译列宁。

② Freud：今译弗洛伊德（1856—1939），奥地利精神病学家，精神分析学派的创始人，主要著作有《释梦》、《精神分析学引论》等。

说这还了得，达老儿不是来打破我们的吃饭家伙吗。幸亏十九世纪究竟文明了一点，达尔文没有上断头台也没有受火化。就剩教士们痛哭流涕把达尔文骂得臭死。但是真理始终不能让迷信盖住，到如今没有一个人（除开一部分上帝特别加料的糊涂虫）不承认达尔文在生物学界革命的功劳。

所以天文、物理、生物都经了一番大革命，而且这革命运动的舞台，就在一两人脑壳子里面。我们也知道他们革命经过的困难如此如此。但是自然界的发明是层出不穷的。他们几位大家无非是开了一扇门，大家好进去，这门可谁也不能关。等到那门关的时候，恐怕也就是人类闭幕的时候了。所以近年来物理界、化学界的新发见，时常有。科学家现在告诉我们说物质并不是不变，只要速度有变迁，物质也跟着起变迁。其实电子说的意义简直打破物质的观念。所有的东西，无非是无量数至小的电子集合起来的种种现象。无依无靠的就在大地上东一堆西一堆，自由存在。有时飞来飞去，他那速度简直不可以言语形容。还有光呀，热呀，动呀，他们自身（离开物体）说都各有重量，可以算得出来。其余有趣的发明，我此时也不及说了。

上面这二段话，谁也会说。不过我还是把他写下，因为这里面包含一个教训，我们不可不注意。再则我这篇文字本来不是让科学家看的，我意思只要引起普通人对于科学常识的兴趣罢了。那一个教训，照我看来是如此：人本来是“软耳朵”，先入为主的动物，相信了上帝、《圣经》就不相信歌白尼与达尔文，相信了自由竞争制度，就不相信社会共产主义，这不相信表明一种偏见，不管他有理没理我只不认账。这类态度吾们读书人决计不可有。古人说得是，“学问深时意气平”。这个平就表明一种服从真理不任情感的精神，吾们现在对于物理界的知识，大半是从老式的教科书上来的。奈端说长我们也说长，他说短我们也说短，因为他的话是科学的金科玉律、万劫不变的。现在可不兴了，德国又出了一个过激党，叫什么安斯坦，他的学理卓然成立，就是不能将奈老先生的心血一起推翻，至少可与他平分衽席。不过他的结论，同奈端一样，也是从一堆一堆算学方式里面找出来的。你要懂他“所以然”，那非懂他所用的数学不可。我个人是绝对不懂，不过我们也没有懂奈端的数学。我们承认奈端的物理，因为他的是解释自然界现象最适合的一个方式。现在安斯坦说奈端不见得全对，我也有一个解释，也可以讲得通，并且有实际的科学证据。所以我们除非自己情愿放弃做二十世纪人的机会，否则大家须要“平”着意气，来听安老先生解释宇宙现象的新说素。

安斯坦那个革命成功最快。不上几年工夫已经得到科学界的认可，在科学史上，算是一桩非常的事体。我下面讲的是（一）“相对说”的意义（怎样相对法？）；（二）“四量”说的意义（Four Dimensions）[①]〔这 Dimension 我暂时译做量，不知道适用否〕；（三）安斯坦对于哲学的贡献，此外我不管。

相对是绝对的反面。譬如你说那姑娘好看，我说她不好看，这是因为我们各人有自己的（主观的）标准，所以好看不好看，都只相对而非绝对的。又比如晚上走路，好像月亮跟着我们走一样，又如两车并列甲车开的时候，甲车里人以为是乙车开。诸如此类，凡就个人假定的标准，来观察事物，都含有相对的意味。譬如一向科学家假定时间空间

① Four Dimensions：今译“四维”。

是不变的是绝对的，反之速度是更变的是相对的。（例如：一车每小时行十里，他车行二十里，所经之时与地都系绝对，所异者速度耳。）

还有天文家告诉我们天王星的轨道比海王星的轨道椭圆径短多少，地球的速度比太阳慢多少，意思说这是我们推算的结果，只要你有本事跑到宇宙外面去看星绕的运动，就可以证明我们的推论。地质学家说第几层岩土有如何如何证据，算起来应该在一万年前，意思说你若然能够跑回到一万年前者，就可以看见一样的地土，化学家说分子是如此如此结合的，意思说你若能将你眼睛放到原子界里面，你就可以证明我们推论的确实。总而言之，人的五官的能力是极有限的，就是用机器来帮助，也不能直接观察自然界内部的现象。科学的方法就是补这个缺憾，用简直的办法，找出许多不可思议的奥妙出来。安斯坦的相对说也是如此，你若然一定要“亲眼目睹”才相信，那是除非将一只眼睛，仍旧留在眉毛鼻子中间，还有一只飞来飞去同光差不多快，那时你两只眼睛的报告就要起冲突，同样一件东西，左眼说长右眼说短，左眼说大右眼说小——总而言之，在你身上的眼睛，看东西只见三量，就是“长”、“高”、“宽”，再也没有了，你飞的那只眼睛，可非但看见三量，而且看见第四量——就是我们平常看不见的“时间”，也变成量了。要是你全身在空间飞动，速度时常改变，有时相近光的速度，那时你就可以看见四量的现象。

我们还是用比方。你有时在水边或是山上，看见一个大鸟从你身旁飞过。最近的时候他那高低长短阔狭，都很清楚，但是他飞得远你觉得身子愈扁起来了，你有没有这样经验？假使这个鸟是一个星，要是从我们地面横飞过，我们所见当然与他静止时不同。再譬如你们学堂里又蠢又厚的大黑板，离开了墙壁往前平飞过去（仍与墙并行），你要是站在旁边看，就觉得他愈飞得远愈薄，那厚量差不多递减到零度。等到他照样飞回来的时候，他那厚量也就渐渐的恢复原状。要是他跟着墙壁的方向飞出去（即如墙的方向是从东到西），那时你看见高量、厚量依旧不变，就是宽量渐渐递减。要是望上冲去，那时厚阔不变就是高量渐减。总而言之，我们所观察的体量，跟着物体的速度而变。反而言之，我们的视官要是放在那动的黑板上，我们望出来的东西，当然也就有差异。观察的人总假定他自身是静止的，而他所观察的事是行动的。他以为人家之量有时觉得短了、狭了、低了，他自己的量可是不变的。这句话好像很矛盾，是长如何能同时不是长，是宽如何能同时不是短呢？你们灶间里的火叉，如何能同时三尺二又是四尺一呢？讲相对说的人说有这回事。因为长短阔狭并非物体绝对的固有性，实在是相对的意义。那可能的差别就在观察人的立脚点不同；我们都是用心里的识别来判定外界的事物。

这第一步你们明白了没有？要是还不清楚我再用实在的譬喻。你们到过上海北京游戏场的，一定见过“哈哈镜”。你望哈哈镜里一看，就由不得你不笑。因为你的三量全不对了——你鼻子有尺把长，口有面盆阔，两个脚倒成了“三寸丁树皮”诸如此类。现在我们看宇宙间的东西，也就很像看哈哈镜一样。歪曲的程度以我们所看事物的速度（或动率）为标准。不过麻烦的地方，就在无从对证这样是歪曲的那样是不歪曲的，因为我们不能知道什么是绝对的动，我们所知道的动，都是以我们自身的动为标准的相对观念。所以我们所有的论点全是正当全是符合的。

还有一点特别的地方，就是在动得极快的东西上面，所有的事情都好像来得极慢。

假使我们能够用千里镜观察一个动体上面的事情，我们就发现此地过了一点钟，他们（动体上）的钟只走了几分钟（大家的钟都是瑞士老牌），并且所有的事情照我们观察，都慢起来了。犹之乎看影戏，戏里面的情节过得异常的快，时间同空间一样都有伸缩。反而言之你若然跑到那动体上去，你就觉得那边事情都是照常一样，你要是来观察我们地球的情形，你觉到我们的事情慢得异常，你要用千里镜一望，我们的钟走了几分，你的钟已经一点。这样说起来，似乎两面不能全对。可是主张“相对说”的说是的他们都对的。我记得我们小说上说的“山中方七日世上已千年”仿佛是“相对说”的一个证据。

以上一大串废话无非要说明物体的动率或速度与时间空间的关系。你们要是有耐心，再听我讲下去。

时间空间的观念，有时因心理作用也发生相对的现象。我们不说“春宵一刻值千金”吗？不说“欢娱嫌夜短，寂寞恨更长”吗？大概诸位都有这种经验。还有初吃鸦片烟醉了的人，神经上就起变化，连时间空间的观念都异常起来了。天旋地转还不算，房子凭空高得同山一样，狗长得同牛一样，昏头搭脑，走投无路，这还不算，时间凭空的像象鼻子一样，愈弄愈长，过一夜天好像过了几十年百把年，有时简直长得莫名其妙，出乎人类经验之外，[①]吃醉了酒也是大同小异将寻常的时间空间观念，完全缠糊涂了。

还有下等动物对于时间空间也不知觉，可是他们的标准一定与我们的不同。常言道鹅眼看人低，又说马伏人的缘故因为他看人好像一座山。那不知晦朔的蟪蛄，当然有特别的时间观念。究竟是那一个对呢？谁也不能说谁不对，因为时间空间都是与觉察的主体——心——相对的观念罢了。

现在我们真要讲到“关子”了，可也愈难讲了。难的缘故就因为要解说“相对说”的关键，那看不见摸不着无形无踪的第四量就插了进来。要形容他比什么事体都难，因为人的经验里没有相似的东西好比喻，就是你想像也恐想不出来的。你要是去问明考贺斯基最先发明第四量的人，他告诉你因为 x 长 Y 短，一大堆的算学方式，你永远也弄不清楚。总而言之，那是一种数理的推论。数学用符号，符号可没有物质的意义。这第四量也就是一个符号，这个符号也不能翻做一件有棱有角的东西。不过用科学方法求出来不可思议的事情，只要他前题合法论理合法，我们就不得不承认。第四量是不可思议，地心吸力、电子量又何尝可思议呢？不要慌，让我想想法子看。

还是用比喻，——只要用的比喻近情，多少总可以烘托一点出来。我们寻常量东西，无非说多少高、多少长、多少宽，这就所谓三量。假使我们桌子上放一本洋装的《康熙字典》，两个人同时来量那本书的三量，而且两个人都量得很准，不过他们的结果可不一致。这一个说八寸高那一个说三寸高；这一个说五寸宽那一个说八寸宽；这一个说三寸长，那一个说五寸长。为什么缘故二个人不对呢？很简单：一人是将书竖在桌上，一个将书平放在桌上。所以高、宽、长无非是擅定的名称，是纯粹对于观察人相对的意味。讲到“相对说”也不免发生相似的误解，一误解可从此弄不清楚。我们日常都说上下为高，宽长可不一定。并且在空间，更无所谓上下，我们所谓三量都是擅定的，只要长、宽、

① De Guincy Essay on “Opium”。——徐志摩原注
德·昆西关于“鸦片”的文章。——本书编者注

高互有直角关系就算。所以如其有两个人同时量一件东西，结果不符合，我们就说大概他们各人的量法不同。你所谓高是我所谓宽，你所谓长是我所谓高。分开来说似乎不对（比如一说三寸高一说八寸高）三量总起来，结果还是一致，体积大小全体总是一样的，那差别是称谓的关系并非实际的关系。现在让我将这一条解释应用到在空间速度极高的动体，那时候地面上人看他离得愈远好像愈扁，同时在动体上的人可没有觉察什么扁不扁。我们就问是否含有前面所得量书同样的关系。没有高与宽二个看法都一样，就是长量不对了。这长量所失并非是称谓的关系。不过要是在三量以外另有一第四量，也许长量虽失，第四量倒增了，所以结果还是四四与二八都是十六。讲"相对说"的人说就是这个缘故——就是因为有四量的缘故。这第四量叫做时间，在那动体上（照我们在地上看，参看前文）的时间慢了，同时他那长度短了。一得一失恰好抵消，所以结果还是一样。

但是我们从来不觉得这第四量是什么缘故呢？那是因为在地面上的人，永远不能觉察那"时量"的不一致。时间总是一致的，因为我们只有一个标准。因为他永远是不变的，我们就不去管他也没有器官来觉察他。如其要实验这点差异，除非照上文说的我们能够到一个动体上去，他那速率与我们的大不相同；但是等到时量发见差异的时候其余三量不跟着受影响，截长补不足，结果还是一样。总而言之，三量的空间与第四量的时间，并不是两桩独立的事情。宇宙间只有一件事情就是"四量的'时空间'"（Space, time of four dimensions）。

上文说物件在空间，无论你如何量法，他那体积（长乘宽乘高）总是不变的——这体积是一个独立的事实。距离也有同样的关系。假使你要决定一物件与你立足处的距处，你知道那件物体是在你之东三尺，北四尺，那你只须应用几何定律，算出那物件与你的距离是五尺（勾方加股方的方根等于弦），方向是正东北。但是假使你那罗盘不对了，他那北极倒指了正西北，东的方向倒变了正东北，我们算出来的结果，似乎不一致。因为那时候那件物体是在你之北二尺，东四尺半。但是求出来的答数还是照样五尺。这个比喻无非表明随你如何量法，实在的距离只要我们量得对，总是不变。

所以我们知道实际的距离、实际的体积（在三量的世界）不因量法的不同发生差异，现在在四量的宇宙间，也有同性质的一件物事，这叫做"时隙"（Interval，我随便译做"时隙"，不过他不与普通观念一致，或者为避误解起见，爽性叫他做"音德伏尔"，你们能有相当的译名更好），就是在两件事情中间的"时隙"。我们上面说在动体上的观念，与在地上的观念有长度与时间的差别；不过用时——空间空量两件事情间的"时隙"，结果是一致无二，犹之距离与体积，总是不变的。（注意下文）在一个人出世与断气（死）的"时隙"，照一个人看来，算他是一千英哩同七十五年，另外一个人（在动体上的人）看来可是几百万哩路同七十六年。[①]这两个不同的观察因为主观不同犹之上面不同的量距离法。但是在这里不变的质量是什么呢？照他们说那不变的质量是：那个人生一生所经过距离的乘方减去在同时期内光所经过距离的乘方。这个质量是永不移动的，随便你如何观察。你

① This Illustration was used by Dr. J. H. Jeans at a Meeting of the Royal Society, February, 1920. ——徐志摩原注

1920 年 2 月 J. H. 吉恩斯博士曾在皇家学会的回忆上用过这一例证。——本书编者注

千万不可应用普通“时隙”的观念来模拟此四量宇宙的“时隙”，你普通观念愈深愈不能理会。这是一种算学上所谓虚数或是虚式，犹之“负一的方根”（Imaginary quantity such as $\sqrt{-1}$，etc.）。在三量的世界上我们可以直接代表两点间的距离。但是在四量的时间空间，我们没有法子来代表两桩事情中间的“时隙”。我们只可用算学方式来表现他，就是孔子、耶稣也没有觉察那“时隙”的器官。你愈想从经验里求观察，你愈想愈糊涂。你只要检验他那前提确实不确实，论理用到不用到。虽然是确实用到，你接受他结论就是，否则不去理他就是。

对非科学人讲科学，只有应用常识的比喻引证。讲“相对说”尤其如此。就是安斯坦自己，也一直用比喻。他书里所用的是火车，说明相对的理由，有时还不免夹入专门名词。我们没有科学根柢的人，一看就头疼，心理上就起一种失望心，再也看不过了。我现在又要用比喻，你们请留心听着。假使人类都不生眼睛，那时我们就永远没有光的观念，不生耳朵就没有声的观念，假使宇宙之间只有一个地球是物质，那时我们生在地球上，就永远不能决定地球是动还是静。这无限的空间丝毫不能帮助我们。他也许是生根的，也许是不可思议的快动，我们渺乎小哉的人类社会，还是照样进行，一点没有区别。就是在我们日常生活，我们决定一物体动定的方法，无非以旁的东西为标准，看他变换了地位没有——如其变了，我们知道他是动，否则静。但是假使在宇宙间竟没有东西来做标准，那时我们区别动静的能力也就不能发生。并且如其有这样情形，连那问题都没有意味。地体动也罢不动也罢，既然没有对照的东西，我们就无法可想。我们只知道有地体的存在。就使我们说地是动的，这动的观念，也是虚的，想像而已。并且既然宇宙间只有一个地，那时连空间的观念都变成虚了。因为空间的观念根据于物质运动的事实；既然我们没有动的观念，就没有空间的观念。

但是假使宇宙间除开我们所住的地以外，还有一个物体，这两个物体面对面的相互的动。那时结果当然是无论实际上如何动法，我们只觉得一成不变，或者只觉察两体忽近忽远的依直线行动。就是两体间距离的增减，可以使我们知道地位的变迁——所以是动。如其竟没有第三体来做标准，我们对于地体动的观念，也就止此而已。同时如其有人在第三体上面观察，可以看出那原先两体不同的动法——一个也许老在那里翻滚斗，一个也许似要大流星一般的动。但是如其那两体都没有觉得那三体，他们当然无从觉察他们自身异样的动法。他们所能觉察的无非是两体间的距离忽增忽减而已。如其后来那两体觉察了那第三体的存在，他们也许以所觉察的距离变迁，原因于第三体而非他们自身的缘故（犹之坐火车看景物）。总而言之，他们所能知道不外距离的更动。绝对的动是非但不可知，并且没有意义：因为没有绝对的动，就没有绝对的空间，绝对的动既没有意义，绝对的空间也没有意义。

所以我们知道空间的观念与动的观念全以物体的存在为标准。空间依靠物质：离开物质，空间要没有意义（因为无从捉摸）。吾们不能看也不能触。空间并不是一样东西：他是一个意思，他的存在全然依据我们物质的观念。照这样推论下去，我们可以说因为空间以物质为标准，所以空间的大小，就以物质的密度为标准。按科学家算，直径三万五千万英哩（350 000 000 miles）的水球，可以充满空间的全体。但是事实上宇宙间平均的物质密度比水的密度差得多，所以我们宇宙所包含的空间大约是直径 400 000 000

000 000 miles 的球体。所有的东西全在这个大圈子里面，圈子外面这句话又是没有意义了。假使在这大圈里面，有一个物件永远依直线进行，结果还是在圈子里面。在事实上光的速度总算极快，但是光只能在圈子内行动：他好像我们绕地球旅行一样，也绕着这大圈子走，照算要走十万万年（1000 000 000 years），方才能循绕一周。因此就有人说，我们也许可以看见十万万年前的事物，他们的光已经绕空间圈一周又回到老地方来了。哀定登教授（Eddington）甚至说有许多螺旋形的星气或星云（Spiral nebular），实在是我们自己星系的幻景。照这样说起来岂不是十万万年前的鬼又回到老家了吗？

看到这里，我知道你们一定不耐烦起来了。这究竟什么一会事，如何空间既然有一定的容积又没有边际的呢？容积既然有限止，何以又不在边际的里面呢？要说明这一点我们又要用老法子了——比喻。一量的空间是一条线（只有长量），但是你要是将那条线的两端联起来，他的两端就没有了，不过他那长度还是有一定的，是不是？二量的空间是一个平面，平面是有边际的。但是这平面要是卷成一个圆体，那时平面的边际就没有了，可是他那面积还是可以量得出来，是一个定量。所以你说他无限也可以，说他有限也可以。无限的意思是说他没有头尾，有限的意思是因为他有一定的面积。

所以无论是深是平面要有一定的范围，除非弯起来。一根直线要是一径往前去，长度就无限了；如其他要有一定的长度同时又没有头尾，他总得弯成一个圈子。这一弯就发生了二量的观念，就是说，弯的结果当然包含了一个面积，有了面积就有长宽可量，所以是二量。所以，虽然一条线原来只有长度——就是只有一量——他联起来的时候，就包含了二量的空间。关于平面也是一样的道理。假使平面是完全平的，那就没有一定的面积了。如其他要有一定的面积，同时又没有边际，那他只可以弯成一个二量的球体，那时就包含了一定的容积，像一个球，或者像一个圆柱体，或者像一个香肠之类。

我们宇宙所占据的空间，科学家说也是没有边际的，不过同时有一定而且可测量的容积。这个道理可以照样的解释，就是，我们三量的空间也弯成四量了。安斯坦自己说那个东西是一个圆柱体；有人说不是圆柱体，那都是算学上的区别，我们不去管他。难懂的地方，就是那第四量一进来，我们视觉的能力就不相干了。要来想像一个圆面，或者圆体有一定的面积可同时没有边际，那是容易得很。因为在三量范围里面，讲到空间弯做四量式，那时只可以比喻推想，隐隐有这样一个意思，可不能以言传了。结果是我们的空间是一个可量的体，是那体里面，我们可以一直依直线（我们以为直线）进行，可永远出不了这圈子，走了几万万万哩，还是回到老地方。你说他奇，他原来是奇，不过奇的意思，无非说不是寻常经验所能理会罢了。

“相对主义”照现在的成绩，还没有完全打破绝对的观念，因为他们承认宇宙间还有绝对不变的情形。照哀定登教授说起来，有一个绝对的过去，有一个绝对的将来。我们对于时间的观念依旧是无终无始无限展伸不歇的一件东西。不过“同时发生”（Spontaneity）的观念已经打破。譬如甲乙两桩事情发生，我看是同时的，你看是甲先于乙，他看是乙先于甲。照“相对主义”说起来，谁也不能说谁不对。我们三个人所观察的全对：因为（同时）这个观念不是绝对而是相对。这是依各观察的人时间标准而定，时间标准无所谓对不对。

还有更要紧的一件东西，安斯坦一班人承认是绝对的就是光的速度，他总是不变，无论你用什么时间空间的标准。所以安斯坦的相对学说，简直将奈端的物理颠倒一转。奈端认定同时间空间是一定的，安斯坦证明时间空间是相对的。奈端认定速度是不一定的，可变换的，安斯坦说速度是永远不变的。你看有趣不有趣？

按照奈端物体在空间常依直线进行不息，除非为外力所阻。就是说那物体移动的时候从此直到彼点经过两点间最短之距离。按照安斯坦一个物体动是动的，不过不是在空间动，而在“时间空间”动。而且他自一点至彼点经过两点间最长之距离。他进行的时候他当然碰到弯的很利害的空间部分。他说相近物质的空间曲度最高，离物愈远，亦愈平。所以物行近他物的时候，他实际进入一个畸形的空间。但是他依旧进行；不过因为那弯空间的缘故，我们望出来就觉得那所经过的终并非直线而为弯的轨道。这一条就是所谓安斯坦的“普通相对说”（General Theory of Relativity，the other being the Special Theory）。讲时间空间相对的是“特别相对说”，他这条说来，代替奈端地心吸力的推测。因为物质终向地心是原因于时空间之弯曲，而并非物物相吸的缘故，原来力的观念，是以人事来做定自然（Anthropomorphism），他那来源是人与外物交接现象的经验。（比如用手推车车动，我们说动的缘故是以人力与车交接的结果。）这样说起来，那相对学说的确是离开人事经验来解释自然现象的进步，就是所有现象都用纯粹物质意义来解释，更没有人为的方法及情感搀杂在里面。

这相对学说对于哲学也有极大的贡献。哲学界时常发生一个问题，不可思议的事情可以相信吗——到什么程度？斯宾塞曾经说过凡为不可思议的事情都是虚的。——就是说凡是真的事情都可以思议的。这句话语病极大。我们听见练内功打拳的人，只要拳头向你一晃（没有到你身上）你就皮破、血流或是受伤。不接触而能传力是一桩不可思议的事体。但是地心吸力就是这样一件不可思议的假定。第四量至多也不过如地心吸力那样不可思议。但是因为我们听惯了是地心吸力也就不觉得他如何离奇。现在第四量的说来是新发生的，从来没有听见过，我们自然觉得离奇。我前面说过，只要你有一只飞眼就可以觉得四量的现象。我们决计不可以五官的能力来限制自然的奥妙。你只要有第六种器官，你就可以发现这不可思议的四量世界。总而言之，一桩事体的确否，不必全靠体质的解释；因为体质解释的意思，就是以色声香味触为范围。

有人反对“相对说”，说他无非是一种玄思，并没有科学的真义。照现在莫名其妙的哲学派别之多，也怪不得人家起那样的疑心。不过“相对说”决计不是无聊的玄想，有两个理由。第一因为“相对说”是科学试验的结果，并不是空口说白话，而且随时可用科学方法来覆〈复〉验的。第二“相对说”根本没有玄想的意味，因为他完全脱离人生的感情意气经验种种，是纯粹唯物的性质。寻常哲学多少总脱不了以人心解释自然。“相对说”是澈底澈面抛开人间世的理论。我们人类一部智识史是发源于以个人为宇宙中心一直到放弃个人观念，这“相对说”可算最后的一期。此是“自然法”的最后胜利，其范围之广为从前所未曾梦见。这是一个佛家所谓“大澈悟”，从此吾们勘破宇宙原来是一个盲目的机械，他那结构完全不是人的官觉所能推测。其实这不可思议的程度，亦与奈端的假定相差不远。力，时间，空间，动，都是看不见觉不得嗅不出的一种概念。我们但只想像有这么一会事。科学的法令无非是一种适用的假设。只有另外有一个假设出来能够解释宇宙间现象更为确切详尽，我们当然迎新弃旧。就是这种观念在吾们脑筋里面拌熟了，我们才容易忘记他们的来源本质，倒信以为天造地设的真理。不要说别的，就是物质自身原来也是一种观念，或者一种概论，从经验上发生出来的，并不是一个原始绝对的事实。你如其说“相对说”里面似乎矛盾很多，你可忘记了，你现在信以为真的道理也是一样的矛盾，不过你不留心他就是了。伊太就是绝对哲学的一个设想，既不是根本于观察，也不是起源于试验，无非矫揉造作的一种说素罢了。他包含许多不可能和不相容的性质；他承认在自然界有一个“绝对”，这一个至微的绝对，说可以代表我们所观察的那个宇宙的全体。总之，要是有矛盾的话，矛盾是在天然界自身组织里面，并不是在解释天然的相对学说。主张绝对说一样与主张相对说犯矛盾，并且更多。就因为他们的话陈旧的缘故吾们就“习焉不察”。宇宙不是一匹布，人心不是一管尺，布可以用尺量，宇宙不是一定可以用心量。“相对说”无非将天然界实际的状况，不管他有理没有理——公开出来罢了。总之，他那来源背景，是清清楚楚的观察与试验。科学的方法自从几百年前发生到如今一直领着我们往“试验与谬误”的路上走，走到现在居然发见了最简单的宇宙组织的内容，难道，我们一味先入为主的倔犟不肯服从事实吗？我们只要跟着科学走，总错不到哪里去。

罗素游俄记书后[1]

B．Russell “The Theory and Practice of Bolshevism”[2]

尼采有言：“蛇不能弃蜕则僵，人心亦然，其泥执而不变者，岂心也乎哉。”

罗素世代簪缨，一国望族，其决然弃世俗之浮华，研数哲之秘妙，已非常心所可几。方战事之殷，罗素因仁人之心，训和平之德，乃不谅于政府，夺其教席，拘之狴犴。罗氏怒。罗氏不能不怒，舍名与数，言政及变，书出不胫而走。罗氏不复以哲学士名而以社会改造家闻；不复以和平派名而以急进党闻；不复以康桥教授名而以主张基尔特社会主义闻。侵假而罗氏观俄变而惑焉，而神往焉，而奖教焉，而宣导焉，而自认以共产主义为宗教焉，苏维埃之炽益盛，罗氏遂亲临按之。罗氏游俄见蓝宁，访屈老茨基探高干[3]，尤即俄之泼洛淶汰沿以听舆诵焉。巡游毕，罗氏归，其意爽然、惘然、怅然、淆然，著书纪其游而加论断焉。罗氏不悦，罗氏不怿，罗氏复东，罗氏今掌教中原。吾愿其以变济吾之常，以发震我之蛰，尤愿其勿因我青年口头笔头之恭维，而徒誉我如杜威，徒谄我如狄更生。吾青年乏个性，善迁务新，其蔽犹之顽旧，吾愿罗氏医之。

吾因评罗氏之书，不觉遂旁及其人，令吾言书。

评罗氏之书不可不先揣罗氏之心理，叙之得二端焉。罗氏言人道崇和平，罗氏尊创

①约1920年作；载1921年6月15日《改造》杂志第三卷第十期，署名志摩；初收1980年台湾时报文化出版事业有限公司《徐志摩诗文补遗》。采自《改造》杂志。

②B. 罗素：《布尔什维克主义的理论与实践》。

③屈老茨基，今译托洛茨基（1879—1940），苏共早期主要领导人之一。高干，今译高尔基（1868—1936），苏联作家，主要作品有小说《母亲》，自传体三部曲《童年》、《在人间》、《我的大学》等。

作恶抑塞，其书盖论鲍尔雪维克之巨作也。游历者之言病肤浅，新闻记者之言病琐碎，“康拉特”（Comrade）[①]之言蔽于张，“波淇洼”[②]之言失之隐，罗素则不然，无党故蔽不著，爱真故言毋讳，阐人道故韪否皆出于同情，奖文化故按察皆援纯理为准绳，凡此皆罗氏独具之德，无论是否其说者所当共认也。

顾罗氏言苏俄何似？吾非作扎记式之读书录，故略其枝叶而论其本干。

美国《国民周刊》始载罗素游俄之文而节罗氏言，颜其标曰：“余信共产主义而赴俄，但……”但者犹言既见俄而不复信共产主义也。罗氏自叙其意曰：“吾强不得已而拒鲍尔雪维克主义，以有二因焉：其一采鲍尔雪维克法以登共产主义，人类须付之代价过巨，其二就使付价矣，而谓鲍尔雪维克所昌言能得之结果可一蹴而几，吾不信也。”

然本年五月罗氏著文名《民治与革命》载美国《解放》杂志，亦论鲍尔雪维克，吾节译其要言如次：“余确信真纯之进化有恃于国际社会主义之胜利，即不得已而须付极巨之代价以致此胜利亦值。余亦确信国际社会主义一日不克胜，世界一日不得真正之和平。止此泯棼之上法奈何，强社会主义之势力而弱其反抗者而已，无他道。一言以蔽之，吾信‘援力益增则和平之来亦益速’。吾言社会主义吾非谓非驴非马之制度，吾直谓澈底澄清，根干枝叶全体之变迁，例之则蓝宁所尝试者是已。使是最后之胜利实为和平之本质，则此战争所引起之种种不幸——因财阀反抗力所引起之不幸——吾等必默受而无怨。”

准此则罗氏直已受正式鲍尔雪维克之洗礼，知心朝礼南无阿弥陀佛，自顶至踵一“红人”矣。何以一朝脚踏实地，遽尔尽汗前言，吾向谓哲学家出言立说多少必有根底，其然岂其然邪。

说者有谓罗氏爱鲍尔雪维克者，实缘意兴之冲动，非出真诚之信仰，又误以苏维埃之俄土为其理想之人间天上之共产制度。故一临事实而幻想破，一即尘缘而香火坠。此解或信于常人，吾于罗氏有惑焉。夫罗氏阐数理浃名学，籀哲理应人事，其机其密其确切其微妙举世似无出其右者，如何发言经世，一任情感，与庸众齐辙哉。且罗氏不尝言应付代价以致革命乎，不尝言应忍不幸以全革命乎？俄国之有内乱外患，罗氏知之。苏维埃之为初次试验，罗氏知之。俄民之濒水火灾馑，罗氏知之。乃至屈老次基编红军杀白将，此欧美五尺童皆知之，罗氏必知之。共产党之专制，罗氏知之。苏俄尚在过渡而非共产主义完成时期，罗氏亦知之。其国内之不幸，原因于举世波淇洼政府之反抗，罗氏亦知之。总之俄国内幕之情形，罗氏固不俟亲临其地而早知之审且切。吾读罗氏游俄之记盖无一事不早为言苏俄者道破，亦无一事不在有常识人理想之中，罗氏既游欧当益坚其所尝确信者，而不当讶其所见之新奇。

使其未尝有昔日之宣言而得游俄之结论如此，则吾以人道和平自由诸标准量之甚吻。然罗氏一则曰确信，再则曰确信，今确信犹然，而所信之事物适相矛盾，吾又安知其今日所确信者，不起变化于将来。或者罗氏一朝汉家之文化，又逞其不世之词锋，另辟思想之途径。此大哲学家吾爱之慕之不如吾异之疑之。罗氏以英伦贵族下降“红”尘，复一跃登云临视下界，而取向日自身所笑骂不痛不痒之地位。此地位如何，请聆其妙论。

---

①Comrade：今译同志。

②波淇洼：当为法文“bourgeois”（资产阶级）一词的音译。

"鲍尔雪维克说之谬，在于侧重经济之不平，以为此路通而路路可通。吾不信社会问题之复凑而可抉一题以概万汇者，然使吾择一事为政治之主恶，则吾宁择权力之不平以概其余。吾不认此权力之不平，乃可以共产党独裁政治或阶级战争所可纠正而无憾。能致此权力之平等者，惟有和平与长期之渐进而已。"又言曰："人与人善毋悖毋恨毋暴毋侵，均布化育，善用余闲，陶发美术奖进科学，凡此，皆言政治者所当慎重商榷者也。予不信革命与战争可得而扶植真正之进化。吾尤确信今日之事在于减灭战事所发生之残忍之气象。以此，故吾虽明认鲍尔雪维克与俄民殊特之关系，吾不愿其蔓延，吾尤不赞西欧大党之承袭其哲理。"

此罗氏游苏俄而后之结论也。彼向言国际，今言吾国，向蕲社会主义之胜利，今祝阶级战争之消灭。向言世界之和平有恃国际社会主义之胜利，今言和平有恃于迂缓之和平，不提社会主义。向言虽付巨值所不惜，今言货劣送我亦不要，况付钱乎。向言必斗反抗社会主义之势力，今硁硁戒斗。向言援力益增（援，援俄也）则和平之来亦益速，今大声疾呼禁人毋蹈俄覆辙。向尊蓝宁之事业为彻底澄清之英雄事业，今痛心疾首惟苏俄现象是惧。向宣言艰难困苦皆最后成功之必须回目，今言水过深火过热，宁和平毋激烈，约而言之，人红境者，红心红德之罗素也；反白邦者白心白德之罗素也。试味其"以和平致和平"之程序，吾不知是资本家之言乎？抑波淇洼之言乎？而断然非"非波淇洼"之言也。法律也，秩序也，自由也，平等也，文明也，教育也，和平也，吾不知所谓波淇洼者读罗素文而其心花怒放心痒难搔为何如也。更引申其论理则罗素必抗劳工之罢工权，以罢工含战争之性质而绝对的不和平也。罗素必抗大实业之国有，以此要求实含阶级冲突之意义也。吾尚喜罗素未忘其基尔特主义之沾带，然其提之也，仅仅为陪衬起见，而非昔日著书鼓吹之精神矣。且罗氏所谓，"权力之不平"吾疑焉。罗氏以社会崎岖之现象，实权力之不平而非财力之不平为厉阶焉。

罗氏不尝言基尔特社会主义乎，奈何健忘若此，竟将廓尔奥与奇霍布孙诸同志朝夕谆谆批评现社会最强之理由，与红盔红甲同炉共化哉！"基尔人"曰：政治权之实质无他，经济权耳。吾操其实而名自傅，彼揣其末故遗其本，此实近年言职业代议式之开宗明义章也。且试观罗氏所谓权力者何，而其矛盾自显。其言曰："财力之不均非资本制度之大弊也，其大弊在于权力之不均。"又续言曰："占有资本者（注意此主体）行使其势力于社会逾越常轨，彼几属于控制教育新闻机关之全体，以支配普通人民之知识……"以下罗素屡引及影戏，吾不耐为作翻译，然其大意已可见。一言以概之曰："资本家掌权。"然此资本家非所谓经济能力之集中点乎。而罗氏贸贸然曰资本制度之不良非财力之不均，实权力之不均也。此矛此盾实已显相牴牾，更不须解释。吾即不从马克思言"经济制判"说，吾亦愿问罗氏彼资本家何以能控制教育与言论乃至影戏事业。金钱金钱，资财资财，万能无不能，罗先生故逗读者笑乎，抑诚忠厚如此也。

由此论之，罗素已竟一度之轮回。其始起为贵族为澄静之哲士，人间色相非所问也。（罗素最精贡献为其三大本之 Principia Mathematica[1]，吾偶读之盖满卷皆唵嘛叭唦啌也），及战事起而罗氏忽焉心血来潮，训和平讲人道，竟干国法，受羁束，罗素遂开杀戒，著

① Principia Mathematica：拉丁文，《数学原理》。

《战时之公道》，言“德国社会民主主义”，著《社会改造之原理》，著《乐土康庄》（此是我文言的译名，有人翻作《提议到自由去的路》到〈倒〉也剀切详明，不过“提议”的字样，只有美国印本上有，原本上是没有的。）竟大谈其社会主义而皈依于基尔特派，及著《民治与革命》而罗素已遍体腥红。然后入红邦观红光，大失望，脱尽红气，复归于白，大白而特白，一度轮回，功德圆满。此后变化何如非我所敢知矣。

使我有暇，我犹且细针密缕雠校罗氏之观察，今姑止此矣。吾著此篇之意非专评罗之书，亦非评罗素之为人，吾所欲言者，乃在天下事理之复凑，消息之诪张，非实地临按融合贯通者，不能下纯正之判断。罗氏研擘哲理深潜如此，宜可以免情感作用矣，而犹且未能。然吾尤佳罗氏之质直公平，有爱于红则竟红，爱衰则复归于白，今国内新青年醒矣，吾愿其爱红竟红，爱白竟白，毋因人红而我姑红，毋为人白而我勉为白，则我篇首所引尼采语有佳证矣。

评韦尔思之游俄记[①]

H. G. Wells “Russia in the Shadows”, 1920.[②]

吾论罗素游俄文既多唐突，又涉猥薄。其实吾固未尝评罗氏之记载，亦未论罗氏之理想；吾独揭罗氏先后对俄态度之矛盾以为不按事实一任情感者引戒耳。罗书佳处俱在，今译文已塞市，更不烦复说。今吾欲言者乃在比较罗氏与韦尔思。

韦尔思“今世著作界之王”也。其新书《世界史》，雄才大笔，网罗百家之言，都三四十万言，其初属稿距出版才寒暑一周耳。书既成，韦氏游俄。既归亦为文纪其所见闻（共五篇，按登伦敦之 Sunday Express[③]），使吾以哲学界之后许罗素，则仅此著作界之王差可与抗衡乎。

罗与韦皆留俄十余日。罗氏赖翻译，韦氏亦赖翻译。罗氏见蓝宁而浅之，韦尔思亦见蓝宁而嘲之。罗氏言高干（Maxim Gorki）[④]大病且死，而恐俄之光明随与俱寂。韦氏闻之而惊，入俄即探高干，高干未死，高干无恙；高干壮硕如十五年前（韦氏初见之）；高干为狂俄之砥柱；高干救科学，高干挽文艺，高干奖美术；微高干则俄之文明其逝矣。罗氏见高干居穷窭（高干仅身上破衣一袭耳）困床苦咳，遽哗言其将死。哗言幸不中：韦氏喜，高干亦自喜，举天下爱高干爱俄之文明者盖无不喜也。

韦氏写苏俄，韦氏实绘苏俄；盖无一语无精神，无一语无彩色也。韦氏状苏俄之穷

---

①约 1920 年作；载 1921 年 6 月 15 日《改造》杂志第三卷第十期，署名志摩；初收 1980 年台湾时报文化出版事业有限公司《徐志摩诗文补遗》。采自《改造》杂志。

②韦尔斯著《阴影中的俄罗斯》，1920 年版。韦尔斯（1866—1946），英国作家，主要作品有科幻小说《时间机器》和《星际战争》、社会问题小说《基普斯》、《托诺—邦盖》及历史著作《世界史纲》等。

③ Sunday Express：《星期日快报》。

④ Maxim Gorki：今译马克西姆·高尔基。

之衰之败之荒之枯之惨之难之憔悴之不幸，极矣，蔑以加矣。

然则韦氏亦诛“鲍雪维几”乎？韦氏亦毁“苏维埃”法乎？韦氏亦詈“共产囚”乎？此皆读者所欲得而知也。

韦氏未赴俄，未尝言俄事（按作者所知）。韦氏未尝同情红党。韦氏未尝主共产。韦氏既临俄乃言俄事。

韦氏既状苏俄之苦难，断曰:“读者得毋以此颠连荒秽之现象为‘鲍雪维几’所赐欤？否，否！吾不云然。……此荒毁之庞俄初非一已成之。广厦而为外力所倾残，其为制也自生而自灭。建此大而无当之钜城者，非共产主义也，资本制度实为之。纵此伟大之民族人六年筋力疲绝之盲争者，亦非共产制度也，全欧之帝国主义实为之。更令此残窘趣死之人民，缠绕于寇侵叛乱而扼之以封锁之暴者，亦非共产主义也，法之财魔英之‘报蠢’实为之。”其结论曰：

一、“俄之文明几殆矣，未尝如是其衰也。如此更阅一稔，则通体且溃。全俄将荡尽，独农村存耳。城市将阒灭，路轨将

二、“然此非鲍党之咎，亦非共产制之故也。嗟吾读者，非然也，非然也！彼‘鲍雪维几主义’实方今唯一之政治，差可挽全俄之倾覆于庶几耳。即使美与列强迅与之援，则其前途犹有望焉。”

三、“是苏维埃政府无经验乏能耐至于极矣。将依共产主义或较和缓之共产主义，重新全俄社会之组织，盖非列国慷慨之协助不为功。”

四、“将致此协助必先与西欧及美通贸易。然鲍党以私人之贸易为盗而产为劫，故可与贸易之团体，独政府自身而已。求此贸易安全而有效，亦唯有以国家为机关，尤莫妙于国际之组织。”

韦氏以墨以炭写俄民之生活而毅然为鲍党卸责任，恳恳以全化育为先而丐列强之援力，何其心宽言深而意长也！韦氏游苏俄之科学院美术院，而谒全俄之才智。全俄之才智，盖饥如狼，衣履不蔽体，形容枯槁，声音喑哑，执药而试，橐笔而画，操刀而刻，其灵半灭，其心半僵，韦氏游其间，几疑身在狴犴之丛也。韦氏不忍，韦氏动情，故为大声告世人为此人间之菁华乞慈悲也。

韦尔思有雅号曰“人心之美术家”。其气概广如海，其识见明于炬，其鉴别精如神，其估计细于毫，其立言之尺寸分明良可慕也。韦氏言俄败而不言苏俄败。韦氏不喜马克思而不恶马克思之从者。韦氏主张集合主义(Collectivism)而不害俄国之共产主义。韦氏言救俄民，亦言救俄文明。彼既脱寻常“康拉特”（Comradc）之犷气狞态，亦一洗书生教授之执顽浅尝，从容大雅，致足乐哉。

今吾得而结案矣。罗素哲学教授也：其平素支配之材料为方程为数目，其所籀之理论高妙宏辟非俗士所能几。韦尔思小说家也：其平素支配之材料为贵族为平民为大宫为陋巷，为物价为俗尚，为人心之几微，为大千世界之形色。罗素因哲理而及社会问题，悬理想以为鹄；韦尔思甄万象之变幻，以擘治化之微旨。罗氏为科学家，常抑情感而求真理，然一涉意气，即如烟突泉涌蓬生而不已。韦氏为文学家，常纵情感而求文章，及临事理之复凑，转能擘画因果发为谠论。罗氏未赴俄即慕共产制度，悠然以俄土为天国；及一即事实而设想全虚，则心灰意懒，复为和平之劝。韦氏未尝言共产制度而早知俄土

之残破，故能雍容探检，郑重文明，反为共产党作辩护，要亦以人道和平为终归。罗氏终是书生，故见难而惧，谆谆以俄辙为戒。韦尔思富常识，知革命之成败，有自然之背景，其来也非劝告所能御，使其无因则虽有大力勿能致，故不为迂说不谈哲理以聒世。

故法国革命，英国不必革命，非英国人不知自由平等友爱也。俄国革命，德国亦革命，一采劳动专制，一采普通选举，非必德国人有爱于红党之仇也。俄国革命，英国不必革命，非必俄国人之政治理想视英人为急进也。使俄以共产而民安之，英留王室而民亦安之，则自有史乘民族殊特之关系，不可得而齐也。就使俄革命一旦完全败灭，非必共产之遂不可复行于他国，亦非必其败亡之原因在于共产制自身之不可行也。天下偾事之多，举二谚足以概之，“削足纳屦”、“因噎废食”是矣。

雨后虹[1]

我记得儿时在家塾中读书，最爱夏天的打阵。塾前是一个方形铺石的“天井”，其中有石砌的金鱼潭，周围杂生花草，几个积水的大缸，几盆应时的鲜花，——这是我们的“大花园”。南边的夏天下午，蒸热得厉害，全靠傍晚一阵雷雨，来驱散暑气。黄昏时满天星出，凉风透院，我常常袒胸跣足和姊嫂兄弟婢仆杂坐在门口“风头里”，随便谈笑，随便歌唱，算是绝大的快乐。但在白天不论天热得连气都转不过来，可怜的“读书官官”们，还是照常临帖习字，高喊着“黄鸟黄鸟”，“不亦说乎”；虽则手里一把大蒲扇，不住地扇动，满须满腋的汗，依旧蒸炉似透发，先生亦还是照常抽他的大烟，哼他的“清平乐府”。在这样烦溽的时候，对面四丈高白墙上的日影忽然隐息，清朗的天上忽然满布了乌云，花园里的水缸盆景，也沉静暗澹，仿佛等候什么重大的消息，书房里的光线也渐渐减淡，直到先生榻上那只烟灯，原来只像一磷鬼火，大放光明，满屋子里的书桌，墙上的字画，天花板上挂的方玻璃灯，都像变了形，怪可怕的。突然一股尖劲的凉风，穿透了重闷的空气，从窗外吹进房来，吹得我们毛骨悚然，满身腻烦的汗，几乎结冰，这感觉又痛快又难过；但我们那时的注意，却不在身体上，而在这凶兆所预告的大变，我们新学得的什么洪水泛滥、混沌、天翻地覆、皇天震怒；等等字句，立刻在我们小脑子的内库里跳了出来，益发引起孩子们：只望烟头起的本性。我们在这阴迷的时刻，往往相顾悍然，热性放开，大嗓狂读，身子也狂摇得连坐椅都磔格作响。

同时沉闷的雷声，已经在屋顶发作，再过几分钟，只听得庭心里石板上劈拍有声，仿佛马蹄在那里踢踏；重复停了；又是一小阵沥淅；如此作了几次阵势，临了紧接着坍天破地的一个或是几个雳霹——我们孩子早把耳朵堵住——扁豆大的雨块，就狠命狂倒下来，屋溜屋檐，屋顶，墙角里的碎碗破铁罐，一齐同情地反响；楼上婢仆争收晒件的慌张咒笑声关窗声；间壁小孩的欢叫；雷声不住地震吼；天井里的鱼潭小缸，早已像煮沸的小壶，在那里狂流溢——我们很替可怜的金鱼们担忧；那几盆嫩好的鲜

[1] 1922年8月6日作；载1923年7月21日、23日、24日上海《时事新报》副刊《学灯》；1988年1月陕西人民出版社《徐志摩研究资料》存目。采自《学灯》。

花，也不住地狂颤；阴沟也来不及收吸这汤汤的流水，石天井顷刻名副其实，水一直满出尺半了的阶沿，不好了！书房里的地平砖上都是水了！闪电像蛇似钻入室内，连先生肮脏的炕床都照得铄亮；有时外面厅梁上住家的燕子，也进我们书房来避难，东扑西投，情形又可怜又可笑。

在这一团和糟之中，我们孩子反应的心理，却并不简单。第一，我们当然觉得好玩，这里品林嘭朗、那里也品林嘭朗，原来又炎热又乏味的下午忽然变得这样异乎寻常地闹热，小孩那一个不欢迎。第二，天空一打阵，大家起劲看，起劲关窗户，起劲听，当然写字的阁笔，念书的闭口，连先生（我们想）有时也觉得好玩！然而我记得我个人从前亲切的心理反应。仿佛猪八戒听得师父被女儿国招了亲，急着要散伙的心理。我希望那样半混沌的情形继续，电光永闪着，雨永倒着，水永没上阶沿，漏入室内，因此我们读书写字的责务也永远止歇！孩子们照例怕拘束，最爱自由，爱整天玩，最恨坐定读书，最厌这牢狱一般的书房——犹之猪八戒一腔野心，其实不愿意跟着穷师父取穷经整天只吃些穷斋。所以关入书房的孩子，没有一个心愿的，底里没有一个不想造反；就是思想没有连贯力，同时书房和牢房收敛野性的效力也逐渐进大，所以孩子们至多短期逃学，暗祝先生生瘟病，很少敢昌言从此不进书房的革命谈。但暑天的打阵，却符合了我们潜伏的希冀，俄顷之间，天地变色，书房变色，有时连先生亦变色，无怪这聚锢的叛儿，这勉强修行的猪八戒，感觉到十二分的畅快，甚至盼望天从此再不要清明，雷雨从此再不要休止！

我生平最纯粹可贵的教育是得之于自然界，田野，森林，山谷，湖，草地，是我的课室；云彩的变幻，晚霞的绚烂，星月的隐现，田里的麦浪是我的功课；瀑吼，松涛，鸟语，雷声是我的教师，我的官觉是他们忠谨的学生，爱教的弟子。

大部分生命的觉悟，只是耳目的觉悟；我整整过了二十多年含糊生活，疑视疑听疑嗅疑觉的一个生物！我记得我十三岁那年初次发现我的眼是近视，第一副眼镜配好的时候，天已昏黑，那时我在泥城桥附近和一个朋友走路，我把眼镜试带上去，仰头一望，异哉！好一个伟大蓝净不相熟的天，张着几千百只指光闪铄的神眼，一直穿过我眼镜眼睛直贯我灵府深处，我持永不得大声叫道，好天，今天才规复我眼睛的权利！

但眼镜虽好，只能助你看，而不能使你看；你若然不愿意来看，来认识，来享乐你的自然界，你就带十副二十副托立克、克立托也是无效！

我到今日才再能大声叫道，“好天，今日才知道使用我生命的权利！”

我不抱歉“叫”得迟，我只怕配准了眼镜不知道“看”。

我方才记起小时在私塾里夏天打阵的往迹，我现在想记我二日前冒阵待虹的经验。

猫最好看的情形，是在春天下午她从地毡上午寐醒来，回头还想伸懒腰，出去游玩，猛然看见五步之内，站着一只傲梗不参的野狗，她不禁大怒，把她二十个利爪一起尽性放开，搐紧在地毡上，把她的背无限地高控，像一个桥洞，尾巴旗杆似笔直竖起，满身的猫毛也满溢着她的义愤，她圆睁了她的黄睛，对准她的仇敌，从口鼻间哈出一声威吓。这是猫的怒，在旁边看她的人虽则很体谅她的发脾气，总觉得有趣可笑。我想我们站得远远地看人类的悲剧，有时也只觉得有趣可笑。我们在稳固的山楼上，看疾风暴雨，看牛羊牧童在雷震电飚中飞奔躲避，也只觉得有趣可笑。

笑，柏格森说，纯粹是智慧的，示深切的同情感兴，不能同时并存。所以我们需要领会悲剧或深的情感——不论是事实或表现在文字里的——的意义，最简捷的方法是将我们自身和经验的对象同化，开振我们的同情力来替他设身处地。你体会伟大情感的程度愈高，你了解人道的范围亦愈广。我们对待自然界我以为也是如此。我们爱寻常上原，不如我们爱高山大水，爱市河庸沼，不如流涧大瀑，爱白日广天，不如朝彩晚霞，爱细雨微风，不如疾雷迅雨。

简言之，我们也爱自然界情感奋切的际会，他所行动的情绪，当然也不是平常庸汽〈气〉。

所以我十数年前私塾爱打阵，如今也还是爱打阵，不过这爱字意义不尽同就是。

有一天我正在房里看书，列兰（房东的小女孩，她每次见天象变迁总来报告我，我看见两个最富贵的落日，都是她的功劳）跑来说天快打阵了。我一看窗外果然完全矿灰色，一阵阵的灰在街心里卷起，路上的行人都急忙走着，天上已经叠好无数的雨饼，此等信号一动就下，我赶快穿了雨衣，外加我们的袍，戴上方帽，出门骑上自行车，飞快向我校背赶去。一路雨点已经雹块似抛下。河边满树开花的栗树，曼陀罗，紫丁香，一齐俯首觳觫，专待恣暴，但他们芬芳的呼吸，却彻浃重实的空气，似乎向孟浪的狂且，乞情求免。

我到校门的时候，满天几乎漆黑，雷声已动，门房迎着笑道："呀，你到得真巧，再过一分钟，你准让阵雨漫透！"我笑答道，"我正为要漫透来的！"

我一口气跑到河边，四围估量了一下，觉得还是桥上的地位最好，我就去靠在桥栏上老等，我头顶正是那株靠河最大的橘树，对面是棵柳树，从柳丝里望见先华亚学院的一角，和我们著名教堂的后背(King's Chapel)①；两树的中间，正对校友居(Fellows' Building)的大部，中隔着百码见方齐整匀净葱翠的草庭。这是在我的右边。从柳树的左手望见亭亭倩倩三环洞的先华亚桥，她的妙景，整整地印在平静的康河里，河左岸的牧场上，依旧有几匹马几条黄白花牛在那里吃草，啮啮有声，完全不理会天时的变迁，只晓得勤拂着马鬃牛尾，驱逐愈很的马蝇牛虫。此时天色虽则阴沉可怕，然我眼前绝美的一幅图画——绝色的建筑，庄严的寺角，绝色的绿草，绝色的河与桥，绝色的垂柳高桥〈橘〉——只是一片异样恬静，绝不露仓皇形色。草地上有三两只小雀，时常地跳跃；平常高唱好画者黑雀却都住了口，大约伏在巢里看光景，只远处偶然的鸦啼，散沙似从半天里撒下。

记得，桥上有我站着。

来了！雷雨都到了猖獗的程度，只听见自然界一体的喧哗；雷是鼓，雨落草地是沈溜的弦声，雨落水面是急珠走盘声，雨落柳上是疏郁的琴声，雨落桥栏是击草声。

西南角——牧场那一边我的左手，正对校友居——的云堆里，不时放射出电闪，穿过树林，仿佛好几条紧缠的金蛇掠过光景，一直打到教堂的颜色玻璃和校友居的青藤白石和凹屈别致的窗坡上，像几条铜扁担，同时打一块磨石大的火石，金花四射，光惊骇目。

雨忽注不休。云色虽稍开明，但四围都是雨激起的烟雾苍茫，克莱亚的一面几乎看不清楚。我仰庇掬〈橘〉老翁的高荫，身上并不大湿，但桥上的水，却分成几道泥沟，

① King's Chapel：国王小教堂。

急冲下来，我站在两条泥沟的中间，所以鞋也没有透水。同时我很高兴发现离我十几码一棵大榆树底下，也有两个人站着，但他们分明是避雨，不是像我看来经验打阵。他们在那里划火抽烟，想等过这阵急寐。

那边牧场方才不管天时变迁尽吃的朋友，此时也躲在场中间两枝榆树底下，马低着头，牛昂着头，在那里抱怨或是崇拜老天的变怒。

雨已经下了十几分钟，益发大了。雷电都已经休止，天色也更清明了。但我所仰庇的掬〈橘〉老翁，再也不能继续荫庇我，他老人家自己的胡髭，也支不住淋漓起来，结果是我浑身增加好几斤重量。有时作恶的水一直灌进我的领子，直溜到背上，寒透肌骨；桥栏也全没了；我脚下的干土，也已经渐次灭迹，几条泥沟，已经迸成一大股浑流，踊跃进行，我下体也增加了重量，连胫骨都湿了。到这个时候，初阵的新奇已经过去，满眼只是一体的雨色，满耳只是一体的雨声，满身只是一体的雨感觉，我独身——避雨那两位已逃入邻近的屋子里——在大雨里听淹，头上的方巾已成了湿巾，前后左右淋个不住，倒觉得无聊起来。

但我有希望，西天的云已经开解不少，露出夕阳的预兆，我想这雨一停一定有奇景出现——我于是立定主意与雨赌耐心。我向地上看，看无数的榆钱在急涡里乱转，还有几个不幸的虫蚁也葬身在这横流之中，我忽然想起道施滔奄夫斯基的一部小说里的一个设想，他说你若然发现你自己在一沧海中一块仅仅容足的拳石上，浪涛像狮虎似向你身上扑来，你在这完全绝望的境地，你还想不想活命？我又想起康赖特的《大风》，人和自然原质的决斗。我又想像我在西伯利亚大雪地，穿着皮蓑，手拿牧杖，站在一大群绵羊中间。我想战阵是冒险，恋爱是更大的冒险，死是最大的冒险。我想起耶稣，魔鬼，薇纳司，福贺司德；我想飞出这雨圈，去踏在雨云的背上，看他们工作。我想……半点钟已过，我心海里至少涌起了几万种幻想，但雨还是倒个不住。

又过了足足十分钟，雨势方才收敛。满林的鸟雀都出了家门，使劲的欢呼高唱；此时云彩很别致，东中北三路，还是满布着厚云，并且极低，似乎紧罩在教堂的H形尖阁上，但颜色已从乌黑转入青灰，西南隅的云已经开张了一只大口，从月牙形的云絮背后冲射出一海的明霞，仿佛菩萨背后的万道佛光，这精悍的烈焰，和方才初雨时的电闪一样，直照在教堂和校友居的上楼，将一带白玻璃窗尽数打成纯粹的黄金，教堂颜色玻璃窗上的反射更为强烈，那些画中人物都像穿扮整齐，在金河里游泳跳舞。妙处尤在这些高宇的后背及顶头，只是一片深青，越显得西天云罅月漏的精神，彩焰奔腾的气象。

未雨之先，万象都只是静，现在雨一过，风又敛迹，天上虽在那里变化，地上还是一体的静；就是阵前的静，是空气空实的现象，是严肃的静，这静是大动大变的符号先声，是火山将炸裂前的静；阵雨后的静不同，空气里的浊质，已经彻底洗净，草青树绿经过了恐怖，重复清新自喜，益发笑容可掬，四围的水气雾意也完全灭迹，这静是清的静，是平静，和悦安舒的静。在这静里，流利的鸟语，益发调新韵切，宛似金匙击玉磬，清脆无比。我对此自然从大力里产出的美，从剧变里透出的和谐，从纷乱中转出的恬静，从暴怒中映出的微笑，从迅奋里结成的安闲，只觉得胸头塞满——喜悦，惊讶，爱好，崇拜，感奋的情绪，满身神经都感受强烈痛快的震撼，两眼火热地蓄泪欲流，声音肢体愿随身旁的飞禽歌舞；同时，我自顶至踵完全湿透浸透，方巾上还不住地滴水，假如有人见我，一定疑心我落了水，但我那时绝对不觉得体外的冷，只觉得体内高乐的热。（我也没有受寒。）

我正注目看西方渐次扫荡满天云锢的太阳，偶然转过身来，不禁失声惊叫。原来从校友居的正中起直到河的左岸，已经筑起一条鲜明五彩的虹桥！

八月六日

印度洋上的秋思①

昨夜中秋。黄昏时西天挂下一大帘的云母屏，掩住了落日的光潮，将海天一体化成暗蓝色，寂静得如黑衣尼在圣座前默祷。过了一刻，即听得船梢布篷上悉悉索索啜泣起来，低压的云夹着迷漾的雨色，将海线逼得像湖一般窄，沿边的黑影，也辨认不出是山是云，但涕泪的痕迹，却满布在空中水上。

又是一番秋意！那雨声在急骤之中，有零落萧疏的况味，连着阴沉的气氲，只是在我灵魂的耳畔私语道："秋！"我原来无欢的心境，抵御不住那样温婉的浸润，也就开放了春夏间所积受的秋思，和此时外来的怨艾构合，产出一个弱的婴儿——"愁"。

天色早已沉黑，雨也已休止。但方才啜泣的云，还疏松地幕在天空，只露着些惨白的微光，预告明月已经装束齐整，专等开幕。同时船烟正在莽莽苍苍地吞吐，筑成一座蟒鳞的长桥，直联及西天尽处，和船轮泛出的一流翠波白沫，上下对照，留恋西来的踪迹。

北天云幕豁处，一颗鲜翠的明星，喜孜孜地先来问探消息，像新嫁媳的侍婢，也穿扮得遍体光艳。但新娘依然姗姗未出。

我小的时候，每于中秋夜，呆坐在楼窗外等看"月华"。若然天上有云雾缭绕，我就替"亮晶晶的月亮"担忧，若然见了鱼鳞似的云彩，我的小心就欣欣怡悦，默祷着月儿快些开花，因为我常听人说只要有"瓦楞"云，就有月华；但在月光放彩以前，我母亲早已逼我去上床，所以月华只是我脑筋里一个不曾实现的想像，直到如今。

现在天上砌满了瓦楞云彩，霎时间引起了我早年许多有趣的记忆——但我的纯洁的童心，如今哪里去了！

月光有一种神秘的引力。她能使海波咆哮，她能使悲绪生潮。月下的喟息可以结聚成山，月下的情泪可以培畤百亩的畹兰，千茎的紫琳耿〈耿〉。我疑悲哀是人类先天的遗传，否则，何以我们儿年不知悲感的时期，有时对着一泻的清辉，也往往凄心滴泪呢？

但我今夜却不曾流泪。不是无泪可滴，也不是文明教育将我最纯洁的本能锄净，却为是感觉了神圣的悲哀，将我理解的好奇心激动，想学契古特白登②来解剖这神秘的"眸冷骨累"。冷的智永远是热的情的死仇。他们不能相容的。

但在这样浪漫的月夜，要来练习冷酷的分析，似乎不近人情，所以我的心机一转，

① 1922年10月6日作；载1922年12月29日《晨报副刊》，署名志摩；初收1980年台湾时报文化出版事业有限公司《徐志摩诗文补遗》。采自《晨报副刊》。

②契古特白登：今译夏多勃里昂。

重复将锋快的智刃剧起，让沉醉的情泪自然流转，听他产生什么音乐，让绻缱的诗魂漫自低回，看他寻出什么梦境。

明月正在云岩中间，周围有一圈黄色的彩晕，一阵阵的轻霭，在她面前扯过。海上几百道起伏的银沟，一齐在微叱凄其的音节，此外不受清辉的波域，在暗中愤愤涨落，不知是怨是慕。

我一面将自己一部分的情感，看入自然界的现象，一面拿着纸笔，痴望着月彩，想从她明洁的辉光里，看出今夜地面上秋思的痕迹，希冀他们在我心里，凝成高洁情绪的菁华。因为她光明的捷足，今夜遍走天涯，人间的恩怨，那一件不经过她的慧眼呢？

印度的 Ganges[①]（埂奇）河边有一座小村落，村外一个榕绒密绣的湖边，坐着一对情醉的男女，他们中间草地上放着一尊古铜香炉，烧着上品的水息，那温柔婉恋的烟篆，沉馥香浓的热气，便是他们爱感的象征——月光从云端里轻俯下来，在那女子胸前的珠串上，水息的烟尾上，印下一个慈吻，微晒〈哂〉，重复登上她的云艇，上前驶去。

一家别院的楼上，窗帘不曾放下，几枝肥满的桐叶正在玻璃上摇曳斗趣，月光窥见了窗内一张小蚊床上紫纱帐里，安眠着一个安琪儿似的小孩，她轻轻挨进身去，在他温软的眼睫上，嫩桃似的腮上，抚摩了一会。又将她银色的纤指，理齐了他脐圆的额发，蔼然微晒着，又回她的云海去了。

一个失望的诗人，坐在河边一块石头上，满面写着幽郁的神情，他爱人的倩影，在他胸中像河水似的流动，他又不能在失望的渣滓里榨出些微甘液，他张开两手，仰着头，让大慈大悲的月光，那时正在过路，洗沐他泪腺湿肿的眼眶，他似乎感觉到清心的安慰，立即摸出一管笔，在白衣襟上写道：

“月光，

你是失望儿的乳娘！”

面海一座柴屋的窗棂里，望得见屋里的内容：一张小桌上放着半块面包和几条冷肉，晚餐的剩余。窗前几上开着一本家用的《圣经》，炉架上两座点着的烛台，不住地在流泪，旁边坐着一个绉面驮腰的老妇人，两眼半闭不闭地落在伏在她膝上悲泣的一个少妇，她的长裙散在地板上像一只大花蝶。老妇人掉头向窗外望，只见远远海涛起伏，和慈祥的月光在拥抱密吻，她叹了声气向着斜照在《圣经》上的月彩嗫道：

“真绝望了！真绝望了！”

她独自在她精雅的书室里，把灯火一齐熄了，倚在窗口一架藤椅上，月光从东墙肩上斜泻下去，笼住她的全身，在花瓶上幻出一个窈窕的倩影，她两根垂辫的发梢，她微澹的媚唇，和庭前几茎高峙的玉兰花，都在静秘的月色中微颤，她加她的呼吸，吐出一股幽香，不但邻近的花草，连月儿闻了，也禁不住迷醉，她腮边天然的妙涡，已有好几日不圆满：她瘦损了。但她在想什么呢？月光，你能否将我的梦魂带去，放在离她三五尺的玉兰花枝上。

威尔斯西境一座矿床附近，有三个工人，口衔着笨重的烟斗，在月光中闲坐。他们

① Ganges：今译恒河。

所能想到的话都已讲完，但这异样的月彩，在他们对面的松林，左首的溪水上，平添了不可言语比说的妩媚，惟有他们工余倦极的眼珠不阖，彼此不约而同今晚较往常多抽了两斗的烟，但他们矿火熏黑，煤块擦黑的面容，表示他们心灵的薄弱，在享乐烟斗以外；虽经秋月溪声的戟刺，也不能有精美情绪之反感。等月影移西一些，他们默默地扑出了一斗灰，起身进屋，各自登床睡去。月光从屋背飘眼望进去，只见他们都已睡熟；他们即使有梦，也无非矿内矿外的景色！

月光渡过了爱尔兰海峡，爬上海尔佛林的高峰，正对着静默的红潭。潭水凝定得像一大块冰，铁青色。四围斜坦的小峰，全都满铺着蟹青和蛋白色的岩片碎石，一株矮树都没有。沿潭间有些丛草，那全体形势，正像一大青碗，现在满盛了清洁的月辉，静极了，草里不闻虫吟，水里不闻鱼跃；只有石缝里潜涧沥淅之声，断续地作响，仿佛一座大教堂里点着一星小火，益发对照出静穆宁寂的境界，月儿在铁色的潭面上，倦倚了半晌，重复扱起她的银泻，过山去了。

昨天船离了新加坡以后，方向从正东改为东北，所以前几天的船梢正对落日，此后“晚霞的工厂”渐渐移到我们船向的左手来了。

昨夜吃过晚饭上甲板的时候，船右一海银波，在犀利之中涵有幽秘的彩色，凄清的表情，引起了我的凝视。那放银光的圆球正挂在你头上，如其起靠着船头仰望。她今夜并不十分鲜艳；她精圆的芳容上似乎轻笼着一层藕灰色的薄纱；轻漾着一种悲喟的音调；轻染着几痕泪化的露霭。她并不十分鲜艳，然而她素洁温柔的光线中，犹之少女浅蓝妙眼的斜瞟；犹之春阳融解在山巅白云反映的嫩色，含有不可解的迷力，媚态，世间凡具有感觉性的人，只要承沐着她的清辉，就发生也是不可理解的反应，引起隐复的内心境界的紧张，——像琴弦一样，——人生最微妙的情绪，戟震生命所蕴藏高洁名贵创现的冲动。有时在心理状态之前，或于同时，撼动躯体的组织，使感觉血液中突起冰流之冰流，嗅神经难禁之酸辛，内藏汹涌之跳动，泪腺之骤热与润湿。那就是秋月兴起的秋思——愁。

昨晚的月色就是秋思的泉源，岂止，直是悲哀幽骚悱怨沉郁的象征，是季候运转的伟剧中最神秘亦最自然的一幕，诗艺界最凄凉亦最微妙的一个消息。

今夜月明人尽望，不知秋思在谁家。

中国字形具有一种独一的妩媚，有几个字的结构，我看来纯是艺术家的匠心：这也是我们国粹之尤粹者之一。譬如“秋”字，已经是一个极美的字形；“愁”字更是文字史上有数的杰作：有石开湖晕，风扫松针的妙处，这一群点画的配置，简直经过柯罗的书篆，米佐朗其罗的雕圭，Chopin[①]的神感；像——用一个科学的比喻——原子的结构，将旋转宇宙的大力收缩成一个无形无纵的电核；这十三笔造成的象征，似乎是宇宙和人生悲惨的现象和经验，吒喟和涕泪，所凝成最纯粹精密的结晶，满充了催迷的秘力。你若然有高蒂闲（Gautier）[②]异超的知感性，定然可以梦到，愁字变形为秋霞黯绿色的通明宝玉，若用银槌轻击之，当吐银色的幽咽电蛇似腾入云天。

我并不是为寻秋意而看月，更不是为觅新愁而访秋月；蓄意沉浸于悲哀的生活，是

---

① Chopin：今译肖邦（1810—1849），波兰作曲家、钢琴家。

② Gautier：今译戈蒂埃（1811—1872），法国诗人、小说家、评论家、新闻记者。

丹德所不许的。我盖见月而感秋色，因秋窗而拈新愁：人是一簇脆弱而富于反射性的神经！

我重复回到现实的景色，轻裹在云锦之中的秋月，像一个遍体蒙纱的女郎，她那团圆清朗的外貌像新娘，但同时她幂弦的颜色，那是藕灰，她踟躇的行踵，掩泣的痕迹，又使人疑是送丧的丽姝。所以我曾说：

“秋月呀！

我不盼望你团圆。”

这是秋月的特色，不论她是悬在落日残照边的新镰，与“黄昏晓”竞艳的眉钩，中宵斗没西陲的金碗，星云参差间的银床，以至一轮腴满的中秋，不论盈昃高下，总在原来澄爽明秋之中，遍洒着一种我只能称之为“悲哀的轻霭”，和“传愁的以太”。即使你原来无愁，见此也禁不得沾染那“灰色的音调”，渐渐兴感起来！

秋月呀！
谁禁得起银指尖儿
浪漫地搔爬呵！
不信但看那一海的轻涛，可不是禁不住她玉指的抚摩，在那里低徊饮泣呢！就是那
无聊的云烟，
秋月的美满，
熏暖了飘心冷眼，
也清冷地穿上了轻缟的衣裳，
来参与这
美满的婚姻和丧礼。

十月六日

罗素与中国[1]

——读罗素著《中国问题》

罗素去年回到伦敦以后，他的口液几乎为颂美中国消尽，他的门限也几乎为中国学生踏穿。他对我们真挚的情感，深刻的了解，彻底的同情，都可以很容易从他一提到中国奋烈的目睛和欣快的表情中看出。他有一次在乡下几于和卫伯（Sidney Webb）夫妇[2]吵起嘴来，因为他们一对十余年来只是盲目地崇拜日本，蔑视中国。他对人说他很愿意舍弃欧洲物质上舒服的高等生活，到中国来做一个穿青布衫种田的农人。他说中国虽遭

① 1922年11月17日作；载1922年12月3日《晨报副刊》；初收1980年台湾时报文化出版事业有限公司《徐志摩诗文补遗》。采自《晨报副刊》。

② Sidney Webb：今译锡德尼·韦布（1859—1947），英国经济学家、社会史学家，费边社会主义的倡导者之一。妻比阿特丽丝·韦布（Beatrice Webb，1858—1943），英国费边社会主义者、社会活动家。两人合著多本著作，有《工联主义史》、《工业民主主义》和《英国地方政府》等。

天灾人患，其实人民生活之快乐直非欧洲人所能想像。他说中国的青年是全世界意志最勇猛，解放最彻底，前途最无限的青年；他确信中国文艺复兴不久就有大成功。然而他也知道我们的危险。他在英国每次发言，总告诫人说最美最高尚最优闲的中国文化，现在正在危险中，有于不知不觉中，变化为最俗最陋最匆促的青年会文化之倾向：他说现在耶稣教在中国的魔力，就蕴在青年会的冷水浴和哑铃操里面。太平洋那边吹过来的风，虽则似乎温和，却是充满了硝酸的化力。我离伦敦前接到他从瑞士来的电报，要我到巴黎去会他，后来彼此还是莫有会成，但他寄来送我一本他的新书《中国问题》，叫我到国内来传布他的意见，我答应回来温习过自己的社会人民以后，替他做一篇书评。如今我回国已有一月，文章还不曾做出，现在我姑且先用中文来传达他书里的一番厚意，好让爱敬罗素的诸君，知道我们得了一个真正知心多情的朋友在海外哩。

罗素这本书，在中西文化交融的经程中，确实地新立了一块界石。他是真了解真爱惜中国文化的一个人，说的话都是同情化的正确见解，不比得传教士的隔着靴子搔痒，或是巡捕房头目的蹲在木堆里钓鱼。他唯其了解，所以明白我国过去文化的价值，和将来发展的方向；唯其爱惜，所以不厌回复地警告欧人不要横加干涉，责备日本不应故意蹂躏，隐讽美国不要用喜笑的脸温存的手，来丑变低化我们的遗产。他开头就说在中国的三大问题——政治，经济，文化——中关于全人类和中国自身最重要的是文化问题；只要这个问题解决的满意，不论政治经济化成如何样式，他都不在乎了。他说中国好比一个美术家的国，有美术家的好处也有他的坏处，但这好处是有益于人的，坏处只报应在他自身。他就问一个重要的问题，他问如此说来，全世界是否应得设法保全他的好处呢，还是逼迫他去学欧洲的坏样子，专做损人不利己的事业呢？他再问果然有一日中国有力量，即以其人之道还诸其人之身，来对付东西洋人，那时全世界又成何面目呢？

罗素知道老大帝国黄脸病夫的实力和潜伏的能力，所以他最怕他被逼迫而走最没出息的武力主义那条路。此点他书里屡屡提及，他最近在米郎的一个平和会里又说同样的话。我们固然很感觉东西两面急锋的压迫，固然有铤而走险的倾向，但我们可以告慰知爱我们的罗先生，中国国民不到走投无路的时刻，决不会去效法野蛮人的行为，同类自残的下策。

所以罗素注意的，是文化，是民族创造精神的表现，不是物质的组织，盲目的发展。他说我不管旁的，我只管知识，美术，本能的快乐，友谊和感情。他接着解释知识也不是呆板的事实，堆积的工夫，艺术也不仅是美术家手里做出来的物件。他所谓美术直包及俄国的村农，中国的苦力，他们似乎有一种不自觉的努力去寻赏真美。那种产生民歌的冲动，曾在清教徒时期前盛行，如今只可向村舍前农园后访去了。本能的快乐，就是单纯生活的幸福，欧美人原来干净的人道全教工业的烟煤熏黑，原来活的泉源全教笨重的钞票塞住。他告我说他见湖南的种田人，杭州的车轿夫，他们那样欢欢喜喜做工过日，张开口就笑，一笑就满头满面满心的笑，他几乎滴下泪来，因为那样轻爽自然的生活，轻爽自然的笑容，在欧美差不多已经灭迹了，欧美人所最崇拜的，只是进步与速率，中国人根本就莫有知道这会事。他们靠了进步与速率，得到了力与钱，也造成了现在惴惴不可终日的西方文明；中国人终是慢吞吞地不进不退，却反享受了几千年平安有趣的生活。

他说让中国人管他们自己的事，不要干涉，他们自会得在百十年间吸收外来他们所需要的原素，或成一个兼具东西文明美质的一个好东西。他只怕两个方向：他怕中国变成个物质文明的私生子，丧尽原有的体面；他又怕中国变成守旧的武力国。

他说欧战使欧洲觉悟自己文明的漏洞，游俄游中的经验使得他相信这两个国家可以指示欧洲人那〈哪〉里是漏洞，怎样的补法。他说中国人的生活习惯若然大家都采用，全世界就会快活享福。欧美人的生活刚正是反面，他们只要奋斗，变动，不足，破坏。物质文明的尾巴已经大得掉不过来，除了到安定的东方来请教，恐竟没有法子防止灭亡。下面容我节译一段他在一九二〇年的夏天，跟著英国工党的代表团，到俄国去观察，正当鲍尔雪微克想用全力来根本改造俄民的习惯，想把原来有亚洲气息的俄民，改赶入纯粹机械性质的生活。他那时正在鄂尔迦（Volga）[1]河中：

吾舟驶于鄂河，日复一日，经一荒凉诡异之乡。舟中人皆嚣杂，欣忭，好争持，善为捷易之说理，喜以巧言释百业，咸谓天下宜无事不可解，诚能如其言为政，则人事之利害可铢铢而算，人类之进向可节节而定也。有一人病且死，斗弱斗恐、斗健康者之漠视甚力，而同舟人之辩之争，之琐笑，之扬声求爱，喧逐，几如雷动，夜以继日，曾不念病苦者之难堪。舟以外，鄂河之波，鄂河之岸，皆静如死，诡如天。愿此静秘，舟中人莫或有暇以听察焉；余独内感不宁，断不能寄心耳于诡辩者之辩，与通事实者无尽藏之事实。一日，既迟暮，吾舟泊于一荒落之所，杳不见房屋，但有沙堤长亘，其背则白杨成列，明月升焉。余默然登岸，行沙中不远，而见一人类之奇集，似古游民，盖来自灾荒之极域，家族麇聚，绕以家用杂具，有立者，有卧者，有悄然积小枝作火者。火成焰发，照人面历历，皆髯节蓬生，男子野鲁北耐，妇人粗陋，童子亦严肃迟重，如其亲。其为人也无疑，愿求习于猫于犬于马，宜若易于是族之男妇童子。我知彼等必且竣息于此荒凉之域，日焉月焉，以冀船来载去传闻天人不尽吝酷之乡；然其闻之确否，又谁得而知之。将有死于途运者，若饥与渴，日中之炎热，则殆莫或能免，然即其茹苦，犹噤不呻。余观览之余，不禁兴感，念是殆庞俄魂灵之征识，默不能自吐，力挫于失望，彷徨转侧，西欧犹且翘然自分党别，或进而争，或退而处，熟视此无告者若无睹焉。俄之体大，间有能者，亦如蚪碛之于广漠，不可得而识。彼砼砼于主义者，方且强柳杞以为杯棬，将屈人类原始之本能，为学理之试验；然余窃不敢信幸福之可以工业主义与强迫劳役钳刺而致也。

然及晨曦之复转，而舟中之哓哓于唯物史观及共和政体之得失者犹然如故，余亦口耳其间，不复自省。与余辩者未尝见岸上游弋之灾民，即见之亦且类之于砂石草木，以其穷野不可训，非社会主义福音之所宜及也。然彼民宁忍之静默，既深入于余心，辨虽亟，论虽便习，而寂寞难言之思，犹耿耿于中焉久之。卒之余奋然自谓政治者魔实趣使之，强者黠者承其意以刑楚羸弱之民族，

① Volga：今译伏尔加河。

为利，为权力，为主义，其害则均。吾舟犹前进不息，日侵饥民之余粮，仰庇于军士，则饥者之子也；受之惠如此，我不知且何以报之。

鄂水风来，鄂水波动而居民愁惨之歌，白拉拉加之音，萧然缭绕吾舟，此景不可忘已。声之来，与俄土荒伟之静默俱，止于余心而为不可解之问，不可苏之隐痛，东人乐生之色，于焉黯矣。

此方余来向中国以求新望，心境盖如此。

上面这一段话，文情兼至，实在太好了，令我不忍不翻，而翻之结果，竟成了几于古文调子。罗素是现代最莹澈的一块理智结晶，而离了他的名学数理，又是一团火热的情感，再加之抗世无畏道德的勇敢，实在是一个可作榜样的伟大人格，古今所罕有的。你看那段文中——其实是首好诗——他从鄂尔迦河荒野的静穆里从月夜难民宿处的沉默里感觉到西方物质生活之浅狭，感觉到科学知识所窥测之浅狭，他原来灵敏的感觉，更从这伟大消息的分光镜里，翻成无数的彩色；连风里传来俄民的乐音，也在他心里产生了一种可怖责问的隐痛——这是何等境界哟！他见了中国不失天真的生活，仿佛在海洋里遭风的船，盼到了个停泊的所在，他那时滴下来的泪，迸出来的热泪，才是替欧洲文明清还宿欠呢！

在这里就有人说：他原来是对欧洲文明的反动，他的崇拜中国，多半是感情作用，处处言过其实，并且他在中国日子很少，如何会得了解。不错，是反动；但他所厌恶的，却并非欧化的全体——那便成了意气作用——而是工业文明资本制度所产生的恶现象；他的崇拜中国，也并非因为中国刚巧是欧化的反面，而的确是由贯刺的理智和真挚的情感，交互而产生的一种真纯信仰，对于种种文明文化背后的生命自身更真确的觉悟与认识。我现在敢说这话，因为我自己也是过来人；我当初何尝不疑心他是感情的反动，借东方来发泄他自己的牢骚，但我此次回来看了印度人和中国人的生活，从对照里看出欧美生活之伪之浮之险，不由得我不信罗素感情之真切。我们千万不要单凭着生长在中国的事实，就自以为对于中国当然有正确的见解。大多数人连他自己都不认识，何况生活本体呢！至于那班青年会脑筋的论调，尤其在门外的门外了。

但罗素虽则从游俄国游中国感觉到人类的运命，生活的消息，人道的范围，他却并莫有十分明了中国文化及生活何以会形成现在这个样子。他第一就不了解孔子的影响，他书里老实说他对于繁文缛节的孔子莫有多大感情；第二他以为中国的好处，老庄很负责任，他就很想利用老庄来补添他原有无治主义倾向的思想（他书开篇就引庄子浑沌凿七窍而死的话）。虽他不知道中国人生活之所以能乐天自然，气概之所以宏大，不趋极端好平和的精神，完全还是孔子一家的思想，而老庄之影响于思想惯习，其实是不可为训。

在“中国人的品格”那一章里，他又说起中国人的三大毛病，一贪，二忍，三懦。这三点刚巧是智仁勇的反面，却是孔家理想生活不实现的一个证据。现在我国正当文艺复兴，我们要知道罗素先生正在伸长了头颈，盼望我们新青年的潮流中，涌出无量数理想的人格，来创造新中华的文明的哩！他说我们只要有真领袖，看清楚新文化方向，想像到所要的新文化的模样，一致向创造方面努力，种种芝麻零碎什么政治经济的困难就都绝对不成问题。我们要知道盲目的改良政治危险；盲目的发展工商危险；盲目的发展教育也是危险：我们千万不要拿造成文化的大事业，托付在有善意而无理想力的先生们手里！

一九二二年十一月十七日南京成贤学舍

就使打破了头，也还要保持我灵魂的自由①

照群众行为看起来，中国人是最残忍的民族。照个人行为看起来，中国人大多数是最无耻的个人。慈悲的真义是感觉人类应感觉的感觉，和有胆量来表现内动的同情。中国人只会在杀人场上听小热昏，决不会在法庭上贺喜判决无罪的刑犯；只想把洁白的人齐拉入混浊的水里，不会原谅拿人格的头颅去撞开地狱门的牺牲精神。只是“幸灾乐祸”，“投井下石”，不会冒一点子险去分肩他人为正义而奋斗的负担。

从前在历史上，我们似乎听见过有什么义呀侠呀，什么当仁不让，见义勇为的榜样呀，气节呀，廉洁呀，等等。如今呢，只听见神圣的职业者接受蜜甜的“冰炭敬”，磕拜寿祝福的响头，到处只见拍卖人格“贱卖灵魂”的招贴。这是革命最彰明的成绩，这是华族民国最动人的广告！

“无理想的民族必亡”，是一句不刊的真言。我们目前的社会政治走的只是卑污苟且的路，最不能容许的是理想，因为理想好比一面大镜子，若然摆在面前，一定照出魑魅魍魉的丑迹。莎士比亚的丑鬼卡立朋（Caliban）②有时在海水里照出他自己的尊容，总是老〈恼〉羞成怒的。

所以每次有理想主义的行为或人格出现，这卑污苟且的社会一定不能容忍；不是拳打脚踢，也总是冷嘲热讽，总要把那三闾大夫硬推入汨罗江底，他们方才放心。

我们从前是儒教国，所以从前理想人格的标准是智仁勇。现在不知道变成什么国了，但目前最普通人格的通性，明明是愚暗残忍懦怯，正得一个反面。但是真理正义是永生不灭的圣火，也许有时遭被蒙盖掩翳罢了。大多数的人一天二十四点钟的时间内，何尝没有一刹那清明之气的回复？但是谁有胆量来想他自己的想，感觉他内动的感觉，表现他正义的冲动呢？

蔡元培所以是个南边人说的“戆大”，愚不可及的一个书呆子，卑污苟且社会里的一个最不合时宜的理想者，所以他的话是没有人能懂的；他的行为是极少数人——如真有——敢表同情的；他的主张，他的理想，尤其是一盆飞旺的炭火，大家怕炙手，如何敢去抓呢？

“小人知进而不知退。”

“不忍为同流合污之苟安。”

“不合作主义。”

---

①载1923年1月28日《努力周报》第三十九期；初收1969年台湾传记文学出版社《徐志摩全集》第六辑。

② Caliban：今译凯列班，莎士比亚《暴风雨》中野性而丑怪的奴隶。

“为保持人格起见……”

“生平仅知是非公道，从不以人为单位。”

这些话有多少人能懂？有多少人敢懂？

这样的一个理想者，非失败不可；因为理想者总是失败的。若然理想胜利，那就是卑污苟且的社会政治失败——那是一个过于奢侈的希望了。

有知识有胆量能感觉的男女同志，应该认明此番风潮是个道德问题；随便彭允彝、京津各报如何淆惑，如何谣传，如何去牵涉政党，总不能掩没这风潮里面一点子理想的火星。要保全这点子小小的火星不灭，是我们的责任，是我们良心上的负担；我们应该积极同情这番拿人格头颅去撞开地狱门的精神！

曼殊斐尔[①]

这心灵深处的欢畅，
这情绪境界的壮旷：
任天堂沉沦，地狱开放，
毁不了我内府的宝藏！

——康河晚照即景

美感的记忆，是人生最可珍的产业。认识美的本能，是上帝给我们进天堂的一把秘钥。

有人的性情，例如我自己的，如以气候作喻，不但是阴晴相间，而且常有狂风暴雨，也有最艳丽蓬勃的春光。有时遭逢幻灭，引起厌世的悲观，铅般的重压在心上，比如冬令阴霾，到处冰结，莫有些微生气；那时便怀疑一切：宇宙，人生，自我，都只是幻的妄的；人情，希望，理想，也只是妄的幻的。

Ah, human nature , how,
If utterly frail thou art and vile,
If dust thou art and ashes, is thy heart so great？
If thou art noble in part,
How are thy loftiest and impulses and thoughts
By so ignoble causes kindled and put out？
“Sopra un ritratto di una bella donna.”[②]

---

①载 1923 年 5 月 10 日《小说月报》第十四卷第五号，题名《曼殊斐儿》；初收 1924 年 11 月商务印书馆《曼殊斐儿》，后收入 1927 年七月商务印书馆《曼殊斐尔小说集》，改题名为《曼殊斐尔》。采自《曼殊斐尔小说集》。曼殊斐儿：今译曼斯菲尔德（Katharine Mansfield，1888—1923），英国女作家，短篇小说大师。

②啊，人性，如果／你是脆弱与卑下的话，／如果你是尘与灰的话，为何你的心却如此伟大？／如果你部分是高尚的话，／为何你最崇高的冲动和思想／却由如此卑贱的原因引起和扑灭？／“Sopra un ritratto di una bella donna. ”（最后一行似为拉丁文，无法翻译。）

这几行是最深入的悲观派诗人理巴第（Leopardi）[1]的诗。一座荒坟的墓碑上，刻着冢中人生前美丽的肖像，激起了他这根本的疑问——若说人生是有理可寻的，何以到处只是矛盾的现象；若说美是幻的，何以引起的心灵反动能有如此之深刻，若说美是真的，何以也与常物同归腐朽？但理巴第探海灯似的智力虽则把人间种种事物虚幻的外象，一一给褫剥了，连宗教都剥成了个赤裸的梦，他却没有力量来否认美，美的创现他只能认为是神奇的；他也不能否认高洁的精神恋，虽则他不信女子也能有同样的境界。在感美感恋最纯粹的一霎那间，理巴第不能不承认是极乐天国的消息，不能不承认是生命中最宝贵的经验。所以我每次无聊到极点的时候，在层冰般严封的心河底里，突然涌起一股消融一切的热流，顷刻间消融了厌世的凝晶，消融了烦恼的苦冻：那热流便是感美感恋最纯粹的一俄顷之回忆。

To see a world in a grain of sand,
And a Heaven in a wild flower,
Hold Infinity in the palm of your hand,
And eternity in an hour ……
Auguries of Innocence：William Blake
从一颗沙里看出世界，
天堂的消息在一朵野花，
将无限存在你的掌上，
刹那间涵有无穷的边涯……

这类神秘性的感觉，当然不是普遍的经验，也不是常有的经验。凡事只讲实际的人，当然嘲讽神秘主义，当然不能相信科学可解释的神经作用，会发生科学所不能解释的神秘感觉。但世上“可为知者道不可与不知者言”的事正多著哩！

从前在十六世纪，有一次有一个意大利的牧师学者到英国乡下去，见了一大片盛开的苜蓿在阳光中竟同一湖欢舞的黄金，他只惊喜得手足无措，慌忙跪在地上，仰天祷告，感谢上帝的恩典，使他见得这样的美，这样的神景。他这样发疯似的举动，当时一定招起在旁乡下人的哗笑。我这篇要讲的经历，恐怕也有些那牧师狂喜的疯态，但我也深信读者里自有同情的人，所以我也不怕遭乡下人的笑话！

去年七月中有一天晚上，天雨地湿，我独自冒著雨在伦敦的海姆司堆特 Hampstead 问路警，问行人，在寻彭德街第十号的屋子。那就是我初次，不幸也是末次，会见曼殊斐尔——“那二十分不死的时间！”——的一晚。

我先认识麦雷君 John Middleton murry，他是 Athenaeum[2]的总主笔，诗人，著名评衡家，也是曼殊斐尔一生最后十余年间最密切的伴侣。

他和她自一九一三年起，即夫妇相处，但曼殊斐尔却始终用她到英国以后的“笔

① Leopardi：理巴第（1798—1837），意大利诗人、哲学家，以抒情诗著称，所写名篇有政治抒情诗《致意大利》、《但丁纪念诗》等。

② Athenaeum：《雅典娜神殿》，杂志名。

名"Katharine Mansfield。 她生长于纽新兰 New Zealand，原名是 Kathleen Beanchamp，是纽新兰银行经理 Sir Harold Beanchamp 的女儿。她十五年前离开了本乡，同着三个小妹子到英国，进伦敦大学皇后学院读书。她从小就以美慧著名，但身体也从小即很怯弱。她曾在德国住过，那时她写她的第一本小说"In a German Pension"[①]。大战期内她在法国的时候多。近几年她也常在瑞士、意大利及法国南部。她常住外国，就为她身体太弱，禁不得英伦雾迷雨苦的天时，麦雷为了伴她，也只得把一部分的事业放弃（"Athenaeum"之所以并入"London Nation"就为此。）跟着他安琪儿似的爱妻，寻求健康。据说可怜的曼殊斐尔战后得了肺病证明以后，医生明说她不过两三年的寿限，所以麦雷和她相处有限的光阴，真是分秒可数。多见一次夕照，多经一次朝旭，她优昙似的余荣，便也消减了如许的活力，这颇使人想起茶花女一面吐血一面纵酒恣欢时的名句：

"You know Ihave not long to live，therefore Iwill livefast！"——你知道我是活不久长的，所以我存心喝他一个痛快！

我正不知道多情的麦雷，眼看这艳丽无双的夕阳，渐渐消翳，心里"爱莫能助"的悲感，浓烈到何等田地！

但曼殊斐尔的"活他一个痛快"的方法，却不是像茶花女的纵酒恣欢，而是在文艺中努力；她像夏夜榆林中的鹃鸟，呕出缕缕的心血来制成无双的情曲，便唱到血枯音嘶，也还不忘她的责任是牺牲自己有限的精力，替自然界多增几分的美，给苦闷的人间几分艺术化精神的安慰。

她心血所凝成的便是两本小说集，一本是"Bliss"[②]，一本是去年出版的"Garden Party"[③]。凭这两部书里的二三十篇小说，她已经在英国的文学界里占了一个很稳固的位置。一般的小说只是小说，她的小说是纯粹的文学，真的艺术；平常的作者只求暂时的流行，博群众的欢迎，她却只想留下几小块"时灰"掩不暗的真晶，只要得少数知音者的赞赏。

但唯其是纯粹的文学，她的著作的光彩是深蕴于内而不是显露于外的，其趣味也须读者用心咀嚼，方能充分的理会。我承作者当面许可选译她的精品，如今她去世，我更应当珍重实行我翻译的特权，虽则我颇怀疑我自己的胜任。我的好友陈通伯他所知道的欧洲文学恐怕在北京比谁都更渊博些，他在北大教短篇小说，曾经讲过曼殊斐尔的，这很使我欢喜。他现在也答应也来选译几篇，我更要感谢他了。关于她短篇艺术的长处，我也希望通伯能有机会说一点。

现在让我讲那晚怎样的会晤曼殊斐尔。早几天我和麦雷在 Charing Cross[④]背后一家嘈杂的 A．B．C．茶店里，讨论英法文坛的状况，我乘便说起近几年中国文艺复兴的趋向，在小说里感受俄国作者的影响最深，他喜的几于跳了起来，因为他们夫妻最崇拜俄国的几位大家，他曾经特别研究过道施滔庖符斯基，著有一本"Dostoievsky： A Critical Study"[⑤]，曼殊斐尔又是私淑契诃甫（Tchekhov） 的，他们常在抱憾俄国文学始终不曾

① In a German Pension：曼斯菲尔德的短篇小说集《在德国公寓里》。

② Bliss：曼斯菲尔德的短篇小说集《幸福》。

③ Garden Party：曼斯菲尔德的短篇小说集《园会》。

④ Charing Cross：伦敦一街名，为旧书店集中的所在。

⑤ Dostoievsky：A Critical Study：《陀斯妥耶夫斯基：批评的研究》。

受英国人相当的注意，因之小说的质与式，还脱不尽维多利亚时期的 Philistinism[①]。我又乘便问起曼殊斐尔的近况，他说她一时身体颇过得去，所以此次敢伴着她回伦敦住两星期，他就给了我他们的住址，请我星期四晚上去会她和他们的朋友。

所以我会见曼殊斐尔，真算是凑巧的凑巧。星期三那天我到惠尔斯（H. G. Wells）乡里的家去了（Easten Glebe），下一天和他的夫人一同回伦敦，那天雨下得很大，我记得回寓时浑身全淋湿了。

他们在彭德街的寓处，很不容易找（伦敦寻地方总是麻烦的，我恨极了那回街曲巷的伦敦），后来居然寻着了，一家小小一楼一底的屋子，麦雷出来替我开门，我颇狼狈的拿着雨伞，还拿着一个朋友还我的几卷中国字画。进了门，我脱了雨具，他让我进右首一间屋子，我到那时为止对于曼殊斐尔只是对于一个有名的年轻女子作者的景仰与期望；至于她的"仙姿灵态"我那时绝对没有想到，我以为她只是与 Rose Macaulay[②]，Virginia Woolf[③]，Roma Wilon[④]，Venessa Bell[⑤]几位女文学家的同流人物。平常男子文学家与美术家，已经尽够怪僻，近代女子文学家更似乎故意养成怪僻的习惯，最显著的一个通习是装饰之务淡朴，务不入时，务"背女性"；头发是剪了的，又不好好的收拾，一团和糟的散在肩上；袜子永远是粗纱的；鞋上不是沾有泥就是带灰，并且大都是最难看的样式；裙子不是异样的短就是过分的长，眉目间也许有一两圈"天才的黄晕"，或是带着最可厌的美国式龟壳大眼镜，但她们的脸上却从不见脂粉的痕迹，手上装饰亦是永远没有的，至多无非是多烧了香烟的焦痕；哗笑的声音，十次有九次半盖过同座的男子；走起路来也是挺胸凸肚的，再也辨不出是夏娃的后身；开起口来大半是男子不敢出口的话：当然最喜欢讨论是 Freudian Complex[⑥]，Birth Control[⑦]，或是 George Moore[⑧]与 James Joyce[⑨]私人印行的新书，例如"A Story-teller's Holiday"[⑩]与"Ulysses"[⑪]。总之她们的全人格只是一幅妇女解放的讽刺画。（Amy Lowell[⑫]听说整天的抽大雪茄！）和这一班立意反对上帝造人的本意的"唯智的"女子在一起，当然也有许多有趣味的地方，但有时

---

① Philistinism：庸俗。

② Rose Macaulay：麦考利（1881—1958），著有小说《我的荒芜世界》、游记《他们去葡萄牙》及文学评论集、诗集等。

③ Virginia Woolf：伍尔芙（1882—1941），英国女小说家、评论家，著有长篇小说《黛洛维夫人》、《到灯塔去》等。

④ Roma Wilon：不详，疑有拼法错误。

⑤ Venessa Bell：贝尔（1879—1961），英国女画家，小说家伍尔芙之姐。

⑥ Freudian Complex：弗洛伊德情结。

⑦ Birth Control：节育。

⑧ George Moore：穆尔（1852—1933），爱尔兰小说家，主要作品有小说《埃斯特·沃特斯》和自传体小说《欢呼与告别》三部曲等。

⑨ James Joyce：乔伊斯（1882—1941），爱尔兰小说家，主要作品有《一个青年艺术家的画像》、《都柏林人》和《尤利西斯》等。

⑩ A Story-teller's Holiday：《一个小说家的假日》。

⑪ Ulysses：乔伊斯的长篇小说《尤利西斯》。

⑫ Amy Lowell：洛威尔（1874—1925），美国女作家，意象派诗歌的代表，著有诗集《彩色玻璃大厦》、《几点钟》等。

总不免感觉她们矫揉造作的痕迹过深，引起一种性的憎忌。

我当时未见曼殊斐尔以前，固然没有想她是这样一流的 Futuristic[①]，但也绝对没有梦想到她是女性的理想化。

所以我推进那门时我就盼望她——一个将近中年和蔼的妇人——笑盈盈的从壁炉前沙发上站起来和我握手问安。

但房里——一间狭长的壁炉对门的房——只见鹅黄色恬静的灯光，壁上炉架上杂色的美术的陈设和画件，几张有彩色画套的沙发围列在炉前，却没有一半个人影。麦雷让我一张椅上坐了，伴着我谈天，谈的是东方的观音和耶教的圣母，希腊的 Virgin Diana[②]，埃及的 Isis[③]，波斯的 Mithraism[④]里的 Virgin[⑤]等等之相仿佛，似乎处女的圣母是所有宗教里一个不可少的象征……我们正讲着，只听门上一声剥啄，接着进来了一位年轻的女郎，含笑着站在门口。“难道她就是曼殊斐尔——这样的年轻……”我心里在疑惑，她一头的褐色卷发，盖着一张小圆脸，眼极活泼，口也很灵动，配着一身极鲜艳的衣装——漆鞋，绿丝长袜，银红绸的上衣，酱紫的丝绒裙，——亭亭的立着，像一棵临风的郁金香。

麦雷起来替我介绍，我才知道她不是曼殊斐尔，而是屋主人，不知是密司 B—什么，我记不清了，麦雷是暂寓在她家的；她是个画家，壁上挂的画，大都是她自己的作品。她在我对面的椅子上坐了。她从炉架上取下一个小发电机似的东西拿在手里，头上又戴了一个接电话生戴的听箍，向我凑得很近的说话，我先还当是无线电的玩具，随后方知这位秀美的女郎的听觉是有缺陷的！

她正坐定，外面的门铃大响——我疑心她的门铃是特别响些。来的是我在法兰先生（Roger Fry）[⑥]家里会过的 Sydney Waterloo[⑦]，极诙谐的一位先生，有一次他从巨大的口袋里一连掏出了七八枝的烟斗，大的小的长的短的，各种颜色的，叫我们好笑。他进来就问麦雷，迦赛林[⑧]今天怎样，我竖了耳朵听他的回答。麦雷说：“她今天不下楼了，天气太坏，谁都不受用……”华德鲁先生就问他可否上楼去看她，麦说可以的。华又问了密司 B 的允许站了起来，他正要走出门，麦雷又赶过去轻轻的说：“Sydney，don’t talk too much！”[⑨]

楼上微微听得步响，W 已在迦赛林房中了。一面又来了两个客，一个短的 M 才从游希腊回来，一个轩昂的美丈夫，就是 London Nation and Athenaeum[⑩]里每周做科学文章

① Futuristic：未来主义的，未来派的。

② Virgin Diana：处女狄安娜。但狄安娜实为罗马神话中对月亮和狩猎女神的称呼，希腊神话中称为阿尔特弥斯。

③ Isis：伊希斯，古代埃及司生育和繁殖的女神。

④ Mithraism：密特拉教，流行于帝国时期的罗马密传宗教之一。

⑤ Virgin：处女。这里可能指古波斯主管河川、丰产和生育的女神阿娜希塔（Abahita）。

⑥ Roger Fry：今译弗赖（1866—1934），英国画家、美术评论家。

⑦ Sydney Waterloo：不详。

⑧ Katharine，曼斯菲尔德的名。

⑨ Sydney，don’t talk too much：锡德尼，不要谈得太多！

⑩ London Nation and Athenaeum：伦敦的《国家与雅典娜神殿》杂志。

署名S的Sullivan。M就讲他游历希腊的情形，尽背着古希腊的史迹名胜，Parnassus[①]长，Mycenae[②]短，讲个不住。S也问麦雷迦赛琳如何，麦雷说今晚不下楼，W现在楼上。过了半点钟模样，W笨重的足音下来了，S问他迦赛林倦了没有，W说："不，不像倦，可是我也说不上，我怕她累，所以我下来了。"再等一歇，S也问了麦雷的允许上楼去，麦也照样叮咛他不要让她乏了。麦问我中国的书画，我乘便就拿那晚带去的一幅赵之谦的"草书法画梅"，一幅王觉斯的草书，一幅梁山舟的行书，打开给他们看，讲了些书法大意，密司B听得高兴，手捧着她的听盘，挨近我身旁坐着。

但我那时心里却颇觉失望，因为冒着雨存心要来一会Bliss的作者，偏偏她不下楼，同时W，S，麦雷的烘云托月，又增了我对她的好奇心。我想运气不好，迦赛琳在楼上，老朋友还有进房去谈的特权，我外国人的生客，一定是没有分的了。时已十时过半了，我只得起身告别，走出房门，麦雷陪出来帮我穿雨衣。我一面穿衣，一面说我很抱歉，今晚密司曼殊斐尔不能下来，否则我是很想望会她一面的，不意麦雷竟很诚恳的说，"如其你不介意，不妨请上楼去一见。"我听了这话喜出望外，立即将雨衣脱下，跟着麦雷一步一步地走上楼梯……

上了楼梯，扣门，进房，介绍，S告辞，和M一同出房，关门，她请我坐下，我坐下，她也坐下……这么一大串繁复的手续我只觉得是像电火似的一扯过，其实我只推想应有这么些的经过，却并不曾觉到：当时只觉得一阵模糊。事后每次回想也只觉得是一阵模糊，我们平常从黑暗的街上走进一间灯烛辉煌的屋子，或是从光薄的屋子里出来骤然对着盛烈的阳光，往往觉得耀光太强，头晕目眩的，得定一定神，方能辨认眼前的事物。用英文说就是Senses overwhelmed by excessive light[③]；不仅是光，浓烈的颜色有时也有"潮没"官觉的效能。我想我那时，虽不定是被曼殊斐尔人格的烈光所潮没，她房里的灯光陈设以及她自身衣饰种种各品浓艳灿烂的颜色，已够使我不预防的神经，感觉刹那间的淆惑，那是很可理解的。

她的房给我的印象并不清切，因为她和我谈话时，不容我去认记房中的布置，我只知道房是很小，一张大床差不多就占了全房大部分的地位，壁是用画纸裱的，挂着好几幅油画大概也是主人画的。她和我同坐在床左贴壁一张沙发榻上，因为我斜倚她正坐的缘故，她似乎比我高得多（在她面前那一个不是低的，真是！）。我疑心那两盏电灯是用红色罩的，否则何以我想起那房，便联想起"红烛高烧"的景象？但背景究属不甚重要，重要的是给我最纯粹的美感的——The purest aesthetic feeling[④]——她；是使我使用上帝给我那把进天国的秘钥的——她；是使我灵魂的内府里，又增加了一部宝藏的——她。但要用不驯服的文字来描写那晚的她！不要说显示她人格的精华，就是单只忠实地表现我当时的单纯感象，恐怕就够难的了。从前一个人有一次做梦，进天堂去玩了，他异样的欢喜，明天一起身就到他朋友那里去，想描写他神妙不过的梦境。但是，他站在朋友面前，结住舌头，一个字都说不出来，因为他要说的时候，才觉得他所学的在人间适用的字句，绝对不能表现

---

① Parnassus：帕纳塞斯山，位于希腊中部，古时被认为是太阳神和文艺女神们的灵地。

② Mycenae：希腊南部古城迈锡尼，是希腊大陆青铜晚期时代文化的主要遗址。

③ Senses overwhelmed by excessive light：过强的光线使感官觉得晕眩。

④ The purest aesthetic feeling：最纯粹的美感。

他梦里所见天堂的景色，他气得从此不开口，后来抑郁而死。我此时妄想用字来活现出一个曼殊斐尔，也差不多有同样的感觉，但我却宁可冒猥渎神灵的罪，免得像那位诚实君子活活的闷死。她的打扮与她的朋友B女士相像：也是铄铿亮的漆皮鞋，闪色的绿丝袜，枣红丝绒的围裙，嫩黄薄绸的上衣，领口是尖开的，胸前挂着一串细珍珠，袖口只齐及肘弯。她的发是黑的，也同密司B一样剪短的，但她栉发的样式，却是我在欧美从没有见过的。我疑心她是有心仿效中国式，因为她的发不但纯黑，而且直而不卷，整整齐齐的一圈，前面像我们十余年前的“刘海”，梳得光滑异常；我虽则说不出所以然，但觉得她发之美也是生平所仅见。

至于她眉目口鼻之清之秀之明净，我其实不能传神于万一；仿佛你对着自然界的杰作，不论是秋水洗净的湖山，霞彩纷披的夕照，或是南洋莹澈的星空，或是艺术界的杰作，培德花芬的沁芳，南怀格纳的奥配拉，密克朗其罗的雕像，卫师德拉（Whistler）[①]或是柯罗（Corot）[②]的画；你只觉得他们整体的美，纯粹的美，完全的美，不能分析的美，可感不可说的美；你仿佛直接无碍的领会了造化最高明的意志，你在最伟大深刻的戟刺中经验了无限的欢喜，在更大的人格中解化了你的性灵。我看了曼殊斐尔像印度最纯澈的碧玉似的容貌，受着她充满了灵魂的电流的凝视，感着她最和软的春风似的神态，所得的总量我只能称之为一整个的美感。她仿佛是个透明体，你只感讶她粹极的灵澈性，却看不见一些杂质。就是她一身的艳服，如其别人穿着，也许会引起琐碎的批评，但在她身上，你只是觉得妥贴，像牡丹的绿叶，只是不可少的衬托，汤林生（H. M. Tomlingson，她生前的一个好友），以阿尔帕斯山岭万古不融的雪，来比拟她清极超俗的美，我以为很有意味的；他说：

> 曼殊斐尔以美称，然美固未足以状其真，世以可人为美，曼殊斐尔固可人矣，然何其脱尽尘寰气，一若高山琼雪，清澈重霄，其美可惊，而其凉亦可感。艳阳被雪，幻成异彩，亦明明可识，然亦似神境在远，不隶人间。曼殊斐尔肌肤明皙如纯牙，其官之秀，其目之黑，其颊之腴，其约发环整如髹，其神态之闲静，有华族粲者之明粹，而无西艳伉杰之容；其躯体尤苗约，绰如也，若明蜡之静焰，若晨星之澹妙，就语者未尝不自讶其吐息之重浊，而虑是静且澹者之且神化……

汤林生又说她锐敏的目光，似乎直接透入你的灵府深处，将你所蕴藏的秘密，一齐照澈，所以他说她有鬼气，有仙气；她对着你看，不是见你的面之表，而是见你心之底，但她却不是侦刺你的内蕴，不是有目的的搜罗，而只是同情的体贴。你在她面前，自然会感觉对她无慎密的必要；你不说她也有数，你说了她不会惊讶。她不会责备，她不会怂恿，她不会奖赞，她不会代你出什么物质利益的主意，她只是默默的听，听完了然后

① Whistler：惠斯勒（1834—1903），徐译“卫师德拉”，美国画家，提出“为艺术而艺术”的主张，对欧美画家有较大影响。

② Corot：柯罗（1796—1875），法国画家，使法国风景画从传统的历史风景画过渡到现实主义风景画的代表人物。

对你讲她自己超于善恶的见解——真理。

这一段从长期的交谊中出来深入的话，我与她仅仅一二十分钟的接近当然不会体会到，但我敢说从她神灵的目光里推测起来，这几句话不但是可能，而且是极近情的。

所以我那晚和她同坐在蓝丝绒的榻上，幽静的灯光，轻笼住她美妙的全体，我像受了催眠似的，只是痴对她神灵的妙眼，一任她利剑似的光波，妙乐似的音浪，狂潮骤雨似的向我灵府泼淹。我那时即使有自觉的感觉，也只似开茨 Keats[①]听鹃啼时的：

> My heart aches, and a drowsy numbness pains
> My sense, as though of homlock I had drunk …
> Tis not through envy of thy happy lot.
> But being too happy in thy happiness …[②]

曼殊斐尔的声音之美，又是一个 Miracle[③]。一个个音符从她脆弱的声带里颤动出来，都在我习于尘俗的耳中，启示着一种神奇的异境，仿佛蔚蓝的天空中一颗一颗的明星先后涌现。像听音乐似的，虽则明明你一生从不曾听过，但你总觉得好像曾经闻到过的，也许在梦里，也许在前生。她的，不仅引起你听觉的美感，而竟似直达你的心灵底里，抚摩你蕴而不宣的苦痛，温和你半冷半僵的希望，洗涤你窒碍性灵的俗累，增加你精神快乐的情调，仿佛凑住你灵魂的耳畔私语你平日所冥想不到的仙界消息。我便此时回想，还不禁内动感激的悲慨，几于零泪；她是去了，她的音声笑貌也似蜃彩似的一翳不再，我只能学 Aft Vogler[④]之自慰，虔信：

> Whose voice has gone forth, but each survives for the melodist when eternity affirms the conception of an hour.
> …
> Enough that he heard it once, we shall hear it by & by.[⑤]

曼殊斐尔，我前面说过，是病肺痨的，我见她时正离她死不过半年，她那晚说话时，声音稍高，肺管中便如荻管似的呼呼作响。她每句语尾收顿时，总有些气促，颧颊间便也多添一层红润，我当时听出了她肺弱的音息，便觉得切心的难过，而同时她天才的兴奋，偏是逼迫她音度的提高，音愈高，肺嘶亦更呖呖，胸间的起伏，亦隐约可辨，可怜！

---

① Keats：济慈（1795—1821），徐译“开茨”，英国浪漫主义诗人，著名作品有《夜莺颂》、《希腊古瓮》、《秋颂》等。

②“我的心在痛，困顿麻木折磨着／我的知觉，我仿佛饮了毒鸩／……／这并非我嫉妒你的好运，／而是你的快乐使我太欢欣。”引自济慈诗《夜莺颂》。

③ Miracle：奇迹。

④ Aft Vogler：不详。

⑤她的声音已经飘逝，但每个音符对作曲家来说仍存在，他会让一个小时变成永恒……只要让他听见过一次就够了，我们就会再有机会听见。

我无奈何，只得将自己的声音特别的放低，希冀她也跟着放低些。果然很应效，她也放低了不少，但不久她又似内感思想的戟刺，重复节节的高引。最后我再也不忍因我而多耗她珍贵的精力，并且也记得麦雷再三叮嘱 W 与 S 的话，就辞了出来，总计我进房至出房——她站在房口送我——不过二十分的时间。

我与她所讲的话也很有意味，但大部分是她对于英国当时最风行的几个小说家的批评——例如 Rebecca West[①]，Romer Wilson[②]，Hutchingson[③]，Swinnerton[④]，等——恐怕因为一般人不稔悉，那类简约的评语不能引起相当的兴味所以从略。麦雷自己是现在英国中年的评衡家最有学有识的一人——他去年在牛津大学讲的“The problem of style[⑤]”有人誉为安诺德（Mathew Arnold）[⑥]以后评衡界最重要的一部贡献——而他总常常推尊曼殊斐尔，说她是评衡的天才，有言必中肯的本能，所以我此刻要把她那晚随兴月旦的珠沫，略过不讲，很觉得有些可惜。她说她方才从瑞士回来，在那里和罗素夫妇寓所相距颇近，常常说起东方的好处，所以她原来对中国景仰，更一进而为爱慕的热忱。她说她最爱读 Arthur Waley[⑦]所翻的中国诗，她说那样的艺术在西方真是一个 Wonderful Revelation[⑧]，她说新近 Amy Lowell 译的很使她失望，她这里又用她爱用的短句 That’s not the thing！[⑨]她问我译过没有，她再三劝我应当试试，她以为中国诗只有中国人能译得好的。

她又问我是否也是写小说的，她又问中国顶喜欢契诃甫的那几篇，译得怎么样，此外谁最有影响。

她问我最喜欢读那几家小说，我说哈代，康德拉，她的眉稍耸了一耸笑道！

“Isn’t it！ We have to go back to the old masters for good literature——the real thing！”[⑩]

她问我回中国去打算怎么样，她希望我不进政治，她愤愤地说现代政治的世界，不论哪一国，只是一乱堆的残暴和罪恶。

后来说起她自己的著作。我说她的太是纯粹的艺术，恐怕一般人反而不认识，她说：

“That’s just it，then of course，popularity is never the thing for us.”[⑪]

我说我以后也许有机会试翻她的小说，愿意先得作者本人的许可。她很高兴地说她

---

①Rebecca West：韦斯特（1892—1983），英国小说家、评论家，作品有长篇小说《士兵归来》、《法官》等。

② Romer Wilson：不详。

③ Hutchingson：赫金森（1907—1975），英国小说家，作品有《未被遗忘的囚徒》和《继母》等。

④ Swinnerton：斯温纳顿（1884—1982），英国小说家和评论家，作品有小说《夜曲》、《戈登广场的一月》等。

⑤风格的问题。

⑥ Mathew Arnold：阿诺德（1822—1888），英国维多利亚时代的诗人和评论家，主要著作有抒情诗集《多佛海滩》、叙事诗《邵莱布和罗斯托》及论著《文化与无政府状态》等。

⑦ Arthur Waley：韦利（1889—1966），英国汉学家、汉语和日语翻译家。

⑧ Wonderful Revelation：奇妙的启示。

⑨ That’s not the thing：不是那么回事。

⑩是啊！我们必须回到过去的大师们那里，才能读到真正的好文学！

⑪ 确实如此。但流行从来不是我们追求的东西。

当然愿意，就怕她的著作不值得翻译的劳力。

她盼望我早日回欧洲，将来如到瑞士再去找她，她说怎样的爱瑞士风景，琴妮湖怎样的妩媚，我那时就仿佛在湖心柔波间与她荡舟玩景：

> "Clear, placid Leman！…
> Thy soft murmuring sounds sweet as if a sister's voice reproved.
> That I with stern delights should ever have been so moved…"[①]

我当时就满口的答应，说将来回欧一定到瑞士去访她。

末了我恐怕她已经倦了，深恨与她相见之晚，但盼望将来还有再见的机会。她送我到房门口，与我很诚挚地握别。

将近一月前我得到曼殊斐尔已经在法国的芳丹卜罗去世。这一篇文字，我早已想写出来，但始终为笔懒，延到如今，岂知如今却变了她的祭文了！

看了《黑将军》以后[②]

好的剧本，不论是希腊古代的悲剧，莫利庵的趣剧，莎士比亚的史剧，伊卜生的社会剧，都是高品的艺术。好戏要好艺员来演，要不然原著作的意义与价值与效用，就不能充分显出。出一个真诗人不容易，出一个真好戏子也不容易。戏子做得好的时候，真能在台上神化剧中的情节，真能充分的发挥剧本里应有尽有的意味，也许有时还加入他个人人格的贡献，他便是个创造的艺术家，他的演术便能独立的要求艺术的品评，他便是编剧者最深的知己。莎士比亚，我们只有一个；在台上解释莎士比亚的真艺术家也不常有，更不多有。譬如 Henry Irving[③]（欧文亨利）便是莎翁的三百年来难得的一个知己，他是戏台上的天才，人化境的艺术家。他扮海姆雷德，便是莎士比亚想像中的海姆雷德，真的活现的丹麦王子。他扮夏洛克，便是莎翁想象中的夏洛克，真的活现的犹太老。我们常听人说老谭唱碰碑，便是个真老令公，唱卖马，便是个活现潦倒的秦二爷，黄三去曹操，真是人人想像中的真阿瞒，这就是他们的扮演凭着艺术的天才能入化境，能给人一个艺术化的真的印象。老谭，杨小楼，乃至于梅兰芳，在旧戏范围之内，不能说不是很难得的艺术家。我们戏剧价值不高的理由，在于剧本材料之不高，我们至多有几个玩世不恭的狄卡唐脱的元曲字，而从没有智力无边的萧伯讷，从没有个理想高超的席勒，不要说葛德，莎士比亚，或是希腊的老前辈了。

所以我虽则不否认中国的戏剧，不论昆曲皮黄，犹之中国的音乐与画，是艺术，

---

① "清澈、平静的莱蒙湖啊！／……你那温柔的波涛声／就像姐妹的责备声那样动听，／对这种严厉我从未这样快乐与感动过。"引自拜伦诗《恰尔德·哈罗德游记》第三诗章第 85 节。

② 1923 年 4 月 3 日作；载 1923 年 4 月 11 日、12 日、13 日、14 日《晨报副刊》；1988 年 1 月陕西人民出版社《徐志摩研究资料》存目。采自《晨报副刊》。

③ Henry Irving：亨利·欧文（1838—1905），英国第一个获爵士封号的演员，一生曾扮演 300 多部戏中的 400 个不同角色。

而且有时是很精的艺术，我却不能不抱怨我国艺术范围之浅之狭。我是认定了艺术一定从真丰富的生命里自然地流出来或是强迫地榨出来的。所以我看了现在艺术的浅薄无聊，益发认定了艺术的问题，就是生命的问题。艺术与生命是互为因果的。承古圣贤的恩典，把生命的大海用礼教的大幔子障住了，却用伦常的手指，点给我们看一个平波无浪的小潭，说这就是生命的全部，这就是我们智力可以合法游泳的界限，也就是我们创造本能可以活动的边沿。结果是八股文章，姨太太，冬烘头脑，“三六”调，七律诗，……一面浅薄的生命，产生了浅薄的艺术，反过来浅薄的艺术，又限制了创造的意境，掩塞了生命强烈的冲动。

在戏剧里，不错，我们有很俏皮的趣剧，情节串插，有时我看比欧美的结构更有趣些，但如葛德说的一民族能表现天下最集中的仪式，是悲剧，我们的悲剧却在哪里？

悲剧不仅是不团圂的爱史，不仅是全台上都横满死尸的戏情，不仅是妻儿被强盗抢去的悲伤，不仅是做了一辈子老童生的凄惨；这些和相类的情节，我们可以承认都含有些悲剧的味儿，但不是艺术上的悲剧。

真粹的悲剧是表现生命本质里所蕴伏的矛盾现象冲突之艺术。心灵与肉体之冲突，理想与现实之冲突，先天的烈情与后天的责任与必要之冲突，冷酷的智力与热奋的冲动之冲突，意志与运命之冲突，这些才是真纯悲剧的材料。生活的外象只是内心的理想不完全的符号。所以真悲剧奏演的场地，不仅在事实可寻可按的外界，而是在深奥无底的人的灵府里。要使啮噬，搅扰，烧烙，撕裂，磨毁，人的灵魂的纤微之事实经过，真实地化成文字，编为戏剧，那便是艺术，那便是悲剧的艺术化。

（我并不是在下悲剧的定义，我只在略说悲剧组成的主要原则。）

一般的中国人，和平习惯成性。调和敷衍苟且习惯成性的民族，根本上就懂不得悲剧的意义与价值，因为一则他们在生活里从没有过依稀仿佛的经验，二则我们从没有出过悲剧的大诗人，从没有人曾经深入灵府里最秘奥最可怕亦最伟大的境界去探过险，回来用文艺的方法记载他希有的经验。用一山水的比喻，我们现有较为有价值的悲剧，说得最好也无非是一个西湖；小小的山，小小的水，小小的亭台楼阁；这也未尝不是精品，但有谁，除了从不曾见过世面的江浙人，敢说西湖是世上唯一的名胜，可以代表所有山水的变化。中国的艺术，也一样的，除了从没有开过眼的爱国志士，谁敢说便是人间最高的艺术，就可以代表所有艺术的深浅。我们在艺术界里，都只是看惯了西湖和城隍山的人，平常就很难想像到泰岳的庄严，阿尔伯斯的雄丽，等等。我们只能领略和风丽日，浅水清波的情味，而不能体会绝海大洋，惊浪洪涛的意趣，平常又是娇养惯了的，禁不起风险，就使有时面对着宇宙的大观，也只会瑟瑟的嚷头痛脚冷，再也不能放怀恣赏。

所以我们就是有机会遇见真伟大的艺术，我们也不会认识的；我们就是看了烈情的悲剧，我们也很难同情的。我们如其要眼界进步，如其要艺术的同情心扩大，第一个条件就在打破浅陋的成见；成见都是浅陋的，都应该打破的。

《黑将军》或《奥赛洛》便是全世间最有名的悲剧之一，作者是莎士比亚，大家知道的，但莎士比亚生前不过是个自编自演的戏子，如今何以被尊为人类历史上最伟大诗人之一；他当初在衣力剎白[1]女皇时代点火把的“露天草台”上演的，娱乐一般出三两个铜子没

[1]衣力剎白：今译伊丽莎白。

有座位站着看的群众的戏，何以现在被尊为人类的宝库里最精之一部？何以他一生事迹不传，如今千百个的学者还在聚讼他究竟是否“莎士比亚”的作者，会得是欧洲文化打底的一个大天才？我们东方与欧西交通的年数已经不少，从他们学得花样，也已经够多，但何以我们对于欧西文化的本体始终没有相当的认识，何以我们只见他们的糟粕，却从不过问他们的真精华？莎士比亚，葛德，我们至多给他们一个滥用的徽号，至多称他们为诗人，为文豪。但一般人心目中的诗人文豪，非但不能概摄他们伟大的人格，实际上是一种亵渎的比称。我们的诗人做的是什么诗，我们的文豪做的是什么文，性质、动机、艺术、造诣各各不同，如何可以并论呢？

我们了解莎士比亚的程度，（可怜！）止于“文豪”林琴南的吟边燕语，只知道了那几段故事——又只是糟粕。莎士比亚之所以为莎士比亚，其所以为最伟大的艺术家，而不仅是编故事的作者，我们根本没有知道。我们也许不敢否认莎士比亚是伟大的，但却从不认识，因为从不曾感觉，他伟大在那里。最近我们方听见有人翻了《海姆雷德》的原文，好否不论，就只翻译莎士比亚的事实已是很难得的了。

平常学校里听见也有读莎士比亚的，但最普通用的是几篇趣剧，例如 Merchant of Venice[①]，The Taming of the Shrew[②]，The Comedy of Errors[③]，etc. 而莎士比亚最当行出色的四大悲剧 Hamlet[④]，Othello[⑤]，Macbeth[⑥]，King Lear[⑦]，读的人却很少，也许为比较的难读一点。但要知道凡是值得一读的东西，决不是可以随便容易取得的：成绩与工夫总是正比例的。你若然问有知识的英国人，英文应该念什么，他总是保荐莎士比亚与米尔顿，犹之要研究中文总离不了庄子与司马迁；要知道水，总不能不研究海一样的理由。

但莎士比亚的戏，虽是文学里最颠扑不破的杰作，同时也是戏台上最颠扑不破的杰作。最好是先念了书上的戏，再看台上的戏，回来再读书上的戏，再看再读，再读再看，若然你读时认真，又有机会看好戏，那时真可以希望了解莎士比亚了。但在中国哪里有这种机会，就是偶尔学校里排演一二趣剧，其成绩至多也不过把戏里的故事讲个明白。学校里教莎士比亚的教师也不少，但如其你去问他莎士比亚的好处在哪里，恐怕十个里有九个瞪着眼说不出来，或是拿几句不着边际的套话来搪塞。

但莎士比亚是的确值得一懂的。放着最高等的文学不去研究，放着最纯粹的艺术不去寻味，倒反而费了光阴去上无聊批评家的当，讲什么主义，论什么潮流，除了标题浅识以外，什么也辨认不出，鱼目就是珍珠，珍珠就是鱼目，一样的费精力，偏喜欢咬嚼未入流的作品，这真是何苦来呢？

虽则我们很难实现政治或经济的国际主义，但文学与美术，总是人类共同的产业，文艺的国际主义是不容疑问了。人总是人，人道总是人道，制度言语习尚的区别，掩没

---

① Merchant of Venice：《威尼斯商人》，莎士比亚的剧作。

② The Taming of the Shrew：《驯悍记》，莎士比亚的剧作。

③ The Comedy of Errors：《错误的喜剧》，莎士比亚的剧作。

④ Hamlet：《哈姆莱特》，徐译“海姆雷德”，莎士比亚的著名悲剧。

⑤ Othello：《奥赛罗》，徐译“海姆雷德”，莎士比亚的著名悲剧。

⑥ Macbeth：《麦克白》，徐译“海姆雷德”，莎士比亚的著名悲剧。

⑦ King Lear：《李尔王》，徐译“海姆雷德”，莎士比亚的著名悲剧。

不了人类底公同的原则。所以莎士比亚，不仅是英国人的，莫利庵不仅是法国人的，而是各民族所共有的。英美各国这一时尽在讲李白白居易，我们却从不会认真的研究过莎士比亚与米尔顿，这不是我们甘心吃亏吗？

所以这一次我见了《奥赛洛》电影的广告，而且是德国人演的，我就很喜欢；以为到底我们可以看一次名剧了，虽则是有影无声的电戏我也去看了，而且那天是冒了雨去的。结果是一百二十分的失望。在大雨里饱受了一肚子气回家。后来愈想气愈大，所以忍不住做了这篇不整齐的文字来发泄我的气。

第一我就疑问电影可以演认真的作品。电影可以布戏台上不能布的景，可以演出复杂的情节，但因为少了声的原因，结果只可在表情做工上加倍的下工夫，往往至于“过火”。最近各国的影戏，为宣传文化起见，很起劲排演大家的名著，这趋向当然比专演谋财害命和奸捉奸的滥调，或是替国家主义的政府当宣传机关，较为有出息些。譬如史谛文孙，狄更司的小说，伊卜生的戏，最近 Joho Drinkwater[①]的《林肯》，大仲马的《三剑客》，莎士比亚的《奥赛洛》，也都上了影片。原来有版权不容易排演的戏，现在就是远东各国，也可以从电帘上“慰情聊胜无”了，这不能说不是件应该奖励的事。

但据我个人经验，影摄名作的成绩其实不能说好，有时简直支离窜变得不成东西，很少可使人满意的代表原作的身分〈份〉。譬如 Dr. Jakyl and Mr. Hyde，[②]虽则因为 John Barrymore[③]（美国最有名的艺员）的缘故还可以看得，但原书似是似非引人入胜的好处，全让影片只能明写不能暗表的缺陷把西洋镜开头就拆破了。再譬如伊卜生的《娜拉》(Nora）全剧最精彩的一段，就在末了突如其来的二段“正经话”，康白尔夫人（Mrs Patrick Campbell）[④]演此剧之所以得名，正在她能充分的解释那段话的力量与意义，她体会入微谈话的音节便是魔力，不但剧中的丈夫不知所答，就是看戏人的心里，也只是充满了最强烈的同情。最后楼下嘭的一声门响——她真去了！——更是在书成了飞得起的龙上，点了一点神极灵极的睛。但在影片上，那段精神贯注的谈话，只变了三两节札出来的说明，那门也关而不响，结果全剧的神韵就乏。再譬如大仲马的《三剑客》。本是一篇很有历史价值的小说，一上影片我们却已见一个外江派武生的 Douglas Fairbanks[⑤]乱冲乱跳，再也看不出一些大仲马的手笔与文学的结构；原来高等的艺术如今一变而为全武行的一个大玩笑。又如 George Meredith[⑥]的 Diana of the Crossways[⑦]更演得荒谬不成话了。

---

①John Drinkwater：德林克沃特（1882—1937），英国诗人、剧作家和评论家。

②Dr. Jakyl and Mr. Hyde：《杰古尔博士与海德先生》。

③John Barrymore：巴里莫尔（1882—1942），著名美国演员，巴里莫尔戏剧世家成员，曾成功塑造莎士比亚戏剧角色理查三世和哈姆雷特。

④Mrs Patrick Campbell：今译坎贝尔夫人（1865—1940），曾扮演莎士比亚、易卜生、萧伯纳等的剧作中的重要角色。

⑤Douglas Fairbanks：范朋克（1883—1938），美国电影演员、制片人，主演过《三剑客》、《罗宾汉》和《驯悍记》等影片。

⑥George Meredith：梅瑞狄斯（1828—1909），英国小说家、诗人，主要作品有长篇小说《利己主义者》、诗作《现代爱情》等。

⑦Diana of the Crossways：《克劳斯威的黛安娜》，英国作家 G. 梅瑞狄斯（1828—1909）的小说。

大概原作的意义愈深，结构的艺术愈精，电影公司也就愈没有办法。

概括说起来，电影演名著所以失败的原因，有下列几种：

一、作品多避直写明写，电影却不能不直白地叙述——原作结构的匠心因之掩没。

二、电影急于将故事说明（看客只求浅而易见），致使应详处裁略，应略处衍长。

三、戏剧止是声色：电影无色尚可以想像会意，但哑巴的影子，终是无法补救的缺陷。

四、电影总是贸利主义，只是迎合群众；群众只是庸俗，懂不得艺术；所以娱乐他们的片子，无论原作如何有价值，总只是文艺的骸骨，不是精华。

假如电影所演止于黄金岛鲁滨孙一类片子，即使不甚满意，总还不至于大谬不然。但他们有时竟来尝试最难讨好的真名著，例如《奥赛洛》，又不经相当的批评与校按，结果一定是大糟而特糟。承认了电影有限的可能性，单是减损原作的光彩我们可以原谅；单是变换结构，也可以原谅；不能充分发挥原作的本旨，也可以原谅；但如为缺乏相当知识与判力而不能了解，甚至于误解原作的意义，却只为投机贸利起见，勉强排演，结果只是亵渎了作者，糟蹋了作品，欺哄了不识不知的群众——那我们为维持文艺尊严起见，决不能随便照准。这次开明演的《黑将军》便是件应受裁判的罪案。那一班蠢德国人简直亵渎了莎士比亚，糟蹋了《奥赛洛》,还给了急于看莎士比亚名剧的学生们，一个最背谬的印象，全让冤了！

我现在先把那影片所给我们的印象，简单的说一说，然后希望把那原剧的本意乘便一讲。但我最高的希望却在引起读者对于莎士比亚原著的兴趣，自己去仔细的研究，再来印证我这篇里粗简的批评。

《奥赛洛》里的主角除了奥赛洛，就只Iago（挨各），我们看了《黑将军》以后，对于这两主角所得的印象大概如此：

奥赛洛像今非洲的黑人（其实并不是），长得又丑又蠢，看中了代思代蒙娜（Desdemona），硬把她抢了去成婚，引起了挨各的妒忌，做成圈套想把他们一起害死。

奥赛洛，照影片上看来，只是个蠢物，残忍，轻信，莽撞。他扼死代思代蒙娜，只使我们联想起近年来的“大帅”们，一样的蠢，一样的丑，一样的残忍莽撞，仿佛他们的三妻四妾中有了外遇的嫌疑，他们再也不问个仔细，一把拿人来挤死了再说。

挨各像个神通广大闹天宫的猴子，东跳西窜，上自奥赛洛下至那可怜的罗特立各（Roderigo），都是他掌心里的泥丸，随他任意的抛掷。

全剧的印象，只是个“不真”。原来是庄严的悲剧，如今却变成了流血的谐剧，原来奥赛洛是主人公，为全剧的中心，如今却只见捣乱的挨各——如其罗特立各是人——可怜的傻子（a pitiable fool），奥赛洛看来只是他堂房的弟兄，只是个大傻子（a huge fool）。

全剧只是原作的滑稽化，悲剧的意味与价值全没有了。统看起来，除了那片子里的奇蠢的德国人本不配演莎士比亚以外，还有几个排演上的大错误。

（一）原剧的情节程序窜改得太不成样子。

（二）为招引看客的好笑，把不重要的部分任意拉长，穿插了许多无意识的开玩笑（譬如罗特立各躲在酒桶里），再加之全剧精彩所在不能充分表现，致使剧情失其平衡，悲剧演成玩笑剧。

关于窜改剧情，我此地只能约略的指出几点。

第一幕黑将军朝见是添出来的，并且奥赛洛与代思代蒙娜并不是那样粗促的会面，那样的强抢。

奥赛洛非但与代思代蒙娜早已相识，并且也很为她父亲所爱，常请到家去讲他一生非常的事业，倒是代思代蒙娜崇拜英雄倾心相许，这是她自己的话：

> I saw Othello's visage in his mind,
> And to his honors and his valiant parts
> Did I my soul and fotunes consecrate
> …
>
> 原文 Act I Scene 3[①]

还有奥赛洛的那篇慷慨的演说"Her father love thee[②]…"以及 Act Ⅲ Sc3[③]的话都证明他们是两情相得的自由结婚。而电影公司单凭罗特立各妒疯了的话，编作半路强抢，真是荒谬。若然代思代蒙娜，照影片所演，只在朝会时和他见一面，又被他强抢了去，就肯心悦诚服的和他结婚，那不是太不近情理了？假使事实是如此，代思代蒙娜便是个没有品格的女子。而原剧的本意，正在他们相互情爱之真，不但奥赛洛真的爱她，她也最诚挚的爱他，但看她受了无端的委曲，还是绝无丝毫怨艾（参看 Act Ⅳ Sc2）[④]。唯其两面的情都是真而且纯的，所以因奸人播弄而发生的悲剧，方是真而且纯的悲剧，方能从恐怖与怜悯的情绪里引起想像的同情。

第二个任意窜改的例，就是那块手帕的轇輵。手帕是造成这悲剧很重要的一个关键；从前十七世纪有个批评莎士比亚的人 Thomas Rymer[⑤]，他嘲笑奥赛洛这戏，说只是出"手帕的悲剧"（Tragedy of the handkerchief）。奥赛洛在先听了挨各的谮讽，总只是将信将疑的，后来他亲眼看见他给代思代蒙娜的那块手帕在喀西乌（Cassio）手里，——一个亲眼看见的铁证——方才认真的怀疑他妻子的靠不住。莎士比亚借用这手帕的关键，明知道是抄一条戏剧上必要（drametic neces sity）的险路，所以他聚精会神一步步很当心的走，方才勉强走通了。我现在把原文里的程序说一说。

代思代蒙娜受了她丈夫给她的定情帕以后，一天到晚只放在她自己身上，并不是像影片里的随便放在衣箱里，让阿米拉（Emilia） 去掌管。参看原文第三幕第三景阿米拉的话：

Emil：I am glad I have found this napkin；… But she so loves the token.

---

①"我先认识他那颗心，然后认识他那奇伟的仪表；我已经把我的灵魂和命运一起呈献给他了。"（原文第一幕第三场）——朱生豪译

②她的父亲爱你。

③第三幕第三场。

④第四幕第二场。

⑤ Thomas Rymer：赖默（1641—1713），英国新古典主义文学评论家。

That she reserves it evermore about her,
To kiss and talk to …[①]

后来她为拿出那帕子来替奥赛洛裹头痛，无意中掉落了，方才被阿米拉拾得的（第三幕第三景），电影里却把这段删了而改为阿米拉整理衣箱时挨各突然来抢去此帕。

再下去电影里改得更离奇了。奥赛洛妒昏了在做梦，滚下床来，神志昏瞀时，挨各进来拿出那帕子替他揩汗，故意让他看见诘问，他就说是从喀西乌处拾得的。

这一段情节完全是电影公司的，不是莎士比亚的。照原文是挨各从他的妻阿米拉（电影里作为代思代蒙娜的侍婢，又不说明是挨各的妻，皆谬）那里抢得了那块帕子，他就放在喀西乌的房里使他拾得。后来喀西乌拿拾得的帕子交给他相识的一个女人 Bianca[②]——电影里不曾露面——叫她照样做一块。挨各一面先对奥赛洛说他见那块手帕在喀西乌那里，一面又设法叫奥赛洛偷听他自己和喀西乌的谈话。他对着喀西乌，就提起他的女人皮恩加，却只是隐隐吐吐的使躲着的奥赛洛听了以为所讲的就是他的妻子代思代蒙娜。一面他正听得愤火中烧，又见皮恩加进来手里拿着那块帕子，硬说是喀西乌新情人的赠品，不肯照样仿做。

奥赛洛亲耳听得，亲眼看到了代思代蒙娜不忠的证据，方才完全中了挨各的诬毒，立定主意杀人泄愤。他原来并不是疑妒成性的人，代思代蒙娜再三替他辩，挨各也明知道，他自己临死也说：

…One not easily jealous，but，being wrought，perplexed in the extreme …[③]

挨各所以层云累雾的布了好几重迷阵，方才把这 Constant，noble，loving nature[④]的性灵抹杀，却惹起了他无明的妒焰仇火。所以第三幕挨各进谮的一幕，要有真好艺员演奥赛洛时——例如以演奥赛洛最著名的意大利人 Salvlui，或是现在伦敦的 Matheson Lang——那时我们方能充分的佩服莎翁出神入化的匠心艺术，不仅从他灵魂底里发出来烈情的大爆动，就是因挨各极巧的浸润所引起内心的波折澜纹，也一一在他的神情声容里极细微地表出。海慈立德（William Hazlitt）[⑤]是最大莎士比亚评衡家之一，他的话真值得一听：

“奥赛洛的本性是高尚，坦率，温和，大量的；但他也是个烈性人，他的血可以滚沸到极点；所以他只要相信自己受了欺，他就火山爆裂似的再也没有顾虑，只是用极端的办法来发泄他的恚愤。涉士比亚的艺才，在于将这原来坦率高尚的本性，经迅疾而亦渐进的过渡，转入无有退步的极端，从琐细的事实里急渐直上的引起猖獗的暴情，描画灵府里爱

①“我很高兴我拾到了这方手帕；……她非常喜欢这玩意儿，……她随时带在身边，一个人的时候就拿出来把它亲吻，对它说话。”——朱生豪译

② Bianca：比恩卡，《奥赛罗》中人物。

③“一个不容易发生嫉妒的人，可是一旦被人煽动以后，就会糊涂到极点。”——朱生豪译

④忠贞、高尚、仁爱的天性。

⑤ William Hazlitt：今译赫兹列特（1778—1830），英国作家、评论家。

与恨最深刻的冲突，慈和与愤怨，嫉妒与怜悯的冲突，展露人性中的强点与弱点，揉合高粹的思想与骤遭奇祸的痛感，解放心府里潜伏着的种种强烈的冲动，把他们一起和杂在那深刻高尚烈情的狂澜之中，猖獗而庄严，‘滔滔的前涌直抵泼洛彭敌克，更没有退潮的预兆’，莎士比亚的天才，他总摄人的心灵之天才与势力，在这一段里可算最踌躇满志的施展了。他不仅单独的写出品性与烈情，他难能的地方在于并合品性的研究与烈情的表现，在于用最高粹的艺术，调和自然的外象与深奥的内工，惨酷痛苦剧烈的表情与强自抑制忍痛的痕迹……”

但电影里差不多把这最吃紧的一幕，整体的删了（也许其实因为电影没有法子做），结果看客所得的印象与原作的本意却得一个相反。

因为莎士比亚构成这悲剧背景的匠心，一起让抹煞了，我们当然既看不出奥赛洛那品格之伟大高尚，只能断定他是个莽撞轻信的大傻瓜；既看不出这悲剧造成逐步逼紧，不可免的原则，当然不能感觉这悲剧所表现的情绪之真；既没有受深切的感动，当然只觉得处处漏洞的穿插之可笑；既看不出剧之所以为悲的实在，当然只能看作一出大流血的玩笑剧。

总之全剧被删改得几于不可认识原有的精神不必说，就是情节的脉络也被生生的割残，这分明不是莎士比亚而他们偏要利用莎士比亚之名来骗我们的时间与钱，岂不是诈欺取财，应受刑事审判？

这类贸利投机的片子，本来不值得使着大劲来批评，但为借此机会许可以引起一部分认真爱文艺的人研究莎士比亚的杰作，我也就不厌烦琐，零零碎碎的说上了一大篇。我原来想乘便把这戏里的几个人物，分析的研究一下，但转想念过原文的人已经不多，对于莎士比亚戏剧的艺术有特别兴趣的人更少，恐怕详细的研究只是劳而无功的事业，且等下次再适当些的机会罢。

四月三日

得林克华德的《林肯》①

本月二十四那天晚上霍路会（W. E. Holloway②）的剧团在平安演《林肯》。

那晚看客里中国人颇不少，楼下有梅姚和他们的侍从，楼上有新剧家陈大悲，大悲看得乐疯了，口里不住的遏着气，嚷好，忘情之极，甚至使劲的踢脚，踢得他前排看客的腰背都痛了！我独自靠在楼阑上，一面看戏，一面看看戏的人，心想今天的好戏有这几位新旧剧大家赏识总算不虚演的了，同时看了戏里的林肯又想起“我们的政治家”他们一样的在忙什么南北问题，一样的在主张什么统一，放着这样高明前辈的教训不来请教，倒在忙什么退还不信任案，岂不可怜。

此次霍路会剧团来京，演的又是认真的戏，很是个难得的机会，《晨报》上又有胡适之先生的特别广告，我以为好艺若渴的新青年们一定蜂涌而去的了，岂知事实上几乎

---

①1923年4月29日作；载1923年5月3日、5日、6日、7日《晨报副刊》。采自《晨报副刊》。
②W. E. Holloway：生平不详。

绝无学生的踪迹。第二天演 Pinero[①]的 The Second Mrs. Tanqueray[②]我在那里，中国人到的不满十数，连翻译那戏的大悲先生都没有到。《林肯》那晚中国人多些，但据我所知除了女子师范有两位学生在场以外，北大高师美专戏剧诸大学校的学生，连单个的总代表都没有。我真觉得奇怪，后来我和通伯谈了，他说学生嫌戏价太贵。不错，表面看来戏价似乎是贵些。但凭着良心讲，这样远道来的剧团演这样认真的戏，要你三两块钱的戏价，只要演的过得去，你能说太贵吗？梅兰芳卖一圆二毛，外加看座茶钱小账，最无聊的坤角也要卖到八毛一块钱，贾波林的滑稽戏电影也要卖到一块多——谁都不怨价贵，每演总是满座而且各大学的学生都是最忠诚的主顾。偏是真艺术真戏剧的《林肯》，便值不得两块钱，你们就嫌贵，我真懂不得这是什么打算！

看坤剧只是煽动私欲的内焰，看旧剧只是封锁艺术的觉悟，就是看男女两“芳”的杰作，所得至多也不过极浅薄的官快。但是真纯艺术——戏剧亦艺术之一——最高的效用，在于扩大净化人道与同情，戟动，解放心灵中潜伏的天才，赋与最醇澈的美感，使于生命自觉中得一新境界，于人生观中得一新意趣。能负这样的使命者只有美的实现，实现美的艺术。艺术的美是一架三角的分光镜，我们在晶棱里看出分析了的自然与人生，复杂的变成单纯，事物解脱了迷离的外象，只呈露着赤裸的本体，善恶真伪平常不易捉摸的精灵，都被美的神光分明地照出。

古今来不知有多少文学美术的天才，从舞台上得到他们初度的感悟与戟刺！莎士比亚自己就是从戏台上混出来的。莎士比亚的戏不知曾经神感了多少伟大艺剧，真是那一个近代的戏剧家不曾到莎翁的清泉去饮濯过，那一个英国的大文学家不曾从英译的约书里探得真文学的消息？我想严又陵当时若然能屯出些工大来翻译莎士比亚或是希腊的古剧，若然四五十年来就有适当的人着手介绍适当的文艺，我们今日的舞台决不至寂寞如此，我们文艺家的创作，也不至幼稚如此。提高标准，拿出真好的榜样来，是我以为今日文艺界所须要的事业。阳光一出，烛燃的微芒当然消翳，典型一定，既可杜绝侥幸投机的心理，又可将新时期芽吐的天才引上纯正的法轨，使不至如今日之纷窜自毁。

得林克华德的《林肯》，便是近代作品中之可为法典者，是真纯的艺剧，我们只怕寻不出相当的文字来赞扬，不怕他的杰作当不起我们的颂美。

（我此次看了以后下一天去平安问讯，可否专为学界再演一次，但该剧团已离京他去，真太可惜了。我想下次若再有此类机会时，负有介绍责任的人应得想法子预为有力的提倡，免得再有遗憾。乘便我可以报告不久有大手琴家克拉士勒 Kreisler 来京，他是近代有数的音乐大天才，爱真音乐的人，千万不可错过这最最难得的好机会。就是你们耗费了半月的薪水去听他一度的弦琴，结果还是你便宜的。）

我现在想略略的讲《林肯》那戏好在哪里，你们愿意补苴的，也还来得及，琉璃厂商务书馆还有二三十册原文的剧本，是美国版，印得也还不讨厌，你们爱文学的应该花这两块二毛五分钱，买一册回家看去，值得一花的，如其你们相信我的话。

得林克华德（John Drinkwater）是现代英国有名诗人之一，他写的三剧——Mary

---

① Pinero：平内罗（1855—1934），英国演员、戏剧家，主要作品有闹剧《花花公子迪克》和问题剧《坦克瑞的续弦夫人》等。

② The Second Mrs. Tanqueray：《坦克瑞的续弦夫人》。

Stuart[①]，Oliver Cromwell[②]，Abraham Lincoln.[③]——都可算是历史戏（Chronicle Play）。他的《林肯》是近代戏剧中稀有的成功，不但英美，就是欧陆诸国也都排演，一般的受非常的欢迎。伦敦的《林肯》，振兴了一个偏僻的 Hammersmith Lyric Theatre[④]。也复兴了一个久晦的 Lyceum[⑤]，连演了两足年，真是上自王家，下至庶民，没有一个人看了不称许。普通看戏消遣的人看了满意，最严格的批评家看了也赞美，我们所以要研究他成功的秘密在那里。

历史戏在英国文学里自从莎士比亚以来，几于成为绝调。原因第一在于风尚之变迁，第二也为历史戏取材剪裁之不易。我的好友狄更生先生（G. Jowes Dickinson）[⑥]早年曾经有志继续莎士比亚的衣钵，想写历史戏，目的在于以哲学的精神解释，以诗剧的乐音美化，历史上重大的关节。所以他最早的文学贡献就是一篇历史诗剧，叫做“From King to King”[⑦]剧情就是十七世纪的英国革命格林威尔的事略，文字结构都是上乘，可惜那时评衡界不曾注意，没有相当的奖励，狄更生因之没有继续他的尝试，如今说起，他自己也觉得很可惜的。后来老当益壮的汤麦司哈代印行了他那骇人的大诗剧 The Dynasts[⑧]，剧情是拿破仑的历史，满充了活力的一篇杰作，就可惜太复杂了，始终没有人尝试排演过。

所以得林克华德历史剧的大成功，很引起一班人的研究。我先把他的两剧的特色说一说。

欧洲自从伊卜生以下，舞台上见的只是社会剧。社会剧的动机不是金钱就是男女。性的问题永远是欧洲文艺家摆脱不了的 Obsession[⑨]。

恋爱——神秘的恋爱，理想的恋爱，“深铁门独儿”的恋爱，寝室里的恋爱，田场里的恋爱，种种浪漫的不规则的反常的恋爱——恋爱，恋爱，永远是恋爱。固然男女是文艺的一个大动机，但东方人冷静惯的头脑，到西方去不论进画馆，进戏馆，进酒馆，进公园，闻到的只是热烘烘的性臭（Sexual Smell），见到的只是耀眼的性彩（Sexual Color），听到的只是令人肉爬的“性话”，真可以把人的神智都“性”昏了。得林克华德的克林威尔与林肯却是个例外，他是第一个慈悲的西方文学家，居然给了我们没有性味儿的高等作品，我们看他的著作，仿佛从烟蒸气闷的饭馆里步入风清草香的园子里，空气里有的只是补益的原素。我们尽可放胆的呼吸了。

所以他的第一特点就在脱离性味与铜臭。第二个特点是剧情结构之简单爽快。得林克华德是知道怎样服从典型的一个人，他并不是盲目守旧，他是知道从法律里实现自由

① Mary Stuart：《玛丽·斯图亚特》。

② Oliver Cromwell：《奥利弗·克伦威尔》。

③ Abraham Lincoln：《亚伯拉罕·林肯》

④ Hammersmith Lyric Theatre：海默斯密斯歌剧院。

⑤ Lyceum：兰心剧院，位于英国伦敦。

⑥ G. Jowes Dickinson：徐志摩在英国的朋友，剑桥大学教授，著有《一个中国人的通信》、《一个现代聚餐谈话》等。

⑦ From King to King：《从国王到国王》。

⑧ The Dynasts：《列王》。

⑨ Obsession：强迫观念，困扰人的东西。

的秘诀。他的布局，他的章法，他的文笔，都一承古典文学的家法——单纯，切题，一贯，明了，集中，廉净。他仿佛是在雕刻石像，应用力处用力，应不着力处不着力，目的只在写出一个单纯的概念，谱出整体一贯的韵节。我们看惯了近代社会剧结构之复杂，情节之生凑与不自然，好容易得到了这样轮廓清明意旨澄澈的作品，·正如我此时坐在雾天写这篇文字，一庭只是极暖的阳光，蹇先生看我写热了，吩咐打水浇花，一时间水龙喷处产生了满院的清凉，满心的快爽。

高品的艺术往往借单纯的外形，阐显深奥的内境，线索分明的结构却蕴涵着探讨不尽的意义。林肯那戏，看来似乎一笔直写，从选举直到被刺，仅仅就事言事，不易看出作者的匠心。其实直写而不陷于弱，明写不流于浅，文字自简易而笔力因简而愈著，像白纸写黑字点画分明，这就是作者的成功。我们但看古希腊的造像与建筑，自会领悟单纯艺式之价值与意趣。

《林肯》是一篇历史戏，但他的效用决不仅在写出历史。我们要知道《林肯》是艺术。艺术的目的在于实现美和美的实现里所阐明的真。这就是林肯的作者的目的。他的取材——例如英国革命与美国南北战争——是偶然的，他主意在于用艺术的方法来实现历史之真与人格之真，精神胜利之真。所以真艺术之可爱犹之钻石纯晶之可爱，譬之一颗猫儿眼宝石，骤看只是乳青的晶体，但如放在阳光中仔细审睇时，因折光之妙变，有人看来是三月麦田的新绿，又一人看来是火焰似的红锦。历史学生看了《林肯》，我想他在这三点钟内之所得，远胜于课室内年月研究的结果，因为史乘所载只是历史的骸骨而艺术所示是一时代最集中的精神，一是死的，描写的，一是想像的，有创造生命的。崇拜英雄的人看了《林肯》，也是十二分的满意，也许在这艺术所创造的人格中，得到最强烈的神感。研究政治的人看了《林肯》，也可以领悟人类历史内蕴的消息，历史不仅是盲目的物质势力的游戏场，而是超于物质势力的理想与意志所创造的成绩。这戏尤其是我们中国的所谓政治家的对症妙药，是一架政治家的照形镜，孙文一班人来照时只见一堆自大的私欲，黎元洪一班人来照时只见一篓无用的肥肉或一堆破碎的烂布，一班学者的政客来照时，只见几只烂泥里污住臃肿的螃蟹……只要他们还有一点子可以为善的天良，他们若然看了这戏一定满身流着臭汗，也许经了这一度道德的蒸发，他们以后的臭味不至像过去与现在的难堪。

但这是题外的话。《林肯》那戏真精神真价值之所在，就在他的艺术，我们评衡他也只能当作艺品评衡而不应夹人历史的研究或道德的动机。我们看他的戏也只有取赏鉴艺术的观点，方能充分的体会作者的深心，和他运用史材之灵妙。

所以得林克华德写《林肯》，只是解决了一个艺术的问题，戏的价值也就在他独有的艺术创造力，其余的好处虽有，却只是附属的。我现在想把林肯之所以为艺术的问题，分析研究，然后再审案得林克华德解决的方法。

历史譬同一条伟大的河流，他所经过的地域有高原，有平原，有谷地，有滩险，因之河流的外象就有平易与湍急，直泻与缓进，又因天时的作用，在形势奇特的所在产生波涛的壮观，汹涌的大乐。史流的进行也是不一致的。历史只是人类心力的外现，有时和缓平易，有时激成伟大的起伏，那便是历史的关键。论支配史流方向的元素，我们固然不能否认物质的势力，但我们尤不能否认伟大人格的动力，不能不承认自由意志占有重要的位置。

个人临到危险关头，方才显出他全人格最集中的能耐，历史也要临到转变的大关键，方能显出人类最集中努力的境界。艺术家的责任就在体验变化的消息，用适当的艺式，活现已往的精神。

这种时期，比较的是很稀有的，法国革命是一例，俄国革命也是一例，美国的南北战争也是一例。

南北战争前的情形，可以很简单的说明。南方用奴，北方反对，南方因此有脱离的联邦倾向。林肯的主张也很简单，第一是无条件的拥护宪法（！），第二是放奴。护宪就是不让南方独立。但事实上南方对于用奴是不肯让步，他们宁可牺牲宪法，不肯解放黑奴。结果是不可免的冲突。林肯就毅然的下决心，我是决不调和的，统一是不容破坏的，黑奴是一定要解放的，如其流血不可免，战争不可免，只有准备流血，准备战争。当时北方的舆论对于林肯的主张是疑信参半，他们懂得他政治的主义，但不能参有他坚确的信仰。群众临到危险总是踌躇的，怕牺牲的。林肯的内阁更不一致了，非但背地怀疑他的，就是明白地反对他的尽有。林肯的地位所以是孤独的，犹之他的理想是孤独的。但他强烈的正谊的冲动，和他政治的天才，在他不曾接受共和党总统候补以前还是农夫的时代，早已使他预见不可免的战争与不可免的胜利。林肯的人格只是个最高道德的象征，他所以是个理想的政治家，他胸中只是慈悲正谊〈义〉的圣火，他所以结果能战胜环境，实现理想，创造历史，也只是他人格的胜利。

这是林肯政治的人格，但为满足艺术的要求，单是描写在政治上抗世无畏的精神，还是画像只画了半幅，不完全的。林肯不但是理想的政治家，他也是历史上有数的几个伟人之一，我们同时能敬之如神，也能爱之如亲。他的乡人都叫他做 Father Abraham（亚爹），我以为这个称谓，最可以表现林肯只是慈爱肫挚的印象。他是个农夫出身，强健，粗鲁，一辈子不曾受过学校训练，勤劳，耐苦，落拓，仁慈，有灵敏的感觉性与广博的同情心，嫉恶如仇，见定了是非便绝对的不让步，慷慨，随时能掏出自己的心肝来给人看，……这是林肯品性的大概，得林克华德的问题就在怎样在三四幕的戏里，使看的人能得到一个他全人格准确的印象，怎样去选择他一生事实，使组成一篇艺术的结构，怎样用美的方式来实现“真”。我们来看。

在研究这出戏，我自喜以为得到了一个发现。我自以为得到为研究作者艺术的一个线索，寻出了他的“Motif”[①]。关于林肯传记的文学不少，然我以为林肯最确当真切的估计是出之于最富于真知灼见的一位大诗人之口。这诗人也是他最密切的朋友，就是惠特曼（Walt Whitman）[②]，他给他的四个单字，在我的心版印了一个不灭的意象——“This large and sweet soul.”翻出来约略是“这个博大而柔和的灵魂”，但不如原文的深切动人。

宽泛的说，博大二字可以概括林肯的政治人格，他的见解，他的主持正谊，他的山岳似的尊严与固定；柔和二字可以概括他私人的品性，对人对家对敌的态度。

我以为博大与柔和就是林肯那戏每幕中潜在的两大“动机”（motif）。得林克华

① Motif：主题，中心思想。

② Walt Whitman：惠特曼（1802—1847），美国诗人，作品有《草叶集》、《桴鼓集》等。

德选材的标准（艺术只是材料的取舍）就在实现一个博大与柔和两特点所构成的稀有人格。只看他那戏可称是林肯的独脚戏，所有的配角与穿插，只是烘托的云彩。随意引一两个例证。第一幕他两个乡友的对谈，他们对于 Abraham[①]的信心与爱感，他对他们态度之和蔼；他夫人逼他买新帽子的家常谐话，他夫人对他的信与爱，他自视之谦抑；都是写他的柔和，而柔和中尤见他本怀之磊落浩大。他对代表团的演说，骤如泻瀑，热如盛焰，仿佛他政治天才的双眼直望到五年后天未黎明李将军求和顺服时的情景，也料到他任期内所遭逢的种种阻力与困难，他的道德的烈情与统盖力（Moral passion and Domination），正如夏日的层云骤雨不可抵御的掩塞了大空；但他的气概磅礴处也正是他真情流露处，博大中露柔和，柔和中见博大，这就是他人格的特彩。

又如第三幕他对付 Mrs Otherly[②]与 Mrs Biow[③]的两种态度，也只是第一幕变样的写法。他对奥色莱夫人——一个诚恪的妇人，她本性就恨战争，又加之她爱儿从战而死的悲伤——是何等的同情，何等的恳切解导，何等的忧人之忧，何等的自艾战争之不得已，只是仁心慈意，只是倾吐一胸浩瀚的人道；他回头对白露夫人的一番教训，骂尽了战时一般不负责任幸灾乐祸的心理，义愤溢涌的泻出，字字只是真纯的血泪，我们听他悲哽的演说时那一个不情愿化入他伟大的音波，化入他伟大的心搏，化入他道德的神明。这又是博大与柔和并写的匠心。

此外几于幕幕有同样艺迹之可寻，他的苏三（Susan），他的 Douglas[④]，他的“Slanney”[⑤]都是衬出他博大中的柔和；他的对付阁员，纯用全人格奋斗，走险路取胜，而又无往不披心见胆，无往不声泪俱下，应敌对友，只是一体的纯正坦白；全剧中无一赘语，无一赘景，我们只见我们的作者集中了心力，一笔有一笔的分称，一字有一字的价值，最后的成绩是一个实现的《林肯》，艺术里实现的一个博大柔和的人格。

我想我已经讲够了，你们爱文学爱艺术的得了我一点子介绍，一定可以从原文里得到更深切的领会。我前面说的，真高品的艺术，决不是一人的口，甚至一时期的评鉴力，所能说得尽的。各人有各人的看法，一时期有一时期的看法，艺术有永久的继续的创造性，这是艺术的价值，也是艺术的神秘性。太阳光的创造力一天不枯竭，我们的莎士比亚与密仡郎其罗与贝德花芬的创造力，也就一天的不止息。我们即不能做创造的艺术家，至少也应得做创造的赏鉴艺术家，创造是最高的快乐。

至于那晚平安的演戏，应受我们极诚意的赞美。霍路会先生的《林肯》，真是十二分的卖力气，也许有时稍为过火一点，但我们当然不能以 Wren[⑥]或 John Barrymore 来比称。我尤其要赞美 Miss Cherry Hardy[⑦]的 Chronicler[⑧]，她为那戏生色不少，她的充满感觉性

① Abraham：亚伯拉罕，林肯的名。

② Mrs Otherly：即下文所说的奥色莱夫人。

③ Mrs Biow：即下文所说的白露夫人。

④ Douglas：道格拉斯，《林肯》一剧中的人物。

⑤ Slanney：斯兰尼，《林肯》一剧中的人物。

⑥ Wren：莱恩，生平不详。

⑦ Miss Cherry Hardy：切莉·哈迪小姐，生平不详。

⑧ Chronicler：编年史家。

的声音与优美的音节，很表出原诗的情感与思想，我个人可说受她朗诵的感动更深于受演剧的感动。最后一幕布景太差，做亦较弱，但我们看到戏的人我想一定很感谢霍路会剧团给我们这样珍贵的机会。

四月二十九日

坏诗，假诗，形似诗①

到底什么是诗，谁都想来答复，谁都不曾有满意的答复。诗是人天间基本现象之一，同美或恋爱一样，不容分析，不能以一定义来概括的，近来有人想用科学方法来研究诗，就是研究比量诗的尺度、音节、字句，想归纳出做好诗的定律，揭破历代诗人家传的秘密；犹之有人也用科学方法来研究恋爱，记载在恋中人早晚的热度，心搏的缓急，他的私语，他的梦话等等，想勘破恋爱现象的真理。这都是人们有剩余能耐时有趣味的尝试，但我们却不敢过分佩服科学万能的自大心。西洋镜从镜口里望过去，有好风景，有活现的动物世界，有繁华的跳舞会，有科学天才的孩子们揎拳掳臂的不信影子会动，一下子把镜匣拆了，里面却除了几块纸版，几张花片，再也寻不出花样的痕迹。

所以"研究"做诗的人，尽让他从字句尺度间去寻秘密，结果也无非把西洋镜拆穿，影戏是看不成了，秘密却还是没有找到。一面诗人所求的只是烟士披里纯，不论是从他爱人的眉峰间，或是从弯着腰种菜的乡女孩的歌声里，神感一到，戏法就出，结果是诗，是美，有时连他自己看了也很惊讶，他从没有梦想到能实现这样的境界。恋爱也是这样，随他们怎样说法，用生理解释也好，用物理解释也好，用心理分析解释也好，只要闭着眼赤体"小爱"的箭锋落在你的身上，你张开眼来就觉得天地都变了样，你就会作为你不能相信的作为，人家看来就说你是疯了——这就是恋爱的现象。受了"小爱"箭伤的人，只愿在他蜜甜的愁思，鲜美的痛苦里，过他糊里糊涂无始无终的时刻，他那时听了人家头冷血冷假充研究恋爱者的话，他只是冷笑。

所以宇宙间基本的现象——美，恋爱，诗，善——只是各个人自己体验去。你自身体验去，是惟一的秘诀。高尔斯华绥 John Galsworthy② "皮局" Skin Game 那戏里，女孩子问她的爹说：

By the way，Dad，That is A Gentleman？

Hillcrist：No；You can' t define it，you can only feel it.③

但我们虽则不能积极的下定义，我们却都承认我们多少都有认识评判诗与美的本能，即使不能发现真诗真美，消极的我们却多少都能指出这不是诗，这不是美。一般的人只是知其然而不知其所以然。评衡的责任就在解释其所以然。一般人评论美术，只是主观的好恶，习惯养成的趋向。评衡者的话，虽则不能脱离广义的主观的范围，

①载 1923 年 5 月 6 日《努力周报》第五十一期，原题《杂记（二）坏诗，假诗，形似诗》；文末标"未完"，似未续作；初收 1969 年台湾传记文学出版社《徐志摩全集》第六辑。

②John Galsworthy：高尔斯华绥（1867—1933），英国小说家和剧作家，1932 年获诺贝尔文学奖，代表作为《福尔赛世家》三部曲。

③爸爸，顺便问一句，那是个绅士吗？希尔克里斯特：不是；你说不清楚，你只能感觉到。

但因他的感受性之特强，比较的能免除成见，能用智理来翻译他所感受的情绪，再加之学力，与比较的丰富的见识，他就能明白地写出在他人心里只是不清切的感想——他的话就值得一听。评衡者（The Critic）的职务，就在评作品之真伪，衡作品之高下。他是文艺界的审判官。他有求美若渴的热心，他也有疾伪如仇的义愤。他所以赞扬真好的作品，目的是奖励，批评次等的作品，目的是指导，排斥虚伪的作品，目的是维持艺术的正谊与尊严。

人有真好人，真坏人，假人，没中用人；诗也有真诗，坏诗，形似诗（Mere verse）。真好人是人格和谐了自然流露的品性；真好诗是情绪和谐了（经过冲突以后）自然流露的产物。假人或作伪者仿佛偷了他人的衣服来遮盖自己人格之穷乏与丑态；假诗也是剽窃他人的情绪与思想来装缀他自己心灵的穷乏与丑态。不中用人往往有向善的诚心，但因实现善最需要的原则是力，而不中用人最缺乏的是力，所以结果只是中道而止，走不到他心想的境界；做坏诗的人也未尝不感觉适当的诗材，但他因为缺乏相当的艺力，结果也只能将他想像中辛苦地孕成的胎儿，不成熟地产了下来，结果即不全死也不免残废。Charles Sorley[①]有几句代坏诗人诉苦的诗：

We are the homeless even as you,
　Who hope but never can begin.
Our hearts are wounded through and through
　Like yours,but our hearts bleed within;
Who too make music but our tones.
　Shake not the barrier of our bones.[②]

坏诗人实在是很可怜的，他们是俗话所谓眼泪向肚里落的，他们尽管在文字里大声哭叫，尽管滥用最骇人的大黑杠子，——尽管把眼泪鼻涕浸透了他们的诗笺，尽管满想张开口把他们破碎了的心血，一口一口的向我们身上直喷——结果非但不能引起他们想望的同情，反而招起读者的笑话。

但如坏诗以及各类不纯粹的艺术所引起的止于好意的怜与笑，假诗（Fake Poetry）所引起的往往是极端的厌恶。因为坏诗的动机，比如袒露着真的伤痕乞人的怜悯，虽则不高明，总还是诚实的；假诗的动机却只是诈欺一类，仿佛是清明节城隍山上的讨饭专家，用红蜡烛油涂腿装烂疮，闭着眼睛装瞎子，你若是看出了他们的作伪，不由你不感觉厌恶。

葛莱符司的比喻也很有趣。他是我们康桥的心理学和人种学者 Rivers[③]的好友，所以他也很喜从原民的风俗里求诗艺的起源。现代最时髦的心理病法，根据佛洛德的学理，极注重往昔以为荒谬无理的梦境与梦话，这详梦的办法也是原民最早习惯之一。原民在梦里见神见鬼，公事私事取决于梦的很多，后来就有详梦专家出现，专替人解说梦意，

---

① Charles Sorley：索利（1895—1915），英国诗人。

②我们和你们一样无家可归，／我们只能希望却从不开始。／我们的心和你们的一样受到了彻底的伤害，／但我们的心只在里面流血；／我们也谱写乐曲，但我们的音调不能振动我们的骨骼的屏障。

③ Rivers：里弗斯（1864—1922），英国医学心理学家和人类学家。

以及补说做梦人记不清切或遗忘了的梦境。他为要取信，他就像我们南方的关魂婆肚仙之类，求神祷鬼，眼珠白转的出了神，然后说他的“鬼话”或“梦话”。为使人便于记忆，这类的鬼话渐渐趋向于有韵的语体——比如我们的弹弦子算命。这类的巫医，研究人种学者就说是诗人的始祖。但巫医的出入神（trance）也是一种艺术，有的也许的确是一种利用“潜识”的催眠术，但后来成了一种营利的职业，就有作伪的人学了几句术语，私服麻醉剂，入了昏迷状态，模仿“出神”；有的爽性连麻醉剂也不用，竟是假装出了神，仿效从前巫医，东借西凑的说上一大串鬼话骗人敛钱。这是堕落派的巫医，他们嫡派的子孙，就是现代作伪的诗人们。

适之有一天和我说笑话，他说我的“尝试”诗体也是作孽不浅，不过我这一派，诗坏是无可讳言的，但总还不至于作伪；他们解决了自己情绪的冲突，一行一行直直白白的写了出来，老老实实的送到报上去登了出来，自己觉得很舒服很满意了，但他们却没有顾念到读他们诗的人舒服不舒服，满意不满意。但总还好，他们至少是诚实的。此外我就不敢包了。现在 fake poetry 的出品至少不下于 bad poetry[①]的出品。假诗是不应得容许的。欺人自欺，无论在政治上，在文艺里，结果总是最不经济的方策；迟早要被人揭破的。我上面说坏诗只招人笑，假诗却引人厌恶。诗艺最重个性，不论质与式，最忌剿袭，Intellectual honesty[②]是最后的标准。无病呻吟的陋习，现在的新诗犯得比旧诗更深。还有 Mannerism of pitch and sentiments[③]，看了真使人肉麻。痛苦，烦恼，血，泪，悲哀等等的字样不必说，现行新文学里最刺目的是一种 Mannerism of description[④]，例如说心，不是心湖就是心琴，不是浪涛汹涌，就是韵调凄惨；说下雨就是天在哭泣，比夕阳总是说血，说女人总不离曲线的美，说印象总说是网膜上的……

我记得有一首新诗，题目好像是重访他数月前的故居，那位诗人摩按他从前的卧榻书桌，看看窗外的云光水色，不觉大大的动了伤感，他就禁不住——

“……泪浪滔滔”

固然做诗的人，多少不免感情作用，诗人的眼泪比女人的眼泪更不值钱些，但每次流泪至少总得有个相当的缘由。踹死了一个蚂蚁，也不失为一个伤心的理由。现在我们这位诗人回到他三月前的故寓，这三月内也并不曾经过重大变迁，他就使感情强烈，就使眼泪“富余”，也何至于像海浪一样的滔滔而来！

我们固然不能断定他当时究竟出了眼泪没有，但我们敢说他即使流泪也不至于成浪而且滔滔——除非他的泪腺的组织是特异的。总之形容失实便是一种作伪，形容哭泪的字类尽有，比之泉涌，比之雨骤，都还在情理之中，但谁能想像个泪浪滔滔呢？最后一种形似诗，就是外表诗而内容不是诗，教导诗，讽刺诗，打油诗，酬应诗都属此类。我国诗集里十之七八的五律七律都只是空有其表的形似诗。现在新诗里的形似诗更多了，大概我们日常报上杂志里见的一行一行分写的都属此类。分析起来有分行写的私人日记，有初学做散文而还不甚连贯的练习，有逐句抬头的信札，有小孩初期学话的成绩，等等。

（未完）

① bad poetry：坏诗。

② Intellectual honesty：知识分子的诚实。

③ Mannerism of pitch and sentiments：基调多愁善感的怪癖。

④ description：描写上的做作。

我们看戏看的是什么[①]

有时候菩萨也会生气的，不要说肉体的人。西滢是个不容易生气的人，但他在这篇文章里分明是生气了。他的气是有出息的，要不然我们哪里看得到这篇锋利谐诙的批评文章?

我很觉得惭愧，因为我自己和我的朋友那晚在新明瞻仰《娜拉》的，也是没有等戏完就“戴帽子披围巾走的看客”，所以，照仁陀芳信两先生的见解，也是“不配看有价值戏”，不懂得艺术的名著，“脑筋里没有人格两个字”一类的可怜虫。我自己很抱歉不曾仔细拜读两先生的大文，所以也不曾生气，但我的友人却看到了文字，也动了一点小气，也曾经愤愤的对我说要我也出来插几句嘴。我当时实在因为心里没有一点子气，所以到如今还是无气可出。今天西滢的文章果然出现了，他原来想不发表的，这次的付印大半还是我的擅主。我以为这篇文章，除了答辩以外，本身很有趣味，他的笔锋虽则在嘲讽的液体浸透了的，但他抬高评衡标准与纠正纯凭主观骂人者的用意，平心静气的读者当然看得出来。

他说“戏剧的根本作用在于使人愉快”，这话是极有意味的。艺术，不论哪一种，最明显的特点，就在作品自身能创造一整个的境界，不论他的经程手段如何。有艺术感觉性的人看了高等的艺术，就能在他自己的想像中实现造艺者的境界。那时他所感觉的只是审美的愉快（Aesthetic Joy），这便是艺术神秘的效用。易卜生那戏不朽的价值，不在他的道德观念，不在她解放不解放，人格不人格；《娜拉》之所以不朽是在他的艺术。主义等，只是一种风尚，一种时髦，发生容易，消灭也容易，只有艺术家在作品里实现的心灵才是不可或不容易磨灭的，犹之我们真纯的审美的情绪也是生命里最不易磨灭的经验。我觉得现在的时代，只是深染了主义毒观念毒，却把艺术之所以为艺术的道理绝不顾管。所以如其看了《娜拉》那戏所得的只是道德的教训，只是人格不人格，解放不解放，我们也许看到了戏里的主义，却不曾看出主义里实现的戏（艺术）。主义都是浅薄的，至多只是艺术的材料；若然他专为主义而编戏他便是个Doctrinaire[②]，不是个艺术家。看戏的人若然只看主义，他们也就配看Melodrama[③]，不曾领会到艺术的妙处。

所以我应该要求的是：——

戏的最先最后的条件是戏，一种殊特的艺式，不是东牛西马不相干的东西；我们批评戏最先最后的标准也只是当作戏，不是当作什么宣传主义的机关。

这是个艺术上很大的问题，就是艺质与艺式的关系，我此时不及研究了。

我那晚去看《娜拉》，老实说也很有盼望，和西滢一样的心理。并且事前就存心做一篇评衡文字：绝对不曾预料到后来实际上必不得已不等戏完动身就走的“悲剧”。我就也没有动笔，因为实在是无话可说，现在既然西滢做了一长篇的文章我又硬拿他来发

---

① 1923年5月20日作；载1923年5月24日《晨报副刊》。采自《晨报副刊》。

② Doctrinaire：教条主义者。

③ Melodrama：闹剧。

表了，我觉得有不得不附几句话在后面的责任。我最后一句话是要预先劝被西滢批评着的诸君，不要闹意气，彼此都是同志，共同维持艺术的尊严与正谊，是我们唯一的责任，此外什么事我们都不妨相让的。

五月二十日

诗人与诗[①]

你们若有研究文学的兴趣，先要问自己能不能以自己的生活的大部分来从事于文艺；这个问题解决之后，再问自己生活的态度是怎样。最好是采取一种孤独的生活，经营你内心的生活，去创造你自己的文学的产品。诗人的作品的实质决不是在繁华的生活所能得到的。文学家的修养的起点，就是保持我们的活泼的态度，远避这恶浊的社会。若是实在不能孤独的去生活，而强伏于公同生活的环境；只要你能有你自己意志的主宰，对于外边的引诱也就无妨了。

要想专门的去研究诗的文学，或者想做一个诗人，也应该经过这个程序的疑问而后去决定。

诗人究竟是什么东西？这句话急切也答不上来。诗人中最好的榜样：我最爱中国的李太白，外国的 Shelley[②]。他们生平的历史就是一首极好的长诗；所以诗人虽然没有创造他们的作品，也还能够成其为诗人。我们至少要承认：诗人是天生的而非人为的（poet is born not made），所以真的诗人极少极少。广义地说，一个小孩子也是诗人，因为他也有他的想像力，及他的天真烂漫的观察力。我想英国能写诗的人不下三十万，不过在里面只寻找得出二十个真诗人，在各大学中当得起诗人之称的不过一二人。

有人说："道德不好的人不能做诗人。"好像 Villon[③]是一个滥喝酒而且做贼的人；还有意大利文艺复兴时代做情歌的 Malatasta[④]也是道德不甚好的人；还有英国的 Byron[⑤]为英国社会所不容而赶到别国去的，他有天赋的狂放的天才，兼之那时又是浪漫的时期，他所得的境界是纯粹的美，他的宗教的第一信仰就是美的实在，出乎普通的道德，和人们的成见及偏见的制裁。这三人中，只有 Malatasta 实在是个坏人，所以他的诗也只能算伪的文学。

诗人不能兼作数学家。如像德国的 Goethe[⑥]，他的政治，历史，哲学，文学……都好，

---

①这是作者 1923 年 5 月在北师大附中讲演的记录整理稿，整理者为朱大枏；载 1923 年 6 月《新民意报》副刊《朝霞》第六期；文末有朱大枏的附记。初收 1995 年 8 月上海书店《徐志摩全集》第八册。朱大枏附记附后。

② Shelley：雪莱（1797—1851），英国浪漫主义诗人，主要作品有长诗《伊斯兰的反叛》、诗剧《解放了的普罗米修斯》及抒情诗《西风颂》、《致云雀》等。

③ Villon：维庸，（1431—1463？），法国诗人，主要作品有《小遗言集》、《大遗言集》等。

④ Malatasta：马拉它撒，生平不详。

⑤ Byron：拜伦（1788—1824），英国浪漫主义诗人，代表作有《恰尔德·哈罗尔德游记》、《唐璜》等。唐琮（Don Juan），今译唐璜。

⑥ Goethe：今译歌德（1749—1832），德国诗人、作家，代表作有诗剧《浮士德》、小说《少年维特之烦恼》等。

只有数学一种学科不行。你们数学不见长的，来学诗一定是很适宜的；因为诗人的情重于智，数学家却只重印板式的思构；数学不好的人，他的想像力一定很发达，所以他不惯受拘于那呆板的条例。

诗人是半女性的（poet is half woman），如像但丁……等是在英国除了伯克外，Shelley同Keats都是美男子，都是三十四五岁上就夭折了。但是所谓半女性，自然不是生理上的，也不是容貌上的，乃是性情上的——一种缠绵的多愁性。

诗人不是实际的实行家。然而也有例外，如像Shakespeare，他既做过小生意，又当过戏园的掌班，办事很有条理的。

上面几条反面的说法，看了之后大概可以知道诗人是什么了。但是诗人的产物——诗到底又是什么东西呢？

这个尤其难说了。只有一个滑稽而较确切的解释："诗就是诗。"但是这个解释还是等于不解释，对于我们的求知心，自然不能算满足。

勉强的说：诗是写人们的情绪的感受或发生。情绪的义很广，不仅是哭，笑，喜，怒，……等情。比如我们写一棵树，写一块石头，只要你能身入其境，与你所写及的东西有同化的境界，就是情绪极真的表现。

现在的诗人几乎占据了中国的新文坛，所以发表出来的诗也太滥了。反对白话诗的人常常持这种论调："散文分行写就是一首白话诗，白话诗要改成连贯的写就是一篇白话文。"这也不怪他们说得这样过份〈分〉，作者原不能辞其责呀。虽然，这种努力也是一种极好的预备。

外来的感觉不能刺激我们的灵性怎样深。天赋我们的眼睛，我们要运用他能看的本能去观察；大赋我们的耳，我们要运用他能听的本能去谛听；天赋我们的心，我们要运用他能想的本能去思想；此外还要依赖一种潜识——想像化，把深刻的感动让他在潜识内融化，等他自己结晶，一首诗这才能够算成功。所以写诗单靠Inspiration[①]是不行的。

我们还要有艺术的自觉心。写我们有价值的经验，不是关于各个人的价值，应该把他客观化，——就是由我写出来，别人看了也要有同情的感动。

诗是极高尚极纯粹的东西，不要太容易去作，更不要为发表而作。我们得到一种诗的实质，先要溶化在心里；直至忍无可忍，觉得几乎要迸出我心腔的时候，才把它写出。那才能算一首真的诗。

诗的灵魂是音乐的，所以诗最重音节。这个并不是要我们去讲平仄，押韵脚，我们步履的移动，实在也是一种音节啊。所以散文也可以说是有音节的。作白话诗我们也要在大范围内去自由。

诗是一种最高的语言，所以诗要非常贯连的。外国的一首好诗，一个音节不能省，一个不恰当的字不能用。本来作诗如造屋，屋中的一根柱头没有放好，全座的房子都要受影响。

我们想作诗，先要多读几篇散文。因为散文比较上有发展的余力，美的散文所得的快慰也不下于一首诗。想做诗还要多学几种艺术，如像音乐，图画，……与诗的音节和

⑥ Inspiration：灵感。

描写都很有关系的。

附：朱大枏附记

这次我们请徐志摩先生来北京曦社讲演，我们非常感谢，承他惠然肯来。他对我们说：他不愿意一个人据在高高的讲坛上滔滔的演讲，还允许我们随时提出疑问，来互相讨论，虽然我们没有实行。这次只是徐先生对于我们随便的谈话，关于速记者的笔记诚然很难下手了。我本不主张发表这篇讲演稿，但是曦社同人都同意把他整理出来，讲者的原辞一定有许多遗漏或误记的，请读者原谅我整理的粗忽。

朱大枏五、三〇、整理后记

天下本无事[①]

我在《努力》第五十一期上做了一篇杂记，题目是《假诗，坏诗，形似诗》，却不道又引起了一场官司，一面仿吾他们不必说，声势汹汹的预备和我整个儿翻脸，振铎他们不消说也在那里乌烟瘴气的愤恨，为的是我同声嘲笑“雅典主义”以“取媚创造社”，这双方并进的攻击，来得凶猛，结果我也只得写了一封长信，一则答复成仿吾君，乘便我也发表联带想起的意见，请大家来研究研究，仇隙是否宜解不宜结；如其要解，是否彼此应得平心静气的。我最看不起吵架的文字，因为吵架的文字最不费劲最容易写，每当吵架的时候，我总觉得口齿特别的捷给，文笔也异常的流利。难怪吵架这样的盛行！晨报的副刊这一时倒颇不寂寞，张君劢的人生观，张竞生的爱情，惹出一天星斗，光怪陆离的只是好看；现在我又来凑趣，也许凑不识趣，重新提起评诗的问题，又要占据副刊不少的地位，我又觉得抱歉，又觉得可笑，所以这篇，虽则是封致仿吾的信，就定名为《天下本无事》！

仿吾兄：

这封信我特别请求你在《创造周报》上公布。

方才一位友人，气急败坏的到我们清静的图书馆里来，拿一张《创造周报》向我手里一塞，口说“坏了坏了，徐志摩变了‘Fake man[②]’了！”

我看完了那《通信四则》以后，感想颇不单纯，现在我提起笔来平心静气的写一封复信，盼望你和其余看到这信的诸君，也都能平心静气的看。

我说平心静气，仿佛我心原来不平气原来不静似的，但这又是用字句的随便（世上多少口角只是原因于用字句之随便！），因为实际上我非但无气，而且有极真的心想来消解在他人心里已经发动的不必有的气哩。如其我感觉到至少的不安，那就为的是你不曾问我的允许，将我给你私人的信随手发表了。固然你是乘着一股嫉伪如仇的义愤，急于“暴露”“假人”的真凭实据，再也

① 1923年6月7日作；载1923年6月10日《晨报副刊》；又载1923年6月14日上海《时事新报》副刊《学灯》；初收1980年台湾时报文化出版事业有限公司《徐志摩诗文补遗》。采自《晨报副刊》。

② Fake man：假人。

不顾常情与友谊，但我猜想你看了我这篇说明以后，也许不免觉得作事有时过于操切罢？

在我解释一切以前，我先要来一个小小的引子，请你原谅。骞司德顿（G. K. Chesterton）[①]有一句妙语，他说一个人受过最高教育的凭据，就在他能嘲笑自己，戏弄自己，高兴他自己可笑的作为：这也是心灵健全的证据。最大的亦最可笑的悲剧，就是自信为至高无上的理想人，永远不会走错路，永远不会说错话。是人总是不完全的。最大的诗人可以写出极陋的事。能够承认自己的缺陷与短处，即使不是人格伟大的标记，至少也证明他内心的生活，决不限于狃狃地悻悻地保障他可怜稀小畏葸的自我。我个人念了几年心理学的成绩，只在感觉到在我“高等教育”所养成神气活现的外形底里，还有不时在密谋猖獗的一个兽性的动物，一个披发的原人，一个顽皮的孩子。上帝知道我们深奥的灵魂里，不更有奇丑的怪物，可怖的陷阱暗室隐藏着！

这段小引是不很切题的；我所急于盼望我自己和他人共有而且富有的，就是一句不易翻出的英国话——A Sense of Humour[②]。万事总得看透一点：人们都是太认真了，结果把应得认真的反而忽略了！

适当的义愤是人类史上许多奇事伟迹的动机，但任性的恚怒，只是产生不必有的扰攘，并且自伤贵体；我们知道世上多少大战变乱灾难，都是起源于人体的生理作用，原因于神经的反射性过强；我们应得咀嚼“文王一怒而天下平”的怒字，不应得纵容自己去学那些 Externally exasperated housewives！！[③]

我的友人多叫我“理想者”，因为我不开口则已，一开口总是与现实的事理即不相冲突也很难符合的。我是去年年底才从欧洲回来的，所以不但政情商情，就连文界艺境的种种经纬脉络，都是很隔膜的；而且就到现在我并不致憾我的隔膜。比如人家说北京是肮脏黑暗，但我在此地整天的只是享乐我的朝采与晚色，友谊与人情；只要你不存心去亲近肮脏黑暗，肮脏黑暗也很不易特地来亲近你的。政治上我似乎听说有什么交通党国民党安福党研究党种种的分别，教育上也似乎听说有南派北派之不同，就连同声高呼光明自由的新文学界里，也似乎听说有什么会与什么社——老实说吧，文学研究会与创造社——的畛畦。我一向只是一体的否认这些党派有注意之价值，但近来我期望最深的文艺界里，不幸也常有情形发现使我不得不认为是可悲的现象——可悲因为是不必有的。

我到最近才知道文学会与创造社是过不去的，创造社与努力报也是不很过得去的。但在我望出来，却不曾看见什么会与什么社与什么报，我所见的只是热心创造新文学新艺术的同志；我既不隶属于此社，也不曾归附于彼会，更不曾充何报的正式主笔。所以我自己极浅薄无聊的作品之投赠，只问其所投之出版物宗旨之纯否与真否，而不计较

① G. K. Chesterton：今译切斯特顿（1874—1936），英国作家、新闻记者，著有小说、评论、诗歌、传记等。

② A Sense of Humour：幽默感。

③ Externally exasperated housewives：总是怒气冲冲的家庭妇女。

其为此会之机关或彼社之代表。我至今还是大声的否认，可耻的卑琐的党派气味，Petty Party bias[①]——会得有机会侵入高尚纯粹的艺术家的心灵里。

我如其曾经有过评衡的文字，我决不至于幼稚至于以笼统的个人为单位；评衡的标准，只是所评衡的作品的自身。为的是一个简单的理由。人在行为上可以做好，也可以做坏；作者的作品也可以有时比较的好，有时比较的坏。说雪莱的 Deamon of the world[②]幼稚，并不连带说 Prometheus Unbound[③]或 The Cenci[④]是幼稚。说宛次宛士（Wordsworth）[⑤]大部分的诗是绝对的无聊，并不妨害宛次宛士是我们最大诗人之一的评价。仿吾兄，你自己也是位评衡家，而且我觉得你是比较的见过文艺界的世面来的，我就不懂你如何会做出那样离奇的搭题——怎么，我评了一首诗的字句之不妥，你就下相差不可衡量的时空的断语，说我全在"污辱沫若的人格"，真是旧戏台上所谓"这是哪里说起呀！"

你是没有看懂我那篇杂记的意思。我前面说过我如其有评衡文字发表——我不自信曾有正式评衡发表过——我的标准，决不逾越所评衡的对象之范围。我那篇文字里所评的是悬拟的坏诗与假诗，至于我很不幸的引用那"泪浪滔滔……"固然因为作文时偶然记到——我并不曾翻按原作——其次也许不自觉的有意难为沫若那一段诗，隐示就是在新诗人里我看来最有成绩的尚且不免有笔懈的时候，留下不当颂扬的标样，此外更是可想而知了。仿吾，平心说，你我下笔评衡的时候若然要引证来解释一条原则，我们是否应该向比较有声望的作品里去寻访，还是向无奇不有的报纸与杂志上去随意乱引呢？

不过有一点我到此刻想起应得乘便声明的。我回想那篇杂记通篇只是泛论，引文却就只"泪浪滔滔……"那四字，而且又回反重复自得其乐的把那四字 Reductio ad absurdum[⑥]，我倒觉得我也不能过分，深怪你竟以为我有意与沫若"抬杠"。我很盼望沫若兄的气没有仿吾这样标类的（typical）湖南人那样急法，但如其他也不幸的下了主观的断语，怀疑我有意挑拨，我只有深深的道歉。还有由假诗而牵涉到假人，更是令我失笑的大搭题。我绝对的不曾那样的存心。

我自信我的天性，不是爱衅寻仇的，我最厌恶笼统的对人的攻击。但为维持文艺的正谊的尊严起见——如其我可以妄想有万一的这样资格与能力——我老实说我非但不怕得罪人，而且决不踌躇称扬，甚至于崇拜真好的作品。比如每次有人问我新诗里谁的最要得，我未有不首推郭沫若的，同时我也不隐讳他初期尝试作品之不足为法。我那天路过上海由达夫会到你们创造社诸君，同时也由瞿菊农的介绍，初识《小说月报》的诸编辑。我当时只觉得你们都是诚心为新文艺的个人，你就一斧劈开我的脑子，你也寻不出此会彼社的印象来！后来我到京与菊农谈起，都觉得两面争吵之无谓，胡适之说的彼此同是一家弟兄，何必闹意气，老实说你若然悬一个理想的文艺的标准，来绳按现有的作品，

---

① Petty party bias：小集团的偏见。

② Deamon of the world：《世界之魔》。

③ Prometheus Unbound：《解放了的普鲁米修斯》。

④ The Cenci：《钦契》，指雪莱诗《钦契一家》。

⑤ Wordsworth：今译华滋华斯（1770—1850），英国浪漫派诗人，重要作品有与柯勒律治合著的《抒情歌谣集》，另有长诗《序曲》和组诗《露西》等，1843 年被封为英国桂冠诗人。

⑥ Reductio ad absurdum：拉丁文，归谬法。

不问是什么书局或是什么会社的出版物，至多也无非彼善于此，百步与五十步之间。我们应得悉心侦候与培养的是纯正的萌芽，应得引人注意的只是新辟的纯正的路径；反之，应得爬梳与暴露的只是杂芜与作伪。我们的对象，只是艺术，我们若然决心为艺术牺牲，那里还有心意与工夫来从事无谓的纠缠，纵容嫉忌鄙陋倔犟等等应受铲灭的根性，盲干损人不利己的勾当，耗费可宝的脑力与文才，学舌老妈子与洋车夫的谰骂。

艺术只是同情！评衡只是发现。发现就是创造之一式，是无上的快乐。百年前爱丁堡评论（Edinburgh Review）的主笔骂死了开次（Keats）的人，却骂不死开次的诗。所有大评衡家——圣伯符，裴德，高柳列其——不朽的声誉，都是建筑于发现与赞美之上，不是从破坏刻薄的事业得来的。固然有时有排斥抉剔的必要，但总是消极的作用，用意无非在衬出真的与纯的。评衡是赞美的美术，是创造的；是扩大同情心，不是发泄一己的意气。

这一段话与我们“假人假诗”的打架，似乎并不相关，但我满腔只是理不清的悲绪，我其实想借这个机会凭我一己有限的爱艺术与爱友谊的热心，感动所有未能解除意气或竟沾染党同伐异的陋习却一样的有大热的心来建造新文化的诸君，此后彼此严自审验，有过共认共谅，有功共标其赏，消除成见的暴戾与专愎，在真文艺精神的温热里互感彼此心灵之密切。那岂不是一件痛快的大事？

> 真的，随你什么社什么会也分不开彼此共同表现的现代精神。对抗这新精神的真仇敌多著哩，我们何苦不协力来防御我们辛苦得来的新领土，何苦不协力来抵抗与扫平隐伏在我们周围的疑忌与侵凌！精神的兄弟是分不了家的！

最后我还要声明一句，我说的话我句句都认帐的。我恭维沫若的话，是我说的。我批评“泪浪滔滔”这一类诗的疏忽，是我说的。我笑话“雅典主义”与“手势戏”，是我说的。但我恭维沫若的人，并不防止我批评沫若的诗；我只当沫若和旁人一样，是人，不是神圣不可侵犯的。我说“泪浪滔滔”这类句法不是可做榜样的，并不妨害我承认沫若在新文学里最有建树的一个人。我在创造上偶然发表文字，我并不感到对于创造的作品有 Taboo[①]甚至无条件的崇拜的义务，犹之我在《小说月报》上投稿，并无取消我与创造诸君结识的权利。

我说一首诗是坏是假，随是东洋或西洋的逻辑家也不能引证我有断定那作诗人是坏人或是假人的涵义。（那天我写那篇杂记的时候，也曾想从我自己的作品去寻标本，因为适之也曾经说有人说我的诗有 Affectation[②]的嫌疑；结果赦免了自己却套上了沫若，实在是偶然的不幸，我现在真觉得负歉，因为人家都是那样的认真。）

我说以血比日以琴比心的可厌，是证明就是新文学也有趋滥调（Mannerism）的危险，并不断定凡是曾经以血比日以心比琴的作者都是作伪的：我自己就以琴喻心过好几次！

---

① Taboo：避忌。

② Affectation：矫情，装腔作势。

其实我指出新诗有假与坏与形似的种类，我并不除外我自己的作品，我很愿意献我自己的丑，但我因为自己不介意，就随意推想旁人也不会怎样的介意——哪里知道我就错在这里。

再说我笑“雅典主义”的荒谬，不见得就是取媚创造社，犹之我笑“手势戏”，并不表示我对犯错误的作者，有除此以外的蔑视与嘲笑——真是，谁免得了错误，要存心吹求起来，世上既没有完全的作者，更没有无纰的译者！你们一方面如其以为我骂假诗就是骂创造，所以就是取悦文学研究会，他一方面当然又以我的嘲笑雅典主义等等的信，为骂文学研究会，所以就是取悦创造社。结果作伪一暴露，两面不讨好两面受攻击，——“虚与周旋”，“放冷箭”，什么都发现了！哈哈！我倒不曾想到也有这样幸福走入党见曲解的重楼复阁之中，多好玩呀！

但我关于自己的表白，是无所谓的，我如其希望什么事，就只前面再三说过的劝各方面平心静气的消仇解隙。槐尔德说的Where there is no love there is no understanding[①]，你们把“偏忌障”打开看看，同情的本能自然会活动，从前只见丑恶，现在却发现清洁，从前只见卑琐，现在却发现可爱的境界，云雾消翳了，青天和星月的光明，当然会照露的。说了半天，我还是个顽固不化的“理想者”，我确信世上没有不可消解的嫌隙，我话也完了，请你们鉴谅我一番的至意。

六月七日

太戈尔来华[②]

太戈尔在中国，不仅已得普遍的知名，竟是受普遍的景仰。问他爱念谁的英文诗，十余岁的小学生，就自信不疑的答说太戈尔。在新诗界中，除了几位最有名神形毕肖的太戈尔的私淑弟子以外，十首作品里至少有八九首是受他直接或间接的影响的。这是很可惊的状况，一个外国的诗人，能有这样普及的引力。

现在他快到中国来了，在他青年的崇拜者听了，不消说当然是最可喜的消息，他们不仅天天竖耳企踵的在盼望，就是他们梦里的颜色，我猜想，也一定多增了几分妩媚。现世界是个堕落沉寂的世界；我们往常要求一二伟大圣洁的人格，给我们精神的慰安时，每每不得已上溯已往的历史，与神化的学士艺才，结想像的因缘。哲士，诗人，与艺术家，代表一民族一时代特具的天才；可怜华族，千年来只在精神穷窭中度活，真生命只是个追忆不全的梦境，真人格亦只似昏夜池水里的花草映影，在有无虚实之间。谁不想念春秋战国才智之盛，谁不永慕屈子之悲歌，司马之大声，李白之仙音；谁不长念庄生之逍遥，东坡之风流，渊明之冲淡？我每想及过去的光荣，不禁疑问现时人荒心死的现象，莫非是噩梦的虚景，否则何以我们民族的灵海中，曾经有过偌大的潮迹，如今何至于沉寂如此？孔陵前子贡手植的楷树，圣庙中孔子手植的桧树，如其传话是可信的，过了二千几百年，经了几度的灾劫，到现在还不时有新枝从旧根上生发；我们华族天才的活力，难道还不如此桧

①没有爱便没有理解。

②1923年7月6日作；载1923年9月10日《小说月报》第十四卷第九号；初收1969年台湾传记文学出版事业有限公司《徐志摩全集》。采自《小说月报》。太戈尔：今译泰戈尔。

此楷？

什么是自由？自由是不绝的心灵活动之表现。斯拉夫民族自开国起直至十九世纪中期，只是个庞大喑哑在无光的空气中苟活的怪物，但近六七十年来天才累出，突发大声，不但惊醒了自身，并且惊醒了所有迷梦的邻居。斯拉夫伟奥可怖的灵魂之发现，是百年来人类史上最伟大的一件事迹。华族往往以睡狮自比，这又泄漏我们想像力之堕落；期望一民族回复或取得吃人噬兽的暴力者，只是最下流"富国强兵教"的信徒，我们希望以后文化的意义与人类的目的明定以后，这类的谬见可以渐渐的销匿。

精神的自由，决不有待于政治或经济或社会制度之妥协。我们且看印度。印度不是我们所谓已亡之国吗？我们常以印度朝鲜波兰并称，以为亡国的前例。我敢说我们见了印度人，不是发心怜悯，是意存鄙蔑（我想印度是最受一班人误解的民族，虽则同在亚洲：大部分人以为印度人与马路上的红头阿三是一样同样的东西！）就政治看来，说我们比他们比较的有自由，这话勉强还可以说。但要论精神的自由，我们只似从前的俄国，是个庞大喑哑在无光的气圈中苟活的怪物，他们（印度）却有心灵活动的成绩，证明他们表面政治的奴溥〈仆〉非但不曾压倒，而且激动了他们潜伏的天才。在这时期他们连出了一个宗教性质的政治领袖——甘地——一个实行的托尔斯泰；两个大诗人，加立大塞 Kalidasa[①]与太戈尔。单是甘地与太戈尔的名字，就是印度民族不死的铁证。

东方人能以人格与作为，取得普通的崇拜与荣名者，不出在"国富兵强"的日本，不出在政权独立的中国，而出于亡国民族之印度——这不是应发人猛省的事实吗？

太戈尔在世界文学中，究占如何位置，我们此时还不能定，他的诗是否可算独立的贡献，他的思想是否可以代表印族复兴之潜流，他的哲学（如其他有哲学）是否有独到的境界—— 这些问题，我们没有回答的能力。但有一事我们敢断言肯定的，就是他不朽的人格。他的诗歌，他的思想，他的一切，都有遭遗忘与失时之可能，但他一生热奋的生涯所养成的人格，却是我们不易磨翳的纪念。〔太戈尔生平的经过，我总觉得非是东方的，也许印度原不能算东方（陈寅恪君在海外常常大放厥词，辩印度之为非东方的。）〕所以他这回来华，我个人最大的盼望，不在他更推广他诗艺的影响，不在传说他宗教的哲学的乃至于玄学的思想，而在他可爱的人格，给我们见得到他的青年，一个伟大深入的神感。他一生所走的路，正是我们现代努力于文艺的青年不可免的方向。他一生只是个不断的热烈的努力，向内开豁他天赋的才智，自然吸收应有的营养。他境遇虽则一流顺利，但物质生活的平易，并不反射他精神生活之不艰险。我们知道诗人艺术家的生活，集中在外人捉摸不到的内心境界。历史上也许有大名人一生不受物质的苦难，但决没有不经心灵界的狂风暴雨与沉郁黑暗时期者。葛德是一生不愁衣食的显例，但他在七十六岁那年对他的友人说他一生不曾有过四星期的幸福，一生只是在烦恼痛苦劳力中。太戈尔是东方的一个显例，他的伤痕也都在奥密的灵府中的。

我们所以加倍的欢迎太戈尔来华，因为他那高超和谐的人格，可以给我们不可计量的慰安，可以开发我们原来瘀塞的心灵泉源，可以指示我们努力的方向与标准，可以纠

---

① Kalidasa：今译迦梨陀娑（公元 4—5 世纪），印度笈多王朝诗人、剧作家，梵文古典文学代表作家之一，传世作品有剧作《沙恭达罗》等。

正现代狂放恣纵的反常行为，可以摩挲我们想见古人的忧心，可以消平我们过渡时期张皇〈惶〉的意气，可以使我们扩大同情与爱心，可以引导我们入完全的梦境。

如其一时期的问题，可以综合成一个，现代的问题，就只是“怎样做一个人”？太戈尔在与我们所处相仿的境地中，已经很高尚的解决了他个人的问题，所以他是我们的导师，榜样。

他是个诗人，尤其是一个男子，一个纯粹的人；他最伟大的作品就是他的人格。这话是极普通的话，我所以要在此重复的说，为的是怕误解。人不怕受人崇拜，但最怕受误解的崇拜。葛德说，最使人难受的是无意识的崇拜。太戈尔自已也常说及。他最初最后只是个诗人——艺术家如其你愿意——他即使有宗教的或哲理的思想，也只是他诗心偶然的流露，决不为哲学家谈哲学，或为宗教而训宗教的。有人喜欢拿他的思想比这个那个西洋的哲学，以为他是表现东方一部的时代精神与西方合流的；或是研究他究竟有几分的耶稣教，几分是印度教，——这类的比较学也许在性质偏爱的人觉得有意思，但于太戈尔之为太戈尔，是绝对无所发明的。譬如有人见了他在山氏尼开顿 Santiniketan 学校里所用的晨祷——

> “Thou are our Father. Do you help us to know thee as Father.We bow down to Thee.Do thou never afflict us, O Father, by causing a separation between Thee and us.Othou self-revealing One, O Thou Parent of the universe, purge away the multitude of our sins, and send unto us whatever is good and noble. To Thee, from whom spring joy and goodness, nay who art all goodness thyself, to Thee we bow down now and for ever.”①

耶教人见了这段祷告一定拉本家，说太戈尔准是皈依基督的，但回头又听见他们的晚祷——

> “The Deity who is in fire and water, nay, who per vades the Universe through and through, and makes His a bode in tiny plants and towering forests—to such a Deity we bow down for ever ever.”②

这不是最明显的泛神论吗？这里也许有 Lucretius③，也许有 Spinoza④，也许有

①“您是我们的天父。请您帮助我们了解您。我们向您致敬。哦天父，请您不要把我们和您分开，让我们遭受痛苦。哦自我揭示者，哦宇宙之父，请荡涤我们的罪，赐予我们善良与高尚。幸福与善来源于您，不，您就是至善，我们向您永远致敬。”

②“火中与水中的神，不，充斥了全宇宙，并居住在细小的植物和高大的森林中的神——我们向这样的一个神永远致敬。”

③ Lucretius：卢克莱修（约公元前 93—约前 50），拉丁诗人和伊壁鸠鲁学派哲学家，传世之作有长诗《物性论》。

④ Spinoza：斯宾诺莎（1632—1677），荷兰哲学家，唯理论的代表之一，著有《神学政治论》和《伦理学》等。

Upanishads[①]，但决不是天父云云的一神教，谁都看得出来。回头在揭檀迦利的诗里，又发现什么Lia既不是耶教的，又不是泛神论。结果把一般专好拿封条拿题签来支配一切的，绝对的糊涂住了，他们一看这事不易办，就说太戈尔的宗教思想不彻底，等等。实际上唯一的解释是太戈尔是诗人，不是宗教家。也不是专门的哲学家。管他神是一个或是两个或是无数或是没有，诗人的标准，只是诗的境界之真；在一般人看来是不相容纳的冲突（因为他们只见字面），他看来只是一体的谐合（因为他能超文字而悟实在）。

同样的在哲理方面，也就有人分别研究，说他的人格论是近于讹的，说他的艺术论是受讹影响的……这也是劳而无功的。自从有了大学教授以来，尤其是美国的教授，学生忙的是：比较学，比较宪法学，比较人种学，比较宗教学，比较教育学，比较这样，比较那样，结果他们竟想把最高粹的思想艺术，也用比较的方法来研究——我看倒不如来一门比较大学教授学还有趣些！

思想之不是糟粕，艺术之不是凡品，就在他们本身有完全，独立，纯粹不可分析的性质。类不同便没有可比较性，拿西洋现成的宗教哲学的派别去比凑一个创造的艺术家，犹之拿唐采芝或王玉峰去比附真纯创造的音乐家，一样的可笑，一样的隔着靴子搔痒。

我们只要能够体会太戈尔诗化中的人格，与领略他满充人格的诗文，已经尽够的了，此外的事自有专门的书呆子去顾管，不劳我们费心。

我乘便又想起一件事。一九一三年太戈尔被选得诺贝尔奖金的电报到印度时，印度人听了立即发疯一般的狂喜，满街上小孩大人一齐欢呼庆祝，但诗人在家里，非但不乐，而且叹道："我从此没有安闲日子过了！"接着下年英政府又封他为爵士，从此，真的，他不曾有过安闲时日。他的山氏尼开顿竟变了朝拜的中心，他出游欧美时，到处受无上的欢迎，瑞典丹麦几处学生，好像都为他举行火把会与提灯会，在德国听他讲演的往往累万，美国招待他的盛况，恐怕不在英国皇太子之下。但这是诗人所心愿的幸福吗，固然我不敢说诗人便能完全免除虚荣心，但这类群众的哄动，大部分只是葛德所谓无意识的崇拜，真诗人决不会艳羡的。最可厌是西洋一般社交太太们，她们的宗教照例是英雄崇拜；英雄愈新奇，她们愈乐意，太戈尔那样的道貌岸然，宽袍布帽，当然加倍的搔痒了她们的好奇心，大家要来和这远东的诗圣，握握手，亲热亲热，说几句照例的肉麻话……这是近代享盛名的一点小报应，我想性爱恬淡的太戈尔先生，临到这种情形，真也是说不出的苦。据他的英友恩厚之告诉我们说他近来愈发厌烦嘈杂了，又且他身体也不十分能耐劳，但他就使不愿意却也很少显示于外，所以他这次来华，虽则不至受社交太太们之窘，但我们有机会瞻仰他言论丰采的人，应该格外的体谅他，谈论时不过分去劳乏他，演讲能节省处节省，使他和我们能如家人一般的相与，能如在家乡一般的舒服，那才对得他高年跋涉的一番至意。

七月六日

---

① Upanishads：《奥义书》，阐述印度教古代吠陀教义的思辨作品。

开痕司[①]

最近英国新闻界有一个可注意的改变。就是伦敦的《国民周刊》（The London Nation and Athenaeum）改由梅涅德开痕司（J. Maynard Keynes）[②]主办。开痕司就是Economic Consequences of the Peace[③]的作者。上次罗素离中国时，推荐开痕司来中国，后来，讲学社就去请他，但他为事忙不能离欧。这位先生，留心欧洲政治的，应该特别的注意；因为他不仅是第一流的经济学者，不仅是统计学与名学的专家，他，我们可以预言，尤其是未来的大政治家。他那部震惊一世的伟著，不但把凡尔塞和会的内容亲切痛快有声有色的写出，不但把作者抗世无畏的义勇精神，永镂在战后的政史上，不但使作者成为战败国崇敬的偶像，他书里论经济的预言，到今日差不多一字一句的都已在事实上证实；他的主张不仅供给英国政府对欧方策一个合理的平衡与标准——实际上在全欧各国的政论界中产生一种横贯的联合，综合智识阶级的势力，反抗与批评法国人强暴的方略，同时亦纠防德人之狡展。《孟骞斯德报》发刊的《欧洲改造号》（The Reconstruction of Europe—Manchester Guardian），就是他专力在编辑的，其中不少有价值的文字，各国都有翻版。此次他又兼并《国民周刊》，据狄更生先生给我的信，说他要借此发挥他改造欧洲的政策与对于人口问题的主张（他以为欧陆纷扰的政像，只是原因于人口问题的压迫）。他不讲社会主义，他是自由党员，但他宏博的学识与精密的见解，却一体的受各党诚意的爱敬。不但鲁意乔治（Lloyd George）[④]，就是麦克庚诺尔特（Ramsay Macdonald）[⑤]，不但爱斯葵斯（Asquith）[⑥]，就是保纳劳（Bernard Shaw）[⑦]，都是一体的推崇他。如其英国这几年内工党与自由党的一部分有联合的机会，开痕司一定是首领之一人；如其欧洲的改造有端倪可寻，他一定是负责之一人；如其对德有合式的解决，保全各方的安全，他一定是有功之一人。总之开痕司的前途，我看来在英国比谁都远大些，因为他，具备种种的资格，可当得英民族政治天才的代表者。他的才，理事之捷，与应付之敏，不让于鲁意乔治！他眼界之广博，判断之准确，头脑之清晰，现代政界中少有其比，而且他正当盛年（今不过四十许）精力尤健。

我在康桥时他告我每日正式工作不过三小时，——但我的三小时！——余时都消于看小说与闲谈。他的朋友多为文学家与美术家，他艺术的兴趣亦甚深。

五月五号与十二号的《国民周刊》上，载有他的文章，一篇叫做《英国在欧洲的政

---

①载1923年7月8日《晨报副刊》；初收1980年台湾时报文化出版事业有限公司《徐志摩诗文补遗》。采自《晨报副刊》。

②J. Maynard Keynes：今译凯恩斯（1883—1946），英国经济学家，凯恩斯主义创始人。

③Economic Consequences of the Peace：《和平的经济后果》。

④Lloyd George：今译劳合·乔治（1863—1945），英国首相、自由党领袖，第一次世界大战后英国政界的首要人物。

⑤Ramsay Macdonald：麦克唐纳（1866—1937），英国首相。

⑥Asquith：阿斯奎斯（1852—1928），英国自由党内阁首相。

⑦Bernard Shaw：今译萧伯纳，徐在别处也有译萧件纳的，见《萧伯纳的格言》一文。

策》，一篇叫做《德国的呈请与法国的答复》。

他先责备鲁意乔治任内对欧政策之无用，保纳劳又是个不中用的，但现时情况却需要积极有力的主张，不是如葛莱（Grey）[①]等单想靠傍有名无实的国际联盟，便含有进步希望的，更不可再有迁延，像过去的四年一样，只是不澈底的苟且。他提出此后应注意的几点——

一、应认明事实，估量现况，以定方策。和约基本的错误，就在假定战后的协约国彼此相互的利益观念，也能如战时之一致。实际上公敌破后，只有各国自利的动机，更无所谓协约的精神。这样的大战局，决不是仅由胜利国的支配，便可善后的。战败国的参与改造，是决不可少的。结果一面把德国人的兵器夺尽了，却让法国变成了最大的武备国；这难道是协约的利益吗？至于英国一班人整天的责备政府的无用，说从此英国在欧洲的势力竟可以消灭尽净；政府的回答就是说正是，我们实在是无可为的，又有什么办法呢？

但开痕司看来这时局虽则为难，却不至于绝望。问题就在怎样的行使我们的外交权与力？当然不是武力的问题。我们的力量，就在经济与财政界，我们可以提出我们意愿的经济助力，一面引导全世界的舆论。

二、但一面虽则说我们要为全欧和平准备牺牲，同时我们也不可忽略了外交上一个最重要的原则——就是本国的利益。侠性的作为只可能于非常的时期，只可能于民情异常的激动时。但所谓国家的利益，当然是合理合法的要求，不是侵占的意思。国际间非侵略的利益关系，只是互助而不是冲突的。譬如此次我们若对法国提出相当的经济帮忙，对于本国不但无损而且有益的。

三、其次努力的方面，就在唤起全球同情的舆论。我们的话应该基于现实的情况，恳切的说，以前种种的外交手段是决计不可行使的了；欺谎迟早要发现的。旧法利用情感作用的宣传法也不应该奖励，因为只有事实的真理可以得到普遍的承认。一个国家如要希望影响全世界的态度，第一个条件当然是他说话之正确与用意之诚恳。

四、我们此后的政策应该一循法规，不可为争权而利用在政党之弱点，致有矫枉过正的结果。自己的地位站稳了，方才可以盼望有纯正的世界舆论出现。比如现前有两种态度，我们应得立即修正的——一是要德国赔款来作为补偿金，一是罗尔的问题。我们应得正式抛弃前者的要求，对于后者我们也应得老实说法国的态度我们不能认为根基于条约的。这虽是口头的话，但如其用大英帝国全体的主权来正式宣布，我们相信一定极有影响的。至少可以证明我们愿意以平等的公法处置国际间的事实。如其连这点子的诚意都没有，更不必高谈理想——废兵防战等的计划——了。只有明言解除了战胜国与战败国的地位，彼此平等相待，方才有国际研究之可言。我们如其对于法比侵占罗尔这类越法的行为，没有相当的表示，间接的我们就不忠于国际联盟的约言。也许这样的苟且与懦怯，对于世界和平之将来，负罪比法比侵占罗尔的事实，还要难辩些。

第二篇论德国最近关于赔款问题的呈请，大意证明这次德国说帖的内容的确是诚意的。

---

①Grey：今译格雷（1862—1933），英国外交大臣，在第一次世界大战爆发后，说服内阁对德宣战，战后支持国际联盟。

对于赔款的付法，确已尽他力之所能及。其次关于地域的支配，不再坚持改变。第三赞成美国许斯国际公决的办法。这点子实情，我们不能不认为德国方面态度之渐进。法国却又独断的，也不曾商榷协约国，回文反驳了。法国的态度，是绝对不可容许的。太不近人情了。他们硬是纵容贪狠仇毒，嫉忌的劣性，想把德国人一把生生的挤死。开痕司主张英国还是单独的发表意见，一凭理性去答复德国人。他说我们真盼望有政治家出现，有热诚有力量的来说话。在现在情形之下，彼此都有各逞意气的倾向，只要果真能说有重量的有理性的至诚话，不问有否立见的效用，至少不失为顾全人道的呼声，我们不信人类的前途只是虚无与恐怖。

“德国人”是个古怪的现象。如其一个国民性的特点，可以从家常的饭桌子上探消息，我们就可以相信日耳曼民族的秘密就在他们的半尺许圆径玻璃杯里的黑啤，与三寸左右圆径的猪肠里。法国的文学家巴莱斯（Maurice Barr è s）[①]曾经说全字典上只有一个字可以概括他们邻居的品性，尤其要特别的念法：那个字是 Colossal[②]，念时尤应侧重最后的母音，——帮罗奢——奢——奢——尔。你房东太太的鞋。她最初交给你那把钥匙——开皇帝库藏的也不过如此——他们的大门，屋子里的磁火炉，房东老爷的裤腰宽，他的笑响，饭店里堂官光头上的汗球——以及德皇威廉一口吞尽的政策，都是一体的表现他们民族的天才，帮罗奢——奢——奢——尔！

你们不曾到过莱因河以东的，只要曾经侧眼望见过最近在北京那位出类拔萃的“弗拉崑踱刻推儿泼老翻稍”的丰彩与颜色与姿态，一定会羡慕多才多艺的造物主之有时诙谐：多么活现的一幅讽刺画呀？

几句话可以说明白的道理。我们的“吼儿踱推儿泼老翻稍”（Herr Doktor Professor）[③]，也许原因于过量的黑啤与猪肠在作用，至少要写上中下三大册连他自己都看不懂的论文。只要笨，就有理！只要蠢，就是媚！只要讲个没人懂得，就有人崇拜。

我们来看看欧洲的现局。法国像个宠坏了的孩子，也不知为什么发了大火，拿起东西来就砸，台上的贡瓷也好，水晶的烟碟也好，只要发泄，只要出气，宁可回头自己的脚心踏在晶绛瓷屑上流血，再大声的嚷痛。历史上的德国人，照例临到一个难关，总要大吹大擂的: 拿破伦蹂躏以后，普法战争以前，我们都可以想像一个五丈多高的迦门大汉，高高的站在“拉暗吁他殍”（Reich tag）[④]的屋顶上，手拿着北海龙宫里借来的大法螺，吹，吹，吹得震天彻地的响，吹得全国国民血管里的红液暴烈地沸腾——法塔轮（Father-land）[⑤]，快救，当兵！！ 但自从凡尔塞条约以来，我们眼看着这只桀傲的大雄鸡，再也竖不起他一度壮丽的鸡冠。临到逾分的侮迫时，虽则也还想引亢高啼，但不幸每次的成绩，不是走腔，便是漏气，也许帮罗奢尔的精神，从此竟会永灭无疆的了！

同时疯兽似的法国，益发无法无天的在发疯狂噬。现在他们在敌境上实行的恐怖政策，不但使所有的邻邦骇悚，就是大部分的法国人自己，也觉得有些过分。最近法国军

① Maurice Barrès：巴莱斯（Auguste Maurice Barrès，1862—1923），法国作家。

② Colossal：巨大的，庞大的。

③ Herr Doktor Professor：德文，教授博士先生。

④ Reich tag：德文，（法西斯时候的）帝国议会。

⑤ Father-land：德文，祖国。

队跑到克鲁伯炮厂去，平空的杀了十一个工人，自已不曾受毫发的损伤，法军司令处反把Krupp Von Boelen①拿去军法审判，最近的消息已经断定他十五年的监禁与一兆的马克。还有一个厂里人同三个不在场的董事，都赏给二十年的禁锢与一兆的罚金。这样的重罚，为的是什么？什么也不为：只是发疯，只是出气，只是发泄。三月间屠杀，还不是这会事！当年卢骚的理想是“高尚的野人”（The noblesavage），如今那红眼的小屠夫Poincaré②领袖的法国，至少实现了他们大哲学一半的理想：他们至少是变了野人了！

在这野人或野兽的疯威之前，可怜的德国连话都说不连贯了。

最近德国关于赔款的呈请开头第一节是：

> It has always been the point of view, of the German Government, which they are induced to restate in the present international discussion, that questions, upon the state ment of which depend the reconstruction of the devastated area, equally desired by Germany, and beyond that, the economic restoration and peace of Europe, can find their solution only through mutual agreement.③

罥罗奢尔，又来了！在这五十五个大字里，开痕司一点不错的指出，除了加书〈划〉的十个字④以外，都是北京人说的废话，不但无用，而且有语病。

泰山日出⑤

> 振铎来信要我在《小说月报》的“太戈尔号”上说几句话。我也曾答应了，但这一时游济南游泰山游孔陵，太乐了，一时竟拉不拢心思来做整篇的文字，一直挨到现在期限快到，只得勉强坐下来，把我想得到的话不整齐的写出。

我们在泰山顶上看出太阳。在航过海的人，看太阳从地平线下爬上来，本不是奇事；而且我个人是曾饱饫过江海与印度洋无比的日彩的。但在高山顶上看日出，尤其在泰山顶上，我们无餍的好奇心，当然盼望一种特异的境界，与平原或海上不同的。果然，我们初起时，天还暗沉沉的，西方是一片的铁青，东方些微有些白意，宇宙只是——如用旧词形容——一体莽莽苍苍的。但这是我一面感觉劲烈的晓寒，一面睡眼不曾十分醒豁

① Krupp von Boelen：克鲁普·冯·伯伦，生平不详。

② Poincar é：普恩加莱（1860—1934），法国总统，在第一次世界大战期间努力保持国家团结，战后拒绝德国延期偿付赔偿，为此命令法军进入鲁尔。

③“现在的国际讨论使德国政府重述它一贯的见解，即与德国想望的受破坏地区的重建，和在更大范围里的欧洲经济复苏与和平相关的问题，必须通过达成双方一致的意见，才能获致解决。”

④原文只有九个字（词）下面加划。

⑤ 1923年7月作；载1923年9月10日《小说月报》第十四卷第九号，署名志摩；初收1969年台湾传记文学出版社《徐志摩全集》第六辑。采自《小说月报》。

时的约略的印象。等到留心回览时，我不由得大声的狂叫——因为眼前只是一个见所未见的境界。原来昨夜整夜暴风的工程，却砌成一座普遍的云海。除了日观峰与我们所在的玉皇顶以外，东西南北只是平铺着弥漫的云气，在朝旭未露前，宛似无量数厚毳长戎的绵羊，交颈接背的眠着，卷耳与弯角都依稀辨认得出。那时候在这茫茫的云海中，我独自站在雾霭溟濛的小岛上，发生了奇异的幻想——

我躯体无限的长大，脚下的山峦比例我的身量，只是一块拳石；这巨人披着散发，长发在风里像一面墨色的大旗，飒飒的在飘荡。这巨人竖立在大地的顶尖上，仰面向着东方，平拓着一双长臂，在盼望，在迎接，在催促，在默默的叫唤；在崇拜，在祈祷，在流泪——在流久慕未见而将见悲喜交互的热泪……

这泪不是空流的，这默祷不是不生显应的。

巨人的手，指向着东方——

东方有的，在展露的，是什么？

东方有的是瑰丽荣华的色彩，东方有的是伟大普照的光明——出现了，到了，在这里了……

玫瑰汁，葡萄浆，紫荆液，玛瑙精，霜枫叶——大量的染工，在层累的云底工作；无数蜿蜒的鱼龙，爬进了苍白色的云堆。

一方的异彩，揭去了满天的睡意，唤醒了四隅的明霞——光明的神驹，在热奋地驰骋……

云海也活了；眠熟了兽形的涛澜，又回复了伟大的呼啸，昂头摇尾的向着我们朝露染青馒形的小岛冲洗，激起了四岸的水沫浪花，震荡着这生命的浮礁，似在报告光明与欢欣之临在……

再看东方——海句力士已经扫荡了他的阻碍，雀屏似的金霞，从无垠的肩上产生，展开在大地的边沿。起……起……用力，用力，纯焰的圆颅，一探再探的跃出了地平，翻登了云背，临照在天空……

歌唱呀，赞美呀，这是东方之复活，这是光明的胜利……

散发祷祝的巨人，他的身彩横亘在无边的云海上，已经渐渐的消翳在普遍的欢欣里；现在他雄浑的颂美的歌声，也已在霞彩变幻中，普澈了四方八隅……

听呀，这普澈的欢声；看呀，这普照的光明！

这是我此时回忆泰山日出时的幻想，亦是我想望太戈尔来华的颂词。

未来派的诗[1]

前几年我在美洲乔治湖畔的一个人家做苦工。我的职务是打杂，每天要推饭车，在厨房和饭厅之间来来往往的走。饭车上装着一二百碗碟刀叉之类，都是我所要洗刷的。我每次推着小车在轨道上走，口里唱着歌儿，迎着习习的和风，感到一种异样的兴趣；不过这也仅是在疲极的时候所略得的休息罢了。实在说来，我在那里是极苦的。有一天不知怎样，车翻了，碗碟刀叉都跌了下来，打得歪斜粉碎。我那时非常惶恐，后来幸亏一个西班牙人——我的助手——帮着我把碎屑弄到阴沟里去，可怜我那时弄得两手都是鲜血，被碎屑刺破。回家时便接着梁任公给我的信，他的信上有几句话：

顷在罗马，
与古为徒，
现代意大利
熟视若无睹！

他的意思是说意大利风物之美，都是古罗马的遗迹，与现代之意大利丝毫无关。

意大利曾有一位 Maranetti[2]，他觉得许多人把意大利都当作图书馆或是博物院，专考究古代的文明，蔑视现在他们的艺术，心中极为愤恨，于是主张破坏意大利旧有的一切文明，无论雕刻绘画建筑文学，一概不要，另外创造新的。一个作者只能有二十岁到四十岁可以算作他著作的时期，此外的作品便须毁过重做。他有一篇宣言，有一段是，“未来派的自觉心”，便是竭力推阐他的主张的。

现在一切都为物质所支配，眼里所见的是飞艇，汽车，电影，无线电，密密的电线和成排的烟囱，令人头晕目眩，不能得一些时间的休止，实是改变了我们经验的对象。人的精神生活差不多被这样繁忙的生活逐走了。每日我在纽约只见些高的广告牌，望不见清澈的月亮；每天我只听见满处汽车火车和电车的声音，听不见萧瑟的风声和嘹亮的歌声。凡在西洋住过的人，差不多没有不因厌恶而生反抗的。

未来派的人知道这是不可挽回的现象，于是不但不求超出世外，反向前进行。现世纪的特色是：

一、迅速。例如坐车总要坐特别快车。

二、激刺。例如爱看官能感觉的东西。

三、嘈杂。例如听音乐爱听大锣大鼓。

四、奇怪。例如现代什么样稀奇的病症都出现了。

---

① 1923 年夏在南开大学暑期学校讲，赵景深记录整理；初收赵景深编、1925 年 11 月上海新文化书社《近代文学丛谈》。赵景深在《近代文学丛谈·序》中对《近代英文文学》和《未来派的诗》有所说明，附后。

② Maranetti：马拉内蒂，生平不详。

未来派觉得外界现象变了，情绪也应当变，所以也就依着这样的特色来制作他们的诗。

诗无非是由内感发出，使人沉醉，自己也沉醉；能把泥水般的经验化成酒，乃是诗的功用。千变万化，神妙莫测，极自然的写出，极不连贯，这便是未来派诗人的精神。他们觉得形容词是多余的，可以用快慢的符号来表明，并且无论牛唤羊声，乐谱，数学用字，斜字，倒字，都可以加到诗里去。他们又觉得一种颜色不够，于是用红绿各色来达意，字也可以自由制造。他们是极端的诚实，不用伪美的语句，铲除一切的不自然。看来虽好似乱七八糟，据说读起来音节是很好听的，虽然我没有听见过。关于未来派的诗我且不下什么批评，无论如何，他们一番革命的精神，已是为我们钦敬了！

现有的文字不能完全达出思想。我且举几个不能描绘的妙景，我认为须用未来派的诗写出才有声色的，作我这次讲演的结束：

“北京大学石狮搬家。石狮很重，工人们抬不动，便将木排垫在石狮下，捆绳在狮身上，许多人拉着绳前进，吆吆喝喝的拉着，拉一步，唱一声，石狮也摇摆了一下。狗在旁边看见狮子动，便吓跑了，停了，又跑到石狮的面前来吠叫。

“船泊南洋新加坡时，丢钱到海水里，马来土人便去钻人水底，拾起钱来。入水时浪花四溅，和那马来人黑皮肤与赤红的阳光相映，都是极难描写的。

“一条小河上，两个肥兵官在桥上打了起来，彼此不相让，两边的兵士只好在旁边呐喊，却不敢前近。忽然叶咚一声，两个肥兵官全跌到水里去了。”

附：赵景深《近代文学丛谈·序》（片断）

［这］是我笔记志摩师的讲演稿，那时是一九二三年，志摩师在南开暑期学校讲学，我也是听讲员的一个，《未来派的诗》一篇曾经志摩师校阅，《近代英文文学》志摩师不曾看过，其中误记的地方想是不少，我对他甚是抱歉；倘此书有再版的机会，而志摩师也有暇，当请他校改一遍，重与诸君相见，再者，《近代英文文学》中第九讲是菊隐兄记的，应在此声明一句。

鬼 话①

慧珈，我只是自然崇拜者。我生平教育之校择者，都从眷爱自然得来。但看我眼中有夏星与秋月；我感情有山岭之雄厚，仿佛大川之潮澜；我思想似山涧之清，似海之阔，似雷电之迅，似枝头好鸟之妙舌；我肢体似雏鹿，似春草，似春云；我想像似电似金似火，有天堂之瑰丽，有地狱之诡幻，有春日之和，有秋花之艳；我爱情如蜜，如蚕丝之不绝，如瀑，如常青之松柏，如石之坚，如月之秘。

慧珈，我只是个自然崇拜者，我以为自然界种种事物，不论其细如涧石，暂如花，黑如炭，明如秋月，皆孕有甚深之意义，皆含有不可理解之神秘，皆为至美之象征。我

①约1923年的初秋作；载1924年4月1日《晨报·文学旬刊》，署名志摩，文末有王统照（剑三）的附记；初收1980年台湾时报文化出版事业有限公司《徐志摩诗文补遗》。采自《晨报·文学旬刊》，《剑三附记》附后。

爱汝，因汝亦美之征，我实隐敬畏汝，因汝亦具神之秘。

汝手挽我臂，及汝行稍倦，我将以手承汝腰。

假令汝蹇不能行，我手必常承汝不辍；假令我盲不能视，汝亦必以至媚之词，状星与月与涧瀑，以娱我常阙之视。月或有盈昃，潮或有涨落，然我不能想像汝我历千难万苦所凝成之恋晶，遭受毫芒之挫损。慧珈，汝我肉虽各体，灵已相和，嘻！汝其东望！美滴初升之满月，至烈至大，披靡云翳，若劲风铲叶。慧珈，忆否年前汝我之奋斗生涯，大敌小寇，巨难隐挫之梗汝我成功之径者，指不可尽数，然美满卒生于黑暗，若潜涧之骤睹光明，若此满月之出雾锢，自此长天晴朗，安行无碍。慧珈，汝试以手觉我心搏，此方寸灵府碎而复全者再再三三，即汝手，此纤纤柔荏之手，亦尝亲傅利刃其中，幸而未殊，然草木不因春荣而怨冬杀，我慧珈仁勇犹天，即使寸寸磔我，成尘成灰。以散入广漠，我魂而有知，犹且感恋，况灾难终解，幸福大来，汝纤美之手，此日竟抚我怀，汝最美丽之灵魂，我竟敢呼为已有。慧珈，我乐良不可支，愿月常圆，愿汝常美，汝泪又盈盈汝眶，月辉出林我视甚清，可爱者泪也，我常呼为人间无价之珍珠。我慧，汝不见我睫亦湿，然今夕彼此怀欢，不能复如春间，在汝园前梨花荫下之交泪成流也。愿汝泪已粗，颓然欲滴，无已容我热吻，咽此情珠。慧乎。汝应登记。汝泪又一度济我情渴，听否桥下涧声凿凿，似讽似妒，且复前进何似？

楚王宫殿月轮高，
碧琉璃翠烟笼罩。

慧珈，汝我真身入仙境矣，如此琉璃，如此昭庙，如此寒烟，如此明月，慧珈吾爱，且为奈何此良宵。李长吉当此冬夜，必念“火井温泉”，太白在并，当不吝质裘换酒，然我有慧珈在手，我有慧珈在心，长生情焰，燎尽寒愁，况有蜜吻，何羡庸胶。

慧，汝见否昭庙前盘根巨干，决垣破垒而出，宁其难，不屈其性，美哉勇士，来岁春荣时，再来当以花冠宠之。

慧，不意冬令清温如此，干草生香，松馨可嗅，此道引向双清，引向玉乳，然汝我不如赴彼新亭一“看云起”，半山凉椽，早动我攀登之念，然前昨游山，展总北向，何如此夕，慰彼寂寥。且月轮正倚此峰下窥，溯影上寻，别饶逸趣，汝但密抱我袖，当减援蹭之乏，但小心足下，勿为莽棘所扰，勿使乱石为踣，此境清幽圣洁，即有山鬼，亦必雅驯，不敢孟浪我钟爱之麋。

慧，我爱幽秘，不矜明显，故爱月色，甚于昭阳；我童年见月，每每滴泪，但感其悲，不知何以，即今新愁未起，欢满衷肠，然徘徊之顷，便可写泪。大概感美动情，因情生泪，乐之与悲，原相交络，即我与汝年来恋迹他人视为温柔享尽，然我初不知有无悲之欢，无泪之会。汝我回顾来踪，青茵馥郁，何莫非清泪所滋培，即此往夷路从容，亦岂能循庸福之安步。佛说色即是空，空即是色，世俗谬解，负色负空。我谓从空中求色，乃为真色，从色求空，乃得真空；色，情也恋也，空，想像之神境也。汝我自诩识真，舍心在远，岂能局促于皮肉饮食之间哉。

故我爱月，即谓爱其幽秘也可。试看此林此谷，若无秘意，便无神趣昙花泡影之美。

正在其来之神，其潜之秘。世每以优昙比人生，设想甚美，然结论以惟其暂忽，应避空虚，则其谬可诛，其愚可怜。人生本非优昙，独见真见美之一俄顷，真生命之消息，乃如电光之涌现。彼牧奴，彼市贾，彼政客，惟日营营于货利泥涸，宁知生命宁有生命，复何优昙之可言。且生命诚是幻境，善生者不虑幻境之易灭，而惟恐其一灭而不复生，苟能如日之出没，生命之优昙朝荣而莫殊，生命之幻境，常绝亦常生，旦旦有希望，息息是危机，（则不其为生命之王欤？）世即有荣华，复何羡？

故我崇拜幽秘，崇拜月，崇拜月夜，夜亦自然之尤秘者。我爱夜，我爱星夜，我爱无星之夜，我爱黑暗中之微芒，我爱星芒下之黑夜。幽秘尤为赋与生命之原素，慧，汝不云乎！西山莫色，钝如铅，呆若木鸡方初星之未露方薇纳司之未现，天圜若冢盖，地偃若古尸，沙云谐色，松柏无声，几疑是沈沈者方且终古，然及明星之独与，顿转钝氲为凉霭，生命复起于沈寂，泄露宇宙生生无已之精神。因其闪耀，因其纯辉，远山近树，并感神明，一若内受神动，回舞欢欣，即石上枯藤，涧底残水，亦似耿耿欲为吟舞，颂美景良辰。慧，汝常爱独凭小牖，默察蓝空，静伺星起。一若展瞭春野，于一涨纯翠之中，忽见罗兰如目，粲笑相迎，讶喜未定，诸鬘并出，星定无极，一体神灵。尔时汝慧心频跃，喜溢长眉。慧珈我爱，汝非凡种，汝来本自神阙，我常有想，天上七星，列汝秀额，无怪汝爱星甚于爱珍。妙盼常在祥云飘渺之间。

慧，枯荆果茧汝行，刺不深否？是藤卷亦大可怜，经霜往雪，色剥根殊，但亘道际，仰啜星光，偶当游踵，辄前纠搂，其意可怜，其情可悯。然汝无端遭刺，痛即不深，亦算小恼，然为常为变，莫非因缘，不如展汝慈腕，温抚而撤置之，彼若有灵，亦当感愧。

慧，汝闻涧声否，似是双清之裔。今冬不冷，泉涧少封，况受星月之惠，流光绰约，宜其韵节连绵，欢惬生平。我尝称山涧为自然界之忠臣义士，自然界之多情种子，休道此潺潺一曲，其来远在云天高处，不知须经过几层地狱，冲度多少林菁，洗磨千万个石堁，涤净几万条荇草，几度幽咽，几番喟息，然其精灵所系，永失勿萱，任难任险，一往无前；慧，汝不尝见流涧合湖，音色并谐，此真克践素愿之欢悰，正不让汝我此夕之踏月林边也。

慧，“看云起”已可望见，月正初卸云衣，散辉如雪蕊缤纷，汝我试立岩松中望月洗之香山，从黑处望光明，益见光明之妩媚，况此尤为神秘之光明。

慧我爱友，汝不感我肢体微震乎？方我见美，神经似感烈电，但觉纤微狂舞，人格辄欲解化，我今又神荡矣！

莎翁尝言，事汝不尝强聒汝客以所恋之誉，汝意未纯。我今欲赋月美以证我恋。慧，汝每讽我以神经逾分之词来相颂汝。然汝当知，苟我不尝因意恋而感神明，则我爱良不足数；我唯从汝纯美的人格中，得窥神圣之奥义，得起悟神禁之境界，故我不得不神汝而圣汝，非滥文字以为夸也。慧乎，汝永为九天明烛，照我入信仰之门！况人道之粹即是神经，神经固人类应有之德。世之猥俗，正生教育习惯之惨堙圣源，汝精神身体之皎洁神明，正不让前峰满月，慧，汝当知吾言之非过誉也。

请为汝颂月：与其谓日为美之象，不如称之为慈悲之征。吾国诗人莫不咏月，然皆止于写态绘形而无深切之同情。惟唐诗“今夜月明人尽望，不知秋思在谁家”韵味俱长，可谓随手检得之宝石。盖月之秘，月之美，月之人道，正在其慨锡慈辉，慰旅人之倦，慰夜莺之寂，慰倚阑啜泣之少女，慰石间独秀之野花，时或轻披帘幕，俯吻眠熟之婴孩，河边沉思之诗人，时或仰天默祷明辉照泪，粲若露珠。天真纯洁之孩童，见天上疾驶之圆艇而啼求焉。而展腴白之小手，以擒清光于怀以示爱焉；此月之秘，此月之美，此月之人道，月之慈悲之效也。我因而每见明月愈不能自折其悲，不能自制其泪，然悲怀益深，泪落益多，而得慰，得灵魂之安慰，亦愈深且多。慧，汝最知此秘，吾不尝谓汝母愿我泣，泣实慰我。

美哉月！此圆此洁，此自由自在惠地不疑，行天无碍。美哉神话！

此高立婆娑者非玉桂乎，此瞿瞿欲动者非嫦娥之蟾乎，兔乎，彼捣玄霜者，何其春之迂徐，广寒之宫禁，何常靳而不启？慧，然汝喜科学，问言天文者月何似，使即量镜而望月，则向之婆娑者今坼侈为谷骸，为岩髅，向之灵动者今僵寂如石沟如败椽，向妩媚流盼如少女，今皱颓丑首如老妇，予我慰使我爱者今骇我视惑我思，向之神秘，向之美，今变为科学之事实；幻象消而美秘俱逝。以此视焚琴煮鹤，其煞风景为何似？慧，设汝有择于真灵之间，汝将焉取？虽然，科学何足以知月，量镜何足以知月，唯见事物之灵者，乃见其真，故讶月之秘之美，而月之真已全。汝不闻开慈之：——Endymion， 全诗实一月赋，证美而真目显，宇宙间有途程，理暗文捷，文所不能行，独真觉之灵翼乃得突击而过者，此其一也。开慈之言曰："我年益长，月之和丽我情热者亦益切；汝犹深谷；汝犹山巅，汝犹圣贤之慧笔，诗人之琴，知己之声音，中天之日；汝犹大口，犹凯得之光荣；汝犹我临阵之鼓角，之战驹，我承美酒之古爵，最高明之勋业；汝犹妇人之媚，汝可爱之明月！"

附：剑三附记

志摩这篇《鬼话》，他本不愿刊出，是我逼他从抽屉内检出的。我第一次看他这篇文字，是在去年的初秋日。那时正是繁阴映窗，斜阳反射着他室内的曼殊斐儿小影，栩栩欲活，我一气读过之后生无限灵感。这次我又记起这篇文字，所以索出刊登。我们且不管是文言，是白话，像这样想像丰富，文词郁艳的文字，现在的作品确不多见。最令我感动的尚不在其词句的幽丽，而在其思想的敻绝。我想读者自然会悟，原不用介绍，不过在发刊时我却不能自禁的要说这几句话。剑三。

我的祖母之死[①]

一

一个单纯的孩子，过他快活的时光，与匆匆的，活泼泼的，何尝识别生存与死亡？

这四行诗是英国诗人华茨华斯（William Wordsworth）一首有名的小诗叫做"我们是七人"（We Are Seven）的开端，也就是他的全诗的主意。这位爱自然，爱儿童的诗人，

① 1923年11月24日作；载1923年12月1日《晨报五周年纪念增刊》；初收1928年1月上海新月书店《自剖》。采自《自剖》。

有一次碰着一个八岁的小女孩，发卷蓬松的可爱，他问她兄弟姊妹共有几人，她说我们是七个，两个在城里，两个在外国，还有一个姊妹一个哥哥，在她家里附近教堂的墓园里埋着。但她小孩的心理，却不分清生与死的界限，她每晚携着她的干点心与小盘皿，到那墓园的草地里，独自的吃，独自的唱，唱给她的在土堆里眠着的兄姊听，虽则他们静悄悄的莫有回响，她烂漫的童心却不曾感到生死间有不可思议的阻隔；所以任凭华翁多方的譬解，她只是睁着一双灵动的小眼，回答说：

“可是，先生，我们还是七人。”

二

其实华翁自己的童真，也不让那小女孩的完全：他曾经说“在孩童时期，我不能相信我自己有一天也会得悄悄的躺在坟里，我的骸骨会得变成尘土”。又一次他对人说“我做孩子时最想不通的，是死的这回事将来也会得轮到我自己身上”。

孩子们天生是好奇的，他们要知道猫儿为什么要吃耗子，小弟弟从哪里变出来的，或是究竟先有鸡还是先有鸡蛋；但人生最重大的变端——死的见象与实在，他们也只能含糊的看过，我们不能期望一个个小孩子们都是搔头穷思的丹麦王子。他们临到丧故，往往跟着大人啼哭；但他只要眼泪一干，就会到院子里踢毽子，赶蝴蝶，就使在屋子里长眠不醒了的是他们的亲爹或亲娘，大哥或小妹，我们也不能盼望悼死的悲哀可以完全翳蚀了他们稚羊小狗似的欢欣。你如其对孩子说，你妈死了，你知道不知道——他十次里有九次只是对着你发呆；但他等到要妈叫妈，妈偏不应的时候，他的嫩颊上就会有热泪流下。但小孩天然的一种表情；往往可以给人们最深的感动。我生平最忘不了的一次电影，就是描写一个小孩爱恋已死母亲的种种天真的情景。她在园里看种花，园丁告诉她这花在泥里，浇下水去，就会长大起来。那天晚上天下大雨，她睡在床上，被雨声惊醒了，忽然想起园丁的话，她的小脑筋里就发生了绝妙的主意。她偷偷的爬出了床，走下楼梯，到书房里去拿下桌上供着的她死母的照片，一把揣在怀里，也不顾倾倒着的大雨，一直走到园里，在地上用园丁的小锄掘松了泥土，把她怀里的亲妈，谨慎的取了出来，栽在泥里，把松泥掩护着；她做完了工就蹲在那里守候—— 一个三四岁的女孩，穿着白色的睡衣，在深夜的暴雨里，蹲在露天的地上，专心笃意的盼望已经死去的亲娘，像花草一般，从泥土里发长出来！

三

我初次遭逢亲属的大故，是二十年前我祖父的死，那时我还不满六岁。那是我生平第一次可怕的经验，但我追想当时的心理，我对于死的见解也不见得比华翁的那位小姑娘高明。我记得那天夜里，家里人吩咐祖父病重，他们今夜不睡了，但叫我和我的姊妹先上楼睡去，回头要我们时他们会来叫的。我们就上楼去睡了，底下就是祖父的卧房，我那时也不十分明白，只知道今夜一定有很怕的事，有火烧，强盗抢，做怕梦，一样的可怕。我也不十分睡着，只听得楼下的急步声，碗碟声，唤婢仆声，隐隐的哭泣声，不息的响着。过了半夜，他们上来把我从睡梦里抱了下去，我醒过来只听得一片的哭声，他们已经把长条香点起来，一屋子的烟，一屋子的人，围拢在床前，哭的哭，喊的喊，我也挤了过去，在人丛里偷看大床里的好祖父。忽然听说醒了醒了，哭喊声也歇了，我看见父亲爬在床里，把病父抱持在怀里，祖父倚在他的身上，双眼紧闭着，口里衔着一块黑色的药物他说话了，很清的声音，虽则我不曾听明他说的什么话，后来知道他经过了一阵昏晕，他又醒了过来对家人说："你们吃吓了，这算是小死。"他接着又说了好几句话，随讲音随低，呼气随微，去了，再不醒了，但我却不曾亲见最后的弥留，也许是我记不起，总之我那时早已跪在地板上，手里擎着香，跟着大众高声的哭喊了。

四

此后我在亲戚家收殓虽则看得不少，但死的实在的状况却不曾见过。我们念书人的幻想力是较比的丰富，但往往因为有了幻想力，就不管生命现象的实在，结果是书呆子，陆放翁说的"百无一用是书生"。人生的范围是无穷的：我们少年时精力充足什么都不怕尝试，只愁没有出奇的事情做，往往抱怨这宇宙太窄，青天太低，大鹏似的翅膀飞不痛快，但是……但是平心的说，且不论奇的，怪的，特别的，离奇的，我们姑且试问人生里最基本的事实，最单纯的，最普遍的，最平庸的，最近人情的经验，我们究竟能有多少的把握，我们能有多少深澈的了解，我们是否都亲身经历过？譬如说：生产，恋爱，痛苦，悲，死，妒，恨，快乐，真疲倦，真饥饿，渴，毒焰似的渴，真的幸福，冻的刑罚，忏悔，种种的情热。我可以说，我们平常人生观，人类，人道，人情，真理，哲理，本能等等名词不离口吻的念书人们，什么文学家，什么哲学家——关于真正人生基本的事实的实在，知道的——恐怕是极微至鲜，即使不等于圆圈。我有一个朋友，他和他夫人的感情极厚，一次他夫人临到难产，因为在外国，所以进医院什么都得他自已照料，最后医生宣言只有用手术一法，但性命不能担保，他没有法子，只好和他半死的夫人诀别（解剖时亲属不准在旁的）。满心毒魔似的难受，他出了医院，走在道上，走上桥去，像得了离魂病似的，心脉舂臼似的跳着，最后他听着了教堂和缓的钟声，他就不自主的跟着钟声，进了教堂，跟着在做礼拜的跪着，祷告，忏悔，祈求，唱诗，流泪（他并不是信教的人），他这样的捱过时刻，后来回转医院时，一步步都是惨酷的磨难，比上行刑场的犯人，加倍的难受，他怕见医生与看护妇，仿佛他的运命是在他们的手掌里握着。事后他对人说"我这才知道了人生一点子的意味！"

五

所以不曾经历过精神或心灵的大变的人们，只是在生命的户外徘徊，也许偶尔猜想到几分墙内的动静，但总是浮的浅的，不切实的，甚至完全是隔膜的。人生也许是个空虚的幻梦，但在这幻象中，生与死，恋爱与痛苦，毕竟是陡起的奇峰，应得激动我们彷徨者的注意，在此中也许有可以感悟到一些幻里的真，虚中的实，这浮动的水泡不曾破裂以前，也应得饱吸自由的日光，反射几丝颜色！

我是一只不羁的野驹，我往往纵容想像的猖狂，诡辩人生的现实；比如凭藉凹折的玻璃，觉察当前景色。但时而复再，我也能从烦嚣的杂响中听出清新的乐调，在炫耀的杂彩里，看出有条理的意匠。这次祖母的大故，老家庭的生活，给我不少静定的时刻，不少深刻的反省。我不敢说我因此感悟了部分的真理，或是取得了若干的智慧；我只能说我因此与实际生活更深了一层的接触，益发激动我对于人生种种好奇的探讨，益发使我惊讶这迷谜的玄妙，不但死是神奇的现象，不但生命与呼吸是神奇的现象，就连日常的生活与习惯与迷信，也好像放射着异样的光闪，不容我们擅用一两个形容词来概状，更不容我们昌言什么主义来抹煞——一个革新者的热心，碰着了实在的寒冰！

六

我在我的日记里翻出一封不曾写完不曾付寄的信，是我祖母死后第二天的早上写的。我那时在极强烈的极鲜明的时刻内，很想把那几日经过感想与疑问，痛快的写给一个同情的好友，使他在数千里外也能分尝我强烈的鲜明的感情。那位同情的好友我选中了通伯，但那封信却只起了一个呆重的头，一为丧中忙，二为我那时眼热不耐用心，始终不曾写就，一直挨到现在再想补写，恐怕强烈已经变弱，鲜明已经透暗，逃亡的囚通，不易追获的了。我现在把那封残信录在这里，再来追摹当时的情景。

> 通伯：我的祖母死了！从昨夜十时半起，直到现在，满屋子只是号啕呼抢的悲音。与和尚道士女僧的礼忏鼓磬声。二十年前祖父丧时的情景。如今又在眼前了。忘不了的情景！你愿否听我讲些？
>
> 我一路回家，怕的是也许已经见不到老人，但老人却在生死的交关仿佛存心的弥留着，等待她最钟爱的孙儿——即不能与他开言诀别，也使他尚能把握她依然温暖的手掌，抚摩她依然跳动着的胸怀。凝视她依然能自开自合虽则不再能表情的目睛。她的病是脑充血的一种，中医称为“卒中”(最难救的中风)。她十日前在暗房里蹶仆倒地，从此不再开口出言，登仙似的结束了她八十四年的长寿，六十年良妻与贤母的辛勤，她现在已经永远的脱辞了烦恼的人间，还归她清净自在的来处。我们承受她一生的厚爱与荫泽的儿孙，此时亲见，将来追念，她最后的神化，不能自禁中怀的摧痛，热泪暴雨似的盆涌，然痛心中却亦隐有无穷的赞美，热泪中依稀想见她功成德备的微笑，无形中似有不朽的灵光，永远的临照她绵衍的后裔……

七

旧历的乞巧那一天，我们一大群快活的游踪，驴子灰的黄的白的，轿子四个脚夫抬的，正在山海关外，纡回的，曲折的绕登角山的栖贤寺，面对着残圮的长城，巨虫似的爬山越岭，隐入烟霭的迷茫。那晚回北戴河海滨住处，已经半夜，我们还打算天亮四点钟上莲峰山去看日出，我已经快上床，忽然想起了，出去问有信没有，听差递给我一封电报，家里来的四等电报。我就知道不妙，果然是“祖母病危速回”！我当晚就收拾行装，赶早上六时车到天津，晚上才上津浦快车。正嫌路远车慢，半路又为水发冲坏了轨道过不去，一停就停了十二点钟有余，在车里多过了一夜，直到第三天的中午方才过江上沪宁车。这趟车如其准点到上海，刚好可以接上沪杭的夜车，谁知道又误了点，误了不多不少的一分钟，一面我们的车进站，他们的车头呜的一声叫，别断别断的去了！我若然是空身子，还可以冒险跳车，偏偏我的一双手又被行李雇定了，所以只得定着眼睛送它走。

所以直到八月二十二日的中午我方才到家。我给通伯的信说“怕是已经见不着老人”，在路上那几天真是难受，缩不短的距离没有法子，但是那急人的水发，急人的火车，几面凑拢来，叫我整整的迟一昼夜到家！试想病危了的八十四岁的老人，这二十四点钟不是容易过的，说不定她刚巧在这个期间内有什么动静，那才叫人抱憾哩！但是结果还算没有多大的差池——她老人家还在生死的交关等着！

八

奶奶——奶奶——奶奶！奶——奶！你的孙儿回来了，奶奶！没有回音。老太太合着眼，仰面躺在床里，右手拿着一把半旧的雕翎扇很自在的扇动着。老太太原来就怕热，每年暑天总是扇子不离手的，那几天又是特别的热。这还不是好好的老太太，呼吸顶匀净的，定是睡着了，谁说危险！奶奶，奶奶！她把扇子放下了，伸手去摸着头顶上挂着的冰袋，一把抓得紧紧的，呼了一口长气，像是暑天赶道儿的喝了一碗凉汤似的，这不是她明明的有感觉不是？我把她的手拿在我的手里，她似乎感觉我手心的热，可是她也让我握着，她开眼了！右眼张得比左眼开些，瞳子却是发呆，我拿手指在她的眼前一挑，她也没有瞬，那准是她瞧不见了——奶奶，奶奶，——她也真没有听见，难道她真是病了，真是危险，这样爱我疼我宠我的好祖母，难道真会得……我心里一阵的难受，鼻子里一阵的酸，滚热的眼泪就迸了出来。这时候床前已经挤满了人，我的这位，我的那位，我一眼看过去，只见一片惨白忧愁的面色，一双双装满了泪珠的眼眶。我的妈更看的憔悴。她们已经伺候了六天六夜，妈对我讲祖母这回不幸的情形，怎样的她夜饭前还在大厅上吩咐事情，怎样的饭后进房去自己擦脸，不知怎样的闪了下去，外面人听着响声才进去，已经是不能开口了，怎样的请医生，一直到现在还没有转机……

一个人到了天伦骨肉的中间，整套的思想情绪，就变换了式样与颜色。你的不自然的口音与语法没有用了；你的耀眼的袍服可以不必穿了；你的洁白的天使的翅膀，预备飞翔出人间到天堂的，不便在你的慈母跟前自由的开豁；你的理想的楼台亭阁，也不易轻易的放进这二百年的老屋；你的佩剑，要塞，以及种种的防御，在争竞的外界即使是必要的，到此只是可笑的累赘。在这里，不比在其余的地方，他们所要求于你的，只是随熟的声音与笑貌，只是好的，纯粹的本性，只是一个没有斑点子的赤裸裸的好心。在这些纯爱的骨肉的经纬中心，不由得你不从你的天性里抽出最柔糯亦最有力的几缕丝线来加密或是缝补这幅天伦的结构。

所以我那时坐在祖母的床边，含着两朵热泪，听母亲叙述她的病况，我脑中发生了异常的感想，我像是至少逃回了二十年的光阴，正如我膝前子侄辈一般的高矮，回复了一片纯朴的童真，早上走来祖母的床前，揭开帐子叫一声软和的奶奶，她也回叫了我一声，伸手到里床去摸给我一个蜜枣或是三片状元糕，我又叫了一声奶奶，出去玩了，那是如何可爱的辰光，如何可爱的天真，但如今没有了，再也不回来了。现在床里躺着的，还不是我的亲爱的祖母，十个月前我伴着到普渡〈陀〉登山拜佛清健的祖母，但现在何以不再答应我的呼唤，何以不再能表情，不再能说话，她的灵性哪里去了，她的灵性那里去了？

九

一天，一天，又是一天——在垂危的病榻前过的时刻，不比平常飞驶无碍的光阴，时钟上同样的一声的嗒，直接的打在你的焦急的心里，给你一种模糊的隐痛——祖母还是照样的眠着，右手的脉自从起病以来已是极微仅有的，但不能动掸〈弹〉的却反是有脉的左侧，右手还是不时在挥扇，但她的呼吸还是一例的平匀，面容虽不免瘦削，光泽依然不减，并没有显着的衰象，所以我们在旁边看她的，差不多每分钟都盼望她从这长期的睡眠中醒来，打一个哈欠，就开眼见人，开口说话——果然她醒了过来，我们也不会觉得离奇，像是原来应当似的。但这究竟是我们亲人绝望中的盼望，实际上所有的医生，中医，西医，针医，都已一致的回绝，说这是"不治之症"，中医说这脉象是凭证，西医说脑壳里血管破裂，虽则植物性机能——呼吸，消化——不曾停止，但言语中枢已经断绝——此外更专门更玄学更科学的理论我也记不得了。所以暂时不变的原因，就在老太太本来的体元太好了，拳术家说的"一时不能散工"，并不是病有转机的兆头。

我们自己人也何尝不明白这是个绝症；但我们却总不忍自认是绝望：这"不忍"便是人情。我有时在病榻前，在凄悒的静默中，发生了重大的疑问。科学家说人的意识与灵感，只是神经系最高的作用，这复杂，微妙的机械，只要部分有了损伤或是停顿，全体的动作便发生相当的影响；如其最重要的部分受了扰乱，他不是变成反常的疯癫，便是完全的失去意识。照这一说，体即是用，离了体即没有用；灵魂是宗教家的大谎，人的身体一死什么都完了。这是最甘〈干〉脆不过的说法，我们活着时有这样有那样已经尽够麻烦，尽够受，谁还有兴致，谁还愿意到坟墓的那一边再去发生关系，地狱也许是黑暗的，天堂是光明的，但光明与黑暗的区别无非是人类专擅的假定，我们只要摆脱这皮囊，还归我清静，我就不愿意头戴一个黄色的空圈子，合着手掌跪在云端里受罪！

再回到事实上来，我的祖母——一位神智最清明的老太太——究竟在那里？我既然不能断定因为神经部分的震裂她的灵感性便永远的消灭，但同时她又分明的失却了表情的能力，我只能设想她人格的自觉性，也许比平时消澹〈淡〉了不少，却依旧是在着，像在梦魇里将醒未醒时似的，明知她的儿女孙曾不住的叫唤她醒来，明知她即使要永别也总还有多少的嘱咐，但是可怜她的睛球再不能反映外界的印象，她的声带与口舌再不能表达她内心的情意，隔着这脆弱的肉体的关系，她的性灵再不能与她最亲的骨肉自由的交通——也许她也在整天整夜的伴着我们焦急，伴着我们伤心，伴着我们出泪，这才是可怜，这才真叫人悲戚哩！

十

到了八月二十七那天，离她起病的第十一天，医生吩咐脉象大大的变了，叫我们当心，这十一天内每天她只咽人很困难的几滴稀薄的米汤，现在她的面上的光泽也不如早几天了，她的目眶更陷落了，她的口部的筋肉也更宽驰了，她右手的动作也减少了，即使拿起了扇子也不再能很自然的扇动了——她的大限的确已经到了。但是到晚饭后，反是没有什么显象。同时一家人着了忙，准备寿衣的，准备冥银的，准备香灯等等的。我从里走出外，又从外走进里，只见匆忙的脚步与严肃的面容。这时病人的大动脉已经微细的不可辨，虽则呼吸还不至怎样的急促。这时一门的骨肉已经齐集在病房里，等候那不可避免的时刻。到了十时光景，我和我的父亲正坐在房的那一头一张床上，忽然听得一个哭叫的声音说——“大家快来看呀，老太太的眼睛张大了！”这尖锐的喊声，仿佛是一大桶的冰水浇在我的身上，我所有的毛管一齐竖了起来，我们踉跄的奔到了床前，挤进了人群。果然，老太太的眼睛张大了，张得很大了！这是我一生从不曾见过，也是我一辈子忘不了的眼见的神奇。（恕罪我的描写！）不但是两眼，面容也是绝对的神变了（Transfigured）：她原来皱缩的面上，发出一种鲜润的彩泽，仿佛半瘀的血脉，又一度满充了生命的精液，她的口，她的两颊，也都回复了异样的丰润；同时她的呼吸渐渐的上升，急进的短促，现在已经几乎脱离了气管，只在鼻孔里脆响的呼出了。但是最神奇不过的是一只眼睛！她的瞳孔早已失去了收敛性，呆顿的放大了。但是最后那几秒钟！不但眼眶是充分的张开了，不但黑白分明，瞳孔锐利的紧敛了，并且放射着一种不可形容，不可信的辉光，我只能称他为“生命最集中的灵光”！这时候床前只是一片的哭声，子媳唤着娘，孙子唤着祖母，婢仆争喊着老太太，几个稚龄的曾孙，也跟着狂叫太太……但老太太最后的开眼，仿佛是与她亲爱的骨肉，作无言的诀别，我们都在号泣的送终，她也安慰了，她放心的去了。在几秒时内，死的黑影已经移上了老人的面部，遏灭了生命的异彩，她最后的呼气，正似水泡破裂，电光杳灭，菩提的一响，生命呼出了窍，什么都止息了。

十一

我满心充塞了死象的神奇，同时又须顾管我有病的母亲，她那时出性的号啕，在地板上滚着，我自己反而哭不出来；我自己也觉得奇怪，眼看着一家长幼的涕泪滂沱，耳听着狂沸似的呼抢号叫，我不但不发生同情的反应，却反而达到了一个超感情的，静定的，幽妙的意境，我想像的看见祖母脱离了躯壳与人间，穿着雪白的长袍，冉冉的上升天去，我只想默默的跪在尘埃，赞美她一生的功德，赞美她一生的圆寂。这是我的设想！我们内地人却没有这样纯粹的宗教思想；他们的假定是不论死的是高年厚德的老人或是无知无慾的幼孩，或是罪大恶极的凶人，临到弥留的时刻总是一例的有无常鬼，摸壁鬼，牛头马面，赤发獠牙的阴差等等到门，拿着镣链枷锁，来捉拿阴魂到案。所以烧纸帛是平他们的暴戾，最后的呼抢是没奈何的诀别。这也许是大部分临死时实在的情景，但我们却不能概定所有的灵魂都不免遭受这样的凌辱。譬如我们的祖老太太的死，我只能想像她是登天，只能想像她慈祥的神化——像那样鼎沸的号啕，固然是至性不能自禁，但我总以为不如匐伏隐泣或祷默，较为近情，较为合理。

理智发达了，感情便失了自然的浓挚；厌世主义的看来，眼泪与笑声一样是空虚的，无意义的。但厌世主义姑且不论，我却不相信理智的发达，会得妨碍天然的情感；如其教育真有效力，我以为效力就在剥削了不合理性的“感情作用”，但决不会有损真纯的感情；他眼泪也许比一般人流得少些，但他等到流泪的时候，他的泪才是应流的泪。我也是智识愈开流泪愈少的一个人，但这一次却也真的哭了好几次。一次是伴我的姑母哭的，她为产后不曾复原，所以祖母的病一直瞒着她，一直到了祖母故后的早上方才通知她。她扶病来了，她还不曾下轿，我已经听出她在啜泣，我一时感觉一阵的悲伤，等到她出轿放声时，我也在房中嘘唏不住。又一次是伴祖母当年的赠嫁婢哭的。她比祖母小十一岁，今年七十三岁，亦已是个白发的婆子，她也来哭她的“小姐”，她是见着我祖母的花烛的唯一个人，她的一哭我也哭了。

再有是伴我的父亲哭的。我总是觉得一个身体伟大的人，他动情感的时候，动人的力量也比平常人伟大些。我见了我父亲哭泣，我就忍不住要伴着淌泪。但是感动我最强烈的几次，是他一人倒在床里，反复的啜泣着，叫着妈，像一个小孩似的，我就感到最热烈的伤感，在他伟大的心胸里浪涛似的起伏，我就感到母子的感情的确是一切感情的起原与总结，等到一失慈爱的荫蔽，仿佛一生的事业顿时莫有了根柢，所有的快乐都不能填平这唯一的缺陷；所以他这一哭，我也真哭了。

但是我的祖母果真是死了吗？她的躯体是的。但她是不死的。诗人勃兰恩德说（Bryant）：[①]

So live，that when thy summons comes to join the innumer able caravan，which moves to that mysterious r-ealm where each one takes his chamber in the silent halls of death，then go not，like the quarry slave at night scourged to his dungeon，but sus tained and soothed.

By an unfaltering truth，approach thy grave like one thatwraps the drapery of his couch，adout him，and lies down to pleasant dreams.[②]

如果我们的生前是尽责任的，是无愧的，我们就会安坦的走近我们的坟墓，我们的灵魂里不会有惭愧或悔恨的啮痕。人生自生至死，如勃兰恩德的比喻，真是大队的旅客在不尽的沙漠中进行，只要良心有个安顿，到夜里你卧倒在帐幕里也就不怕噩梦来缠绕。

我的祖母，在那旧式的环境里，到我们家来五十九年，真像是做了长期的苦工，她何尝有一日的安闲，不必说子女的嫁娶，就是一家的柴米油盐，扫地抹桌，那一件事不在八十岁老人早晚的心上！我的伯父快近六十岁了，但他的起居饮食，还差不多完全是祖母经管的，初出世的曾孙如其有些身热咳嗽，老太太晚上就睡不安稳；她爱我宠我的深情，更不是文字所能描写；她那深厚的慈荫，真是无所不包，无所不蔽。但她的身心即使劳碌了一生，她的报酬却在灵魂无上的平安；她的安慰就在她的儿女孙曾，只要我们能够步她的前例，各尽天定的责任，她在冥冥中也就永远的微笑了。

十一月二十四日

① Bryant：今译布赖恩特（1794—1878），美国诗人，代表作为《死亡观》、《致水鸟》等。

②“活下去吧，当你受到召唤，去加入向那神秘的领域行进的无穷无尽的旅行队伍，去死亡的府第人住的时候，不要像那逃奴，在深夜里被鞭子抽着回到他的地牢，而应该是镇定与平静的。/因为对真理的毫不动摇的信念，你在走近坟墓的时候要像一个上床睡觉的人，把毯子卷好，躺下准备做一夜的美梦。”

罗素又来说话了[1]

一

每次我念罗素的著作或是记起他的声音笑貌，我就联想起纽约城，尤其是吴尔吴斯五十八层的高楼。他们好像是二十世纪的两个敌对的象征，——罗素先生与五十八层的高楼。罗素的思想言论，仿佛是夏天海上的黄昏，紫黑云中不时有金蛇似的电火在冷酷地料峭地猛闪，骇人的电闪，在你的头顶眼前隐现！

矗入云际的高楼，不危险吗？一半个的霹雳，便可将他锤成粉屑——震的赫真江边的青林绿草都兢兢的摇动！但是不然！电火尽闪着，霹雳却始终不到，高楼依旧在层云中矗着，纯金的电光，只是照出他的傲慢，增加他的辉煌！

罗素最近在他一篇论文叫做：《余闲与机械主义》（见 Dial，For August，1923）[2]，又放射了一次他智力的电闪，威吓那五十八层的高楼。

我们是踮起脚跟，在旁边看热闹的人；我们感到电闪之迅与光与劲，亦看见高楼之牢固与倔犟。

二

一二百年前，法国有一个怪人，名叫凡尔太的，他是罗素的前身，罗素是他的后影，他当时也同罗素在今日一样，放射了最敏锐的智力的光电，威吓当时的制度习惯，当时的五十八层高楼。他放了半世纪冷酷的，料峭的闪电，结成一个大霹雳，到一七八九那年，把全欧的政治，连着比士梯亚的大牢城，一起的打成粉屑。罗素还有一个前身，这个是他同种的，就是大诗人雪莱的丈人，著《女权论》的吴尔顿克辣夫脱的丈夫，威廉古德温，他也是个崇拜智力，崇拜理性的，他也凭着智理的神光，抨击英国当时的制度习惯。他是近代各种社会主义的一个始祖，他的霹雳，虽则没有法国革命那个的猛烈，却也打翻了不少的偶像，打倒了不少的高楼。

罗素的霹雳，要到什么时候才能轰出，不是容易可以按定的；但这不住的闪电，至少证明空中涵有蒸热的闷气，迟早总得有个发泄，疾电暴雨的种子，已经满布在云中。

三

他近年来最厌恶的对象，最要轰成粉屑的东西，是近代文明所产生的一种特别现象，与这现象所养成的一种特别心理。不错，他对于所谓西方文明，有极严重的抗议；但他却不是印度的甘地，他只反对部分，不反对全体。

他依然是未能忘情的，虽则他奖励中国人的懒惰，赞叹中国人的懦怯，慕羡中国人的穷苦——他未能忘情于欧洲真正的文化。“我愿意到中国去做一个穷苦的农夫，吃粗米，

①载 1923 年 12 月 10 日《东方杂志》第二十卷第二十三期，文末标有“《时事新报》”，似由该报转载；初收 1969 年台湾传记文学出版社《徐志摩全集》第六辑。采自《东方杂志》。

② Dial，For August，1923：《刻度盘》，Dial 杂志，1923 年 8 月号。

穿布衣，不愿意在欧美的文明社会里，做卖灵魂，吃人肉的事业。”这样的意思，他表示过好几次。但研究数理，大胆的批评人类；却不是卖灵魂，更不是吃人肉；所以罗素虽则爱极了中国，却还愿意留在欧洲，保存他 Honorable[①]的高贵，这并不算言行的不一致，除非我们故意的讲蛮不讲理。

When I am tempted to wish the human race wiped out by some passing comet I think of scientific knowledge and of art；those two things seem to make our existence not wholly futile.[②]

四

罗素先生经过了这几年红尘的生活—— 在战时主张和平；反抗战争；与执政者斗，与群众斗，与癫狂的心理斗，失败，屈辱，褫夺教职，坐监，讲社会主义，赞扬苏维埃革命，入劳工党，游鲍尔雪微克之邦，离婚，游中国，回英国，再结婚，生子，卖文为生——他对他人生的观察与揣摹，已经到了似乎成熟的（所以平和的）结论。

他对于人生并不失望；人类并不是根本要不得的，也并不是无可救度的。而且救度的方法，决计是平和的，不是暴烈的：暴烈只能产生暴烈。他看来人生本来是铄亮的镜子，现在就只被灰尘盖住了；所以我们只要说擦了灰尘，人生便可回复光明的。

他以为只要有四个基本条件之存在，人生便是光明的。

第一是生命的乐趣——天然的幸福。

第二是友谊的情感。

第三是爱美与欣赏艺术的能力。

第四是爱纯粹的学问与知识。

这四个条件只要能推及平民——他相信是可以普遍的——天下就会太平，人生就有颜色。

五

怎样可以得到生命的乐趣？他答，所有人生的现象本来是欣喜的，不是愁苦的；只有妨碍幸福的原因存在时，生命方始失去他本有的活泼的韵节。小猫追赶她自己的尾巴，鹊之噪，水之流，松鼠与野兔在青草中征逐：自然界与生物界只是一个整个的欢喜。人类亦不是例外；街上褴褛的小孩，哪一个不是快乐的。人生种种苦痛的原因，是人为的，不是天然的；可移去的，不是生根的；痛苦是不自然的现象。只要彰明的与潜伏的原始本能，能有相当的满足与调和，生活便不至于发生变态。社会的制度是负责任的。从前的学者论政治或论社会，亦未尝不假定一分心理的基础；但心理学是个最较发达的科学，功利主义的心理假定是过于浅陋，犹之马克思派的心理假定是错误的。近代心理学尤其是心理分析对于社会科学最大的贡献，就在证明人是根本的自私的动物。利他主义者只见了个表面，所以利他主义的伦理只能强人作伪，不能使人自然的为善。几个大宗教成功的秘密，就在认明这重要的一点：耶稣教说你行善你的灵魂便可升天；佛教说你修行

①Honorable：可敬的。

②在我企望人类被某个过路的彗星所毁灭的时候，我就想到了艺术和科学知识；只有这两样东西才使我们的存在显得不是完全无益。

结果你可证菩提；道教说你保全你精气神你可成仙。什么事都没有自己实在的利益澈〈彻〉底；什么事都起源于自觉的或不自觉的利己的动机。但同时人又是善于假借的；他往往穿着极体面的衣裳，掩盖他丑陋的原形。现在的新心理学，仿佛是一座照妖镜；不论芭蕉裹的怎样的紧结，他总耐心的去剥。现在虽然剥近，也许竟已剥到了蕉心了。

所以，人类是利己的，这实在是现代政治家与社会改良家所最应认明与认定的。这个真理的暴露，并不有损人类的尊严，如其还有人未能忘情于此；并且亦不妨碍全社会享受和平与幸福的实现。认明了事实与实在，就不怕没有办法，危险就在隐匿或诡辨实在与事实。病人讳病时，便有良医也是无法可施的。现代与往代的分别，就在自觉与非自觉；社会科学的希望，就在发现从前所忽略的，误解的，或隐秘的病候。理清了病情，开明了脉案，然后可以盼望对症的药方；否则，即使有偶逢的侥幸，决不能祛除病根的。

六

实际的说，身体的健康当然是生命的乐趣的第一个条件；有病的与肝旺的人，当然不能领略生命自然的意味。所以体育是重要的。但这重要也是相对的，我们如其侧重了躯体，也许因而妨碍智力的发展，像我们几个专诚尊崇运动学校的产品，蔡孑民先生曾经说到过，也是危险的。肌肉与脑筋，应受同等的注意。如男女都有了最低限制的健康，自然的幸福便有了基础，此外只要社会制度有相当的宽紧性，不阻碍男女个人本能相当的满足，消极的不使发生压迫状态致有变态与反常之产生。工作是不可免的，但相当的余闲也是必要的；罗素以为将来的社会不容不工作的分子，亦不容偏重的工作，据经济学家计算，每人每日只需三四小时工作，社会即可充裕的过去，现有的生产率，一半是原因了竞争制度的糜费。

七

工业主义的一个大目标是“成功”（Success），本质是竞争，竞争所要求的是“捷效”（Efficiency）。成功，竞争，捷效，所合成的心理或人生观，便是造成工业主义，日趋自杀现象，使人道日趋机械化的原因。我们要回复生命的自然与乐趣，只有一个方法，就在打破经济社会竞争的基础，消灭成功与捷效的迷信——简言之，切近我们中国自身的问题说，就在排斥太平洋那岸过来的主义，与青年会所代表的道德，我前天会见一个有名的报馆经理，他说，报的事情，如其你要办他个发达，真不是人做的事！又有一个忠慎勤劳的银行经理，与一个忠慎劳勤的纱厂经理，也同声的说生意真不是人做的，整天的忙不算，晚上梦里的心思都不得个安稳，究竟为的是什么，我们自己都不知道。这是实情。竞争的商业社会，只是萧伯讷所谓零卖灵魂的市场。我们快快的回头，也许可以超脱；再不要迷信开纱厂。比如说，发大财——要知道蕴藻滨华丽宏大的大中华的烟囱，已经好几时不出烟。我们与其崇拜新近死的北岩公爵（他最大的功绩，就在造成同类相残的心理，摧残了数百万的生灵，他却取得了威望与金钱与不朽的荣誉）与美国的十大富豪，不如去听聂云台先生的忏悔谈，去请他演说托尔斯泰与甘地的真谛吧！

八

罗素说他自从看过中国以后，他才觉悟“累进”（Progress）与“捷效”的信仰是近代西方的大不幸。他也悟到固定的社会的好处——这是进步的反面——与情性，或懒惰主义的妙处——这是捷效的反面——。他说：“I have hopes of laziness as a gospel.”①

懒惰是济世的福音！我们知道罗素所谓“懒惰”的反面不是我们农业社会之所谓勤——私人治己治家的勤是美德，永远应受奖励的——而是现代机械式的工商社会所产生无谓的慌忙与扰攘，灭绝性灵的慌忙与扰攘。这就是说，现代的社会趋向于侵蚀，终于完全剥夺合理的人生应有的余闲，这是极大的危险与悲惨。劳力的工人不必说，就是中等社会，亦都在这不幸的旋涡中急转。罗素以为，譬如就英国说，中级社会之顽，愚，嫉妒，偏执，迷信，劳工社会之残忍，愚暗，酗酒的习惯，等等，都是生活的状态失了自然的和谐的结果。

九

所以现代社会的状况，与生命自然的乐趣，是根本不能相容的。友谊的情感，是人与人，或国与国相处的必需原素，而竞争主义又是阻碍真纯同情心发展的原因。又次，譬如爱美的风尚，与普遍的艺术的欣赏，例如当年雅典或初期的罗马曾经实现过的，又不是工商社会所能容恕的。从前的技士与工人，对于他们自己独出心裁所造成的作品，有亲切真纯的兴趣；但现在伺候机器的工作，只能僵瘪人的心灵，决不能奖励创作的本能。我们只要想起英国的孟骞斯德，利物浦；美国的芝加哥，毕次保格，纽约，中国的上海，天津；就知道工业主义只能孕育丑恶，庸俗，龌龊，罪恶，嚣厖，高烟囱与大腹贾。

又次，我们常以为科学与工业文明有不可分离的关系。是的，关系是有的；但却不是不可分离的。没有科学，就没有现代的文明；但科学有两种意义，我们应得认明：一是纯粹的科学，例如自然现象的研究，这是人类凭着智力与耐心积累所得的，罗素所谓“The most god—like thing that men can do”②。一是科学的应用，这才是工业文明的主因。真纯的科学家，只有纯粹的知识是他的对象，他绝对不是功利主义的，绝对不问他所寻求与人生有何实际的关系。孟代尔（Mendel）③当初在他清静的寺院培养他的豆苗，何尝想到今日农畜资本家的利用他的发明？法蓝岱（Faraday）④与麦克士惠尔（Maxwell）⑤亦何尝想到现代的电气事业？

当初的先生们，竭尽他们一生精力，开拓人类知识的疆土，何尝料想到，照现在的状况看来，他们倒似乎变了人类的罪人；因为应用科学的成绩，就只（一）倍增了货物的产品，促成资本主义之集中；（二）制造杀人的利器，奖励同类自残的劣性；

①我对懒惰能够成为福音抱有期望。

②人所能做的最接近神的事情了。

③ Mendel：今译孟德尔（1822—1884），奥地利遗传学家，1865 年发现遗传基因原理。

④ Faraday：今译法拉第（1791—1867），英国物理学家和化学家，发现电磁感应现象、电解定律和磁与光的关系。

⑤ Maxwell：今译麦克斯韦（1831—1879），英国物理学家，创立电磁场理论。

（三）设备机械性的娱乐，却掩没了美术的本能。我们再看，应用科学最发达的所在是美国，资本主义最不易摇动的所在，是美国；纯粹科学最不发达的，亦是美国：他们现在所利用的科学的发现，都不是美国人的成绩。所以功利主义的倾向，最是不利于少数的聪明才智，寻求纯粹智识的努力。我们中国近来很讨论科学是否人生的福音，一般人竟有误科学为实际的工商业，以为我们若然反抗工业主义，即是反对科学本体，这是错误的。科学无非是有系统的学术与思想，这如何可以排斥；至于反抗机械主义与提高精神生活，却又是一件事了。

所以合理的人生，应有的几种原〈元〉素——自然的幸福，友谊的情感，爱美与创作的奖励，纯粹知识——科学——的寻求——都是与机械式的社会状况根本不能并存的。除非转变机械主义的倾向，人生很难有希望。

十

这是我们也都看得分明的；我们亦未尝不想转变方向，但却从那里做起呢？这才是难处。罗素先生却并不悲观。他以为这是个心理——伦理的问题。旧式的伦理，分别善恶与是非的，大都不曾认明心理的实在，而且往往侧重个人的。罗素的主张，就在认明心理的实在，而以社会的利与弊，为判定行为善恶的标准。罗素看来，人的行为只是习惯，无所谓先天的善与恶。凡是趋向于产生好社会的习惯，不论是心的或是体的，就是善；反之，产生劣社会的习惯，就是恶。罗素所谓好的社会，就是上面讲的具有四种条件的社会；他所谓劣社会就是反面，因本能压迫而生的苦痛（替代自然的快乐），恨与嫉忌（替代友谊与同情）；庸俗少创作，不知爱美，与心智的好奇心之薄弱。要奖励有利全体的习惯，可以利用新心理学的发现。我们既然明白了人是根本自私自利的，就可以利用人们爱夸奖恶责罚的心理，造成一种绝对的道德（Positive Morality），就是某种的行为应受奖掖，某种的行为应受责辱。但只是折衷于社会的利益，而不是先天的假定某种行为为善，某种行为为恶。从前台湾土人有一种风俗：一个男子想要娶妻，至少须杀下一个人头，带到结婚场上；我们文明社会奖励同类自残，叫做勇敢，算是美德，岂非一样可笑？

这样以结果判别行为的伦理，就性质说，与边沁及穆勒父子所代表的伦理学，无甚分别；罗素自己亦说他的主张并不是新奇的，不过不论怎样平常的一个原则，若然全社会认定了他的重要，着力的实行去，就会发生可惊的功效。以公众的利益判别行为之善恶：这个原则一定，我们的教育，刑律，我们奖与责的标准，当然就有极重要的转变。

十一

归根的说，现有的工业主义，机械主义，竞争制度，与这些现象所造成的迷信心理与习惯，都是我们理想社会的仇敌，合理的人生的障碍。现在，就中国说，唯一的希望，就在领袖社会的人，早早的觉悟，利用他们表率的地位，排斥外来的引诱，转变自杀的方向，否则前途只是黑暗与陷阱。罗素说中国人比较的入魔道最浅，在地面上可算是最有希望的民族。他说这话，是在故意的打诳，哄骗我们呢，还是的确是他观察现代文明的真知灼见？——但吴稚晖先生曾叮嘱我们，说罗素只当我们是小孩子，他是个大滑头骗子！

政治生活与王家三阿嫂[①]

我这篇《政治生活与王家三阿嫂》是去年冬天在硖石东山脚下独居时写的。那时张君劢他们要办一个月刊，问我要稿子，我就把这篇与另外两篇一起交给了他。那是我的老实。那月刊定名叫《理想》。理想就活该永远出不了版！我看他们成立会的会员名字至少有四五十个。都是“理想”会员！但是一天一天又一天，理想总是出不了娘胎，我疑心老实交过稿子去的就只我。后来我看情形不很像样，所谓理想会员们都像是放平在炉火前地毯上打呼的猫——我独自站在屋檐上竖起一根小尾巴生气也犯不着。理想想没了；竟许本来就没有来。伤心！我就问收稿人还我的血本。他没有理我。我催他不作声，我逼他不开口。本来这几篇零星文字是一文不值的，这一来我倒反而舍不得拿回了。好容易，好容易，原稿奉还。我猜想从此理想月刊的稿件抽屉可以另作别用了。理想早就埋葬了。

昨天在北海见着伏庐，他问我要东西，我说新作的全有主儿了，未来的也定出了，有的只是陈年老古董。他说好，旧的也可以将就，只要加上一点新注解就成。我回家来把这篇古董校看了一遍，叹了一声气。这气叹得有道理的。你想一年前英国政治是怎样，现在又是怎样；我写文的时候麦克唐诺尔德还不曾组阁，现在他已经退阁了；那时包尔温让人家讥评得体无完肤，现在他又回来做老总了。他们两个人的进退并不怎样要紧，但他们各人代表的思想与政策却是可注意的。“麦克”不仅有思想，他〈也〉有理想；不仅有才干，他〈也〉有胆量。他很想打破说谎的外交，建设真纯的国际友谊。他的理想也许就是他这回失败的原因，他对我们中国国民的诚意，就一件事就看出来。庚子赔款委员会里面他特聘在野的两个名人，狄更生与罗素。这一点就够得上交情。现在坏了（参看现代评论第二期），包首相容不得思想与理想，管不到什么国际感情。赔款是英国人的钱，即使退给中国也只能算是英国人到中国来花钱；英国人的利益与势力首先要紧，英国人便宜了，中国人当然沾光。听说他们已经定了两种用途：一是扬子江流域的实业发展（铁路等等）及实业教育，一是传教。我们当然不胜感激涕零之至！亏他们替我们设想得这样周到！发展实业意思是饱暖我们的肉体，补助传道意思是饱暖我们的灵魂。

所以难怪悲观者的悲观。难得这里那里透了一丝一线的光明，一转眼又没了。狄更生先生每回给我来信总有悲惨的话，这回他很关切我们的战祸，但也不知怎的，他总以为东方人，尤其是中国人，比较总是有希望的，他对我们还不曾绝望！欧洲总是难，他竟望不见平安的那一天，他说也许有那一天，但他自已及身（他今年六十三四）总是看不见的了。狄更生先生替人类难受，我

①约 1923 年冬作；1924 年 12 月 26 日加序；载 1925 年 1 月 4 日、5 日、6 日《京报副刊》；初收 1926 年 6 月北京北新书局《落叶》。采自《落叶》。

们替他难受。罗素何尝不替人类难受，他也悲观；但他比狄更生便宜些，他会冷笑，他的讥讽是他针砭人类的利器。这回他给我的信上有一句冷话——I am amused at the progress of Christianity in China.[①]基督教在中国的进步真快呀！下去更有希望了，英国教会有了赔款帮忙，教士们的烟士披里纯那得不益发的灿烂起来！别说基督将军、基督总长，将来基督酱油基督麻油基督这样基督那样花样多着哪，我们等着看吧。

所以我方才校看这篇文字，不由的叹了一声长气，时间里的“爱伦内”真多着哩！这一段话与本文并没有多大关系，随笔写来当一个冒头就是。

十三年十二月二十六日

一

从前西方一位老前辈说，“人是一个政治的动物”；好比麻雀会得做窝，蚂蚁会得造桥，人会得造社会，建设政治。这是一个有名的“人的定义”。那位老前辈的本乡，是个小小的城子，周围不过十里，人口不过十万，而且这十万人里，真正的“市民”不过四分之一，其余不是奴隶，便是客民。但他们却真是所谓“政治的动物”；凭他们造社会与建筑政治的天才，和着地理与地势的利便，他们在几千年前，在现代欧美文明没有出娘胎以前，已经为未来政治的（现在不说文艺的或科学的）人类定下了一个最完善的模型，一个理想的标准，也可以说是标准的理想——实行的民主政治，或是实现的“共和国”。我们现在不来讨论他们当时的奴隶问题；我们只在想像中羡慕他们政治的幸福，羡慕他们那座支配社会生活的机器的完美，运转是敏捷的，管理是简单的，出货是干净的——而且又是何等的美观！我们如具借用童话里的那个神奇的玻璃球来看，我们就可以在二千年前时间的灰堆里，掏出他们当时最有趣味的生活的活动写真。我们来看看这西洋镜的玩艺。天气约略是江南的五月初，黄梅渐〈潮〉已经过去，南风吹得暖暖的，穿单衣不冷，穿夹衣也不热。他们是终年如此的，真是“四时常春，风和日丽”，雨水都不常有的，所以他们公共会所如议会剧场市场都是秃顶没有盖的。城子中央是一个高冈，天生成花冈石打底的高阜，这上面留有人类的一个大纪念：最高明的建筑，最高明的石刻，最高明的美术都在这里；最高明的立法与行政的会场也在这里；最高明的戏剧与最伟大最壮观的剧场也在这里；最高明的哲学家，政治家，艺术家，诗人的踪迹也常在这里。路上行人，很少戴帽的，有穿草鞋式的鞋的，有赤脚的，身上至多裹一块方形的布当衣裳，往往一双臂腿袒露在外，有从市场回家的，有到前辈家里去领教学问的，有到体育场去掷铁饼或赛跑的，有到公共浴所去用雕花水瓶浇身的，有到（如其是春天，春天是节会与共乐的时候）大戏场上去占座位的，有到某剃头店或某铜匠店铺子里去找朋友闲谈的，有出城去到河沿树荫下散步的，有到高冈上观览美术的，有到亲戚家去的妇女，前后随从有无数男女仆役的，有应召的歌女，身披彩衣手弄弦琴的，有新来客民穿着异样的服装的，有乡下来的农夫与牧童背着遮太阳的大箬笠，掮着赶牲畜的长竿，或是抗着新采的榨油用的橄榄果与橄榄叶（他们不懂得咬生橄榄，广东乡下听说到现在还是不会吃青果的！）一个个都像从画图上走下来的……这一群阔额角，阔肩膀，高鼻子，高身材的人类，在这个小小的城子里，熙熙的乐生，活泼，

①我对基督教在中国的进步只觉得好笑。

愉快，闲暇，艺术是他们的天性，政治是他们的本能——他们的躯壳已经几度的成灰成泥，但是他们的精神，却是和他们花冈石的高冈一样的不可磨灭；像衣琴海上的薰风，永远含有鼓舞新生命的秘密。

这不是演说乌托邦，这是实有的史迹。那小城子便是雅典，这人民便是古希腊人，说人是政治的动物的，便是亚里士多德。他们当时凡是市民（即除外奴隶与客民）都可以出席议会，参与政治，起造不朽的巴藏廊（Parthenon）[①]是群众决议的；举菲地亚士（Phidias）[②]做主任是群众决议的；筹画打波斯的海军政策是群众决议的；举米梯亚士做将军是群众决议的。这群众便是全城的公民，有钱的与穷人，做官的与做工的，经商的与学问家，剃头匠与打铁匠，法官与裁缝，苏格拉底斯与阿理士道文尼斯，沙福克利士与衣司沟拉士，柏拉图与绥克士诺丰……都是组成这独一的共和政治的平等的分子。政治是他们的生活，是他们的共同的职业，是他们闲谈的资料，是他们有趣的训练。所以不论是在露天的议会里列席，不论是在杂货铺门口闲话，不论是在客厅里倦倚在榻上饮酒杂谈，不论是在某前辈私宅的方天井里徘徊着讨论学识，不论是在法庭上听苏格拉底士的审判，不论是在大剧场听戏拿橘子皮或无花果去掷台上不到家的演员（他们喝倒彩的办法），不论是在美术厅里参观菲地亚士最近的杰作，不论是在城外青枫树荫下溪水里濯足时（苏格拉底士最爱的）的诙谐——他们的精神是一致的，是乐生的，是建设的，是政治的。

二

但这是已往的希腊，我们只能如孔子所谓心向往之了。至于现代的政治，不论是国内的与国际的，都不是叫人起兴的题目。我们东方人尤其是可怜，任清朝也好，明朝也好，政治的中国人（最近连文学与艺术的中国人都是）只是一只串把戏的猴子，随它如何伶俐，如何会模仿，如何像人，猴子终究[是]猴子，不是人，也许它会得穿起大褂子来坐在沙发椅上使用杯匙吃饭，就使它自己是正经的，旁观的总觉得滑稽好笑。根本一句话，因为这种习惯不是野畜生的习惯，它根性里没有这种习惯的影子，也许凭人力选择的科学与耐心，在理论上可以完全变化猴子的气质，但这不是十年八年的事，明白人都明白的。

不但东方人的政治，就是欧美的政治，真可以上评坛的能有多少。德国人太蠢，太机械性；法国人太淫，什么事都任性干去，不过度不肯休；南欧人太乱，只要每年莱因河两岸的葡萄丰收。拉丁民族的头脑永没有清明的日子；美国人太陋，多数的饰制与多数的愚暗，至多只能造成一个“感情作用的民主政治”（Sentimental Democracy）。此外更不必说了。比较像样的，只有英国。英国人可称是现代的政治民族，这是大家都知道的。英国人的政治，好比白蚁蛀柱石一样，一直啮入他们生活的根里，在他们（这一点与当初的雅典多少相似），政治不但与日常生活有极切极显的关系，我们可以说

① Parthenon：今译帕特农神庙，建于公元前5世纪，是雅典卫城上供奉城邦的保护神雅典娜女神的主神庙。

② Phidias：今译菲迪亚斯，公元前5世纪时的希腊雅典雕刻家，主要作品有雅典卫城的3座雅典娜神像和奥林匹亚宙斯神庙的宙斯坐像，原作今已不存。

政治便是他们的生活，“鱼相忘乎江湖”，英国人是相忘乎政治的。英国人是“自由”的，但不是激烈的；是保守的，但不是顽固的。自由与保守并不是冲突的，这是造成他们政治生活的两个原则；唯其是自由而不是激烈，所以历史上并没有大流血的痕迹（如大陆诸国），而却有革命的实在，唯其是保守而不是顽固，所以虽则“不为天下先”，而却没有化石性的僵。但这类形容词的泛论，究竟是不着边际的，我们只要看他们实际的生活，就知道英国人是不是天生的政治的动物。我们初从美国到英国去的，最浅显的一个感想，是英国虽则有一个册名国王，而其实他们所实现的民主政治的条件，却远在大叫大擂的美国人之上——英国人自己却是不以为奇的。我们只要看一两桩相对的情形。美国人对付社会党的手段，与乡下老太婆对付养媳妇一样的惨酷，一样的好笑。但是我们到礼拜日上午英国的公共场地上去看看：在每处广场上东一堆西一堆的人群，不是打拳头卖膏药，也不是变戏法，是各种的宣传性质的演说。天主教与统一教与清教；保守党与自由党与劳工党；赞成政府某政策与反对政府某政策的；禁酒令与威士克公司；自由恋爱与鲍尔雪微主义与救世军：——总之种种相反的见解，可以在同一的场地上对同一的群众举行宣传运动；无论演讲者的论调怎样激烈，在旁的警察对他负有生命与安全与言论自由的责任，他们决不干涉。有一次萧伯讷（四十年前）站在一只肥皂木箱上冒着倾盆大雨在那里演说社会主义，最后他的听众只剩了三四个穿雨衣的巡士！

这是他们政治生活的一斑，但这还是最浅显的。政治简直是他们的家常便饭，政府里当权的人名是他们不论上中下哪一级的口头禅。每天中下人家吃夜饭时老子与娘与儿女与来客讨论的是政治，每天智识阶级吃下午茶的时候，抽着烟斗，咬着牛油面包的时候谈的是政治；每晚街角上酒店里酒鬼的高声的叫嚷——鲁意乔治应该到地狱去！阿斯葵斯活该倒运！等等——十有八九是政治。（烟酒加了税，烟鬼酒鬼就不愿意。）每天乡村里工人的太太们站在路口闲话，也往往是政治（比如他们男子停了工，为的是某某爵士在议会里的某主张）。政治的精液已经和入他们脉管里的血流。

我在英国的时候，工党领袖麦克唐诺尔，在伦敦附近一个选区叫做乌立克的做候补员，他的对头是一个政府党，大战时的一个军官，麦氏是主张和平的，他在战时有一次演说时脑袋都叫人打破。有一天我跟了赖世基夫人（Mrs. Harold J. Laski）[①]起了一个大早到那个选区去代麦氏“张罗”（Canvassing）（就是去探探选民的口气，有游说余地的，就说几句话，并且预先估计得失机会）。我那一次得了极有趣味的经验，此后我才深信英国人政治的训练的确是不容易几及的。我们至少敲了二百多家的门（那一时麦氏衣襟上戴着红花坐着汽车到处的奔走，演说），应门的有男有女，有老有小，但他们应答的话多少都有些分寸，大都是老练，镇静，有见地的。那边的选民，很多是在乌立克兵工厂里做工过活的，教育程度多是很低的，而且那年是第一次实行妇女选举权，所以我益发惊讶他们政治程度之高。只有一两家比较的不讲理的妇人，开出门来脸上就不戴好看的颜色，一听说我们是替工党张罗的，爽性把脸子沉了下来，把门嘭的关上了。但大

① Mrs. Harold J. Laski：赖世基，今译拉斯基（1893—1950），英国政治家、政治学家，著作有《现代国家的权力》、《政治典范》等。

概都是和气的，很多说我们自有主张，请你们不必费心，有的狠〈很〉情愿与我们闲谈，问这样问那样。有一家有一个烂眼睛的妇人，见我们走过了，对她们邻居说（我自己听见）“你看，怪不得人家说麦克唐诺尔是卖国贼，这不是他利用‘剧泼’（Jap 即日本鬼意）来替他张罗！”

三

这一次英国的政治上，又发生极生动的变相。安置失业问题，近来成为英国政府的唯一问题。因失业问题涉及贸易政策，引起历史上屡现不一现〈致〉的争论，自由贸易与保护税政策。保守党与自由党，又为了一个显明的政见的不同，站在相对地位；原来分裂的自由党，重复团圆，阿斯葵斯与鲁意乔治，重复亲吻修好，一致对敌。总选举的结果，也给了劳工党不少的刺激，益发鼓动他们几年来蕴涵着的理想。我好久不看英国报了，这次偶然翻阅，只觉得那边无限的生趣，益发对比出此地的陋与闷，最有趣的是一位戏剧家（A. A. Milne）[①]的一篇讥讽文章，很活现的写出英国人政治活动的方法与状态，我自己看得笑不可仰，所以把他翻译过来，这也是引起我写这篇文字的一个原因。我以为一个国总要像从前的雅典，或是现在的英国一样，不说有智识阶级，就这次等阶级社会的妇女，王家三阿嫂与李家四大妈等等，都感觉到政治的兴味，都想强勉他们的理解力，来讨论现实的政治问题。那时才可以算是有资格试验民主政治，那时我们才可以希望“卖野人头”的革命大家与做统一梦的武人归他们原来的本位，凭着心智的清明来清理政治的生活。这日子也许很远，但希望好总不是罪过。

保守党的统一联合会，为这次保护税的问题，出了一本小册子，叫做《隔着一垛园墙》（“Over the Garden Wall”），里面是两位女太太的谈话，假定说是王家三阿嫂与李家四大妈。三阿嫂是保守党，她把为什么要保护贸易的道理讲给四大妈听，末了四大妈居然听懂了。那位滑稽的密尔商先生就借用这个题目，做了一篇短文，登在十二月一日的《伦敦国民报》——The Nation and the Athenaeum——里，挖苦保守党这种宣传方法，下面是翻译。

> 她们是紧邻；因为她们后园的墙头很低，她们常常可以隔着园墙谈天。你们也许不明白她们在这样的冷天，在园里有什么事情干，但是你不要忙，她们在园里是有道理的。这分明是礼拜一，那天李家四大妈刚正洗完了衣服，在园里挂上晒绳去。王家三阿太，我猜起来，也在园里把要洗的衣服包好了，预备送到洗衣作里去的。三阿太分明是家境好些的。我猜想她家里是有女佣人的，所以她会有工夫去到联合会专为妇女们的演讲会去到会，然后回家来再把听来的新闻隔着园墙讲给四大妈听，四大妈自己看家，没有工夫到会。大冷天站在园里当然是不会暖和的，并且还要解释这样回答那样，隔壁那位太太正在忙着洗衣服，她自己头颈上围着她的海獭皮围巾；但是我想像三阿太站在那里，一定不时的哈气着她冻冷的手指，并且心里还在抱怨四大妈的家境太低；或是她自己的太高，否则，她们倒可以舒舒服服，坐在这家或是那家的灶间里讲话，

① A. A. Milne：米尔恩（1850—1913），英国幽默作家，作品有轻喜剧《皮姆先生过去了》等。

省得在露天冒风着冷。但是这可不成功。上帝保佑统一党，让邻居保留她名分的地位。李家四大妈有一个可笑的主意(我不知道她哪里来的,因为她从不出门),她以为在这个国度里，要是实行了保护政策，各样东西一定要贵，我料想假如三阿太有这样勇气，老实对她说不是的，保护税倒反而可以使东西着实着实便宜，那时四大妈一定一面从她口里取出一只木钉，把她男人的衬裤别在绳子上，一面回答三阿太说“噢那就好了”，下回她要去投票，她准投统一党了；这样国家就有救了。但是在这样的天气站在园子里，不由得三阿太或是任何人挫气。三阿太哈着她的手指，她决意不冒险。她情愿把开会的情形从头至尾讲一个清楚。东西是不会得认真的便宜多少，但是——吓，你听了就明白了。

我恐怕她过于自信了。

所以三阿太就开头讲，她说外国来的工人，比我们自己的便宜，因为工会（“可不是！”她急急的接着说）一定要求公平的工资，短少的工作时间，以及工厂里的种种设备——她忽然不说下去了，心里在迟疑不知道说对了没有。四大妈转过身子去，这一会儿她像是要开口问什么蠢话似的；可是并不。她转过身去，也就把她小儿子亨利的衬裤，从衣篮里拿了出来。一面王三阿太立定主意把在保护政策的国家的工资，工时，工厂设备等等暂时放开不提，她单是说国家是要采用了保护政策，她们的出货一定便宜得多。结果怎么样呢。“你同我以及所有做工的妇人临到买东西的时候,就拣顶便宜的买,再也不想想——意思说是买外国货。”“不一定不想。”四大妈确定的说。三阿太老实说她的小册子上是什么说。照书上写着，四大妈在这里是不应得插嘴的。这一路的解说都是不容易的。总选举要是在夏天多好！在这样大冷天叫谁用心去？这段话也不容易讲不是？但是她最末了的那句话，至少是没有错儿；这不是在小册子上明明的印着:“你与我以及所有做工的妇人都拣到最便宜的东西买再也不想想。”再也不想想，真是的！一个做工的妇人临到买东西不想想，还叫她想什么去?

那是闲话，再来正经，四大妈还不明白大家要是尽买便宜的外国货，结果便怎么样。她要是真不明白，让她别害怕，老实的说就是。三阿太是妇女工会里的会员，她最愿意讲解给她听。

四大妈懂得。结果货物的价钱愈落愈低。

三阿太又着急的翻开了那本小册子来对，但是这一次四大妈的答话没有错。现在来打她一下。

“不，四大妈，平常人的想法就错在这儿。市上要是只有便宜的外国货，我们就没有得钱去买东西，因为我们的丈夫就要没有事情做，攒不了钱了。”四大妈是打倒了。不，她并不是。她亮着嗓音说她的丈夫还是有事情做并没有失业。这女人多麻烦！她的男人是怎么回事？小册子里并没有提起他。三阿太只当做没有听见男人不男人，只当她说（她应该那么说，要是她知道小册子上是这样的派定她)，“你倒讲一讲里面的道理给我听听”，三阿太抽了一口长气，讲给她听了。“要是我们都买外国货，那就没有人去买英国本国工人做的东西了；既然没有人买，也就没有人做了，这不是工作少了，我们自己大部分的工人就没有事情做了；这不是我们花了钱让德国法国美国的工人吃得饱饱赚得满满的，我们自己人倒是失了业，捱饿。可不是！这你没有法子反驳了不是？”

还是不一定。四大妈转过身来说，“你说什么，我的乖？”这一来三阿太可是真不愿意了。她说“噢嘿！”这不是小册子上规定的，但方才不多一忽儿四大妈曾经叹了一声完完全全的“哼呼！”三阿太心里想（我想她想得对的）在这种情形之下，她也应分来一个“噢嘿！”

“你说什么来了？乖呀？这风吹过衣服来把我的头都蒙住了。我像是听你说什么做工。你也说天冷，是不是你哪？天这么冷，你又没有事做，何必跑到园里来冒凉呢。”三阿太顿她的脚。

“有的是。我分该跑出来，把统一党的保护政策的道理讲给你听。我说‘只要你耐心的听一忽儿，我就简简单单的把这件事讲给你听。’可是你又不耐心听，你应该是这么说的：——‘可不是，三阿太！够明白了。你这么一讲，我全懂得了。’可是你又没有那么说！你倒反而尽在叫着我乖呀，乖呀。我也说，‘所以顶好是去做一个统一党联合会的女会员，去到她们的会里，你瞧！什么事你都明白得了。在那儿！我自己就亏到了会才明白。’我全懂得怎么样！我们要是一加关税，外国货就不容易进来，我们自己的劳工就受了保护不是？”

“再说他们要是进来，就替我们完税，我们还得让自己属地澳大利亚洲的进口货不出钱，省得自己抢自己的市场；还有什么‘报复主义’，这就是说外国货收税，保护了自己的工人，替我们完了税，奖励了帝国的商业，这就可以利用来威吓外国。我全懂得，顶明白——可是你现在只叫着我乖呀，乖呀，一面我冷得冻冰，我本没有人家那么强壮，我想这真是不公平。”她眼泪都出来了。“得了，得了，我的乖！”四大妈说。“你快进屋子去，好好的喝一杯热茶。……喔，我说我就有一句话要问你。”

“不要太难了，”三阿太哽咽着说。“别急，乖呀。我就不懂得为什么他们叫做统一党党员？”三阿太赶紧跑回她的灶间去了。

四

王家三阿太是已经逃回她的暖和的灶间去了；李家四大妈也许还在园里收拾她的衣服，始终没有想通什么叫做统一党，也没有想清楚保护究竟是便宜还是吃亏，也没有明白这么大冷天隔壁三阿太又不晒衣服，冒着风站在园里为的是什么事……这都是不相干的，我们可以不管。这篇短文，是一篇绝妙的嘲讽文章，刻薄尽致，诙谐亦尽致，他在一二千个字里面，把英国中下级妇女初次参与政治的头脑与心理以及她们实际的生活，整个儿极活现的写了出来。王家三阿太分明比她的邻居高明得多，她很要争气，很想替统一党（她的党）尽力，凭着一本小册子的法宝，想说服她的比邻，替统一党要多挣几张票。但是这些政治经济政策以及政党张罗的玩意儿，三阿太究竟懂得不懂得，她自己都不敢过分的相信——所以结果她只得逃回去烤火！

这种情形是实在有的。我们尽管可怜三阿太的劳而无功，尽管笑话四大妈的冥顽不灵，但如果政治的中国能够进化到量米烧饭的平民都有一天感觉到政治与自身的关系，也会得仰起头来，像四大妈一样，问一问究竟统一党联合会是什么意思，——我想那时我们的政治家与教育家（果真要是他们的功劳）就不妨着实挺一挺眉毛了。

给抱怨生活干燥的朋友[①]

得到你的信，像是掘到了地下的珍藏，一样的稀罕，一样的宝贵；

看你的信，像是看古代的残碑，表面是模糊的，意致却是深微的；

又像是在尼罗河旁边暮夜，在月亮正照著金字塔的时候，梦见一个黄金袍服的帝王，对著我作谜语，我知道他的意思，他说，我无非是一个体面的木乃伊；

又像是我在雾里山脚下半夜梦醒时听见松林里夜鹰的Soprano[②]，可怜的遭人厌毁的鸟，他虽则没有子规那样天赋的妙舌，但我却懂得他的怨忿，他的理想，他的急调是他的嘲讽与咒诅：我知道他怎样的鄙蔑一切，鄙蔑光明，鄙蔑烦嚣的燕雀，也鄙弃自喜的画眉；

又像是我在普渡山发现的一个奇景；外面看是一大块的岩石，但里面却早被海水蚀空，只剩罗汉头似的一个脑壳，每次海涛向这岛身搂抱时，发出极奥妙的音响，像是情话，像是咒诅，像是祈祷，在雕空的石笋，钟乳间呜咽，像是大和琴的谐音在皋雪格的花椽，石楹间回荡——但除非你有耐心与勇气，攀下几重的石岩，俯身下去凝神的察看与倾听，你也许永远不会想像，不必说发现这样的秘密；

又像是……但是我知道，朋友，你已经听够了我的比喻；也许愿意听我自然的嗓音，与不做作的语调，不愿意收受用幻想的亮箔包裹着的话，虽则，我不能不补一句，你自己就是最喜欢从一个弯曲的白银喇叭里，吹弄你的古怪的调子。

你说风大土大生活干燥；这话仿佛是一阵奇怪的凉风，使我感觉一个恐惧的战栗；像一团飘零的秋叶，使我的灵魂里吊下一滴悲悯的清泪；

我的记忆里，我似乎自信，并不是没有葡萄酒的颜色与香味，并不是没有妩媚的微笑的痕迹，我想我总可以抵抗你那句灰色的语调的影响——

是的，昨天下午我在田里散步的时候，我不是分明看见两块凶恶的黑云消灭在太阳猛烈的光焰里，五只小山羊，兔子一样的白净，听著她们妈的吩咐在路旁寻草吃，三个捉草的小孩在一个稻屯前抛掷镰刀，自然的活泼给我不少的鼓舞，我对著白云里的宝塔喊说我知道生命是有意趣的；

今天太阳不会出来，一捆捆灰色的云在空中紧紧的挨著，你的那句话碰巧又来添上了几重云蒙，我又疑惑我昨天的宣言了；

我也觉得奇怪，朋友，何以你那句话在我的心里，竟像白垩涂在玻璃上，这半透明的沉闷是一种很巧妙的刑罚，我差不多要喊痛了；

---

① 1924年2月26日作；载1924年3月10日《小说月报》第十五卷第三号，题为《一封信（给抱怨生活干燥的朋友）》；又载1924年3月21日《晨报·文学旬刊》，改题为《给生活干燥的朋友》，署名志摩；初收1969年台湾传记文学出版社《徐志摩全集》第六辑。采自《晨报·文学旬刊》。

② Soprano：女高音。

我向我的窗外望，阴沉沉的一片，也没有月亮，也没有星光，日光更不必想，他早已离别了，那边黑蔚蔚的是林子，树上，我知道，是夜鸮的寓处，树下累累的在初夜的微芒中排列著，我也知道，是坟墓，僵的白骨埋在硬的泥里，磷火也不见一星，这样的静，这样的惨，黑夜的胜利是完全的了；

我闭著眼向我的灵府里问讯，呀，我竟寻不到一个与干燥脱离的生活的意像，干燥像一个影子永远跟著生活的脚后，又像是葱头的葱管，永远附著在生活的头顶，这是一件奇事。

朋友，我抱歉，我不能答复你的话，虽则我很想；我不是爽恺的西风，吹不散天上的云罗，我手里只有一把粗拙的泥锹，如其有美丽的理想或是希望要埋葬时，我的工作到底是现成的——我也有过我的经验；

朋友，我并且恐怕，说到最后，我只得收受你的影响，因为你那句话已经凶狠的咬入我的心里，像一个有毒的蝎子，已经沉沉的压在我的心上，像一块盘陀石，我只能忍耐，我只能忍耐……

二月二十六日

拜 伦[①]

荡荡万斛船，影若扬白虹；
自非风动天，莫置大水中。

——杜甫

今天早上，我的书桌上散放著一垒书，我伸手提起一枝毛笔蘸饱了墨水正想下笔写的时候，一个朋友走进屋子来，打断了我的思路。“你想做什么？”他说。“还债，”我说，“一辈子只是还不清的债，开销了这一个，那一个又来，像长安街上要饭的一样，你一开头就糟。这一次是为他，”我手点著一本书里 Westall[②]画的拜伦像（原本现在伦敦肖像画院）。“为谁，拜伦！”那位朋友的口音里夹杂了一些鄙夷的鼻音。“不仅做文章，还想替他开会哪，”我跟着说。“哼，真有工夫，又是戴东原那一套！”——那位先生发议论了——“忙著替死鬼开会演说追悼，哼！我们自己的祖祖宗宗的生忌死忌，春祭秋祭，先就忙不开，还来管姓呆姓摆的出世去世；中国鬼也就够受，还来张罗洋鬼！那国什么党的爸爸死了，北京也听见悲声，上海广东也听见哀声；书呆子的退伍总统死了，又来一个同声一哭。二百年前的戴东原还不是一个一头黄毛一身奶臭一把鼻涕一把尿的娃娃，与我们什么相干，又用得著我们的正颜厉色开大会做论文！现在真是愈出愈奇了，什么，连拜伦也得利益均沾，又不是疯了，你们无事忙的文学先生们！谁是拜伦？一个滥笔头的诗人，一个宗教家说的罪人，一个花花公

① 1924 年 4 月 2 日作；部分载 1924 年 4 月 10 日《小说月报》第十二卷第四号；全文载 4 月 21 日《晨报·文学旬刊》，题名《摆》；初收 1928 年 8 月上海新月书店《巴黎的鳞爪》，改题名为《拜伦》。采自《巴黎的鳞爪》。

② Westall：不详。

子，一个贵族。就使追悼会纪念会是现代的时髦，你也得想想受追悼的配不配，也得想想跟你们所谓时代精神合式不合式，拜伦是贵族，你们贵国是一等的民主共和国，那〈哪〉里有贵族的位置？拜伦又没有发明什么苏维埃，又没有做过世界和平的大梦，更没有用科学方法整理过国故，他只是一个拐腿的纨绔诗人，一百年前也许出过他的风头，现在埋在英国纽斯推德（Newstead）的贵首头都早烂透了，为他也来开纪念会，哼，他配！讲到拜伦的诗你们也许与苏和尚的脾味合得上，看得出好处，这是你们的福气——要我看他的诗也不见得比他的骨头活得了多少。并且小心，拜伦到是条好汉，他就恨盲目的崇拜，回头你们东抄西剿的忙著做文章想是讨好他，小心他的鬼魂到你梦里来大声的骂你一顿！”

那位先生大发牢骚的时候，我已经抽了半枝的烟，眼看著缭绕的氤氲，耐心的挨他的骂，方才想好赞美拜伦的文章也早已变成了烟丝飞散：我呆呆的靠在椅背上出神了——

拜伦是真死了不是？全朽了不是？真没有价值，真不该替他揄扬传布不是？

眼前扯起了一重重的雾幔，灰色的，紫色的，最后呈现了一个惊人的造像，最纯粹，光净的白石雕成的一个人头，供在一架五尺高的檀木几上，放射出异样的光辉，像是阿博洛，给人类光明的大神，凡人从没有这样庄严的“天庭”，这样不可侵犯的眉宇，这样的头颅，但是不，不是阿博洛，他没有那样骄傲的锋芒的大眼，像是阿尔帕斯山南的蓝天，像是威尼市的落日，无限的高远，无比的壮丽，人间的万花镜的展览反映在他的圆睛中，只是一层鄙夷的薄翳；阿博洛也没有那样美丽的发卷，像紫葡萄似的一穗穗贴在花岗石的墙边；他也没有那样不可信的口唇，小爱神背上的小弓也比不上他的精致，口角边微露著厌世的表情，像是蛇身上的文彩，你明知是恶毒的，但你不能否认他的艳丽；给我们弦琴与长笛的大神也没有那样圆整的鼻孔，使我们想像他的生命的剧烈与伟大，像是大火山的决口……

不，他不是神，他是凡人，比神更可怕更可爱的凡人；他生前在红尘的狂涛中沐浴，洗涤他的遍体的斑点，最后他踏脚在浪花的顶尖，在阳光中呈露他的无瑕的肌肤，他的骄傲，他的力量，他的壮丽，是天上瑳奕司与玖必德[①]的忧愁。

他是一个美丽的恶魔，一个光荣的叛儿。一片水晶似的柔波，像一面晶莹的明镜，照出白头的“少女”，闪亮的“黄金篦”，“快乐的阿翁”。此地更没有海潮的啸响，只有草虫的讴歌，醉人的树色与花香，与温柔的水声，小妹子的私语似的，在湖边吞咽。山上有急湍，有冰河，有漫天的松林，有奇伟的石景。瀑布像是疯癫的恋人，在荆棘丛中跳跃，从巉岩上滚坠，在磊石间震碎，激起无量数的珠子，圆的，长的，乳白的，透明的，阳光斜落在急流的中腰，幻成五彩的虹纹。这急湍的顶上是一座突出的危崖，像一个猛兽的头颅，两旁幽邃的松林，像是一颈的长鬣，一阵阵的瀑雷，像是他的吼声。在这绝壁的边沿站著一个丈夫，一个不凡的男子，怪石一般的峥嵘，朝旭一般的美丽，劲瀑似的桀傲，松林似的忧郁。他站着，交抱着手臂，翻起一双大眼，凝视着无极的青天，三个阿尔帕斯的鸷鹰在他的头顶不息的盘旋；水声，松涛的呜咽，牧羊人的笛声，前峰的崩雪声——他凝神的听著。

①瑳奕司与玖必德：今译枯瑞忒斯与朱庇特。

只要一滑足，只要一纵身，他想，这躯壳便崩雪似的坠入深潭，粉碎在美丽的水花中，这些大自然的谐音便是赞美他寂灭的丧钟。他是一个骄子：人间踏烂的蹊径不是为他准备的，也不是人间的镣链可以锁住他的鸷鸟的翅羽。他曾经丈量过巴南苏斯的群峰，曾经搏斗过海理士彭德海峡的凶涛，曾经在马拉松放歌，曾经在爱琴海边狂啸，曾经践踏过滑铁卢的泥土，这里面埋著一个败灭的帝国。他曾经实现过西撒凯旋时的光荣，丹桂笼住他的发卷，玫瑰承住他的脚踪；但他也免不了他的滑铁卢；运命是不可测的恐怖，征服的背后隐着僇辱的狞笑，御座的周遭显现了狴犴的幻景；现在他的遍体的斑痕，都是诽毁的箭镞，不更是繁花的装缀，虽则在他的无瑕的体肤上一样的不曾停留些微污损。……太阳也有他的淹没的时候，但是谁能忘记他临照时的光焰？

"What is life，what is death，and what are we.

That when the ship sinks，we no longer may be." ①

虬哪Juno②发怒了。天变了颜色，湖面也变了颜色。四围的山峰都披上了黑雾的袍服，吐出迅捷的火舌，摇动着，仿佛是相互的示威，雷声像猛兽似的在山坳里咆哮，跳荡，石卵似的雨块，随著风势打击着一湖的磷光，这时候（一八一六年，六月，十五日）仿佛是爱俪儿（Ariel）的精灵耸身在绞绕的云中，默唪着咒语，眼看着——

Jove's lightnings，the precursors
O' the dreadful thunder-claps...
The fire，and cracks
Of sulphurous roaring，the most mighty Neptune
Seem'd to besiege，and make his bold waves tremble，
Yea his dread tridents shake. ③

（Tempest）

在这大风涛中，在湖的东岸，龙河（Rhone）合流的附近，在小屿与白沫间，飘浮着一只疲乏的小舟，扯烂的布帆，破碎的尾舵，冲挡着巨浪的打击，舟子只是着忙的祷告，乘客也失去了镇定，都已脱卸了外衣，准备与涛澜搏斗。这正是卢骚的故乡，这小舟的历险处又恰巧是玖荔亚与圣潘罗（Julia and St.Preux）④遇难的名迹。舟中人有一个美貌的少年是不会泅水的，但他却从不介意他自己的骸骨的安全，他那时满心的忧虑，只怕是船翻时连累他的友人为他冒险，因为他的友人是最不怕险恶的。厄难只是他的雄心的激刺，他曾经狎侮爱琴与地中海的怒涛，何况这有限的梨梦湖中的掀动，他交叉着手，静看着萨福埃（Savoy）的雪峰，在云罅里隐现。这是历史上一个稀有的奇逢，在近代革

①生是何物，死是何物，我们又是何物。/当船沉没的时候，我们就不再存在。

②Juno：朱诺，罗马神话中的主神朱庇特之妻。

③"朱庇特的闪电，那/可怕的炸雷的先驱……/散发着硫磺味的火光与霹雳声/似乎在围攻那威风凛凛的海神，使他的怒涛颤抖/使他的三叉戟不禁摇晃。"引自莎士比亚《暴风雨》。

④Julia and St.Preux：不详。

命精神的始祖神感的胜处，在天地震怒的俄顷，载在同一的舟中，一对共患难的，伟大的诗魂，一对美丽的恶魔，一对光荣的叛儿！

他站在梅锁朗奇（Mesolonghi）的滩边（一八二四年，一月，四至二十二日）。海水在夕阳光里起伏，周遭静瑟瑟的莫有人迹，只有连绵的砂碛，几处卑陋的草屋，古庙宇残圮的遗迹，三两株灰苍色的柱廊，天空飞舞着几只阔翅的海鸥，一片荒凉的暮景。他站在滩边，默想古希腊的荣华，雅典的文章，斯巴达的雄武，晚霞的颜色二千年来不曾消灭，但自由的鬼魂究不曾在海砂上留存些微痕迹……他独自的站著，默想他自己的身世，三十六年的光阴已在时间的灰烬中埋着，爱与憎，得志与屈辱，盛名与怨诅，志愿与罪恶，故乡与知友，威尼市的流水，罗马古剧场的夜色，阿尔帕斯的白雪，大自然的美景与恚怒，反叛的磨折与尊荣，自由的实现与梦境的消残……他看着海砂上映着的漫长的身形，凉风拂动着他的衣据——寂寞的天地间的一个寂寞的伴侣——他的灵魂中不由的激起了一阵感慨的狂潮，他把手掌埋没了头面。此时日轮已经翳隐，天上星先后的显现，在这美丽的暝色中，流动着诗人的吟声，像是松风，像是海涛，像是蓝奥孔苦痛的呼声，像是海伦娜岛上绝望的吁叹——

This time this heart should be unmoved,
　　Since others it hath ceased to move;
Yet，though I cannot be beloved,
　　Still let me love!

My days are in the yellow leaf;
　　The flowers and fruits of love are gone;
The worm，the canker，and the grief;
　　Are mine alone！

The fire that on my bosom preys
　　As lone as some volcanic isle
No torch is kindled at its blaze—
　　A funeral pile!

The hope，the fear，the jealous care,
　　The exalted portion of the pain
And power of love，I cannot share,
　　But wear the chain.

But ‘tis not thus—and’tis not here—
　　Such thoughts should shake my soul，nor now.

Where glory aecks the hero' s bier
    Or binds his brow.

The sword, the banner, and the field,
    Glory and Grace, around me see!
The Spartan, born upon his shield,
    Was not more free.
Awake!(not Greece—she is awake!)
    Awake, my spirit! Think through whom
The life-blood tracks its parent lake,
    And then strike home!

Tread those reviving passions down;
    Unworthy manhood!—unto thee
Indifferent should the smile or frown
    Of beauty be.

If thou regret' st thy youth, why live;
    The land of honorable death
Is here:—up to the field, and give
    Away thy breath!

Seek out—less sought than found—
    A dier' s grave for thee the best;
Then look around, and choose thy ground,
    And take thy rest.

年岁已经僵化我的柔心,
    我再不能感召他人的同情;
但我虽则不敢想望恋与悯,
    我不愿无情!

往日已随黄叶枯萎,飘零;
    恋情的花与果更不留踪影,
只剩有腐土与虫与怆心,
    长伴前途的光阴!

烧不尽的烈焰在我的胸前,

孤独的，像一个喷火的荒岛；
更有谁凭吊，更有谁怜——
一堆残骸的焚烧！

希冀，恐惧，灵魂的忧焦，
恋爱的灵感与苦痛与蜜甜，
我再不能尝味，再不能自傲——
我投入了监牢！

但此地是古英雄的乡国，
白云中有不朽的灵光，
我不当怨艾，惆怅，为什么
这无端的凄惶？

希腊与荣光，军旗与剑器，
古战场的尘埃，在我的周遭，
古勇士也应慕羡我的际遇，
此地，今朝！

苏醒！不是希腊——她早已惊起！
苏醒，我的灵魂！问谁是你的
血液的泉源，休辜负这时机，
鼓舞你的勇气！

丈夫！休教已往的沾恋
梦魇似的压迫你的心胸，
美妇人的笑与颦的婉恋，
更不当容宠！

再休眷念你的消失的青年，
此地是健儿殉身的乡土，
听否战场的军鼓，向前，
毁灭你的体肤！

只求一个战士的墓窟，
收束你的生命，你的光阴；
去选择你的归宿的地域，
自此安宁。

他念完了诗句，只觉得遍体的狂热，壅住了呼吸，他就把外衣脱下，走入水中，向着浪头的白沫里纵身一窜，像一只海豹似的，鼓动着鳍脚，在铁青色的水波里泳了出去……

“冲锋，冲锋，跟我来！”

冲锋，冲锋，跟我来！这不是早一百年拜伦在希腊梅锁龙奇临死前昏迷时说的话？那时他的热血已经让冷血的医生给放完了，但是他的争自由的旗帜却还是紧紧的擎在他的手里……

再迟八年，一位八十二岁的老翁也在他的解脱前，喊一声，“Mere licht！”[①]

“不够光亮！”“冲锋，冲锋，跟我来！”

火热的烟灰吊在我的手背上，惊醒了我的出神，我正想开口答复那位朋友的讥讽，谁知道睁眼看时，他早溜了！

十四年四月二日

泰戈尔[②]

我有几句话想趁这个机会对诸君讲，不知道你们有没有耐心听。泰戈尔先生快走了，在几天内他就离别北京，在一两个星期内他就告辞中国。他这一去大约是不会再来的了。也许他永远不能再到中国。

他是六七十岁的老人，他非但身体不强健，他并且是有病的。去年秋天他还发了一次很重的骨痛热病。所以他要到中国来，不但他的家属，他的亲戚朋友，他的医生，都不愿意他冒险，就是他欧洲的朋友，比如法国的罗曼罗兰，也都有信去劝阻他。他自己也曾经踌躇了好久，地心理常常盘算他如其到中国来，他究竟能不能够给我们好处，他想中国人自有他们的诗人，思想家，教育家，他们有他们的智慧，天才，心智的财富与营养，他们更用不著外来的补助与戟刺，我只是一个诗人，我没有宗教家的福音，没有哲学家的理论，更没有科学家实利的效用，或是工程师建设的才能，他们要我去做什么，我自己又为什么要去，我有什么礼物带去满足他们的盼望。他真的很觉得迟疑，所以他延迟了他的行期。但是他也对我们说到冬天完了春风吹动的时候（印度的春风比我们的吹得早），他不由的感觉了一种内迫的冲动，他面对着逐渐滋长的青草与鲜花，不由的抛弃了、忘却了他应尽的职务，不由的解放了他的歌唱的本能，和着新来的鸣雀，在柔软的南风中开怀的讴吟，同时他收到我们催请的信，我们青年盼望他的诚意与热心，唤起了老人的勇气。他立即定夺了他东来的决心。他说趁我暮年的肢体不曾僵透，趁我衰老的心灵还能感受，决不可错过这最后唯一的机会，这博大，从容，礼让的民族，我幼年时便发心朝拜，与其将来在黄昏寂静的境界中萎衰的惆怅，何如利用这夕阳未暝时的

① Mere licht：德文，“微弱的光芒”。徐译“不够光亮”。

② 1924年5月12日在北京真光剧场讲；载1924年5月19日《晨报副刊》，又载6月2日《文学》周报第一二四期；初收1980年台湾时报文化出版事业有限公司《徐志摩诗文补遗》。采自《晨报副刊》。

光芒，了却我晋香人的心愿？

他所以决意的东来。他不顾亲友的劝阻，医生的警告，不顾他自身的高年与病体，他也撇开了在本国一切的任务，跋涉了万里的海程，他来到了中国。

自从四月十二在上海登岸以来，可怜老人不曾有过一半天完整的休息，旅行的劳顿不必说，单就公开的演讲以及较小集会时的谈话，至少也有了三四十次！他的，我们知道，不是教授们的讲义，不是教士们的讲道，他的心府不是堆积货品的栈房，他的辞令不是教科书的喇叭。他是灵活的泉水，一颗颗颤动的圆珠从地心里兢兢的泛登水面都是生命的精液；他是瀑布的吼声，在白云间，青林中，石罅里，不住的啸响；他是百灵的歌声，他的欢欣，愤慨，响亮的谐音，弥漫在无际的晴空。但是他是倦了。终夜的狂歌已经耗尽了子规的精力。东方的曙色亦照出她点点的心血，染红了蔷薇枝上的白露。

老人是疲乏了。这几天他睡眠也不得安宁。他已经透支了他有限的精力。他差不多是靠散拿吐瑾过日的，他不由的不感觉风尘的厌倦，他时常想念他少年时在恒河边沿拍浮的清福，他想望椰树的清荫与曼果的甜瓤。

但他还不仅是身体的惫劳，他也感觉心境的不舒畅。这是很不幸的。我们做主人的只是深深的负歉。他这次来华，不为游历，不为政治，更不为私人的利益，他熬著高年，冒著病体，抛弃自身的事业，备尝行旅的辛苦，他究竟为的是什么？他为的只是一点看不见的情感！说远一点，他的使命是在修补中国与印度两民族间中断千余年的桥梁，说近一点，他只想感召我们青年真挚的同情。因为他是信仰生命的，他是尊崇青年的，他是歌颂青春与清晨的，他永远指点着前途的光明。悲悯是当初释迦牟尼证果的动机，悲悯也是泰戈尔先生不辞艰苦的动机。现代的文明只是骇人的浪费，贪淫与残暴，自私与自大，相猜与相忌，飓风似的倾覆了人道的平衡，产生了巨大的毁灭。芜秽的心田里只是误解的蔓草，毒害同情的种子，更没有收成的希冀。在这个荒惨的境地里，难得有少数的丈夫，不怕阻难，不自馁怯，肩上抗著铲除误解的大锄，口袋里满装着新鲜人道的种子，不问天时是阴是雨是晴，不问是早晨是黄昏是黑夜，他只是努力的工作，清理一方泥土，施殖一方生命，同时口唱著嘹亮的新歌，鼓舞在黑暗中将次透露的萌芽。泰戈尔先生就是这少数中的一个。他是来广布同情的，他是来消除成见的。我们亲眼见过他慈祥的阳春似的表情，亲耳听过他从心灵底里迸裂出的大声，我想只要我们的良心不曾受恶毒的烟煤熏黑，或是被恶浊的偏见污抹，谁不曾感觉他至诚的力量，魔术似的，为我们生命的前途开辟了一个神奇的境界，燃点了理想的光明？所以我们也懂得他的深刻的懊怅与失望，如其他知道部分的青年不但不能容纳他的灵感，并且成心的诬毁他的热忱。我们固然奖励思想的独立，但我们决不敢附和误解的自由。他生平最满意的成绩就在他永远能得青年的同情，不论在德国，在丹麦，在美国，在日本，青年永远是他最忠心的朋友。他也曾经遭受种种的误解与攻击，政府的猜疑与报纸的诬捏与守旧派的讥评，不论如何的谬妄与剧烈，从不曾扰动他优容的大量。他的希望，他的信仰，他的爱心，他的至诚，完全的托付青年。我的须，我的发是白的，但我的心却永远是年青的，他常常的对我们说，只要青年是我的知己，我理想的将来就有著落，我乐观的明灯永远不致暗淡。他不能相信纯洁的青年也会坠落在怀疑，猜忌，卑琐的泥溷。他更不能信中国的青年也会沾染不幸的污点。他真不预备在中国遭受意外的待遇。他很不自在，他很感觉异样的怆心。

因此精神的懊丧更加重他躯体的倦劳。他差不多是病了。我们当然很焦急的期望他的健康，但他再没有心境继续他的讲演。我们恐怕今天就是他在北京公开讲演最后的一个机会。他有休养的必要。我们也决不忍再使他耗费他有限的精力。他不久又有长途的跋涉，他不能不有三四天完全的养息。所以从今天起，所有已经约定的集会，公开与私人的，一概撤消，他今天就出城去静养。

我们关切他的一定可以原谅，就是一小部分不愿意他来作客的诸君也可以自喜战略的成功。他是病了，他在北京不再开口了，他快走了，他从此不再来了。但是同学们，我们也得平心的想想，老人到底有什么罪、他有什么负心，他有什么不可容赦的犯案？公道是死了吗，为什么听不见你的声音？

他们说他是守旧，说他是顽固。我们能相信吗？他们说他是“太迟”，说他是“不合时宜”，我们能相信吗？他自己是不能信，真的不能信。他说这一定是滑稽家的反调，他一生所遭逢的批评只是太新，太早、太急进、太激烈，太革命的，太理想的，他六十年的生涯只是不断的斗奋与冲锋，他现在还只是冲锋与斗奋。但是他们说他是守旧，太迟，太老。他顽固斗奋的对象只是暴烈主义，资本主义，帝国主义，武力主义，杀灭牲灵的物质主义；他主张的只是创造的生活，心灵的自由，国际的和平，教育的改造，普爱的实现。但他们说他是帝国政策的间谍，资本主义的助力，亡国奴族的流民，提倡裹脚的狂人！肮脏是在我们的政客与暴徒的心里，与我们的诗人又有什么关连？昏乱是在我们冒名的学者与文人的脑里，与我们的诗人又有什么亲属？我们何妨说太阳是黑的，我们何防说苍蝇是真理？同学们，听信我的话，像他的这样伟大的声音我们也许一辈子再不会听著的了。留神目前的机会，预防将来的惆怅！他的人格我们只能到历史上去搜寻比拟，他的博大的温柔的灵魂我敢说永远是人类记忆里的一次灵迹，他的无边际的想像与辽阔的同情使我们想起惠德曼；他的博爱的福音与宣传的热心使我们记起托尔斯泰；他的坚韧的意志与艺术的天才使我们想起造摩西像的米佐郎其罗；他的谈谐与智慧使我们想像当年的苏格拉底与老聃；他的人格的和谐与优美使我们想念暮年的葛德；他的慈祥的纯爱的抚摩，他的为人道不厌的努力，他的磅礴的大声，有时竟使我们唤起救主的心像；他的光彩，他的音乐，他的雄伟，使我们想念奥林必克山顶的大神。他是不可侵凌的，不可逾越的，他是自然界的一个神秘的现象。他是三春和暖的南风，惊醒树枝上的新芽，增添处女颊上的红晕。他是普照的阳光。他是一派浩瀚的大水，从来不可追寻的渊源，在大地的怀抱中终古的流著，不息的流著，我们只是两岸的居民，凭着这慈恩的天赋，灌溉我们的田稻，苏解我们的消渴，洗净我们的污垢。他是喜马拉雅积雪的山峰，一般的崇高，一般的纯洁，一般的壮丽，一般的高傲，只有无限的青天枕藉他银白的头颅。

人格是一个不可错误的实在。荒歉是一件大事，但我们是饿惯了的，只认鸠形与鹄面是人生本来的面目，永远忘却了真健康的颜色与彩泽。标准的低降是一种可耻的堕落；我们只是踞坐在井底的青蛙，但我们更没有怀疑的余地。我们也许揣详东方的初白，却不能非议中天的太阳。我们也许见惯了阴霾的天时，不耐这热烈的光焰，消散天空的云雾，暴露地面的荒芜，但同时在我们心灵的深处，我们岂不也感觉一个新鲜的影响，催促我们生命的跳动，唤醒潜在的想望，仿佛是武士望见了前峰烽烟的信号，更不踌躇的奋勇向前？只有接近了这样超轶的纯粹的丈夫，这样不可错误的实在，我们方始相形的自愧我们的口不够阔大，我们的嗓音不够响亮，我们的呼吸不够深长，我们的信仰不够坚定，我们的理想不够莹澈，我们的自由不够磅礴，我们的语言不够明白，我们的情感不够热烈，我们的努力不够勇猛，我们的资本不够充实……

我自信我不是恣滥不切事理的崇拜，我如其曾经应出浓烈的文字，这是因为我不能自制我浓烈的感想。但我最急切要声明的是，我们的诗人，虽则常常招受神秘的徽号，在事实上却是最清明，最有趣，最诙谐，最不神秘的生灵，他是最通达人情，最近人情的。我盼望有机会追写他日常的生活与谈话。如其我是犯嫌疑的，如其我也是性近神秘的（有好多朋友这么说），你们还有适之先生的见证，他也说他是最可爱最可亲的个人；我们可以相信适之先生绝对没有“性近神秘”的嫌疑！所以无论他怎样的伟大与深厚，我们的诗人还只是有骨有血的人，不是野人，也不是天神。唯其是人，尤其是最富情感的人，所以他到处要求人道的温暖与安慰，他尤其要我们中国青年的同情与情爱。他已经为我们尽了责任，我们不应，更不忍辜负他的期望。同学们，爱你的爱，崇拜你的崇拜，是人情不是罪孽，是勇敢不是懦怯！

十二日在真光讲

北戴河海滨的幻想[①]

他们都到海边去了。我为左眼发炎不曾去。我独坐在前廊，偎坐在一张安适的大椅内，袒着胸怀，赤着脚，一头的散发，不时有风来撩拂。清晨的晴爽，不曾消醒我初起时睡态；但梦思却半被晓风吹断。我合紧眼帘内视，只见一斑斑消残的颜色，一似晚霞的余赭，留恋地胶附在天边。廊前的马樱，紫荆，藤萝，青翠的叶与鲜红的花，都将他们的妙影映印在水汀上，幻出幽媚的情态无数；我的臂上与胸前，亦满缀了绿荫的斜纹。从树荫的间隙平望，正见海湾：海波亦似被晨曦唤醒，黄蓝相间的波光，在欣然的舞蹈。滩边不时见白涛涌起，迸射着雪样的水花。浴线内点点的小舟与浴客，水禽似的浮着；幼童的欢叫，与水波拍岸声，与潜涛呜咽声，相间的起伏，竞报一滩的生趣与乐意。但我独坐的廊前，却只是静静的，静静的无甚声响。妩媚的马樱，只是幽幽的微辗着，蝇虫也敛翅不飞。只有远近树里的秋蝉在纺纱似的绎引他们不尽的长吟。

在这不尽的长吟中，我独坐在冥想。难得是寂寞的环境，难得是静定的意境：寂寞中有不可言传的和谐，静默中有无限的创造。我的心灵，比如海滨，生平初度的怒潮，已经渐次的清翳，只剩有疏松的海砂中偶尔的回响，更有残缺的贝壳，反映星月的辉芒。此时摸索潮余的斑痕，追想当时汹涌的情景，是梦或是真，再亦不须辨问，只此眉梢的轻绉，唇边的微晒〈哂〉，已足解释无穷奥绪，深深的蕴伏在灵魂的微纤之中。

青年永远趋向反叛，爱好冒险；永远如初度航海者，幻想黄金机缘于浩淼的烟波之外：想割断系岸的缆绳，扯起风帆，欣欣的投入无垠的怀抱。他厌恶的是平安，自喜的是放纵与豪迈。无颜色的生涯，是他目中的荆棘；绝海与凶巇，是他爱取由的途径。他爱折

①载1924年6月21日《晨报·文学旬刊》；初收1928年1月上海新月书店《自剖》。采自《自剖》。

玫瑰：为她的色香，亦为她冷酷的刺毒。他爱搏狂澜：为他的庄严与伟大，亦为他吞噬一切的天才，最是激发他探险与好奇的动机。他崇拜冲动：不可测，不可节，不可预逆，起，动，消歇皆在无形中，狂风似的倏忽与猛烈与神秘。他崇拜斗争：从斗争中求剧烈的生命之意义，从斗争中求绝对的实在，在血染的战阵中，呼嗷利之狂欢或歌败丧的哀曲。

幻象消灭是人生里命定的悲剧；青年的幻灭，更是悲剧中的悲剧，夜一般的沉黑，死一般的凶恶。纯粹的，猖狂的热情之火，不同阿拉亭的神灯，只能放射一时的异彩，不能永久的朗照；转瞬间，或许，便已敛熄了最后的焰舌，只留存有限的余烬与残灰，在未灭的余温里自伤与自慰。

流水之光。星之光，露珠之光，电之光，在青年的妙目中闪耀，我们不能不惊讶造化者艺术之神奇；然可怖的黑影，倦与衰与饱餍的黑影，同时亦紧紧的跟着时日进行，仿佛是烦恼，痛苦，失败，或庸俗的尾曳，亦在转瞬间，彗星似的扫灭了我们最自傲的神辉——流水涸，明星没，露珠散灭，电闪不再！

在这艳丽的日辉中，只见愉悦与欢舞与生趣，希望，闪烁的希望，在荡漾，在无穷的碧空中，在绿叶的光泽里，在虫鸟的歌吟中，在青草的摇曳中——夏之荣华，春之成功。春光与希望，是长驻的；自然与人生，是调谐的。

在远处有福的山谷内，莲馨花在坡前微笑，稚羊在乱石间跳跃，牧童们，有的吹着芦笛，有的平卧在草地上，仰看变幻的浮游的白云，放射下的青影在初黄的稻田中缥渺地移过。在远处安乐的村中，有妙龄的村姑，在流涧边照映她自制的春裙；口衔烟斗的农夫三四，在预度秋收的丰盈，老妇人们坐在家门外阳光中取暖，她们的周围有不少的儿童，手擎着黄白的钱花在环舞与欢呼。

在远——远处的人间，有无限的平安与快乐，无限的春光……

在此暂时可以忘却无数的落蕊与残红；亦可以忘却花荫中掉下的枯叶，私语地预告三秋的情意；亦可以忘却苦恼的僵瘪的人间，阳光与雨露的殷勤，不能再恢复他们腮颊上生命的微笑；亦可以忘却纷争的互杀的人间，阳光与雨露的仁慈，不能感化他们凶恶的兽性；亦可以忘却庸俗的卑琐的人间，行云与朝露的丰姿，不能引逗他们刹那间的凝视；亦可以忘却自觉的失望的人间，绚烂的春时与媚草，只能反激他们悲伤的意绪。

我亦可以暂时忘却我自身的种种；忘却我童年期清风白水似的天真；忘却我少年期种种虚荣的希冀；忘却我渐次的生命的觉悟；忘却我热烈的理想的寻求；忘却我心灵中乐观与悲观的斗争；忘却我攀登文艺高峰的艰辛；忘却刹那的启示与彻悟之神奇；忘却我生命潮流之骤转；忘却我陷落在危险的旋涡中之幸与不幸；忘却我追忆不完全的梦境；忘却我大海底里埋着的秘密；忘却曾经刳割我灵魂的利刃，炮烙我灵魂的烈焰，摧毁我灵魂的狂飙与暴雨；忘却我的深刻的怨与艾；忘却我的冀与愿；忘却我的恩泽与惠感，忘却我的过去与现在……

过去的实在，渐渐的膨涨，渐渐的模糊，渐渐的不可辨认；现在的实在，渐渐的收缩，逼成了意识的一线，细极狭极的一线，又裂成了无数不相联续的黑点……黑点亦渐次的隐翳？幻术似的灭了，灭了，一个可怕的黑暗的空虚……

落 叶[1]

前天你们查先生来电话要我讲演，我说但是我没有什么话讲，并且我又是最不耐烦讲演的。他说：你来罢，随你讲，随你自由的讲，你爱说什么就说什么。我们这里你知道这次开学情形很困难，我们学生的生活很枯燥很闷，我们要你来给我们一点活命的水。这话打动了我。枯燥，闷，这我懂得。虽则我与你们诸君是不相熟的，但这一件事实，你们感觉生活枯闷的事实，却立即在我与诸君无形的关系间，发生了一种真的深切的同情。我知道烦闷是怎么样一个不成形不讲情理的怪物，他来的时候，我们的全身仿佛被一个大蛛蜘网盖住了，好容易挣出了这条手臂，那条又叫黏住了。那是一个可怕的网子。我也认识生活枯燥，他那可厌的面目，我想你们也都很认识他。他是无所不在的，他附在个个人的身上，他现在个个人的脸上。你望望你的朋友去，他们的脸上有他，你自己照镜子去，你的脸上，我想，也有他。可怕的枯燥，好比是一种毒剂，他一进了我们的血液，我们的性情，我们的皮肤就变了颜色，而且我怕是离着生命远，离着坟墓近的颜色。

我是一个信仰感情的人，也许我自己天生就是一个感情性的人。比如前几天西风到了，那天早上我醒的时候是冻着才醒过来的，我看着纸窗上的颜色比往常的淡了，我被窝里的肢体像是浸在冷水里似的，我也听见窗外的风声，吹着一颗枣树上的枯叶，一阵一阵的掉下来，在地上卷着，沙沙的发响，有的飞出了外院去，有的留在墙角边转着，那声响真像是叹气。我因此就想起这西风，冷醒了我的梦，吹散了树上的叶子，他那成绩在一般饥荒贫苦的社会里一定格外的可惨。那天我出门的时候，果然见街上的情景比往常不同了，穷苦的老头小孩全躲在街角上发抖，他们迟早免不了树上枯叶子的命运。那一天我就觉得特别的闷，差不多发愁了。

因此我听着查先生说你们生活怎样的烦闷，怎样的干枯，我就很懂得，我就愿意来对你们说一番话。我的思想——如其我有思想——永远不是成系统的。我没有那样的天才。我的心灵的活动是冲动性的，简直可以说痉挛性的。思想不来的时候，我不能要他来，他来的时候，就比如穿上一件湿衣，难受极了，只能想法子把他脱下。我有一个比喻，我方才说起秋风里的枯叶；我可以把我的思想比作树上的叶子，时期没有到，他们是不很会掉下来的；但是到时期了，再要有风的力量，他们就只能一片一片的往下落；大多数也许是已经没有生命了的，枯了的，焦了的，但其中也许有几张还留着一点秋天的颜色，比如枫叶就是红的，海棠叶就是五彩的。这叶子实用是绝对没有的；但有人，比如我自己，就有爱落叶的癖好。他们初下来时颜色有很鲜艳的，但时候久了，颜色也变，除非你保存得好。所以我的话，那就是我的思想，也是与落叶一样的无用，至多有时有几痕生命的颜色就是了。你们不爱的尽可以随意的踩过，绝对不必理会；但也许有少数人有缘分的，不责备他们的无用，竟许会把他们捡起来揣在怀里，夹在书里，想延留他们幽澹〈淡〉的颜色。感情，真的感情，是难得的，是名贵的，是应当共有的；我们不应得拒绝感情，

---

[1]这是作者1924年秋在北京师范大学讲演的讲演稿。载1924年12月1日《晨报六周年纪念增刊》；初收1926年6月北京北新书局散文集《落叶》。采自《落叶》。

或是压迫感情，那是犯罪的行为，与压住泉眼不让上冲，或是掐住小孩不让喘气一样的犯罪。人在社会里本来是不相连续的个体。感情，先天的与后天的，是一种线索，一种经纬，把原来分散的个体织成有文章的整体。但有时线索也有破烂与涣散的时候，所以一个社会里必须有新的线索继续的产出，有破烂的地方去补，有涣散的地方去拉紧，才可以维持这组织大体的匀整。有时生产力特别加增时，我们就有机会或是推广，或是加添我们现有的面积，或是加密，像网球板穿双线似的。我们现成的组织，因为我们知道创造的势力与破坏的势力，建设与溃败的势力，上帝与撒但〈旦〉的势力，是同时存在的。这两种势力是在一架天平上比着，他们很少平衡的时候，不是这头沉，就是那头沉。是的，人类的命运是在一架大天平上比着，一个巨大的黑影，那是我们集合的化身，在那里看着，他的手里满拿着分两〈量〉的法码，一会往这头送，一会又往那头送，地球尽转着，太阳，月亮，星，轮流的照着，我们的运命永远是在天平上称着。

我方才说网球拍，不错，球拍是一个好比喻。你们打球的知道网拍上那里几根线是最吃重，最要紧，那几根线要是特别有劲的时候，不仅你对敌时拉球，抽球，拍球格外来的有力，出色，并且你的拍子也就格外的经用。少数特强的分子保持了全体的匀整。这一条原则应用到人道上，就是说，假如我们有力量加密，加强我们最普通的同情线，那线如其穿连得到所有跳动的人心时，那时我们的大网子就坚实耐用，天津人说的，就有根。不问天时怎样的坏，管他雨也罢，云也罢，霜也罢，风也罢，管他水流怎样的急，我们假如有这样一个强有力的大网子，哪怕不能在时间无尽的洪流里——早晚网起无价的珍品，那怕不能在我们运命的天平上重重的加下创造的生命的分量？

所以我说真的感情，真的人情，是难能可贵的，那是社会组织的基本成分。初起也许只是一个人心灵里偶然的震动，但这震动，不论怎样的微弱，就产生了及远的波纹；这波纹要是唤得起同情的反应时，原来细的便并成了粗的，原来弱的便合成了强的，原来脆性的便结成了韧性的，像一缕缕的苎麻打成了粗绳似的；原来只是微波，现在掀成了大浪，原来只是山罅里的一股细水，现在流成了滚滚的大河，向着无边的海洋里流着比如耶稣在山头上的训道（Sormon on the Mount），还不是有限的几句话，但这一篇短短的演说，却制定了人类想望的止境，建设了绝对的价值的标准，创造了一个纯粹的完全的宗教。那是一件大事实，人类历史上一件最伟大的事实。再比如释迦牟尼感悟了生老病死的究竟，发大慈悲心，发大勇猛心，发大无畏心，抛弃了他人间的地位，富与贵，家庭与妻子，直到深山里去修道，结果他也替苦闷的人间打开了一条解放的大道，为东方民族的天才下一个最光华的定义。那又是人类历史上的一件奇迹。但这样大事的起源还不止是一个人的心灵里偶然的震动，可不仅仅是一滴最透明的真挚的感情滴落在黑沉沉的宇宙间？

感情是力量，不是知识。人的心是力量的府库，不是他的逻辑。有真感情的表现，不论是诗是文是音乐是雕刻或是画，好比是一块石子掷在平面的湖心里，你站着就看得见他引起的变化。没有生命的理论，不论他论的是什么理，只是拿石块扔在沙漠里，无非在干枯的地面上添一颗干枯的分子，也许掷下去时便听得出一些干枯的声响，但此外只是一大片死一般的沉寂了。所以感情才是成江成河的水泉，感情才是织成大网的线索。

但是我们自己的网子又是怎么样呢？现在时候到了，我们应当张大了我们的眼睛，认明白我们周围事实的真相。我们已经含糊了好久，现在再不容含糊的了。让我们来大声的宣布我们的网子是坏了的，破了的，烂了的；让我们痛快的宣告我们民族的破产，道德，政治，社会，宗教，文艺，一切都是破产了的。我们的心窝变成了蠹虫的家，我们的灵魂里住着一个可怕的大谎！那天平上沉着的一头是破坏的重量，不是创造的重量；是溃败的势力，不是建设的势力；是撒但〈旦〉的魔力，不是上帝的神灵。霎时间这边路上长满了荆棘，那边道上涌起了洪水，我们头顶有骇人的声响，是雷霆还是炮火呢？我们周围有哭声与笑声，哭是我们的灵魂受污辱的悲声，笑是活着的人们疯魔了的狞笑，那比鬼哭更听的可怕，更凄惨。我们张开眼来看时，差不多更没有一块干净的土地，那一处不是叫鲜血与眼泪冲毁了的；更没有平安的所在，因为你即使忘得了外面的世界，你还是躲不了你自身的烦闷与苦痛。不要以为这样混沌的现象是原因于经济的不平等，或是政治的不安定，或是少数人的放肆的野心。这种种都是空虚的，欺人自欺的理论，说着容易，听着中听，因为我们只盼望脱卸我们自身的责任，只要不是我的分，我就有权利骂人。但这是，我着重的说，懦怯的行为；这正是我说的我们各个人灵魂里躲着的大谎！你说少数的政客，少数的军人，或是少数的富翁，是现在变乱的原因吗？我现在对你说：先生，你错了，你很大的错了，你太恭维了那少数人，你太瞧不起你自己。让我们一致的来承认，在太阳普遍的光亮底下承认，我们各个人的罪恶，各个人的不洁净，各个人的苟且与懦怯与卑鄙！我们是与最肮赃的一样的肮赃，与最丑陋的一般的丑陋，我们自身就是我们运命的原因。除非我们能起拔了我们灵魂里的大谎，我们就没有救度；我们要把祈祷的火焰把那鬼烧净了去，我们要把忏悔的眼泪把那鬼冲洗了去，我们要有勇敢来承当罪恶；有了勇敢来承当罪恶，方有胆量来决断罪恶。再没有第二条路走。如其你们可以容恕我的厚颜，我想念我自己近作的一首诗给你们听，因为那首诗，正是我今天讲的话的更集中的表现——

一、毒药

今天不是我唱歌的日子，我口边涎着狞恶的微笑。不是我说笑的日子，我胸怀间插着发冷光的利刃；相信我，我的思想是恶毒的，因为这世界是恶毒的，我的灵魂是黑暗的，因为太阳已经灭绝了光彩，我的声调是像坟堆里的夜鸮，因为人间已经杀尽了一切的和谐，我的口音像是冤鬼责问他的仇人，因为一切的恩已经让路给一切的怨；

但是相信我，真理是在我的话里，虽则我的话像是毒药，真理是永远不含糊的，虽则我的话里仿佛有两头蛇的舌，蝎子的尾尖，蜈蚣的触须；只因为我的心里充满着比毒药更强烈，比咒诅更狠毒，比火焰更猖狂，比死更深奥的不忍心与怜悯心与爱心，所以我说的话是毒性的，咒诅的，燎灼的，虚无的；

相信我，我们一切的准绳已经埋没在珊瑚土打紧的墓宫里，你们最劲冽的祭肴的香味也穿不透这严封的地层：一切的准则是死了的；

我们一切的信心像是顶烂在树枝上的风筝，我们手里擎着这道断了的鹞线：一切的信心是烂了的；

相信我，猜疑的巨大的黑影，像一块乌云似的，已经笼盖着人间一切的关系：人子不再悲哭他新死的亲娘，兄弟不再来携着他姊妹的手，朋友变成了寇仇，看家的狗回头来咬他主人的腿：是的，猜疑淹没了一切；

在路旁坐着啼哭的，在街心里站着的，在你窗前探望的。都是被奸污的处女：池潭里只见烂破的鲜艳的荷花；

在人道恶浊的涧水里流着，浮荇似的，五具残缺的尸体，他们是仁义礼智信，向着时间无尽的海澜里流去；

这海是一个不安静的海，波涛猖獗的翻着，在每个浪头的小白帽上分明的写着人欲与兽性；

到处是奸淫的现象：贪心搂抱着正义，猜忌逼迫着同情，懦怯狎亵着勇敢，肉欲侮弄着恋爱，暴力侵凌着人道，黑暗践踏着光明；

听呀，这一片淫猥的声响，听呀，这一片残暴的声响；

虎狼在热闹的市街里，强盗在你们妻子的床上，罪恶在你们深奥的灵魂里……

二、白 旗

来，跟着我来，拿一面白旗在你们的手里——不是上面写着激动怨毒，鼓励残杀字样的白旗，也不是涂着不洁净血液的标记的白旗，也不是画着忏悔与咒语的白旗（把忏悔画在你们的心里）；

你们排列着，噤声的，严肃的，像送丧的行列，不容许脸上留存一丝的颜色，一毫的笑容，严肃的，噤声的，像一队决死的兵士；

现在时辰到了，一齐举起你们手里的白旗，像举起你们的心一样，仰看着你们头顶的青天，不转瞬的，惶恐的，像看着你们自己的灵魂一样；

现在时辰到了，你们让你们熬着，壅着，迸裂着，滚沸着的眼泪流，直流，狂流，自由的流，痛快的流，尽性的流，像山水出峡似的流，像暴雨倾盆似的流……

现在时辰到了，你们让你们咽着，压迫着，挣扎着，汹涌着的声音嚎，直嚎，狂嚎，放肆的嚎，凶狠的嚎，像飓风在大海波涛间的嚎，像你们丧失了最亲爱的骨肉时的嚎……

现在时辰到了，你们让你们回复了的天性忏悔，让眼泪的滚油煎净了的，让悲恸的雷霆震醒了的天性忏悔，默默的忏悔，悠久的忏悔，沉彻的忏悔，像冷峭的星光照落在一个寂寞的山谷，像一个黑衣的尼僧匍匐在一座金漆的神龛前；

在眼泪的沸腾里，在嚎恸的酣澈里，在忏悔的沉寂里，你们望见了上帝永久的威严。

三、婴 儿

我们要盼望一个伟大的事实出现，我们要守候一个馨香的婴儿出世：——

你看他那母亲在她生产的床上受罪！

她那少妇的安详，柔和，端丽，现在在剧烈的阵痛里变形成不可信的丑恶：你看她那遍体的筋络都在她薄嫩的皮肤底里暴涨着，可怕的青色与紫色，像受惊的水青蛇在田沟里急泅似的，汗珠贴在她的前额上像一颗颗的黄豆，她的四肢与身体猛烈的抽搐着，畸屈着，奋挺着，纠旋着，仿佛她垫着的席子是用针尖编成的，仿佛她的帐围是用火焰织成的；

一个安详的，镇定的，端庄的，美丽的少妇，现在在绞痛的惨酷里变形成魔鬼似的可怖：她的眼，一时紧紧的合着，一时巨大的睁着，她那眼，原来像冬夜池潭里反映着的明星，现在吐露着青黄色的凶焰，眼珠像是烧红的炭火，映射出她灵魂最后的奋斗，她的唇，原来是朱红色的，现在像是炉底的冷灰，她的口颤着，撅着，扭着，死神的热烈的亲吻不容许她一息的平安，她的发是散披着，横在口边，漫在胸前，像揪乱的麻丝，她的手指间，还紧抓着几穗拧下来的乱发；

这母亲在她生产的床上受罪：——

但是她还不曾绝望，她的生命挣扎着血与肉与骨与肢体的纤微，在危崖的边沿上，抵抗着，搏斗着，死神的逼迫；

她还不曾放手，因为她知道（她的灵魂知道！）这苦痛不是无因的，因为她知道她的胎宫里孕育着一点比她自己更伟大的生命的种子，包涵着一个比一切更永久的婴儿；

因为她知道这苦痛是婴儿要求出世的征候，是种子在泥土里爆裂成美丽的生命的消息，是她完成她自己生命的使命的机会；

因为她知道这忍耐是有结果的，在她剧痛的昏瞀中，她仿佛听着上帝准许人间祈祷的声音，她仿佛听着天使们赞美未来的光明的声音；

因此她忍耐着，抵抗着，奋斗着……她抵拼绷断她遍体的纤微，她要赎出在她胎宫里动荡着的生命，在她一个完全，美丽的婴儿出世的盼望中，最锐利，最沉酣的痛感逼成了最锐利最沉酣的快感……

这也许是无聊的希冀，但是谁不愿意活命，就使到了绝望最后的边沿，我们也还要妄想希望的手臂从黑暗里伸出来挽着我们。我们不能不想望这苦痛的现在只是准备着一个更光荣的将来，我们要盼望一个洁白的肥胖的活泼的婴儿出世！

新近有两件事实，使我得到很深的感触。让我来说给你们听听。

前几时有一天俄国公使馆挂旗，我也去看了。加拉罕站在台上，微微的笑着，他的脸上发出一种严肃的青光，他侧仰着他的头看旗上升时，我觉着了他的人格的尊严，他至少是一个有胆有略的男子，他有为主义牺牲的决心，他的脸上至少没有苟且的痕迹，同时屋顶那根旗杆上，冉冉的升上了一片的红光，背着遥远没有一斑云彩的青天。那面簇新的红旗在风前料峭的袅荡个不定。这异样的彩色与声响引起了我异样的感想。是腼腆，是骄傲，还是鄙夷，如今这红旗初次面对着我们偌大的民族？在场人也有拍掌的，但只是断续的拍掌，这就算是我想我们初次见红旗的敬意；但这又是鄙夷，骄傲，还是惭愧呢？那红色是一个伟大的象征，代表人类史里最伟大的一个时期；不仅标示俄国民族流血的成绩，却也为人类立下了一个勇敢尝试的榜样。在那旗子抖动的声响里我不仅仿佛听出了这近十年来那斯拉夫民族失败与胜利的呼声，我也想像到百数千年前法国革命时的狂热，一七八九年七月四日那天，巴黎市民攻破巴士梯亚牢狱时的疯癫。自由，平等，友爱！友爱，平等，自由！你们听呀，在这呼声里人类理想的火焰一直从地面上直冲破天顶，历史上再没有更重要更强烈的转变的时期。卡莱尔（Carlyle）[①]在他的法国革命史里形容这件大事有三句名句，他说，“To describe this Seene trans ends the talent of

①Carlyle：卡莱尔（1795—1811），苏格兰散文作家、历史学家，作品有《法国革命》和《论英雄、英雄崇拜和历史上的英雄事迹》等。

mortals.After four hours of world Bed’am it surrenders.The Bastille is down!”他说：“要形容这一景超过了凡人的力量。过了四小时的疯狂他（那大牢）投降了。巴士梯亚是下了！”打破一个政治犯的牢狱不算是了不得的大事，但这事实里有一个象征。巴士梯亚是代表阻碍自由的势力，巴黎士民的攻击是代表全人类争自由的势力，巴士梯亚的“下”是人类理想胜利的凭证。自由，平等，友爱！友爱，平等，自由！法国人在百几十年前猖狂的叫着。这叫声还在人类的性灵里荡着。我们不好像听见吗，虽则隔着百几十年光阴的旷野。如今凶恶的巴士梯亚又在我们的面前堵着；我们如其再不发疯，他那牢门上的铁钉，一个个都快刺透我们的心胸了！

这是一件事。还有一件是我六月间伴着泰戈尔到日本时的感想。早七年我过太平洋时曾经到东京去玩过几个钟头，我记得到上野公园去，上一座小山去下望东京的市场，只见连绵的高楼大厦，一派富盛繁华的景象。这回我又到上野去了，我又登山去望东京城了，那分别可太大了！房子，不错，原是有的；但从前是几层楼的高房，还有不少有名的建筑，比如帝国剧场、帝国大学等等，这次看见的，说也可怜，只是薄皮松板暂时支着应用的鱼鳞似的屋子，白松松的像一个烂发的花头，再没有从前那样富盛与繁华的气象。十九的城子都是叫那大地震吞了去烧了去的。我们站着的地面平常看是再坚实不过的，但是等到他起兴时小小的翻一个身，或是微微的张一张口，我们脆弱的文明与脆弱的生命就够受。我们在中国的差不多是不能想着世界上，在醒着的不是梦里的世界上，竟可以有那样的大灾难。我们中国人是在灾难里讨生活的，水，旱，刀兵，盗劫，那一样没有，但是我敢说我们所有的灾难合起来也抵不上我们邻居一年前遭受的大难。那事情的可怕，我敢说是超过了人类忍受力的止境。我们国内居然有人以日本人这次大灾为可喜的，说他们活该，我真要请协和医院大夫用X光检查一下他们那几位，究竟他们是有没有心肝的。因为在可怕的运命的面前，我们人类的全体只是一群在山里逢着雷霆风雨时的绵羊，那里还能容什么种族政治等等的偏见与意气？我来说一点情形给你们听听，因为虽则你们在报上看过极详细的记载，不曾亲自察看过的总不免有多少距离的隔膜。我自己未到日本前与看过日本后，见解就完全的不同。你们试想假定我们今天在这里集会，我讲的，你们听的，假如日本那把戏轮着我们头上来时，要不了的搭的搭的搭的三秒钟，我与你们与讲台与屋子就永远诀别了地面，像变戏法似的，影踪都没了。那是事实，横滨有好几所五六层高的大楼，全是在三四秒时间内整个儿与地面拉一个平，全没了。你们知道圣书里面形容天降大难的时候，不要说本来脆弱的人类完全放弃了一切的虚荣，就是最猛鸷的野兽与飞禽也会在刹时间变化了性质，老虎会像小猫似的挨着你躲着，利喙的鹰鹞会得躲人鸡棚里去窝着，比鸡还要驯服。在那样非常的变动时，他们也好似觉悟了这彼此同是生物的亲属关系，在天怒的跟前同是剥夺了抵抗力的小虫子，这里面就发生了同命运的同情。你们试想就东京一地说，二三百万的人口，几十百年辛勤的成绩，突然的面对着最后审判的实在，就在今天我们回想起当时他们全城子像一个滚沸的油锅时的情景，原来热闹的市场变成了光焰万丈的火盆，在这里面人类最集中的心力与体力的成绩全变了燃料，在这里面艺术教育政治社会人的骨与肉与血都化成了灰烬，还有百十万男女老小的哭嚷声，这哭声本体就可以摇动天地，——我们不要说亲身经历，就是坐在椅子上想像这样不可信的情景时，也不免觉得害怕不是？那可不是顽儿的事情。

单只描写那样的大变，恐怕至少就须要荷马或是莎士比亚的天才。你们试想在那时候，假如你们亲身经历时，你的心理该是怎么样？你还恨你的仇人吗？你还不饶恕你的朋友吗？你还沾恋你个人的私利吗？你还有欺哄人的机会吗？你还有什么希望吗？你还不搂住你身旁的生物，管他是你的妻子，你的老子，你的听差，你的妈，你的冤家，你的老妈子，你的猫，你的狗，把你灵魂里还剩下的光明一齐放射出来，和着你同难的同胞在这普遍的黑暗里来一个最后的结合吗？

但运命的手段还不是那样的简单。他要是把你的一切都扫灭了，那倒也是一个痛快的结束；他可不然。他还让你活着，他还有更苛刻的试验给你。大难过了，你还喘着气；你的家，你的财产，都变了你脚下的灰，你的爱亲与妻与儿女的骨肉还有烧不烂的在火堆里燃着，你没有了一切；但是太阳又在你的头上光亮的照着，你还是好好的在平定的地面上站着，你疑心这一定是梦，可又不是梦，因为不久你就发现与你同难的人们，他们也一样的疑心他们身受的是梦。可真不是梦，是真的。你还活着，你还喘着气，你得重新来过，根本的完全的重新来过。除非是你自愿放手，你的灵魂里再没有勇敢的分子。那才是你的真试验的时候。这考卷可不容易交了，要到那时候你才知道你自己究竟有多大能耐，值多少，有多少价值。

我们邻居日本人在灾后的实际就是这样。全完了，要来就得完全来过，尽你及身的力量不够，加上你儿子的，你孙子的，你孙子的儿子的儿子的孙子的努力也许可以重新撑起这份家私，但在这努力的经程中，谁也保不定天与地不再捣乱；你的几十年只要他的几秒钟。问题所以是你干不干？就只甘脆的一句话，你干不干，是或否？同时也许无情的运命，扭着他那丑陋可怕的脸子在你的身旁冷笑，等着你最后的回话。你干不干，他仿佛也涎着他的怪脸问着你！

我们勇敢的邻居们已经交了他们的考卷；他们回答了一个甘〈干〉脆的干字，我们不能不佩服。我们不能不尊敬他们精神的人格。不等那大震灾的火焰缓和下去，我们邻居们第二次的奋斗已经庄严的开始了。不等运命的残酷的手臂松放，他们已经宣言他们积极的态度对运命宣战。这是精神的胜利，这是伟大，这是证明他们有不可摇的信心，不可动的自信力；证明他们是有道德的与精神的准备的，有最坚强的毅力与忍耐力的，有内心潜在着的精力的，有充分的后备军的，好比说，虽则前敌一起在炮火里毁了，这只是给他们一个出马的机会。他们不但不悲观，不但不消极，不但不绝望，不但不矮着嗓子乞怜，不但不倒在地下等救，在他们看来这大灾难，只是一个伟大的戟刺，伟大的鼓励，伟大的灵感，一个应有的试验，因此他们新来的态度只是双倍的积极，双倍的勇猛，双倍的兴奋，双倍的有希望；他们仿佛是经过大战的大将，战阵愈急迫愈危险，战鼓愈打得响亮，他的胆量愈大，往前冲的步子愈紧，必胜的决心愈强。这，我说，真是精神的胜利，一种道德的强制力，伟大的，难能的，可尊敬的，可佩服的。泰戈尔说的，国家的灾难，个人的灾难，都是一种试验：除是灾难的结果压倒了你的意志与勇敢，那才是真的灾难，因为你更没有翻身的希望。

这也并不是说他们不感觉灾难的实际的难受，他们也是人，他们虽勇，心究竟不是铁打的。但他们表现他们痛苦的状态是可注意的；他们不来零碎的呼叫，他们采用一种雄伟的庄严的仪式。此次震灾的周年纪念时，他们选定一个时间，举行他们全国的悲哀；

在不知是几秒或几分钟的期间内，他们全国的国民一致的静默了，全国民的心灵在那短时间内融合在一阵忏悔的，祈祷的，普遍的肃静里（那是何等的凄伟！）；然后，一个信号打破了全国的静默，那千百万人民又一致的高声悲号，悲悼他们曾经遭受的惨运；在这一声弥漫的哀号里，他们国民，不仅发泄了蓄积着的悲哀，这一声长号，也表明他们一致重新来过的伟大的决心（这又是何等的凄伟！）

这是教训，我们最切题的教训。我个人从这两件事情——俄国革命与日本地震——感到极深刻的感想；一件是告诉我们什么是有意义有价值的牺牲，那表面紊乱的背后坚定的站着某种主义或是某种理想，激动人类潜伏着一种普遍的想望，为要达到那想望的境界，他们就不顾冒怎样剧烈的险与难，拉倒已成的建设踏平现有的基础，抛却生活的习惯，尝试最不可测量的路子。这是一种疯癫，但是有目的的疯癫；单独的看，局部的看，我们尽可以下种种非难与责备的批评，但全部的看，历史的看时，那原来纷乱的就有了条理，原来散漫的就成了片段，甚至于在经程中一切反理性的分明残暴的事实，都有了他们相当的应有的位置。在这部大悲剧完成时，在这无形的理想"物化"成事实时，在人类历史清理节账时，所得便超过所出，赢余至少是盖得过损失的。我们现在自己的悲惨就在问题不集中，不清楚，不一贯；我们缺少——用一个现成的比喻——那一面半空里升起来的彩色旗（我不是主张红旗我不过比喻罢了！）使我们有眼睛能看的人都不由的不仰着头望；缺少那青天里的一个霹雳，使我们有耳朵能听的不由的惊心。正因为缺乏这样一个一贯的理想与标准（能够表现我们潜在意识所想望的），我们有的那一部疯癫性——历史上所有的大运动都脱不了疯癫性的成分——就没有机会充分的外现，我们物质生活的累赘与沾恋，便有力量压迫住我们精神性的奋斗；不是我们天生不肯牺牲，也不是天生懦怯，我们在这时期内的确不曾寻着值得或是强迫我们牺牲的那件理想的大事，结果是精力的散漫，志气的怠惰，苟且心理的普遍，悲观主义的盛行，一切道德标准与一切价值的毁灭与埋葬。

人原来是行为的动物，尤其是富有集合行为力的，他有向上的能力，但他也是最容易堕落的，在他眼前没有正当的方向时，比如猛兽监禁在铁笼子里。在他的行为力没有发展的机会时，他就会随地躺了下来，管他是水潭是泥潭，过他不黑不白的猪奴的生活。这是最可惨的现象，最可悲的趋向。如其我们容忍这种状态继续存在时，那时每一对父母每次生下一个洁净的小孩，只是为这卑劣的社会多添一个堕落的份〈分〉子，那是莫大的亵渎的罪业；所有的教育与训练也就根本的失去了意义，我们还不如盼望一个大雷霆下来毁尽了这三江或四江流域的人类的痕迹！

再看日本人天灾后的勇猛与毅力，我们就不由的不惭愧我们的穷，我们的乏，我们的寒伧。这精神的穷乏才是真可耻的，不是物质的穷乏。我们所受的苦难都还不是我们应有的试验的本身，那还差得远着哪；但是我们的丑态已经恰好与人家的从容成一个对照。我们的精神生活没有充分的涵养，所以临着稀小的纷扰便没有了主意，像一个耗子似的，他的天才只是害怕，他的伎俩只是小偷；又因为我们的生活没有深刻的精神的要求，所以我们合群生活的大网子就缺少最吃分量最经用的那几条普遍的同情线，再加之原来的经纬已经到了完全破烂的状态，这网子根本就没有了联结，不受外物侵损时已有溃散的可能，哪里还能在时代的急流里，捞起什么有价值的东西？说也奇怪，这几千年历史的传统精神非但不曾供给我们社会一个巩固的基础，我们现在到了再不容隐讳的时候，谁知道我们发现的桩子，只是在黄河里造桥，打在流沙里的！

难怪悲观主义变成了流行的时髦！但我们年轻人，我们的身体里还有生命跳动，脉管里多少还有鲜血的年轻人，却不应当沾染这最致命的时髦，不应当学那随地躺得下去的猪，不应当学那苟且专家的耗子，现在时候逼迫了，再不容我们霎那的含糊。我们要负我们应负的责任，我们要来补织我们已经破烂的大网子，我们要在我们各个人的生活里抽出人道的同情的纤维来合成强有力的绳索，我们应当发现那适当的象征，像半空里那面大旗似的，引起普遍的注意；我们要修养我们精神的与道德的人格，预备忍受将来最难堪的试验。简单的一句话，我们应当在今天——过了今天就再没有那一天了——宣布我们对于生活基本的态度。是是还是否；是积极还是消极；是生道还是死道；是向上还是堕落？在我们年轻人一个字的答案上就挂着我们全社会的运命的决定。我盼望我至少可以代表大多数青年，在这篇讲演的末尾，高叫一声——用两个有力量的外国字——

"Everlasting yea！"[①]

悼沈叔薇[②]

沈叔薇是我的一个表兄，从小同学，高小中学（杭州一中）都是同班毕业的，他是今年九月死的。

叔薇，你竟然死了，我常常的想着你，你是我一生最密切的一个人，你的死是我的一个不可补偿的损失。我每次想到生与死的究竟时，我不定觉得生是可欲，死是可悲，我自己的经验与默察只使我相信生的底质是苦不是乐，是悲哀不是幸福，是泪不是笑，是拘束不是自由：因此从生入死，在我有时看来，只是解化了实体的存在，脱离了现象的世界，你原来能辨别苦乐，忍受磨折的性灵，在这最后的呼吸离窍的俄顷，又投入了一种异样的冒险。我们不能轻易的断定那一边没有阳光与人情的温慰，亦不能设想苦痛的灭绝。但生死间终究有一个不可掩讳的分别，不论你怎样的看法。出世是一件大事，死亡亦是一件大事。一个婴儿出母胎时他便与这生的世界开始了关系，这关系却不能随着他去后的躯壳埋掩，这一生与一死，不论相间的距离怎样的短，不论他生时的世界怎样的仄——这一生死便是一个不可销毁的事实：比如海水每多一次潮涨海滩便多受一次泛滥，我们全体的生命的滩沙里，我想，也存记着最微小的波动与影响……

而况我们人又是有感情的动物。在你活着的时候，我可以携着你的手，谈我们的谈，笑我们的笑，一同在野外仰望天上的繁星，或是共感秋风与落叶的悲凉……叔薇，你这几年虽则与我不易相见，虽则彼此处世的态度更不如童年时的一致，但我知道，我相信在你的心里还留着一部分给我的情意，因为你也在我的胸中永占着相当的关切。我忘不了你，你也忘不了我。每次我回家乡时，我往往在不曾解卸行装前已经亟亟的寻求，欣

① "Everlasting yea!"：永远的是；yea，口头表决表示同意的说法。

② 1924年11月1日作；载1924年11月19日《晨报副刊》，署名志摩；初收1928年1月上海新月书店《自剖》。采自《自剖》。

欣的重温你的伴侣。但如今在你我间的距离，不再是可以度量的里程，却是一切距离中最辽远的一种距离——生与死的距离。我下次重归乡土，再没有机会与你携手谈笑，再不能与你相与恣纵早年的狂态，我再到你们家去，至多只能抚摩你的寂寞的灵帏，仰望你的惨淡的遗容，或是手拿一把鲜花到你的坟前凭吊！

叔薇，我今晚在北京的寓里，在一个冷静的秋夜，倾听着风催落叶的秋声，咀嚼着为你兴起的哀思，这几行文字，虽则是随意写下，不成章节，但在这舒写自来情感的俄顷，我仿佛又一度接近了你生前温驯的，谐趣的人格，仿佛又见着了你瘦脸上的枯涩的微笑——比在生前更谐合的更密切的接近。

我没有多少的话对你说，叔薇，你得宽恕我：当你在世时我们亦很少相互倾吐的机会。你去世的那一天我来看你，那时你的头上，你的眉目间，已经刻画着死的晦色，我叫了你一声叔薇，你也从枕上侧面来回叫我一声志摩，那便是我们在永别前最后的缘分！我永远忘不了那时病榻前的情景！

我前面说生命不定是可喜，死亦不定可畏：叔薇，你的一生尤其不曾尝味过生命里可能的乐趣，虽则你是天生的达观，从不会慕羡虚荣的人间；你如其继续的活着，支撑着你的多病的筋骨，委蛇你无多沾恋的家庭，我敢说这样的生转不如撒手去了的干净！况且你生前至爱的骨肉，亦久已不在人间；你的生身的爹娘，你的过继的爹娘（我的姑母），你的姊姊——可怜娟姊，我始终不曾一度凭吊——还有你的爱妻，他们都在坟墓的那一边满开着他们天伦的怀抱，守候着他们最爱的“老五”，共享永久的安闲……

十一月一日早三时你的表弟志摩

济慈的夜莺歌[1]

诗中有济慈（John Keats）的《夜莺歌》，与禽中有夜莺一样的神奇。除非你亲耳听过，你不容易相信树林里有一类发痴的鸟，天晚了才开口唱，在黑暗里倾吐她的妙乐，愈唱愈有劲，往往直唱到天亮，连真的心血都跟着歌声从她的血管里呕出；除非你亲自咀嚼过，你也不易相信一个二十三岁的青年有一天早饭后坐在一株李树底下迅笔的写，不到三小时写成了一首八段八十行的长歌，这歌里的音乐与夜莺的歌声一样的不可理解，同是宇宙间一个奇迹，即使有那一天大英帝国破裂成无可记认的断片时，夜莺歌依旧保有他无比的价值：万万里外的星亘古的亮着，树林里的夜莺到时候就来唱着，济慈的夜莺歌永远在人类的记忆里存着。

那年济慈住在伦敦的 Wentworth Place。[2]百年前的伦敦与现在的英京大不相同，那时候“文明”的沾染比较的不深，所以华次华士站在威士明治德桥上，还可以放心的讴歌清晨的伦敦，还有福气在“无烟的空气”里呼吸，望出去也还看得见“田地，小山，石头，旷野，一直开拓到天边”。那时候的人，我猜想，也一定比较的不野蛮，近人情，爱自然，所以白天听得着满天的云雀，夜里听得着夜莺的妙乐。要是济慈迟

① 1924 年 12 月 2 日作；载 1925 年 2 月《小说月报》第十六卷第二号；初收 1927 年 8 月上海新月书店《巴黎的鳞爪》。采自《巴黎的鳞爪》。

② Wentworth Place：温特沃斯广场。

一百年出世，在夜莺绝迹了的伦敦市里住着，他别的著作不敢说，这首夜莺歌至少，怕就不会成功，供人类无尽期的享受。说起真觉得可惨，在我们南方，古迹而兼是艺术品的，只淘成了西湖上一座孤单的雷峰塔。这千百年来雷峰塔的文学还不曾见面，雷峰塔的映影已经永别了波心！也许我们的灵性是麻皮做的，木屑做的，要不然这时代普遍的苦痛与烦恼的呼声，还不是最富灵感的天然音乐；——但是我们的济慈在哪里？我们的《夜莺歌》在哪里？济慈有一次低低的自语——“I feel the flowers growing on me”。意思是“我觉得鲜花一朵朵的长上了我的身”，就是说他一想着了鲜花，他的本体就变成了鲜花，在草丛里掩映着，在阳光里闪亮着，在和风里一瓣瓣的无形的伸展着，在蜂蝶轻薄的口吻下羞晕着。这是想像力最纯粹的境界：孙猴子能七十二般变化，诗人的变化力更是不可限量——莎士比亚戏剧里至少有一百多个永远有生命的人物，男的女的，贵的贱的，伟大的，卑琐的，严肃的，滑稽的，还不是他自己摇身一变变出来的。济慈与雪莱最有这与自然谐合的变术；——雪莱制“云歌”时我们不知道雪莱变了云还是云变了雪莱；歌“西风”时不知道歌者是西风还是西风是歌者；颂“云雀”时不知道是诗人在九霄云端里唱着还是百灵鸟在字句里叫着；同样的济慈咏“忧郁”（Ode on Melancholy）[①]时他自己就变了忧郁本体，“忽然从天上吊下来像一朵哭泣的云”；他赞美“秋”（To Autumn）时他自己就是在树叶底下挂着的叶子中心那颗渐渐发长的核仁儿，或是在稻田里静偃着玫瑰色的秋阳！这样比称起来，如其赵松雪关紧房门伏在地下学马的故事可信时，那我们的艺术家就落粗蠢，不堪的“乡下人气味”！

他那夜莺歌是他一个哥哥死的那年做的，据他的朋友有名肖像画家 Robert Hayden[②]给 Miss Mitford[③]的信里说，他在没有写下以前早就起了腹稿，一天晚上他们俩在草地里散步时济慈低低的背诵给他听——“…in a low，tremulous undertone which affected me extremely.”[④]那年碰巧——据著济慈传的 Lord Houghton[⑤]说，在他屋子的邻近来了一只夜莺，每晚不倦的歌唱，他很快活，常常留意倾听，一直听得他心痛神醉逼着他从自己的口里复制了一套不朽的歌曲。我们要记得济慈二十五岁那年在意大利在他一个朋友的怀抱里作古，他是，与他的夜莺一样，呕血死的！

能完全领略一首诗或是一篇戏曲，是一个精神的快乐，一个不期然的发现。这不是容易的事；要完全了解一个人的品性是十分难，要完全领会一首小诗也不得容易。我简直想说一半得靠你的缘分，我真有点儿迷信。就我自己说，文学本不是我的行业，我的有限的文学知识是“无师传授”的。斐德 Walter Pater[⑥]是一天在路上碰着大雨到一家旧书铺去躲避无意中发现的，哥德（Goethe）——据说来更怪了——是司蒂文孙（R. L.

---

① Ode on Melancholy：《忧郁颂》。

② Robert Hayden：海顿（1786—1846），英国历史画家。

③ Miss Mitford：米特福德小姐，英国女剧作家、诗人和散文作家，作品有《杂诗集》等。

④ “他的低沉、颤抖的嗓音深深地打动了我。”

⑤ Lord Houghton：霍顿勋爵，米尔尼斯（Richard Monckton Milnes，1809—1885）继承男爵爵位以后的称呼。英国诗人，其最著名的作品是《济慈生平与书信集》。

⑥ Walter Pater：今译佩特（1839—1894），英国文艺批评家、散文作家。

S.)[①]介绍给我的(在他的Art of Writing[②]那书里他称赞George Henry Lewes[③]的葛德评传;Everyman edition[④]一块钱就可以买到一本黄金的书),柏拉图是一次在浴室里忽然想着要去拜访他的。雪莱是为他也离婚才去仔细请教他的,杜思退益夫斯基,托尔斯泰,丹农雪乌,波特莱耳,卢骚,这一班人也各有各的来法,反正都不是经由正宗的介绍:都是邂逅,不是约会。这次我到北大教书也是偶然的,我教着济慈的夜莺歌也是偶然的,乃至我现在动手写这一篇短文,更不是料得到的。友鸾再三要我写才鼓起我的兴来,我也很高兴写,因为看了我的乘兴的话,竟许有人不但发愿去读那《夜莺歌》,并且从此得到了一个亲口尝味最高级文学的门径,那我就得意极了。

但是叫我怎样讲法呢?在课堂里一头讲生字一头讲典故,多少有一个讲法,但是现在要我坐下来把这首整体的诗分成片段诠释他的意义,可真是一个难题!领略艺术与看山景一样,只要你地位站得适当,你这一望一眼便吸收了全景的精神;要你"远视"的看,不是近视的看;如其你捧住了树才能见树,那时即使你不惜工夫一株一株的审查过去,你还是看不到全林的景子。所以分析的看艺术,多少是杀风景的:综合的看法才对。所以我现在勉强讲这《夜莺歌》,我不敢说我能有什么心得的见解!我并没有!我只是在课堂里讲书的态度,按句按段的讲下去就是,至于整体的领悟还得靠你们自己,我是不能帮忙的。

你们没有听过夜莺先是一个困难。北京有没有我都不知道。下回萧友梅先生的音乐会要是有贝德花芬的第六个"沁芳南"(The Pastoral Symphony)[⑤]时,你们可以去听听,那里面有夜莺的歌声。好吧,我们只要能同意听音乐——自然的或人为的——有时可以使我们听出神:譬如你晚上在山脚下独步时听着清越的笛声,远远的飞来,你即使不滴泪,你多少不免"神往"不是?或是在山中听泉乐,也可使你忘却俗景,想像神境。我们假定夜莺的歌声比我们白天听着的什么鸟都要好听;她初起像是龚云甫,嗓子发沙的,很懈的试她的新歌;顿上一顿,来了,有调了。可还不急,只是清脆悦耳,像是珠走玉盘(比喻是满不相干的!)。慢慢的她动了情感,仿佛忽然想起了什么事情使她激成异常的愤慨似的,她这才真唱了,声音越来越亮,调门越来越新奇,情绪越来越热烈,韵味越来越深长,像是无限的欢畅,像是艳丽的怨慕,又像是变调的悲哀——直唱得你在旁倾听的人不自主的跟着她兴奋,伴着她心跳。你恨不得和着她狂歌,就差你的嗓子太粗太浊合不到一起!这是夜莺;这是济慈听着的夜莺,本来晚上万籁静定后声音的感动力就特强,何况夜莺那样不可模拟的妙乐。

好了;你们先得想像你们自己也教音乐的沉醴浸醉了,四肢软绵绵的,心头痒荠荠的,说不出的一种浓味的馥郁的舒服,眼帘也是懒洋洋的挂不起来,心里满是流膏似的感想,

---

①R. L. S. :即司蒂文孙(Robert Louis Stevenson,1850—1894),英国小说家,主要作品有小说《金银岛》、《化身博士》、《绑架》等。

② Art of Writing:《写作的艺术》。

③ George Henry Lewes:刘易斯(1817—1878),英国哲学家、文学评论家和科学家,著有《歌德的生平与著作》、《生活与思想问题》等。

④ Everyman edition:普通人版。

⑤ The Personal Symphony:《田园交响曲》。

辽远的回忆，甜美的惆怅，闪光的希冀，微笑的情调一齐兜上方寸灵台时——再来——“in a low，tremulous undertone”[①]——开诵济慈的夜莺歌，那才对劲儿！

这不是清醒时的说话；这是半梦呓的私语：心里畅快的压迫太重了流出口来绻缱的细语——我们用散文译过他的意思来看——

一

“这唱歌的，唱这样神妙的歌的，决不是一只平常的鸟；她一定是一个树林里美丽的女神，有翅膀会得飞翔的。她真乐呀，你听独自在黑夜的树林里，在枝干交叉，浓荫如织的青林里，她畅快的开放她的歌调，赞美着初夏的美景，我在这里听她唱，听的时候已经很多，她还是恣情的唱着；啊，我真被她的歌声迷醉了，我不敢羡慕她的清福，但我却让她无边的欢畅催眠住了，我像是服了一剂麻药，或是喝尽了一剂鸦片汁，要不然为什么这睡昏昏思离离的像进了黑甜乡似的，我感觉着一种微倦的麻痹，我太快活了，这快感太尖锐了，竟使我心房隐隐的生痛了！”

二

“你还是不倦的唱着——在你的歌声里我听出了最香冽的美酒的味儿。呵，喝一杯陈年的真葡萄酿真痛快呀！那葡萄是长在暖和的南方的，普鲁罔斯[②]那种地方，那边有的是幸福与欢乐，他们男的女的整天在宽阔的太阳光底下作乐，有的携着手跳春舞，有的弹着琴唱恋歌；再加那遍野的香草与各样的树馨——在这快乐的地土下他们有酒窖埋着美酒。现在酒味益发的澄静，香冽了。真美呀，真充满了南国的乡土精神的美酒，我要来引满一杯，这酒好比是希宝克林灵泉的泉水，在日光里滟滟发虹光的清泉，我拿一只古爵盛一个扑满。阿，看呀！这珍珠似的酒沫在这杯边上发瞬，这杯口也叫紫色的浓浆染一个鲜艳；你看看，我这一口就把这一大杯酒吞了下去——这才真醉了，我的神魂就脱离了躯壳，幽幽的辞别了世界，跟着你清唱的音响，像一个影子似澹澹〈淡淡〉的掩入了你那暗沉沉的林中。”

三

“想起这世界真叫人伤心。我是无沾恋的，巴不得有机会可以逃避，可以忘怀种种不如意的现象，不比你在青林茂荫里过无忧的生活，你不知道也无须过问我们这寒伧的世界，我们这里有的是热病，厌倦，烦恼，平常朋友们见面时只是愁颜相对，你听我的牢骚，我听你的哀怨；老年人耗尽了精力，听凭痺症摇落他们仅存的几茎可怜的白发；年轻人也是叫不如意事蚀空了，满脸的憔悴，消瘦得像一个鬼影，再不然就进墓门；真是除非你不想他，你要一想的时候就不由得你发愁，不由得你眼睛里钝迟迟的充满了绝望的晦色；美更不必说，也许难得在这里，那里，偶然露一点痕迹，但是转瞬间就变成落花流水似没了，春光是挽留不住的，爱美的人也不是没有，但美景既不常驻人间，我们至多只能实现暂时的享受，

①用低沉、颤抖的嗓音。

②普鲁罔斯：今译普罗旺斯。

笑口不曾全开，愁颜又回来了！因此我只想顺着你歌声离别这世界，忘却这世界，解化这忧郁沉沉的知觉。”

四

“人间真不值得留恋，去吧，去吧！我也不必乞灵于培克司（酒神）与他那宝辇前的文豹，只凭诗情无形的翅膀我也可以飞上你那里去。阿，果然来了！到了你的境界了！这林子里的夜是多温柔呀，也许皇后似的明月此时正在她天中的宝座上坐着，周围无数的星辰像侍臣似的拱着她。但这夜却是黑，暗阴阴的没有光亮，只有偶然天风过路时把这青翠荫蔽吹动，让半亮的天光丝丝的漏下来，照出我脚下青茵浓密的地土。”

五

“这林子里梦沉沉的不漏光亮，我脚下踏着的不知道是什么花，树枝上渗下来的清馨也辨不清是什么香；在这薰香的黑暗中我只能按着这时令猜度这时候青草里，矮丛里，野果树上的各色花香；——乳白色的山楂花，有刺的野蔷薇，在叶丛里掩盖着的芝罗兰已快萎谢了，还有初夏最早开的麝香玫瑰，这时候准是满承着新鲜的露酿，不久天暖和了，到了黄昏时候，这些花堆里多的是采花来的飞虫。”

我们要注意从第一段到第五段是一顺下来的：第一段是乐极了的谚语，接着第二段声调跟着南方的阳光放亮了一些，但情调还是一路的缠绵。第三段稍微激起一点浪纹，迷离中夹着一点自觉的愤慨，到第四段又沉了下去，从“already with thee！”[①]起，语调又极幽微，像是小孩子走入了一个阴凉的地窖子，骨髓里觉着凉，心里却觉着半害怕的特别意味，他低低的说着话，带颤动的，断续的；又像是朝上风来吹断清梦时的情调；他的诗魂在林子的黑荫里闻着各种看不见的花草的香味，私下一一的猜测诉说，像是山涧平流入湖水时的尾声……这第六段的声调与情调可全变了；先前只是畅快的惝恍，这下竟是极乐的谵语了。他乐极了，他的灵魂取得了无边的解脱与自由，他就想永保这最痛快的俄顷，就在这时候轻轻的把最后的呼吸和入了空间，这无形的消灭便是极乐的永生；他在另一首诗里说——

I know this being's lease,
My fancy to its utmost bliss spreads,
Yet could I on this very midnight cease,
And the world's gaudy ensign see in shreds;
Verse, Fame and Beauty are intense indeed,
But death intenser-Death is Life's high meed.[②]

在他看来，（或是在他想来），“生”是有限的，生的幸福也是有限的——诗，声名与美是我们活着时最高的理想，但都不及死，因为死是无限的，解化的，与无尽流的精神相

---

①“早已和你在一起。”《夜莺颂》中的一句。

②“我知道此生的寿限，／我的想象向它的极乐伸展着，／可是我能就在今晚上死去，／并把这尘世的浮名弃若敝屣。／诗，名，美确实是强烈的，／但死更强烈——死是生活最高的报酬。”引自济慈诗《我今晚上为什么笑？没有声音能够告诉》。

投契的，死才是生命最高的蜜酒，一切的理想在生前只能部分的，相对的实现，但在死里却是整体的绝对的谐合，因为在自由最博大的死的境界中一切不调谐的全调谐了，一切不完全的全完全了。他这一段用的几个状词要注意，他的死不是苦痛；是“Easeful death”舒服的，或是竟可以翻作“逍遥的死”；还有他说“Quiet breath”，幽静或是幽静的呼吸，这个观念在济慈诗里常见，很可注意；他在一处排列他得意的幽静的比象——

Autumn Suns
Smiling at eve upon the quiet sheaves，
Sweet Sapphos Cheek-a sleeping infant’s breath—
The gradual sand that through an hour glass runns
A woodland rivulet，a poet’s death.①

秋田里的晚霞，沙浮女诗人的香腮，睡孩的呼吸，光阴渐缓的流沙，山林里的小溪，诗人的死。他诗里充满着静的，也许香艳的，美丽的静的意境，正如雪莱的诗里无处不是动，生命的振动，剧烈的，有色彩的，嘹亮的。我们可以拿济慈的“秋歌”对照雪莱的“西风歌”，济慈的“夜莺”对比雪莱的“云雀”，济慈的“忧郁”对比雪莱的“云”，一是动，舞，生命，精华的，光亮的，搏动的生，一是静，幽，甜熟的，渐缓的，“奢侈”的死，比生命更深奥更博大的死，那就是永生。懂了他的生死的概念我们再来解释他的诗：

六

“但是我一面正在猜测着这青林里的这样那样，夜莺她还是不歇的唱着，这回唱得更浓更烈了。（先前只像荷池里的雨声，调虽急，韵节还是很匀净的；现在竟像是大块的骤雨落在盛开的丁香林中，这白英在狂颤中缤纷的堕地，雨中的一阵香雨，声调急促极了。）所以我竟想在这极乐中静静的解化，平安的死去，所以我竟与无痛苦的解脱发生了恋爱，昏昏的随口编着钟爱的名字唱着赞美她，要她领了我永别这生的世界，投入永生的世界。这死所以不仅不是痛苦，真是最高的幸福，不仅不是不幸，并且是一个极大的奢侈；不仅不是消极的寂灭，这正是真生命的实现。在这青林中，在这半夜里，在这美妙的歌声里，轻轻的挑破了生命的水泡，阿，去吧！同时你在歌声中倾吐了你的内蕴的灵性，放胆的尽性的狂歌好像你在这黑暗里看出比光明更光明的光明，在你的叶荫中实现了比快乐更快乐的快乐：——我即使死了，你还是继续的唱着，直唱到我听不着，变成了土，你还是永远的唱着。”

这是全诗精神最饱满音调最神灵的一节，接着上段死的意思与永生的意思，他从自己又回想到那鸟的身上，他想我可以在这歌声里消散，但这歌声的本体呢？听歌的人可以由生入死，由死得生，这唱歌的鸟，又怎样呢？以前的六节都是低调，就是第六节调虽变，音还是像在浪花里浮沉着的一张叶片，浪花上涌时叶片上涌，浪花低伏时叶片也低伏；但这第七节是到了最高点，到了急调中的急调——诗人的情绪，和着鸟的歌声，尽情的涌了出来：他的迷醉中的诗魂已经到了梦与醒的边界。

① “秋阳／在黄昏时对寂静的草丛微笑。／甜蜜的沙浮的面颊—睡婴的呼唤——／从沙漏里逐渐留下的沙粒／林地上的一条小溪，诗人死了。”引自济慈诗《当黑暗的雾气笼罩了我们的平原》。沙浮，公元前600年左右的希腊女诗人。

这节里 Ruth[①]的本事是在旧约书里 The Book of Ruth[②]，她是嫁给一个客民的，后来丈夫死了，她的姑要回老家，叫她也回自己的家再嫁人去，罗司一定不肯，情愿跟着她的姑到外国去守寡，后来她在麦田里收麦，她常常想着她的本乡，济慈就应用这段故事。

七

“方才我想到死与灭亡，但是你，不死的鸟呀，你是永远没有灭亡的日子，你的歌声就是你不死的一个凭证。时代尽迁异，人事尽变化，你的音乐还是永远不受损伤，今晚上我在此地听你，这歌声还不是在几千年前已经在着，富贵的王子曾经听过你，卑贱的农夫也听过你：也许当初罗司那孩子在黄昏时站在异邦的田里割麦，她眼里含着一包眼泪思念故乡的时候，这同样的歌声，曾经从林子里透出来，给她精神的慰安；也许在中古时期幻术家在海上变出蓬莱仙岛，在波心里起造着楼阁，在这里面住着他们摄取来的美丽的女郎，她们凭着窗户望海思乡时，你的歌声也曾经感动她们的心灵，给她们平安与愉快。”

八

这段是全诗的一个总束，夜莺放歌的一个总束，也可以说人生的大梦的一个总束。他这诗里有两相对的（动机）；一个是这现世界，与这面目可憎的实际的生活：这是他巴不得逃避，巴不得忘却的；一个是超现实的世界，音乐声中不朽的生命，这是他所想望的，他要实现的，他愿意解脱了不完全暂时的生，为要化人这完全的永久的生。他如何去法，凭酒的力量可以去，凭诗的无形的翅膀亦可以飞出尘寰，或是听着夜莺不断的唱声也可以完全忘却这现世界的种种烦恼。他去了，他化入了温柔的黑夜，化入了神灵的歌声——他就是夜莺，夜莺就是他。夜莺低唱时他也低唱，高唱时他也高唱，我们辨不清谁是谁，第六第七段充分发挥“完全的永久的生”那个动机，天空里，黑夜里已经充塞了音乐——所以在这里最高的急调尾声一个字音 forlorn[③]里转回到那一个动机，他所从来那个现实的世界，往来穿着的还是那一条线，音调的接合，转变处也极自然；最后揉和那两个相反的动机，用醒（现世界）与梦（想像世界）结束全文，像拿一块石子掷入山壑内的深潭里，你听那音响又清切又谐和，余音还在山壑里回荡着，使你想见那石块慢慢的，慢慢的沉入了无底的深潭……音乐完了，梦醒了，血呕尽了，夜莺死了！但他的余韵却袅袅的永远在宇宙间回响着……

十三年十二月二日夜半

这回连面子都不顾了！[④]

英国人不是不会杀人，实际上他杀的比谁都多，分别就在他的杀法不同，他有本

---

① Ruth：今译路得。

② The Book of Ruth：《路得记》。

③ forlorn：孤寂。

④载 1924 年 12 月 20 日《现代评论》第一卷第二期；初收 1980 年台湾时报文化出版事业有限公司《徐志摩诗文补遗》。采自《现代评论》。

领杀人不让见血：他是天才的刽子手。所以顾面子是他交际的秘诀；他有时说话竟许比刀还锋利，可是他总不取消他的笑脸。有一次我听 George Lansbury[①]在讲台上骂鲁意乔治，说他是一个热心的祈祷者，一个穷凶的大谎家“That frevent praver and trememdous Liar”，他骂的不仅是鲁意乔治那老狐狸；政治界事业界里的英国人多少全让他骂尽了。

但就这“顾面子”在现代世界上已经是一种难能的德性。你去看礼拜天的英国人：衣服，头发，鞋，脸子，他的良心，他的灵魂，哪一样不是整洁而且体面——虽则礼拜一下去的六天另是一个问题。

我是恭维英国政治的一个。他们那天生的多元主义的宇宙观与人生观真配干政治。就是他们的笑脸，虽则明知是假的，有时也不讨厌。所以对英国人讲主义，论理性，谈道德，说良心，演逻辑，求一致等等，那你就是自愿做傻爪，他们根本就不懂得主义，良心，道德那一套，他们也用不着，你得给他们讲实际，论事实，谈方略，说对付，计较利害，尤其是张罗面子——那才对劲儿。

这回麦克唐诺尔德的失败（我不说工党的失败，因为在我看来，这回工党内阁的起与落几乎完全是麦氏一人的起与落）就为了麦氏太老实，太不顾英国政治外交的传统精神；他顺着自己的信仰做事，他的纯金的人格与火热的理想就是他实际政治失败的伏线。我们拿一件事情来看。比如那赔款事情，英国人也不定比旁人慷慨，不过因为美国人日本人甚至俄国人都说还，英国人也只能说还。英国方面聘定了几个赔款委员，其中有两位是中国人的真知己，罗素与狄更生（G. Lowes Dickinson）。他们自从“爱上了”中国以后，曾经替我们（言论的与私人的）帮过不少的忙，这回当了赔款委员，当然更可以具体的帮忙了，那是我们私下很佩服很感激麦氏的诚意的一件事。不幸麦氏退了，包尔温先生又回来了。麦克唐诺尔德是信社会主义的，包尔温先生是信保守政策的。单这字面上的分别并不大；有时社会党人来得守旧，保守派人竟许偏偏激烈；但麦氏与包氏的分别可不小；我们竟可以说麦氏是要国际和平的，包氏简直奉行旧派帝国主义的一个顺奴！包氏一回来，麦氏的政策全教推翻。推翻政策不碍事，这回他们简直连面子都不顾了。旁的事情我们暂且不管，单只中国赔款委员的一件小事就发生了变化。据前天报载，包氏已经知会罗素与狄更生说，上次麦内阁请他们当赔款委员，现在作为罢论。作为罢论！包首相另请高明去！并且还听说辞退他们两位的原因，是为他们教育的见解与执政人的教育见解不合式，不投机。换一句话说，罗素与狄更生是信国际和平的，包首相与他的同事是信帝国主义的；罗素与狄更生是信人权，人道，与自由的，包首相与他的同事是不信的；罗素与狄更生是真懂得中国，真知道中国弊病的原委，并且（我们相信）真有力量给我们有价值的建议与主张的，包首相与他的同事——我们不敢说他们不懂中国，或是存心给我们怎么样，但我们确不敢相信他们夹袋里的人物会得比罗狄两先生更适当更合式。我们不知道，我们政府对于这件事有没有话讲，也许他们“建国”太忙顾不到，或许顾得到也说不著话；我们现在只能盼望我们的教育界有相当的表示，因为第一，这本是我们教育界的事情；第二，罗素与狄更生两位先生的人格与思想

① George Lansbury：兰斯伯里（1859—1940），英国工党领袖。

与主张竟许也就只我们无枪无产的教育界多少体会得到。在英国也不少明白事理的人，我们敢说这回赔款委员的变更他们也不一定觉得舒服，但我们这里有先开口的义务，我们相信我们有了话，他们那边也一定有同情的响应。我们要知道这不是一件小事；我们教育界的领袖应得发电去表示我们的意思，盼望包尔温先生的政府知道我们怎样的敬仰，尊崇罗素狄更生两位先生；这回的消息如其成了事实，我们不仅觉得极端的抱憾，并且恐怕将来关于赔款处置的商榷彼此间失去了个最重要的同情的线索。

青年运动①

我这几天是一个活现的 Don Quixote②，虽则前胸不曾装起护心镜，头顶不曾插上雉鸡毛，我的一顶阔边的“面盆帽”，与一根漆黑铄亮的手棍，乡下人看了已经觉得新奇可笑；我也有我的 Sancho Panza③，他是一个角色，会憨笑，会说疯话，会赌咒，会爬树，会爬绝壁，会背《大学》，会骑牛，每回一到了乡下或山上，他就卖弄他的可惊的学问，他什么树都认识，什么草都有名儿，种稻种豆，养蚕栽桑，更不用说，他全知道，一讲着就乐，一乐就开讲，一开讲就像他们田里的瓜蔓，又细又长又曲折又绵延（他姓陆名字叫炳生或是丙申，但是人家都叫他鲁滨孙）；这几天我到四乡去冒险，前面是我，后面就是他，我折了花枝，采了红叶，或是捡了石块（我们山上有浮石，掷在水里会浮的石块，你说奇不奇！）就让他抗着，问路是他的份儿，他叫一声大叔，乡下人谁都愿意与他答话；轰狗也是他的份儿，到乡下去最怕是狗，他们全是不躲懒的保卫团，一见穿大褂子的他们就起疑心，迎着你嗥还算是文明的盘问，顶英雄的满不开口望着你的身上直攻，那才麻烦，但是他有办法，他会念降狗咒，据他说一念狗子就丧胆，事实上并不见得灵验，或许狗子有秘密的破法也说不定，所以每回见了劲敌，他也免不了慌忙。他的长处就在与狗子对嗥，或是对骂，居然有的是王郎种，有时他骂上了劲，狗子倒软化了，但是我总不成，望见了狗影子就心虚，我是淝水战后的苻坚，稻草塍儿，竹篱笆，就够我的恐慌。有时我也学 Don Quixote 那劲儿，舞起我手里的梨花棒，喝一声孽畜好大胆，看棒！果然有几处大难让我顶潇洒的蒙过了。

我相信我们平常的脸子都是太像骡子——拉得太长；忧愁，想望，计算，猜忌，怨恨，懊怅，怕惧，都像魇魔似的压在我们原来活泼自然的心灵上，我们在人丛中的笑脸大半是装的，笑响大半是空的，这真是何苦来。所以每回我们脱离了烦恼打底的生活，接近了自然，对着那宽阔的天空，活动的流水，我们就觉得轻松得多，舒服得多。每回我见路旁的息凉亭中，挑重担的乡下人，放下他的担子，坐在石凳上，从腰包里掏出火刀火石来，打出几簇火星，点旺一杆老烟，绿田里豆苗香的风一阵阵的吹过来，吹散他的烟

① 1925 年阴历正月二十四日（公历 2 月 16 日）作；载 1925 年 3 月 13 日《晨报副刊》，署名志摩；初收 1926 年 6 月北京北新书局《落叶》。采自《落叶》。

② Don Quixote：堂吉诃德，西班牙小说家塞万提斯的同名小说中的主人公后成为不切实际的理想主义者的代名词。

③ Sancho Panza：堂吉诃德的仆从，后指堂吉诃德式人物的伴侣。

氛，也吹燥了他眉额间的汗渍；我就感想到大自然调剂人生的影响：我自己就不知道曾经有多少自杀类的思想，消灭在青天里，白云间，或是像挑担人的热汗，都让凉风吹散了。这是大家都承认的，但实际没有这样容易。即使你有机会在息凉亭子里抽一杆潮烟，你抽完了烟，重担子还是要挑的，前面谁也不知道还有多少路，谁也不知道还有没有现成的息凉亭子，也许走不到第二个凉亭，你的精力已经到了止境，同时担子的重量是刻刻加增的，你那时再懊悔你当初不应该尝试这样压得死人的一个负担，也就太迟了！

我这一时在乡下，时常揣摩农民的生活，他们表面看来虽则是继续的劳瘁，但内里却有一种涵蓄的乐趣，生活是原始的，朴素的，但这原始性就是他们的健康，朴素是他们幸福的保障，现代所谓文明人的文明与他们隔着一个不相传达的气圈，我们的争竞，烦恼，问题，消耗，等等，他们梦里也不曾做着过；我们的坠落，隐疾，罪恶，危险，等等，他们听了也是不了解的，像是听一个外国人的谈话。上帝保佑世上再没有懵懂的呆子想去改良、救渡、教育他们，那是间接的摧残他们的平安，扰乱他们的平衡，抑塞他们的生机！

需要改良与教育与救渡的是我们过分文明的文明人，不是他们。需要急救，也需要根本调理的是我们的文明，二十世纪的文明，不是洪荒太古的风俗，人生从没有受过现代这样普遍的咒诅，从不曾经历过现代这样荒凉的恐怖，从不曾尝味过现代这样恶毒的痛苦，从不曾发现过现代这样的厌世与怀疑。这是一个重候，医生说的。

人生真是变了一个压得死人的负担，习惯与良心冲突，责任与个性冲突，教育与本能冲突，肉体与灵魂冲突，现实与理想冲突，此外社会政治宗教道德买卖外交，都只是混沌，更不必说。这分明不是一块青天，一阵凉风，一流清水，或是几片白云的影响所能治疗与调剂的；更不是宗教式的训道、教育式的讲演、政治式的宣传所能补救与济渡的。我们在这促狭的芜秽的狴犴中，也许有时望得见一两丝的阳光，或是像拜伦在Chillon[①]那首诗里描写的，听着清新的鸟歌；但这是嘲讽，不是慰安，是丹得拉士（Tantalus[②]）的苦痛，不是上帝的恩宠；人生不一定是苦恼的地狱。我们的是例外的例外。在葡萄丛中高歌欢舞的一种提昂尼辛的癫狂（Dionysian madness[③]），已经在时间的灰烬里埋着，真生命活泼的血液的循环，已经被文明的毒质瘀住，我们仿佛是孤儿在黑夜的森林里呼号生身的爹娘，光明与安慰都没有丝毫的踪迹。所以我们要求的——如其我们还有胆气来要求——决不是部分的，片面的补苴，决不是消极的慰藉，决不是恇夫的改革，决不是傀儡的把戏……我们要求的是，“彻底的来过”；我们要为我们新的洁净的灵魂造一个新的洁净的躯体，要为我们新的洁净的躯体造一个新的洁净的灵魂；我们也要为这新的洁净的灵魂与肉体造一个新的洁净的生活——我们要求一个“完全的再生”。

我们不承认已成的一切，不承认一切的现实；不承认现有的社会，政治，法律，家庭，宗教，娱乐，教育；不承认一切的主权与势力。我们要一切都重新来过：不是在书桌上整理国故，或是在空枵的理论上重估价值，我们是要在生活上实行重新来过，我们

① Chillon：指拜伦的长诗《锡雍的囚徒》。

② Tantalus：今译坦塔罗斯，希腊神话中的宙斯之子，因触怒诸神在冥界受到惩罚，站在齐颈的水里，他口渴低头想喝水时，水就退去；他头上有果树，他腹饥想吃果子时，风就把果子吹开。

③ Dionysian madness：今译狄俄尼索斯，希腊神话中的酒神。

是要回到自然的胎宫里去重新吸收一番滋养。但我们说不承认已成的一切是不受一切的束缚的意思，并不是与现实宣战，那是最不经济也太琐碎的办法；我们相信无限的青天与广大的山林尽有我们青年男女翱翔自在的地域；我们不是要求篡取已成的世界，那是我们认为不可医治的。我们也不是想来试验新村或新社会，预备感化或是替旧社会做改良标本，那是十九世纪的迂儒的梦乡，我们也不打算进去空费时间的；并且那是训练童子军的性质，牺牲了多数人供一个人的幻想的试验的。我们的如其是一个运动，这决不是为青年的运动，而是青年自动的运动，青年自己的运动，只是一个自寻救渡的运动。

你说什么，朋友，这就是怪诞的幻想，荒谬的梦不是？不错，这也许是现代青年反抗物质文明的理想，而且我敢说多数的青年在理论上多表同情的；但是不忙，朋友，现有一个实例，我要乘便说给你听听，——如其你有耐心。

十一年前一个冬天在德国汉奴佛（Hanover[①]）相近一个地方，叫做 Cassel[②]，有二千多人开了一个大会，讨论他们运动的宗旨与对社会、政治、宗教问题的态度，自从那次大会以后这运动的势力逐渐张大，现在已经有一百多万的青年男女加入——这就叫做 Jugendbewegung“青年运动”，虽则德国以外很少人明白他们的性质。我想这不仅是德国人，也许是全欧洲的一个新生机，我们应得特别的注意。“西方文明的坠落只有一法可以挽救，就在继起的时代产生新的精神的与生命的势力”。这是福士德博士说的话，他是这青年运动里的一个领袖，他著一本书叫做 Jugendseele[③]，专论这运动的。

现在德国乡间常有一大群的少年男子与女子，排着队伍，弹着六弦琵琶唱歌，他们从这一镇游行到那一镇，晚上就唱歌跳舞来交换他们的住宿，他们就是青年运动的游行队，外国人见了只当是童子军性质的组织，或是一种新式的吉婆西（Gipsy[④]），但这是仅见外表的话。

德国的青年运动是健康的年轻男女反抗现代的坠落与物质主义的革命运动，初起只是反抗家庭与学校的专权，但以后取得更哲理的涵义，更扩大反叛的范围，简直决破了一切人为的制限，要赤裸裸的造成一种新生活。最初发起的是加尔菲喧（Karl Fischer of Steglitz[⑤]），但不久便野火似的烧了开去，现在单是杂志已有十多种，最初出的叫作 Wandervogel[⑥]。

这运动最主要的意义，是要青年人在生命里寻得一个精神的中心（the spiritual center of life），一九一三年大会的铭语是“救渡在于自己教育”（Salvation Lies in Self-Education），“让我们重新做人。让我们脱离狭窄的腐败的政治组织，让我们抛弃近代科学家们的物质主义的小径，让我们抛弃无灵魂的知识钻研。让我们重新做活着的男子与女子”。他们并没有改良什么的方案，他们禁止一切有具体目的的运动；他们代表一种新发现的思路，他们旨意在于规复人生原有的精神的价直。“我们的大旨

① Hanover：今译汉诺威，德国下萨克森州首府。

② Cassel：卡塞尔，德国城市。

③ Jugendseele：《青年的精神》。

④ Gipsy：今译吉普赛。

⑤ Karl Fischer of Steglitz：不详。

⑥ Wandervogel：《候鸟》。

是在离却坠落的文明，回向自然的单纯；离却一切的外骛，回向内心的自由；离却空虚的娱乐，回向真纯的欢欣；离却自私主义，回向友爱的精神；离却一切懈弛的行为，回向郑重的自我的实现。我们寻求我们灵魂的安顿，要不愧于上帝，不愧于己，不愧于人，不愧于自然”。“我们即使存心救世，我们也得自己重新做人”。

这运动最显著亦最可惊的结果是确实的产生了真的新青年，在人群中很容易指出，他们显示一种生存的欢欣，自然的热心，爱自然与朴素，爱田野生活。他们不饮酒（德国人原来差不多没有不饮酒的），不吸烟，不沾城市的恶习。他们的娱乐是弹着琵琶或是拉着梵和玲唱歌，踏步游行跳舞或集会讨论宗教与哲理问题。跳舞最是他们的特色。往往有大群的游行队，徒步游历全省，到处歌舞，有时也邀本地人参加同乐——他们复活了可赞美的提昂尼辛的精神！

这样伟大的运动不能不说是这黑魆的世界里的一泻清辉，不能不说是现代苟且的厌世的生活（你们不曾到过柏林与维也纳的不易想像）一个庄严的警告，不能不说是旧式社会已经蛀烂的根上重新爆出来的新生机，新萌芽；不能不说是全人类理想的青年的一个安慰，一个兴奋，为他们开辟了一条新鲜的愉快的路径；不能不说是一个新的洁净的人生观的产生。我们要知道在德国有几十万的青年男女，原来似乎命定做机械性的社会的终身奴隶，现在却做了大自然的宠儿，在宽广的天地间感觉新鲜的生命的跳动，原来只是屈伏在蠢拙的家庭与教育的桎梏下，现在却从自然与生活本体接受直接的灵感，像小鹿似的活泼，野鸟似的欢欣，自然的教训是洁净与朴素与率真，这正是近代文明最缺乏的原素。他们不仅开发了各个人的个性，他们也规复了德意志民族的古风，在他们的歌曲、舞蹈、游戏、故事与礼貌中，在青年们的性灵中，古德意志的优美，自然的精神又取得了真纯的解释与标准。所以城市生活的堕落，淫纵，耗费，奢侈，饰伪，以及危险与恐怖，不论他们传染性怎样的剧烈，再也沾不着洁净的青年，道德家与宗教家的教训只是消极的强勉的，他们的觉悟是自动的，自然的，根本的，这运动也产生了一种真纯的友爱的情谊在年轻的男子与女子间；一种新来的大同的情感，不是原因于主义的激刺或党规的强迫；而是健康的生活里自然流露的乳酪，洁净是他们的生活的纤维，愉快是营养。

我这一点感想写完了，从我自己的野游蔓延到德国的青年运动，我想我再没有加案语的必要，我只要重复一句滥语——民族的希望就在自觉的青年。

正月二十四日

再说一说曼殊斐儿①

我翻译这篇矮矮的短篇，还得下注解。现在什么事都得下注解。有时注解愈下，本文愈糊涂，可是注解还得下，这是一个下注解的时代，谁都得学时髦。要不然我们哪儿来这么多的文章。

男人与女人永远是对头，永远是不讲和不停战的死冤家。没有拜天地——我应当说

①载 1925 年 3 月 10 日《小说月报》第十六卷第三号；1988 年 1 月陕西人民出版社《徐志摩研究资料》存目。采自《小说月报》。

结婚，拜天地听的太旧，也太浪漫——以前，双方对打的子弹，就化上不少，真不少，双方的战略也用尽了，照例是你躲我追，我躲你追，但有时也有翻花样的，有的学诸葛亮用兵，以攻为守；有的学甲鱼赛跑，越慢越牢靠。这还只是一篇长序，正文还没有来哪，虽则正文不定比序文有趣。坐床撒帐——我应当说交换戒指，度蜜月，我说话真是太古气——以后就是濠沟战争，那年分可长了，彼此望是望得见的，抓可还是抓不到，你干着急也没有用，谁都盼望总攻击时的那一阵的浓味儿，出了性拼命时有神仙似的快乐，但谁都摸不准总司令先生的脾胃，大家等着那一天，那一天可偏是慢吞吞的不到。

宕着，悬着，挂着。永不生根，什么事都是的。像我们的地球一样，滚是滚着，可没有进步。男的与女的：好像是最亲密不过，最亲热不过，最亲昵不过的两口子不是？可是事情没有这样简单；他们中间隔着的道儿正长着哩！你是站在纽约五十八层的高楼上望着，她是在吴淞炮台湾那里瞭着；你们的镜头永远对不准。

不准才有意思，才是意思。愈看不准，你愈要想对，愈幌着镜子对，愈没有准儿，可是这里面就是生活，悲剧，趣剧，哈哈，眼泪，文学，艺术，人生观，大学教授，《京报》附刊，全是这一个网里捞出来的鱼。

我说的话，你摸不清理路不是？原要你摸不清，谁要你摸得清？你摸得清，就没有我的落儿！

十九世纪出了一个圣人。他现在还活着。圣人！谁是圣人，什么是圣人？不忙，我记得我口袋里有的是定义，让我看看。“圣人就是他。”——这外国句法不成，你须得轮过头来。“谁要能说一句话或是一篇话，只要他那话里有一部分人人想得到可是说不上的道理，他就是圣人。”“我未见好德如好色者也。”那是我们的孔二爷。这话说的顶平常，顶不出奇，谁都懂得，谁都点头儿说对。好比你说猫鼻子没有狗鼻子长，顶对。这就是圣。圣人的话永远是平常的，一出奇他也许是一个吴稚晖，或是谁，那也不坏，可就不是圣人。

可是我说的现代的圣人又是谁？他有两个名字：在外国叫勃那萧，在中国叫萧伯讷。他为什么是圣人？他写了一本戏，谁都知道的叫做《人与超人》。一篇顶长、顶繁、顶啰哆的戏，前面还装着一篇一样的长、繁、啰哆的长序。但是他说的就是一句话，证明的就是一句；这话就是——凡是男与女发生关系时，女的永远是追的那个，男的永远是躲的那个。这话可没有我们孔二爷的老实。不错，分别是有，东洋圣人与西洋圣人，道理同是一个，看法说法，各各不同。我们孔二爷是戴着平天冠，捧着白玉圭，头顶朝着天，脚跟踏着地，眼睛看着鼻子，鼻子顾着胡子，大胡子挂在心坎儿上，条缕分明的轻易不得吹糊；他们的萧伯讷是满脸长着细白毛，像是龙井茶的毛尖，他自己说是叫虫子龃过的草地；他的站法顶别致，他的不是A字式的站法，他的是Y字式的站法，他不叫他的腿站在地上，那太平常不出奇，他叫他的脑袋支着地，看时一双手都不去帮忙，两条脚直挺挺的开着顶对天花板，只是难为了他的项根酸了一点。他这三四十年来就是玩着这把戏——一块朝天马蹄铁的思想家，一个“拿大鼎”的圣人。这分别你就看出来了不是？用腿的站得住（那也不容易，有人到几十岁还闪交哪），用头的也站住了，也许萧先生比孔先生觉着累一点，可是他的好看多了；这一来他们的说话的道儿就不同，一是顺着来的，一是反着来的，反正他们一样说得回老家就是——真理是他们的老家。

孔二爷理想中的社会是拿几条粗得怕人的大绳子拴得稳稳的社会，尤其是男与女的中间放着一座掀不动钻不透的“大防”。孔二爷看事情真不含糊，黄就是黄，青就是青，男就是男，女就是女，干脆，男女是危险的。你简直的得想法子，要不然就出乱子。你得防着他们，真的你得防着他们。把野兽装进了铁笼子，随他多凶猛也得屈伏。别的不必说，就是公公媳妇大伯弟妇都得要防；哥哥妹妹弟弟姊姊都得要防；六岁以上就不准他们同桌子吃饭。夫妇也不准过分的亲近；老爷进了房太太来了一个客人。家里来了外人，太太爱张张也得躲到屏风背后去。这来不但女子没法子找男子，就是男子也不得机会找女子了。结果防范愈严，危险愈大；所以每回一闹乱子我们就益发的佩服孔二爷见解高明。不错，这野兽其实是太不讲理，太猖獗，只有用粗索子去拴住他，拿铁笼子去关住他。我们从不反过头来想想——假如把所有的绳子全放宽了，把一切的笼子全打开了，看这一大群的野畜生又打什么主意。

萧伯讷的回答说不碍，随你放得怎样宽，人类总是不会灭的，废弃了一切人为的法律，我们还得遵守天然的法律；逃避了一切人群的势力，我们还是躲不了生命的势力（life force）。男人着忙的去找女人，或是女人着忙的去带住一个男人：这就是潜在的生命的势力活动的证据。男人的事务是去寻饭吃，女人的事务是生殖；男人的作用是经济的，女人的作用是生物的。女人天生有极强极牢固的母性；她为要完成她的天职，她就（也许不觉得的）想望生活的固定，顶要紧是一个家。但是男人却往往怕难，自己寻食吃已经够难，替一家寻食吃当然更是麻烦；他有时还存心躲懒；实际上他怕的是一个永久固定的家。还有一个理由为什么女人比男人更着急，那是因为女性的美是不久长的，她的引诱力是暂时而且有限的，所以她得赶紧；一个女儿过了三十岁还不出嫁父母就急，连亲戚都替担忧。其实她自己何尝不急，只是在老社会情况底下她没有机会表示意志就是。她急的缘故也不完全是为要得男人的爱，她着急是为要完成她的职务，为要满足她的母性。所以萧伯讷是不错的，他说在一个选择自由的社会里男女间有关系发生时，女的往往是追的那个，男的倒反是躲的那个。王尔德说男子总不愿意结婚除非他是厌倦了，女子结婚为的是好奇。这话至少一半是对的；平常一个有志气爱自由的男子哪肯轻易去冒终身企业的危险，去担负养活一个家的仔肩，反面说女人倒是常常在心里打算的（她们很少肯认账，竟许也有自己不感觉到的，但实际却有这种情形），打算她身世的寄托，打算她将来的家，打算亲手替她亲生子打小鞋做小袜子。并不是女子的羞耻，这正是她的荣耀。这是她对人道的义务。要是有一天理性的发展竟然消灭了这点子本性，人类种族的生产与生存也就成了问题了。我们不盼望有那一天，虽则我们看了“理性的”或是“智理的”的女人一天一天的增加数目，有远虑的就多少不免担忧。

曼殊斐儿是个心理的写实家，她不仅写实，她简直是写真。你要是肯下相当工夫去读懂她的作品，你才相信她的天才是无可疑的；她至少是二十世纪最重要的作者的一个。她的字一个个都是活的，一个个都是有意义的，在她最精粹的作品里我们简直不能增也不能灭更不能改动她一个字；随你怎样奥妙的细微的曲折的，有时刻薄的心理她都有恰好的法子来表现；她手里擒住的不是一个个的字，是人的心灵变化的真实，一点也错不了。法国一个画家叫台迦（Degas）能捉住电光下舞女银色衣裳急旋时的色彩与情调；曼殊斐儿就能分析出电光似急射飞跳的神经作用；她的艺术，（仿佛是高尔斯华绥说的，）是在时间与空间的缝道里下工夫，她的方法不是用镜子反映，不用笔白描，更不是从容幻想。她分明是伸出两个不容情的指头，到人的脑筋里去捉住成形不露面的思想的影子，逼住他们现原形！短篇小说到了她的手里，像在柴霍甫（她唯一的老师）的手里，才是纯粹的美术（不止是艺术）；她斲成的玉是不仅没有疤瘢，不玷土灰，她的都是成品的。最高的艺术是形式与本质（form and substance）化成一体再也分不开的妙制；我们看曼殊斐儿的小说就分不清哪里是式，哪里是质，我们所得的只是一个印象，一个真的、美的印象，仿佛是在冷静的溪水里看横斜的梅花的影子，清切、神妙、美。

这篇《夜深时》并不是她最高的作品，但我们多少可以领略她那特别的意味。她写的一段心理是很普通很不出奇的；一个快上年纪的独身女子着急要找一个男人；她看上了一个，她写信给他，送袜子给他；碰了一个冷钉子；这回晚上独自坐在火炉前。冥想；羞，恨，怨，自怜，急，自慰，悻，自伤。想丢，丢不下；想抛，抛不了；结果爬上床去蒙紧被窝淌眼泪哭。她是谁，我们不必问，我们只知道她是一个近人情的女子；她在白天做什么事，明天早起说什么话，我们也全不必管，我们有特权窃听的就是她今夜上单个儿坐在渐灭的炉火前的一番心境，一段自诉。她并不曾说出口，但我们仿佛亲耳听着她说话，一个字也不含糊。也许有人说损，这挖苦女人太厉害了，但我们应得问的是她写的真不真，只要真就满足了艺术的条件，损不损是另外一件事。

乘便我们在这篇里也可以看出萧伯讷的“女追男躲”说的一个解释。这当然也可以当作佛洛依德心理学的注解者，但我觉得陪衬“萧”更有趣些，所以南天北海的胡扯了这一长篇，告罪告罪！

十八日

欧游漫录[①]

——西伯利亚游记

一、开 篇

你答应了一件事，你的心里就打上了一个结；这个结一天不解开，你的事情一天不完结，你就一天不得舒服，“不做中人不做保，一世无烦恼”，就是这个意思。谁教我这回出来，答应了人家通讯？在西伯利亚道上我记得曾经发出过一封，但此后，约莫〈摸〉有个半月了，一字都不曾寄去，债是愈积愈不容易清呢，我每天每晚燃住了心里的那个结对自己说。同时我知道国内一部分的朋友也一定觉着诧异，他们一定说：“你看出门人没有靠得住的，他临走的时候答应得多好，说一定随时有信来报告行踪，现在两个月

①与下两节《自愿的充军》、《离京》，总题为《欧游漫录（二）——西伯利亚游记》，载1925年6月12日《晨报副刊》，这里的“欧游漫录（二）”，系与《给新月》接续排为二，下同。初收1928年1月上海新月书店《自剖》，与《旅伴》等节合为“游俄辑第三”，题名为《欧游漫录——西伯利亚游记》，下同。采自《自剖》，下同。

都快满了，他那里一个字都不曾寄来！”

但是朋友们，你们得知道我并不是成心叫你们失望的：我至今不写信的缘故决不完全是懒，虽则懒是到处少不了有他的份。当然更不是为无话可说，上帝不许！过了这许多逍遥的日子还来抱怨生活平凡。话多的很，岂止有，难处就在积满了这一肚子的话，从那里说起才是。这是一层，还有一个难处，在我看来更费踌躇，是这番话应该怎么说法？假如我是一个甘〈干〉脆的报馆访事员，他唯一的金科是有闻必录，那倒好办，只要把你一双耳朵每天收拾干净，出门不要忘了带走，轻易不许他打盹，同时一手拿着纪事册，一手拿着“永远尖”，外来的新闻交给耳朵，耳朵交给手，手交给笔，笔交给纸，这不就完事了不是？可惜我没有做访事的天赋；耳朵不够长，手不够快。我又太笨，思想来得奇慢的，笔下请得到的有数几个字也都是有脾气的，只许你去凑他们的趣，休想他们来凑你的趣；否则我要是有画家的本事，见着那处风景好，或是这边人物美，立刻就可以打开本子来自描写生，那不是心灵里的最沉细最飘忽的消息，都有法子可以款留踪迹，我也不怕没有现成文章做了。

我想你们肯费工夫来看我通讯的，也不至于盼望什么时局的新闻。莫索列尼的演说，兴登堡将军做总统，法国换内阁等等，自有你们驻欧特约通信员担任，我这本记事册上纸张不够宽恕不备载了。你们也不必期望什么出奇的事项，因为我可以私下告诉你们我这回到欧洲来并不想谋财，也不想害命，也不愿意自己的腿子叫汽车压扁或是牺牲钱包让剪绺先生得意。不，出奇也是不会得的，本来我自己是一个平淡无奇的游客，我眼内的欧洲也只是平淡无奇的几个城子；假如我有话说时，也只是在这平淡无奇的经验的范围内平淡无奇的几句话，再没有别的了。

唯其因为到处是平淡无奇，我这里下笔写的时候就格外觉得为难。假如我有机会看得见牛斗，一只穿红衣的大黄牛和一个穿红衣的骑士拼命，千万个看客围着拍掌叫好的话，我要是写下一篇“斗牛记”，那不仅你们看的人合式，我写的人也容易。偏偏牛斗我看不着（听说西班牙都禁绝了）；别说牛斗，人斗都难得见着，这世界分明是个和平的世界，你从这国的客栈转运到那国的客栈见着的无非仆欧们的笑脸与笑脸的“仆欧”们——只要你小钱凑手你准看得见一路不断的笑脸。这刻板的笑脸当然不会得促动你做文章的灵机。就这意大利人，本来是出名性子暴躁轻易就会相骂的，也分明涵养好多了；你们念过 W. D. Howells’ Venetian Life[①]的那段两位江朵蜡船家吵嘴的妙文，一定以为到此地来一定早晚听得见色彩鲜艳的骂街；但是不，我来了已经有一个多月却还一次都不曾见过暴烈的南人的例证。总之这两月来一切的事情都像是私下说通了，不叫我听到见到或是碰到一些异常的动静！同时我答应做通讯的责任并不因此豁免或是减轻；我的可恨的良心天天掀着我的肘子说：“喂，赶快一点，人家等着你哪！”

寻常的游记我是不会得写的，也用不着我写，这烂熟的欧洲，又不是北冰洋的尖头或是非洲沙漠的中心，谁要你来饶舌。要我拿日记来公开我有些不愿意，叫白天离魂的鬼影到大家跟前来出现似乎有些不妥当——并且老实说近来本子上记下的也不多。当作私人信札写又如何呢？那也是一个写法，但你心目中总得悬拟你一个相识的收信人，这

① W. D. Howells’ Venetian Life：W. D. 霍威尔斯的《威尼斯生活》。霍威尔斯（1837—1920），美国小说家、评论家。

又是困难，因是假如你存想你最亲密的朋友，他或是她，你就有过于啰嗲的危险，同时如其你假定的朋友太生分了，你笔下就有拘束，一样的不讨好。阿！朋友们，你们的失望是定的了。方才我开头的时候似乎多少总有几句话说给你们听，但是你们看我笔头上别扭了好半天，结果还是没有结果：应得说什么，我自己不知道，应得怎么说法，我也是不知道！所以我不得不下流，不得不想法搪塞，笔头上有什么来我就往纸上写，管得选择，管得体裁，管得体面！

二、自愿的充军

“谁叫你去来，这不是活该？”我听得见北京的朋友们说。我是个感情的人；老头病了，想我去，我不得不去，我就去。那时候有许多朋友都反对，他们说：“老头快死了，你赶去送丧不成？趁早取销〈消〉吧！至于意大利你那〈哪〉一个年头去不得，等着有更好的机会再去不好？”如今他们更有话说了：“你看老头不是开你玩笑？他要你去，自己倒反早跑了。现在你这光棍吊空在欧洲，何苦来，赶快回家吧！”

三、离京

我往常出门总带着一只装文件的皮箱，这里面有稿本，有日记，有信件，大都多是见不得人面的。这次出门有一点特色，就是行李里出空了秘密的累赘，甘〈干〉脆的几件衣服几本书，谁来检查都不怕，也不知怎的生命里是有那种不可解的转变，忽然间你改变了评价的标准。原来看重的这时不看重了，原来隐讳的这时也无庸隐讳了，不但皮箱里口袋里出一个干净，连你的脑子里五脏里本来多的是古怪的复壁夹道，现在全理一个清通，像意大利麦古龙尼似的这头通到那头。这是一个痛快。做生意的馆子逢到节底总结一次帐，进出算个分明，准备下一节重新来过；我们的生命里也应得隔几时算一次总帐，赚钱也好，亏本也好，老是没头没脑的窝着堆着总不是道理。好在生意忙的时期也不长，就是中间一段交易复杂些，小孩子时代不会做买卖，老了的时候想做买卖没有人要，就这约莫〈摸〉二十岁到四十岁的二十年间的确是麻烦的，随你怎样认真记帐总免不了挂漏，还有记错的隔壁帐，糊涂帐，吃着的坍帐混帐，这时候好经理真不容易做！我这回离京真是爽快，真叫是：“一肩行李，两袖清风，俺就此去也！”但是不要得意，以前的帐务虽到暂时结清（那还是疑问），你店门还是开着，生意还是做着，照这样热闹的市面，怕要不了一半年，尊驾的帐目又该是一塌糊涂了！

四、旅伴[①]

西班牙有一个俗谚，大旨是“一人不是伴，两人正是伴，三数便成群，满四就是乱”。这旅行，尤其是长途的旅行，选伴是一桩极重要的事情。我的理论，我的经验，都使我无条件的主张独游主义——是说把游历本身看做目的。同样一个地方你独身来看，与结伴来看所得的结果就不同。理想的同伴（比如你的爱妻或是爱友或是爱什么）当然有，但与其冒险不如意同伴的懊怅，不如立定主意独身走来得妥当。反正近代的旅行其实是

①载 1925 年 6 月 17 日《晨报副刊》，正题为《欧游漫录（三）——西伯利亚游记》。

太简单太容易了，尤其是欧洲，哑巴瞎子聋聋〈子〉傻瓜都不妨放胆去旅行，只要你认识字，会得做手势，口袋里有钱，你就不会丢。

我这次本来已经约定了同伴，那位先生高明极了，他在西伯利亚打过几年仗，红党白党（据他自己说）都是他的朋友，会说俄国话，气力又大，跟他同走一定吃不了亏。可是我心里明白，天下没有无条件的便宜，况且军官大爷不是容易伺候的，回头他发现假定的"绝对服从"有漏孔时他就对着这无抵抗的弱者发威，那可不是玩！这样一想我觉得还是独身去西伯利亚冒险，比较的不可怖些。说也巧，那位先生在路上发现他的公事还不曾了结，至少须延迟一星期动身，我就趁机会告辞，一溜烟先自跑了！

同时在车上我已经结识了两个旅伴，一位是德国人，做帽子生意的，他的脸子，他的脑袋，他的肚子都一致声明他决不是别一国人。他可没有日耳曼人往常的镇定，在他那一双闪烁的小眼睛里你可以看出他一天害怕与提防危险的时候多，自有主见的时候少。他的鼻子不消说完全是叫啤酒与酒精薰糟了的，皮里的青筋全都纠盘的拱着活像一只霁红碎瓷的鼻烟壶。他常常替他自己发现着急的原因，不是担忧他的护照少了一种签字，便是害怕俄国人要充公他新做的衬衫。他念过他的叔本华；每次不论讲什么问题他的结句总是"倒不错，叔本华也是这么说的"！

还有一个更有趣的旅伴在车上结识的是意大利人。他也是在东方做帽子生意的。如其那位德国先生满脑子装着香肠啤酒与叔本华的，我见了不由得不起敬，这位腊〈拉〉丁族的朋友我简直的爱他了。我初次见他，猜他是个大学教授，第二次见他猜他是开矿的，到最后才知道他也是卖帽子给我们的。我与他谈得投机极了，他有的是谐趣，书也看得不少，见解也不平常，像这种无意中的旅伴是很难得的，我一途来不觉着寂寞就幸亏有他，我到了还与他通信。你们都见过大学眼药的广告不是？那〈哪〉有一点儿像我那朋友。只是他漂亮多了，他那烧胡是不往下挂的，修得顶整齐，又黑又浓又紧，骤看像是一块天鹅绒；他的眼最表示他头脑的敏锐，他的两颊是鲜杨梅似的红，益发激起他白的肤色与漆黑的发。他最爱念的书是 Don Quixote，Ariosto[①]是他的癖好，丹德当然更是他从小的陪伴。

五、两个生客[②]

我是从满洲里买票的。普通车到莫斯科票价共一百二十几卢布，国际车到赤塔才有，我打算到了赤塔再补票。到赤塔时耿济之君到车站来接我，一问国际车，票房说要外加一百卢布，同时别人分两段（即自满洲里至赤塔，再由赤塔买至莫斯科）买票的只花了一百七十多卢布。我就不懂为什么要多花我二三十卢布，一时也说不清，我就上了普通车，那是四个人一间的。但是上车一看情形有些不妥，因为房间里已经有波兰人一家住着，一个秃顶的爸爸，一个搽胭脂的妈妈，一个十三四岁的男孩，一个几个月的乳孩；我想这可要不得，回头拉呀哭呀闹呀叫我这外客怎么办，我就立刻搬家，管他要我添多少，搬上了华丽舒服的国际车再说。运气也正好，恰巧还有一间三人住的大房空着，我就住下了；顶奇怪是等到补票时我满想挨化冤钱，谁知他只要我四十三元，合算起来倒比别

①Ariosto：阿里奥斯托（1474—1533），意大利诗人，代表作为长篇传奇叙事诗《疯狂的奥兰多》。

②载 1925 年 6 月 19 日《晨报副刊》，正题为《欧游漫录（五）——西伯利亚游记》。

人便宜了十个左右的卢布，这里面的玄妙我始终不曾想出来。

车上伺候的是一位忠实而且有趣的老先生。他来替我铺床，笑着说："呀，你好福气，一个人占上这一大间屋子；我想你不应得这样舒服，车到了前面大站我替你放进两位老太太陪你，省得你寂寞好不好？"我说多谢多谢，但是老太太应得陪像你自己这样老头子的；我是年轻的，所以你应得寻一两个一样年轻的与我作伴才对。

我居然过了三天舒服的日子，第四天看了车上消息说今晚有两个客人上来，占我房里的两个空位。我就有点慌，跑去问那位老先生这消息真不真，他说："怎么会得假呢？你赶快想法子欢迎那两位老太太吧！"（俄国车上男女是不分的）回头车到了站，天已经晚了，我回房去看时，果然见有几件行李放着：一只提箱，两个铺盖，一只装食物的蔑箱。间壁一位德国太太过来看了对我说："你舒服了几天，这回要受罪了，方才来的两位样子顶古怪的，不像是西方人，也不像是东方人，你留心点吧。"正说着话他们来了，一个高的，一个矮的；一个肥的，一个瘦的；一个黑脸，一个青脸——（他们两位的尊容真得请教施耐庵先生才对得住他们，我想胖的那位可以借用黑旋风的雅号，瘦的那位得叨光杨志与王英两位："矮脚青面兽"。）两位头上全是黑松松的乱发，身上都穿着青辽辽的布衣，衣襟上都针着红色的列宁像。我是不曾见过杀人的凶手；但如其那两位朋友告诉我们方才从大牢里逃出来的，我一定无条件的相信！我们交谈了。不成，黑旋风先生很显出愿意谈天的样子，虽则青面兽先生绝对的取缄默态度；黑先生只会三两句英国话，再来就是俄国话，再来更不知是什么鸟话。他们是土耳其斯坦来的。"你中国！"他似乎很惊喜的回话。阿孙逸仙……死？你……国民党？哈哈哈哈，你共产党？哈哈，你什么党？哈哈……到莫斯科？哈哈？

一回见他们上饭车去了；那位老车役进房来铺房，见我一个人坐着发愣，他就笑说你新来的朋友好不好？我说算了，劳驾，我还是欢迎你的老太太们！"你看年轻人总是这样三心两意的，老的不要，年轻的也不……"喔！枕垫底下可不是放着一对满装子弹的白郎林〈宁〉手枪？他捡了起来往上边床上一放，慢慢的接着说："年轻的也确太危险了，怪不得你不喜欢。"我平常也自夸多少有些"幽默"的，但那晚与那两位形迹可疑的生客睡在一房，心里着实有些放不平，上床时偷偷的把钱包塞在头枕底下，还是过了半夜才落，黑旋风先生的鼾声真是雷响一般，你说我那晚苦不苦？明早上醒过来我还有些不相信，伸手去摸自己的脑袋，还好，没有搬家，侥幸侥幸！

六、西伯利亚[①]

一个人到一个不曾去过的地方不免有种种的揣测，有时甚至害怕；我们不很敢到死的境界去旅行也就如此。西伯利亚：这个地名本来就容易使人发生荒凉的联想，何况现在又变了有色彩的去处，再加谣传，附会，外国存心诬蔑苏俄的报告，结果在一般人的心目中这条平坦的通道竟变了不可测的畏途。其实这都是没有根据的。西伯利亚的交通照我这次的经验看，并不怎样比旁的地方麻烦，实际上那边每星期五从赤塔开到莫斯科

① 1925年5月9日作；从开头至"谁说这不是拿翁再世的相儿"，载1925年6月18日《晨报副刊》，正题为《欧游漫录（四）——西伯利亚游记》；从"西伯利亚只是人少，并不荒凉"到本节完，载1925年7月3日《晨报副刊》，总题为《欧游漫录（六）——西伯利亚[游记]》。

（每星期三自莫至赤）的特快虽则是七八天的长途车，竟不曾耽误时刻，那在中国就是很难得的了。你们从北京到满洲里，从满洲里到赤塔，尽可以坐二等车，但从赤塔到俄京那一星期的路程我劝你们不必省这几十块钱（不到五十），因为那国际车真是舒服，听说战前连洗澡都有设备的，比普通车位差太远了。坐长途火车是顶累人不过的，像我自己就有些晕车，所以有可以节省精力的地方还是多破费些钱来得上算。固然坐上了国际车你的同道只是体面的英美德法人；你如其要参预俄国人的生活时不妨去坐普通车，那就热闹了，男女不分的，小孩是常有的，车间里四张床位，除了各人的行李以外，有的是你意想不到的布置。我说给你们听听：洋磁面盆，小木坐凳，小孩坐车，各式药瓶，洋油锅子，煎咖啡铁罐，牛奶瓶，酒瓶，小儿玩具，晾湿衣服绳子，满地的报纸，乱纸，花生壳，向日葵子壳，痰唾，果子皮，鸡子壳，面包屑……房间里的味道也就不消细说，你们自己可以想像。老实说我有点受不住，但是俄国人自会作他们的乐，往往在一团氤氲（当然大家都吸烟）的中间，说笑的自说笑，唱歌的自唱歌，看书的看书，磕睡的磕睡，同时玻璃上的蒸气全结成了冰屑，车外只是白茫茫的一片，静悄悄的莫有声息。偶尔在树林的边沿看得见几处木板造成的小屋，屋顶透露着一缕青灰色的烟痕，报告这荒凉境地里的人迹。

吃饭一路上都有餐车，但不见佳而且贵，愿意省钱的可以到站时下去随便买些食物充饥，这一路每站上都有一两间小木屋（要不然就是几位老太太站在露天提着篮端着瓶子做生意）卖杂物的：面包、牛奶、生鸡蛋、薰鱼、苹果都是平常买得到的（记着我过路的时候是三月，满地还是冰雪，解冻的时候东西一定更多）。

我动身前有人警告我说："苏俄的忌讳多的很，你得留神；上次有几个美国人在餐车里大声叫仆欧（应得叫 Comrade 康姆拉特，意思是朋友同志或伙计），叫他们一脚踢下车去死活不知下落，你这回可小心！"那是不是神话我不曾有工夫去考据；但为叫一声仆欧就得受死刑（苏州人说的"路倒尸"）我看来有些不像，实际上出门人莫谈政治，倒是真的，尤其在革命未定的国家，关于苏俄我下面再讲。我们餐车的几位康姆拉特都是顶年轻的，其中有一位实在不很讲究礼节，他每回来招呼吃饭，就像是上官发命令，斜瞟着一双眼，使动着一个不耐烦的指头，舌头上滚出几个铁质的字音，嘭的关上你的房门，他又到间壁去发命令了！他是中等身材，胸背是顶宽的，穿一身水色的制服，肩上放一块擦桌白布，走路像疾风似的有劲；但最有意思的是他的脑袋，椭圆的脸盘，扁平的前额上斜撩着一两卷短发，眼睛不大但显示异常的决断力，颧骨也长得高，像一个有威权的人；他每回来伺候你的神情简直要你发抖；他不是来伺候他是来试你的胆量，（我想胆子小些的客人见了他真会哭的！）他手里的杯盘刀叉就像是半空里下冰雪一片片直削到你的面前，叫你如何不心寒；他也不知怎的有那么大气，绷紧着一张脸我始终不曾见他露过些微的笑容；我也曾故意比着可笑的手势想博他一个和善些的顾盼，谁知不行，他的脸上笼罩着西伯利亚一冬的严霜，轻易如何消得；真的，他那肃杀的气概不仅是为威吓外来的过客，因为他对他的同僚我留神观察也并没有更温和的嘴脸；顶叫人不舒服的是他那口角边总是紧紧的咬着一枝半焦的俄国纸烟，端菜时也在那里，说话时也在那里，仿佛他一腔的愤慨只有永远嚼紧着牙关方可以勉强的耐着！后来看惯了倒也不觉得什么，我可是替他题上一个确切不过的徽号，叫他做"饭车里的拿破仑"，我那意大利朋友十二分的称赞我，因为他那体魄，他那神气，他的简决，尤其是他前额上斜着的几根小发，有时他悻悻的独自在餐车那一头站着，紧攒着肩头，一只手贴着前胸，谁说这不是拿翁再世的相儿？

七、西伯利亚（续）

西伯利亚只是人少，并不荒凉。天然的景色亦自有特色，并不单调；贝加尔湖周围最美，乌拉尔一带连绵的森林亦不可忘。天气晴爽时空气竟像是透明的，亮极了，再加地面上雪光的反映，真叫你耀眼。你们住惯城里的难得有机会饱尝清洁的空气；下回你们要是路过西伯利亚或是同样地方，千万不要躲懒，逢站停车时，不论天气怎样冷，总得下去散步，借冰清尖锐的气流洗净你恶浊的肺胃；那真是一个快乐，不仅你的鼻孔，就是你面上与颈根上露在外面的毛孔，都受着最甜美的洗礼，给你倦懒的性灵一剂绝烈的刺戟，给你松散的筋肉一个有力的约束，激荡你的志气，加添你的生命。

再有你们过西伯利亚时记着，不要忙吃晚饭，牺牲最柔媚的晚景。雪地上的阳光有时幻成最娇嫩的彩色，尤其是夕阳西渐时，最普通是银红，有时鹅黄稍带绿晕。四年前我游小瑞士时初次发现雪地里光彩的变幻，这回过西伯利亚看得更满意；你们试想像晚风静定时在一片雪白平原上，疏玲玲的大树间，斜刺里平添出几大条鲜艳的彩带，是幻是真，是真是幻，那妙趣到你身亲经历时从容的辨认吧。

但我此时却不来复写我当时的印象，那太吃苦了，你们知道这逼紧了你的记忆召回早已消散了的景色，再得应用想像的光辉照出他们颜色的深浅，是一件极伤身的工作，比发寒热时出汗还凶。并且这来碰记着不清的地方你就得凭空造，那你们又不愿意了不是？好，我想出了一个简便的办法；我这本记事册的前面有几页当时随兴涂下的杂记。我就借用不是省事，就可惜我做事情总没有常性，什么都只是片断，那几段琐记又是在车上用铅笔写的英文，十个字里至少有五个字不认识，现在要来对号，真不易！我来试试。

（一）西伯利亚并不坏，天是蓝的，日光是鲜明的，暖和的，地上薄薄的铺着白雪，矮树，丛草，白皮松，到处看得见。稀稀的住人的木房子。

（二）方才过一站，下去走了一走，顶暖和。一个十岁左右卖牛奶的小姑娘手里拿瓶子卖鲜牛奶给我们。她有一只小圆脸，一双聪明的蓝眼，白净的皮肤，清秀有表情的面目，她脚上的套鞋像是一对张着大口的黄鱼，她的褂子也是古怪的样子，我的朋友给她一个半卢布的银币。她的小眼睛滚上几滚，接了过去仔细的查看，她开口问了。她要知道这钱是不是真的通用的银币；“好的，好的，自然好的！”旁边站着看的人（俄国车站上多的是闲人）一齐喊了。她露出一点子的笑容，把钱放进了口袋，一瓶牛奶交给客人，翻着小眼对我们望望，转身快快的跑了去。

（三）入境愈深，当地人民的苦况益发的明显。今天我在赤塔站上留心的看。褴褛的小孩子，从三四岁到五六岁，在站上问客人讨钱，并且也不是客气的讨法，似乎他们的手伸了出来决不肯空了回去的。不但在月台上，连站上的饭馆里都有，无数成年的男女，也不知做什么来的，全靠着我们吃饭处的木栏，斜着他们呆顿的不移动的注视看着你蒸气的热汤或是你肘子边长条的面包。他们的样子并不恶，也不凶，可是晦塞而且阴沉，看着他们的面貌你不由得不疑问这里的人民知不知道什么是自然的喜悦的笑容。笑他们当然是会得的；尤其是狂笑当他们受足了 Vodka[1]的影响，但那时的笑是不自然的，表示他们的变态，不是上帝给我们的喜悦。这西伯利亚的土人，与其说是受一个有自制力的脑府支配的人的身体，不如说是一捆捆的原始的人道，装在破烂的黑色或深黄色的布褂与奇大的毡鞋里，他们行动，他们工作，无非是受他们内在的饿的力量所驱使，再没有别的可说了。

（四）在 lrkutsk[2]车停一时许，他们全下去走路，天早已黑了，站内的光亮只是几只贴壁的油灯，我们本想出站，却反经过一条夹道走进了那普通待车室，在昏迷的灯光下辨认出一屋子黑魆魆的人群，那景象我再也忘不了，尤其是那气味！悲悯心禁止我尽情的描写；丹德假如到此地来过，他的地狱里一定另添一番色彩！

对面街上有一山东人开着一家小烟铺，他说他来了二十年，积下的钱还不够他回家。

（五）俄国人的生活我还是懂不得。店铺子窗户里放着的各式物品是容易认识的，但管铺子做生意的那个人，头上戴着厚毡帽，脸上满长着黄色的细毛，是一个不可捉摸的生灵；拉车的马甚至那奇形的雪橇是可以领会的，但那赶车的紧裹在他那异样的袍服里，一只戴皮套的手扬着一根古旧的皮鞭，是一个不可思议的现象。

我怎样来形容西伯利亚天然的美景？气氛是晶澈的，天气澄爽时的天蓝是我们在灰沙里过日子的所不能想像的异景。森林是这里的特色：连绵，深厚，严肃，有宗教的意味。西伯利亚的林木都是直干的；不问是松，是白杨是青松或是灌木类的矮树丛，每株树的尖顶总是正对着天心。白杨林最多，像是带旗帜的军队，各式的军徽奕奕的闪亮着；兵士们屏息的排列着，仿佛等候什么严重的命令。松树林也多茂盛的：干子不大，也不高，像是稚松，但长得极匀净，像是园丁早晚修饰的盆景。不错，这些树的倔犟的不曲性是西伯利亚，或许是俄罗斯，最明显的特性。

——我窗外的景色极美；夕阳正从西北方斜照过来，天空，嫩蓝色的，是轻敷着一层纤薄的云气，平望去都是齐整的树林，严青的松，白亮的杨，浅棕的笔竖的青松——在这雪白的平原上形成一幅色彩融和的静景。树林的顶尖尤其是美，他们在这肃静的晚景中正像是无数寺院的尖阁，排列着，对高高的蓝天默祷。在这无边的雪地里有时也看得见住人的小屋，普通是木板造屋顶铺瓦颇像中国房子，但也有黄或红色砖砌的。人迹是难得看见的；这全部风景的情调是静极了，缄默极了，倒像是一切动性的事物在这里是不应得有位置的；你有时也看得见迟钝的牲口在雪地的走道上慢慢的动着，但这也不像是有生活的记认……

八、莫斯科[3]

阿，莫斯科！曾经多少变乱的大城！罗马是一个破烂的旧梦，爱寻梦的你去；纽约是 Mammon[4]的宫阙，拜金钱的你去；巴黎是一个肉艳的大坑，爱荒淫的你去；伦敦是

---

① Vodka：伏特加。

② lrkutsk：伊尔库次克，前苏联东西伯利亚城市。

③ 1925 年 5 月 26 作；载 1925 年 7 月 6 日、7 月 7 日、7 月 9 日、7 月 11 日《晨报副刊》，正题分别为《欧游漫录（七）》、《欧游漫录（八）》、《欧游漫录（九）》、《欧游漫录（十）》。

④ Mammon：财神。

一个煤烟的市场，慕文明的你去。但莫斯科？这里没有光荣的古迹，有的是血污的近迹；这里没有繁华的幻景，有的是斑驳的寺院；这里没有和暖的阳光，有的是泥泞的市街；这里没有人道的喜色，有的是伟大的恐怖与黑暗，惨酷，虚无的暗示。暗森森的雀山，你站着；半冻的莫斯科河，你流着：在前途二十个世纪的漫游中，莫斯科是领路的南针，在未来文明变化的经程中，莫斯科是时代的象征。古罗马的牌坊是在残阙的简页中，是在破碎的乱石间；未来莫斯科的牌坊是在文明的骸骨间，是在人类鲜艳的血肉间。莫斯科，集中你那伟大的破坏的天才，一手拿着火种，一手拿着杀人的刀，趁早完成你的工作，好叫千百年后奴性的人类的子孙，多多的来，不断的来，像他们现在去罗马一样，到这暗森森的雀山的边沿，朝拜你的牌坊，纪念你的劳工，讴歌你的的不朽！

这是我第一天到莫斯科在 Kremlin[①]周围散步时心头涌起杂感的一斑。那天车到时是早上六时，上一天路过的森林，大概在 Vladimir[②]一带，多半是叫几年来战争摧残了的，几百年的古松只存下烧毁或剔残的余骸纵横在雪地里，这底下更不知掩盖着多少残毁的人体，冻结着多少鲜红的热血。沟堑也有可辨认的，虽则不甚分明，多谢这年年的白雪，他来填平地上的邱壑，掩护人类的暴迹，省得伤感派的词客多费推敲，但这点子战场的痕迹，引起过路人惊心的标记，在将到莫斯科以前的确是一个切题的引子。你一路来穿度这西伯利亚白茫茫人迹稀有的广漠，偶尔在这里那里看到俄国人的生活，艰难，缄默，忍耐的生活；你也看了这边地势的特性，贝加尔湖边雄踞的山岭，乌拉尔东西博大的严肃的森林，你也尝着了这里空气异常的凛冽与尖锐，像钢丝似的直透你的气管，逼迫你的清醒——你的思想应得已经受一番有力的洗刷，你的神经一种新奇的戟刺，你从贵国带来的灵性，叫怠惰，苟且，顽固，龌龊，与种种堕落的习惯束缚，压迫，淤塞住的，应得感受一些解放的动力，你的功名心，利欲，色业翳蒙了眸子也应得觉着一点新来的清爽，叫他们睁开一些，张大一些，前途有得看；应得看的东西多着，即使不是你灵魂绝对的滋养，至少是一帖兴奋剂，防磕睡的强烈性注射！

因此警醒！你的心；开张！你的眼；——你到了俄国，你到了莫斯科，这巴尔的克海以东，白令峡以西，北冰洋以南，尼也帕河以北千万里雪盖的地圈内一座着火的血红的大城！

在这大火中最先烧烂的是原来的俄国，专制的，贵族的，奢侈的，淫靡的，ancien regimv[③]全没了，曳长裙的贵妇人，镶金的马车，献鼻烟壶的朝贵，猎装的世家子弟全没了，托尔斯泰与屠及尼夫小说中的社会全没了——他们并不曾绝迹，在巴黎，在波兰，在纽约，在罗马你倘然会见什么伯爵夫人什么 vsky[④]或是子爵夫人什么 owner[⑤]，那就是叫大火烧跑的难民。他们，提起俄国就不愿意。他们会得告诉你现在的俄国不是他们的国了，那是叫魔鬼占据了去的（因此安琪儿们只得逃难）！俄国的文化是荡尽的了，现在就靠流在外国的一群人，诗人，美术家等等，勉力来代表斯拉夫的精神。如其他们与你讲得

---

① Kremlin：克里姆林宫。

② Vladimir：弗拉基米尔，前苏联西部城市，在莫斯科之东。

③ ancien regimv：法语，旧制度。

④ vsky：夫斯基。

⑤ owner：拥有者，所有者。

投机时，他们就会对你悲惨的历诉他们曾经怎样的受苦，怎样的逃难，他们本来那所大理石的庄子现在怎样了；他们有一个妙龄的侄女在乱时叫他们怎样了……但他们盼望日子已经很近，那班强盗倒运，因为上帝是有公道的，虽则……

你来莫斯科当然不是来看俄国的旧文化来的；但这里却也不定有“新文化”，那是贵国的专利；这里来见的是什么你听着我讲。

你先抬头望天。青天是看不见的，空中只是迷濛的半冻的云气，这天（我见的）的确是一个愁容的，服丧的天；阳光也偶尔有，但也只在云罅里力乏的露面，不久又不见了，像是楼居的病人偶尔在窗纱间看街似的。

现在低头看地。这三月的莫斯科街道应当受咒诅。在大寒天满地全铺着雪凝成一层白色的地皮也是一个道理；到了春天解放时雪全化了水流入河去，露出本来的地面，也是一个说法；但这时候的天时可真是刁难了，他不给你全冻，也不给你全化；白天一暖，浮面的冰雪化成了泥泞，回头风一转向又冻上了，同时雨雪还是连连的下，结果这街道简直是没法收拾，他们也就不收拾，让他这“一蹋糊涂”的窝着，反正总有一天会干净的！（所以你要这时候到俄国千万别忘带橡皮套鞋。）

再来看街上的铺子，铺子是伺候主客的；瑞蚨祥的主顾全没了的话，瑞蚨祥也只好上门；这里漂亮的奢侈的店铺是看不见的了，顶多顶热闹的铺子是吃食店，这大概是政府经理的；但可怕的是这边的市价：女太太的丝袜子听说也买得到，但得花十五二十块钱一双，好些的鞋在四十元左右，橘子大的七毛五小的五毛一只；我们四个人在客栈吃一顿早饭连税共付了二十元；此外类推。

再来看街上的人。先看他们的衣着，再看他们的面目。这里衣着的文化，自从贵族匿迹，波淇洼（bourgeois[①]）销声以后，当然是“荡尽”的了；男子的身上差不多不易见一件白色的衬衫，不必说鲜艳的领结（不带领结的多），衣服要寻一身勉强整洁的就少；我碰着一位大学教授，他的衬衣大概就是他的寝衣，他的外套，像是一个癞毛黑狗皮统，大概就是他的被窝，头发是一团茅草再也看不出曾经爬梳过的痕迹，满面满腮的须毛也当然自由的滋长，我们不期望他有安全剃刀；并且这位先生决不是名流派的例外，我猜想现在在莫斯科会得到的“琴笃儿们”多少也就只这样的体面；你要知道了他们起居生活的情形就不会觉得诧异。惠尔思先生在四五年前形容莫斯科科学馆的一群科学先生们，说是活像监牢里的犯人或是地狱里的饿鬼。我想他的比况一点也不过分。乡下人我没有看见，那是我想不会怎样离奇的，西伯利亚的乡下人，着黄胡子穿大头靴子的，与俄国本土的乡下人应得没有多大分别。工人满街多的是，他们在衣着上并没有出奇的地方，只是襟上戴列宁徽章的多。小学生的游行团常看得见，在烂污的街心里一群乞丐似的黑衣小孩拿着红旗，打着皮鼓瑟东东的过去。做小买卖在街上摆摊提篮的不少，很多是残废的男子与老妇人，卖的是水果，烟卷，面包，朱古律糖（吃不得）等（路旁木亭子里卖书报处也有小吃卖）。

街上见的娘们分两种。一种是好百姓家的太太小姐，她们穿得大都很勉强，丝袜不消说是看不见的。还有一种是共产党的女同志，她们不同的地方除了神态举止以外是她

① bourgeois：资产阶级。

们头上的红巾或是红帽，不是巴黎的时式（红帽），在雪泥斑驳的街道上倒是一点喜色！

什么都是相对的：那年我与陈博生从英国到佛朗德福那天正是星期；道上不问男女老小都是衣服铺裁缝店里的模型，这一比他与我这风尘满身的旅客真像是外国叫花子了！这回在莫斯科我又觉得窘，可不为穿的太坏，却为穿的太阔；试想在那样的市街上，在那样的人丛中，晦气是本色，褴褛是应分，忽然来了一个头戴獭皮大帽身穿海龙领（假的）的皮大氅的外客；可不是唱戏似的走了板，错太远了，别说我，就是我们中国学生在莫斯科的（当然除了东方大学生）也常常叫同学们眨眼说他们是“波淇洼”，因为他们身上穿的是荣昌祥或是新记的蓝哔叽！这样看来，改造社会是有希望的；什么习惯都打得破，什么标准都可以翻身，什么思想都可以颠倒，什么束缚都可以摆脱，什么衣服都可以反穿……将来我们这两脚行动厌倦了时竟不妨翻新样叫两只手帮着来走，谁要再站起来就是笑话，那多好玩！

虽则严敛，阴霾，凝滞是寒带上难免的气象，但莫斯科人的神情更是分明的忧郁，惨淡，见面时不露笑容，谈话时少有精神，仿佛他们的心上都压着一个重量似的。

这自然流露的笑容是最不可勉强的。西方人常说中国人爱笑，比他们会笑得多，实际上怎样我不敢说，但西方人见着中国人的笑我怕不免有好多是急笑，傻笑，无谓的笑，代表一切答话的笑；犹之俄国人的笑多半是 Vodka 入神经的笑，热病的笑，疯笑，道施妥奄夫斯基的 idiot①的笑！那都不是真的喜笑，健康与快乐的表情。其实也不必莫斯科，现世界的大都会，有那几处的人们的表情是自然的？Dublin（爱尔兰都城）听说是快乐的，维也纳听说活泼的，但我曾经到过的只有巴黎的确可算是人间的天堂，那边的笑脸像三月里的花似的不倦的开着，此外就难说了；纽约，支加哥，柏林，伦敦的群众与空气多少叫你旁观人不得舒服，往往使你疑心错入了什么精神病院或是“偏心”病院，叫你害怕，巴不得趁早告别，省得传染。

现在莫斯科有一个稀奇的现象，我想你们去过的一定注意到，就是男子抱着吃奶的小孩在街上走道，这在西欧是永远看不见的。这是苏维埃以来的情形。现在的法律规定一个人不得多占一间以上的屋子，听差，老妈子，下女，奶妈，不消说，当然是没有的了，因此年轻的夫妇，或是一同居住的男女，对于生育就得格外的谨慎，因为万一不小心下了种的时候，在小孩能进幼稚园以前这小宝贝的负担当然完全在父母的身上。你们姑且想想你们现在北京的，至少总有几间屋子住，至少总有一个老妈子伺候，你们还时常嫌着这样那样不称心哪！但假如有一天莫斯科的规矩行到了我们北京，那时你就得乖乖的放弃你的宅子，听凭政府分配去住东花厅或是西花厅的那一间屋子，你同你的太太就得另做人家，桌子得自己擦，地得自己扫，饭得自己烧，衣服得自己洗，有了小东西就得自己管，有时下午你们夫妻俩想一同出去散步的话，你总不好意思把小宝贝锁在屋子里，结果你得带走，你又没钱去买推车，你又不好意思叫你太太受累，（那时候你与你的太太感情会好些的，我敢预言！）结果只有老爷自己抱，但这男人抱小孩其实是看不惯，他又往往不会抱，一个“蜡烛封”在他的手里，他不知道直着拿好还是横着拿好；但你到了莫斯科不看惯也得看惯，到那一天临着你自己的时候，老爷你抱不惯也得抱他惯！

① idiot：白痴。

我想果真有那一天的时候，生小孩决不会像现在的时行，竟许山格夫人与马利司徒博士等等比现在还得加倍的时行；但照莫斯科情形看来，未来的小安琪儿们还用不着过分的着急——也许莫斯科的父母没有余钱去买“法国橡皮”，也许苏维埃政府不许父母们随便用橡皮，我没有打听清楚。

你有工夫时到你的俄国朋友的住处去看看。我去了。他是一位教授。我打门进去的时候他躺在他的类似“行军床”上看书或是编讲义。他见有客人连忙跳了起来，他只穿着一件毛绒衫，肘子胸部都快烂了，满头的乱发，一脸斑驳的胡髭。他的房间像一条丝瓜，长方的，家具有一只小木桌，一张椅子，墙壁上几个挂衣的钩子，他自己的床是顶着窗的，斜对面另一张床，那是他哥哥或是弟弟的，墙壁上挂着些东方的地图，一联倒挂的五言小字条（他到过中国知道中文的），桌上乱散着几本书，纸片，棋盘，笔墨等等，墙角里有一只酒精锅，在那里出气，大约是他的饭菜，有一只还不知两只椅子，但你在屋子里转身想不碰东西不撞人已经是不易了。

这是他们有职业的现时的生活。托尔斯泰的大小姐究竟受优待些，我去拜会她了，是使馆里一位屠太太介绍的，她居然有两间屋子，外间大些，是她教学生临画的，里间大约是她自己的屋子，但她不但有书有画，她还有一只顶有趣的小狗，一只顶可爱的小猫，她的情形，他们告诉我，是特别的，因为她现在还管着托尔斯泰的纪念馆。我与她谈了。当然谈起她的父亲（她今年六十），下面再提，现在是讲莫斯科人的生活。

我是礼拜六清早到莫斯科，礼拜一晚上才去的，本想利用那三天工夫好好的看一看本地风光，尤其是戏。我在车上安排得好好的，上午看这样，下午到那里，晚上再到那里，哪晓得我的运气真叫坏，碰巧他们中央执行委员那又死了一个要人，他的名字像是叫什么“妈里妈虎”——他死得我其实不见情，因为为他出殡整个莫斯科就得关门当孝子，满街上迎丧，家家挂半旗，跳舞场不跳舞，戏馆不演戏，什么都没了，星期一又是他们的假日，所以我住了三天差不多什么都没看着，真气，那位“妈里妈虎”其实何妨迟几天或是早几天归天，我的感激是没有问题的。

所以如其你们看了这篇杂凑失望，不要完全怪我，妈里妈虎先生至少也得负一半的责。但我也还记得起几件事情，不妨乘兴讲给你们听。

我真笨，没有到以前，我竟以为莫斯科是一个完全新起的城子，我以为亚力山大烧拿破仑那一把火竟花上了整个莫斯科的大本钱，连 Kremlin（皇城）都乌焦了的，你们都知道拿破仑想到莫斯科去吃冰其林那一段热闹的故事，俄国人知道他会打，他们就躲着不给他打，一直诱着他深入俄境，最后给他一个空城，回头等他在 Kremlin 躺下了休息的时候，就给他放火，东边一把，西边一把，闹着玩，不但不请冰其林吃，连他带去的巴黎饼干，人吃的，马吃的，都给烧一个精光，一面天公也给他作对，北风一层层的吹来，雪花一片片的飞来，拿翁知道不妙，连忙下令退兵已经太迟，逃到了 Berezinz[①] 那地方，叫哥萨克的丈八蛇矛“劫杀横来”，几十万的长胜军叫他们切菜似的留不到几个，就只浑身烂污泥的法兰西大皇帝忙里捞着一匹马冲出了战场逃回家去半夜里叫门，可怜 Berezinz 河两岸的冤鬼到如今还在那里欷歔，这盘糊涂帐是无从算起的了！

① Berezinz：别列津纳河，在白俄罗斯境内。

但我在这里重提这些旧话，并不是怕你们忘记了拿破仑，我只是提醒你们俄国人的辣手，忍心破坏的天才原是他们的种性，所以拿破仑听见Kremlin冒烟的时候，连这残忍的魔王都跳了起来——“什么？”他说，“连他们祖宗的家院都不管了！”正是：斯拉夫民族是从不稀罕小胜仗的，要来就给你一个全军覆没。

莫斯科当年并不曾全毁；不但皇城还是在着，四百年前的教堂都还在着。新房子虽则不少，但这城子是旧的。我此刻想起莫斯科，我的想像幻出了一个年老退伍的军人，战阵的暴烈已经在他年纪里消隐，但暴烈的遗迹却还明明的在着，他颊上的刃创，他颈边的枪瘢，他的空虚的注视，他的倔犟的髭须，都指示他曾经的生活；他的衣服也是不整齐的，但这衣着的破碎也仿佛是他人格的一部，石上的苍苔似的，斑驳的颜色已经染蚀了岩块本体。在这苍老的莫斯科城内，竟不易看出新生命的消息——也许就只那新起的白宫，屋顶上飘扬着鲜艳的红旗，在赭黄，苍老的Kremlin城围里闪亮着的，会得引起你注意与疑问，疑问这新来的色彩竟然大胆的侵占了古迹的中心，扰乱原来的调谐。这决不是偶然，旅行人！快些擦净你风尘眯倦了的一双眼，仔细的来看看，竟许那看来平静的旧城子底下，全是炸裂性的火种，留神！回头地壳都烂成齑粉，慢说地面上的文明！

其实真到炸的时候，谁也躲不了，除非你趁早带了宝眷逃火星上面去——但火星本身炸不炸也还是问题。这几分钟内大概药线还不至于到根，我们也来赶早，不是逃，赶早来多看看这看不厌的地面。那天早上我一个人在那大教寺的平台上初次瞭望莫斯科，脚下全是滑溜的冻雪，真不易走道，我闪了一两次，但是上帝受赞美，那莫斯科河两岸的景色真是我不期望的眼福，要不是那石台上要命的滑，我早已惊喜得高跳起来！方向我是素来不知道的，我只猜想莫斯科河是东西流的，但那早上又没有太阳，所以我连东西都辨不清，我很可惜不曾上雀山出去，学拿破仑当年，回头望冻云笼罩着的莫斯科，一定别有一番气概，但我那天看着的也就不坏，留着雀山下一次再去，也许还来得及。在北京的朋友们，你们也趁早多去景山或是北海饱看看我们独有的“黄瓦连云”的禁城，那也是一个大观，在现在脆性的世界上，今日不知明日事，“趁早”这句话真有道理，回头北京变了第二个圆明园，你们软心肠的再到交民巷去访着色相片，老绉〈皱〉着眉头说不成，那不是活该！

如其北京的体面完全是靠皇帝，莫斯科的体面大半是靠上帝。你们见过希腊教的建筑没有？在中国恐怕就只哈尔滨有。那建筑的特色是中间一个大葫芦顶，有着色的，蓝的多，但大多数是金色，四角上又是四个小葫芦顶，大小的比称很不一致，有的小得不成样，有的与中间那个不差什么。有的花饰繁复，受东罗马建筑的影响，但也有纯白石造的，上面一个巨大的金顶，比如那大教堂，别有一种朴素的宏严。但最奇巧的是皇城外面那个有名的老教堂，大约是十六世纪完工的；那样子奇极了，你看了永远忘不了，像是做了最古怪的梦；基子并不大，那是俄国皇家做礼拜的地方，所以那儿供奉与祈祷的位置也是逼仄的；顶一共有十个，排列的程序我不曾看清楚，各个的式样与着色都不同：有的像我们南边的十楞瓜，有的像岳传里严成方手里拿的铜锤，有的活像一只波罗蜜，竖在那里，有的像一圈火蛇，一个光头探在上面，有的像隋唐传里单二哥的兵器，叫什么枣方槊是不是？总之那一堆光怪的颜色，那一堆离奇的式样，我不但从没有见过，简直连梦里都不曾见过——谁想得到波罗蜜，枣方槊都会跑到礼拜堂顶上去的！

莫斯科像一个蜂窝，大小的教堂是他的蜂房。全城共有六百多（有说八百）的教堂，说来你也不信，纽约城里一个街角上至少有一家冰其林沙达店，莫斯科的冰其林沙达店是教堂，有的真神气，戴着真金的顶子在半空里卖弄，有的真寒伧，一两间小屋子，一个烂芋头似的尖顶，挤在两间壁几层屋子的中间，气都喘不过来。据说革命以来，俄国的宗教大吃亏，这几年不但新的没法造，旧的都没法修，那波罗蜜做顶的教堂里的教士，隐约的讲些给我们听，神情怪凄惨的。这情形中国人看来真想不通，宗教会得那样有销路，仿佛祷告比吃饭还起劲，做礼拜比做面包还重要；到我们绍兴去看看——“五家三酒店，十步九茅坑”，庙也有的，在市梢头，在山顶上，到初一月半再去不迟——那是何等的近人情，生活何等的有分称；东西的人生观这一比可差得太远了！

再回到那天早上，初次观光莫斯科。不曾开冻的莫斯科河上面盖着雪，一条玉带似的横在我的脚下，河面上有不少的乌鸦在那里寻食吃。莫斯科的乌鸦背上是灰色的，嘴与头颈也不像平常的那样贫相，我先看竟当是斑鸠！皇城在我的左边，默沉沉的包围着不少雄伟的工程，角上塔形的瞭台上隐隐有重裹的卫兵巡哨的影子，塔不高，但有一种凌视的威严，颜色更是苍老，像是深赭色的火砖，他仿佛告诉你：“我们是不怕光阴，更不怕人事变迁的，拿破仑早去了，罗曼诺夫家完了，可仑斯基跑了，列宁死了，时间的流波里多添一层血影，我的墙上加深一层老苍，我是不怕老的，你们人类抵抵拼再流几次热血？”我的右手就是那大金顶的教寺；隔河望去竟像是一只盛开的荷花池，葫芦顶是莲花，高梗的，低梗的，浓艳的，澹素的，轩昂的，葳蕤的——就可惜阳光不肯出来，否则那满池的金莲更加亮一重光辉，多放一重异彩，恐怕西王母见了都会羡慕哩！

五月二十六斐伦翠山中

九、托尔斯泰①

我在京的时候，记得有一天，为《东方杂志》上一条新闻，和朋友们起劲的谈了半天，那新闻是列宁死后，他的太太到法庭上去起诉，被告是骨头早腐了的托尔斯泰，说他的书，是代表波淇洼的人生观，与苏维埃的精神不相容的，列宁临死的时候，叮嘱他太太一定得想法取缔他，否则苏维埃有危险。法庭的判决是列宁太太的胜诉，宣告托尔斯泰的书一起毁版，现在的书全化成灰，从这灰再造纸，改印列宁的书，我们那时候大家说这消息太离奇了，也许又是美国人存心诬毁苏俄的一种宣传，但同时杜洛茨基为做了《十月革命》那书上法庭，被软禁的消息又到了，又似乎不是假的，这样看来苏俄政府，什么事情都做得出，托尔斯泰那话竟许也有影子的。

我们毕竟还有些“波淇洼”头脑，对于诗人文学家的迷信，总还脱不了，还有什么言论自由，行动自由，出版自由，那一套古董，也许免不了迷恋，否则为什么单单托尔斯泰毁版的消息叫我们不安呢？我还记得那天陈通伯说笑话，他说这来你们新文学家应得格外当心了。要不然不但没饭吃，竟许有坐牢监的希望，在坐的人，大约只有郁达夫可以放心些，他教人家做贼，那总可以免掉波淇洼的嫌疑了！

---

①载1925年8月1日《晨报副刊》，正题为《欧游漫录（十一）——莫斯科游记续》。

所以我一到莫斯科，见人就要听托尔斯泰的消息，后来我会着了老先生的大小姐，六十岁的一位太太，顶和气的，英国话德国话都说得好，下回你们过莫斯科也可以去看看她，我们使馆李代表太太认识她，如其她还在，你们可以找她去介绍。

托尔斯泰大小姐的颧骨，最使我想起她的老太爷，此外有什么相似的地方，我不敢说。我当然问起那新闻，但她好像并没有直接答复我，她只说现代书铺子里他的书差不多买不着了，不但托尔斯泰，就是屠格涅夫，道施妥奄夫斯基等一班作者的书都快灭迹了；我问她现在莫斯科还有什么重要的文学家，她说全跑了，剩下的全是不相干的。我问她这几年他们一定经尝了苦难的生活，她含着眼泪说可不是，接着就讲她们姊妹，在革命期内过的日子，天天与饿死鬼做近邻，不知有多少时候晚上没有灯火点，但是她说倒是在最窘的时候，我们心地最是平安，离着死太近了也就不怕，我们往往在黑夜里在屋内或在门外围坐着，轮流念书唱歌，有时和着一起唱，唱起了劲，什么苦恼都忘了；我问她现在的情形怎样，她说现在好了，你看我不是还有两间屋子，这许多学画的学生，饿死总不至于，除非那恐怖的日子再回来，那是不能想的了，我下星期就得到法国去，那边请我去讲演。我感谢政府已经给我出境的护照，你知道那是很不易得到的。她又讲起她的父亲的晚年，怎样老夫妻们吵闹，她那时年轻也懂不得，后来托尔斯泰单身跑了出去，死在外面，他的床还在另一处记念馆里陈列着，到死不见家人的面！

她的外间讲台上坐着一个袒半身的男子，黑胡髭，大眼睛，有些像乔塞夫康赖特，她的学生们都在用心的临着画；一只白玉似纯净的小猫在一张桌上跳着玩，我们临走的时候，她的姑娘进来了，还只十八九岁模样，极活泼的，可是在小姑娘脸上，托尔斯泰的影子都没了。

方才听说道施妥奄夫斯基的女儿快饿死了。现在德国或是波兰，有人替她在报上告急；这样看来，托尔斯泰家的姑娘们，运气还算是好的了。

十、犹太人的怖梦[①]

我听说俄国革命以来，就只戏剧还像样，尤其是莫斯科美术戏院（Moscow Art Theater）一群年轻人的成绩最使我渴望一见，拔垒舞（ballet dance）[②]也还有，虽则有名的全往巴黎纽约跑了。我在西伯利亚就看报，见那星期有《青鸟》、《汉姆雷德》，与一个想不到的戏，G. K. Chesterton[③]的“The man who was Thursday”[④]，我好不高兴，心想那三天晚上可以不寂寞了。谁知道一到莫斯科刚巧送妈里妈虎先生的丧，什么都看不着，就只礼拜六那晚上一个犹太戏院居然有戏，我们请了一位会说俄国话的做领路，赶快跳上马车听戏去。本来莫斯科有一个年代很久的有名犹太戏院，但我们那晚去了是另外一个，大约是新起的。我们一到门口，票房里没有人，一问说今晚不售门票，全院让共产党俱乐部包了去请客，差一点门都进不去，幸亏领路那位先生会说话，进去找着

①载 1925 年 8 月 2 日《晨报副刊》，正题为《欧游漫录（十二）——莫斯科游记续》。

② ballet dance：芭蕾舞。

③ G. K. Chesterton：今译切斯特顿（1874—1936），英国作家、新闻记者，著有小说、评论、诗歌、传记等。

④ The man who was Thursday：《一个名叫礼拜四的人》。

了主人，说上几句好话，居然成了，为我们特添了椅座，一个大子都不曾花，犹太人会得那样破格的慷慨是不容易的，大约是受莫斯科感化的结果吧。

那晚的情景是不容易忘记的。那戏院是狭长的，戏台的正背面有一个楼厢，不卖座的，幔着白幕，背后有乐队作乐，随时幕上有影子出现，说话或是唱曲，与台上的戏角对答。剧本是现代的犹太文，听来与德国话差不远。我们入座的时候，还不曾开戏，幕前站着一位先生，正在那里大声演说。再要可怖的面目是不容易寻到的。那位先生的眼眶看来像是两个无底的深潭，上面凸着青筋的前额，像是快翻下去的陡壁，他的嘴开着说话的时候是斜方形的，露出黑漠漠的一个洞府，因为他的牙齿即使还有也是看不见。他是一个活动的枯〈骷〉髅。但他演说的精神却不但是饱满，而且是剧烈的，像山谷里乌云似的连绵的涌上来，他大约是在讲今晚戏剧与"近代思想潮流"的关系，可惜我听不懂，只听着卡尔马克思，达司开辟朵儿，列宁，国际主义等，响亮的字眼像明星似的出现在满是乌云的天上。他嗓子已快哑了，他的愤慨还不曾完全发泄，来看戏的弟兄们可等不耐烦，这里一声嘘，那里一声嘘，满场全是嘘，枯髅先生没法再嚷，只得商量他的唇皮挂出一个解嘲的微笑，一鞠躬没了。大家拍掌叫好。

戏来了。

我应当说怖梦或是发魇开场了。因为怖梦是我们做小孩子时代的专利：墙壁里伸出一只手来，窗里钻进一个青面獠牙的鬼来，诸如此类；但今晚承犹太人的情，大家来参观一个最十全的理想的怖梦。谁要是胆子小些的，准会得凭空的喊起来。

我实在没法子描写；有人说画鬼顶容易，我有些不信，我就不会画，虽则画人我也觉得难，也许这两样没有多大分别。但戏里的意义却被我猜中了些，我究竟还有几分聪明，我只能把大意讲一讲。

那戏除了莫斯科，别地方是不会得有的，莫斯科本身就是一个怖梦制造厂，换换口味也好，老是寻甜梦做好比老吃甜菜，怪腻烦的，来几盆苦瓜苦笋爽爽口不合式?

你们说史德林堡的戏也是可怕的：不错，但今晚的怖的更透。

那戏的底子，是一个犹太诗人（叫什么我忘了）早二十几年前做的一首不到两页的诗，他也早十年死了，新近这犹太戏院拿来编成戏，加上音乐，在莫斯科开演。

不消说满台全是鬼。鬼不定可怖，有时鬼还比人可亲些，但今晚的鬼是特选的。我都有些受不住，回头你们听了，就有趣。

这戏的意思（我想）大致是象征现代的生活，台上布景，正中挂着一只多可怖的大手，铁青色的筋骨全暴在皮外，狰狞的在半空里宕着；这手想是象征运命，或是象征资本阶级的压迫，在这铁手势力的底下现代生活的怖梦风车似的转着。

戏里有两个主要的动因（Motif），一是生命，一是死。但生命是已经迷失了路径的，仿佛在暗沉沉山谷里寻路，同时死的声音从墓窟的底里喊上来，嘲弄他，戏弄他，悲怜他，引诱他。

为什么生命走入了迷路，因为上面有资本阶级的压迫。为什么死的鬼灵敢这样大胆的引诱，因为生命前途没有光亮，它的自然的趋向是永久的坟墓。

布景是一个市场，左右旁侧都有通道，上去有桥，下去有窖，那都是鬼群出入的孔道，配色，电光，布置，动作，唱，——都跟着一个条理走，——叫你看的人害怕。最先出场我记得是四五个褴褛的小孩，叫着冷，嚷着饿，回头鬼来伴着他们玩——玩鬼把戏。他们的老子娘是做工人，资本家的牛马，身上的脂肪全叫他们吸了去，一天瘦似一天，生下来的子女更是遭罪来的，没衣穿，没饭吃，尤其是没玩具玩，只得寻鬼作伴去。

来了两个工人，一个是打铁的，一个是做木工的。打铁的觉悟了，提起他的铁槌子，袒开了胸膛，赌气寻万恶的资本家算账去：生命的声音鼓励着他，怂恿他去革命，死的声音应和着他。做木工的还不曾觉悟，在他奴隶的生活中消耗他的时光，生命的声音对着他哭泣，死的声音嘲弄他的冥顽。

又来了一男一女，男的是一个醉子，不知是酒喝醉还是苦恼的生活迷醉的；女的是一个卖淫的，她卖的不是她自己的皮肉，是人道的廉耻，她糟蹋的不是她自己的身体，是人类的圣洁。

又来了一个强盗，一个快生产的女子；强盗是叫他的生活逼到杀人，法律又来逼着他往死路走；女子是受骗的，现在她肚子里的小冤鬼逼着叫她放弃生命，因为在这“讲廉耻的社会”里再没有她的地位。

这一群人，还有同样的许多，都跑到生命的陡壁前，望着时间无底的潭壑跳；生命的声音哭丧的唱他的哀词，死的声音在坟墓的底里和着他的歌声——那时间的欲壑有填满的时候吗?

再下去更不得了了！地皮翻过身来，坟里墓底的尸体全竖了起来，排成行列，围成圆圈，往前进，向后退，死的精灵狂喜的跳着，尸体们也跟着跳——死的跳舞。

他们行动了，在空虚无际的道上走着，各样奇丑的尸体：全烂的，半烂的，疮毒死的，饿死的，冻死的，瘦死的，劳力死的，投水死的，生产死的（抱着她不足月的小尸体），淫乱死的，吊死的，煤矿里闷死的，机器上轧死的，老的，小的，中年的，男的，女的，拐着走的，跳着走的，爬着的，单脚窜的，他们一齐跳着，跟着音乐跳舞，旋绕的迎赛着，叫着，唱着，哭着，笑着——死的精灵欣欣的在前面引路，生的影子跟在后背送行，光也灭了，黑暗的光也灭了，坟墓的光，运命的光，死的青光也全灭了——那大群色彩斑斓的尸体在黑暗的黑暗中舞着唱着，……死的胜利（？）

够了！怖梦也有醒的时候，再要做下去，我就受不住。

犹太朋友们做怖梦的本领可真不小，那晚台上的鬼与尸体至少有好几十，五十以上，但各个有各个的特色，形状与色彩的配置各各不同，不问戏成不成，怖梦总做成了，那也不易。但那晚台上固然异常的热闹——鬼跳鬼脸鬼叫鬼笑，什么都有，台下的情形，在我看来至少有同样的趣味。司蒂文孙如其有机会来，他一定单写台下，不写台上的。你们记得今晚是共产党俱乐部全包请客，这戏院是犹太戏院，我们可因此推定看客里大约十九是犹太人，并且是共产党员。你们不是这几年来各人脑筋里都有一个鲍尔雪微克或是过激派的小影，英美各国报纸上的讽刺画与他们报的消息或造的谣言都是造成那印象的资料。我敢说我们想像中标类的鲍尔雪微克至少有下列几种成分——杀猪屠，刽子手，长毛，黑旋风李逵，吃人的野人或猩猩，谋财害命的强盗；黑脸，蓬头，红眼睛，大胡子，长长毛的大手，腰里挂一只放人头的口袋……

所以我那晚特别的留意，心想今晚才可以“饱瞻丰采畅慰生平”了！初起是失望，因为在那群“山魈后人”的脸上一些也看不出他们祖上的异相：拉打胡子，红的眉毛，绿着眼。影子都没有！我坐在他们中间，只是觉着不安，不一定背上有刺，或是孟子说的穿了朝衣朝冠去坐在涂炭上，但总是不舒服，好像在这里不应得有我的位置似的。我定了一定神，第一件事应得登记的，是鼻子里的异味。俄国人的异味我是领教过的，最是在Irkutsk的车站里我上一次通讯讲起过，但那是西伯利亚，他们身上的革皮，屋子里的煤气潮气，外加烧东西的气味，造成一种最辛辣最沉闷的怪臭；今晚的不同，静的多，虽则已经够浓，这里面有土白古，有Vodka，有热气的薰蒸，但主味还是人气，虽则我不敢断定是斯拉夫，是莫斯科或是希伯来的雅味。第二件事叫我注意的是他们的服装。平常洗了手吃饭，换好衣服看戏，是不论东西的通例，在英国工人们上戏院也得换上一个领结，肩膀上去些灰渍，今晚可不同了，康姆赖特们打破习俗的精神是可佩服的：因为不但一件整齐的褂子不容易看见，简直连一个像样的结子都难得，你竟可以疑心他们晚上就那样子溜进被窝里去，早上也就那样子钻出被窝来；大半是戴着便帽或黑呢帽，——歪戴的多；再看脱了帽的那几位，你一定疑问莫斯科的铺子是不备梳子的了，剃头匠有没有也是问题。女同志们当然一致的名士派，解放到那样程度才真有意思，但她们头上的红巾终究是一点喜色。但最有趣的是她们面上的表情，第一你们没有到过俄国来的趁早取消你们脑筋里鲍尔雪微克的小影，至少得大大的修正，因为他们，就今晚在场的看，虽则完全脱离了波淇洼的体面主义，虽则一致拒绝安全剃刀的引诱，虽则衣着上是十三分的落拓，但他们的面貌还是官正的多，他们的神情还是和蔼的多，他们的态度也比北京捧角园或南欧戏院里看客们文雅得多（他们虽则嘘跑了那位热心的枯髅先生，那本来是诚实而且公道，他们看戏时却再也不露一些焦躁）。那晚大概是带"恳亲"的意思，所以年纪大些的也很多；我方才说有趣是为想起了他们。你们在电影的滑稽片里，不是常看到东伦敦或是东纽约戏院子里的一群看客吗？那晚他们全来了：胡子挂得老长的，手里拿着红布手巾不住擦眼的，鼻子上开玫瑰花的，嘴边溜着白涎的，驼背的，拐脚的，牙齿全没了下巴往上掬的，秃顶的，袒眼的，形形色色，什么都来了。可惜我没有司蒂文孙的雅趣，否则我真不该老是仰起头跟着戏台上做怖梦，我正应得私下拿着纸笔，替我前后左右的邻居们写生，结果一定比看鬼把戏有趣而且有味。

十一、契诃夫的墓园[①]

诗人们在这喧豗的市街上不能不感寂寞；因此"伤时"是他们怨愫的发泄，"吊古"是他们柔情的寄托。但"伤时"是感情直接的反动：子规的清啼容易转成夜鸮的急调，吊古却是情绪自然的流露，想像已往的韶光，慰藉心灵的幽独：在墓墟间，在晚风中，在山一边，在水一角，慕古人情，怀旧光华；像是朵朵出岫的白云，轻沾斜阳的彩色，冉冉的卷，款款的舒，风动时动，风止时止。

吊古便不得不憬悟光阴的实在：随你想像它是汹涌的洪湖，想像它是缓渐的流水，想像它是倒悬的急湍，想像它是无踪迹的尾闾，只要你见到它那水花里隐现着的骸骨，你就认识它那无顾恋的冷酷，它那无限量的破坏的馋欲：桑田变沧海，红粉变枯髅，青

①载1925年8月10日《晨报副刊》，题为《一个美丽的向晚》，副题为《莫斯科游记之一》，收入《自剖》改此题。

梗变枯柴，帝国变迷梦，梦变烟，火变灰，石变砂，玫瑰变泥，一切的纷争消纳在无声的墓窟里……那时间人生的来踪与去迹，它那色调与波纹，便如夕照晚霭中的山岭融成了青紫一片，是邱是壑，是林是谷，不再分明，但它那大体的轮廓却亭亭的刻画在天边，给你一个最清切的辨认。这一辨认就相联的唤起了疑问：人生究竟是什么？你得加下你的按语，你得表示你的“观”。陶渊明说大家在这一条水里浮沉，总有一天浸没在里面，让我今天趁南山风色好，多种一棵菊花，多喝一杯甜酿；李太白，苏东坡，陆放翁都回响说不错，我们的“观”就在这酒杯里。古诗十九首说这一生一扯即过，不过也得过，想长生的是傻子，抓住这现在的现在尽量的享福寻快乐是真的——“不如饮美酒，被服纨与素”，曹子建望着火烧了的洛阳，免不得动感情；他对着渺渺的人生也是绝望——转蓬离本根，飘飘随长风，何意回飙举，吹我入云中，高高上无极，天路安可穷。光阴“悠悠”的神秘警觉了陈元龙：人们在世上都是无俦伴的独客，各个，在他觉悟时，都是寂寞的灵魂。庄子也没奈何这悠悠的光阴，他借重一个调侃的枯髅，设想另一个宇宙，那边生的进行不再受时间的制限。

所以吊古——尤其是上坟——是中国文人的一个癖好。这癖好想是遗传的；因为就我自己说，不仅每到一处地方爱去郊外冷落处寻墓园消遣，那坟墓的意象竟仿佛在我每一个思想的后背阑着，——单这馒形的一块黄土在我就有无穷的意趣——更无须蔓草，凉风，白杨，青磷等等的附带。坟的意象与死的概念当然不能差离多远，但在我，坟与死的关系却并不密切：死仿佛有附着或有实质的一个现像，坟墓只是一个美丽的虚无。在这静定的意境里，光阴仿佛止息了波动，你自己的思感也收敛了震悸，那时你的性灵便可感到最纯净的慰安，你再不要什么。还有一个原因为什么我不爱想死，是为死的对象就是最恼人不过的生，死止是中止生，不是解决生，更不是消灭生，止是增剧生的复杂，并不清理它的纠纷。坟的意象却不暗示你什么对举或比称的实体，它没有远亲，也没有近邻，它只是它，包涵一切，覆盖一切，调融一切的一个美的虚无。

我这次到欧洲来倒像是专做清明来的；我不仅上知名的或与我有关系的坟（在莫斯科上契诃夫、克鲁泡德金的坟，在柏林上我自己儿子的坟，在枫丹薄罗上曼殊斐儿的坟，在巴黎上茶花女、哈哀内的坟；上菩特莱《恶之花》的坟；上凡尔泰、卢骚、嚣俄的坟；在罗马上雪莱、基茨的坟；在翡冷翠上勃郎宁太太的坟，上密仡郎其罗、梅迪启家的坟；日内到 Ravenna①去还得上丹德的坟，到 Assisi②上法兰西士的坟，到 Mantua③上浮吉尔（Virgil④）的坟）。我每过不知名的墓园也往往进去留连，那时情绪不定是伤悲，不定是感触，有风随风，在块块的墓碑间且自徘徊，等斜阳淡了再计较回家。

你们下回到莫斯科去，不要贪看列宁，那无非是一个像活的死人放着做广告的（口孽罪过！），反而忘却一个真值得去的好所在——那是在雀山山脚下的一座有名的墓园，原先是贵族埋葬的地方，但契诃夫的三代与克鲁泡德金也在里面，我在莫斯科三天，过

① Ravenna：拉文纳，又译腊万纳，意大利东北部港市。

② Assisi：意大利翁市里亚区城镇。

③ Mantua：曼图亚，意大利北部城市。

④ Virgil：今译维吉尔（公元前70—19），古罗马诗人，作品有《牧歌》10首、《农事诗》4卷和史诗《埃涅阿斯纪》。

得异常的昏闷，但那一个向晚，在那噤寂的寺园里，不见了莫斯科的红尘，脱离了犹太人的怖梦，从容的怀古，默默的寻思，在他人许有更大的幸福，在我已经知足。那庵名像是 Monestiere Vinozositch（可译作圣贞庵），但不敢说是对的，好在容易问得。

我最不能忘情的坟山是日本神户山上专葬僧尼那地方，一因它是依山筑道，林荫花草是天然的，二因南侧引泉，有不绝的水声，三因地位高亢，望见海涛与对岸山岛。我最不喜欢的是巴黎 Montmartre[①]的那个墓园，虽则有茶花女的芳邻我还是不愿意，因为它四周是市街，驾空又是一架走电车的大桥，什么清宁的意致都叫那些机轮轧成了断片，我是立定主意不去的；罗马雪莱、基茨的坟场也算是不错，但这留着以后再讲；莫斯科的圣贞庵，是应得赞美的，但躺到那边去的机会似乎不多！

那圣贞庵本身是白石的，葫芦顶是金的，旁边有一个极美的钟塔，红色的，方的，异常的鲜艳，远望这三色——白，金，红——的配置，极有风趣；墓碑与坟亭密密的在这塔影下散布着，我去的那天正当傍晚，地下的雪一半化了水，不穿胶皮套鞋是不能走的；电车直到庵前，后背望去森森的林山便是拿破仑退兵时曾经回望的雀山，庵门内的空气先就不同，常青的树荫间，雪铺的地里，悄悄的屏息着各式的墓碑：青石的平台，镂像的长碣，嵌金的塔，中空的享亭，有高踞的，有低伏的，有雕饰繁复的，有平易的；但他们表示的意思却只是极简单的一个，古诗说的“下有陈死人，杳杳即长暮，潜寐黄泉下，千载永不寤”。

我们向前走不久便发现了一个颇堪惊心的事实：有不少极庄严的碑碣倒在地上的，有好几处坚致的石栏与铁栏打毁了的；你们记得在这里埋着的贵族居多，近几年来风水转了，贵族最吃苦，幸而不毁，也不免亡命，阶级的怨毒在这墓园里都留下了痕迹——楚平王死得快还是逃不了尸体受刑——虽则有标记与无标记，有祭扫与无祭扫，究竟关不关这底下陈死人的痛痒，还是不可知的一件事：但对于虚荣心重实的活人，这类示威的手段却是一个警告。

我们摸索了半天，不曾寻着契诃夫；我的朋友上那边问去了，我在一个转角站着等，那时候忽的眼前一亮（那天本是阴沉），夕阳也不知从哪边过来，正照着金顶与红塔，打成一片不可信的辉煌；你们没见过大金顶的，不易想像他那回光的力量，平常玻窗上的返光已够你的耀眼，何况偌大一个纯金的圆穹，我不由得不感谢那建筑家的高见，我看了西游记封神传渴慕的金光神霞，到这里见着了！更有那秀挺的绯红的高塔，也在这俄顷间变成了粲花摇曳的长虹，仿佛脱离了地面，将次凌空飞去。

契诃夫的墓上（他父亲与他并肩）只是一块瓷青色的石碑，刻着他的名字与生死的年份，有铁栏围着，栏内半化的雪里有几瓣小青叶，旁边树上掉下去的，在那里微微的转动。

我独自倚着铁栏，沉思契诃夫今天要是在着，他不知怎样；他是最爱“幽默”，自己也是最有谐趣的一位先生：他的太太告诉我们他临死的时候还要她讲笑话给他听；有幽默的人是不易做感情的奴隶的，但今天俄国的情形，今天世界的情形，他要是看了还能笑否，还能拿着他的灵活的笔继续写他灵活的小说否？……我正想着，一阵异样的声

① Montmartre：蒙马特尔，巴黎的一个区。

浪从园的那一角传过来打断了我的盘算，那声音在中国是听惯了的，但到欧洲来是不提防的；我转过去看时有一位黑衣的太太站在一个坟前，她旁边一个服装古怪的牧师（像我们的游方和尚）高声念着经咒，在晚色团聚时，在森森的墓门间，听着那异样的音调（语尾漫长向上曳作顿），你知道那怪调是念给墓中人听的，这一想毛发间就起了作用，仿佛底下的一大群全爬了上来在你的周围站着倾听似的。同时钟声响动，那边庵门开了，门前亮着一星的油灯，里面出来成行列的尼僧，向另一屋子走去，一体的黑衣黑兜，悄悄的在雪地里走去……

克鲁泡德金的坟在后园，只一块扁平的白石，指示这伟大灵魂遗蜕的歇处，看着颇觉凄惘，关门铃已经摇过，我们又得回红尘去了。

十二、"一宿有话"①
——真正老牌"迦门"

那晚上车我的手提包里有烟，有糖，有橘子蜜酒。

睡车每间两个床位，我的是上铺，他在下面。

你是日本人？

不。

中国人？

是的。

你喝威司克？唉仆欧！（他意思是沙达水，不是威司克。）

不，多谢。抽烟？

你到巴黎去长住？

不。

我当过军官——在德皇御队里的。

是的；那你打仗了？

从头到底——我一共打了七十二仗。

大英雄！你对敌是谁——是英是法？

全打过。

你杀死了多少人？

三千法国人，一千英国人。

谁会打些？

英国人；法国人不成。

为什么？

喝的太多。女人太多。

所以你杀了他们，还是看不起他们。法国女人呢？你们一定多的是机会。

喔要多少？她们可不干净你知道。洗得不够你知道。司墨漆希，哈哈。

---

① 1925年6月7日作，载1925年8月5日《晨报·文学旬刊》。

她们可长得好看不是？不比贵国人差对不对？

喔好看是有的，可没有用。她们不行，没有好身体，有病的你知道，不成。

你打了那么多仗，没有受伤？

喏你看！（他脱了褂子，剥开里衣，露出一个奇形的肩膀，骨骼像是全断了，凹下一个大坑，皮扭扭绉绉怪难看的。）

现在没有事了？

啊，你试试。（他伸出手臂，叫我摸他铁打似的栗子筋）我是一个打拳的。

先打他的正面，再打旁面，打中就破了——我带了十三个大的。

你打了美国兵没有？

没有，我打法国黑兵，顶没有用，比小鸡还容易捉。

再抽烟，请。你现在做什么事？

做生意——衣服生意。你看我身上穿的就是我自己店里的。

你还愿意打仗吗？

当然！十年内你看着，德国打败英国法国。

怎么打法？

俄国人会得帮我们。他们先拿波兰，法国人的左腿就跛了。

阿那你少不了中国人帮忙！

不错不错；日耳曼，俄罗斯，支那联成一起，全世界翻身，法国“卡波脱”（破），日本卡波脱，美国卡波脱，英国更不用提了。

你也不爱日本？

不，日本人不成，他们自己没有文化，有文化就是支那、德意志，日本人是猴子。

喝蜜酒吧，请，祝福我们将来联合的胜利！再来一杯。

……

你有家了没有？

你问我有老婆？没有没有，有了家没有自由，我做生意今天到这里，明天到那里，有了家就……（他想不出字。）

Handicapped①？

啊不错，Handicapped！你看我的身体多好！你有刀吗？

（他低了头去到表链上去解小刀，我看着他光秃的头顶有三个大疤，像老寿星的头，我忍不住笑了。）

你笑什么？

你怎么受伤的？

开花弹炸破的。我在这儿站着，弹子炸了，正当着我面我赶快旋转身这里着了。

你倒了没有？

一点也不倒。

那你得进医院？

① Handicapped：捆住了手脚；有了累赘。

是的，在医院住五个星期，又回家去五个星期。那是十七年的年底。下年正月我又回前敌去打，又弄死了不少法国人。

你是步队？

是的，步队；我专打“汤克”（Tank）。

怎么打法？——汤克不是顶可怕的吗？

我笑法国人，（这时候他已经把小刀剥开，拿过刀尖叫我摸它的锋利，我莫明其妙。）刀尖快不快？

快。

你看。（他伸出他的右腿，迸着气，手拿着刀，尖头向下，提得高高的，一撒手，刀尖着股，咄的一声，弹下了地去，像是砸着一块有弹性的金属，再来一次。）

了不得。不得了！（他得意笑了，头皮发亮。）好汉！所以你不爱女色？

喔有时候。女人多的是，我们付钱，她们爱——哈哈，可是打仗顶好玩，比女人还有趣。

我信，所以你只盼望再打？你的政党当然是德意志国民党？

当然，你看这三色的党徽。

你看这次选举谁有希望。

胜利一定是我们——兴登堡将军顶好。

你崇拜他？

一百分。

好，我们再喝酒，祝你们政党的胜利！

昨晚柏林有好戏你看了没有？他问。

“Oscar Wilde[①]”？那是第一晚，我嫌贵没有去，你去了？

去了。

做得好？

不错，槐尔德——的事情你信不信？

许有的；他就好奇。

好奇？我看是人们的天性。你们中国有没有？

变例自然到处有；德国怎么样？

时行得很，没有什么稀奇；学校里，军队里，柏林有俱乐部，你知道吗？

不知道；所以你们竟不以为奇？

一点也不；你到Munchen[②]去住几时就知道了。

呕，你们德国人真是伟大的民族，时候不早了，休息吧，夜安。

夜安。

这是我从柏林到巴黎那晚车上我自以为有趣的谈话。当晚我说过夜安上床去在枕上

---

①“Oscar Wilde”：《奥斯卡·王尔德》，德国剧作家卡尔·斯特恩海姆所作的一出关于爱尔兰作家王尔德的剧本。

② Munchen：慕尼黑。

就记下了一些……英文……今天无意中检着，觉得还是有趣，所以翻了出来。但你们却不要误会以为德国全是这样的，蠢，粗，忍，变性的，虽则像他同样脑筋的一定不少，要不然兴登堡将军哪里会有机会。我在这里又碰到一个德国人，他是我的好友，与那位先生刚巧相反。他也是打了四年的仗，但他恨极了打仗……他是一个深思，勤学，爱和平，有见地，敦厚，可亲的一个少年。只可惜一个人教育入了骨髓，思想有了分寸，他的外表的趣味就淡，你替他写就不易，不比那位先生开口见喉咙，粗极，却也趣极，你想拿刀尖来扎大腿的那类手势，在文明社会里，是否不可多得？

斐伦翠山中 六月七日

十三、血①

——谒列宁遗体回想

过莫斯科的人大概没有一个不去瞻仰列宁的“金刚不烂”身的。我们那天在雪冰里足足站了半句多钟（真对不起使馆里那位屠太太，她为引导我们鞋袜都湿一个净透），才挨着一个人地的机会。

进门朝北壁上挂着一架软木做展平的地球模型；从北极到南极，从东极到西极（姑且这么说），一体是血色，旁边一把血染的镰刀，一个血染的锤子。那样大胆的空前的预言，摩西见了都许会失色，何况我们不禁吓的凡胎俗骨。

我不敢批评苏维埃的共产制，我不配，我配也不来，笔头上批评只是一半骗人，一半自骗。早几年我胆子大得多，罗素批评了苏维埃，我批评了罗素，话怎么说法，记不得了，也不关紧要，我只记得罗素说“我到俄国去的时候是一个共产党，但……”意思说是他一到俄国，就取销〈消〉了他红色的信仰。我先前挖苦了他。这回我自己也到那空气里去呼吸了几天，我没有取销信仰的必要，因我从不曾有过信仰，共产或不共产。但我的确比先前明白了些，为什么罗素不能不向后转。我怕我自己的脾胃多少也不免带些旧气息，老家里还有几件东西总觉得有些舍不得——例如个人的自由，也许等到我有信仰的日子就舍得也难说，但那日子似乎不很近。我不但旧，并且还有我的迷信；有时候我简直是一个宿命论者——例如我觉得这世界的罪孽实在太深了，枝节的改变，是要不得的，人们不根本悔悟的时候；不免遭大劫，但执行大劫的使者，不是安琪儿，也不是魔鬼，还是人类自己。莫斯科就仿佛负有那样的使命。他们相信天堂是有的，可以实现的，但在现世界与那天堂的中间却隔着一座海，一座血污海，人类泅得过这血海，才能登彼岸，他们决定先实现那血海。

再说认真一点，比如先前有人说中国有过激趋向，我再也不信，种瓜栽树也得辨土性，不是随便可以乱扦的。现在我消极的把握都没有了。“怨毒”已经弥漫在空中，进了血管，长出来时是小疽是大痈说不定，开刀总躲不了，淤着的一大包脓，总得有个出路。别国我不敢说，我最亲爱的母国，其实是堕落得太不成话了；血液里有毒，细胞里

① 1925年5月29日作；载1925年8月6日《晨报副刊》，题为《血——莫斯科游记之一》，收入《自剖》改此题。

有菌，性灵里有最不堪的污秽，皮肤上有麻疯。血污池里洗澡或许是一个对症的治法，我究竟不是医生，不敢妄断。同时我对我们一部分真有血性的青年们也忍不住有几句话说。我决不怪你们信服共产主义，我相信只有骨里有髓，管里有血的人才肯牺牲一切，为一主义做事；只要十个青年里七个或是六个都像你们，我们民族的前途不至这样的黑暗。但同时我要对你们说一句话，你们不要生气：你们口里说的话大部分是借来的，你们不一定明白，你们说话背后，真正的意思是什么；还有，照你们的理想，我们应得准备的代价，你们也不一定计算过或是认清楚；血海的滋味，换一句话说，我们终究还不曾大规模的尝过。叫政府逮捕下狱，或是与巡警对打折了半只臂膀，那固然是英雄气概的一斑，但更痛快更响亮的事业多着，——耶稣对他的妈（她走了远道去寻他）说："妇人，去你的！""你们要跟从我。"耶稣对他的门徒说："就得渔夫抛弃他的网，儿子，他的父母，丈夫，他的妻儿。"又有人问他我的老子才死，你让我埋了他再来跟你，还是丢了尸首不管专来跟你，耶稣说，让死人埋死人去。不要笑我背圣经，我知道你们不相信的，我也不相信，但这几段话是引称，是比况，我想你们懂得，就是说，照你现在的办法做下去时，你们不久就会觉得你们不知怎的叫人家放在老虎背上去，那时候下来的好，还是不下来的好？你们现在理论时代，下笔做文章时代，事情究竟好办，话不圆也得说他圆来，方的就把四个角剪了去不就圆了，回头你自己也忘了角是你剪的，只以为原来就是圆的，那我懂得。比如说到了那一天有人拿一把火种一把快刀交在你的手里，叫你到你自己的村庄你的家族里去见房子放火，见人动刀——你干不干？话说不可怕一点，假如有一天我想看某作者的书，算是托尔斯泰的，可是有人告诉你不但如他的书再也买不到，你有了书也是再也不能看的——你的反感怎样？我们在中国别的事情不说，比较的个人自由我看来是比别国强的多，有时简直太自由了，我们随便骂人，随便谣言，随便说谎，也没人干涉，除了我们自己的良心，那也是不狠〈很〉肯管闲事的。假如这部分里的个人自由有一天叫无形的国家威权取缔到零度以下，你的感想又怎样？你当然打算想做那时代表国家威权的人，但万一轮不到你又怎样？

莫斯科是似乎做定了运命的代理人了。只要世界上，不论哪一处，多翻一阵血浪，他们便自以为离他们的理想近一步，你站在他们的地位看出来，这并不背谬，十分的合理。

但就这一点（我搔着我的头发），我说有考虑的必要。我们要救度自己，也许不免流血；但为什么我们不能发明一个新鲜的流法？既然血是我们自己的血，为什么我们就这样的贫，理想是得问人家借的，方法又得问人家借的？不错；他们不说莫斯科，他们口口声声说国际，因此他们的就是我们的。那是骗人，我说；讲和平，讲人道主义，许可以加上国际的字样，那也待考，至于杀人流血有甚么国际？你们要是躲懒，不去自己发明流自己的血的方法，却只贪图现成，听人家的话，我说你们就不配，你们辜负你们骨里的髓，辜负你们管里的血！

英国有一个麦克唐诺尔德便是一个不躲懒的榜样，你们去查考查考他的言论与行事。意大利有一个莫索利尼[1]是另一种榜样，虽则法西士〈斯〉的主义你们与我都不一定佩服，他那不躲懒是一个实在。

---

①莫索利尼：今译墨索里尼。

俄国的橘子卖七毛五一只，为什么？国内收下来的重税，大半得运到外国去津贴宣传，因此生活程度便不免过分的提高，他们国内在饿莩的边沿上走路的百姓们正多着哩！我听了那话觉得伤心；我只盼望我们中国人还不至于去领他们的津贴，叫他们国内人民多挨一分饿！

我不是主张国家主义的人，但讲到革命，便不得不讲国家主义。为什么自己革命自己作不了军师，还得运外国主意来筹画流血？那也是一种可耻的堕落。

革英国命的是克郎威尔，革法国命的是卢骚、丹当、罗珮士披亚、罗兰夫人，革意大利命的是马志尼、加利包尔提；革俄国命的是列宁——你们要记着。假如革中国命的是孙中山，你们要小心了，不要让外国来的野鬼钻进了中山先生的棺材里去！

翡冷翠山中 一九二五年五月二十九日

翡冷翠山居闲话[①]

在这里出门散步去，上山或是下山，在一个晴好的五月的向晚，正像是去赴一个美的宴会，比如去一果子园，那边每株树上都是满挂着诗情最秀逸的果实，假如你单是站着看还不满意时，只要你一伸手就可以采取，可以恣尝鲜味，足够你性灵的迷醉。阳光正好暖和，决不过暖；风息是温驯的，而且往往因为他是从繁花的山林里吹度过来，他带来一股幽远的澹〈淡〉香，连着一息滋润的水气，摩挲着你的颜面，轻绕着你的肩腰，就这单纯的呼吸已是无穷的愉快；空气总是明净的，近谷内不生烟，远山上不起霭，那美秀风景的全部正像画片似的展露在你的眼前，供你闲暇的鉴赏。

作客山中的妙处，尤在你永不须踌躇你的服色与体态；你不妨摇曳着一头的蓬草，不妨纵容你满腮的苔藓；你爱穿什么就穿什么；扮一个牧童，扮一个渔翁，装一个农夫，装一个走江湖的桀卜闪，装一个猎户；你再不必提心整理你的领结，你尽可以不用领结，给你的颈根与胸膛一半日的自由，你可以拿一条这边艳色的长巾包在你的头上，学一个太平军的头目，或是拜伦那埃及装的姿态；但最要紧的是穿上你最旧的旧鞋，别管他模样不佳，他们是顶可爱的好友，他们承着你的体重却不叫你记起你还有一双脚在你的底下。

这样的玩顶好是不要约伴，我竟想严格的取缔，只许你独身；因为有了伴多少总得叫你分心，尤其是年轻的女伴，那是最危险最专制不过的旅伴，你应得躲避她像你躲避青草里一条美丽的花蛇！平常我们从自己家里走到朋友的家里，或是我们执事的地方，那无非是在同一个大牢里从一间狱室移到另一间狱室去，拘束永远跟着我们，自由永远寻不到我们；但在这春夏间美秀的山中或乡间你要是有机会独身闲逛时，那才是你福星高照的时候，那才是你实际领受，亲口尝味，自由与自在的时候，那才是你肉体与灵魂行动一致的时候；朋友们，我们多长一岁年纪往往只是加重我们头上的枷，加紧我们脚胫上的链，我们见小孩子在草里在沙堆里在浅水里打滚作乐，或是看见小猫追他自己的尾巴，何尝没有羡慕的时候，但我们的枷，我们的链永远是制定我

①载1925年7月4日《现代评论》第二卷第三十期；初收1927年8月上海新月书店《巴黎的鳞爪》。采自《巴黎的鳞爪》。翡冷翠，今译佛罗伦萨。

们行动的上司！所以只有你单身奔赴大自然的怀抱时，像一个裸体的小孩扑入他母亲的怀抱时，你才知道灵魂的愉快是怎样的，单是活着的快乐是怎样的，单就呼吸单就走道单就张眼看耸耳听的幸福是怎样的。因此你得严格的为己，极端的自私，只许你，体魄与性灵，与自然同在一个脉搏里跳动，同在一个音波里起伏，同在一个神奇的宇宙里自得。我们浑朴的天真是像含羞草似的娇柔，一经同伴的抵触，他就卷了起来，但在澄静的日光下，和风中，他的姿态是自然的，他的生活是无阻碍的。

你一个人漫游的时候，你就会在青草里坐地仰卧，甚至有时打滚，因为草的和暖的颜色自然的唤起你童稚的活泼；在静僻的道上你就会不自主的狂舞，看着你自己的身影幻出种种诡异的变相，因为道旁树木的阴影在他们于〈纡〉徐的婆娑里暗示你舞蹈的快乐；你也会得信口的歌唱，偶尔记起断片的音调，与你自己随口的小曲，因为树林中的莺燕告诉你春光是应得赞美的；更不必说你的胸襟自然会跟着漫长的山径开拓，你的心地会看着澄蓝的天空静定，你的思想和着山壑间的水声，山罅里的泉响，有时一澄到底的清澈，有时激起成章的波动，流，流，流入凉爽的橄榄林中，流入妩媚的阿诺河去……

并且你不但不须应伴，每逢这样的游行，你也不必带书。书是理想的伴侣，但你应得带书，是在火车上，在你住处的客室里，不是在你独身漫步的时候。什么伟大的深沉的鼓舞的清明的优美的思想的根源不是可以在风籁中，云彩里，山势与地形的起伏里，花草的颜色与香息里寻得？自然是最伟大的一部书，葛德说，在他每一页的字句里我们读得最深奥的消息。并且这书上的文字是人人懂得的；阿尔帕斯与五老峰，雪西里与普陀山，莱因河与扬子江，梨梦湖与西子湖，建兰与琼花，杭州西溪的芦雪与威尼市夕照的红潮，百灵与夜莺，更不提一般黄的黄麦，一般紫的紫藤，一般青的青草同在大地上生长，同在和风中波动——他们应用的符号是永远一致的，他们的意义是永远明显的，只要你自己性灵上不长疮瘢，眼不盲，耳不塞，这无形迹的最高等教育便永远是你的名分，这不取费的最珍贵的补剂便永远供你的受用；只要你认识了这一部书，你在这世界上寂寞时便不寂寞，穷困时不穷困，苦恼时有安慰，挫折时有鼓励，软弱时有督责，迷失时有南针。

十四年七月

吊刘叔和[①]

一向我的书桌上是不放相片的。这一月来有了两张，正对我的坐位，每晚更深时就只他们俩看着我写，伴着我想；院子里偶尔听着一声清脆，有时是虫，有时是风卷败叶，有时，我想像，是我们亲爱的故世人从坟墓的那一边吹过来的消息。伴着我的一个是小，一个是“老”：小的就是我那三月间死在柏林的彼得，老的是我们钟爱的刘叔和，“老老”。彼得坐在他的小皮椅上，抿紧着他的小口，圆睁着一双秀眼，仿佛性急要妈拿糖给他吃，多活灵的神情！但在他右肩的空白上分明题着这几行小字：“我的小彼得，你在时我没福见你，但你这可爱的遗影应该可以伴我终身了。”老老是新长上几根看得见的上唇须，

①1925年10月15日作；载1925年10月19日《晨报副刊》，署名志摩；初收1928年1月上海新月书店《自剖》。采自《自剖》。

在他那件常穿的缎褂里欠身坐着，严正在他的眼内，和蔼在他的口颔间。

让我来看。有一天我邀他吃饭，他来电说病了不能来，顺便在电话中他说起我的彼得。（在襁褓时的彼得，叔和在柏林也曾见过。）他说我那篇悼儿文做得不坏；有人素来看不起我的笔墨的，他说，这回也相当的赞许了。我此时还分明记得他那天通电时着了寒发沙的嗓音！我当时回他说多谢你们夸奖，但我却觉得凄惨，因为我同时不能忘记那篇文字的代价，是我自己的爱儿。过了几天适之来说："老老病了，并且他那病相不好，方才我去看他，他说适之我的日子已经是可数的了。"他那时住在皮宗石家里。我最后见他的一次，他已在医院里。他那神色真是不好，我出来就对人讲，他的病中医叫作湿瘟，并且我分明认得它，他那眼内的钝光，面上的涩色，一年前我那表兄沈叔薇弥留时我曾经见过——可怕的认识，这侵蚀生命的病征。可怜少鳏的老老，这时候病榻前竟没有温存的看护；我与他说笑："至少在病苦中有妻子毕竟强似没妻子，老老，你不懊丧续弦不及早吗？"那天我喂了他一餐，他实在是动弹不得；但我向他道别的时候，我真为他那无告的情形不忍。（在客地的单身朋友们，这是一个切题的教训，快些成家，不要过于挑剔了吧；你放平在病榻上时才知道没有妻子的悲惨！——到那时，比如叔和，可就太晚了。）

叔和没了。但为你，叔和，我却不曾掉泪。这年头也不知怎的，笑自难得，哭也不得容易。你的死当然是我们的悲痛，但转念这世上惨淡的生活其实是无可沾恋，趁早隐了去，谁说一定不是可羡慕的幸运？况且近年来我已经见惯了死，我再也不觉着它的可怕。可怕是这烦嚣的尘世：蛇蝎在我们的脚下，鬼祟在市街上，霹雳在我们的头顶，噩梦在我们的周遭。在这伟大的迷阵中，最难得的是遗忘；只有在简短的遗忘时，我们才有机会恢复呼吸的自由与心神的愉快。谁说死不就是个悠久的遗忘的境界？谁说墓窟不就是真解放的进门？

但是随你怎样看法，这生死间的隔绝，终究是个无可奈何的事实，死去的不能复活，活着的不能到坟墓的那一边去探望。到绝海里去探险我们得合伙，在大漠里游行我们得结伴；我们到世上来做人，归根说，还不只是惴惴的来寻访几个可以共患难的朋友，这人生有时比绝海更凶险，比大漠更荒凉，要不是这点子友于的同情我第一个就不敢向前迈步了。叔和真是我们的一个。他的性情是不可信的温和："顶好说话的老老"；但他每当论事，却又绝对的不苟同，他的议论，在他起劲时，就比如山壑间雨后的乱泉，石块压不住它，蔓草掩不住它。谁不记得他那永远带伤风的嗓音，他那永远不平衡的肩背，他那怪样的激昂的神情？通伯在他那篇《刘叔和》里说起当初在海外老老与傅孟真的豪辩，有时竟连"呐呐不多言"的他，也"免不了加入他们的战队"。这三位衣常敝，履无不穿的"大贤"在伦敦东南隅的陋巷，点煤汽油灯的斗室里，真不知有多少次借光柏拉图与卢骚与斯宾塞的迷力，欺骗他们告空虚的肠胃——至少在这一点他们三位是一致同意的！但通伯却忘了告诉我们他自己每回加入战团时的特别情态，我想我应得替他补白。我方才用乱泉比老老，但我应得说他是一窜野火，焰头是斜着去的；傅孟真，不用说，更是一窜野火，更猖獗，焰头是斜着来的；这一去一来就发生了不得开交的冲突。在他们最不得开交时，劈头下去了一剪冷水，两窜野火都吃了惊，暂时翳了回去。那一剪冷水就是通伯；他是出名浇冷水的圣手。

阿，那些过去的日子！枕上的梦痕，秋雾里的远山。我此时又想起初渡太平洋与大西洋时的情景了。我与叔和同船到美国，那时还不熟；后来同在纽约一年差不多每天会面的，但最不可忘的是我与他同渡大西洋的日子。那时我正迷上尼采，开口就是那一套沾血腥的字句。

我仿佛跟着查拉图斯脱拉登上了哲理的山峰，高空的清气在我的肺里，杂色的人生横亘在我的眼下。船过必司该海湾的那天，天时骤然起了变化：岩片似的黑云一层层累叠在船的头顶，不漏一丝天光，海也整个翻了，这里一座高山，那边一个深谷，上腾的浪尖与下垂的云爪相互的纠拿着；风是从船的侧面来的，夹着铁梗似粗的暴雨，船身左右侧的倾欹着。这时候我与叔和在水发的甲板上往来的走——哪里是走，简直是滚，多强烈的震动！霎时间雷电也来了，铁青的云板里飞舞着万道金蛇，涛响与雷声震成了一片喧阗，大西洋险恶的威严在这风暴中尽情的披露了。“人生，”我当时指给叔和说，“有时还不止这凶险，我们有胆量进去吗？”那天的情景益发激动了我们的谈兴，从风起直到风定；从下午直到深夜，我分明记得，我们俩在沉酣的论辩中遗忘了一切。

今天国内的状况不又是一幅大西洋的天变？我们有胆量进去吗？难得是少数能共患难的旅伴；叔和，你是我们的一个，如何你等不得浪静就与我们永别了？叔和，说他的体气，早就是一个弱者；但如其一个不坚强的体壳可以包容一团坚强的精神，叔和就是一个例。叔和生前没有仇人，他不能有仇人；但他自有他不能容忍的对象：他恨混淆的思想；他恨腌臜的人事。他不轻易斗争；但等他认定了对敌出手时，他是最后回头的一个。叔和，我今天又走上了暴风雨中的甲板，我不能不悼惜我侣伴的空位！

十月十五日

话匣子[①]（一）

——《汉姆雷德》与留学生

一个自命时新甚至激进的人多的是发见他自己骨子里其实守旧甚至顽固的时候。最显著的是讲政治：在三四年前热烈的崇拜列宁，信仰劳工革命的先生们这时候在中国不仅笑骂想望共产天国的青年，并且私下祷祝俄国革命快快完全失败，给他一个自夸高见的机会。思想上也是的：十年前的老虎这时候全变了猫了，而且大都有煨灶的倾向，从此不要说人，连耗子都“办不了”了；入后的转变更快了，在这时候张牙舞爪的能有几天威势，看着，不久我们的孩子都会到椅子底下拉住他们的尾巴把他们倒拖出来！神奇化为腐朽，我们每天见得着；但谁见过腐朽复化为神奇？

前年我记得有一晚我与西滢西林在新朋剧场差一点乐破了肠胃；我们买了一个包厢看李悲世一群新剧家演的《汉姆雷德》，据陈大悲的道歉辞令说，那是莎士比亚的四世孙：莎翁的戏兰姆先生写成故事，林琴南先生又从兰姆翻成古文，郑正秋先生又从林琴南编

①载1925年10月26日《晨报副刊》，署名志摩；初收1980年台湾时报文化出版事业有限公司《徐志摩诗文补遗》。采自《晨报副刊》。

成新剧，最末了特烦李悲世先生开演这空前的中国汉姆雷德。我们不能不乐。同时看客中受感动的自然有，穿天鹅绒衫子的女太太们看到奥菲利亚疯了的时候偷揩眼泪的不少。我们这几个人特别的受用，人家愁时我们乐，人家哭时我们笑，有我们的理由。我们是去过大英国，莎士比亚是英国人，他写英文的，我们懂英文的，在学堂里研究过他的戏，至少《汉姆雷德》，在戏台上也看过，许还不止一次，我们当然不仅懂得莎士比亚，并且认识丹麦王子汉姆雷德，我们想像里都有一个他，穿丧服的，见鬼的，蹙着眉头捻紧拳头自己同自己商量——“死好还是不死好？”李悲世先生的汉姆雷德是一个新式汉姆雷德，穿一身燕尾服，走路比奥菲利亚还要婀娜，口气（一口蓝青官话，父王长，母后短）比奥菲利亚还要温柔，一时候跪下一条腿去亲吻奥菲利亚的手算是求婚的意思，顺便博得池子里的鼓掌。我们眼睛长在头发心里的英国留学生怎的不笑断肚肠根？所以这算是我们新剧的成绩，汉姆雷德，丹麦王子，莎士比亚一定在他那坟里翻身哪……

英国留学生难得高兴时讲他的莎士比亚，多体面多够根〈哏〉儿的事情，你们没到过外国看不完全原文的当然不配插嘴，你们就配扁着耳朵悉心的听。要说艺术的戏剧，听清楚了，戏剧不是娱乐是艺术，纯粹的最高的艺术，是莎士比亚莫利哀一流的神品，不是杨小楼去盗马，余叔岩去闹府，说起艺术两个字管子里的血都会转得快些的，这事情当然更是我们留学生的专利了；我们不出手艺术那蜗牛就永远躲在硬壳里面不透出来，没有我们是不成的，信不信？哼，穿燕尾服的汉姆雷德，猫都笑瞎眼珠了！

这是我们高明新派人腔子里的话，虽则在事实上我们还不屑多费唾液多难为呼吸跟那班人生气，几声冷笑，一小串的鼻音，也尽够表现我们的蔑视了。

同时报仇的神永远在你的背后跟着，随你跑得多快。

最近伦敦戏剧界的新花样是一出老戏，不是别的，就是汉姆雷德，并且还是莎先生的原本，没有重要的改动。大得发，没有一篇评文不称赞，最难服事的批评家都笑着点头了。你知道这新汉姆雷德不同的地方在那里？第一点，顶要紧的，是这丹麦王子，连着他的父王母后，不成事实的丈人，生生疯死的奥菲利亚一群人的衣服全都就近请教彭街上的裁缝，没有跑回三百年去作成依理查白斯时代的成衣师父。奥菲利亚穿短裙子，太子穿白法兰绒运动裤，戴艳色领结（服制都不管了），在朝廷上大大方方的做他的戏。第二个新花样是跟着短裙子白绒裤来的；说话也变活了，原先是一顿一顿的念诗，因为不如此莎翁的诗就给糟蹋了，这回可随熟了，鲍郎尼斯教训儿子也就比你家尊大人在你出门时嘱咐你几句小心话不差什么神气，汉姆雷德自得其乐的演说也就比我们日常空下来没事做自言自语不差什么威严，奥菲利亚对太子说话也就比你的爱人怕你生气跑来陪小心不差什么温存。简单一句话，这回伦敦的新汉姆雷德离着李悲世先生们在新明剧场做的比在我们大英国留学生的想像中的莎翁杰作距离贴近得多！

留学生当然不服气，当然还有自解的话说，但我们现在没工夫听了，唯一崭新的教训是不要太自以为是了，有时候分明极荒谬可笑的试验未始不包涵着相当的暗示，分明山重水曲的转弯未始没有花明柳暗的去处。势利是群性动物的一个通性，本质不同就是：有名利的势利，旧儒林外史式的势利；有知识的势利，新儒林外史式的势利，方向不一样，势利还不[一]样是势利。我们里面很少人反省到单这会一点洋文的小事，暗里全把我们变成了不自觉的“夜郎”，这是危险的，因为做夜郎的结果往往是把自大的烂泥砌满了原来多少通气的灵窍。那晚我们上新明去看丹麦王子还不是存心去取乐？谁也不曾在直乐的时候抽空想一想这古戏也未始不可新做的可能。我们明里或暗里都赞成活时代用活语言造活文学，但等得丹麦王子穿上了北京饭店里跳舞适用的“活”衣服，我们就下面顿足上面笑酸牙根骂人家胡闹！

等着：古戏新做，古诗新读，古话新说一类的可能性大着哩。我此时想像一个空城计的诸葛军师穿一件团花蓝缎袍戴一顶面盆帽，靠着北海漪澜堂一类的栏杆心平气和的对一个脸上不擦白粉的司马懿谈天。为什么不成？这回我在柏林见一次新衣装的茶花女奥配拉，唱还是照旧，姿势也还是照旧，说老实话，有点看不惯，就比如梅兰芳唱时装新戏，拿着一块丝巾左牵右牵的唱二簧慢板，其实有点看不惯。很可惜我们看不到伦敦的新汉姆雷德，听说他们还要继续试验别的旧戏，撇开了不自然的戏台惯习，用自然的演法来发明剧本里变不掉的精彩。至少是有趣并且有意味的尝试，我敢说。

临了话还得说回来。我开篇第一句话是“一个自命时新甚至激进的人多的是发见他骨子里其实守旧甚至顽固的时候”。我们如其想望我们的心灵永远能像一张紧张的弦琴，挂在松林里跟着风声发出高下疾徐的乐音，我们至少消极方面就得严防势利与自大与虚荣心的侵入。肚子里塞满茅草固然是不舒服，心坎化生了硬石头也不见得一定是卫生。留学生的消化力本来就衰弱，因为不是一时间吃得太多就是吃得太快。胃病是怪难受的。

话匣子[①]（二）

——一大群骡；一只猫：赵元任先生

我第一次见识赵元任先生是在美国绮色佳地方一个娱乐性质的集会场上。赵先生站在台上唱《九连环》，得儿儿得儿儿的滚着他灵便的舌头。听的人全乐了。赵元任是个天生快活人——现代最难得的奇才。胡适之有一个雅号，叫做“不可救药的乐观主义者”，他的嘴唇上（有小胡子时小胡子里）永远——用一个新字眼——“荡漾”着一种看了叫人忘忧的微笑。这已经是很难得了；但他还不能算是天生快活人。赵先生才是的。赵先生的微笑比胡先生的“幽雅精致”得多：新月式的微笑；但是你一见他笑你就看出他心坎里不矫揉的快乐，活动的，新鲜的，像早上草瓣上的露水。

真快活的人没有不爱音乐，不爱唱歌的。赵先生就爱唱。莲花落，山歌，道情，九连环，五更，外国调子，什么都会。他是一只八哥。

因此赵先生的脸子比较算是圆的。看现代的心理状态，地支里应得加入一只骡子。悲哀。忧愁。烦闷。结果我们年轻人的脸子全遭了骡化！因此赵先生在我们中间，就比是一群骡子中间夹了一只猫。

赵先生对这时代负的责任不轻。我们悲，赵先生得替我们止；我们愁，赵先生得替我们浇；我们闷，赵先生得替我们解。

---

①载1925年10月28日《晨报副刊》，署名志摩；初收1980年台湾时报文化出版事业有限公司《徐志摩诗文补遗》。采自《晨报副刊》。

好了！好容易赵先生光降我们副刊了。我们听听他的开场是什么调子？

“得儿铃的钉，得儿弄的冬，得儿浪的当，得儿拉的打——放开胆子来，请大家做个乐观家。”

“这年头活着不易！”悲调固然往往比喜调动听，但老唱一个调子，不论多么好听，总是腻烦的。在不能完全解除悲观的时候，我们无论如何也还得向前希望。我们希冀健康，想望光明，希冀快乐，想望更光明更快乐的希望。生命的消息终究不是悲哀。它是快乐，不是眼泪；是笑，在大笑的冲洗里，我们的心灵得到完全的解放，生机得到完全的活动，兴味，勇敢，斗奋的精神，那时全跟着来了。春天雷震过后泥土里萌芽的豁裂，是大自然的笑；我们劫难过后心坎里欢欣的豁裂，是生命的笑。时候到了，我们不妨暂时忘却十字架上头颈倒挂的那个；忘却锡兰岛上闭着眼睛瞎修行的那个；忘却“天生德于予，桓魋其如予何”自解嘲的那个。我们要另外寻宗教，寻神道，寻信仰。我们要更近人情的，更近生命的，更自然的一个象征，指导我们生活的方向与状态。我们要积极动的，活泼的，发扬的，没怕惧的。

我动议我们回到古希腊去寻访我们的心愿。

水草间逍遥下半身长长毛的“彭”（Pan）[①]何似？树林里躲着性馋最狼藉的绥透士（Satyr）[②]何似？维奴斯堡格山洞里躺着肉艳的维奴斯何似？

还是那伟大的达昂尼素斯（Dionysus）[③]，他的生命是狂歌，他的表情是狂舞？

大家来呀：

得儿铃的钉（轻轻地），

得儿弄的冬（渐响），

得儿浪的当，

得儿拉的打（极响）——

罗曼罗兰[④]

罗曼罗兰（Romain Rolland），这个美丽的音乐的名字，究竟代表些什么？他为什么值得国际的敬仰，他的生日为什么值得国际的庆祝？他的名字，在我们多少知道他的几个人的心里，唤起些个什么？他是否值得我们已经认识他思想与景仰他人格的更亲切的认识他，更亲切的景仰他；从不曾接近他的赶快从他的作品里去接近他？

一个伟大的作者如罗曼罗兰或托尔斯泰，正像是一条大河，它那波澜，它那曲折，它那气象，随处不同，我们不能划出它的一湾一角来代表它那全流。我们有幸【福】在书本上结识他们的正比是尼罗河或扬子江沿岸的泥坝，各按我们的受量分沾他们的润泽的恩惠罢了。说起这两位作者——托尔斯泰与罗曼罗兰，他们灵感的泉源是同一的，他

---

①Pan：今译“潘”，希腊神话中人身羊足、头上有角的畜牧神。

②Satyr：今译萨梯，希腊神话中的森林之神。

③Dionysus：今译狄俄尼索斯，希腊神话中的酒神。

④载 1925 年 10 月 31 日《晨报副刊》；初收 1927 年 8 月上海新月书店《巴黎的鳞爪》。采自《巴黎的鳞爪》。

们的使命是同一的，他们在精神上有相互的默契（详后），仿佛上天从不教他的灵光在世上完全灭迹，所以在这普遍的混沌与黑暗的世界内，往往有这类票承灵智的大天才在我们中间指点迷途，启示光明。

但他们也自有他们不同的地方；如其我们还是引申上面这个比喻，托尔斯泰，罗曼罗兰的前人，就更像是尼罗河的流域，它那两岸是浩瀚的沙碛，古埃及的墓宫，三角金字塔的映影，高矗的棕榈类的林木，间或有帐幕的游行队，天顶永远有异样的明星；罗曼罗兰，托尔斯泰的后人，像是扬子江的流域，更近人间，更近人情的大河，它那两岸是青绿的桑麻，是连栉的房屋，在波鳞里泅着的是鱼是虾，不是长牙齿的鳄鱼，岸边听得见的也不是神秘的驼铃，是随熟的鸡犬声。这也许是斯拉夫与拉丁民族各有的异票，在这两位大师的身上得到更集中的表现，但他们润泽这苦旱的人间的使命是一致的。

十五年前一个下午，在巴黎的大街上，有一个穿马路的叫汽车给碰了，差一点没有死。他就是罗曼罗兰。那天他要是死了，巴黎也不会怎样的注意，至多报纸上本地新闻栏里登一条小字："汽车肇祸，撞死了一个走路的，叫罗曼罗兰，年四十五岁，在大学里当过音乐史教授，曾经办过一种不出名的杂志叫 Cahidrs de la Quinzaine[①]的。"

但罗兰不死，他不能死；他还得完成他分定的使命。在欧战爆裂的那一年，罗兰的天才，五十年来在无名的黑暗里埋着的，忽然取得了普遍的认识。从此他不仅是全欧心智与精神的领袖，他也是全世界一个灵感的泉源。他的声音仿佛是最高峰上的崩雪，回响在远近的万壑间。五年的大战毁了无数的生命与文化的成绩，但毁不了的是人类几个基本的信念与理想，在这无形的精神价值的战场上罗兰永远是一个不仆的英雄。对着在恶斗的漩涡里挣扎着的全欧，罗兰喊一声彼此是弟兄放手！对着蜘网似密布，疫疠似蔓延的怨恨，仇毒，虚妄、疯癫，罗兰集中他孤独的理智与情感的力量作战。对着普遍破坏的现象，罗兰伸出他单独的臂膀开始组织人道的势力。对着叫褊浅的国家主义与恶毒的报复本能迷惑住的智识阶级，他大声的唤醒他们应负的责任，要他们恢复思想的独立，救济盲目的群众。"在战场的空中"——"Above the Battle Field"——不是在战场上，在各民族共同的天空，不是在一国的领土内，我们听得罗兰的大声，也就是人道的呼声，像一阵光明的骤雨，激斗着地面上互杀的烈焰。罗兰的作战是有结果的，他联合了国际间自由的心灵，替未来的和平筑一层有力的基础。这是他自己的话——

"我们从战争得到一个付重价的利益，它替我们联合了各民族中不甘受流行的种族怨毒支配的心灵。这次的教训益发激励他们的精力，强固他们的意志。谁说人类友爱是一个绝望的理想？我再不怀疑未来的全欧一致的结合。我们不久可以实现那精神的统一。这战争只是它的热血的洗礼。"

这是罗兰，勇敢的人道的战士！当他全国的刀锋一致向着德人的时候，他敢说不，真正的敌人是你们自己心怀里的仇毒。当全欧破碎成不可收拾的断片时，他想像到人类更完美的精神的统一。友爱与同情，他相信，永远是打倒仇恨与怨毒的利器；他永远不怀疑他的理想是最后的胜利者。在他的前面有托尔斯泰与道施滔奄夫斯基[②]（虽则思想的形式不同），他的同时有泰谷尔与甘地（他们的思想的形式也不同），他们的立场是

① Cahiers de la Quinzaine：《半月丛刊》，法文杂志名。

②道施滔奄夫斯基：今译陀斯妥耶夫斯基。

在高山的顶上，他们的视域在时间上是历史的全部，在空间里是人类的全体，他们的声音是天空里的雷震，他们的赠与是精神的慰安。我们都是牢狱里的囚犯，镣铐压住的，铁栏锢住的，难得有一丝雪亮暖和的阳光照上我们黝黑的脸面，难得有喜雀过路的欢声清醒我们昏沉的头脑。“重浊，”罗兰开始他的《贝德花芬传》：

“重浊是我们周围的空气。这世界是叫一种凝厚的污浊的秽息给闷住了——一种卑琐的物质压在我们的心里，压在我们的头上，叫所有民族与个人失却了自由工作的机会。我们全让掐住了转不过气来。来，让我们打开窗子好叫天空自由的空气进来，好叫我们呼吸古英雄们的呼吸。”

打破我执的偏见来认识精神的统一；打破国界的偏见来认识人道的统一。这是罗兰与他同理想者的教训。解脱怨毒的束缚来实现思想的自由；反抗时代的压迫来恢复性灵的尊严。这是罗兰与他同理想者的教训。人生原是与苦俱来的；我们来做人的名分不是咒诅人生因为它给我们苦痛，我们正应在苦痛中学习，修养，觉悟，在苦痛中发现我们内蕴的宝藏，在苦痛中领会人生的真际。英雄，罗兰最崇拜如密仡朗其罗与贝德花芬一类人道的英雄，不是别的，只是伟大的耐苦者。那些不朽的艺术家，谁不曾在苦痛中实现生命，实现艺术，实现宗教，实现一切的奥义？自己是个深感苦痛者，他推致他的同情给世上所有的受苦者；在他这受苦，这耐苦，是一种伟大，比事业的伟大更深沈的伟大。他要寻求的是地面上感悲哀感孤独的灵魂。“人生是艰难的。谁不甘愿承受庸俗，他这辈子就是不断的奋斗。并且这往往是苦痛的奋斗，没有光彩，没有幸福，独自在孤单与沈默中挣扎。穷困压着你，家累累着你，无意味的沈闷的工作消耗你的精力，没有欢欣，没有希冀，没有同伴，你在这黑暗的道上甚至连一个在不幸中伸手给你的骨肉的机会都没有”。这受苦的概念便是罗兰人生哲学的起点，在这上面他求筑起一座强固的人道的寓所。因此在他有名的传记里他用力传述先贤的苦难生涯，使我们憬悟至少在我们的苦痛里，我们不是孤独的，在我们切己的苦痛里隐藏着人道的消息与线索。“不快活的朋友们，不要过分的自伤，因为最伟大的人们也曾分尝【味】你们的苦味。我们正应得跟着他们的努奋自勉。假如我们觉得软弱，让我们靠着他们喘息。他们有安慰给我们。从他们的精神里放射着精力与仁慈。即使我们不研究他们的作品，即使我们听不到他们的声音，单从他们面上的光彩，单从他们曾经生活过的事实里，我们应得感悟到生命最伟大，最生产——甚至最快乐——的时候是在受苦痛的时候”。

我们不知道罗曼罗兰先生想像中的新中国是怎样的；我们不知道为什么他特别示意要听他的思想在新中国的回响。但如其他能知道新中国像我们自己知道它一样，他一定感觉与我们更密切的同情，更贴近的关系，也一定更急急的伸手给我们握着——因为你们知道，我也知道，什么是新中国，只是新发见的深沉的悲哀与苦痛深深的盘伏在人生的底里！这也许是我个人新中国的解释；但如其有人拿一些时行的口号，什么打倒帝国主义等等，或是分裂与猜忌的现像，去报告罗兰先生说这是新中国，我再也不能预料他的感想了。

我已经没有时候与地位叙述罗兰的生平与著述；我只能匆匆的略说梗概。他是一个音乐的天才，在幼年音乐便是他的生命。他妈教他琴，在谐音的波动中他的童心便发见了不可言喻的快乐。莫察德与贝德花芬是他最早发见的英雄。所以在法国经受普鲁士战争爱国主义最高激的时候，这位年轻的圣人正在“敌人”的作品中尝味最高的艺术。他的自传里写着：“我们家里有好多旧的德国音乐书。德国？我懂得那个字的意义？在我们这一带我相信德国人从没有人见过的。我翻着那一堆旧书，爬在琴上拼出一个个的音符。这些流动的乐音，谐调的细流，灌溉着我的童心，像雨水漫人泥土似的淹了进去。莫察德与贝德花芬的快乐与苦痛，想望的幻梦，渐渐的变成了我的肉的肉，我的骨的骨。我是它们，它们是我。要没有它们我怎过得了我的日子？我小时生病危殆的时候，莫察德的一个调子就像爱人似的贴近我的枕衾看着我。长大的时候，每回逢着怀疑与懊丧，贝德花芬的音乐又在我的心里拨旺了永久生命的火星。每回我精神疲倦了，或是心上有不如意事，我就找我的琴去，在音乐中洗净我的烦愁。”

要认识罗兰的不仅应得读他神光焕发的传记，还得读他十卷的 Jean Christophe①，在这书里他描写他的音乐的经验。

他在学堂里结识了莎士比亚，发见了诗与戏剧的神奇。他的哲学的灵感，与葛德一样，是泛神主义的斯宾诺塞。他早年的朋友是近代法国三大诗人：克洛岱尔（Paul Claudel②法国驻日大使），Ande Suares③，与 Charles Peguy④（后来与他同办 Cahiers de Ja Quinzaine）。那时槐格纳是压倒一时的天才，也是罗兰与他少年朋友们的英雄。但在他个人更重要的一个影响是托尔斯泰。他早就读他的著作，十分的爱慕他，后来他念了他的艺术论，那只俄国的老象——用一个偷来的比喻——走进了艺术的花园里去，左一脚踩倒了一盆花，那是莎士比亚，右一脚又踩倒了一盆花，那是贝德花芬，这时候少年的罗曼罗兰走到了他的思想的歧路了。莎氏，贝氏，托氏，同是他的英雄，但托氏愤愤的申斥莎、贝一流的作者，说他们的艺术都是要不得，不相干的，不是真的人道的艺术——他早年的自己也是要不得不相干的。在罗兰一个热烈的寻求真理者，这来就好似青天里一个霹雳；他再也忍不住他的疑虑。他写了一封信给托尔斯泰，陈述他的冲突的心理。他那年二十二岁。过了几个星期罗兰差不多把那信忘都忘了，一天忽然接到一封邮件：三十八满页写的一封长信，伟大的托尔斯泰的亲笔给这不知名的法国少年的！“亲爱的兄弟，”那六十老人称呼他，“我接到你的第一封信，我深深的受感在心。念你的信，泪水在我的眼里。”下面说他艺术的见解：我们投入人生的动机不应是为艺术的爱，而应是为人类的爱。只有经受这样灵感的人才可以希望在他的一生实现一些值得一做的事业。这还是他的老话，但少年的罗兰受深彻感动的地方是在这一时代的圣人竟然这样恳切的同情他，安慰他，指示他，一个无名的异邦人。他那时的感奋我们可以约略想像。因此罗兰这几十年来每逢少年人有信给他，他没有不亲笔作复，用一样慈爱诚挚的心对待他的后辈。这来受他的灵感的少年人更不知多少了。这是一件含奖励性的事实。我们从此可以知道，凡是一件不勉强的善事就比如

---

① Jean Christophe：《约翰·克利斯朵夫》。

② Paul Claudel：克洛岱尔（1868—1955），法国外交官、诗人、剧作家，有剧作《给玛丽报信》、《缎子鞋》和诗作《五大颂歌》等。

③ Ande Suares：不详。疑拼法有误。

④ Charles Peguy：贝玑（1873—1914），法国诗人、哲学家，《半月丛刊》的撰稿人，有作品《圣女贞德》、《贞德仁慈之谜》和《夏娃》。

春天的薰风，它一路来散布着生命的种子，唤醒活泼的世界。

但罗兰那时离着成名的日子还远，虽则他从幼年起只是不懈的努力。他还得经尝身世的失望（他的结婚是不幸的，近三十年来他几于是完全隐士的生涯，他现在瑞士的鲁山，听说与他妹子同居），种种精神的苦痛，才能实受他的劳力的报酬——他的天才的认识与接受。他写了十二部长篇剧本，三部最著名的传记（密仡朗其罗，贝德花芬，托尔斯泰），十大篇 Jean Christophe，算是这时代里最重要的作品的一部，还有他与他的朋友办了十五年灰色的杂志，但他的名字还是在晦塞的灰堆里掩着——直到他将近五十岁那年，这世界方才开始惊讶他的异彩。贝德花芬有几句话，我想可以一样适用到一生劳悴不怠的罗兰身上：

> 我没有朋友，我必得单独过活；但是我知道在我心灵的底里上帝是近着我，比别人更近。我走近他我心里不害怕，我一向认识他的。我从不着急我自己的音乐，那不是坏运所能颠仆的，谁要能懂得它，它就有力量使他解除磨折旁人的苦恼。

十四年十月

巴黎的鳞爪[①]

咳巴黎！到过巴黎的一定不会再希罕天堂；尝过巴黎的，老实说，连地狱都不想去了。整个的巴黎就像是一床野鸭绒的垫褥，衬得你通体舒泰，硬骨头都给薰酥了的——有时许太热一些。那也不碍事，只要你受得住。赞美是多余的，正如赞美天堂是多余的；咒诅也是多余的，正如咒诅地狱是多余的。巴黎，软绵绵的巴黎，只在你临别的时候轻轻地嘱咐一声："别忘了，再来！"其实连这都是多余的，谁不想再去？谁忘得了？

香草在你的脚下，春风在你的脸上，微笑在你的周遭。不拘束你，不责备你，不督饬你，不窘你，不恼你，不揉你。它搂着你，可不缚住你：是一条温存的臂膀，不是根绳子。它不是不让你跑，但它那招逗的指尖却永远在你的记忆里晃着。多轻盈的步履，罗袜的丝光随时可以沾上你记忆的颜色！

但巴黎却不是单调的喜剧。赛因河的柔波里掩映着罗浮宫的倩影，它也收藏着不少失意人最后的呼吸。流着，温驯的水波；流着，缠绵的恩怨。咖啡馆：和着交颈的软语，开怀的笑响，有踞坐在屋隅里蓬头少年计较自毁的哀思。跳舞场：和着翻飞的乐调，迷醇的酒香，有独自支颐的少妇思量着往迹的怆心。浮动在上一层的许是光明，是欢畅，是快乐，是甜蜜，是和谐；但沈淀在底里阳光照不到的才是人事经验的本质：说重一点是悲哀，说轻一点是惆怅；谁不愿意永远在轻快的流波里漾着，可得留神了你往深处去时的发见！

---

① 1925 年全文分三部分，序言和《五小时的 萍水缘》、《先生，你见过香艳的肉没有？》，12 月 21 日作完；分载 1925 年 12 月 16 日、17 日、24 日《晨报副刊》，均署名志摩；初收 1927 年 8 月上海新月书店《巴黎的鳞爪》。《先生，你见过香艳的肉没有？》后改题为《肉艳的巴黎》，收入 1930 年 4 月上海中华书局《轮盘》。采自《巴黎的鳞爪》。

一天一个从巴黎来的朋友找我闲谈，谈起了劲，茶也没喝，烟也没吸，一直从黄昏谈到天亮，才各自上床去躺了一歇，我一合眼就回到了巴黎，方才朋友讲的情境惝恍的把我自己也缠了进去；这巴黎的梦真醇人，醇你的心，醇你的意志，醇你的四肢百体，那味儿除是亲尝过的谁能想像！——我醒过来时还是迷糊的忘了我在那儿，刚巧一个小朋友进房来站在我的床前笑吟吟喊我："你做什么梦来了，朋友，为什么两眼潮潮的像哭似的？"我伸手一摸，果然眼里有水，不觉也失笑了——可是朝来的梦，一个诗人说的，同是这悲凉滋味，正不知这泪是为那一个梦流的呢！

下面写下的不成文章，不是小说，不是写实，也不是写梦，——在我写的人只当是随口曲，南边人说的"出门不认货"，随你们宽容的读者们怎样看罢。

出门人也不能太小心了，走道总得带些探险的意味。生活的趣味大半就在不预期的发见，要是所有的明天全是今天刻板的化身，那我们活什么来了？正如小孩子上山就得采花，到海边就得检贝壳，书呆子进图书馆想捞新智慧——出门人到了巴黎就想……

你的批评也不能过分严正不是？少年老成——什么话！老成是老年人的特权，也是他们的本分；说来也不是他们甘愿，他们是到了年纪不得不。少年人如何能老成？老成了才是怪哪！

放宽一点说，人生只是个机缘巧合；别瞧日常生活河水似的流得平顺，它那里面多的是潜流，多的是漩涡——轮着的时候谁躲得了给卷了进去？那就是你发愁的时候，是你登仙的时候，是你辨着酸的时候，是你尝着甜的时候。

巴黎也不定比别的地方怎样不同：不同就在那边生活流波里的潜流更猛，漩涡更急，因此你叫给卷进去的机会也就更多。

我赶快得声明我是没有叫巴黎的漩涡给淹了去——虽则也就够险。多半的时候我只是站在赛因河岸边看热闹，下水去的时候也不能说没有，但至多也不过在靠岸清浅处溜着，从没敢往深处跑——这来漩涡的纹螺，势道，力量，可比远在岸上时认清楚多了。

一、九小时的萍水缘

我忘不了她。她是在人生的急流里转着的一张萍叶，我见着了它，掬在手里把玩了一晌，依旧交还给它的命运，任它飘流去——它以前的飘泊我不曾见来，它以后的飘泊，我也见不着，但就这曾经相识匆匆的恩缘——实际上我与她相处不过九小时——已在我的心泥上印下踪迹，我如何能忘，在忆起时如何能不感须臾的惆怅？

那天我坐在那热闹的饭店里瞥眼看着她，她独坐在灯光最暗漆的屋角里，这屋内那一个男子不带媚态，那一个女子的胭脂口上不沾笑容，就只她：穿一身淡素衣裳，戴一顶宽边的黑帽，在鬈密的睫毛上隐隐闪亮着深思的目光——我几乎疑心她是修道院的女僧偶尔到红尘里随喜来了。我不能不接着注意她，她的别样的支颐的倦态，她的曼长的手指，她的落漠的神情，有意无意间的叹息，在在都激发我的好奇——虽则我那时左边已经坐下了一个瘦的，右边来了肥的，四条光滑的手臂不住的在我面前晃着酒杯。但更使我奇异的是她不等跳舞开始就匆匆的出去了，好像害怕或是厌恶似的。第一晚这样，第二晚又是这样：独自默默的坐着，到时候又匆匆的离去。到了第三晚她再来的时候我再也忍不住不想法接近她。第一次得着的回音，虽则是"多谢好意，我再不愿交友"的一个拒绝，只是加深了我的同情的好奇。我再不能放过她。巴黎的好处就在处处近人情；爱慕的自由是永远容许的。你见谁爱慕谁想接近谁，决不是犯罪，除非你在经程中泄漏了你的粗气暴气，陋相或是贫相，那不是文明的巴黎人所能容忍的。只要你“识相”，上海人说的，什么可能的机会你都可以利用。对方人理你不理你，当然又是一回事；但只要你的步骤对，文明的巴黎人决不让你难堪。

我不能放过她。第二次我大胆写了个字条付中间人——店主人——交去。我心里直怔怔的怕讨没趣。可是回话来了——她就走了，你跟着去吧。

她果然在饭店门口等着我。

你为什么一定要找我说话，先生，像我这再不愿意有朋友的人？

她张着大眼看我，口唇微微的颤着。

我的冒昧是不望恕的，但是我看了你忧郁的神情我足足难受了三天，也不知怎的我就想接近你，和你谈一次话，如其你许我，那就是我的想望，再没有别的意思。

真的她那眼内绽出了泪来，我话还没说完。

想不到我的心事又叫一个异邦人看透了……她声音都哑了。

我们在路灯的灯光下默默的互注了一晌，并着肩沿马路走去，走不到多远她说不能走，我就问了她的允许雇车坐上，直望波龙尼大林园清凉的暑夜里兜去。

原来如此，难怪你听了跳舞的音乐像是厌恶似的，但既然不愿意何以每晚还去？

那是我的感情作用；我有些舍不得不去，我在巴黎一天，那是我最初遇见——他的地方，但那时候的我……可是你真的同情我的际遇吗，先生？我快有两个月不开口了，不瞒你说，今晚见了你我再也不能制止，我爽性说给你我的生平的始末吧，只要你不嫌。我们还是回那饭庄去罢。

你不是厌烦跳舞的音乐吗？

她初次笑了。多齐整洁白的牙齿，在道上的幽光里亮着！有了你我的生气就回复了不少，我还怕什么音乐？

我们俩重进饭庄去选一个基角坐下，喝完了两瓶香槟，从十一时舞影最凌乱时谈起，直到早三时客人散尽侍役打扫屋子时才起身走，我在她的可怜身世的演述中遗忘了一切，当前的歌舞再不能分我丝毫的注意。

下面是她的自述。

我是在巴黎生长的。我从小就爱读《天方夜谭》的故事，以及当代描写东方的文学；阿，东方，我的童真的梦魂那一刻不在它的玫瑰园中留恋？十四岁那年我的姊姊带我上北京去住，她在那边开一个时式的帽铺，有一天我看见一个小身材的中国人来买帽子，我就觉着奇怪，一来他长得异样的清秀，二来他为什么要来买那样时式的女帽；到了下午一个女太太拿了方才买去的帽子来换了，我姊姊就问她那中国人是谁，她说是她的丈夫，说开了头她就讲她当初怎样为爱他触怒了自己的父母，结果断绝了家庭和他结婚，但她一点也不追悔，因为她的中国丈夫待她怎样好法，她不信西方人会得像他那样体贴，那样温存。我再也忘不了她说话时满心怡悦的笑容。从此我仰慕东方的私衷又添深了一层颜色。

我再回巴黎的时候已经长成了，我父亲是最宠爱我的，我要什么他就给我什么。我那时就爱跳舞，阿，那些迷醉轻易的时光，巴黎那一处舞场上不见我的舞影。我的妙龄，我的颜色，我的体态，我的聪慧，尤其是我那媚人的大眼——阿，如今你见的只是悲惨的余生再不留当时的丰韵——制定了我初期的堕落。我说堕落不是？是的，堕落，人生那〈哪〉处不是堕落，这社会那里容得一个有姿色的女人保全她的清洁？我正快走入险路的时候，我那慈爱的老父早已看出我的倾向，私下安排了一个机会，叫我与一个有爵位的英国人接近。一个十七岁的女子那有什么主意，在两个月内我就做了新娘。

说起那四年结婚的生活，我也不应得过分的抱怨，但我们欧洲的势利的社会实在是树心里生了蠹，我怕再没有回复健康的希望。我到伦敦去做贵妇人时我还是个天真的孩子，哪有什么机心，哪懂得虚伪的卑鄙的人间的底里，我又是个外国人，到处遭受嫉忌与批评。还有我那叫名的丈夫。他娶我究竟为什么动机我始终不明白，许贪我年轻贪我貌美带回家去广告他自己的手段，因为真的我不曾感着他一息的真情；新婚不到几时他就对我冷淡了，其实他就没有热过，碰巧我是个傻孩子，一天不听着一半句软语，不受些温柔的怜惜，到晚上我就不自制的悲伤。他有的是钱，有的是趋奉谄媚，成天在外打猎作乐，我愁了不来慰我，我病了不来问我，连着三年抑郁的生涯完全消灭了我原来活泼快乐的天机，到第四年实在耽不住了，我与他吵一场回巴黎再见我父亲的时候，他几乎不认识我了。我自此就永别了我的英国丈夫。因为虽则实际的离婚手续在他方面到前年方始办理，他从我走了后也就不再来顾问我——这算是欧洲人夫妻的情分！

我从伦敦回到巴黎，就比久困的雀儿重复飞回了林中，眼内又有了笑，脸上又添了春色，不但身体好多，就连童年时的种种想望又在我心头活了回来。三四年结婚的经验更叫我厌恶西欧，更叫我神往东方。东方，阿，浪漫的多情的东方！我心里常常的怀念着。有一晚，那一个运定的晚上，我就在这屋子内见着了他，与今晚一样的歌声，一样的舞影，想起还不就是昨天，多飞快的光阴，就可怜我一个单薄的女子，无端叫运神摆布，在情网里颠连，在经验的苦海里沉沦，朋友，我自分是已经埋葬了的活人，你何苦又来逼着我把往事掘起，我的话是简短的，但我身受的苦恼，朋友，你信我，是不可量的；你往我的眼里看，凭着你的同情你可以在刹那间领会我灵魂的真际！

他是菲利滨[1]人，也不知怎的我初次见面就迷了他。他肤色是深黄的，但他的性情是不可信的温柔；他身材是短的，但他的私语有多叫人魂销的魔力？阿，我到如今还不能怨他；我爱他太深，我爱他太真，我如何能一刻忘他，虽则他到后来也是一样的薄情，一样的冷酷。你不倦么，朋友，等我讲给你听？

我自从认识了他我便倾注给他我满怀的柔情，我想他，那负心的他，也够他的享受，那三个月神仙似的生活！我们差不多每晚在此聚会的。秘谈是他与我，欢舞是他与我，人间再有更甜美的经验吗？朋友你知道痴心人赤心爱恋的疯狂吗？因为不仅满足了我私心的想望，我十多年梦魂缭绕的东方理想的实现。有他我什么都有了，此外我更有什么沾恋？因此等到我家里为这事情与我开始交涉的时候，我更不踌躇的与我生身的父母根本决绝。我此时又想起了我垂髫时在北京见着的那个嫁中国人的女子，她与我一样也为了痴情牺牲一切，我只希冀她这时还能保持着她那纯爱的生活，不比我这失运人成天在幻灭的辛辣中

①菲利滨：今译菲律宾。

回味。

我爱定了他。他是在巴黎求学的，不是贵族，也不是富人，那更使我放心，因为我早年的经验使我迷信真爱情是穷人才能供给的。谁知他骗了我——他家里也是有钱的，那时我在热恋中抛弃了家，牺牲了名誉，跟了这黄脸人离却巴黎，辞别欧洲，经过一个月的海程，我就到了我理想的灿烂的东方。阿，我那时的希望与快乐！但才出了红海，他就上了心事，经我再三的逼他才告诉他家里的实情，他父亲是菲利滨最有钱的土著，性情是极严厉的，他怕轻易不能收受我进他们的家庭。我真不愿意把此后可怜的身世烦你的听，朋友，但那才是我痴心人的结果，你耐心听着吧！

东方，东方才是我的烦恼！我这回投进了一个更陌生的社会，呼吸更沉闷的空气；他们自己中间也许有他们温软的人情，但轮着我的却一样还只是猜忌与讥刻，更不容情的刺袭我的孤独的性灵。果然他的家庭不容我进门，把我看作一个"巴黎淌来的可疑的妇人"。我为爱他也不知忍受了多少不可忍的侮辱，吞了多少悲泪，但我自慰的是他对我不变的恩情。因为在初到的一时他还是不时来慰我——我独自赁屋住着。但慢慢的也不知是人言浸润还是他原来爱我不深，他竟然表示割绝我的意思。朋友，试想我这孤身女子牺牲了一切为的还不是他的爱，如今连他都离了我，那我更有什么生机？我怎的始终不曾自毁，我至今还不信，因为我那时真的是没路走了。我又没有钱，他狠心丢了我，我如何能再去缠他，这也许是我们白种人的倔犟，我不久便揩干了眼泪，出门去自寻活路。我在一个菲美合种人的家里寻得了一个保姆的职务；天幸我生性是耐烦领小孩的——我在伦敦的日子没孩子管我就养猫弄狗——救活我的是那三五个活灵的孩子，黑头发短手指的乖乖。在那炎热的岛上我是过了两年没颜色的生活，得了一次凶险的热病，从此我面上再不存青年期的光彩。我的心境正稍稍回复平衡的时候两件不幸的事情又临着了我：一件是我那他与另一女子的结婚，这消息使我昏厥了过去；一件是被我弃绝的慈父也不知怎的问得了我的踪迹来电说他老病快死要我回去。阿，天罚我！等我赶回巴黎的时候正好赶着与老人诀别，忏悔我先前的造孽！

从此我在人间还有什么意趣？我只是个实体的鬼影，活动的尸体；我的心也早就死了，再也不起波澜；在初次失望的时候我想像中还有个辽远的东方，但如今东方只在我的心上留下一个鲜明的新伤，我更有什么希冀，更有什么心情？但我每晚还是不自主的到这饭店里来小坐，正如死去的鬼魂忘不了他的老家！我这一生的经验本不想再向人前吐露的，谁知又碰着了你，苦苦的追着我，逼我再一度撩拨死尽的火灰，这来你够明白了，为什么我老是这落漠的神情，我猜你也是过路的客人，我深深自幸又接近一次人情的温慰，但我不敢希望什么，我的心是死定了的，时候也不早了，你看方才舞影凌乱的地板上现在只剩一片冷淡的灯光，侍役们已经收拾干净，我们也该走了，再会吧，多情的朋友！

二、"先生，你见过艳丽的肉没有？"

我在巴黎时常去看一个朋友，他是一个画家，住在一条老闻着鱼腥的小街底头一所老屋子的顶上一个 A 字式的尖阁里，光线暗惨得怕人，白天就靠两块日光胰子大小的玻璃窗给装装幌，反正住的人不嫌就得，他是照例不过正午不起身，不近天亮不上床的一位先生，下午他也不居家，起码总得上灯的时候他才脱下了他的外褂露出两条破烂的臂膀埋身在他那艳丽的垃圾窝里开始他的工作。

艳丽的垃圾窝——它本身就是一幅妙画！我说给你听听。贴墙有精窄的一条上面盖着黑毛毡的算是他的床，在这上面就准你规规矩矩的躺着，不说起坐一定扎脑袋，就连翻身也不免冒犯斜着下来永远不退让的屋顶先生的身份！承着顶尖全屋子顶宽舒的部分放着他的书桌——我捏着一把汗叫它书桌，其实还用提吗，上边什么法宝都有，画册子，稿本，黑炭，颜色盘子，烂袜子，领结，软领子，热水瓶子压瘪了的，烧干了的酒精灯，电筒，各色的药瓶，彩油瓶，脏手绢，断头的笔杆，没有盖的墨水瓶子，一柄手枪，那是瞒不过我花七法郎在密歇耳大街路旁旧货摊上换来的，照相镜子，小手镜，断齿的梳子，蜜膏，晚上喝不完的咖啡杯，详梦的小书，还有——还有可疑的小纸盒儿，凡士林一类的油膏……一只破木板箱一类漆着名字上面蒙着一块灰色布的是他的梳妆台兼书架，一个洋瓷面盆半盆的胰子水似乎都叫一部旧板的卢骚集子给饕了去，一顶便帽套在洋瓷长提壶的耳柄上，从袋底里倒出来的小铜钱错落的散着像是土耳其人的符咒，几只稀小的烂苹果围着一条破香蕉像是一群大学教授们围着一个教育次长索薪……

壁上看得更斑斓了：这是我顶得意的一张庞那的底稿当废纸买来的，这是我临蒙内的裸体，不十分行，我来撩起灯罩你可以看清楚一点，草色太浓了，那膝部画坏了。这一小幅更名贵，你认是谁，罗丹的！那是我前年最大的运气，也算是错来的，老巴黎就是这点子便宜，挨了半年八个月的饿不要紧，只要有机会捞着真东西，这还不值得！那边一张挤在两幅油画缝里的，你见了没有，也是有来历的，那是我前年趁马克倒霉路过佛兰克福德时夹手抢来的，是真的孟尔都难说，就差糊了一点，现在你给三千佛郎我都不卖，加倍再加倍都值，你信不信？再看那一长条……在他那手指东点西的卖弄他的家珍的时候，你竟会忘了你站着的地方是不够六尺阔的一间阁楼，倒像跨在你头顶那两爿斜着下来的屋顶也顺着他那艺术谈法术似的隐了去，露出一个爽恺的高天，壁上的疙瘩，壁蟢窠，霉块，钉疤，全化成了哥罗画帧中“飘摇欲化烟”的最美丽林树与轻快的流涧；桌上的破领带及手绢烂香蕉臭袜子等等也全变形成戴大阔边稻草帽的牧童们，偎着树打盹的，牵着牛在涧里喝水的，手反衬着脑袋放平在青草地上瞪眼看天的，斜眼溜着那边走进来的娘们手按着音腔吹横笛的——可不是那边来了一群娘们，全是年岁青青的，露着胸膛，散着头发，还有光着白腿的在青草地上跳着来了？……呒！小心扎脑袋，这屋子真别扭，你出什么神来了？想着你的 Bel Ami 对不对？你到巴黎快半个月，该早有落儿了，这年头收成真容易——呒，太容易了！谁说巴黎不是理想的地狱？你吸烟斗吗？这儿有自来火。对不起，屋子里除了床，就是那张弹簧早经追悼过了的沙发，你坐坐吧，给你一个垫子，这是全屋子顶温柔的一样东西。

不错，那沙发，这阁楼上要没有那张沙发，主人的风格就落了一个极重要的原〈元〉素。说它肚子里的弹簧完全没了劲，在主人说是太谦，在我说是简直污蔑了它。因为分明有一部分内簧是不曾死透的，那在正中间，看来倒像是一座分水岭，左右都是往下倾的，我初坐下时不提防它还有弹力，倒叫我骇了一下；靠手的套布可真是全霉了，露着黑黑黄黄不知是什么货色，活像主人衬衫的袖子。我正落了坐，他咬了咬嘴唇翻一翻眼珠微微的笑了。笑什么了你？我笑——你坐上沙发那样儿叫我想起爱菱。爱菱是谁？她呀——

她是我第一个模特儿。模特儿？你的？你的破房子还有模特儿，你这穷鬼花得起……别急，究竟是中国初来的，听了模特儿就这样的起劲，看你那脖子都上了红印了！本来不算事，当然，可是我说像你这样的破鸡棚……破鸡棚便怎么样，耶稣生在马号里的，安琪儿们都在马矢里跪着礼拜哪！别忙，好朋友，我讲你听。如其巴黎人有一个好处，他就是不势利！中国人顶糟了，这一点；穷人有穷人的势利，阔人有阔人的势利，半不阑珊的有半不阑珊的势利——那才是半开化，才是野蛮！你看像我这样子，头发像刺猬，八九天不刮的破胡子，半年不收拾的脏衣服，鞋带扣不上的皮鞋——要在中国，谁不叫我外国叫花子，那配进北京饭店一类的势利场；可是在巴黎，我就这样儿随便问那〈哪〉一个衣服顶漂亮脖子搽得顶香的娘们跳舞，十回就有九回成，你信不信？至于模特儿，那更不成话，那〈哪〉有在巴黎学美术的，不论多穷，一年里不换十来个眼珠亮亮的来做样儿？屋子破更算什么？波希民的生活就是这样，按你说模特儿就不该坐坏沙发，你得准备杏黄贡缎绣丹凤朝阳坐垫的太师椅请她坐你才安心对不对？再说……

别再说了！算我少见世面，算我是乡下老戆，得了；可是说起模特儿，我倒有点好奇，你何妨讲些经验给我长长见识？有真好的没有？我们在美术院里见着的什么维纳丝得米罗，维纳丝梅第妻，还有铁青的，鲁班师的，鲍第千里的，丁稻来笃的，箕奥其安内的裸体实在是太美，太理想，太不可能，太不可思议；反面说，新派的比如雪尼约克的，玛提斯的，塞尚的，高耿的，弗朗刺马克的，又是太丑，太损，太不像人，一样的太不可能，太不可思议。人体美，究竟怎么一回事，我们不幸生长在中国女人衣服一直穿到下巴底下腰身与后部看不出多大分别的世界里，实在是太蒙昧无知，太不开眼。可是再说呢，东方人也许根本就不该叫人开眼的，你看过约翰巴里士那本沙扬娜拉没有，他那一段形容一个日本裸体舞女——就是一张脸子粉搽得像棺材里爬起来的颜色，此外耳朵以后下巴以下就比如一节蒸不透的珍珠米！——看了真叫人恶心。你们学美术的才有第一手的经验，我倒是……

你倒是真有点羡慕，对不对？不怪你，人总是人。不瞒你说，我学画画原来的动机也就是这点子对人体秘密的好奇。你说我穷相，不错，我真是穷，饭都吃不出，衣都穿不全，可是模特儿——我怎么也省不了。这对人体美的欣赏在我已经成了一种生理的要求，必要的奢侈，不可摆脱的嗜好；我宁可少吃俭穿，省下几个法郎来多雇几个模特儿。你简直可以说我是着了迷，成了病，发了疯，爱说什么就什么，我都承认——我就不能一天没有一个精光的女人躺在我的面前供养，安慰，喂饱我的“眼淫”。当初罗丹我猜也一定与我一样的狼狈，据说他那房子里老是有剥光了的女人，也不为做样儿，单看她们日常生活“实际的”多变化的姿态——他是一个牧羊人，成天看着一群剥了毛皮的驯羊！鲁班师那位穷凶极恶的大手笔，说是常难为他太太做模特儿，结果因为他成天不断的画他太太竟许连穿裤子的空儿都难得有！但如果这话是真的鲁班师还是太傻，难怪他那画里的女人都是这剥白猪似的单调，少变化；美的分配在人体上是极神秘的一个现象，我不信有理想的全材，不论男女我想几乎是不可能的；上帝拿着一把颜色往地面上撒，玫瑰，罗兰，石榴，玉簪，剪秋罗，各样都沾到了一种或几种的彩泽，但决没有一种花包涵所有可能的色调的，那如其有，按理论讲，岂不是又得回复了没颜色的本相？人体美也是这样的，有的美在胸部，有的腰部，有的下部，有的头发，有的手，有的脚踝，那不可理解的骨格，筋肉，肌理的会合，形成各各不同的线条，色调的变化，皮面的涨度，毛管的分配，天然的姿态，不可制止的表情——也得你不怕麻烦细心体会发见去，上帝没有这样便宜你的事情，他决不给你一个具体的绝对美，如果有我们所有艺术的努力就没了意义；巧妙就在你明知这山里有金子，可是在哪一点你得自己下工夫去找。阿！说起这艺术家审美的本能，我真要闭着眼感谢上帝——要不是它，岂不是所有人体的美，说窄一点，都变了古长安道上历代帝王的墓窟，全叫一层或几层薄薄的衣服给埋没了！回头我给你看我那张破床底下有一本宝贝，我这十年血汗辛苦的成绩——千把张的人体临摹，而且十分之九是在这间破鸡棚里钩下的，别看低我这张弹簧早经追悼了的沙发，这上面落坐过至少一二百个当得起美字的女人！别提专门做模特儿的，巴黎哪一个不知道俺家黄脸什么，那不算希奇，我自负的是我独到的发见：一半因为看多了缘故，女人肉的引诱在我差不多完全消灭在美的欣赏里面，结果在我这双"淫眼"看来，一丝不挂的女人就同紫霞宫里翻出来的尸首穿得重重密密的摇不动我的性欲，反面说当真穿着得极整齐的女人，不论她在人堆里站着，在路上走着，只要我的眼到，她的衣服的障碍就无形的消灭，正如老练的矿师一瞥就认出矿苗，我这美术本能也是一瞥就认出"美苗"，一百次里错不了一次：每回发见了可能的时候，我就非想法找到她剥光了她叫我看个满意不成，上帝保佑这文明的巴黎，我失望的时候真难得有！我记得有一次在戏院子看着了一个贵妇人，实在没法想（我当然试来）我那难受就不用提了，比发疟疾还难受——她那特长分明是在小腹与……

够了够了！我倒叫你说得心痒痒的。人体美！这门学问，这门福气，我们不幸生长在东方谁有机会研究享受过来？可是我既然到了巴黎，又幸气碰着你，我倒真想叨你的光开开我的眼，你得替我想法，要找在你这宏富的经验中比较最贴近理想的一个看看……

你又错了！什么，你意思花就许巴黎的花香，人体就许巴黎的美吗？太灭自己的威风了！别信那巴理士什么沙扬娜拉的胡说；听我说，正如东方的玫瑰不比西方的玫瑰差什么香味，东方的人体在得到相当的栽培以后，也同样不能比西方的人体差什么美——除了天然的限度，比如骨格的大小，皮肤的色彩。同时顶要紧的当然要你自己性灵里有审美的活动，你得有眼睛，要不然这宇宙不论它本身多美多神奇在你还是白来的。我在巴黎苦过这十年，就为前途有一个宏愿：我要张大了我这经过训练的"淫眼"到东方去发见人体美——谁说我没有大文章做出来？至于你要借我的光开开眼，那是最容易不过的事情，可是我想想——可惜了！有个马达姆朗洒，原先在巴黎大学当物理讲师的，你看了准忘不了，现在可不在了，到伦敦去了；还有一个马达姆薛托漾，她是远在南边乡下开面包铺子的，她就够打倒你所有的丁稻来笃，所有的铁青，所有的箕奥其安内——尤其是给你这未入流看，长得太美了，她通体就看不出一根骨头的影子，全叫匀匀的肉给隐住的，圆的，润的，有一致节奏的，那妙是一百个哥蒂蔼也形容不全的，尤其是她那腰以下的结构，真是奇迹！你从意大利来该见过西龙尼维纳丝的残像，就那也只能仿佛，你不知道那活的气息的神奇，什么大艺术天才都没法移植到画布上或是石塑上去的（因此我常常自己心里辩论究竟是艺术高出自然还是自然高出艺术，我怕上帝僭先的机会毕竟比凡人多些）；不提别的单就她站在那里你看，从小腹接榁上股那两条交荟的弧线起直往下贯到脚着地处止，那肉的浪纹就比是——实在是无可比——你梦里听着的音乐：不可信的轻柔，不可信的匀净，不可信的韵味——说粗一点，那两股相并处的一条线直贯到底，不漏一屑的破绽，你想通过一根发丝或是吹度一丝风息都是绝对不可能的——但同时又决不是肥肉的黏着，那就呆了。真是梦！唉，就可惜多美一个天才偏叫一个身高六尺三寸长红胡子的面包师给糟蹋了；真的这世上的因缘说来真怪，我很少看见美妇人不嫁给猴子类牛类水马类的丑男人！但这是支话。眼前我招得到的，够资格的也就不少——有了，方才你坐上这沙发的时候叫我想起了爱菱，也许你与她有缘分，我就为你招她去吧，我想应该可以容易招到的。可是上那儿呢？这屋子终究不是欣赏美妇人的理想背景，第一不够开展，第二光线不够——至少为外行人像你一类着想……我有了一个顶好的主意，你远来客，也该独出心裁招待你一次，好在爱菱与我特别的熟，我要她怎么她就怎么；暂且约定后天吧， 你上午十二点到我这里来，我们一同到芳丹薄罗的大森林里去，那是我常游的地方，尤其是阿房奇石相近一带，那边有的是天然的地毯，这时是自然最妖艳的日子，草青得滴得出翠来，树绿得涨得出油来，松鼠满地满树都是，也不很怕人，顶好玩的，我们决计到那一带去秘密野餐吧——至于“开眼”的话，我包你一个百二十分的满足，将来一定是你从欧洲带回家最不易磨灭的一个印象！一切有我布置去，你要是愿意贡献的话，也不用别的，就要你多买大杨梅，再带一瓶橘子酒，一瓶绿酒，我们享半天闲福去。现在我讲得也累了，我得躺一会儿，我拿我床底下那本秘本给你先揣摹揣摹……

隔一天我们从芳丹薄罗林子里回巴黎的时候，我仿佛刚做了一个最荒唐，最艳丽，最秘密的梦。

十四年十二月二十一日

我所知道的康桥[①]

一

我这一生的周折，大都寻得出感情的线索。不论别的，单说求学。我到英国是为要从罗素。罗素来中国时，我已经在美国。他那不确的死耗传到的时候，我真的出眼泪不够，还做悼诗来了。他没有死，我自然高兴。我摆脱了哥岑〈仑〉比亚大博士衔的引诱，买船票过大西洋，想跟这位二十世纪的福禄泰尔认真念一点书去。谁知一到英国才知道事情变样了：一为他在战时主张和平，二为他离婚，罗素叫康桥给除名了，他原来是采自《巴黎的鳞爪》。Trinity College[②]的 fellow[③]，这来他的 fellowship[④]也给取销了。他回英

① 1926 年 1 月 14 日、15 日作；14 日所写部分（从开头到“谁不爱听那水底翻的音乐在静定的河上描写梦意与春光！”），载 1926 年 1 月 16 日《晨报副刊》，末尾附记：“应该还得往下写，但今晚只得告罪打住了。”15 日所写部分，载 25 日《晨报副刊》，均署名志摩；初收 1927 年 8 月上海新月书店《巴黎的鳞爪》。

② Trinity College：三清学院。

③ fellow：研究员。

④ fellowship：研究员资格。

国后就在伦敦住下，夫妻两人卖文章过日子。因此我也不曾遂我从学的始愿。我在伦敦政治经济学院里混了半年，正感着闷想换路走的时候，我认识了狄更生先生。狄更生——Galsworthy Lowes Dickinson[①]——是一个有名的作者，他的《一个中国人通信》（Letters From John Chinaman）与《一个现代聚餐谈话》（A Modern Symposium）两本小册子早得了我的景仰。我第一次会着他是在伦敦国际联盟协会席上，那天林宗孟先生演说，他做主席；第二次是宗孟寓里吃茶，有他。以后我常到他家里去。他看出我的烦闷，劝我到康桥去，他自己是王家学院（Kings College）的fellow。我就写信去问两个学院，回信都说学额早满了，随后还是狄更生先生替我去在他的学院里说好了，给我一个特别生的资格，随意选科听讲。从此黑方巾黑披袍的风光也被我占着了。初起我在离康桥六英里的乡下叫沙士顿地方租了几间小屋住下，同居的有我从前的夫人张幼仪女士与郭虞裳君。每天一早我坐街车（有时自行车）上学，到晚回家。这样的生活过了一个春，但我在康桥还只是个陌生人，谁都不认识，康桥的生活，可以说完全不曾尝着，我知道的只是一个图书馆，几个课室，和三两个吃便宜饭的菜食铺子。狄更生常在伦敦或是大陆上，所以也不常见他。那年的秋季我一个人回到康桥，整整有一学年，那时我才有机会接近真正的康桥生活，同时我也慢慢的"发见"了康桥。我不曾知道过更大的愉快。

二

"单独"是一个耐寻味的现象。我有时想它是任何发见的第一个条件。你要发见你的朋友的"真"，你得有与他单独的机会。你要发见你自己的真，你得给你自己一个单独的机会。你要发见一个地方（地方一样有灵性），你也得有单独玩的机会。我们这一辈子，认真说，能认识几个人？能认识几个地方？我们都是太匆忙，太没有单独的机会。说实话，我连我的本乡都没有什么了解。康桥我要算是有相当交情的，再次许只有新认识的翡冷翠了。阿，那些清晨，那些黄昏，我一个人发痴似的在康桥！绝对的单独。

但一个人要写他最心爱的对象，不论是人是地，是多么使他为难的一个工作？你怕，你怕描坏了它，你怕说过分了恼了它，你怕说太谨慎了辜负了它。我现在想写康桥，也正是这样的心理，我不曾写，我就知道这回是写不好的——况且又是临时逼出来的事情。但我却不能不写，上期预告已经出去了。我想勉强分两节写，一是我所知道的康桥的天然景色，一是我所知道的康桥的学生生活。我今晚只能极简的写些，等以后有兴会时再补。

三

康桥的灵性全在一条河上；康河，我敢说，是全世界最秀丽的一条水。河的名字是葛兰大（Granta），也有叫康河（River Caun）的，许有上下流的区别，我不甚清楚。河身多的是曲折，上游是有名的拜伦潭——"Byron's Pool"——当年拜伦常在那里玩的；有一个老村子叫格兰骞斯德，有一个果子园，你可以躺在累累的桃李

① Galsworthy Lowes Dickinson：徐志摩在英国的朋友，剑桥大学教授，著有《一个中国人通信》、《一个现代聚餐谈话》等。

树荫下吃茶，花果会吊人你的茶杯，小雀子会到你桌上来啄食，那真是别有一番天地。这是上游；下游是从骞斯德顿下去，河面展开，那是春夏间竞舟的场所。上下河分界处有一个坝筑，水流急得很，在星光下听水声，听近村晚钟声，听河畔倦牛刍草声，是我康桥经验中最神秘的一种：大自然的优美，宁静，调谐在这星光与波光的默契中不期然的淹入了你的性灵。

但康河的精华是在它的中流，著名的"Backs,"[①]，这两岸是几个最蜚声的学院的建筑。从上面下来是Pembroke[②]，St. Katharine's[③]，King's[④]，Clare[⑤]，Trinty，St.John's[⑥]。最令人留连的一节是克莱亚与王家学院的毗连处，克莱亚的秀丽紧邻着王家教堂（King's Chapel）的宏伟。别的地方尽有更美更庄严的建筑，例如巴黎赛因河的罗浮宫一带，威尼斯的利阿尔多大桥的两岸，翡冷翠维基乌大桥的周遭；但康桥的"Backs"自有它的特长，这不容易用一二个状词来概括，它那脱尽尘埃气的一种清澈秀逸的意境可说是超出了画图而化生了音乐的神味。再没有比这一群建筑更调谐更匀称的了！论画，可比的许只有柯罗（Corot） 的田野；论音乐，可比的许只有萧班（Chopin）的夜曲。就这也不能给你依稀的印象，它给你的美感简直是神灵性的一种。

假如你站在王家学院桥边的那棵大椈树荫下眺望，右侧面，隔着一大方浅草坪，是我们的校友居（Fellows Building），那年代并不早，但它的妩媚也是不可掩的，它那苍白的石壁上春夏间满缀着艳色的蔷薇在和风中摇颤，更移左是那教堂，森林似的尖阁不可浼的永远直指着天空；更左是克莱亚，阿！那不可信的玲珑的方庭，谁说这不是圣克莱亚（St.Clare）的化身，那一块石上不闪耀着她当年圣洁的精神？在克莱亚后背隐约可辨的是康桥最潢贵最骄纵的三清学院（Trinity），它那临河的图书楼上坐镇着拜伦神采惊人的雕像。

但这时你的注意早已叫克莱亚的三环洞桥魔术似的摄住。你见过西湖白堤上的西泠断桥不是（可怜它们早已叫代表近代丑恶精神的汽车公司给踩平了，现在它们跟着苍凉的雷峰永远辞别了人间）？你忘不了那桥上斑驳的苍苔，木栅的古色，与那桥拱下泄露的湖光与山色不是？克莱亚并没有那样体面的衬托，它也不比庐山栖贤寺旁的观音桥，上瞰五老的奇峰，下临深潭与飞瀑；它只是怯怜怜的一座三环洞的小桥，它那桥洞间也只掩映着细纹的波鳞与婆娑的树影，它那桥上栉比的小穿阑与阑节顶上双双的白石球，也只是村姑子头上不夸张的香草与野花一类的装饰；但你凝神的看着，更凝神的看着，你再反省你的心境，看还有一丝屑的俗念沾滞不？只要你审美的本能不曾汩灭时，这是你的机会实现纯粹美感的神奇！

但你还得选你赏鉴的时辰。英国的天时与气候是走极端的。冬天是荒谬的坏，逢着连绵的雾盲天你一定不迟疑的甘愿进地狱本身去试试；春天（英国是几乎没有夏天的）

---

①Backs：英国剑桥大学的后花园。

②Pembroke：潘布鲁克学院。

③St.Katharine's：圣凯瑟林学院。

④King's：国王学院。

⑤Clare：克莱尔（徐译克莱亚），即圣克莱尔学院。

⑥St.John's：圣约翰学院。

是更荒谬的可爱，尤其是它那四五月间最渐缓最艳丽的黄昏，那才真是寸寸黄金。在康河边上过一个黄昏是一服灵魂的补剂。阿！我那时蜜甜的单独，那时蜜甜的闲暇。一晚又一晚的，只见我出神似的倚在桥阑上向西天凝望——

> 看一回凝静的桥影，
> 数一数螺细的波纹：
> 我倚暖了石阑的青苔，
> 青苔凉透了我的心坎……

还有几句更笨重的怎能仿佛那游丝似轻妙的情景：

> 难忘七月的黄昏，远树凝寂，
> 像墨泼的山形，衬出轻柔暝色，
> 密稠稠，七分鹅黄，三分橘绿，
> 那妙意只可去秋梦边缘捕捉……

四

这河身的两岸都是四季常青最葱翠的草坪。从校友居的楼上望去，对岸草场上，不论早晚，永远有十数匹黄牛与白马，胫蹄没在恣蔓的草丛中，纵容的在咬嚼，星星的黄花在风中动荡，应和着它们尾鬃的扫拂。桥的两端有斜倚的垂柳与榈荫护住。水是澈底的清澄，深不足四尺，匀匀的长着长条的水草。这岸边的草坪又是我的爱宠，在清朝，在傍晚，我常去这天然的织锦上坐地，有时读书，有时看水，有时仰卧着看天空的行云，有时反仆着搂抱大地的温软。

但河上的风流还不止两岸的秀丽。你得买船去玩。船不止一种：有普通的双桨划船，有轻快的薄皮舟（Canoe），有最别致的长形撑篙船（Punt）。最末的一种是别处不常有的：约莫有二丈长，三尺宽，你站直在船梢上用长竿撑着走的。这撑是一种技术。我手脚太蠢，始终不曾学会。你初起手尝试时，容易把船身横住在河中，东颠西撞的狼狈。英国人是不轻易开口笑人的，但是小心他们不出声的皱眉！也不知有多少次河中本来优闲的秩序叫我这莽撞的外行给捣乱了。我真的始终不曾学会；每回我不服输跑去租船再试的时候，有一个白胡子的船家往往带讥讽的对我说："先生，这撑船费劲，天热累人，还是拿个薄皮舟溜溜吧！"我哪里肯听话，长篙子一点就把船撑了开去，结果还是把河身一段段的腰斩了去！

你站在桥上去看人家撑，那多不费劲，多美，尤其在礼拜天有几个专家的女郎，穿一身缟素衣服，裙据在风前悠悠的飘着，戴一顶宽边的薄纱帽，帽影在水草间颤动，你看她们出桥洞时的姿态，捻起一根竟像没分量的长竿，只轻轻的，不经心的往波心里一点，身子微微的一蹲，这船身便波的转出了桥影，翠条鱼似的向前滑了去。她们那敏捷，那闲暇，那轻盈，真是值得歌咏的。

在初夏阳光渐暖时你去买一支小船，划去桥边荫下躺着念你的书或是做你的梦，槐花香在水面上飘浮，鱼群的唼喋声在你的耳边挑逗。或是在初秋的黄昏，近着新月的寒光，望上流僻静处远去。爱热闹的少年们携着他们的女友，在船沿上支着双双的东洋彩纸灯带着话匣子，船心里用软垫铺着，也开向无人迹处去享他们的野福——谁不爱听那水底翻的音乐在静定的河上描写梦意与春光！

住惯城市的人不易知道季候的变迁。看见叶子掉知道是秋，看见叶子绿知道是春；天冷了装炉子，天热了拆炉子；脱下棉袍，换上夹袍，脱下夹袍，穿上单袍：不过如此罢了。天上星斗的消息，地下泥土里的消息，空中风吹的消息，都不关我们的事。忙着哪，这样那样事情多着，谁耐烦管星星的移转，花草的消长，风云的变幻？同时我们抱怨我们的生活，苦痛，烦闷，拘束，枯燥，谁肯承认做人是快乐？谁不多少间咒诅人生？

但不满意的生活大都是由于自取的。我是一个生命的信仰者，我信生活决不是我们大多数人仅仅从自身经验推得的那样暗惨。我们的病根是在“忘本”。人是自然的产儿，就比枝头的花与鸟是自然的产儿；但我们不幸是文明人，人世深似一天，离自然远似一天。离开了泥土的花草，离开了水的鱼，能快活吗？能生存吗？从大自然，我们取得我们的生命；从大自然，我们应分取得我们继续的滋养。那一株婆娑的大木没有盘错的根柢深入在无尽藏的地里？我们是永远不能独立的。有幸福是永远不离母亲抚育的孩子，有健康是永远接近自然的人们。不必一定与鹿豕游，不必一定回“洞府”去；为医治我们当前生活的枯窘，只要“不完全遗忘自然”一张轻淡的药方我们的病象就有缓和的希望。在青草里打几个滚，到海水里洗几次浴，到高处去看几次朝霞与晚照——你肩背上的负担就会轻松了去的。

这是极肤浅的道理，当然。但我要没有过遇康桥的日子，我就不会有这样的自信。我这一辈子就只那一春，说也可怜，算是不曾虚度。就只那一春，我的生活是自然的，是真愉快的！（虽则碰巧那也是我最感受人生痛苦的时期。）我那时有的是闲暇，有的是自由，有的是绝对单独的机会。说也奇怪，竟像是第一次，我辨认了星月的光明，草的青，花的香，流水的殷勤。我能忘记那初春的睥睨吗？曾经有多少个清晨我独自冒着冷去薄霜铺地的林子里闲步——为听鸟语，为盼朝阳，为寻泥土里渐次苏醒的花草，为体会最微细最神妙的春信。阿，那是新来的画眉在那边凋不尽的青枝上试它的新声！阿，这是第一朵小雪球花挣出了半冻的地面！阿，这不是新来的潮润沾上了寂寞的柳条？

静极了，这朝来水溶溶的大道，只远处牛奶车的铃声，点缀这周遭的沉默。顺着这大道走去，走到尽头，再转入林子里的小径，往烟雾浓密处走去，头顶着交枝的榆荫，透露着漠楞楞的曙色；再往前走去，走尽这林子，当前是平坦的原野，望见了村舍，初青的麦田，更远三两个馒形的小山掩住了一条通道。天边是雾茫茫的，尖尖的黑影是近村的教寺。听，那晓钟和缓的清音。这一带是此邦中部的平原，地形像是海里的轻波，默沈沈的起伏；山岭是望不见的，有的是常青的草原与沃腴的田壤。登那土阜上望去，康桥只是一带茂林，拥戴着几处娉婷的尖阁。妩媚的康河也望不见踪迹，你只能循着那锦带似的林木想像那一流清浅。村舍与树林是这地盘上的棋子，有村舍处有佳荫，有佳荫处有村舍。这早起是看炊烟的时辰：朝雾渐渐的升起，揭开了这灰苍苍的天幕（最好是微霰后的光景），远近的炊烟，成丝的，成缕的，成卷的，轻快的，迟重的，浓灰的，淡青的，惨白的，在静定的朝气里渐渐的上腾，渐渐的不见，仿佛是朝来人们的祈祷，参差的翳入了天听。朝阳是难得见的，这初春的天气。但它来时是起早人莫大的愉快。顷刻间这田野添深了颜色，一层轻纱似的金粉糁上了这草，这树，这通道，这庄舍。顷刻间这周遭弥漫了清晨富丽的温柔。顷刻间你的心怀也分润了白天诞生的光荣。"春"！这胜利的晴空仿佛在你的耳边私语。"春"！你那快活的灵魂也仿佛在那里回响。

……

伺候着河上的风光，这春来一天有一天的消息。关心石上的苔痕，关心败草里的花鲜，关心这水流的缓急，关心水草的滋长，关心天上的云霞，关心新来的鸟语。怯怜怜的小雪球是探春信的小使。铃兰与香草是欢喜的初声。窈窕的莲馨，玲珑的石水仙，爱热闹的克罗克斯，耐辛苦的蒲公英与雏菊——这时候春光已是缦烂在人间，更不须殷勤问讯。

瑰丽的春放。这是你野游的时期。可爱的路政，这里不比中国，那一处不是坦荡荡的大道？徒步是一个愉快，但骑自转车是一个更大的愉快。在康桥骑车是普遍的技术；妇人，稚子，老翁，一致享受这双轮舞的快乐。（在康桥听说自转车是不怕人偷的，就为人人都自己有车，没人要偷。）任你选一个方向，任你上一条通道，顺着这带草味的和风，放轮远去，保管你这半天的逍遥是你性灵的补剂。这道上有的是清荫与美草，随地都可以供你休憩。你如爱花，这里多的是锦绣似的草原。你如爱鸟，这里多的是巧啭的鸣禽。你如爱儿童，这乡间到处是可亲的稚子。你如爱人情，这里多的是不嫌远客的乡人，你到处可以"挂单"借宿，有酪浆与嫩薯供你饱餐，有夺目的果鲜恣你尝新。你如爱酒，这乡间每"望"都为你储有上好的新酿，黑啤如太浓，苹果酒姜酒都是供你解渴润肺的。……带一卷书，走十里路，选一块清静地，看天，听鸟，读书，倦了时，和身在草绵绵处寻梦去——你能想像更适情更适性的消遣吗？

陆放翁有一联诗句："传呼快马迎新月，却上轻舆趁晚凉"；这是做地方官的风流。我在康桥时虽没马骑，没轿子坐，却也有我的风流：我常常在夕阳西晒时骑了车迎着天边扁大的日头直追。日头是追不到的，我没有夸父的荒诞，但晚景的温存却被我这样偷尝了不少。有三两幅书画似的经验至今还是栩栩的留着。只说看夕阳，我们平常只知道登山或是临海，但实际只须辽阔的天际，平地上的晚霞有时也是一样的神奇。有一次我赶到一个地方，手把着一家村庄的篱笆，隔着一大田的麦浪，看西天的变幻。有一次是正冲着一条宽广的大道，过来一大群羊，放草归来的，偌大的太阳在它们后背放射着万缕的金辉，天上却是乌青青的，只剩这不可逼视的威光中的一条大路，一群生物！我心头顿时感着神异性的压迫，我真的跪下了，对着这冉冉渐翳的金光。再有一次是更不可忘的奇景，那是临着一大片望不到头的草原，满开着艳红的罂粟，在青草里亭亭的像是万盏的金灯，阳光从褐色云里斜着过来，幻成一种异样的紫色，透明似的不可逼视，霎那间在我迷眩了的视觉中，这草田变成了……不说也罢，说来你们也是不信的！

一别二年多了，康桥，谁知我这思乡的隐忧？也不想别的，我只要那晚钟撼动的黄昏，没遮拦的田野，独自斜倚在软草里，看第一个大星在天边出现！

十五年一月十五日再添几句闲话的

自剖[①]

我是个好动的人；每回我身体行动的时候，我的思想也仿佛就跟着跳荡。我做的诗，不论它们是怎样的“无聊”，有不少是在行旅期中想起的。我爱动，爱看动的事物，爱活泼的人，爱水，爱空中的飞鸟，爱车窗外掣过的田野山水。星光的闪动，草叶上露珠的颤动，花须在微风中的摇动，雷雨时云空的变动，大海中波涛的汹涌，都是在在触动我感兴情景。是动，不论是什么性质，就是我的兴趣，我的灵感。是动就会催快我的呼吸，加添我的生命。

近来却大大的变样了。第一我自身的肢体，已不如原先灵活；我的心也同样的感受了不知是年岁还是什么的拘絷。动的现象再不能给我欢喜，给我启示。先前我看着在阳光中闪烁的金波，就仿佛看见了神仙宫阙——什么荒诞美丽的幻觉，不在我的脑中一闪闪的掠过；现在不同了，阳光只是阳光，流波只是流波，任凭景色怎样的灿烂，再也照不化我的呆木的心灵。我的思想，如其偶尔有，也只似岩石上的藤萝，贴着枯干的粗糙的石面，极困难的蜒着；颜色是苍黑的，姿态是倔犟的。

我自己也不懂得何以这变迁来得这样的兀突，这样的深彻。原先我在人前自觉竟是一注的流泉，在在有飞沫，在在有闪光；现在这泉眼，如其还在，仿佛是叫一块石板不留余隙的给镇住了。我再没有先前那样蓬勃的情趣，每回我想说话的时候，就觉着那石块的重压，怎么也掀不动，怎么也推不开，结果只能自安沉默！“你再不用想什么了，你再没有什么可想的了”；“你再不用开口了，你再没有什么话可说的了”，我常觉得我沉闷的心府里有这样半嘲讽半吊唁的谆嘱。

说来我思想上或经验上也并不会经受什么过分剧烈的戟刺。我处境是向来顺的，现在，如其有不同，只是更顺了的。那么为什么这变迁？远的不说，就比如我年前到欧洲去时的心境：阿！我那时还不是一只初长毛角的野鹿？什么颜色不激动我的视觉，什么香味不奋兴我的嗅觉？我记得我在意大利写游记的时候，情绪是何等的活泼，兴趣何等的醇厚，一路来眼见耳听心感的种种，那〈哪〉一样不活栩栩的丛集在我的笔端，争求充分的表现！如今呢？我这次到南方去，来回也有一个多月的光景，这期内眼见耳听心感的事物也该有不少。我未动身前，又何尝不自喜此去又可以有机会饱餐西湖的风色，邓尉的梅香——单提一两件最合我脾胃的事。有好多朋友也曾期望我在这闲暇的假期中采集一点江南风趣，归来时，至少也该带回一两篇爽口的诗文，给在北京泥土的空气中活命的朋友们一些清醒的消遣。但在事实上不但在南中时我白瞪着大眼，看天亮换天昏，又闭上了眼，拼天昏换天亮，一枝秃笔跟着我涉海去，又跟着我涉海回来，正如岩洞里的一根石笋，压根儿就没一点摇动的消息；就在我回京后这十来天，任凭朋友们怎样的催促，自己良心怎样的责备，我的笔尖上还是滴不出一点墨沈来。我也会勉强想想，勉强想写，但到底还是白费！可怕是这心灵骤然的呆顿。完全死了不成？我自己在疑惑。

① 1926年3月25日至4月1日作；载1926年4月3日《晨报副刊》，署名志摩；初收1928年1月上海新月书店《自剖》。采自《自剖》。

说来是时局也许有关系。我到京几天就逢着空前的血案。五卅事件发生时我正在意大利山中，采茉莉花编花篮儿玩，翡冷翠山中只见明星与流萤的交唤，花香与山色的温存，俗氛是吹不到的。直到七月间到了伦敦，我才理会国内风光的惨淡，等得我赶回来时，设想中的激昂，又早变成了明日黄花，看得见的痕迹只有满城黄墙上黑彩斑烂的"泣告"！

这回却不同。屠杀的事实不仅是在我住的城子里发见，我有时竟觉得是我自己的灵府里的一个惨象。杀死的不仅是青年们的生命，我自己的思想也仿佛遭着了致命的打击，好比是国务院前的断腥残肢，再也不能回复生动与连贯。但这深刻的难受在我是无名的，是不能完全解释的。这回事变的奇惨性引起愤慨与悲切是一件事，但同时我们也知道在这根本起变态作用的社会里，什么怪诞的情形都是可能的。屠杀无辜，还不是年来最平常的现象。自从内战纠结以来，在受战祸的区域内，那一处村落不曾分到过遭奸污的女性，屠残的骨肉，供牺牲的生命财产？这无非是给冤氛围结的地面上多添一团更集中更鲜艳的怨毒。再说那一个民族的解放史能不浓浓的染着 Martyrs[①]的腔血？俄国革命的开幕就是二十年前冬宫的血景。只要我们有识力认定，有胆量实行，我们理想中的革命，这回羔羊的血就不会是白涂的。所以我个人的沉闷决不完全是这回惨案引起的感情作用。

爱和平是我的生性。在怨毒、猜忌、残杀的空气中，我的神经每每感受一种不可名状的压迫。记得前年奉直战争时我过的那日子简直是一团黑漆，每晚更深时，独自抱着腊壳伏在书桌上受罪，仿佛整个时代的沉闷盖在我的头顶——直到写下了"毒药"那几首不成形的咒诅诗以后，我心头的紧张才渐渐的缓和下去。这回又有同样的情形；只觉着烦，只觉着闷，感想来时只是破碎，笔头只是笨滞。结果身体也不舒畅，像是蜡油涂抹住了全身毛窍似的难过，一天过去了又是一天，我这里又在重演更深独坐箍紧脑壳的姿势，窗外皎洁的月光，分明是在嘲讽我内心的枯窘！

不，我还得往更深处按。我不能叫这时局来替我思想骤然的呆顿负责，我得往我自己生活的底里找去。

平常有几种原因可以影响我们的心灵活动。实际生活的牵制可以劫去我们心灵所需要的闲暇，积成一种压迫。在某种热烈的想望不曾得满足时，我们感觉精神上的烦闷与焦躁，失望更是颠覆内心平衡的一个大原因；较剧烈的种类可以麻痹我们的灵智，淹没我们的理性。但这些都合不上我的病源；因为我在实际生活里已经得到十分的幸运，我的潜在意识里，我敢说不该有什么压着的欲望在作怪。

但是在实际上反过来看，另有一种情形可以阻塞或是减少你心灵的活动。我们知道舒服，健康，幸福，是人生的目标，我们因此推想我们痛苦的起点是在望见那些目标而得不到的时候。我们常听人说"假如我像某人那样生活无忧我一定可以好好的做事，不比现在整天的精神全化在琐碎的烦恼上"。我们又听说"我不能做事就为身体太坏，若是精神来得，那就……"我们又常常设想幸福的境界，我们想："只要有一个意中人在跟前那我一定奋发，什么事做不到？"但是不，在事实上，舒服，健康，幸福，不但不一定是帮助或奖励心灵生活的条件，它们有时正得相反的效果。我们看不起有钱人，在社会上得意人，肌肉过分发展的运动家，也正在此；至于年少人幻想中的美满幸福，我敢

① Martyrs：殉道者。

说等得当真有了红袖添香，你的书也就读不出所以然来，且不说什么在学问上或艺术上更认真的工作。

那末生活的满足是我的病源吗？

“在先前的日子，”一个真知我的朋友，就说：“正为是你生活不得平衡，正为你有欲望不得满足，你的压在内里的Libido[①]就形成一种升华的现象，结果你就借文学来发泄你生理上的郁结（你不常说你从事文学是一件不预期的事吗？）；这情形又容易在你的意识里形成一种虚幻的希望，因为你的写作得到一部分赞许，你就自以为确有相当创作的天赋以及独立思想的能力。但你只是自冤自，实在你并没有什么超人一等的天赋，你的设想多半是虚荣，你的以前的成绩只是升华的结果。所以现在等得你生活换了样，感情上有了安顿，你就发见你向来写作的来源顿呈萎缩甚至枯竭的现象；而你又不愿意承认这情形的实在，妄想到你身子以外去找你思想枯窘的原因，所以你就不由的感到深刻的烦闷。你只是对你自己生气，不甘心承认你自己的本相。不，你原来并没有三头六臂的！

“你对文艺并没有真兴趣，对学问并没有真热心。你本来没有什么更高的志愿，除了相当合理的生活，你只配安分做一个平常人，享你命里铸定的‘幸福’；在事业界，在文艺创作界，在学问界内，全没有你的位置，你真的没有那能耐。不信你只要自问在你心里的心里有没有那无形的‘推力’，整天整夜的恼着你，逼着你，督着你，放开实际生活的全部，单望着不可捉摸的创作境界里去冒险？是的，顶明显的关键就是那无形的推力或是冲动（The Impulse），没有它人类就没有科学，没有文学，没有艺术，没有一切超越功利实用性质的创作。你知道在国外（国内当然也有，许没那样多）有多少人被这无形的推力驱使着，在实际生活上变成一种离魂病性质的变态动物，不但人们所有的虚荣永远沾不上他们的思想，就连维持生命的睡眠饮食，在他们都失了重要，他们全部的心力只是在他们那无形的推力所指示的特殊方向上集中应用。怪不得有人说天才是疯癫；我们在巴黎伦敦不就到处碰得着这类怪人？如其他是一个美术家，恼着他的就只怎样可以完全表现他那理想中的形体；一个线条的准确，某种色彩的调谐，在他会得比他生身父母的生死与国家的存亡更重要，更迫切，更要求注意。我们知道专门学者有终身掘坟墓的，研究蚊虫生理的，观察亿万万里外一个星的动定的。并且他们决不问社会对于他们的劳力有否任何的认识，那就是虚荣的进路；他们是被一点无形的推力的魔鬼蛊定了的。

“这是关于文艺创作的话。你自问有没有这种情形。你也许经验过什么‘灵感’，那也许有，但你却不要把刹那误认作永久的，虚幻认作真实。至于说思想与真实学问的话，那也得背后有一种推力，方向许不同，性质还是不变。做学问你得有原动的好奇心，得有天然热情的态度去做求知识的工夫。真思想家的准备，除了特强的理智，还得有一种原动的信仰；信仰或寻求信仰，是一切思想的出发点：极端的怀疑派思想也只是期望重新位置信仰的一种努力。从古来没有一个思想家不是宗教性的。在他们，各按各的倾

① Libido：里比多，奥地利心理学家弗洛伊德所创的心理分析学用语，狭义地指性本能，广义地指追求所有爱欲和快感乃至死亡的本能。

向，一切人生的和理智的问题是实在有的；神的有无，善与恶，本体问题，认识问题，意志自由问题，在他们看来都是含逼迫性的现象，要求合理的解答——比山岭的崇高，水的流动，爱的甜蜜更真，更实在，更耸动。他们的一点心灵，就永远在他们设想的一种或多种问题的周围飞舞，旋绕，正如灯蛾之于火焰：牺牲自身来贯彻火焰中心的秘密，是他们共有的决心。

“这种惨烈的情形，你怕也没有吧？我不说你的心幕上就没有思想的影子；但它们怕只是虚影，像水面上的云影，云过影子就跟着消散，不是石上的雷〈溜〉痕越日久越深刻。

“这样说下来，你倒可以安心了！因为个人最大的悲剧是设想一个虚无的境界来谎骗你自己；骗不到底的时候你就得忍受‘幻灭’的莫大的苦痛。与其那样，还不如及早认清自己的深浅，不要把不必要的负担，放上支撑不住的肩背，压坏你自己，还难免旁人的笑话！朋友，不要迷了，定下心来享你现成的福分吧；思想不是你的分，文艺创作不是你的分，独立的事业更不是你的分！天生扛了重担来的那也没法想（那〈哪〉一个天才不是活受罪！），你是原来轻松的，这是多可羡慕，多可贺喜的一个发见！算了吧，朋友！”

三月二十五日至四月一日

再 剖[1]

你们知道喝醉了想吐吐不出或是吐不爽快的难受不是？这就是我现在的苦恼；肠胃里一阵阵的作恶，腥腻从食道里往上泛，但这喉关偏跟你别扭，它捏住你，逼住你，逗着你——不，它且不给你痛快哪！前天那篇《自剖》，就比是哇出来的几口苦水，过后只是更难受，更觉着往上冒。我告你我想要怎么样。我要孤寂：要一个静极了的地方——森林的中心，山洞里，牢狱的暗室里——再没有外界的影响来逼迫或引诱你的分心，再不须计较旁人的意见，喝彩或是嘲笑；当前唯一的对象是你自己：你的思想，你的感情，你的本性。那时它们再不会躲避，不会隐遁，不会装作：赤裸裸的听凭你察看，检验，审问。你可以放胆解去你最后的一缕遮盖，袒露你最自怜的创伤，最掩讳的私亵。那才是你痛快一吐的机会。

但我现在的生活情形不容我有那样一个时机。白天太忙（在人前一个人的灵性永远是蜷缩在壳内的蜗牛），到夜间，比如此刻，静是静了，人可又倦了，惦着明天的事情又不得不早。些休息。阿，我真羡慕我台上放着那块唐砖上的佛像，他在他的莲台上瞑目坐着，什么都摇不动他那入定的圆澄。我们只是在烦恼网里过日子的众生，怎敢企望那光明无碍的境界！有鞭子下来，我们躲；见好吃的，我们垂涎；听声响，我们着忙；逢着痛痒，我们着恼。我们是鼠，是狗，是刺猬，是天上星星与地上泥土间爬着的虫。哪里有工夫，即使你有心想亲近你自己？哪里有机会，即使你想痛快的一吐？

前几天也不知无形中经过几度挣扎，才呕出那几口苦水，这在我虽则难受还是照旧，

[1] 1926年4月5日作；载1926年4月7日《晨报副刊》，文末标“（待续？）”，署名志摩；初收1928年1月上海新月书店《自剖》。采自《自剖》。

但多少总算是发泄。事后我私下觉着愧悔，因为我不该拿我一己苦闷的骨鲠，强读者们陪着我吞咽。是苦水就不免薰蒸的恶味。我承认这完全是我自私的行为，不敢望恕的。我唯一的解嘲是这几口苦水的确是从我自己的肠胃里呕出——不是去脏水桶里舀来的。我不曾期望同情，我只要朋友们认识我的深浅——（我的浅？）我最怕朋友们的容宠容易形成一种虚拟的期望；我这操刀自剖的一个目的，就在及早解卸我本不该扛上的担负。

是的，我还得往底里按，往更深处剖。

最初我来编辑副刊，我有一个愿心。我想把我自己整个儿交给能容纳我的读者们，我心目中的读者们，说实话，就只这时代的青年。我觉着只有青年们的心窝里有容我的空隙，我要偎着他们的热血，听他们的脉搏。我要在我自己的情感里发见他们的情感，在我自己的思想里反映他们的思想。假如编辑的意义只是选稿，配版，付印，拉稿，那还不如去做银行的伙计——有出息得多。我接受编辑晨副的机会，就为这不单是机械性的一种任务。（感谢晨报主人的信任与容忍，）晨副变了我的喇叭，从这管口里我有自由吹弄我古怪的不调谐的音调，它是我的镜子，在这平面上描画出我古怪的不调谐的形状。我也决不掩讳我的原形：我就是我。记得我第一次与读者们相见，就是一篇供状。我的经过，我的深浅，我的偏见，我的希望，我都曾经再三的声明，怕是你们早听厌了。但初起我有一种期望是真的——期望我自己。也不知那时间为什么原因我竟有那活棱棱的一副勇气。我宣言我自己跳进了这现实的世界，存心想来对准人生的面目认他一个仔细。我信我自己的热心（不是知识）多少可以给我一些对敌力量的。我想拼这一天，把我的血肉与灵魂，放进这现实世界的磨盘里去挨，锯齿下去拉，——我就要尝那味儿！只有这样，我想，才可以期望我主办的刊物多少是一个有生命气息的东西；才可以期望在作者与读者间发生一种活的关系；才可以期望读者们觉着这一长条报纸与黑的字印的背后，的确至少有一个活着的人与一个动着的心，他的把握是在你的腕上，他的呼吸吹在你的脸上，他的欢喜，他的惆怅，他的迷惑，他的伤悲，就比是你自己的，的确是从一个可认识的主体上发出来的变化——是站在台上人的姿态，——不是投射在白幕上的虚影。

并且我当初也并不是没有我的信念与理想。有我崇拜的德性，有我信仰的原则，有我爱护的事物，也有我痛疾的事物。往理性的方向走，往爱心与同情的方向走，往光明的方向走，往真的方向走，往健康快乐的方向走，往生命，更多更大更高的生命方向走——这是我那时的一点“赤子之心”。我恨的是这时代的病象，什么都是病象：猜忌，诡诈，小巧，倾轧，挑拨，残杀，互杀，自杀，忧愁，作伪，肮脏。我不是医生，不会治病；我就有一双手，趁它们活灵的时候，我想，或许可以替这时代打开几扇窗，多少让空气流通些，浊的毒性的出去，清醒的洁净的进来。

但紧接着我的狂妄的招摇，我最敬畏的一个前辈（看了我的吊刘叔和文）就给我当头一棒：

……既立意来办报而且郑重宣言“决意改变我对人的态度”，那么自己的思想就得先磨冶一番，不能单凭主觉，随便说了就算完事。迎上前去，不要又退了回来！一时的兴奋，是无用的，说话越觉得响亮起劲，跳踯有力，其实即是内心的虚弱，何况说出衰颓懊丧的语气，教一般青年看了，更给他们以可怕的影响，似乎不是志摩这番挺身出马的本意！……

迎上前去，不要又退了回来！这一喝这几个月来就没有一天不在我“虚弱的内心”里回响。实际上自从我喊出“迎上前去”以后，即使不曾撑开了往后退，至少我自己觉不得我的脚步曾经向前挪动。今天我再不能容我自己这梦梦的下去。算清亏欠，在还算得清的时候，总比窝着浑着强。我不能不自剖。冒着“说出衰颓懊丧的语气”的危险，我不能不利用这反省的锋刃，劈去纠着我心身的累赘，淤积，或许这来倒有自我真得解放的希望！

想来这做人真是奥妙。我信我们的生活至少是复性的。看得见，觉得着的生活是我们的显明的生活，但同时另有一种生活，跟着知识的开豁逐渐胚胎，成形，活动，最后支配前一种的生活，比是我们投在地上的身影，跟着光亮的增加渐渐由模糊化成清晰，形体是不可捉的，但它自有它的奥妙的存在，你动它跟着动，你不动它跟着不动。在实际生活的匆遽中，我们不易辨认另一种无形的生活的并存，正如我们在阴地里不见我们的影子；但到了某时候某境地忽的发见了它，不容否认的踵接着你的脚跟，比如你晚间步月时发见你自己的身影。它是你的性灵的或精神的生活。你觉到你有超实际生活的性灵生活的俄顷，是你一生的一个大关键！你许到极迟才觉悟（有人一辈子不得机会），但你实际生活中的经历，动作，思想，没有一丝一屑不同时在你那跟着长成的性灵生活中留着“对号的存根”，正如你的影子不放过你的一举一动，虽则你不注意到或看不见。

我这时候就比是一个人初次发见他有影子的情形。惊骇，讶异，迷惑，耸悚，猜疑，恍惚同时并起，在这辨认你自身另有一个存在的时候。我这辈子只是在生活的道上盲目的前冲，一时踹入一个泥潭，一时踏折一枝草花，只是这无目的的奔驰；从那里来，向那里去，现在在那里，该怎么走，这些根本的问题却从不曾到我的心上。但这时候突然的，恍然的我惊觉了。仿佛是一向跟着我形体奔波的影子忽然阻住了我的前路，责问我这匆匆的究竟是为什么！

一种新意识的诞生。这来我再不能盲冲，我至少得认明来踪与去迹，该怎样走法如其有目的地，该怎样准备如其前程还在遥远？

阿，我何尝愿意吞这果子，早知有这多的麻烦！现在我第一要考查明白的是这“我”究竟是怎么一回事；然后再决定掉落在这生活道上的“我”的赶路方法。以前种种动作是没有这新意识作主宰的；此后，什么都得由它。

四月五日

想 飞[①]

假如这时候窗子外有雪——街上，城墙上，屋脊上，都是雪，胡同口一家屋檐下偎着一个戴黑兜帽的巡警，半拢着睡眼，看棉团似的雪花在半空中跳着玩……假如这夜是

① 1926年4月14日至16日作；载1926年4月19日《晨报副刊》，署名志摩；初收1928年1月上海新月书店《自剖》。采自《自剖》。

一个深极了的啊，不是壁上挂钟的时针指示给我们看的深夜，这深就比是一个山洞的深，一个往下钻螺旋形的山洞的深……

假如我能有这样一个深夜，它那无底的阴森捻起我遍体的毫管；再能有窗子外不住往下筛的雪，筛淡了远近间飏动的市谣，筛泯了在泥道上挣扎的车轮。筛灭了脑壳中不妥协的潜流……

我要那深，我要那静。那在树荫浓密处躲着的夜鹰轻易不敢在天光还在照亮时出来睁眼。思想：它也得等。

青天里有一点子黑的。正冲着太阳耀眼，望不真，你把手遮着眼，对着那两株树缝里瞧，黑的，有橙子来大，不，有桃子来大——嘿，又移着往西了！

我们吃了中饭出来到海边去。（这是英国康槐尔极南的一角，三面是大西洋。）勖丽丽的叫响从我们的脚底下匀匀的往上颤，齐着腰，到了肩高，过了头顶，高入了云，高出了云。阿，你能不能把一种急震的乐音想像成一阵光明的细雨，从蓝天里冲着这平铺着青绿的地面不住的下？不，那雨点都是跳舞的小脚，安琪儿的。云雀们也吃过了饭，离开了它们卑微的地巢飞往高处做工去。上帝给它们的工作，替上帝做的工作。瞧着，这儿一只，那边又起了两[只]！一起就冲着天顶飞，小翅膀动活的多快活，圆圆的，不踌躇的飞，——它们就认识青天。一起就开口唱，小嗓子动活的多快活，一颗颗小精圆珠子直往外唾，亮亮的唾，脆脆的唾，——它们赞美的是青天。瞧着，这飞得多高，有豆子大，有芝麻大，黑刺刺的一屑，直顶着无底的天顶细细的摇，——这全看不见了，影子都没了！但这光明的细雨还是不住的下着……

飞。"其翼若垂天之云……背负苍天，而莫之夭阏者"：那不容易见着。我们镇上东关庙外有一座黄泥山，山顶上有一座七层的塔，塔尖顶着天。塔院里常常打钟，钟声响动时，那在太阳西晒的时候多，一枝艳艳的大红花贴在西山的鬓边回照着塔山上的云彩，——钟声响动时，绕着塔顶尖，摩着塔顶天，穿着塔顶云，有一只两只有时三只四只有时五只六只蜷着爪往地面瞧的"饿老鹰"，撑开了它们灰苍苍的大翅膀没挂恋似的在盘旋，在半空中浮着，在晚风中泅着，仿佛是按着塔院钟的波荡来练习圆舞似的。那是我做孩子时的"大鹏"。有时好天抬头不见一瓣云的时候听着貌忧忧的叫响，我们就知道那是宝塔上的饿老鹰寻食吃来了，这一想像半天里秃顶圆睛的英雄，我们背上的小翅膀骨上就仿佛豁出了一锉锉铁刷似的羽毛，摇起来呼呼响的，只一摆就冲出了书房门，钻入了玳瑁镶边的白云里玩儿去，谁耐烦站在先生书桌前晃着身子背早上【上】的多难背的书！阿飞！不是那在树枝上矮矮的跳着的麻雀儿的飞；不是那发天黑从堂扁后背冲出来赶蚊子吃的蝙蝠的飞；也不是那软尾巴软嗓子做窠在堂檐上的燕子的飞。要飞就得满天飞，风拦不住云挡不住的飞，一翅膀就跳过一座山头，影子下来遮得阴二十亩稻田的飞，到天晚飞倦了就来绕着那塔顶尖顺着风向打圆圈做梦……听说饿老鹰会抓小鸡！

飞。人们原来都是会飞的。天使们有翅膀，会飞，我们初来时也有翅膀，会飞。我们最初来就是飞了来的，有的做完了事还是飞了去，他们是可羡慕的。但大多数人是忘了飞的，有的翅膀上吊〈掉〉了毛不长再也飞不起来，有的翅膀叫胶水给胶住了再也拉不开，有的羽毛叫人给修短了像鸽子似的只会在地上跳，有的拿背上一对翅膀上当铺去典钱使过了期再也赎不回……真的，我们一过了做孩子的日子就掉了飞的本领。但没了翅膀或是翅膀坏了不能用是一件可怕的事。因为你再也飞不回去，你蹲在地上呆望着飞不上去的天，看旁人有福气的一程一程的在青云里逍遥，那多可怜。而且翅膀又不比是你脚上的鞋，穿烂了可以再问妈要一双去，翅膀可不成，折了一根毛就是一根，没法给补的。还有，单顾着你翅膀也还不定规到时候能飞，你这身子要是不谨慎养太肥了，翅膀力量小再也拖不起，也是一样难不是？一对小翅膀驮不起一个胖肚子，那情形多可笑！到时候你听人家高声的招呼说，朋友，回去罢，趁这天还有紫色的光，你听他们的翅膀在半空中沙沙的摇响，朵朵的春云跳过来推着他们的肩背，望着最光明的来处翩翩的，冉冉的，轻烟似的化出了你的视域，像云雀似的只留下一泻光明的骤雨——"Thou art umseen，but yet I hear the shrill delight."①——那你，独自在泥途里淹着，够多难受，够多懊恼，够多寒伧！趁早留神你的翅膀，朋友。

是人没有不想飞的。老是在这地面上爬着够多厌烦，不说别的。飞出这圈子，飞出这圈子！到云端里去，到云端里去！那个心里不成天千百遍的这么想？飞上天空去浮着；看地球这弹丸在太空里滚着，从陆地看到海，从海再看回陆地。凌空去看一个明白——这才是做人的趣味，做人的权威，做人的交代。这皮囊要是太重挪不动，就掷了它，可能的话，飞出这圈子，飞出这圈子！

人类初发明用石器的时候，已经想长翅膀。想飞。原人洞壁上画的四不像，它的背上掮着翅膀；拿着弓箭赶野兽的，他那肩背上也给安了翅膀。小爱神是有一对粉嫩的肉翅的。挨开拉斯（Icarus）②是人类飞行史里第一个英雄，第一次牺牲。安琪儿（那是理想化的人）第一个标记是帮助他们飞行的翅膀。那也有沿革——你看西洋画上的表现。最初像是一对小精致的令旗，蝴蝶似的粘在安琪儿们的背上，像真的，不灵动的。渐渐的翅膀长大了，地位安准了，毛羽丰满了。画图上的天使们长上了真的可能的翅膀。人类初次实现了翅膀的观念，彻悟了飞行的意义。挨开拉斯闪不死的灵魂，回来投生又投生。人类最大的使命，是制造翅膀，最大的成功是飞！理想的极度，想像的止境，从人到神！诗是翅膀上出世的；哲理是在空中盘旋的。飞：超脱一切，笼盖一切，扫荡一切，吞吐一切。

你上那边山峰顶上试去，要是度不到这边山峰上，你就得到这万丈的深渊里去找你的葬身地！"这人形的鸟会有一天试他第一次的飞行，给这世界惊骇，使所有的著作赞美，给他所从来的栖息处永久的光荣。"啊达文謇！

但是飞？自从挨开拉斯以来，人类的工作是制造翅膀，还是束缚翅膀？这翅膀，承上了文明的重量，还能飞吗？都是飞了来的，还都能飞了回去吗？钳住了，烙住了，压住了，——这人形的鸟会有试他第一次飞行的一天吗？……

---

①"我看不到你的形象，但能听见你欢乐的尖声歌唱。"引自雪莱的《致云雀》。

②Icarus：今译伊卡罗斯，希腊神话中的巧匠代达罗斯之子，与其父一起以蜡翼粘身飞离克里特岛，因不听其父警告飞得太高，蜡翼被阳光熔化，坠入海中而死。

同时天上那一点子黑的已经迫近在我的头顶，形成了一架鸟形的机器，忽的机沿一侧，一球光直往下注，硼的一声炸响，——炸碎了我在飞行中的幻想，青天里平添了几堆破碎的浮云。

十四—十六日

一点点子契诃甫[①]

生活是够腻烦的，谁都感得到，但我们弄笔头的似乎感受得比一般人更深刻些——至少在他们的写作里，我们缺少根底，缺少力量，缺少自信，因此容易摇惑，容易颓丧，容易失望。我们做人的步子走不稳，写作的笔杆也把不定。我们常想扭回头去问支配我们生命的运命，“我前途究竟是怎么一回事，别给我糊涂了，早些告诉我成不成？”初上场的作者们常常想望一种类似 X 光线的照透他们的灵魂，看这里面究竟胚胎着几篇有生命的文章，几首诗，几本剧文。这摸黑弄的味儿其实是太难受！这是我们的一个苦恼。还有一种常听得见的问题是：写小说的要知道小说终究应该怎样写，做诗的要知道诗终究应该怎样做。我们愈写愈糊涂，实习是一件事，原则又是一件事，写得的不定同时是懂得的，创作家不定同时是批评家。

这类的烦恼，我们有安慰知道，不是我们小人们单独感到的，实际上没有一个大艺术家不是初起（甚至终身）不怀疑自己的能耐的。谁要自以为是怎么样，我们就可以知道他是怎么一回事。自满自是——是所有有任何深度的灵性的人们所不知道的，在我们崇拜敬爱的作者里，有不少留下给我们——我们的安慰也是我们的利益——他们当初自寻烦恼的痕迹；他们的日记，他们的私信，他们的谈话。开茨，罗刹蒂，席勒，葛德，尼采，道施滔奄夫斯奇，高该，契诃甫，王尔德，达文謇，贝德花芬，单提最伟大的几个。他们也坐更深，扭紧着眉头，手按着胸膛，眼泪在眶子里沸动，自己跟自己过不去，永远的——也不知为什么。我们要尽量知道他们的苦恼，因为这来我们可以自解，至少在苦恼这件事上，我们不是孤单的。

契诃甫是我们一个极密切的先生，极亲近的朋友。他不是云端里的天神，像我们想像中的密仡郎其罗；不是山顶上长独角的怪兽，像尼采；他也不是打坐在山洞里的先觉，像托尔斯泰；不是阴风里吹来的巨影，像安特列夫；不是吹银箔包的九曲弯喇叭的浪人，像波特莱亚。他不吓我们，不压我们，不逼迫，不窘我们；他走我们走的路，见我们见的世界，听我们听的话，也说我们完全听懂的话。他是完全可亲近的一个伟人。

我们看他的故事，爱他的感动，因为他给我们的不是用火炼，用槌子打，用水冲洗过的“艺术”；他不给我们生活的“描写”；他给我们“真的生活”。他出来接见我们，永远是不换衣服的，正如他观察的生活永远是没有衣饰的。他的是平凡的，随熟的，琐细的，亲切的，真实的生活。这是他的伟大。

我们翻过来的契诃甫，已经很有分量，但我们知道的还只是契诃甫成篇的著作。契

---

①载 1926 年 4 月 21 日《晨报副刊》，署名志摩；初收 1980 年台湾时报文化出版事业有限公司《徐志摩诗文补遗》。采自《晨报副刊》。文中高该即高尔基。

诃甫的杰作却不止他的小说，他的剧本；他的信札（新近陆续发见的），他的札记，也是他给我们的珍贵的遗产。是我们的利益，也是我们的安慰。可惜我没有耐心，永远不能做完成一件事；我翻过一点点法郎士又停了，一点点达文謇又没了，一点点尼采又歇了，——现在我又来介绍契诃甫了！下面只是他信札的节译，前三段是给高该（Maxim Gorki）的，末一节是给他哥哥的。我正看着他的札记（Tchekhov，Note-Books，by Hogerth Press ，London），[①]有趣得很，兴来时许再翻一点点给你们看，年纪大的人看了可以笑笑，年纪轻的人看了可以想想。

一

六月二十二，一八九九，莫斯科

你颓丧什么了。我的麦克席姆？为什么这样汹汹的不满意你的 Foma Gordeyer？[②]在我看来（如其你许我说），你的情形是有两个理由。你一写起东西就出了名，你上场的锣鼓是响亮的，所以现在一落平凡你自己就不自在，叫你沮丧。这是一个理由。第二是：一个作者是不能在外省过生活的，免不了受影响。随你怎么说，你已经吃着了文学的苹果，你已经是不可救的中了毒，你是一个作者，并且你永远是一个作者了。一个作者应分的生活，是接近文学界，交接作者们，呼吸文学的空气。所以你用不着存心抵抗，合该你投降，撑开了也就罢了——快搬到彼得堡或莫斯科来吧。尽你找他们吵架，骂苦他们，瞧他们不起，都成，可是你还得跟他们一起混。

二

六，二[十]七，一八九九，莫斯科

上封信上我说你做东西是打了锣鼓上场并且一来就出名，我并不存什么挖苦的意思——不是箴也不是贬。我并不曾想到谁的好坏，我只要告诉你，你在文学上并不经过神学院的训练，你一来就当牧师；你现在觉着烦，因为你发见你得领袖来做礼拜却没有一个经台。我要说的是：等一年或是两年，你自会得平静下去，那时你就会明白你的可爱的 Foma Gordeyer 是完全没有关系的。

三

九月三日，一八九九，耶尔他

……我还有一个劝告：你校对的时候你得尽量拉掉所有形容名词与动词的状词。你的堆砌太多，结果看的人不容易领会，倒容易生厌。当我写“那人在草地上坐着”，谁都能明白我的意思，因为这句子是清楚，使人注意。我要是反个样儿写，看的人脑子里就觉得麻烦，就不容易懂，比如我写：“一个高高的，窄胸膛的，中等身材的，长着姜黄色胡子的，在青草地上坐着，他是叫路上人给挤倒了的；他默默的，怯怯的坐了下去，慌张的向周围望着。”这就不能一直打进人的脑筋里去，而写东西非得直打进人的脑筋

① Tchekhov，Note-Books，by Hogerth Peress，London：契诃夫，《札记》，霍格斯出版社，伦敦出版。

② Foma Gordeyer：高尔基的长篇小说《福马·高尔杰耶夫》。

里去不可，一下子的。还有一层：你天性是抒情的，组成你灵性的纤微是极柔纤的。你要是个音乐家，你不写得制进行曲的。要粗。要闹，要有牙齿咬，要大着嗓子争——这都不在你天才的范围内。所以我劝你校勘时不要怕麻烦，你得尽量的拉。

四

给他的哥，四月，一八八三（契诃甫时年二十三）

……你信上说“可是我又来随便说话了……这是我末一次给你的信”，这类话全是废话，要点不在这里。那是用不着特别着重的。你[是]有力量的人，受教育的，多念书的人，应得着重关系生命的事情，关系永久的事情，不是细小的情感，要是真纯入道的灵性。你有的是能耐。你当然有！你是辨慧的，认识生活实在的，你是一个艺术家。你那信里描写森林那段文章都好，我要是上帝，就为你能写，我就饶恕你所有的罪过，有心或是无心，说话或是作事。……但我是论写东西你也太侧重琐碎的事情，你天生不是一个主观的作者。……那样的写法于你是不天生的；那是学来的。……要丢开那学得来的主观法，就比如喝一杯凉水一样的容易。就要你自己忠实一点子：把你自己整个儿丢在一边，不要把自己拿来作自己小说里的英雄，只要你能把自己丢开有半点钟的工夫。你写的一篇小说里讲一对年轻夫妻在吃饭的时候一直亲着嘴，坐着叽叽咕咕的说废话。通篇没有一句有意思的话，完全是“自得其乐”。你不是为看的人写。你写那空话就为你自己喜欢。为什么你不描写那顿饭，他们怎么吃法，他们吃什么，那厨子是怎样一个人，你的男子是怎样的俗气，怎样懒废自满，你的女子怎样的俗气，多可笑她爱那花泡的装扮的，填太肥的雄鹅？谁都愿意看喂饱的快活的人物——那不错。但如果你要描写他们，你单写他们说些什么话亲了几回嘴是不够的。另外还得有一点子东西。你不能单就把度蜜日幸福的情形，从无成见的观者所得的印象写下就算完事。主观写法是怪讨厌的——就为它每每露出一个可怜的作者的手腕……

再谈管孩子[①]

你做小孩时候快活不？我，不快活。至少我在回忆中想不起来。你满意你现在的情况不？你觉不觉得有地方习惯成了自然，明知是做自己习惯的奴隶却又没法摆脱这束缚，没法回复原来的自由？不但是实际生活上，思想、意志、性情也一样有受习惯拘挚的可能。习惯都是养成的；我们很少想到我们这时候觉著的浑身的镣铐，大半是小时候就套上的——记著一岁到六岁是品格与习惯的养成的最重要时期。我小时候的受业师袁花查桐荪先生，因为他出世时父母怕孩子遭凉没有给洗澡，他就带了这不洗澡习惯到棺材里去——从生到死五十几年一次都没有洗过身体！他也不刷牙，不洗头，很少擦脸。脏得叫人听了都腻心不是？我们却很少想到我们品格上，性情上，乃至思想上的不洁，多半是原因于小时候做父母的姑息与颟顸。中国人口头上常讲率真，实际上我们是假到自己

---

① 1926年5月13日作；载1926年5月15日《晨报副刊》，署名志摩；初收1980年台湾时报文化出版事业有限公司《徐志摩诗文补遗》。采自《晨报副刊》。

都不觉得。讲信义，你一天在社会上不说一两句谎话能过日子吗？讲廉讲洁，有比我们更贪更龌龊的民族没有？讲气节——这更不容说了！

这是实际情形，不容掩讳的。我们用不著归咎这样，归咎那样，说来很简单，只是一个教育问题：可不是上学以后，而是上学以前的教育问题。品格教育，不是知识教育。我们不敢说合理的养育就可以消灭所有的败类；但我们确信（借近代科学研究的光）环境与有意识的训练在十次里至少有八九次可以变化气质，养成品格。什么事只要基础打好就有办法；屋漏了容易修，墙坏了可以补，基础不坚实时可麻烦。管好你的孩子，帮他开好方向，以后他就会自己寻路走。

但是你说谁家父母不想管好他们的孩子？原是的。但我们要问问仔细，一般父母心目中的“好孩子”究竟是不是好孩子。究竟他们的管法是不是，我在上篇里说过，(一)替孩子本身的利益，(二)替全社会著想。我的观察是老派父母养育的观念整个儿是不对的。他们的意思是爱，他们的实效是害。我敢断定现代大多数的父母是对他们的子女负罪的。养花是多单简的一件事，但有的花不能多晒，有的不能多浇水，还有土性的关系，一不小心，花就种死，或是开得寒伧，辜负了它的种性。管孩子至少比养花更难些。很多的孩子是晒太多浇太勤给闹坏的。这几乎完全是一个科学问题，感情的地位，如其有，很是有限，单靠爱是不够的。单凭成法也是不够的。养花得识花性，什么花怎么养法；管孩子得明白孩子性质，什么孩子怎么管法——每朝每晚都得用心看著，差不得一点。打起了底子，以后就好办。

这话听得太平常了，谁不知道不是？让我们来看看实际情形。我们不讲无知识阶级的父母，实际乡下人的管孩子倒是合理得多，他们比较的“接近自然”。最可痛的是所谓有知识阶级乃至于“知识阶级”的育儿情形。别笑话做母亲的在人前拖出奶来喂孩子，这是应得奖励的。有钱人家有了孩子就交给奶妈，谁耐烦抱孩子，高兴的时候要过来逗逗亲亲叫几声乖，恼了就喊奶妈抱了去，多心烦！结果我们中上等人家的孩子运定是老妈乃至丫头们的玩物！有好多孩子身上闻着老妈的臭味，脸上看出老妈的傻相！

单看我们孩子的衣著先就可笑。浑身全给裹得紧紧，胳膊，腿，也不叫露在外面，怕著凉。怕著凉，不错；可是，裤子是开裆的，孩子一往下蹲，屁股就往外露，肚子也就连带通风——这倒不怕著凉了！孩子是不能常洗澡的，洗澡又容易著凉，我们家乡地方终年不洗澡的孩子并不出奇，我不知道我自己小时候平均每年洗几回澡，冬天不用说，因为屋子不生火，当然不洗，夏天有时不得不洗，但只浅浅的一只小脚桶，水又是滚汤(不滚容易著凉！)，结果孩子们也就不爱洗。我记得孩子时候顶怕两件事，一件是剃头，一件是洗澡。“今天我总得‘捉牢’他来剃头”，“今天我总得‘捉牢’他来洗澡”，我妈总是这么说；他们可不对我讲一个人一定得洗澡的理由，他们也不想法把洗的方法给弄适意些。这影响深极了，我到这老大年纪每回洗澡虽不至厌恶，总不见得热心；看作一种必要的麻烦，不是愉快的练习。泅水也没有学会，猜想也是从小对洗身没有感情的缘故。我的孩子更可笑了。跟我一样，他也不热心洗澡。有一次我在家里（他是祖母管大的），好容易拉了他一起洗，他倒也没有什么，明天再洗，成绩很好，再来几次就可以有引起他兴趣的希望。可是他第二天碰巧有了发热，家里人对他说你看，都是你爸爸不好，硬拖你洗，又著凉了，下回再不要听他的！他们说这话也许一半是好玩，但孩子可是认了真，下回他再也不跟爸爸洗澡了！

像这类的情形真是举不胜举；但单纯关于身体的习惯比较还容易改。最坏是一般父母心目中的“好孩子”观念。再没有比父母更专制的：他们命令，他们强制，他们骂，他们打；他们却从不对孩子讲理——好像孩子比他们自己欠聪明，懂不得理似的！他们用种种的方法教孩子学大人样——简单说，愈不像孩子的孩子在他们看是愈好的孩子。孩子得听话，不许闹——中国父母顶得意的是他们的孩子听大人吩咐规规矩矩的叫人，绝对机械性的叫人——“伯伯”，“妈妈”。我有时看孩子们哭丧著脸听话叫人的时候，真觉得难受！所以叫人是孩子聪明乖的唯一标准。因为要强制孩子听大人话（孩子最不愿意听大人话！）。大人们有时就得用种种谎骗恫吓的方法。多少在成人后作伪与懦怯的品性是“别哭，老虎来了”，“别嚷，老太太来了”，“不许吃，吃了要长疮的”一类话给养成的。孩子一定得胆小怕事，这又是中国父母的得意文章。“我们的阿大真不好，胆子大极了”，或是“你们的宝宝多好，他一个人走路都不敢的”。我记得我小的时候，家里人常拿鬼来吓我，结果我胆小极了，从来不敢一个人进屋子或是单身睡一个床——说来太可笑，你们不信，我到结亲以前还是常常同妈妈睡一床的！这怕黑暗怕鬼的影响到如今还有痕迹。我那时候实在胆子并不小，什么事有机会都想试试，后来他们发明了一个特别的恐吓，骗我不是我妈生的，是“网船”（即鱼船）上抱来的，每天头上包著蓝布走进天井来问要虾不要的那个渔婆就是我的亲娘，每回我闹凶了，胆子“太大了”，他们就说“再闹叫你网船上的娘来抱回去”，那灵极了，一说我就瘪，再也不敢强了。这也有极坏的影响。我的孩子因为在老家里生长，他们还是如法炮制，每回我一回家，就奖励他走路上山，甚至爬石头，他也是顶喜欢的。有一次我带他在山上住，天天爬山乐得很，隔一天他回家了，碰巧有点发热，家里人又有了机会来破坏爸爸的威信了：“你看都是你爸，领你到山上去乱跑，著了凉发热，下回再不要听他了”！当然他再也不听信爸爸了！

但是孩子们的习惯，赶早想法转移，也是很容易的事。就我的孩子说，因为生长在老式家庭里的缘故，所有已经将次养成的习惯多半是我们认为不对的，我们认为应分训练的习惯却一点不顾著，这由于（一）“好孩子”观念的错误，（二）拘执成法。再没有比我的父母再爱孙儿的，他病了我母亲整天整晚的抱着，有几次在夏天发热简直是一个火炉；晚上我母亲同他睡，在冬天常常通宵握住他的冷脚给窝暖；但爱是一件事，得法不得法又是一件事。这回好了，他自己的妈（张幼仪女士，不久来京，想专办蒙养教育）从德国研究蒙养教育毕业回来了。孩子一归她管不到两个月工夫，整个儿变化了，至少在看得见的习惯上。他本来晚上上床早上起身没有定时的，现在十点钟一定睡，早上也一定时候起，听说每晚到了十点钟他自己觉得大人不理他了，他就看一看钟站起来说明天会，自己去睡了。本来他晚上睡不但不换睡衣，有时天凉连棉袄都穿了睡的，现在自己每晚穿衣换衣，早上穿衣起身再也不叫旁人帮忙。本来最不愿意念书写字。现在到了一定时候，就会自动写字念书，本来走一点路就叫肚疼或腿酸的，现在长路散步成了习惯。洗澡什么当然也看作当然了。最好是他现在学会了认真刷牙（他在德国死的弟弟两岁起就自己刷牙了），舀水满脸洗，洗过用干布擦，一点也不含糊了！在知识上也一样的有进步，原先在他念书写字因为上面含有强迫性质看作一种苦恼，现在得了相当的引诱与指导，自动的兴趣也慢慢的来了。这种地方虽则小，却未始不是想认真做父母的一个启示。不要怪你们孩子性子强不好，或是愁他们身子不好，实际只要你们肯费一点心思，花一点工夫，认清了孩子本能的倾向，治水似的耐心的去疏导它，原来不好的地方很容易变好，性情，身体，都可以立刻见效的。“性相近，习相远”，这话是真理；我们或许有一天可以进一步相信“人之初，性本善”哪！没有工作比创造的工作更愉快更伟大的：做父母的都有一个创作的机会，把你们的孩子养成一个健康，活泼，灵敏，慈爱的成人，替社会造一个有用的人材，替自然完成一个有意识的工作，同时也增你们自己的光，添你们的欢喜——这机会还不够大吗？看看现代的成人，为什么都是这懒，这脏（尤其在品格上与思想上），这蠢，这丑，这破烂；看看现代的青年，为什么这弱，这忌心重，这多愁多悲哀，这种种的不健康——多半是做爹娘的当初不曾尽他们应尽的责任，一半是愚暗，一半是懒怠，结果对不起社会，对不起孩子们自身，自己也没有好处，这真是何苦来！

现在罗素先生给了我们一部关于养成品格问题极光亮的书，综合近代理论与实施所得的有价值的研究与结论，明白的父母们看了可以更增育儿的兴味，在寻求知识中的父母们看了更有莫大的利益：相信我，这部书是一个不灭的灯亮，谁家能利用的就不愁再遭黑暗的悲惨了！但我说了这半天本题还是没有讲到，时候已经不早，只好再等下回了。

五月十三日

海滩上种花[1]

朋友是一种奢华；且不说酒肉势利，那是说不上朋友，真朋友是相知，但相知谈何容易，你要打开人家的心，你先得打开你自己的，你要在你的心里容纳人家的心，你先得把你的心推放到人家的心里去：这真心或真性情的相互的流转，是朋友的秘密，是朋友的快乐。但这是说你内心的力量够得到，性灵的活动有富余，可以随时开放，随时往外流，像山里的泉水，流向容得住你的同情的沟槽；有时你得冒险，你得化本钱，你得抵拚在巉岈的乱石间，触刺的草缝里耐心的寻路，那时候艰难，苦痛，消耗，在在是可能的，在你这水一般灵动，水一般柔顺的寻求同情的心能找到平安欣快以前。

我所以说朋友是奢华，“相知”是宝贝，但得拿真性情的血本去换，去拚。因此我不敢轻易说话，因为我自己知道我的来源有限，十分的谨慎尚且不时有破产的恐惧；我不能随便“化”。前天有几位小朋友来邀我跟你们讲话，他们的恳切折服了我，使我不得不从命，但是小朋友们，说也惭愧，我拿什么来给你们呢？

我最先想来对你们说些孩子话，因为你们都还是孩子。但是那孩子的我到那里去了？仿佛昨天我还是个孩子，今天不知怎的就变了样。什么是孩子要不为一点活泼的天真？但天真就比是泥土里的嫩芽，天冷泥土硬就压住了它的生机——这年头问谁去要和暖的春风？

① 写作时间和发表报刊不详；初收1926年6月北京北新书局《落叶》。

孩子是没了。你记得的只是一个不清切的影子，麻糊得紧，我这时候想起就像是一个瞎子追念他自己的容貌，一样的记不周全；他即使想急了拿一双手到脸上去印下一个模子来，那模子也是个死的。真的没了。一天在公园里见一个小朋友不提多么活动，一忽儿上山，一忽儿爬树，一忽儿溜冰，一忽儿干草里打滚，要不然就跳着憨笑；我看着羡慕，也想学样，跟他一起玩，但是不能，我是一个大人，身上穿着长袍，心里存着体面，怕招人笑，天生的灵活换来矜持的存心——孩子，孩子是没有的了，有的只是一个年岁与教育蛀空了的躯壳，死僵僵的，不自然的。

我又想找回我们天性里的野人来对你们说话。因为野人也是接近自然的；我前几年过印度时得到极刻心的感想，那里的街道房屋以及土人的体肤容貌，生活的习惯，虽则简，虽则陋，虽则不夸张，却处处与大自然——上面碧蓝的天，火热的阳光，地下焦黄的泥土，高矗的椰树——相调谐，情调，色彩，结构，看来有一种意义的一致，就比是一件完美的艺术的作品。也不知怎的，那天看了他们的街，街上的牛车，赶车的老头露着他的赤光的头颅与紫姜色的圆肚，他们的庙，庙里的圣像与神座前的花，我心里只是不自在，就仿佛这情景是一个熟悉的声音的叫唤，叫你去跟着他，你的灵魂也何尝不活跳跳的想答应一声“好，我来了，”但是不能，又有碍路的挡着你，不许你回复这叫唤声启示给你的自由。困着你的是你的教育；我那时的难受就比是一条蛇摆脱不了困住他的一个硬性的外壳——野人也给压住了，永远出不来。

所以今天站在你们上面的我不再是融会自然的野人，也不是天机活灵的孩子：我只是一个“文明人”，我能说的只是“文明话”。但什么是文明只是堕落！文明人的心里只是种种虚荣的念头，他到处忙不算，到处都得计较成败。我怎么能对着你们不感觉惭愧？不了解自然不仅是我的心，我的话也是的。并且我即使有话说也没法表现，即使有思想也不能使你们了解；内里那点子性灵就比是在一座石壁里牢牢的砌住，一丝光亮都不透，就凭这双眼望见你们，但有什么法子可以传达我的意思给你们，我已经忘却了原来的语言，还有什么话可说的？

但我的小朋友们还是逼着我来说谎（没有话说而勉强说话便是谎）。知识，我不能给；要知识你们得请教教育家去，我这里是没有的。智慧，更没有了：智慧是地狱里的花果，能进地狱更能出地狱的才采得着智慧，不去地狱的便没有智慧——我是没有的。

我正发窘的时候，来了一个救星——就是我手里这一小幅画，等我来讲道理给你们听。这张画是我的拜年片，一个朋友替我制的。你们看这个小孩子在海边砂滩上独自的玩，赤脚穿着草鞋，右手提着一枝花，使劲把它往砂里栽，左手提着一把浇花的水壶，壶里水点一滴滴的往下吊着。离着小孩不远看得见海里翻动着的波澜。

你们看出了这画的意思没有？

在海砂里种花。在海砂里种花！那小孩这一番种花的热心怕是白费的了。砂碛是养不活鲜花的，这几点淡水是不能帮忙的；也许等不到小孩转身，这一朵小花已经支不住阳光的逼迫，就得交卸他有限的生命，枯萎了去。况且那海水的浪头也快打过来了，海浪冲来时不说这朵小小的花，就是大根的树也怕站不住——所以这花落在海边上是绝望的了，小孩这番力量准是白化的了。

你们一定很能明白这个意思。我的朋友是很聪明的，她拿这画意来比我们一群呆子，乐意在白天里做梦的呆子，满心想在海砂里种花的傻子。画里的小孩拿着有限的几滴淡水想维持花的生命，我们一群梦人也想在现在比沙漠还要干枯比沙滩更没有生命的社会里，凭着最有限的力量，想下几颗文艺与思想的种子，这不是一样的绝望，一样的傻？想在海砂里种花，想在海砂里种花，多可笑呀！但我的聪明的朋友说，这幅小小画里的意思还不止此；讽刺不是她的目的。她要我们更深一层看。在我们看来海砂里种花是傻气，但在那小孩自己却不觉得。他的思想是单纯的，他的信仰也是单纯的。他知道的是什么？他知道花是可爱的，可爱的东西应得帮助他发长；他平常看见花草都是从地土里长出来的，他看来海砂也只是地，为什么海砂里不能长花他没有想到，也不必想到，他就知道拿花来栽，拿水去浇，只要那花在地上站直了他就欢喜，他就乐，他就会跳他的跳，唱他的唱，来赞美这美丽的生命，以后怎么样，海砂的性质，花的运命，他全管不着！我们知道小孩们怎样的崇拜自然，他的身体虽则小，他的灵魂却是大着，他的衣服也许脏，他的心可是洁净的。这里还有一幅画，这是自然的崇拜，你们看这孩子在月光下跪着拜一朵低头的百合花，这时候他的心与月光一般的清洁，与花一般的美丽，与夜一般的安静。我们可以知道到海边上来种花那孩子的思想与这月下拜花的孩子的思想会得跪下的——单纯，清洁，我们可以想像那一个孩子把花栽好了也是一样来对着花膜拜祈祷——他能把花暂时栽了起来便是他的成功，此外以后怎么样不是他的事情了。

你们看这个象征不仅美，并且有力量；因为它告诉我们单纯的信心是创作的泉源——这单纯的烂漫的天真是最永久最有力量的东西，阳光烧不焦他，狂风吹不倒他，海水冲不了他，黑暗掩不了他——地面上的花朵有被摧残有消灭的时候，但小孩爱花种花这一点："真"却有的是永久的生命。

我们来放远一点看。我们现有的文化只是人类在历史上努力与牺牲的成绩。为什么人们肯努力肯牺牲？因为他们有天生的信心；他们的灵魂认识什么是真什么是善什么是美，虽则他们的肉体与智识有时候会诱惑他们反着方向走路；但只要他们认明一件事情是有永久价值的时候，他们就自然的会得兴奋，不期然的自己牺牲，要在这忽忽变动的声色的世界里，赎出几个永久不变的原则的凭证来。耶稣为什么不怕上十字架？密尔顿何以瞎了眼还要做诗，贝德花芬何以聋了还要制音乐，密佗郎其罗为什么肯积受几个月的潮湿不顾自己的皮肉与靴子连成一片的用心思，为的只是要解决一个小小的美术问题？为什么永远有人到冰洋尽头雪山顶上去探险？为什么科学家肯在显微镜底下或是数目字中间研究一般人眼看不到心想不通的道理消磨他一生的光阴？

为的是这些人道的英雄都有他们不可摇动的信心；像我们在海砂里种花的孩子一样，他们的思想是单纯的——宗教家为善的原则牺牲，科学家为真的原则牺牲，艺术家为美的原则牺牲——这一切牺牲的结果便是我们现有的有限的文化。

你们想想在这地面上做事难道还不是一样的傻气——这地面还不与海砂一样不容你生根；在这里的事业还不是与鲜花一样的娇嫩？——潮水过来可以冲掉，狂风吹来可以折坏，阳光晒来可以薰焦我们小孩子手里拿着往砂里栽的鲜花，同样的，我们文化的全体还不一样有随时可以冲掉折坏薰焦的可能吗？巴比伦的文明现在那里？庞培城曾经在地下埋过千百年，克利脱的文明直到最近五六十年间才完全发见。并且有时一件事实体的存在并不能证明他生命的继续。这区区地球的本体就有一千万个毁灭的可能。人们怕死不错，我们怕死人，但最可怕的不是死的死人，是活的死人，单有躯壳生命没有灵性生活是莫大的悲惨；文化也有这种情形，死的文化倒也罢了，最可怜的是勉强喘着气的半死的文化。你们如其问我要例子，我就不迟疑的回答你说，朋友们，贵国的文化便是一个喘着气的活死人！时候已经很久的了，自从我们最后的几个祖宗为了不变的原则牺牲他们的呼吸与血液，为了不死的生命牺牲他们有限的存在，为了单纯的信心遭受当时人的讪笑与侮辱。时候已经很久的了，自从我们最后听见普遍的声音像潮水似的充满著地面。时候已经很久的了，自从我们最后看见强烈的光明像慧〈彗〉星似的扫掠过地面。时候已经很久的了，自从我们最后为某种主义流过火热的鲜血。时候已经很久的了，自从我们的骨髓里有胆量，我们的说话里有分量。这是一个极伤心的反省！我真不知道这时代犯了什么不可赦的大罪，上帝竟狠心的赏给我们这样恶毒的刑罚？你看看去这年头到那〈哪〉里去找一个完全的男子或是一个完全的女子——你们去看去，这年头那〈哪〉一个男子不是阳痿，那〈哪〉一个女子不是鼓胀！要形容我们现在受罪的时期，我们得发明一个比丑更丑比脏更脏比下流更下流比苟且更苟且比懦怯更懦怯的一类生字去！朋友们，真的我心里常常害怕，害怕下回东风带来的不是我们盼望中的春天，不是鲜花青草蝴蝶飞鸟，我怕他带来一个比冬天更枯槁更凄惨更寂寞的死天——因为丑陋的脸子不配穿漂亮的衣服，我们这样丑陋的变态的人心与社会凭什么权利可以问青天要阳光，问地面要青草，问飞鸟要音乐，问花朵要颜色？你问我明天天会不会放亮？我回答说我不知道，竟许不！

归根是我们失去了我们灵性努力的重心，那就是一个单纯的信仰，一点烂漫的童真！不要说到海滩去种花——我们都是聪明人谁愿意做傻瓜去——就是在你自己院子里种花你都恐怕动手哪！最可怕的怀疑的鬼与厌世的黑影已经占住了我们的灵魂！

所以朋友们，你们都是青年，都是春雷声响不曾停止时破绽出来的鲜花，你们再不可堕落了——虽则陷井的大口满张在你的跟前，你不要怕，你把你的烂漫的天真倒下去，填平了它再往前走——你们要保持那一点的信心，这里面连着来的就是精力与勇敢与灵感——你们要不怕做小傻瓜，尽量在这人道的海滩边种你的鲜花去——花也许会消灭，但这种花的精神是不烂的！

南行杂纪[①]

一、丑西湖

“欲把西湖比西子，浓妆淡抹总相宜”，我们太把西湖看理想化了。夏天要算是西湖浓妆的时候，堤上的杨柳绿成一片浓青。里湖一带的荷叶荷花也正当满艳，朝上的烟雾，

①此文由两个单篇组成。《丑西湖》1926年8月7日作，载1926年8月9日《晨报副刊》；《劳资问题》，写作时间不详，载1926年8月23日《晨报副刊》，均署名志摩；初收1980年台湾时报文化出版事业有限公司《徐志摩诗文补遗》。采自《晨报副刊》。

向晚的晴霞，那样不是现成的诗料，但这西姑娘你爱不爱？我是不成，这回一见面我回头就逃！什么西湖这简直是一锅腥臊的热汤！西湖的水本来就浅，又不流通，近来满湖又全养了大鱼，有四五十斤的，把湖里袅婷婷的水草全给咬烂了。水混不用说，还有那鱼腥味儿顶叫人难受。说起西湖养鱼，我听得有种种的说法，也不知那〈哪〉样是内情：有说养鱼甘〈干〉脆是官家牟利，放著偌大一个鱼沼，养肥了鱼打了去卖不是顶现成的；有说养鱼是为预防水草长得太放肆了怕塞满了湖心；也有说这些大鱼都是大慈善家们为要延寿或是求子或是求财源茂盛特为从别地方买了来放生在湖里的，而且现在打鱼当官是不准的。不论怎么样，西湖确是变了鱼湖了。六月以来杭州据说一滴水都没有过，西湖当然水浅得像是个干血痨的美女，再加那腥味儿！今年南方的热，说来我们住惯北方的也不易信，白天热不说，通宵到天亮都不见放松，天天大太阳，夜夜满天星，节节高的一天暖似一天。杭州更比上海不堪，西湖那一洼浅水用不到几个钟头的晒就离滚沸不远什么，四面又是山，这热是来得去不得，一天不发大风打阵，这锅热汤，就永远不会凉。我那天到了晚上才雇了条船游湖，心想比岸上总可以凉快些。好，风不来还熬得，风一来可真难受极了，又热又带腥味儿，真叫你发眩作呕，我同船一个朋友当时就病了，我记得红海里两边的沙漠风都似乎较为可耐些！夜间十二点我们回家的时候都还是热乎乎的。还有湖里的蚊虫！简直是一群群的大水鸭子！你一坐定就活该。

这西湖是太难了，气味先就不堪。再说沿湖的去处，本来顶清澹〈淡〉宜人的一个地方是平湖秋月，那一方平台，几棵杨柳，几折回廊，在秋月清澈的凉夜去坐著看湖确是别有风味，更好在去的人绝少，你夜间去总可以独占，唤起看守的人来泡一碗清茶，冲一杯藕粉，和几个朋友闲谈着消磨他半夜，真是清福。我三年前一次去有琴友有笛师，躺平在杨树底下看揉碎的月光，听水面上翻响的幽乐，那逸趣真不易。西湖的俗化真是一日千里，我每回去总添一度伤心：雷峰也羞跑了，断桥拆成了汽车桥，哈得在湖心里造房子，某家大少爷的汽油船在三尺的柔波里兴风作浪，工厂的烟替代了出岫的霞，大世界以及什么舞台的锣鼓充当了湖上的啼莺，西湖，西湖，还有什么可留恋的！这回连平湖秋月也给糟蹋了，你信不信？“船家，我们到平湖秋月去，那边总还清静。”“平湖秋月？先生，清静是不清静的，格歇开了酒馆，酒馆着实闹忙哩，你看，望得见的，穿白衣服的人多煞勒瞎，扇子搧得活血血的，还有唱唱的，十七八岁的姑娘，听听看——是无锡山歌哩，胡琴都蛮清爽的……”

那我们到楼外楼去吧。谁知楼外楼又是一个伤心！原来楼外楼那一楼一底的旧房子斜斜的对著湖心亭，几张揩抹得发白光的旧桌子，一两个上年纪的老堂倌，活络络的鱼虾，滑齐齐的莼菜，一壶远年，一碟盐水花生，我每回到西湖往往偷闲独自跑去领略这点子古色古香，靠在阑干上从堤边杨柳荫里望滟滟的湖光，晴有晴色，雨雪有雨雪的景致，要不然月上柳梢时意味更长，好在是不闹，晚上去也是独占的时候多，一边喝着热酒，一边与老堂倌随便讲讲湖上风光，鱼虾行市，也自有一种说不出的愉快。但这回连楼外楼都变了面目！地址不曾移动，但翻造了三层楼带屋顶的洋式门面，新漆亮光光的刺眼，在湖中就望见楼上电扇的疾转，客人闹盈盈的挤着，堂倌也换了，穿上西崽的长袍，原来那老朋友也看不见了，什么闲情逸趣都没了！我们没办法移一个桌子在楼下马路边吃了一点东西，果然连小菜都变了，真是可伤。泰谷尔来看了中国，发了很大的感慨。他说，“世界上再没有第二个民族像你们这样蓄意的制造丑恶的精神”。怪不得老头牢骚，他来时对中国是怎样的期望（也许是诗人的期望），他看到的又是怎样一个现实！狄更生先生有一篇绝妙的文章，是他游泰山以后的感想，他对照西方人的俗与我们的雅，他们的唯利主义与我们的闲暇精神。他说只有中国人才真懂得爱护自然，他们在山水间的点缀是没有一点辜负自然的；实际上他们处处想法子增添自然的美，他们不容许煞风景的事业。他们在山上造路是依着山势回环曲折，铺上本山的石子，就这山道就饶有趣味，他们宁可牺牲一点便利，不愿斲丧自然的和谐。所以他们造的是妩媚的石径；欧美人来时不开马路就来穿山的电梯。他们在原来的石块上刻上美秀的诗文，漆成古色的青绿，在苔藓间掩映生趣；反之在欧美的山石上只见雪茄烟与各种生意的广告。他们在山林丛密处透出一角寺院的红墙，西方人起的是几层楼嘈杂的旅馆。听人说中国人处处得效法欧西，我不知道应得自觉虚心做学徒的究竟是谁！

这是十五年前狄更生先生来中国时感想的一节。我不知道他现在要是回来看看西湖的成绩，他又有什么妙文来颂扬我们的美德！

说来西湖真是个爱伦内。论山水的秀丽，西湖在世界上真有位置。那山光，那水色，别有一种醉人处，叫人不能不生爱。但不幸杭州的人种（我也算是杭州人），也不知怎的，特别的来得俗气来得陋相。不读书人无味，读书人更可厌，单听那一口杭白，甲隔甲隔的，就够人心烦！看来杭州人话会说（杭州人真会说话！），事也会做，近年来就“事业”方面看，杭州的建设的确不少，例如西湖堤上的六条桥就全给拉平了替汽车公司帮忙；但不幸经营山水的风景是另一种事业，决不是开铺子，做官一类的事业，平常布置一个小小的园林，我们尚且说总得主人胸中有些邱〈丘〉壑，如今整个的西湖放在一班大老的手里，他们脑子里平常想些什么我不敢猜度，但就成绩看，他们的确是只图每年“我们杭州”商界收入的总数增加多少的一种头脑！开铺子的老班〈板〉们也许沾了光，但是可怜的西湖呢？分明天生俊俏的一个少女，生生的叫一群蠢汉去替她涂脂抹粉，就说没有别的难堪情形，也就够煞风景又煞风景！天啊，这苦恼的西子！

但是回过来说，这年头那还顾得了美不美！江南总算是天堂，到今天为止。别的地方人命只当得虫子，有路不敢走，有话不敢说，还来搭什么臭绅士的架子，挑什么够美不够美的鸟眼？

八月七日

二、劳资问题

我不曾出国的时候只听人说振兴实业是救国的唯一路子，振兴实业的意思是多开工厂；开工厂一来可以解决贫民生计问题，二来可以塞住“漏卮”。那时我见着高矗的烟囱，心里就发生油然的敬意，如同翻开一本善书似的。

罗斯金与马立〈克〉思最初修正我对于烟囱的见解（那时已在美国），等到我离开纽约那一年我看了自由神的雕像都感着厌恶，因为它使我联想起烟囱。

我不喜欢烟囱另有一个理由。我那历史教师讲英国十九世纪初年的工业状况，以及工厂待遇工人的黑暗情形，内中有一条是叫年轻的小孩子钻进烟囱里去清理龌龊，不时有被薰焦了的。我不能不恨烟囱了。

我同情社会主义的起点是看了一部小说，内中讲芝加哥一个制肉糜厂，用极小的孩子看着机器的工作的；有一个小孩不小心把自己的小手臂也叫碾了进去，和着猪肉一起做了肉糜。那一厂的出货是行销东方各大城的，所以那一星期至少有几万人分尝到了那小孩的臂膀。肉厂是资本家开的，因此我不能不恨资本家。

我最初看到的社会主义是马克斯〈思〉前期的，劳勃脱欧温一派，人道主义，慈善主义，以及乌托邦主义混成一起的。正合我的脾胃。我最容易感情冲动，这题目够我的发泄了：我立定主意研究社会主义。

我在纽约那一年有一部分中国人叫我做鲍尔雪微克①，因为——为什么？因为我房间里书架上碰巧有几本讲苏俄一类的书。到了英国我对劳工的同情益发分明了。在报纸上看到劳工就比是看三国志看到诸葛亮赵云，水浒看到李逵鲁智深，总是“帮”的。那时有机会接近的也是工党一边的人物。贵族，资本家：这类字样一提着就够挖苦！劳工，多响亮，多神圣的名词！直到我回国，我自问是个激烈派，一个社会主义者，即使不是个鲍尔雪微克。萧伯讷的话牢牢的记着，他说：一个在三十岁以下的人看了现代社会的状况而不是个革命家，他不是个痴子，定是个傻瓜。我年纪轻轻，不愿意痴，也不愿意傻，所以当然是个革命家。

到了中国以后，也不知怎的，原来热烈的态度忽然变了温和；原来一任感情的浮动。现在似乎要暂时遏住了感情。让脑筋凉够了仔细的想一想。但不幸这部分工夫始终不曾有机会做，虽则我知道我对这问题迟早得踌躇出一个究竟来：不经心的偶然的掼打不易把米粒从糠皮中分出。人是无远虑的多。我们在国外时劳资斗争是一个见天感受得到的实在：一个内阁的成功与失败全看它对失业问题有否相当的办法，罢工的危险性可以使你的房东太太整天在发愁与赌咒中过日子。这就不容你不取定一个态度，袒护资本还是同情劳工？中国究竟还差得远；资本和劳工同样说不到大规模的组织，日常生活与所谓近代工业主义间看不出什么迫切的关系，同时疯癫性的内战完全占住了我们的注意，因此虽则近来罢工一类的事实常有得听见，这劳资问题的实在在一般人的心目中总还是远着一步的。尤其是在北京一类地方，除了洋车夫与粪夫，见不到什么劳工社会，资本更说不上，所以尽凭“打倒资本主义”一类的呼声怎样激昂，我们的血温还是不曾增高的。就我自己说，这三四年来简直因为常住北京的缘故，我竟于几乎完全忘却了这原来极想用力研究的问题，这北京生活是该咒诅的：它在无形中散布一种惰性的迷醉剂，使你早晚得受传染；使你不自觉的退入了“反革命”的死胡同里去。新近有一个朋友来京，他一边羡慕我们的闲暇，一边却十分惊讶他几个旧友的改变：从青年改成暮年，从思想的勇猛改成生活的萎靡——他发见了一群已成和将成的“阉子”！

这所谓“知识阶级”的确有觉悟的迫要。他们离国民的生活太远了，离社会问题的真〈实〉际太远了，离激荡思想的势力太远了。本来单凭书本子的学问已够不完全，何况现在的智识阶级连翻书本子的工夫都捐给了太太小孩子们的起居痛痒！

又一个朋友新近到了苏俄也发生了极纯挚的反省：他在那边不发见什么恐怖与危机，他发见的是一团伟大勇猛的精神在那里伟大的勇猛的为全社会做事；他发见的是不容否

①鲍尔雪微克：今译布尔什维克。

认的理想主义与各项在实施中的理想；他发见的是一个有生命有力量的民族，他们所试验的事业即使不免有可议的地方，也决不是完全在醉生梦死中的中国人有丝毫的权利来批评的。听着：决不是完全在醉生梦死中的中国人有丝毫的权利来批评的！

在篇首说到烟囱，原为要讲此次在南方一点子关于工厂的阅历，不想笔头又掉远了。说也奇怪，我可以说从不曾看过一个工厂，在国外"参观"过的当然有，但每回进工厂看的是建筑与机器等类的设备，往往因为领导人讲解得太详尽了，结果你什么也没有听到，没有看到。我从不曾进工厂去看过工人们做工的情形。这次却有了机会，而且在我的本乡；不但是本乡，而且是我自家父亲一手经营起的。我回硖石那天，我父亲就领了我去参观。那是一个丝厂，今年夏间才办成。屋子什么全是新的。工人有一百多，全是工头从绍兴包雇来的女人，有好多是带了孩子来的。机器间我先后去了三回，都是工作时间。我先说说大概情形，再及我的感想。房子造得极宽厂〈敞〉，空气尽够流通的，约略一百多架"丝车"分成两行，相对的排着，女工们坐在丝车与热汤盆的中间，在机轧声中几百双手不住的抽着汤盆里泡着的丝茧，在每个汤盆的跟前站着一个自八九岁到十二三岁的女孩子，拿着杓子向沸水里捞出已经抽尽丝的茧壳。就女工们的姿态及手技看，她们都是熟练的老手，神情也都闲暇自若，在我们走过的时候，有很多抬起头带笑容的看着我们，这可见她们在工作时并不感受过分的难堪。那天是六月中旬，天气已经节节高向上加热，大约在荫凉处已够九十度光景，我们初进机器间因为两旁通风并不觉热，但走近中段就不同，走转身的时候我浑身汗透了，我说不定温度有多高，但因为外来的太阳光（第一次去看芦帘不曾做得，随后就有了。）与丝车的沸汤的夹攻，中间呆坐着做工人的滋味，你可以揣想。工人们汗流被面的固然多，但坦然的也尽有。据说这工作她们上八府人是一半身体坚实一半做惯了吃得起，要是本地人去，半天都办不了的。这话我信，因为我自谅我要是坐下去的话怕不消三四个钟头竟会昏了去的。那些捞茧的女孩子们，十个里有九个是头面上长有热疮热疖的，这就可见一斑。

这班工人，前面说过，是工头包雇来的，厂里有宿舍给她们住，饭食也是厂里包的，除了放假日外，女工们是一例不准出门的。夏天是五点半放头螺，六点上工十二时停工半小时吃饭十二时半再开工到下午六时放工，共计做十一时有半的工。放假是一个月两天，初一与月半。工资是按钟点算的，仿佛每工人可得四角五或是四角八大洋的工资，每月抛去饭资每人可得净工资十元光景，厂里替她们办储蓄，有利息，这一层待遇情形据说比较的并不坏，一个女工到外府来做工每年年底可以捧一百多现洋钱回家，确是很可自傲的了。

我说过这是我第一次看厂工做工。看过了心里觉着一种难受。那么大热的天在那么热的屋子里连着做将近十二小时的工！外面的帐房计算给我们听，从买进生茧到卖出熟丝的层层周折，抛去开销，每包丝可以赚多少钱。呒，马克斯的剩余价值论！这不是剥削工人们的劳力？我们是听惯八小时工作八小时睡眠八小时自由论的，这十一二小时的工作如何听得顺耳？"那末这大热天何妨让工人们少做一点时间呢？"我代工人们求恳似的问。"工人们那里肯？她们只是多做，不要少做；多做多赚钱，少做少赚钱。"我没得话说了。"那末为什么不按星期放工呢？""她们连那两天都不愿意闲空哪！"我又没得话说了。一群猪羊似的工人们关在牢狱似的厂房里拼了血汗替自己家里赚小钱，替出资本办厂的财主们赚大钱？这情形其实有点看不顺眼——难受。“这大热天工人们不发病吗？”我又替她们担忧似的问。“她们才叫牢靠哪，很少病的；厂里也备了各种痧药，以后还请镇上一个西医每天来一半个钟头：厂里也够卫生的。”“那末有这么许多孩子，何妨附近设一个学校，让她们有空认几个字也好不是？”“这——我们不赞成；工人们识了字有了知识，就会什么罢工造反，那有什么好处！”我又没得话说了。

我真不知道怎样想才是，在一边看，这种的工作情形实在是太不人道，太近剥削；但换一边看，这多的工人，原来也许在乡间挨饿的，这来有了生计，多少可以赚一点钱回去养家，又不能完全说是没有好处；并且厂内另有选茧一类轻易的工作，的确也替本乡无业的妇女们开一条糊口过活的路。你要是去问工人们自己满意不满意，我敢说她们是不会（因为知识不到）出怨言的。那你这是白着急？可是我总觉得心上难受，异常的难受，仿佛自身作了什么亏心事似的。自从看了厂以后，我至今还不忘记那机器间的情形，尤其在南方天气最热的那几天，我到那儿那儿都惦着那一群每天得做十一二小时工作的可怜的生灵们！也许是我的感情作用；我在国外时也何尝不曾剧烈的同情劳工，但我从不曾经验过这样深刻的感念，我这才亲眼看到劳工的劳，这才看到一般人受生计逼迫无可奈何的实在，这才看到资本主义（在现在中国）是怎样一个必要的作孽，这才重新觉悟到我们社会生活问题有立即通盘筹画趁早设施的迫切。就治本说，发展实业是否只能听其自然的委给资产阶级，抑或国家和地方有集中经营的余地。就治标说，保护劳工法的种种条例有切实施行的必要，否则劳资间的冲突逃不了一天乱似一天的。总之乌托邦既然是不可能，澈〈彻〉底的生计革命又一时不可期待，单就社会的安宁以及维持人道起见，我们自命有头脑的少数人，赶快得起来尽一分的责任；自觉的努力，不论走那一个方向，总是生命力还在活动的表现，否则这醉生梦死的难道真的是死透了绝望了吗？

天目山中笔记[①]

佛于大众中　说我当作佛
闻如是法音　疑悔悉已除
初闻佛所说　心中大惊疑
将非魔作佛　恼乱我心耶

——莲华经譬喻品

山中不定是清静。庙宇在参天的大木中间藏着，早晚间有的是风，松有松声，竹有竹韵，鸣的禽，叫的虫子，阁上的大钟，殿上的木鱼，庙身的左边右边都安着接泉水的粗毛竹管，这就是天然的笙箫，时缓时急的参〈掺〉和着天空地上种种的鸣籁。静是不静的；但山中的声响，不论是泥土里的蚯蚓叫或是轿夫们深夜里“唱宝”的异调，自有

①载1926年9月4日《晨报副刊》，署名志摩；初收1927年8月上海新月书店《巴黎的鳞爪》。采自《巴黎的鳞爪》。

一种各别处：它来得纯粹，来得清亮，来得透彻，冰水似的沁入你的脾肺；正如你在泉水里洗濯过后觉得清白些，这些山籁，虽则一样是音响，也分明有净的功能。

夜间这些清籁摇着你入梦，清早上你也从这些清籁的怀抱中苏醒。

山居是福，山上有楼住更是修得来的。我们的楼窗开处是一片蓊葱的林海；林海外更有云海！日的光，月的光，星的光：全是你的。从这三尺方的窗户你接受自然的变幻；从这三尺方的窗户你散放你情感的变幻。自在；满足。

今早梦回时睁眼见满帐的霞光。鸟雀们在赞美；我也加入一份。它们的是清越的歌唱，我的是潜深一度的沉默。

钟楼中飞下一声宏钟，空山在音波的磅礴中震荡。这一声钟激起了我的思潮。不，潮字太夸；说思流罢。耶教人说阿门，印度教人说“欧姆”（O——m），与这钟声的嗡嗡，同是从撮口外摄到阖口内包的一个无限的波动：分明是外扩，却又是内潜；一切在它的周缘，却又在它的中心：同时是皮又是核，是轴亦复是廓。这伟大奥妙的“Om”使人感到动，又感到静；从静中见动，又从动中见静。从安住到飞翔，又从飞翔回复安住；从实在境界超入妙空，又从妙空化生实在：——

“闻佛柔软音，深远甚微妙。”

多奇异的力量！多奥妙的启示！包容一切冲突性的现象，扩大霎那间的视域，这单纯的音响，于我是一种智灵的洗净。花开，花落，天外的流星与田畦间的飞萤，上绾云天的青松，下临绝海的巉岩，男女的爱，珠宝的光，火山的溶液：一如婴儿在它的摇篮中安眠。

这山上的钟声是昼夜不间歇的，平均五分钟打一次。打钟的和尚独自在钟楼上住着，据说他已经不间歇的打了十一年钟，他的愿心是打到他不能动弹的那天。钟楼上供着菩萨，打钟人在大钟的一边安着他的“座”，他每晚是坐着安神的，一只手挽着钟槌的一头，从长期的习惯，不叫睡眠耽误他的职司。“这和尚，”我自忖，“一定是有道理的！和尚是没道理的多：方才那知客僧想把七窍蒙充六根，怎么算总多了一个鼻孔或是耳孔；那方丈师的谈吐里不少某督军与某省长的点缀；那管半山亭的和尚更是贪嗔的化身，无端摔破了两个无辜的茶碗。但这打钟和尚，他一定不是庸流不能不去看看！”他的年岁在五十开外，出家有二十几年，这钟楼，不错，是他管的，这钟是他打的（说着他就过去撞了一下），他每晚，也不错，是坐着安神的，但此外，可怜，我的俗眼竟看不出什么异样。他拂拭着神龛，神座，拜垫，换上香烛，掇一盂水，洗一把青菜，捻一把米，擦干了手接受香客的布施，又转身去撞一声钟。他脸上看不出修行的清癯，却没有失眠的倦态，倒是满满的不时有笑容的展露；念什么经；不，就念阿弥陀佛，他竟许是不认识字的。“那一带是什么山，叫什么，和尚？”“这里是天目山。”他说。“我知道，我说的是那一带的。”我手点着问。“我不知道。”他回答。

山上另有一个和尚，他住在更上去昭明太子读书台的旧址，盖着几间屋，供着佛像，也归庙管的，叫作茅棚。但这不比得普渡山上的真茅棚，那看了怕人的，坐着或是偎着修行的和尚没一个不是鹄形鸠面，鬼似的东西。他们不开口的多，你爱布施什么就放在他跟前的篓子或是盘子里，他们怎么也不睁眼，不出声，随你给的是金条或是铁条。人说得更奇了。有的半年没有吃过东西，不曾挪过窝，可还是没有死，就这冥冥的坐着。他们大约离成佛不远了，单看他们的脸色，就比石片泥土不差什么，一样这黑刺刺，死僵僵的。“内中有几个，”香客们说，“已经成了活佛，我们的祖母早三十年来就看见他们这样坐着的！”

但天目山的茅棚以及茅棚里的和尚，却没有那样的浪漫出奇。茅棚是尽够蔽风雨的屋子，修道的也是活鲜鲜的人，虽则他并不因此减却他给我们的趣味。他是一个高身材，黑面目，行动迟缓的中年人；他出家将近十年，三年前坐过禅关，现在这山上茅棚里来修行；他在俗家时是个商人，家中有父母兄弟姊妹，也许还有自身的妻子；他不曾明说他中年出家的缘由，他只说“俗业太重了，还是出家从佛的好”，但从他沉着的语音与持重的神态中可以觉出他不仅是曾经在人事上受过磨折，并且是在思想上能分清黑白的人。他的口，他的眼，都泄漏着他内里强自抑制，魔与佛交斗的痕迹；说他是放过火杀过人的忏悔者，可信；说他是个回头的浪子，也可信。他不比那钟楼上人的不着颜色，不露曲折：他分明是色的世界里逃来的一个囚犯。三年的禅关，三年的草棚，还不曾压倒，不曾灭净，他肉身的烈火。“俗业太重了，不如出家从佛的好”；这话里岂不颤栗着一往忏悔的深心？我觉着好奇；我怎么能得知他深夜趺坐时意念的究竟？

佛于大众中　说我当作佛
闻如是法音　疑悔悉已除
初闻佛所说　心中大惊疑
将非魔所说　恼乱我心耶

但这也许看太奥了。我们承受西洋人生观洗礼的，容易把做人看太积极，人世的要求太猛烈，太不肯退让，把住这热虎虎的一个身子一个心放进生活的轧床去，不叫他留存半点汁水回去；非到山穷水尽的时候，决不肯认输，退后，收下旗帜；并且即使承认了绝望的表示，他往往直接向生存本体作取决，不来半不阑珊的收回了步子向后退：宁可自杀，甘〈干〉脆的生命的断绝，不来出家，那是生命的否认。不错，西洋人也有出家做和尚做尼姑的，例如亚佩腊与爱洛绮丝，但在他们是情感方面的转变，原来对人的爱移作对上帝的爱，这知感的自体与它的活动依旧不含糊的在着；在东方人，这出家是求情感的消灭，皈依佛法或道法，目的在自我一切痕迹的解脱。再说，这出家或出世的观念的老家，是印度不是中国，是跟着佛教来的；印度何以曾发生这类思想，学者们自有种种哲理上乃至物理上的解释，也尽有趣味的。中国何以能容留这类思想，并且在实际上出家做尼僧的今天不比以前少（我新近一个朋友差一点做了小和尚！）这问题正值得研究，因为这分明不仅仅是个知识乃至意识的浅深问题，也许这情形尽有极有趣味的解释的可能，我见闻浅，不知道我们的学者怎样想法，我愿意领教。

十五年九月

求 医①

To underst and that the sky is everywhere, blue, it is not necessary to have travelled all round the world, ——Goethe②

新近有一个老朋友来看我，在我寓里住了好几天。彼此好久没有机会谈天，偶尔通信也只泛泛的；他只从旁人的传说中听到我生活的梗概，又从他所听到的推想及我更深一义的生活的大致。他早把我看作“丢了”。谁说空闲时间不能离间朋友间的相知？但这一次彼此又检〈捡〉起了，理清了早年息息相通的线索，这是一个愉快！单说一件事：他看看我四月间副刊上的两篇《自剖》，他说他也有文章做了，他要写一篇《剖志摩的自剖》。他却不曾写；我几次逼问他，他说一定在离京前交卷。有一天他居然谢绝了约会，躲在房子里装病，想试他那柄解剖的刀。晚上见他的时候，他文章不曾做起，脸上倒真的有了病容！“不成功，”他说，“不要说剖，我这把刀，即使有，早就在刀鞘里锈住了，我怎么也拉它不出来！我倒自己发生了恐怖，这回回去非发奋不可。”打了全军覆没的大败仗回来的，也没有他那晚谈话时的沮丧！

但他这来还是帮了我的忙；我们俩连着四五晚通宵的谈话，在我至少感到了莫大的安慰。我的朋友正是那一类人，说话是绝对不敏捷的，他那永远茫然的神情与偶尔激出来的几句话，在当时极易招笑，但在事后往往透出极深刻的意义，在听着的人的心上不易磨灭的：别看他说话的外貌乱石似的粗糙，它那核心里往往藏着直觉的纯璞。他是那一类的朋友，他那不浮夸的同情心在无形中启发你思想的活动，引逗你心灵深处的“解严”；“你尽量披露你自己”，他仿佛说，“在这里你没有被误解的恐怖。”我们俩的谈话是极不平等的；十分里有九分半的时光是我占据的，他只贡献简短的评语，有时修正，有时赞许，有时引申我的意思；但他是一个理想的“听者”，他能尽量的容受，不论对面来的是细流或是大水。

我的自剖文不是解嘲体的闲文，那是我个人真的感到绝望的呼[声]。“这篇文章是值得写的，”我的朋友说，“因为你这来冷酷的操刀，无顾恋的劈剖你自己的思想，你至少摸着了现代的意识的一角；你剖的不仅是你，我也叫你剖着了，正如葛德说的‘要知道天到处是碧蓝，并用不着到全世界去绕行一周’。你还得往更深处剖，难得你有勇气下手；你还得如你说的，犯着恶心呕苦水似的呕，这时代的意识是完全叫种种相冲突的价值的尖刺给交占住，支离了缠昏了的，你希冀回复清醒与健康先得清理你的外邪与内热。至于你自己，因为发见病象而就放弃希望，当然是不对的；我可以替你开方。你现在需要的没有别的，你只要多多的睡！休息，休养，到时候你自会强壮。我是开口就会牵到葛德的，你不要笑；葛德就是懂得睡的秘密的一个。他每回觉得他的创作活动有退潮的趋向，他就上床去睡，真的放平了身子的睡，不是喻言，直睡到精神回复了，一线新来的波澜

①载 1926 年 9 月 6 日《晨报副刊》，原题《求医（续自剖）》，署名志摩；初收 1928 年 1 月上海新月书店《自剖》，改此题。采自《自剖》。

②“没必要游遍全世界，才能知道天到处都是蓝的 。”——歌德

逼着他再来一次发疯似的创作。你近来的沉闷，在我看，也只是内心需要休息的符号。正如潮水有涨落的现象，我们劳心的也不免同样受这自然律的支配。你怎么也不该挫气，你正应得利用这时期；休息不是工作的断绝，它是消极的活动；这正是你吸新营养取得新生机的机会。听凭地面上风吹的怎样尖厉，霜盖得怎么严密，你只要安心在泥土里等着，不愁到时候没有再来一次爆发的惊喜。”

这是他开给我的药方。后来他又跟别的朋友谈起，他说我的病——如其是病——有两味药可医，一是“隐居”，一是“上帝”。烦闷是起原于精神不得充分的怡养；烦嚣的生活是劳心人最致命的伤，离开了就有办法，最好是去山林静僻处躲起。但这环境的改变，虽则重要，还只是消极的一面；为要启发性灵，一个人还得积极的寻求。比性爱更超越更不可摇动的一个精神的寄托——他得自动去发见他的上帝。

上帝这味药是不易配得的，我们姑且放开在一边（虽则我们不能因他字面的兀突就忽略他的深刻的涵义，那就是说这时代的苦闷现象隐示一种渐次形成宗教性大运动的趋向）；暂时脱离现社会去另谋隐居生活那味药，在我不但在事实上有要得到的可能，并且正合我新近一天迫似一天的私愿，我不能不计较一下。

我们都是在生活的蜘网中胶住了的细虫，有的还在勉强挣扎，大多数是早已没了生气，只当着风来吹动网丝的时候顶可怜相的晃动着，多经历一天人事，做人不自由的感觉也跟着真似一天。人事上的关连〈联〉一天加密一天，理想的生活上的依据反而一天远似一天，尽是这飘忽忽的，仿佛是一块石子在一个无底的深潭中无穷尽的往下坠着似的——有到底的一天吗，天知道！实际的生活逼得越紧，理想的生活宕得越空，你这空手仆仆的不“丢”怎么着？你睁开眼来看看，见着的只是一个悲惨的世界。我们这倒运的民族眼下只有两种人可分，一种是在死的边沿过活的，又一种简直是在死里面过活的：你不能不发悲心不是，可是你有什么能耐能抵挡这普遍“死化”的凶潮？太凄惨了呀这“人道的幽微的悲切的音乐”！那么你闭上眼罢，你只是发见另一个悲惨的世界：你的感情，你的思想，你的意志，你的经验，你的理想，有那一样调谐的，有那一样容许你安舒的？你想要——但是你的力量？你仿佛是掉落在一个井里，四边全是光油油不可攀援的陡壁，你怎么想上得来？就我个人说，所谓教育只是“画皮”的勾当，我何尝得到一点真的知识？说经验吧，不错，我也曾进货似的运得一部分的经验，但这都是硬性的，杂乱的，不经受意识渗透的；经验自经验，我自我，这一屋子满满的生客只使主人觉得迷惑，慌张，害怕。不，我不但不曾“找到”我自己；我竟疑心我是“丢”定了的。曼殊斐儿在她的日记里写——

> “我不是晶莹的透澈。”
>
> “我什么都不愿意的〈写〉。全是灰色的；重的，闷的。……我要生活，这话怎么讲？单说是太易了。可是你有什么法子？”
>
> “所有我写下的，所有我的生活，全是在海水的边沿上。这仿佛是一种玩艺。我想把我所有的力量全给放上去，但不知怎的我做不到。”
>
> “前这几天，最使人注意的是蓝的色彩。蓝的天，蓝的山——一切都是神异的蓝！……但深黄昏的时刻才真是时光的时光。当着那时候，面前放着非

人间的美景，你不难领会到你应分走的道儿有多远。珍重你的笔，得不辜负那上升的明月，那白的天光。你得够‘简洁’的。正如你在上帝跟前得简洁。”

“我方才细心的刷净收拾我的水笔。下回它再要是漏，那它就不够格儿！”

“我觉得我总不能给我自己一个沉思的机会，我正需要那个。我觉得我的心地不够清白，不谦卑，不[1]兴。这底里的渣子新近又漾了起来。我对着山看，我见着的就是山。说实话？我念不相干的书……不经心，随意？是的，就是这情形。心思乱，含糊，不积极，尤其是躲懒，不够用工——白费时光！我早就这么喊着——现在还是这呼声。为什么这阑珊的，你？阿，究竟为什么？”

“我一定得再发心一次，我得重新来过。我再来写一定得简洁的，充实的，自由的写，从我心坎里出来的。平心静气的，不问成功或是失败，就这往前去做去。但是这回得下决心了！尤其得跟生活接近。跟这天，这月，这些星，这些冷落的坦白的高山。”

“我要是身体健，”曼殊斐儿在又一处写，“我就一个人跑到一个地方，在一株树下坐着去。”她这苦痛的企求内心的莹澈与生活的调谐，那一个字不在我此时比她更“散漫，含糊，不积极”的心境里引起同情的回响！啊，谁不这样想：我要是能，我一定跑到一个地方在一株树下坐着去。但是你能吗?

①疑此处缺一字。

小说篇

春 痕[①]

一 瑞香花——春

逸清早起来，已经洗过澡，站在白漆的镜台前，整理他的领结。窗纱里漏进来的晨曦，正落在他梳栉齐整漆黑的发上，像一流灵活的乌金。他清癯的颊上，轻沾着春晓初起的嫩红，他一双睫绒密绣的细长妙目，依然含漾着朝来梦里的无限春意，益发激动了他 Narcissus[②]自怜的惯习，痴痴地尽向着镜里端详。他圆小锐敏的眼珠，也同他头发一般的漆黑光芒，在一泻清利之中，泄漏着几分忧郁凝滞，泄漏着精神的饥渴，像清翠的秋山轻罩着几痕雾紫。

他今年二十三岁，他来日本方满三月，他迁入这省花家，方只三日。

他凭着他天赋的才调生活风姿，从幼年便想肩上长出一对洁白蛴嫩的羽翮，望着精焰斑斓的晚霞里，望着出岫倦展的春云里，望着层晶叠翠的秋天里，插翅飞去，飞向云端，飞出天外，去听云雀的歌，听天河的水乐，看群星的联舞，看宇宙的奇光，从此加入神仙班籍，凭着九天的白玉栏杆，于天朗气清的晨夕。俯看下界的烦恼尘俗，微笑地生怜，怜悯地微笑。那是他的幻想，也是多数未经生命严酷教训的少年们的幻想。但现实粗狠的大槌，早已把他理想的晶球击破，现实卑琐的尘埃，早已将他洁白的希望掩染。他的头还不曾从云外收回，他的脚早已在污泥里泞住。

他走到窗前，把窗子打开，只觉得一层浓而且劲的香气，直刺及灵府深处，原来楼下院子里满地都是盛开的瑞香花，那些紫衣白发的小姑子们，受了清露的涵濡，春阳的温慰，便不能放声曼歌，也把她们襟底怀中脑边蕴积着的清香，迎着缓拂的和风，欣欣摇舞，深深吐泄，只是满院的芬芳，只勾引无数的小蜂，迷醉地环舞。

三里外的桑抱群峰也只在和暖的朝阳里欣然沉浸。

逸独立在窗前，估量这些春情春意，双手插在裤袋里，微曲着左膝，紧啮住浅绛的下唇，呼出一声幽喟，旋转身掩面低吟道：可怜这，万种风情无地着!

紧跟着他的吟声，只听得竹篱上的门铃，喧然大震，接着邮差迟重的嗓音唤道：“邮便! ”

一时篱上各色的藤花藤叶，轻波似颤动，白果树上的新燕呢喃也被这铃声喝住。

省花夫人手拿着一张美丽的邮片笑吟吟走上楼来对逸说道：“好福气的先生，你天天有这样美丽的礼物到手”，说着把信递入他手。

果然是件美丽的礼物；这张比昨天的更觉精雅，上面写的字句也更妩媚，逸看到她别致的签名，像燕尾的瘦，梅花的疏，立刻想起她亭亭的影像，悦耳的清音，接着

---

①作于 1923 年初。初载 1923 年 2 月 11 日《努力周报》第四十一期，署名徐志摩。题名《一个不很重要的回想》。初收 1930 年 4 月中华书局版《轮盘》时改名《春痕》。

② Narcissus，那喀索斯，神话中美少年，因迷恋自己的泉中倒影，抑郁而死，化作水仙花。

一阵复凑的感想，不禁四肢的神经里，迸出一味酸情，迸出一些凉意。他想出了神，无意地把手里的香迹，送向唇边，只觉得兰馨满口，也不知香在片上，也不知香在字里——他神魂迷荡了。

一条不甚宽广但很整洁的乡村道上，两傍种着各式的树木，地上青草里，夹缀着点点金色、银色的钱花。这道上在这初夏的清晨除了牛奶车、菜担以外，行人极少。但此时铃声响处，从桑抱山那方向转出一辆新式的自行车，上面坐着一个西装的少女，二十岁光景。她黯黄的发，临风蓬松着，用一条浅蓝色丝带络住，她穿着一身白纱花边的夏服，鞋袜也一体白色；她丰满的肌肉，健康的颜色，捷灵的肢体，愉快的表情，恰好与初夏自然的蓬勃气象和合一致。

她在这清静平坦的道上，在榆柳浓馥的阴下，像飞燕穿帘似的，疾扫而过；有时俯偻在前枢上，有时撒开手试她新发明的姿态，并不时用手去理整她的外裳，因为孟浪的风尖常常挑翻她的裙序，像荷叶反卷似的，泄露内衬的秘密。一路的草香花味，树色水声，云光鸟语，都在她原来欣快的心境里，更增加了不少欢畅的景色——她同山中的梅花小鹿，一般的美，一般的活泼。

自行车到藤花杂生的篱门前停了，她把车倚在篱旁，扑去了身上的尘埃，掠齐了鬓发，将门铃轻轻一按，把门推开，站在门口低声唤道："省花夫人，逸先生在家吗？"

说着心头跳个不住，颊上也是点点桃花，染入冰肌深处。

那时房东太太不在家，但逸在楼上闲着临帖，早听见了，就探首窗外，一见是她，也似感了电流一般，立刻想飞奔下去。但她也看见了，她接着喊道："逸先生，早安，请恕我打扰，你不必下楼，我也不打算进来，今天因为天时好，我一早就出来骑车，便绕道到了你们这里，你不是看我说话还喘不过气来？你今天好吗？啊，乘便，今天可以提早一些，你饭后就能来吗？"

她话不曾说完，忽然觉得她鞋带散了，就俯身下去收拾，阳光正从她背后照过来，将她描成一个长圆的黑影，两支腰带，被风动着，也只在影里摇颤，恰像一个大蜗牛，放出它的触须侦探意外的消息。

"好极了，春痕姑娘！……我一定早来……但你何不进来坐一歇呢？……你不是骑车很累了吗？……"

春痕已经缚紧了鞋带，倚着竹篱，仰着头，笑答道："很多谢你，逸先生，我就回去了。你温你的书吧，小心答不出书，先生打你的手心。"咯吱地一阵憨笑，她的眼本来秀小，此时连缝儿都莫有了。

她一欠身，把篱门带上，重复推开，将头探入；一枝高出的藤花，正贴住她白净的腮边，将眼瞟着窗口看呆了的逸笑道："再会罢，逸！"

车铃一响，她果然去了。

逸飞也似驰下楼去出门望时，只见榆荫错落的黄土道上，明明镂着她香轮的踪迹，远远一簇白衫，断片铃声，她，她去了。

逸在门外留恋了一会，转身进屋，顺手把方才在她腮边撩拂的那枝乔出的藤花，折了下来恭敬地吻上几吻；他耳边还只荡漾着她那"再会罢，逸！"的那个单独"逸"字的蜜甜音调；他又神魂迷荡了。

二 红玫瑰——夏

“是逸先生吗？”春痕在楼上喊道：“这里没有旁人，请上楼来。”

春痕的母亲是旧金山人，所以她家的布置，也参酌西式。楼上正中一间就是春痕的书室，地板上铺着匀净的台湾细席，疏疏的摆着些几案榻椅，窗口一大盆的南洋大榈，正对着她凹字式的书案。

逸以前上课，只在楼下的客堂里，此时进了她素雅的书屋，说不出有一种甜美愉快的感觉。春痕穿一件浅蓝色纱衫，发上的缎带也换了亮蓝色，更显得妩媚绝俗。她拿着一管斑竹毛笔，正在绘画，案上放着各品的色碟和水盂。逸进了房门，她才缓缓地起身，笑道：“你果然能早来，我很欢喜。”

逸一面打量屋内的设备，一面打量他青年美丽的教师，连着午后步行二里许的微喘，颇露出些局促的神情，一时连话也说不连贯。春痕让他一张椅上坐了，替他倒了一杯茶，口里还不住地说她精巧的寒暄。逸喝了口茶，心头的跳动才缓缓的平了下来，他瞥眼见了春痕桌上那张鲜艳的画，就站起来笑道：“原来你又是美术家，真失敬，春痕姑娘，可以准我赏鉴吗？”

她画的是一大朵红的玫瑰，真是一枝浓艳露凝香，一瓣有一瓣的精神，充满了画者的情感，仿佛是多情的杜鹃，在月下将心窝抵入荆刺沥出的鲜红心血，点染而成，几百阕的情词哀曲，凝化此中。

“那是我的鸦涂，那里配称美术。”说着她脸上也泛起几丝红晕，把那张水彩趑趄地递入逸手。

逸又称赞了几句，忽然想起西方人用花来作恋爱情感的象征，记得红玫瑰是“我爱你”的符记，不禁脱口问道：“但不知哪一位有福的，能够享受这幅精品，你不是预备送人的吗？”

春痕不答：逸举头看时，只见她倚在凹字案左角，双手支着案，眼望着手，满面绯红，肩胸微微有些震动。

逸呆望着这幅活现的忸怩妙画，一时也分不清心里的反感，只觉得自己的颧骨耳根，也平增了不少的温度：此时春痕若然回头：定疑心是红玫瑰的朱颜，移上了少年的肤色。

临了这一阵缄默，这一阵色彩鲜明的缄默，这一阵意义深长的缄默，让窗外桂树上的小雀，吱的一声啄破。春痕转身说道：“我们上课罢，”她就坐下打开一本英文选，替他讲解。

功课完毕，逸起身告辞，春痕送他下楼，同出大门，此时斜照的阳光正落在桑抱的峰巅岩石上，像一片斑驳的琥珀，他看着称美一番，逸正要上路，春痕忽然说：

“你候一候，你有件东西忘了带走。”她就转身进屋去，过了一分钟，只见她红涨着脸，拿着一纸卷递给逸说：“这是你的，但不许此刻打开看！”接着匆匆说了声再会，就进门去了。逸左臂挟着书包，右手握着春痕给他的纸卷，想不清她为何如此慌促，禁不住把纸卷展开，这一展开，但觉遍体的纤微，顿时为感激欣喜悲切情绪的弹力撼动，原来纸卷的内容，就是方才那张水彩，春痕亲笔的画，她亲笔画的红玫瑰——他神魂又迷荡了。

三 茉莉花——秋

逸独坐在他房内，双手展着春痕从医院里来的信，两眼平望，面容淡白，眉峰间紧锁住三四缕愁纹：她病了。窗外的秋雨，不住地沥淅，他怜爱的思潮，也不住地起落。逸的联想力甚大，譬如他看花开花放就想起残红满地；身历繁花声色，便想起骷髅灰烬；临到欢会，便想惋别；听人病苦，便想暮祭。如今春痕病了，在院中割肠膜，她写的字也失了寻常的劲致，她明天得医生特许可以准客入见，要他一早就去。逸为了她的病，已经几晚不安眠，但远近的思想不时涌入他的脑府。他此时所想的是人生老病死的苦痛，青年之短促。他悬想着春痕那样可爱的心影，疑问像这样一朵艳丽的鲜花，是否只要有恋爱的温润便可常葆美质；还是也同山谷里的茶花，篱上的藤花，也免不了受风摧雨虐，等到活力一衰，也免不了落地成泥，但他无论如何拉长缩短他的想象，总不能想出一个老而且丑的春痕来！他想，圣母玛丽〈利〉亚不会老，观世音大士不会老，理想的林黛玉不会老，青年理想中的爱人又如何会老呢？他不觉微笑了。转想他又沉入了他整天整晚迷恋的梦境。他最恨想过去，最爱想将来。最恨回想，最爱前想。过去是死的丑的痛苦的枉费的，将来是活的美的幸福的创造的：过去像块不成形的顽石，满长着可厌的猥草和刺物；将来像初出山的小涧，只是在青林间舞蹈，只是在星光下歌唱，只是在精美的石梁上进行。他廿余年麻木的生活，只是个不可信，可厌的梦：他只求抛弃这个记忆；但记忆是富有粘性的，你愈想和它脱离，结果胶附得愈紧愈密切。他此时觉得记忆的压制愈重，理想的将来不过只是烟淡云稀，渺茫明灭，他就狠劲把头摇了几下，把春痕的信折了起来，披了雨衣，换上雨靴，挟了一把伞独自下楼出门。

他在雨中信步前行，心中杂念起灭，竟走了三里多路，到了一条河边。沿河有一列柳树，已感受秋运，枝条的翠色，渐转苍黄，此时仿佛不胜秋雨的重量，凝定地俯看流水，粒粒的泪珠，连着先凋的叶片，不时掉入波心悠然浮去。时已薄暮，河畔的颜色声音，只是凄凉的秋意，只是增添惆怅人的惆怅。天上锦般的云似乎提议来裹埋他心底的愁思，草里断续的虫吟，也似轻嘲他无聊的意绪。

逸踯躅了半晌，不觉秋雨满襟，但他的思想依旧缠绵在恋爱老死的意义，他忽然自言道："人是会变老变丑，会死会腐朽，但恋爱是长生的；因为精神的现象决不受物质法律的支配；是的，精神的事实，是永久不可毁灭的。"

他好像得了难题的答案，胸中解释了不少的积重，抖下了此衣上的雨珠，就转身上归家的路。

他路上无意中走入一家花铺，看看初菊，看看迟桂，最后买了一束茉莉，因为她香幽色淡，春痕一定喜欢。

他那天夜间又不曾安眠，次日一早起来，修饰了一晌，用一张蓝纸把茉莉裹了，出门往医院去。

"你是探望第十七号的春痕姑娘吗？"

"是。"

"请这边走。"

逸跟着白衣灰色裙的下女，沿着明敞的走廊，一号二号，数到了第十七号。淡蓝色的门上，钉着一张长方形的白片，写着很触目的英文字：

“No.17 Asmitting no visitors except the patient’s mother and Mr.Yi”

“第十七号，除病人母亲及逸君外，他客不准入内。”

一阵感激的狂潮，将他的心府淹没，逸回复清醒时，只见房门已打开，透出一股酸辛的药味，里面恰丝毫不闻音息。逸脱了便帽，企著足尖，进了房门——依旧不闻音息。他先把房门掩上，回身看时，只见这间长形的室内，一体白色，白墙白床，一张白毛毡盖住的沙发，一张白漆的摇椅，一张小几，一个唾盂。床安在靠窗左侧，一头用矮屏围着。逸走近床前时，只觉灵魂底里发出一股寒流，冷激了四肢全体。春痕卧在白布被中，头戴白色纱巾，垫着两个白枕，眼半阖着，面色惨淡得一点颜色的痕迹都没有，几于和白枕白被不可辨认，床边站着一位白巾白衣态度严肃的看护妇，见了逸也只微颔示意，逸此时全身的冰流重复回入灵府，凝成一对重热的泪珠，突出眶帘。他定了定神俯身下去，小语道：“我的春痕，你……吃苦了！……”那两颗热泪早已跟着颤动的音波在他面上筑成了两条泪沟，后起的还频频涌出。

春痕听了他的声音，微微睁开她倦绝的双睫，一对铅似重钝的眼球正对着他热泪溶溶的湿眼；唇腮间的筋肉稍稍缓弛，露出一些勉强的笑意，但一转瞬她的腮边也湿了。

“我正想你来，逸，”她声音虽则细弱，但很清爽，“多谢天父，我的危险已经过了！你手里拿的不是给我的花吗？”说着笑了，她真笑了。

逸忙把纸包打开，将茉莉递入她已从被封里伸出的手，也笑说道：“真是，我倒忘了，你爱不爱这茉莉？”

春痕已将花按在口鼻间，合拢了眼，似乎经不住这强烈香味；点了点头，说：“好，正是我心爱的，多谢你。”

逸就在床前摇椅上坐下，问她这几日受苦的经过。

过了半点钟，逸已经出院，上路回家。那时的心影，只是病房的惨白颜色，耳畔也只是春痕零落孱弱的声音。但他从进房时起，便引起了一个奇异的幻想。他想见一个奇大的坟窟，沿边齐齐列着黑衣送葬的宾客，这窟内黑沉沉地不知有多少深浅，里面却埋着世上种种的幸福，种种青年的梦境，种种悲哀，种种美丽的希望，种种污染了残缺了的宝物，种种恩爱和怨艾，在这些形形色色的中间，又埋着春痕，和在病房一样的神情，和他自己——春痕和他自己！

逸——他的神魂又是一度迷荡。

四 桃花李花处处开——十年后春

此时正是清明时节，箱根一带满山满谷，尽是桃李花竞艳的盛会。这边是红锦，那边是白雪，这边是火焰山，那边是银涛海；春阳也大放骄矜艳丽的光辉来笼盖这骄矜艳丽的花圈，万象都穿上最精美的袍服，一体的欢欣鼓舞，庆祝春明，整个世界只是一个妩媚的微笑；无数的生命，只是报告他们的幸福：到处是欢乐，到处是希望，到处是春风，到处是妙乐。

今天各报的正张上，都用大号字登着欢迎支那伟人的字样。那伟人在国内立了大功，做了大官，得了大名，如今到日本，他从前的留学国，来游历考察，一时轰动了全国注意，朝野一体欢迎，到处宴会演说，演说宴会，大家争求一睹丰采；尤其因为那伟人是个风流美丈夫。

那伟人就是十年前寄寓在省花家瑞香花院子里的少年，他就是每天上春痕姑娘家习英文的逸。

他那天记起了他学生时代的踪迹，忽发雅兴，坐了汽车，绕着桑抱山一带行驶游览，看了灿烂缤纷的自然，吸着香甜温柔的空气，甚觉舒畅愉快。

车经过一处乡村，前面被一辆载木料的大车拦住了进路，只得暂时停着等候。车中客正瞭望桑抱一带秀特的群峰，忽然春痕的爱影，十年来被事业尘埃所掩翳的爱影，忽然重复历历心中，自从那年匆匆被召回国，便不闻春痕消息，如今春色无恙，却不知春痕何往，一时动了人面桃花之感，连久干的眶睫也重复潮润起来。

但他的注意，却半在观察村街的陋况，不整齐的店铺，这里一块铁匠的招牌，那首一张头痛膏的广告，别饶风趣。

一家杂货铺里，走来一位主客，一个西装的胖妇人，她穿着蓝呢的冬服，肘下肩边都已霉烂，头戴褐色的绒帽，同样的破旧，左手抱着一个将近三岁的小孩，右臂套着一篮的杂物——两颗青菜，几枚蛤蜊，一支蜡烛，几匣火柴，——方才从店里买的。手里还挽着一个四岁模样的女孩，穿得也和她母亲一样不整洁。那妇人蹒跚着从汽车背后的方向走来，见了这样一辆美丽的车和车里坐着的华服客，不觉停步注目。远远的看了一晌，她索性走近了，紧靠着车门，向逸上下打量。看得逸倒烦腻起来，心想世上哪有这种臃肿惓曲不识趣的妇人……

那妇人突然操英语道："请饶恕我，先生，但你不是中国人逸君吗？"

他想又逢到了一个看了报上照相崇拜英雄的下级妇女；但他还保留他绅士的态度，微微欠身答道："正是，夫人。"淡淡说着，漫不经意的模样。

但那妇人急接说道："果然是逸君！但是难道你真不认识我了？"

逸免不得眸凝向她辨认：只见丰眉高颧；鼻梁有些陷落，两腮肥突，像一对熟桃；就只那细小的眼眶，和她方才"逸君"那声称呼，给他一些似曾相识的模糊印象。

"我十分的抱歉，夫人！我近来的记忆力实在太差，但是我现在敢说我们确是曾经会过的。"

"逸君你的记忆真好！你难道真忘了十年前伴你读英文的人吗？"

逸跳了起来，说道："难道你是春……"但他又顿住了，因为他万不能相信他脑海中一刻前活泼可爱的心影，会得幻术似的变形为眼前粗头乱服左男右女又肥又蠢的中年妇人。

但那妇人却丝毫不顾恋幻象的消散，丝毫不感觉哲理的怜悯；十年来做妻做母负担的专制，已经将她原有的浪漫根性，杀灭尽净；所以她宽弛的喉音替他补道："春……痕，正是春痕，就是我，现在三……夫人。"

逸只觉得眼前一阵昏沉，也不曾听清她是三什么的夫人，只瞪着眼呆顿。

"三井夫人，我们家离此不远，你难得来此，何不乘便过去一坐呢？"

逸只微微的颔首，她已经将地址吩咐车夫，拉开车门，把那小女孩先送了上去，然后自己抱着孩子挽着筐子也挤了进来。那时拦路的大车也已经过去，他们的车，不上三分钟就到了三井夫人家。

一路逸神意迷惘之中，听她诉说当年如何嫁人，何时结婚，丈夫是何职业，今日如何凑巧相逢，请他不要介意她寒素嘈杂的家庭，以及种种等等，等等种种。

她家果然并不轩敞，并不恬静。车止门前时便有一个七八岁赤脚乱发的小孩，高喊着："娘坐了汽车来了……"跳了出来。

那漆面驳落的门前，站着一位满面皱纹、弯背驼腰的老妇人，她介绍给逸，说是她的姑；老太太只咳嗽了一声向来客和她媳妇，似乎很好奇似地溜了一眼。

逸一进门，便听得后房哇的一声婴儿哭：三井夫人抱怨她的大儿，说定是他顽皮又把小妹惊醒了。

逸随口酬答了几句话，也没有喝她紫色壶倒出来的茶，就伸出手来向三井夫人道别，勉强笑着说道："三井夫人，我很羡慕你丰满的家庭生活，再见吧！"

等到汽车轮已经转动，三井夫人还手抱着襁褓的儿，身旁立着三个孩子，一齐殷勤地招手，送他的行。

那时桑抱山峰依旧沉浸在艳日的光流中，满谷的樱花桃李，依旧竞赛妖艳的颜色，逸的心中，依旧涵葆着春痕当年可爱的影像。但这心影，只似梦里的紫丝灰线所织成，只似远山的轻霭薄雾所形成，淡极了，微妙极了，只要蝇蚊的微嗡，便能刺碎，只要春风的指尖，便能挑破。……

两姊妹[①]

三月。夜九时光景。客厅里只开着中间圆桌上一座大伞形红绸罩的摆灯。柔荏的红辉散射在附近的陈设上，异样的恬静。靠窗一架黑檀几上那座二尺多高薇纳司[②]的雕像，仿佛支不住她那矜持的姿态，想顺着软美的光流，在这温和的春夜，望左侧的沙发上倦倚下去，她倦了。

安粟小姐自从二十一年前母亲死后承管这所住屋以来，不曾有一晚曾向这华丽、舒服的客厅告过假，缺过席。除了纺织、看小说、和玛各——她的妹妹，闲谈，她再没有别的事了。她连星期日晚上的祈祷会，都很少去，虽则她们的教堂近在前街，每晚的钟声丁当个不绝，似乎专在提醒，央促她们的赴会。

今夜她依旧坐在她常坐的狼皮椅上，双眼半合着，似乎与她最珍爱的雕像，同被那私语似的灯光醺醉了。书本和线织物，都放在桌上；她想继续看她的小说，又想结束她的手工。但她的手像痉挛了似的，再也伸不出去。她忽然想起玛各还不回进房来，方才听得杯碟声响，也许她乘便在准备她们临睡前的可可茶。

玛各像半山里云影似的移了进来，一些不着声息，在她姊妹对面的椅上坐了。

她十三年前犯了一次痹症，此后左一半的躯体，总不十分自然。并且稍一劳动，便

①初载1923年11月10日《小说月报》第十四卷第十一号，署名徐志摩。初收1930年4月中华书局版《轮盘》。

②薇纳司：今译维纳斯。

有些气喘，手足也常发颤。

“啊，我差一些睡着了，你去了那么久……”说着将手承着口，打了小半个呵欠；玛各微喘的声息，已经将她惊觉。此时安粟的面容在灯光下隔着桌子望过去，只像一团干了的海绵，那些复叠的横皱纹，使人疑心她在苦笑，又像忧愁。她常常自怜她的血弱，她面色确是半青不白的。她的声带，像是新鲜的芦管做成的，不自然的尖锐。她的笑响，像几枚新栗子同时在猛火里爆裂；但她妹子最怕最厌烦的，尤其是她发怒时带着鼻音的那声“扼衡。”

“扼衡！玛丽近来老是躲懒，昨天不到四点钟就走了，那两条饭巾，一床被单，今天还放着没有烫好，真不知道她在外面忙的是什么！”

“哼，她哪儿还有工夫顾管饭巾……我全知道！每天她出了我们的门，走不到转角上——我常在窗口望她——就躲在那棵树下拿出她那粉拍来，对着小手镜，装扮她那贵重的鼻子——有一天我还见她在厨房里擦胭脂哪！前天不是那克莱妈妈说她一礼拜要看两次电影，说常碰到她和男子一起散步……”

“可不是，我早就说年轻的谁都靠不住，要不是找人不容易，我早就把她回了，我看了她那细小的腰身，就有气！扼衡！”

玛各幽幽的喟息了一声，站了起来，重复半山里云影似的移到窗前，伸出微颤的手指，揭开墨绿色绒的窗幔，仰起头望着天上，“天倒好了，”她自语着，“方才怪怕人的乌云现在倒变了可爱的月彩，外面空气一定很新鲜的，这个时候……哦，对门那家瑞士人又在那里跳舞了，前天他们才有过跳舞不是，安粟？他们真乐呀，真会享福，他们上面的窗帘没有放下，我这儿望得见他们跳舞呀，果然那位高高的美男子又在那儿了……啊唷，那位小姐今晚多乐呀，她又穿着她那件枣红的，安粟你也见过的不是，那件银丝镶边的礼服？我可不爱现在的式样，我看是太不成样儿了，我们从前出手稍为短一点子，昂姑母就不愿意，现在她们简直是裸体了——可是那位小姐长得真不错，肉彩多么匀净，身段又灵巧，她贴在那美男子的胸前，就像一只花蝶儿歇在玉兰花瓣上的一样得意……她一对水一般的妙眼尽对着了看，他着了迷了……他着了迷了，这音乐也多趣呀，这是新出的，就是太艳一点，简直有点猥亵，可是多好听，真叫人爱呀……”

安粟侧着一只眼望过来，只见她妹妹的身子有点儿摇动，一双手紧紧的拧住窗幔，口里在吁吁的响应对面跳舞家的乐音……

“扼衡！”

玛各吓的几乎发噤，也自觉有些忘情，赶快低着头回转身。在原先的椅上坐下，一双手还是颤颤的，颤颤的……

安粟在做她的针线，低着头，满面的皱纹叠得紧紧的，像秋收时的稻屯。玛各偷偷的瞟了她几眼，顺手把桌上的报纸，拿在手里……隔街的乐音，还不时零续地在静定的夜气中震荡。

“铛！”门铃。格托的一声，邮件从门上的信格里落在进门的鬃毡上。玛各说了声，“让我去看去”，出去把信捡了进来。“昂姑母来的信。”

安粟已经把眼镜夹在鼻梁上，接过信来拆了。

野鸭叫一阵的笑，安粟稻屯似的面孔上，仿佛被阳光照着了，闪闪的在发亮。“真是！玛各，你听着。”

“汤麦的蜜月已经完了，他们夫妻俩现在住在我家里。新娘也很和气的，她的相片你们已经见过了不是？他们俩真是相爱，什么时候都挨得紧紧的，他们也不嫌我，我想他们火热的年轻人看了我们上年纪的，板板的像块木头，说的笑话也是几十年的老笑话，每星期总要背一次的老话，他们看了我一定很觉得可怜，——其实我们老人的快活，才是真快活。我眼也花了，前面本来望不见什么，乐得安心静意等候着上帝的旨意，我收拾收拾厨房，看看年轻人的快乐，说说干瘪的笑话，也就过了一天，还不是一样？”

“间壁史太太家新收了一个寄宿的中国学生。前天我去吃晚饭看见了。一个矮矮的小小的顶好玩的小人，圆圆的头，一头蓬蓬的头发，像是好几个月没有剪过，一双小小的黑眼，一个短短的鼻子，一张小方的嘴，真怪，黄人真是黄人，他的面色就像他房东太太最爱的，蒸得稀烂的南瓜饼，真是蜡黄的。也亏他会说我们的话，一半懂得，一半懂不得。他也很自傲的，一开口就是我们的孔夫子怎么说，我们的孔夫子怎么说——总是我们的孔夫子。前天我们问起中国的妇女和婚姻，引起了他一大篇的议论。他说中国人最有理性，男的女的，到了年纪——我们孔夫子吩咐的——一定得成家成室，没有一个男子，不论多么穷，没有妻子。没有一个女人，不论多么丑，没有丈夫。他说所以中国有这样的太平，人人都很满意的。真是，怪不得从前的‘赖耶鸿章’[①]见了格兰士顿[②]的妹妹，介绍时听见是小姐，开头就问为什么还没有成亲！我顶喜欢那小黄人。我几时想请他吃饭，你们也来会会他好不好——他是个大学的学生哩！

你的钟爱的姑母。”

“附。安粟不是想养一条狗吗？昨天晚报上有一条卖狗的广告，说是顶好的一条西伯利亚种，尖耳朵，灰色的，价钱也不贵，你们如其想看，可以查一查地址，我是不爱狗的，但也不厌恶。有的真懂事，你们养一条，解解闷儿也好。

姑母。”

玛各坐着听她姐姐念信，出神似的，两眼汪汪的像要滴泪。安粟念完了打了一个呵欠，把信叠好了放在桌上对玛各说，“今晚太迟了，明天一早你写回信吧，好不好？伴‘镪那门’Chinaman吃饭我是不来的，你要去你可以答应姑母。我倒想请汤麦夫妻来吃饭——不过……也许你不愿意。随你吧。谢谢姑母替我们留心狗的广告，说我这一时买不买还没有决定。我就是这几句话。……时候已不早，我去拿可可茶来吃了去睡吧。”

两姊妹吃完了她们的可可茶，一前一后的上楼，玛各更不如她姐姐的轻捷，只是扶着楼梯半山里云影似的移，移，一直移进了卧室。她站在镜台前，怔怔的，自己也不知道在想的是什么，在愁的是什么，她总像落了什么重要的物品似的，像忘了一桩重要的事不曾做似的——她永远是这怔怔的，怔怔的。她想起了一件事，她要寻一点旧料子，打开了一只箱子，偻下身去捡。她手在衣堆里碰着了一块硬硬的，她就顺手掏了出来，一包长方形的硬纸包，细绳拴得好好的。她手微震着，解了绳子，打开纸包看时，她的手不由得震得更烈了。她对着包裹的内容发了一阵呆，像是小孩子在海砂里掏贝壳，掏

①指李鸿章。

②现通译为格莱斯顿（1809—1898），英国首相，自由党领袖。

出了一个蚂蟥似的。她此时已在地毯上坐着，呆呆的过了一晌，方才调和了喘息，把那纸包放在身上，一张一张的拿在手里，仔细的把玩。原来她的发现只是几张相片，自己和旁人早年的痕迹，也不知多少年前塞在旧衣箱的底里，早已忘却了。她此时手里擎着的一张是她自己七岁时的小影。一头绝美的黄发散披在肩旁，一双活泼的秀眼，一张似笑不笑的小口，两点口唇切得像荷叶边似的妩媚……她拿到口边吻一下，笑着说："多可爱的孩子啊！"第二张相片是又隔了十年的她，正当她的妙年，一个绝美的影子。她的眉，她的眼，她的不丰不瘦的嫩颊，颊上的微笑，她的发，她的颈项，她的前胸，她的姿态——那时的她，她此时看着，觉得有说不出的可爱，但……这样的美貌，哪一个不倾倒，哪一个舍得不爱……罗勃脱，杰儿，汤麦……哦，汤麦，他如今……蜜月，请他们来吃饭……难道是梦吗，这二十几年怎样的过的……哦，她的痹症，恶毒的病症……从此，从此……安粟，亲爱的母亲，昂姑母，自己的病，谁的不是，谁的不是，……是梦吗？……真是一张雪白的纸，二十几年……玛丽和男子散步……对门的女子跳舞的快乐……哦，安粟说甚么，中国，黄人的乐土……太平洋的海水……照片里的少女，被她发痴似的看活了，真的活了！这不是她的鬈发在惺忪的颤动，这不是她象牙似的颈项在轻轻的扭动，她的口在说话了。……

这二十几年真是过的不可信！她现在已经老了，已经是废人了，是真的吗？生命，快乐，一切，没有她的份了，是真的吗？每天伴着她神经错乱的姐姐，厨房里煮菜，客厅里念日报，听秋天的雨声，叶声，听春天的鸟声，每晚喝一杯浓煎的可可茶，白天，黑夜，上楼，下楼……是真的吗？

是真的吗？二十几年的我，你说话呀！她的心脏在舂米似的跳响，自己的耳都震聋了。她发了一个寒噤，像得了热病似的。她无意的伸上手去，在身旁的镜台上，拖下了一把手镜来。她放下那只手里的照片，一双手恶狠狠的擒住那面手镜像擒住了一个敌人，向着她自己的脸上照去。……

安粟的房正在她妹子房的间壁，此时隐隐的听得她在床上翻身，口鼻间哼出一声"扼衡！"

老李[①]

一

他有文才吗？不，他做文课学那平淮西碑的怪调子，又写的怪字，看了都叫人心痛。可是他的见解的确是不寻常，也就只一个怪字。他七十二天不剃发，不刮胡子；大冷天人家穿皮褂穿棉袄，他秃着头，单布裤子，顶多穿一件夹袍。他倒宝贝他那又黄又焦的牙齿，他可以不擦脸，可是擦牙漱口仿佛是他的情人，半天也舍不了，每天清早，扰我

①原题《老李的惨史》作于1923年冬，初载1924年1月10日《小说月报》第十五卷第一号，署名徐志摩。初收1930年4月中华书局版《轮盘》时改题名为《老李》。小说中的主人翁老李是志摩在杭州一中同学李幹人。

们好梦的是他那大排场的漱口，半夜里搅我们不睡的又是他那大排场的刷牙；你见过他的算草本子没有，那才好玩，代数，几何，全是一行行直写的，倒亏他自己看得清楚！总而言之，一个字，老李就是怪，怪就是老李。

这是老李同班的在背后讨论他的话。但是老李在班里虽则没有多大的磁力，虽则很少人真的爱他，他可不是让人招厌的人，他有他的品格，在班里很高的品格，他虽是怪，他可没有斑点，每天他在自修室的廊下独自低着头伸着一个手指走来走去的时候，在他心版上隐隐现现的不是巷口锡箔店里穿蓝竹布衫的，不是什么黄金台或是吊金龟，也不是湖上的风光，男女、名利、游戏、风雅，全不是他的份，这些花样在他的灵魂里没有根，没有种子。他整天整夜在想的就是两件事：算学是一件，还有一件是道德问题——怎样叫人不卑鄙有廉耻。他看来从校长起一直到听差，同学不必说，全是不够上流，全是少有廉耻。有时他要是下输了棋，他爱下的围棋，他就可以不吃饭不睡觉的想，想倘然他在那角上早应了一子，他的对手就没有办法，再不然他只要顾自己的活，也就不至于整条的大鱼让人家囫囵的吞去……他爱下围棋，也爱想围棋，他说想围棋是值得的，因为围棋有与数学互相发明的妙处，所以有时他怨自己下不好棋，他就打开了一章温德华斯的小代数，两个手指顶住了太阳穴，细细的研究了。

老李一翻开算学书，就是个活现的疯子，不信你去看他那书桌子。原来学堂里的用具全是一等的劣货，总是庶务攒钱，哪里还经得起他那狠劲的拍，应天响的拍，拍得满屋子自修的，都转过身子来对着他笑。他可不在乎，他不是骂算数员胡乱教错了，就说温德华斯的方程式根本有疑问，他自己发明的强的多简便的多，并且中国人做算学直写也成了，他看过李壬叔[①]的算学书全是直写的，他看得顶合式，为什么做学问这样高尚的事情都要学外洋，总是奴从的根性改不了！啪的又是一下桌子！

有一次他在演说会里报名演说，他登台的时候（那天他碰巧把胡子刮净了，倒反而看不惯，）大家使劲的拍巴掌欢迎他，他把右手的点人指放在桌子边，他那一双离魂病似的眼睛，盯着他自己的指头看，尽看，像是大考时看夹带似的，他说话了。我最不愿意的，我最不赞成的，我最反对的，是——是拍巴掌。一阵更响亮的拍巴掌！他又说话了。兄弟今天要讲的是算学与品行的关系。又是打雷似的巴掌，坐在后背的叫好儿都有。他的眼睛还是盯住在他自己的一个指头上。我以为品行……一顿，我以为算学——又一顿，他的新修的鬓边，青皮里泛出红花来了。他又勉强讲了几句，但是除了算学与品行两个字，谁都听不清他说的是什么，他自己都不满意，单看他那眉眼的表情，就明白。最后一阵霹雳似的掌声，夹着笑声，他走下了讲台。向后面那扇门里出去了。散了会，以后人家见他还是亚里斯〈士〉多德似的，独自在走廊下散步。

二

老李现在做他本乡的高小学堂校长了。在东阳县的李家村里，一个中学校的毕业生不是常有的事；老李那年得了优等文凭，他人还不曾回家，一张红纸黑字的报单，上面写着贵府某某大少爷毕业省立第一中学优等第几名等等，早已高高的贴在他们李家的祠

①李壬叔：即李善兰（1811—1882），浙江海宁人，我国近代科学先驱者。

堂里。他上首那张捷报，红纸已经变成黄纸，黑字已经变成白字，年份还依稀认得出，不是嘉庆八年便是六年。李家村茶店酒店里的客人，就有了闲谈的资料，一班人都懂不得中学堂，更懂不得优等卒业，有几位看报识时务的，就在那里打比喻讲解。高等小学卒业比如从前的进学，秀才。中学卒业算是贡生，优等就算是优贡。老李现在就有这样的身份了。看他不出，从小不很开口说话，性子又执拗，他的祖老人家常说单怕这孩子养不大，谁知他的笔下倒来得，又肯用功。将来他要是进了高等学堂再一毕业，那就算是中了举了！常言说的人不可以貌相不是？这一群人大都是老李的自族，他的祖辈有，父辈也有，子辈有，孙辈也有，甚至叫他太公的都有。这一年的秋祭，李家族人聚会的时候，族长就提出了一个问题。他们公堂里有一份祭产，原定是归有功名的人收的，早出了缺，好几年没有人承当，现在老李已经有了中学文凭，这笔进款是否应该归他的，让大家公议公议，当场也没有人反对，就算是默认了。老李考了一个优等，到手一份祭产，也不能算是不公平。老李的母亲是个寡妇，听说儿子有了荣耀还有进益，当然是双份的欢喜。

老李回家来不到几天，东阳县的知事就派人来把他请进城去。这是老李第一次见官，他还是秃着头，穿着他的大布褂子，也不加马褂，老李一辈子从没有做个马褂，就有一件黑羽纱的校服，领口和两肘已经烂破了，所以他索性不穿。县知事倒是很客气，把他自己的大轿打了来接他，老李想不坐，可是也没有话推托，只得很不自在的钻进了轿门，三名壮健的轿夫，不到一个钟头就把老李抬进了知事的内宅。“官？”老李一路在想，“官也不一定全是坏的。官有时候也有用，像现在这样世界，盗贼，奸淫，没有廉耻的世界，只要做官的人不贪不枉，做个好榜样也就好得多不是。曾文正的原文里讲得顶透辟。但是循吏还不是酷吏，循吏只会享太平，现在时代就要酷吏，像汉朝那几个铁心辣手的酷吏，才对劲儿。看，那边不又是打架，那可怜的老头儿，头皮也让扎破了。这儿又是一群人围着赌钱。青天白日，当街赌钱，坏人只配恶对付。杀头，绞，凌迟，都不应该废的，像我们这样民风强悍的地方，更不能废，一废坏人更没有忌惮，更没有天地了。真要有酷吏才好。今天县知事请我不知道为什么。他信上说有要事面商，他怎么会知道我。……”

下午老李还是坐了知事大老爷的轿子回乡。他初次见官的成绩很不坏，想不到他倒那样的开通，那样的直爽，那样的想认真办事。他要我帮忙——办开民高小？我做校长？他说话倒真是诚恳。孟甫叔父怎么能办教育？他自己就没有受什么教育。还有他的品格！抽大烟，外遇，侵吞学费；哼，不要说公民资格，人格都没有，怎么配当校长？怎么配教育青年子弟？难怪地方上看不起新开的学堂，应该赶走，应该赶跑。可是我来接他的手？我干不干？我不是预定考大学预科将来专修算学的吗？要是留在地方上办事，知事说的为“桑梓帮忙，”我的学问也就完事了。我妈倒是最愿意我留在乡里，也不怪她，她上了年纪，又没有女儿，常受邻房的怄气，气得肝胃脾肺肾轮流的作怪，我要是一出远门，她不是更没有主意，早晚要有什么病痛，叫她靠谁去？知事也这么说，这话倒是情真。况且到北京去念书，要几千里路的路费，大学不比中学，北京不是杭州，用费一定大得多，我哪儿有钱使——就算考取了也还是难，索性不去也罢。可是做校长？校长得兼教修身每星期训词——这都不相干，做一校之长，顶要紧就是品格，校长的品格，就是学堂的品格。我主张三育并重，德育、智育、体育，——德育尤其要紧，管理要从严，常言说的棒头上出孝子，好学生也不是天生的，认真来做一点社会事业也好，教育是万事的根本，知事说的不错。我们金华这样的赌风、淫风、械斗、抢劫，都为的群众不明白事理，没有相当的教育，教育，小学教育，尤其是根本，我不来办难道还是让孟甫叔父一般糊涂虫去假公济私不成，知事说的当仁不让……

三

“娘的话果然不错，”老李又在想心思，一天下午他在学校操场的后背林子里独自散步，“娘的话果然不错，”世道人心真是万分的崄巇。娘说孟甫叔父混号叫做笑面老虎，不是好惹的，果然有他的把戏。整天的吃毒药，整天的想打人家的主意。真可笑，他把教育事业当作饭碗，知事把他撤了换我，他只当是我存心抢了他的饭碗——我不去问他的前任的清账，已经是他的便宜，他倒反而唆使猛三那大傻子来跟我捣乱。怎么，那份祭产不归念书的，倒归当兵的；一个连长就会比中学校的卒业生体面，真是笑话。幸亏知事明白，没有听信他们的胡说，还是把这份收入判给我。我倒也不在乎这三四十担粗米，碰到年成坏，也许谷子都收不到，就是我妈不肯放手，她话也不错，既是我们的名分，为什么要让人强抢去。孟甫叔父的说话真凶，真是笑里藏刀，句句话有尖刺儿的，他背后一定咒我，一定狠劲的毁谤我。猛三那大傻子，才上他的臭当，隔着省份奔回来同我争这份祭产，他准是一个大草包，他那样子一看就是个强盗，他是在广东当连长的，杀人放火本来是他正当的职业，怪不得他开口就骂，动手就想打，我是不来和他们一般见识，把一百多的小学生管好已够我的忙，谁还有闲工夫吵架？可是猛三他那傻，想了真叫人要笑，跑了几千里地，祭产没有争着，自己倒赔了路费，听说他昨天又动身回广东去了。他自己家庭的肮脏，他倒满不知道，街坊谁不在他的背后笑呵，——真是可怜蠢奴才，他就配当兵杀人！那位孟甫老先生还是吃他的鸟烟，[①]我倒不知道他还有什么好主意！

四

知事来了！知事来了！

操场上发生了惨剧，一大群人围着。

知事下了轿，挨进了人圈子。踏烂的草地上横躺着两具血污的尸体。一具斜侧着，胸口流着一大堆的浓血斑，右手里还擎着一柄半尺长铄[②]亮的尖刀，上面沾着梅花瓣似的血点子，死人的脸上，也是一块块的血斑，他原来生相粗恶，如今看的更可怕了。他是猛三。老李在他的旁边躺着，仰着天，他的情形看的更可惨，太阳穴、下颏、脑壳、两肩、手背、下腹，全是尖刀的窟窿，有的伤处，血已经瘀住了，有的鲜红还在直淌，他睁着一双大眼，口也大开着，像是受致命伤以前还在喊救命似的，他旁边伏着一个五六十岁的妇人，拉住他一只石灰色的手，在哽咽的痛哭。

知事问事了。

猛三分明是自杀的，他刺死了老李以后就用刀尖往他自己的心窝里一刺完事。有

①鸟烟：鸦片烟。

②铄：同烁。

好几个学生也全看见的，现在他们都到知事跟前来做见证了。他们说今天一早七点半早操班，校长李先生站在那株白果树底下督操，我们正在行深呼吸，忽然听见李先生大叫救命，他向着这一头直奔，他头上已经冒着血，背后凶手他手里拿着这把明晃晃的刀（他们转身往猛三的尸体一指）狠命的追，李先生也慌了，他没有望我们排队那儿逃，否则王先生手里有指挥刀也许还可以救他的命，他走不到几十步，就被那凶手一把揪住了，那凶手真凶，一刀一刀的直刺，一直把李先生刺倒，李先生倒地的时候，我们还听见他大声的嚷救命，可是又有谁去救他呢，不要说我们，连王先生也吓呆了，本来要救，也来不及，那凶手把李先生弄死了，自己也就对准胸膛戳了一刀，他也完了，他几时进来，我们也不知道，他始终没有开一声口。……

知事说够了够了，他就叫他带来的仵作去检猛三的身上。猛三夹袄的口袋里有几块钱，一张撕过的船票，广东招商局的，一张相面先生的广告单，一个字纸团。打开看了，那是一封信。那猛三不就是四个月前和老李争祭产的那个连长吗？老李的母亲揩干了眼泪，走过来说，正是他，那是孟甫叔父怪嫌老李抢了他的校长，故意唆使他来捣乱的。我也听是这么说，知事说，孟甫真不应该，他把手里的字条扬了一扬，恐怕眼前的一场流血，也少不了他的份儿，猛三的妻子是上月死的吗？是的。她为什么死的？她为什么死的！知事难道不明白街坊上这一时沸沸扬扬的，还不是李猛三家小的话柄，真是话柄！

猛三那糊涂虫，才是糊涂虫，自己在外省当兵打仗，家里的门户倒没有关紧，也不避街坊的眼，朝朝晚晚，尽是她的发泼，吵得鸡犬不宁的。果然，自作自受，太阳挂在头顶，世界上也不能没有报应……好，就到种德堂去买生皮硝[②]吸。一吸就闹血海发晕，请大夫也太迟了，白送了一条命，不怪自己，又怪谁去！

知事说冤有头，债有主，这两条新鲜的性命，死得真冤，更可惜，好容易一乡上有他一个正直的人，又叫人给毁了，真太冤了！眼看这一百多的学生，又变了失奶的孩子，又有谁能比老李那样热心，勤劳，又有谁能比他那高尚的品格？孟甫真不应该，他那暗箭伤人，想了真叫人痛恨。也有猛三那傻子，听他说什么就信什么，叫他赶回来争祭产，他就回来争祭产，告他老李逼死了他的妻子，叫他回来报仇，也没有说明白为的是什么，他就赶了回来，也不问个红黑是非，船一到埠，天亮就赶来和老李拼命，见面也没有话说，动手就行凶，杀了人自己也抹脖子，现在死没有对证，叫办公事的又有什么主意。

五

老李没有娶亲，没有子息；没有弟兄，也没有姊妹；他就有一个娘，一个年老多病的娘。他让人扎了十几个大窟窿扎死了。他娘在鲜血堆里痛哭他；回头他家里狭小的客间里，设了灵座，早晚也就只他的娘哭他，现在的骨头已经埋在泥里，一年里有一次两次烧纸锭给他的——也就只他的老娘。

一个清清的早上[1]

翻身？谁没有在床上翻过身来？不错，要是你一上枕就会打呼的话，那原来用不着翻什么身；就使在半夜里你的睡眠的姿态从朝里变成了朝外，那也无非是你从第一个梦跨进第二个梦的意思；或是你那天晚饭吃得太油腻了，你在枕上扭过头颈去的时候你的口舌间也许发生些唼咂的声响——可是你放心，就这也不能是梦话。

鄂先生年轻的时候从不知道什么叫做睡不着，往往第二只袜子还不曾剥下他的呼吸早就调匀了，到了早上还得他妈三四次大声的叫嚷才能叫他擦擦眼皮坐起身来的。近来可变得多了，不仅每晚上床去不能轻易睡着，就是在半夜里使劲的擒着枕头想“着”而偏不着的时候也很多。这还不碍，顶坏是一不小心就说梦话，先前他自己不信，后来连他的听差都带笑脸回说不错，先生您爱闭着眼睛说话，这来他吓了，再也不许朋友和他分床或是同房睡，怕人家听出他的心事。

鄂先生今天早上确在床上翻了身，而且不止一个，他早已醒过来，他眼看着稀淡的晓光在窗纱上一点点的添浓，一晃晃的转白，现在天已大亮了。他觉得很倦，不想起身，可是再也合不上眼，这时他朝外床屈着身子，一只手臂直挺挺的伸出在被窝外面，半张着口，半开着眼，——他实在有不少的话要对自己说，有不少的牢骚要对自己发泄，有不少的委屈要向自己清理。这大清清的早上正合适。白天太忙；咒他的，一起身就有麻烦，白天直到晚上，清早直到黄昏，没有错儿；哪儿有容他自己想心事的空闲，有几回在洋车上伸着腿合着眼顶舒服的，正想搬出几个私下的意思出来盘桓盘桓，可又偏偏不争气。洋车一拐弯他的心就像含羞草让人搔了一把似的裹得紧紧的再也不往外放；他顶恨是在洋车上打盹，有几位吃肥肉的歪着他们那原来不正的脑袋，口液一绞绞的简直像冰葫芦似的直往下挂，那样儿才叫寒伧！可是他自己一坐车也撑不住下巴往胸口沉，至多赌咒不让口液往下漏就是。这时候躺在自己的床上，横直也睡不着了，有心事尽管想，随你把心事说出口都不碍，这洋房子漏不了气。对！他也真该仔细的想一想了。

其实又何必想，这干想又有什么用？反正是这么一回事啵！一兜身他又往里床睡了，被窝漏了一个大窟窿，一阵冷空气攻了进来激得他直打寒噤。哼，火又灭了，老崔真该死！呒！好好一个男子，为什么甘愿受女人的气，真没出息！难道没了女人，这世界就不成世界？可是她那双眼，她那一双手——哪怪男人们不拜倒——O，mouth of honey，with the thyme for fragrance，Who with heart in breast could deny your love？[2]这两性间的吸引是不可少的，男人要是不喜欢女人，老实说，这世界就不成世界！可是我真的爱她吗？这时候鄂先生伸在外面的一只手又回进被封里去了，仰面躺着。就剩一张脸露在被口上

①初载 1925 年 3 月 14 日《现代评论》第一卷第十四期，署名徐志摩。初收 1930 年 4 月上海中华书局版《轮盘》。

②英国诗人撒缪尔·弗格森（1810—1886）的诗作《可爱的黑脑袋》中的诗句，大意为：哦，甜蜜的嘴巴，百里香的香水味哪个有心有肺的人会拒绝你的爱？

边，端端正正的像一个现制的木乃伊。爱她不爱她……这话就难说了；喜欢她，那是不成问题。她要是真做了我的……哈哈那可抖了，老孔准气得鼻孔里冒烟，小彭气得小肚子发胀，老王更不用说，一定把他那管铁锈了的白郎宁拿出来不打我就毁他自己。咳，他真会干，你信不信？你看昨天他靠着墙的时候那神气，简直仿佛一只饿急了的野兽，我真有点儿怕他！鄂先生的身子又弯了起来，一只手臂又出现了。得了，别做梦吧，她是不会嫁我的，她能懂得我什么？她只认识我是一个比较漂亮的留学生，只当我是一个情急的求婚人，只把我看作跪在她跟前求布施的一个——她压根儿也没想到我肚子里究竟是青是黄，我脑袋里是水是浆——这哪儿说得上了解，说得上爱？早着哪！可是……鄂先生又翻了一个身。可是要能有这样一位太太，也够受用了，说一句良心话。放在跟前不讨厌，放在人前不着急。这不着急顶是紧。要像是杜国朴那位太太朋友们初见面总疑心是他的妈，那我可受不了！长得好自然便宜，每回出门的时候，她轻轻的软软的挂在你的臂弯上，这就好比你捧着一大把的百合花，又香又艳的，旁人见了羡慕，你自己心里舒服，你还要什么？还有到晚上看了戏或是跳过舞一同回家的时候，她的两靥让风刮得红扑扑的，口唇上还留着三分的胭脂味儿，那时候你拥着她一同走进你们又香又暖的卧房，在镜台前那盏鹅黄色的灯光下，仰着头，斜着脸，瞟你这么一眼，那是……那是……鄂先生这时候两只手已经一齐挣了出来，身体也反扑了过来，背仰着天花板，狠劲的死挤他那已经半瘪了的枕头。那枕头要是玻璃做的，早就让他挤一个粉碎！

唉！鄂先生喘了口长气，又回复了他那木乃伊的睡法。唉，不用想太远了；按昨儿那神气下回再见面她整个儿不理会我都难说哩！我为她心跳，为她吃不下饭，为她睡不着，为她叫朋友笑话，她，她哪里知道？就使知道了她也不得理会。女孩儿的心肠有时真会得硬，谁说的“冷酷”，一点也不错，你为她伤了风生病，她就说你自个儿不小心，活该，就使你为她吐出了鲜红的心血，她还会说你自己走道儿不谨慎叫鼻子碰了墙或是墙碰了你的鼻子，现在闹鼻血从口腔里哼出来吓呵人哪！咳，难，难，难，什么战争都有法子结束，就这男女性的战争永远闹不出一个道理来；凡人不中用，圣人也不中用，平民不成功，贵族也不成功。哼，反正就是这么回事，随你绕大弯儿小弯儿想去，回头还是在老地方，一步也没有移动。空想什么，咒他的——我也该起来了。老崔！老崔！打脸水。

船 上

“这草多青呀！”腴玉简直的一个大觔斗滚进了河边一株老榆树下的草里去了。她反扑在地上，直挺着身子，双手纠着一把青草，尖着她的小鼻子尽磨尽闻尽亲。“你疯了，腴腴！不怕人家笑话，多大的孩子，到了乡下来学叭儿狗打滚！”她妈嗔了。她要是真有一根矮矮的尾巴，她准会使劲的摇；这来其实是乐极了，她从没有这样乐过。现在她没有尾巴，她就摇着她的一双瘦小的脚踝，一面手支着地，扭过头来直嚷：“娘！你不知道我多乐，我活了二十来岁，就不知道地上的青草可以叫我乐得发疯；娘！你也不好，尽逼着我念书，要不然就骂我，也不叫我闻闻青草是什么味儿！”她声音都哑了，两只眼里绽出两朵大眼泪，在日光里亮着，像是一对水晶灯。

真的她自己想着也觉得可笑怎么的二十来岁的一位大姑娘连草味儿都没闻着过？还有这草的颜色青的多嫩呀，像是快往下吊的水滴似的。真可爱！她又亲了一口。比什么珠子宝贝都可爱，这青草准是活的，有灵性的；就不惜你不知道她的名字，要不然你叫她一声她准会甜甜的答应你，比阿秀那丫头的声音蜜甜的多。她简直的爱上了她手里捧着的草瓣儿，她心里一阵子的发酸，一颗粗粗的眼泪直吊[1]了下来，真巧，恰好吊在那草瓣儿上，沾着一点儿，草儿微微的动着，对！她真懂得我，她也一定替我难受。这一想开；她也不哭了。她爬了起来，她的淡灰色的哔叽裙上沾着好几块的泥印，像是绣上了绣球花似的，顶好玩，她空举着一双手也不去拂拭，心里觉得顶痛快的，那半涩半香的青草味儿还是在她的鼻孔里轻轻的逗着，仿佛说别忘了我别忘了我。她妈看着她那傻劲儿，实在舍不得再随口骂，伸手拉一拉自己的衣襟走上一步，软着声音说，“腴腴，不要疯了，快走吧。”

腴玉那晚睡在船上。这小航船已经够好玩，一个大箱子似的船舱，上面盖着芦席，两边两块顶中间嵌小方玻璃的小木窗，左边一块破了一角，右边一块长着几块疙疤儿像是水泡疮；那船梢更好玩，翘得高高的像是乡下老太太梳的元宝髻。开船的时候，那赤腿赤脚的船家就把那支又笨又重的橹安上了船尾尖上的小铁锤儿，那磨得铄亮的小铁拳儿，船家的大脚拇指往前一扁一使劲，那橹儿就推着一股水叫一声“姓纪”，船家的脚跟向后一顿，身子一仰，那橹儿就扳着一股水叫一声“姓贾”，这一纪一贾，这只怪可怜的小航船儿就在水面上晃着她的黄鱼口似的船头直向前溜，底下托托的一阵水响怪招痒的。腴玉初下船时受不惯，真的打上了好几个寒噤，但要不了半个钟头就惯了。她倒不怕晕，她在垫褥上盘腿坐着，臂膀靠着窗，看一路的景致，什么都是从不曾见过似的，什么都好玩——那横肚里长出来的树根像老头儿脱尽了牙的下巴，在风里摇摆着的芦梗，在水边洗澡的老鸦，露出半个头，一条脊背的水牛，蹲在石渡上洗衣服的乡下女孩子，仰着她那一块黄糙布似的脸子呆呆的看船，旁边站着男小孩子，不满四岁光景，头顶笔竖着一根小尾巴，脸上画着泥花，手里拿着树条，他也呆呆的看船。这一路来腴玉不住的叫着妈：这多好玩，那多好玩；她恨不得自己也是个乡下孩子，整天去弄水弄泥没有人管，但是顶有趣的是那水车，活像是一条龙，一斑斑的龙鳞从水里往上爬；乡下人真聪明，她心里想，这一来河里的水就到了田里去，谁说乡下人不机灵？喔，你看女人也来踏水的，你看他们多乐呀，两个女的，一个男的，六条腿忙得什么似的尽踩，有一个长得顶秀气，头上还戴花哪，她看着我们船直笑。妈你听呀，这不是真正的山歌！什么李花儿、桃花儿的我听不清，好听，妈，谁说做乡下人苦，你看他们做工都是顶乐的，赶明儿我外国去了回来一定到乡下来做乡下人，踏水车儿唱山歌，我真干，妈，你信不信？

她妈领着她替她的祖母看坟地来的。看地不是她的事；她这来一半天的工夫见识可长了不少。真的，你平常不出门你永远不得知道你自个儿的见识多么浅陋得可怕，连一个七八岁的乡下姑娘都赶不上，你信不信？可不是我方才拿着麦子叫稻，点着珍珠米梗子叫芋头，招人家笑话。难为情，芋头都认不清，那光头儿的大荷叶多美；榆钱儿也好玩，真像小钱，我书上念过，可从没有见过，我捡了十几个整圆的拿回去给妹妹看。还

①吊：疑为掉。下同。

有那瓜蔓也有趣，像是葡萄藤，沿着棚匀匀的爬着，方才那红眼的小养媳妇告诉我那是南瓜，到了夏天长得顶大顶大的，有头二十斤重，挂在这细条子上，风吹雨打都不易吊，你说这天下的东西造的多灵巧多奇怪呀。这晚上她睡在船舱里怎么也睡不着。腿有点儿酸，白天路跑多了。眼也酸，可又合不紧，还是开着吧。舱间里黑沉沉的，妈已经睡着了，外舱老妈子丫头在那儿怪寒伧的打呼。她偏睡不着，脑筋里新来的影子真不少，像是家里有事情屋子里满了的全是外来的客，有的脸熟，有的不熟；又像是迎会，一道道的迎过去；又像是走马灯，转了去又回来了。一纪一贯的橹声，轧轧的水车，那水面露着的水牛鼻子，那一田的芋头叶，那小孩儿的赤腿，吃晚饭时乡下人拿进来那碗螺丝[①]肉，桃花李花的山歌，那座小木桥，那家带卖茶的财神庙，那河边青草的味儿……全在这儿，全在她的脑壳里挤着，也许他们从此不出去了。这新来客一多，原来的家里人倒像是躲起来了，腴玉，这天以前的腴玉，她的思想，她的生活，她的烦恼，她的忧愁，全躲起来了，全让这芋头水牛鼻子螺丝肉挤跑了；她仿佛是另投了胎，换了一个人似的，就连睡在她身旁的妈都像是离得很远，简直不像是她亲娘，她仿佛变了那赤着腿脸上涂着泥手里拿着树条站在河边瞪着眼的小孩儿，不再是她原来的自己。哦，她的梦思风车似的转着，往外跳的壳皮全是这一天的新经验，与那二十年间在城市生长养大的她绝对的联不起来，这是怎么回事……

她翻过身去，那块长疙疤的小玻璃窗外天光望见了她。咦，她果然是在一只小航船里躺着，并不是做梦。窗外白白的是什么光呀，她一仰头正对着岸上那株老榆树顶上爬着的几条月亮，本来是个满月，现在让榆树叶子揉碎了。那边还有一颗顶亮的星，离着月亮不远，腴玉益发的清醒了。这时船身也微微的侧动，船尾那里隐隐的听出水声，像是虫咬什么似的响着，远远的风声、狗叫声也分明的听着，她们果然是在一个荒僻的乡下过夜，也不觉得害怕，多好玩呀！再看那榆树顶上的月亮，这月色多清，一条条的光亮直打到你眼里呀，叫你心窝里一阵阵的发冷，叫你什么不愿意想着的事情全想了起来，呀，这月光……

这一转身，一见月光，二十年[①]的她就像孔雀开屏似的花斑斑的又支上了心来。满屋子的客人影子都不见了。她心里一阵子发冷，她还是她，她的忧愁，她的烦恼，压根儿就没有离开她——她妈也转了一个身，她的迟重的呼吸就在她的身旁。

“死城”（北京的一晚）[②]

廉枫站在前门大街上发怔。正当上灯的时候，西河沿的那一头还漏着一片焦黄。风算是刮过了，但一路来往的车辆总不能让道上的灰土安息。他们忙的是什么？翻着皮耳朵的巡警不仅得用手指，还得用口嚷，还得旋着身体向左右转。翻了车，碰了人，还不是他的事！声音是杂极了的，但你果然当心听的话，这匀匀的一片也未始没有它的节奏；有起伏，有波折，也有间歇。人海里的潮声。廉枫觉得他自己坐着一叶小艇从一个涛峰

---

①螺丝：应为螺蛳。

②作于1927年12月，初载1929年1月10日《新月》月刊第一卷第十一号，署名徐志摩。初收1930年4月上海中华书局版《轮盘》。

上颠渡到又一个涛峰上。他的脚尖在站着的地方不由的往下一按，仿佛信不过他站着的是坚实的地上。

在灰土狂舞的青空兀突着前门的城楼，像一个脑袋，像一个骷髅。青底白字的方块像是骷髅脸上的窟窿，显着无限的忧郁，廉枫从不曾想到前门会有这样的面目，它有什么忧郁？它能有什么忧郁。也可难说，明陵的石人石马，公园的公理战胜碑，有时不也看得发愁？总像是有满肚的话无从说起似的，这类东西果然有灵性，能说话，能冲着来往人们打哈哈，那多有意思！但前门现在只能沉默，只能忍受——忍受黑暗，忍受漫漫的长夜。它即使有话也得过些时候再说，况且它自己的脑壳都已让给蝙蝠们、耗子们做了家，这时候它们正在活动，——它即使能说话也不能说。这年头一座城门都有难言的隐衷，真是的！在黑夜的逼近中，它那壮伟，它那博大，看得这么远，多么孤寂，多么冷。

大街上的神情可是一点也不见孤寂，不见冷。这才是红尘，颜色与光亮的一个斗胜场。够好看的，你要是拿一块绸绢盖在你的脸上再望这一街的红艳，那完全另是一番景象。你没有见过威尼市[①]大运河上的晚照不是？你没有见过纳尔逊大将在地中海口轰打拿破仑舰队不是？你也没有见过四川青城山的朝霞，英伦泰晤士河上雾景不是？好了，这来用手绢一护眼看前门大街——你全见着了。一转手解开了无穷的想象的境界，多巧！廉枫搓弄着他那方绸绢，不是不得意他的不期的发见。但他一转身又瞥见了前门城楼的一角，在灰苍中隐现着。

进城吧。大街有什么可看的，那外表的热闹正使人想起丧事人家的鼓吹，越喧阗越显得凄凉。况且他自己的心上又横着一大饼的凉，凉得发痛。仿佛他内心的世界也下了雪，路旁的树枝都蘸着银霜似的。道旁树上的冰花可真是美；直条的，横条的，肥的瘦的，梅花也欠他几分晶莹。又是那恬静的神情，受苦还是含着笑。可不是受苦，小小的生命躲在枝干最中心的纤维里耐着风雪的侵凌——它们那心窝里也有一大饼的凉。但它们可不怨；它们明白，它们等着。春风一到它们就可以抬头。它们知道，荣华是不断的，生命是悠久的。

生命是悠久的。这大冷天，雪风在你的颈根上直刺，虫子潜伏在泥土里等打雷，心窝里带着一饼子的凉，你往哪儿去？上城墙去望望不好吗？屋顶上满铺着银，僵白的树木上也不见恼人的春色，况且那东南角上亮亮的不是上弦的月正在升起吗？月与雪是有默契的。残破的城砖上停留着残雪的斑点，像是无名的伤痕，月光澹澹的斜着来，如同有手指似的抚摩着它的荒凉的伙伴。猎夫星正从天边翻身起来，腰间翘着箭囊，卖弄着他的英勇。西山的屏峦竟许也望得到，青青的几条发丝勾勒着沉郁的暝色，这上悬照着太白星耀眼的宝光。灵光寺的木叶，秘魔岩的沉寂，香山涤泉，碧云山的云气，山坳里间或有一星二星的火光。在雪意的惨淡里点缀着惨淡的人迹……这算计不错，上城墙去，犯着寒，冒着夜。黑黑的，孤零零的，看月光怎样把我的身影安置到雪地里去。廉枫正走近交民巷一边的城根，听着美国兵营的溜冰场里的一阵笑响，忽然记起这边是帝国主义的禁地，中国人怕不让上去。果然，那一个长六尺高一脸糟斑守门兵只对他摇了摇脑袋，磨着他满口的橡皮，挺着胸脯来回走他的路。

---

①威尼市：即威尼斯。

不让进去。辜负了，这荒城，这凉月，这一地的银霜。心头那一饼还是不得疏散。郁得更凉了。不到一个适当的境地你就不敢拿你自己尽量的往外放，你不敢面对你自己；不敢自剖。仿佛也有个糟斑脸的把着门哪。他不让进去。有人得喝够了酒才敢打倒那糟斑脸的。有人得仰仗迷醉的月色。人是这样软弱。什么都怕，什么都不敢当面认一个清澈；最怕看见自己，得！还有什么地方可去的？敢去吗？

廉枫抬头望了望星。疏疏的没有几颗。也不显亮。七姊妹倒看得见，挨得紧紧的，像一球珠花，顺着往东去不好吗？往东是顺的。地球也是这么走。但这陌生的胡同在夜晚觉得多深沉，多幽远。单这静就怕人。半天也不见一副卖萝卜或是卖杂吃的小担。他们那一个小火，照出红是红青是青的，在深巷里显得多可亲，多玲珑。还有他们那叫卖声，虽则有时曳长得叫人听了悲酸，也是深巷里不可少的点缀。就像是空白的墙壁上挂上了字画，不论精粗，多少添上一点人间的趣味。你看他们把担子歇在一家门口，站直了身子，昂着脑袋，咧着大口唱——唱得脖子里筋都暴起了。这来邻近哪家都不能不听见。那调儿且在那空气里转着哪——他们自个儿的口鼻间蓬蓬的晃着一团的白云。

今晚什么都没有。狗都不见一只。家门全是关得紧紧的。墙壁上的油灯———小米的火——活像是鬼给点上的，方便鬼的。骡马车碾烂的雪地，在这鬼火的影映下，都满是鬼意。鬼来跳舞过的。化子们叫雪给埋了。口袋有的是铜子，要见着化子，在这年头，还有不布施的？静：空虚的静，墓底的静。这胡同简直没有个底，方才拐了没有？廉枫望了望星，知道方向没有变。总是有个尽头，赶着走吧。

走完了胡同看了一个旷场。白茫茫的。头顶星显得更多更亮了。猎夫早就全身披挂的支起来了，狗在那一头领着路。大熊也见了。廉枫打了一个寒噤。他走到了一座坟山。外国人的，在这城根。也不知怎么的，门没有关上。他进了门。这儿地上的雪比道上的白得多，松松的满没有斑点。月光正照着。墓碑有不少，疏朗朗的排列着，一直到黑巍巍的城根。有高的，有矮的，也有雕镂着形象的。悄悄的全戴着雪帽，盖着雪被，悄悄的全躺着。这倒有意思，月下来拜会洋鬼子，廉枫叹了一口气。他走近一个墓墩，拂去了石上的雪，坐了下去。石上刻着字，许是金的，可不易辨认。廉枫拿手指去摸那字迹。冷极了！那雪腌过的石板吸墨纸似的猛收着他手指头上的体温。冷得发僵，感觉都失了。他哈了口气再摸，仿佛人家不愿意你非得请教姓名似的。摸着了，原来是一位姑娘，FRAULEIN ELIZA BERKSON[1]。还得问几岁！这字小更费事，可总得知道。早三年死的。二十八减六是二十二。呀，一位妙年姑娘，才二十二岁的！廉枫感到一种奇异的战栗，从他的指尖上直通到发尖；仿佛身背有一个黑影子在晃动。但雪地上只有澹白的月光。黑影子是他自己的。

做梦也不易梦到这般境界。我陪着你哪，外国来的姑娘。廉枫的肢体在夜凉里冻得发了麻，就是胸潭里一颗心热热的跳着，应和着头顶明星的闪动。人是这软弱，他非得要同情。盘踞在肝肠深处的那些，非得要一个尽情倾吐的机会。活的时候得不着，临死，只要一口气不曾断，还非得招承。眼珠已经褪了光，发音都不得清楚，他一样非得忏悔。非得到永别生的时候人才有胆量，才没有顾忌。每一个灵魂里都安着一点谎。谎能进天

①原文为德文：伊丽莎·伯克森小姐。

堂吗？你不是也对那穿黑长袍胸前挂金十字的老先生，说了你要说的话，才安心到这石块底下躺着不是，贝克生姑娘？我还不死哪。但这静定的夜景是多大一个引诱！我觉得我的身子已经死了，就只一点子灵性在一个梦世界的浪花里浮萍似的飘着。空灵，安逸。梦世界是没有墙围的。没有涯涘的。你得宽恕我的无状，在昏夜里踞坐在你的寝次，姑娘，但我已然感到一种超凡的宁静，一种解放，一种莹澈的自由。这也许是你的灵感——你与雪地上的月影。

我不能承受你的智慧，但你却不能吝惜你的容忍，我不是你的谁，不是你的朋友，不是你的相知，但你不能不认识我现在向你诉说的忧愁，你——廉枫的手在石板的一头触到了冻僵的一束什么。一把萎谢了的花——玫瑰。有三朵，叫雪给掩僵了。他亲了亲花瓣上的冻雪。我羡慕你在人间还有未断的恩情，姑娘，但这也是个累赘，说到彻底的话。这三朵香艳的花放上你的头边——他或是你的亲属或是你的知己——你不能不生感动不是？我也曾经亲自到山谷里去采集野香去安放在我的她的头边。我的热泪滴上冰冷的石块时，我不能怀疑她在泥土里或在星天外也含着悲酸在体念我的情意。但她是远在天的又一方，我今晚只能借景来抒解我的苦辛。

人生是辛苦的。最辛苦是那些在黑茫茫的天地间寻求光热的生灵。可怜的秋蛾，它永远不能忘情于火焰。在泥草间化生，在黑暗里飞行，抖擞着翅羽上的金粉——它的愿望是在万万里外的一颗星。那是我。见着光就感到激奋，见着光就顾不得粉碎的躯体，见着光就满身充满着悲惨的神异，殉献的奇丽——到火焰的底里去实现生命的意义。那是我。天让我望见那一炷光！那一个灵异的时间！“也就一半句话，甘露活了枯芽。”我的生命顿时豁裂成一朵奇异的愿望的花。“生命是悠久的”，但花开只是朝露与晚霞间的一段插话。殷勤是夕阳的顾盼，为花事的荣悴关心。可怜这心头的一撮土，更有谁来凭吊？“你的烦恼我全知道，虽则你从不曾向我说破；你的忧愁我全明白，为你我也时常难受。”清丽的晨风，吹醒了大地的荣华！“你耐着吧，美不过这半绽的蓓蕾。”“我去了，你不必悲伤，珍重这一卷诗心，光彩常留在星月间。”她去了！光彩常在星月间。

陌生的朋友，你不嫌我话说得晦涩吧，我想你懂得。你一定懂。月光染白了我的发丝，这枯槁的形容正配与墓墟中人作伴；它也仿佛为我照出你长眠的宁静……那不是我那她的眉目？迷离的月影，你无妨为我认真来刻画个灵通，她的眉目；我如何能遗忘你那永诀时的神情！竟许就那一度，在生死的边沿，你容许我怀抱你那生命的本真；在生死的边沿，你容许我亲吻你那性灵的奥隐，在生死的边沿，你容许我醣啜你那妙眼的神辉。那眼，那眼！爱的纯粹的精灵迸裂在神异的刹那间！你去了，但你是永远留着。从你的死，我才初次会悟到生，会悟到生死间一种幽玄的丝缕。世界是黑暗的，但我却永久存储着你的不死的灵光。

廉枫抬头望着月。月也望着他。青空添深了沉默。城墙外仿佛有一声鸦啼，像是裂帛，像是鬼啸，墙边一枝树上抛下了一捧雪，亮得耀眼。这还是人间吗？她为什么不来，像那年在山中的一夜？

“我送别她归去，与她在此分离，
在青草里飘拂，她的洁白的裙衣。”

诡异的人生！什么古怪的梦！希望，在你擎上手掌估计分量时，已经从你的手指间消失，像是发珠光的青汞。什么都得变成灰，飞散，飞散，飞散……我不能不羡慕你的安逸，缄默的墓中人！我心头还有火在烧，我怀着我的宝；永没有人能探得我的痛苦的根源，永没有人知晓，到那天我也得瞑目时，我把我的宝交还给上帝：除了他更有谁能赐与，能承受这生命的生命？我是幸福的！你不羡慕我吗，朋友？

我是幸福的，因为我爱，因为我有爱。多伟大，多充实的一个字！提着它胸胁间就透着热，放着光，滋生着力量。多谢你的同情的倾听，长眠的朋友，这光阴在我是稀有的奢华。这又是北京的清静的一隅。在凉月下，在荒城边，在银霜满树时。但北京——廉枫眼前又扯亮着那狞恶的前门。像一个脑袋，像一个骷髅。丧事人家的鼓乐。北海的芦苇。荣叶能不死吗？在晚照的金黄中，有孤鹜在冰面上飞。消沉，消沉。更有谁眷念西山的紫气？她是死了——一堆灰。北京也快死了——准备一个钵盂，到枯木林中去安排它的葬事。有什么可说的？再会吧，朋友，还有什么可说的？

他正想站起身走，一回头见进门那路上仿佛又来了一个人影。肥黑的一团在雪地上移着，迟迟的移着，向着他的一边来。有树拦着，认不真是什么。是人吗？怪了，这是谁？在这大凉夜还有与我同志的吗？为什么不，就许你吗？可真是有些怪，它又不动了，那黑影子绞和着一棵树影，像一团大包袱。不能是鬼吧。为什么发噤，怕什么的？是人，许是又一个伤心人，是鬼，也说不定它也别有怀抱。竟许是个女子，谁知道！在凉月下，在荒冢间，在银霜满地时，它伛偻着身子哪，像是拉什么东西。不能是个化子——化子化不到墓园里来。唷，他转过来了！

他过来了，那一团的黑影。走近了。站定了，他也望着坐在坟墩上的那个发愣哪。是人，还是鬼，这月光下的一堆？他也在想。"谁？"粗糙的，沉浊的口音。廉枫站起了身，哈着一双冻手。"是我，你是谁？"他是一个矮老头儿，屈着肩背，手插在他的一件破旧制服的破袋里。"我是这儿看门的。"他也走到了月光下。活像哈姆雷德里一个掘坟的，廉枫觉得有趣，比一个妙年女子，不论是鬼是人，都更有趣。"先生，你什么时候进来的？我怕是睡着了，那门没有关严吗？""我进来半天了。""不凉吗，您坐在这石头上？""就你一个人看着门的？""除了我这样的苦小老儿，谁肯来当这苦差？""你来有几年了？""我怎么知道有几年了！反正老佛爷没有死，我早就来了。这该有不少年份了吧，先生？我是一个在旗吃粮的，您不看我的衣服？""这儿常有人来不？""倒是有。除了洋人拿花来上坟的，还有学生也有来的，多半是一男一女的。天凉了就少有来的了。你不也是学生吗？"他斜着一双老眼打量廉枫的衣服。"你一个看着这么多的洋鬼不害怕吗？"老头他乐了。这话问得多幼稚，准是个学生，年纪不大。"害怕？人老了，人穷了，还怕什么的！再说我这还不是靠鬼吃一口饭吗？靠鬼。先生！""你有家不，老头儿！""早就死完了。死干净了。""你自己怕死不，老头儿？"老头又乐了。"先生，您又来了！人穷了，人老了，还怕死吗？你们年轻人爱玩儿，爱乐，活着有意思，咱们哪说得上？"他在口袋里掏出一块黑绢子擤着他的冻鼻子。这声音听大了。城圈里又有回音，这来坟场上倒添了不少生气。那边树上有几只老鸦也给惊醒了，亮着他们半冻的翅膀。"老头，你想是生长在北京的吧？""一辈子就没有离开过。""那你爱不爱北京？"老头简直想哪个大嘴笑。这学生问的话多可乐！爱不爱北京？人穷了，人老了，有什么爱不爱的？"我说给您听听吧，"他有话说。